I0741364

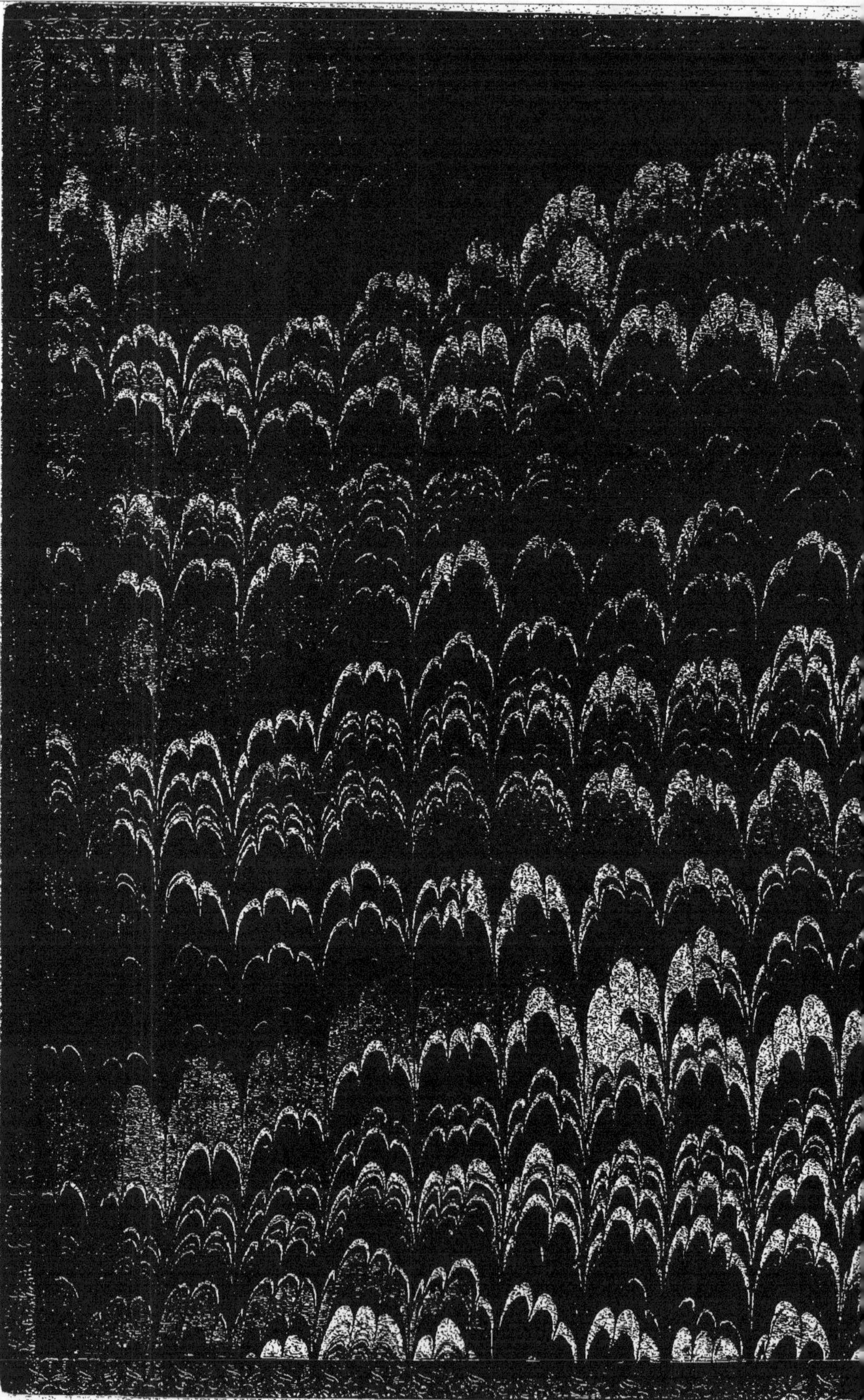

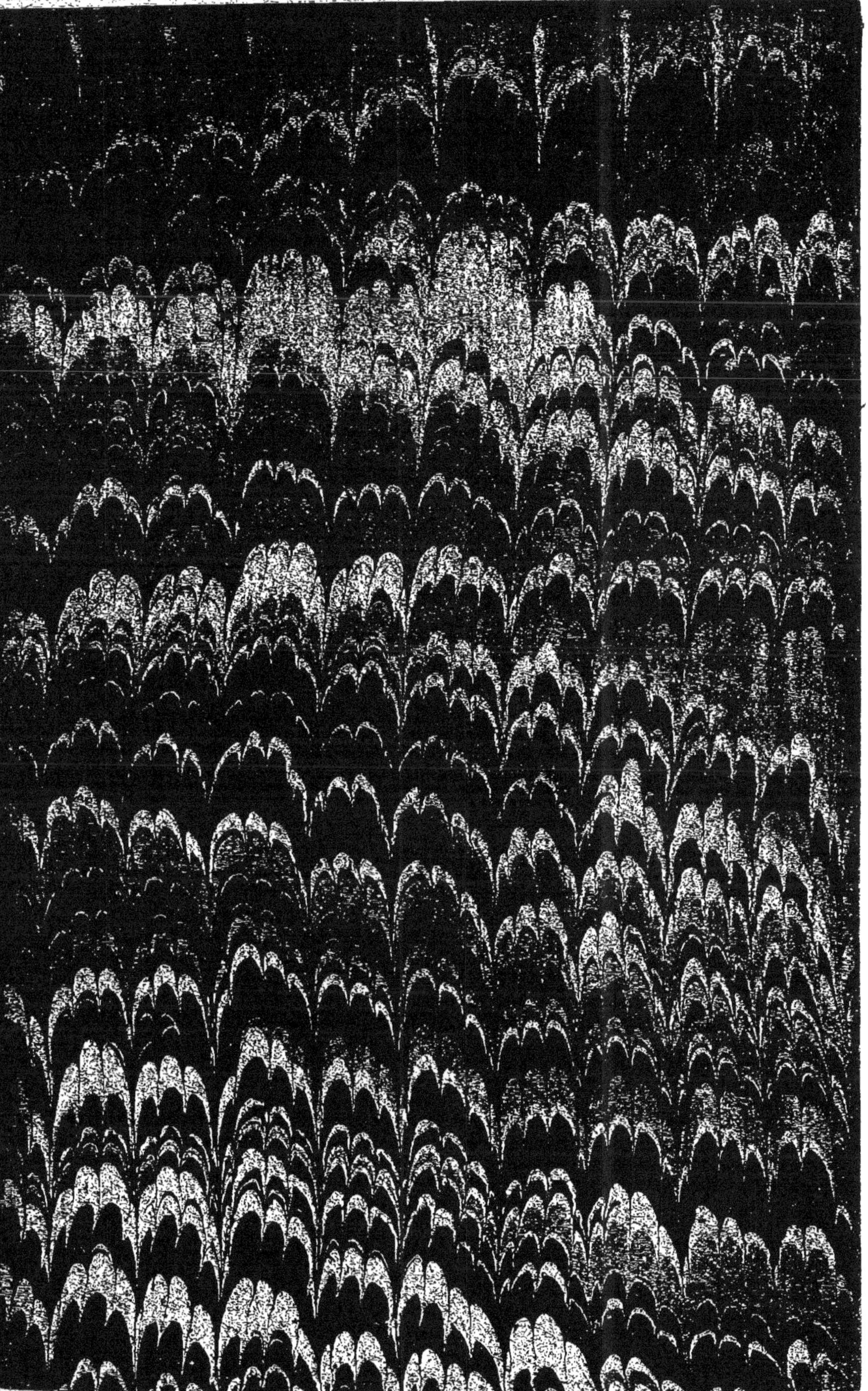

Jouvenet Pinx.

C. Simonneau Sculp.

SERMONS

DU PERE

BOURDALOUË,

de la Compagnie de JESUS.

POUR L'AVENT.

A PARIS,

Chez RIGAUD, Directeur de l'Imprimerie
Royale, ruë de la Harpe.

M. DCCVII.

AVEC PRIVILEGE DU ROY.

AU ROY.

IRE,

C'est sous les plus grands Princes que le ciel a communément formé les plus grands hommes ; & suivant cette Providence particuliere ,
jamais la France ne fut plus fécon-
de en hommes illustres que sous le
Regne de Vostre Majesté.

Ne puis-je pas, SIRE, compter

dans ce nombre le Predicateur dont je vous offre les Ouvrages qu'il m'a confiez : & dois-je craindre d'adjouster qu'il a tenu mesmes entre les premiers hommes de son siecle un rang d'autant plus distingué, que Vostre Majesté l'a fait paroistre dans un plus grand jour ? C'est Elle qui l'a appellé à la plus florissante Cour du monde pour y prescher l'Evangile ; & il y soutint la dignité de son ministere avec un éclat qui luy attira les applaudissements de toute la France.

Sur-tout, SIRE, il eut le bonheur de vous plaire, & vous le jugeastes digne de vostre estime. Vous l'avez honoré de vos bienfaits pendant sa vie, & de vos regrets aprés sa mort. C'estoit assez pour le mettre

EPISTRE.

dans une haute diſtinction, & cela
ſeul feroit ſon éloge.

Il dût ſans doute eſtre ſenſible à
un honneur, où tant d'autres bornent toute leur ambition. Mais ce
qui le toucha beaucoup plus ſenſiblement, ce fut de voir Voſtre Majeſté entrer d'elle-meſme dans les ſaintes veritez qu'il luy annonçoit ; rendre hommage, par une attention ſi
religieuſe, au ſouverain Maiſtre dont
il eſtoit l'interprete ; & en honorant
le miniſtre honorer le miniſtere, &
accrediter la divine parole.

La gloire de Dieu, SIRE, voſ-
tre intereſt le plus ſolide qui eſt le ſalut, voilà ce qui allumoit tout ſon
zéle, & ce qui luy inſpiroit ces ſentiments ſi vifs & ſi animez, qu'il ſça-

ã iij

voit exprimer avec tant d'éloquence & tant de force. Il voyoit Voſtre Majeſté au comble de la grandeur humaine, & tant de fois dans la Chaire de verité il l'en a luy-meſme felicitée. Mais d'ailleurs éclairé des lumieres de l'Evangile, il ſçavoit qu'il y a pour les Roys comme pour le reſte des hommes, une grandeur plus durable à deſirer; & c'eſtoit là qu'il portoit pour voſtre Perſonne ſacrée ſes ſouhaits les plus ſinceres & les plus ardents.

D'autres deſtinez à exécuter ces glorieux deſſeins dont voſtre preſence aſſeûroit toûjours le ſuccés, s'employoient en ſuivant vos pas, à eſtendre les limites de voſtre Empire. Luy ſelon l'eſprit de ſa vocation, chargé

EPISTRE.

de vous annoncer le Royaume de
Dieu, vous le propoſoit comme une
conqueſte plus digne encore de voſtre
grande ame & reſervée à voſtre foy
& à Voſtre pieté.

Telles ſont, SIRE, les veûës de
la ſageſſe Evangelique : & ne ſont-
ce pas ces veûës éternelles qui diri-
gent vos conſeils, qui ſanctifient vos
entrepriſes ; & qui du reſte vous rendent par une magnanimité Royale &
chreſtienne ſuperieur à tous les évene-
ments.

Je puis donc me promettre que
Voſtre Majeſté agréera ce recüeil de
Sermons où ſont contenüës les hau-
tes maximes de la religion, & qui
ont ſervi à vous les imprimer ſi profondément dans le cœur. J'oſe meſ-

EPISTRE.

mes esperer, *SIRE*, que vous agrée-
rez le zéle d'une Compagnie, qui comblée de vos graces & soutenuë de vostre protection, voudroit vous donner
quelque témoignage de sa parfaite re-
connoissance, & de son respectueux &
entier dévoüement. Je me sers en particulier de cette occasion, pour publier
le trés-profond respect avec lequel je
suis,

SIRE,

DE VOSTRE MAJESTÉ

Le trés-humble, trés-obéissant, &
trés-fidelle serviteur & sujet,
FRANÇOIS BRETONNEAU,
de la Compagnie de Jesus.

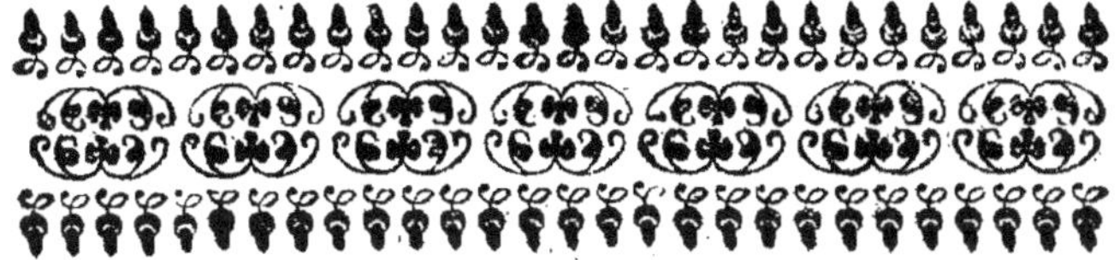

PREFACE.

IL est bien juste que noſtre Compagnie
rende en quelque ſorte au Pere Bourdalouë ce qu'elle en a reçeu ; & qu'aprés
l'honneur qu'il luy a fait, elle s'intereſſe à
conſerver la memoire d'un homme, qu'elle a regardé comme un de ſes premiers or-
nements tandis qu'elle a eû le bonheur de
le poſſeder, & qu'elle pleure encore depuis qu'elle l'a perdu. Mais ce n'eſt point
tant aprés tout dans cette veûë qu'on pu-
blie les ouvrages de ce celebre Predicateur, que pour le bien des ames & pour
perpetuer les fruicts de ſon zéle. Il y a lieu
de croire que ſes ſermons, mis ſous les
yeux, ſans eſtre ſoutenus ni de l'action ni
de la voix, ſe ſoutiendront par eux-meſmes: ou pluſtoſt, il y a lieu d'eſperer, qu'a-
vec les benedictions que Dieu y a déja
données & qu'il y donnera, ils auront toûjours de quoy opérer les meſmes effets de

ē

grace, & de quoy inspirer les mesmes sentiments de religion. Ce ne sera pas seulement pour les predicateurs un modelle de l'éloquence chrestienne. Toutes les personnes qui cherchent à s'édifier, & qui aiment à se nourrir de bonnes lectures, trouveront peu de livres de pieté, où les grandes veritez du christianisme soient traitées d'une maniere plus propre à convaincre les esprits & à toucher les cœurs.

Le Pere Loüis Bourdaloüe nasquit à Bourges, d'une des familles les plus considerables de la ville, le 20. d'Aoust de l'année 1632. & dés l'âge de quinze ans il entra dans la Compagnie de Jesus. Il semble que Dieu en l'appellant à cet estat, eut une veüë toute particuliere sur luy. Estienne Bourdaloüe son pere, homme luy-mesme trés recommandable, sur tout par son exacte probité & par une grace singuliere à parler en public, avoit eu dans sa jeunesse la mesme vocation, & ne l'avoit pas suivie. Le ciel voulut que le fils remplaçast le pere; & le pere adorant la conduite de la providence, &

craignant de s'oppoſer une ſeconde fois à
ſes deſſeins, ſe crut obligé, aprés quelques
difficultez, de condeſcendre aux inſtances de ſon fils, & d'en faire le ſacrifice.

Il le fit. Le Pere Bourdaloüe paſſa par
tous les exercices de la Compagnie : & les
dix-huit premieres années qu'il y veſcut,
furent employées, ſoit à ſes propres eſtu-
des, ſoit à enſeigner les lettres humaines
& à profeſſer la Philoſophie & la Theologie. Il ſe diſtingua par tout, & donna
des preuves de la ſuperiorité & de l'étenduë de ſon eſprit.

Ce n'eſtoient là néanmoins encore
que des diſpoſitions. Comme il n'avoit
pas moins d'ouverture pour les ſciences
que de talent pour la chaire, il fut d'abord
aſſez incertain du choix qu'il devoit faire, & de l'employ où le ciel le deſtinoit.
Mais divers ſermons qu'il preſcha, pendant qu'il enſeignoit la Theologie morale, furent ſi bien reçeus & tellement applaudis, que ſes ſuperieurs ſe détermine-
rent à l'appliquer uniquement au miniſtere de la predication.

Il eut l'avantage en entrant dans cette carriere qu'il a si heureusement fournie, d'estre connu de Feu son Altesse Royale Mademoiselle. Cette Princesse dont la pénetration & le discernement, aussi bien que la grandeur d'ame, égaloient la grandeur de la naissance, l'entendit à la ville d'Eu, le gousta, l'honora non seulement de sa bienveillance mais de sa confiance; & luy en a donné le plus sensible témoignage, en le faisant appeller pour la soutenir dans les derniers moments de sa vie, & pour l'aider à mourir chrestiennement.

Le Pere Bourdaloüe continua quelques années à prescher en Province : mais on ne tarda pas à l'en retirer, dés qu'on le crut en estat de paroistre dans Paris. Il y vint, & ce fut là que la providence ouvrit à son zéle le plus vaste & le plus beau champ. Quoyque l'on attendist beaucoup de luy, il est vray qu'il surpassa encore toutes les esperances qu'on en avoit conceûës. Il y a des succés si extraordinaires & des merites si universellement reconnus, qu'il est permis à quiconque d'en parler, sans craindre ni d'aller au de-là de l'idée commune, ni de blesser certaines bienséances. A peine eut-il paru dans l'Eglise de la Maison Professe des Jesuites, que de tout Paris & de la Cour mesme une foule prodigieuse d'auditeurs y accourut. Une reputation si prompte est quelquefois sujette à dégenerer : celle du Pere Bourdaloüe crut toûjours d'un sermon à l'autre; & plus on l'entendit, plus on eut de goust pour l'entendre.

Aussi avoit-il dans un éminent degré tout ce qui peut former un parfait predicateur. Il reçeut de la nature un fonds de raison, qui joint à une imagination vive & pénetrante, luy faisoit trouver d'abord dans chaque chose le solide & le vray. C'estoit là proprement son caractere ; & ce fut, avec les lumieres de la foy, cette raison droite qui le dirigea dans tous les sujets de la morale chrestienne & dans les mysteres de la religion qu'il eut à traiter. C'est aussi ce qui donne à ses sermons

é iij

une force toûjours égale. Leur beauté ne
confifte point précifement en quelques
endroits bien amenez, où l'orateur épui-
fe tout fon art & tout fon feu ; mais dans
un corps de difcours, où tout fe foutient,
parce que tout eft lié & bien afforti. Ses
divifions juftes, fes raifonnements fuivis &
convaincants, fes mouvements patheti-
ques, fes réflexions judicieufes & d'un
fens exquis, tout va à fon but ; & malgré
l'abondance des chofes que luy fournif-
foit une admirable fecondité, & qu'il fçavoit fi bien enfermer dans un mefme deffein, il ne s'écarte pas un moment de fa
propofition. Qu'une penfée foit commune, il ne la rejette point : c'eft affez
qu'elle foit vraye, & qu'elle luy ferve de
preuve. Il l'approfondit & il la creufe, &
par là mefme la met dans un tel jour, que
de commune qu'elle eftoit, elle luy devient particuliere : de forte qu'en penfant ce que les autres ont penfé avant luy,
il penfe néanmoins tout autrement que
les autres. Qu'il s'oppofe une difficulté,
il y fait une réponfe à laquelle il n'y a

PREFACE.

point de replique ; & quelquefois il tire
de l'objection mefme de quoy la réfoudre, & il convainc l'auditeur par fes propres fentiments. S'il cite l'Ecriture ou les
Peres, il les cite en maiftre : jufqu'à faire
le précis de tout un traité, pour l'appliquer à la verité qu'il prefche. Du refte, ce
ne font point tant les paroles des Peres
qu'il rapporte, que leur doctrine & leurs
raifons. Il les développe, & fur tout il les
place fi à propos & les fait tellement entrer dans fon fujet, qu'on diroit que les
Peres n'ont parlé que pour luy. Des Autheurs facrez, il eut, à ce qu'il paroift,
plus affiduëment devant les yeux Ifaye
& faint Paul ; & des Peres, Tertullien,
faint Auguftin, & faint Jean Chryfoftome, parce qu'il y trouvoit plus d'énergie
& plus de grandeur.

Son expreffion répond parfaitement à
fes penfées : elle eft noble & naturelle tout
enfemble. Il parle bien, & ne fait point
voir qu'il veut bien parler. Quand il s'é-
leve, ce n'eft point avec emphafe : c'eft,
pour ufer d'un terme confacré par le

Saint Esprit, avec une certaine magnificence, où sans qu'il y ait rien d'outré, tout
est majestueux & grand. Et quand il se
communique, c'est toûjours avec la mesme dignité ; & dans les plus petits détails
il n'a rien de petit, ni de rampant. On
trouvera peut-estre quelques expressions
moins usitées & un peu hardies : mais l'i-
mage qu'elles font à l'esprit, les justifie
assez ; & il faut dire alors, que si ce n'est
pas communément ainsi qu'on s'exprime,
c'est ainsi qu'il a du & qu'on devroit, ce
semble, s'exprimer.

Ce qu'il y eut encore de plus singulier
dans le Pere Bourdalouë, c'est la maniere dont il traite la morale. Nul autre predicateur ne luy avoit en cela servi de modelle, & l'on peut dire qu'il en a servi luy-
mesme à tous ceux qui sont venus aprés
luy. Persuadé que le predicateur ne touche qu'autant qu'il interesse & qu'il applique, & que rien n'interesse davantage & n'attire plus l'attention, qu'une
peinture sensible des mœurs, où chacun
se voit luy - mesme & se reconnoist, il

P R E F A C E.

tournoit là tout son discours. Non qu'il
negligeast d'expliquer les plus hauts mysteres & les plus difficiles questions de la
foy. Il en parloit avec habileté , & mesmes avec d'autant plus d'authorité, qu'il
possedoit parfaitement ces sortes de matieres, & qu'il croyoit devoir prendre
alors plus d'ascendant sur les esprits ,
pour confondre le libertinage & pour
faire respecter la religion. Mais aprés
avoir donné aux poincts les plus ob-
scurs tout l'éclaircissement necessaire , il
passoit à ce qu'ils ont d'instructif & de
moral ; & c'est là que luy servoit infiniment la connoissance qu'il avoit du monde & du cœur de l'homme. Car il ne
disoit rien qu'il ne connust, ni qui por-
tast à faux. C'est de là mesmes que ses
expositions sont si vrayes, & ses portraits
si ressemblants. Pour peu qu'on ait d'u-
sage du monde & qu'on sçache comment vivent les hommes, on les y voit
peints sous les traits les plus marquez.
Aussi avec quelle attention se faisoit-il
écouter ; & combien de fois s'est-on é-

crié dans l'auditoire qu'il avoit raison, &
que c'eſtoit là en effet l'homme & le
monde ! Certains ſentiments, certains
tours élevez, touchants & nouveaux, le
feu dont il animoit ſon action, ſa rapidi-
té en prononçant, ſa voix pleine, reſon-
nante, douce & harmonieuſe, tout eſtoit orateur en luy, & tout ſervoit à ſon
talent.

Voilà par où cet excellent predicateur
s'acquit une ſi haute reputation. Il l'a con-
ſervée juſques à ſa mort : & comme il n'y
en eut peut-eſtre jamais de plus juſte, ni
de plus univerſelle, il n'y en a point eu de
plus conſtante. Il a preſché durant trente-quatre ans, ſoit à la Cour ou dans Paris ; & pendant ces trente-quatre années,
il a eu l'avantage aſſez peu commun,
d'eſtre toûjours également gouſté des
Grands, des ſçavants & du peuple. On
n'en doit point eſtre ſurpris, dés qu'on
fait réflexion au caractere de ſon éloquence. Ce qui eſt naturel & fondé ſur
la raiſon, plaiſt par tout, & eſt de tous les
gouſts & de tous les temps.

PREFACE.

Quoyque le Pere Bourdaloüe euft a-
bondamment de quoy s'occuper, & de
quoy glorifier Dieu dans le faint miniftere qu'il exerçoit, il n'y renferma pas tout
fon zéle. Tant de perfonnes touchées de
fes predications s'addrefferent à luy &
luy confierent leur ame, qu'il ne crut pas
pouvoir leur refufer fon fecours : & mefmes il comprit que rien ne convenoit .
mieux à un predicateur, que de cultiver,
felon le langage de l'Ecriture, ce qu'il a-
voit planté, & de perfectionner dans le
tribunal de la penitence ce qu'il n'avoit
proprement encore qu'ébauché dans la
chaire. C'eft pour cela que le Pere Bourdaloüe fe chargea d'une fonction auffi
importante & auffi penible que la direction des confciences. Plein de l'Evangile & jugeant de tout par les grands principes de la foy, folide dans fes confeils,
jufte dans fes décifions, droit & defintereffé dans fes veües, il n'eftoit ni rigoureux à l'excés, ni trop indulgent; mais
il eftoit fage, & d'une fageffe chreftienne. C'eft à dire, qu'il fçavoit diftinguer

les conditions, & prefcrire à chaque condition fes devoirs : qu'il eftoit ferme fans
égard ni à la qualité ni au rang, quand
il falloit l'eftre ; mais qu'il l'eftoit auffi
comme il falloit l'eftre, & toûjours felon
les regles de la difcretion : qu'ennemi des
fingularitez, il vouloit qu'on allaft à Dieu
avec fimplicité & de bonne foy, par les
voyes communes & fans affectation; mais
du refte avec une regularité exemplaire,
& une fidelité parfaite à remplir toutes
fes obligations.

Son zéle ne fut pas moins ardent ni
moins agiffant, que fage. On fçait quelle eftoit fon affiduité à entendre les confeffions. Il y paffoit les cinq & les fix heures de fuite : & quiconque l'a connu, jugera aifément que la veûë feule de Dieu
& du falut des ames pouvoit accorder
une telle patience avec fa vivacité naturelle. Soit qu'on l'appellaft dans les mai-
fons religieufes, foit qu'on vinft le confulter & prendre fes avis, foit qu'il y euft
des malades à vifiter, il ne s'épargnoit en
rien, également preft pour qui que ce

fuſt, & ſe faiſant tout à tous. Dans ce grand nombre de perſonnes de la premiere diſtinction dont il avoit la conduite, bien loin de negliger les pauvres & les petits, il les recevoit avec bonté ; il deſcendoit avec eux, dans le compte qu'ils luy rendoient de leur vie, juſques aux moindres particularitez ; il entroit dans leurs beſoins, & plus ſa reputation & ſon nom leur inſpiroit de timidité en l'approchant, plus il s'eſtudioit à gagner leur confiance & à leur faciliter l'accés auprés de luy. Il ne ſe contentoit pas de ce bon accüeil. Il les alloit trouver, s'ils eſtoient hors d'eſtat de venir eux-meſmes ; il adouciſſoit leurs maux par ſa preſence, & les laiſſoit remplis de conſolation, & charmez tout-enſemble de ſon humilité & de ſa charité.

Mais où il redoubloit ſa vigilance & ſes ſoins, c'eſtoit auprés des mourants. On avoit ſouvent recours à luy pour leur annoncer leur derniere heure, & pour les y diſpoſer ; & ſe croyant alors reſponſable de leur ſalut, il leur parloit en homme

vrayement Apoſtolique. Ce n'eſtoit pas
ſans réflexion & ſans eſtude. Il ſçavoit
trop de quelle conſequence il eſt, de ménager des moments ſi pretieux, & de ne
les pas perdre en des diſcours vagues &
peu utiles. Outre le long uſage qui l'a-
voit formé à ce ſaint exercice, outre la
méthode particuliere qu'il s'en eſtoit luy-
meſme tracée, il prévoyoit ce qu'il a-
voit à dire; & s'abandonnant enſuite à
l'eſprit de Dieu, il diſoit tout ce qui peut
porter une ame à la penitence & à la
confiance. C'eſt ainſi qu'il s'eſt acquitté
des derniers devoirs d'une amitié ſolide
& chreſtienne envers tant d'amis, que
leur naiſſance, leur nom, leur merite per-
ſonnel, & une liaiſon de pluſieurs années luy rendoient également reſpecta-
bles & chers, & à qui il a eſté fidelle juſques à la mort.

Cependant, le Pere Bourdalouë en
penſant aux autres, ne s'oublioit pas luy-
meſme : au contraire, ce fut par de fre-
quents retours ſur luy-meſme, qu'il ſe mit
en eſtat de ſervir ſi utilement les au-

tres. Cette attention luy eſtoit neceſſaire parmi de continuelles occupations au
dehors & de grands ſuccés. Ses ſuccés
ne l'éblouïrent point, & ſes occupations
ne l'empeſcherent point de veiller ri-
goureuſement ſur ſa conduite. D'autant
plus en garde, qu'il eſtoit plus connu &
dans une plus haute conſideration, il ne
compta jamais ſur le crédit où il eſtoit,
pour agir avec moins de réſerve. Eſtroi-
tement reſſerré dans les bornes de ſa profeſſion, il joignoit aux talents de la predication & de la direction des ames, le
veritable eſprit d'un Religieux & les vertus que demandoit de luy ſa Compagnie : ſur tout, un parfait mépris du
monde & de ſes grandeurs, ſans manquer
à rien néanmoins de ce qu'il devoit aux
Grands : un dévoüement inviolable au
ſervice de l'Egliſe, & une ſoumiſſion entiere aux Puiſſances Eccleſiaſtiques : une
eſtime de ſa vocation, dont il ſe décla-
roit par tout ; & un attachement à ſon
eſtat, capable de l'affermir contre les of-
fres les plus avantageuſes : un zéle ſincere

& vif pour le bon ordre, & un soin exact
de s'y conformer luy-mesme & de le suivre.

Entre ses devoirs, il s'en fit un particulier de la priére. C'est en presence des
Autels qu'il rappelloit ces grandes idées
de religion dont il estoit rempli : & penetré de la majesté de Dieu, & de la sainteté de son culte, il ne se permettoit pas
la moindre negligence en celebrant les
sacrez mysteres, ou en recitant l'office divin.

Avec cette pieté qui fait l'homme
chrestien & l'homme religieux, que luy
manquoit-il d'ailleurs de ce qui fait, mesmes selon le monde, l'honneste homme ? Il en avoit toutes les qualitez : la
probité, la droiture, la franchise, la bonne foy; ne disant jamais les choses autrement qu'il les pensoit, ou si par sagesse il
ne les pouvoit dire telles qu'il les pensoit,
ne disant rien. Beaucoup de prudence
& de pénetration dans les affaires : mais
au mesme temps beaucoup de retenuë,
pour ne s'y point ingérer de son mouvement

ment propre; n'y entrant qu'autant qu'on
l'y faifoit entrer ; propofant fes veûës
comme un ami, fans entreprendre de décider en maiftre ; cherchant à fe rendre
utile & à fervir, & non à fe faire valoir &
à dominer. Bien de l'agrément dans la
converfation, un air engageant, des manieres aifées quoyque refpectueufes &
graves, une douceur qui luy devoit couf-
ter, du tempérament dont il eftoit : mais
par deffus tout, une modeftie qui luy at-
tiroit d'autant plus d'éloges, qu'il avoit
plus de peine à les entendre ; les fuyant,
bien loin de les rechercher ; élevant vo-
lontiers les autres, & ne parlant jamais
de luy-mefme.

Ce caractere dans un homme auffi
diftingué que le Pere Bourdaloüe, ne le
faifoit pas moins honorer & refpecter
que tous fes talents. Aprés l'avoir admi-
ré dans la chaire, on l'admiroit dans l'u-
fage de la vie. Où n'eftoit-il pas receu
avec plaifir; & depuis les premiers rangs
jufques aux conditions les plus communes, qui ne fe faifoit pas, non feulement

ĩ

un plaiſir de le recevoir, mais comme un merite de le connoiſtre & d'eſtre en commerce avec luy?

Il falloit un cœur auſſi detaché que le ſien, pour former au milieu des applaudiſſements du monde, le deſſein qu'il prit dans les dernieres années de ſa vie. Touché d'un ſaint deſir de la retraite & voulant ſe préparer à la mort, il reſolut de quitter Paris, & de finir ſes jours en quelque Maiſon de la Province, où il puſt ſe recüeillir davantage, & vacquer uniquement à ſa perfection. Il jugea bien qu'il auroit ſur cela des obſtacles à ſurmonter de la part de ſes ſuperieurs en France : & pour lever toutes les difficultez, il s'addreſſa au General de la Compagnie. Mais cette premiere tentative ne réüſſit pas. On le remit à une autre année, & on le pria de faire encore de nouvelles réflexions ſur le parti qu'il vouloit prendre. Il y penſa ; & ſans ſe rebuter, dés l'année ſuivante, il redoubla ſes inſtances auprés du Pere General. La lettre qu'il luy écrivit, eſt ſi remplie de l'eſ-

PREFACE.

prit de Dieu, que le public ſera bien-aiſe
d'en voir un extrait. Le voicy traduit du
Latin.

Mon trés Reverend Pere. Dieu m'inſpi-
re & me preſſe meſmes d'avoir recours à voſ-
tre Paternité, pour la ſupplier trés humble-
ment, mais trés inſtamment, de m'accorder
ce que je n'ay pû, malgré tous mes efforts,
obtenir du Reverend Pere Provincial. Il y
a cinquante-deux ans que je vis dans la
Compagnie, non pour moy, mais pour les
autres ; du moins, plus pour les autres, que
pour moy. Mille affaires me détournent, &
m'empeſchent de travailler, autant que je
le voudrois, à ma perfection, qui néanmoins
eſt la ſeule choſe neceſſaire. Je ſouhaite de
me retirer, & de mener deſormais une vie
plus tranquille : je dis plus tranquille, afin
qu'elle ſoit plus réguliere & plus ſainte. Je
ſents que mon corps s'affoiblit & tend vers ſa
fin. J'ay achevé ma courſe ; & pluſt à Dieu
que je puſſe adjouſter, j'ay eſté fidelle ! Je ſuis
dans un âge, où je ne me trouve plus guéres
en eſtat de preſcher. Qu'il me ſoit permis,
je vous en conjure, d'employer uniquement

pour Dieu & pour moy-mesme ce qui me reste de vie, & de me disposer par là à mourir en Religieux. La Fléche, ou quelque autre Maison qu'il plaira aux superieurs (car je n'en demande aucune en particulier, pourveû que je sois éloigné de Paris) sera le lieu de mon repos. Là, oubliant les choses du monde, je repasseray devant Dieu toutes les années de ma vie dans l'amertume de mon ame. Voilà le sujet de tous mes vœux, &c.

Cette lettre eut tout l'effet que désiroit le Pere Bourdaloüe. Il luy fut libre de faire ce qu'il jugeroit à propos, & dés qu'il eut reçeu la réponse de Rome, il prit jour pour partir. Mais les mesmes Superieurs qui l'avoient arresté la premiere fois, se crurent encore en droit de retarder son départ de quelques semaines, & de suspendre la permission, jusqu'à ce qu'ils eussent pû faire à Rome de nouvelles remonstrances. Elles toucherent le Pere General ; & la derniere conclusion fut que le Pere Bourdaloüe demeureroit à Paris, & continueroit à s'ac-

quitter de ses fonctions ordinaires. Dieu
voulut ainsi qu'il eust tout le merite d'un
sacrifice si religieux sans en venir à l'exécution, & qu'il achevast de se sanctifier
luy-mesme en travaillant à la sanctification du prochain. Voilà ce que le public n'a sçeû qu'aprés sa mort. Comme
ses veûës avoient esté droites, & qu'en
prenant une telle resolution il n'avoit
cherché que Dieu, il ne chercha point
dans la suite à s'en faire honneur. Il a
toûjours tenu la chose secrete, & il n'en
a fait confidence qu'à quelques-uns de
ses amis les plus intimes.

Le Pere Bourdaloüe n'insista pas. Il
crut obéir à l'ordre du ciel en se soumettant à la volonté de ses superieurs. Il n'en
eut mesmes encore dans son travail que
plus d'activité & plus d'ardeur : mais il
approchoit de son terme, & son travail
desormais ne fut pas long : Dieu le re-
tira au moment qu'on s'y attendoit le
moins.

Il tomba malade le 11. de May, & dés
le premier jour de sa maladie, il se sentit

frappé à mort. Il ne perdit rien dans un peril fi preffant, de la prefence de fon efprit; & il eft difficile de marquer plus de fermeté & de conftance qu'il en fit paroiftre. Son mal fut une fiévre interne & trés maligne, precedée d'un gros rhume qui le tenoit depuis plufieurs femaines, & où fon zéle l'empefcha de fe menager autant qu'il euft efté neceffaire. Car tout incommodé qu'il eftoit, il ne laiffa pas de prefcher, & d'entendre felon fa couftume les confeffions. Mais il fallut enfin fe rendre. Le Dimanche, Fefte de la Pentecofte, aprés avoir dit la Meffe avec beaucoup de peine, il fut obligé de fe mettre au lit. Quoyqu'il connuft affez fon eftat, il voulut néanmoins encore s'en faire inftruire, & il pria qu'on ne luy déguifaft rien. On luy parla comme il le fouhaitoit; & fans attendre que la perfonne qui luy portoit la parole, euft achevé, *C'eft affez*, répondit-il, *je vous entends: il faut maintenant que je faffe, ce que j'ay tant de fois prefché & confeillé aux autres.*

PREFACE.

Dés le lendemain matin il se prépara par une confession de toute sa vie à recevoir les derniers Sacrements. Ce fut aprés cette confession qu'il épancha son cœur, & qu'il s'expliqua dans les termes les plus chrestiens & les plus humbles. Il entra luy-mesme dans tous les sentiments qu'il avoit inspirez à tant de moribonds. Il se regarda comme un criminel condamné à la mort par l'arrest du ciel. Dans cet estat il se presenta à la justice divine. Il accepta l'arrest qu'elle avoit prononcé contre luy, & qu'elle alloit exécuter. *J'ay abusé de la vie,* dit-il en s'addressant à Dieu : *je merite que vous me l'ostiez, & c'est de tout mon cœur que je me soumets à un si juste-chastiment.* Il unit sa mort à celle de Jesus-Christ ; & prenant les mesmes intentions que ce Sauveur mourant sur la croix, il s'offrit comme une victime, pour honorer par la destruction de son corps la supresme majesté de Dieu, & pour appaiser sa colere. Non content de ce sacrifice, il consentit à souffrir toutes les peines du Purgatoire. *Car il est*

bien raifonnable, reprit-il, *que Dieu foit
pleinement fatisfait : & du moins dans le
Purgatoire je fouffriray avec patience &
avec amour.*

En de fi faintes difpofitions, il receut
les Sacrements : & s'eftant tout de nouveau entretenu quelque temps avec Dieu,
il mit ordre à divers papiers dont il eftoit
dépofitaire. Il le fit avec un fens auffi raf-
fis, que s'il euft efté dans une parfaite fan-
té. Il fe fentit mefmes un peu foulagé tout
le refte de la journée, & il donna quelque efperance de guérifon. Mais ce ne fut
qu'une lüeur; & fans fe flatter de cette efperance, il s'occupa toûjours de la mort;
voyant bien, difoit-il, qu'il ne pouvoit
guérir fans un miracle, & fe croyant trés
indigne que Dieu fift un miracle pour
luy.

En effet, fur le foir il luy prit un re-
doublement au quel il n'eut pas la force
de refifter. L'accés fut fi violent qu'il luy
caufa un délire dont il ne revint point:
& le Mardy 13. de May, de l'année 1704.
il expira vers cinq heures du matin. Ainfi

PREFACE.

mourut dans la ſoixante-douziéme année de ſon âge, un des plus grands hommes qu'ait eû noſtre Compagnie, & ſi je
l'oſe dire, qu'ait eû la France. Il avoit
reçeu du ciel beaucoup de talents : il ne
les a point aſſeûrément enfoüis ; mais il
les a conſtamment employez pour la gloire de Dieu & pour l'utilité du prochain.
Il eut l'avantage de mourir preſque dans
l'exercice actuel de ſon miniſtere, & ſans
autre intervalle que celuy de deux jours
de maladie. Tout le public reſſentit cette perte : le regret fut univerſel ; & ce regret eſt encore auſſi vif que jamais dans
le cœur de bien des perſonnes, qui trouvoient en luy ce qu'on ne trouve pas aiſément ailleurs. Il ne les oublia point en
mourant ; & l'on peut pareillement compter que la memoire du Pere Bourdaloüe leur ſera toûjours pretieuſe. Ses ouvrages ſuppléeront au défaut de ſa perſonne. On l'y retrouvera luy-meſme : du
moins, on y retrouvera tous ſes ſentiments & tout ſon eſprit.

Car ce ſont icy ſes vrays ſermons,

& non point des copies imparfaites, telles qu'il en parut il y a plusieurs années.
Il les désavoüa hautement, & avec raison. Il y est si défiguré, qu'il ne devoit
plus s'y reconnoistre.

Les deux Avents & le Caresme qu'on
donne dans cette premiere édition, feront suivis des sermons sur les Mysteres,
sur les Saints, sur la vocation Religieuse
& sur divers sujets de morale. Quoyque
dans plusieurs sermons du Caresme, il
n'addresse pas la parole au Roy, il les a
néanmoins presque tous preschez à la
Cour, mais à d'autres jours & sous d'autres Evangiles.

On trouvera à la fin du quatrieme volume, deux Lettres qui parurent aprés sa
mort, l'une manuscrite & l'autre impri-
mée. La premiere est d'un illustre Magis-
trat, dont le Pere Bourdalouë honoroit
infiniment la Maison & singulierement
la personne. On voit dans cette lettre des
traits de maistre, & l'esprit n'y a pas moins
de part que le cœur. La seconde est une
de ces lettres circulaires qu'on envoye

dans les Maiſons de la Compagnie pour
donner avis de la mort de chaque Jeſui-
te. Le Pere Martineau , Confeſſeur de
Monſeigneur le Duc de Bourgogne &
Superieur de la Maiſon Profeſſe, lorſque
le Pere Bourdalouë y mourut, écrivit celle-cy , qu'on ne put refuſer au public, &
qu'on réimprima pluſieurs fois, tant elle
fut gouſtée & recherchée.

Comme on n'a tiré le Pere Bourdalouë qu'aprés ſa mort, on a eſté obligé de
luy laiſſer les yeux fermez dans le portrait
qui eſt à la teſte de ce volume, & l'on
n'a pas cru pouvoir mieux le mettre, que
dans la poſture d'un homme qui medite.

Il reſte à dire un mot touchant les
Abregez qui ſont à la fin de chaque volume. Pluſieurs perſonnes les ont demandez ; & aprés avoir deliberé quelque temps, on a conclu qu'il eſtoit bon
de les faire, parce qu'ils pourroient eſtre utiles à quelques Predicateurs, & que
ceux qui ne voudroient pas s'en ſervir,
ſeroient maiſtres de ne les pas lire. S'ils

font un peu longs, c'eſt que les Sermons eux-meſmes ſont trés longs & trés pleins. On pourra néanmoins encore en d'autres éditions, s'il eſt neceſſaire, abreger ces extraits, ou meſmes les ſupprimer.

*Approbation de M. de Precelles, Docteur
de la Maison & Societé de Sorbonne,
& Lecteur des Livres.*

J'Ay lû par ordre de Monseigneur le Chancelier les Sermons du P. Bourdaloüe, & je n'y ay rien trouvé qui ne soit conforme à la foy & aux bonnes mœurs. Le public perd beaucoup de ne pouvoir plus entendre la voix de ce celebre Predicateur, en qui la science & la pieté, le zéle & la modestie, se joignoient si parfaitement ; & dont les discours pleins de feu, & prononcez avec tant de dignité, inspiroient à toutes sortes de personnes du respect pour les veritez de l'Evangile, soit dans cette Ville capitale du Royaume, où il les a long temps enseignées, soit à la Cour où il a souvent eû l'honneur de porter la parole de Dieu devant nostre Grand Monarque. Mais ces mesmes discours que cet Orateur vrayement chrestien a laissez par écrit, sont si pleins de religion, si pleins d'esprit, de bon sens, d'érudition sainte dans l'intelligence de l'Ecriture & des Peres, & de cette veritable éloquence dont la sagesse est la source, & qui suit en tout la sagesse, comme dit Saint Augustin ; que je ne doute pas qu'ils ne plaisent encore extrémement, & qu'ils n'édifient par tout, lors qu'ils seront imprimez, & qu'ainsi ils ne produisent d'aussi grands fruicts dans l'Eglise aprés sa mort, qu'ils en ont produit pendant sa vie. Fait en Sorbonne le 12. de Mars 1705. C. DE PRECELLES.

Permiſſion du R. P. Provincial.

JE ſouſſigné Provincial de la Compagnie de Jeſus dans la Province de France, permets au Pere
François Bretonneau de la meſme Compagnie de
faire imprimer un livre qu'il a reveû & qui a pour
titre, *Sermons du Pere Bourdaloüe de la Compagnie
de Jeſus pour l'Avent & pour le Careſme :* lequel
livre a eſté veû & approuvé par trois Théologiens
de noſtre Compagnie. En foy de quoy j'ay ſigné
la preſente permiſſion. A Paris ce 3. Janvier 1707.
CHARLES DELAISTRE.

AVENT

PRESCHE

DEVANT LE ROY.

SERMONS

CONTENUS DANS CET AVENT.

SERMON

SERMON
POUR LA FESTE
DE
TOUS LES SAINTS.

Sur la recompense des Saints.

Gaudete, & exultate : ecce enim merces veſtra
copioſa eſt in cælis.

*Rejoüiſſez-vous, & faites éclater voſtre joye : car
une grande recompenſe vous eſt reſervée dans
le ciel.* En Saint Matthieu, chap. 5.

IRE,

C'Eꜱᴛ le Fils de Dieu qui parle, & qui
dans l'Evangile de ce jour nous propoſe la
gloire céleſte, non pas comme un ſimple hé-

.A

ritage qui nous eſt acquis, mais comme une
recompenſe qui nous doit couſter. Il ſçavoit,
dit ſaint Jean Chryſoſtome, combien nous
ſommes intereſſez ; & voilà pourquoy uſant
avec nous d'une condeſcendance digne de luy,
pour nous attirer à ſon ſervice, il nous prend
par noſtre intereſt. Sans rien relaſcher de ſes
droits, ni rien rabbattre du commandement
qu'il nous fait de l'aimer, comme noſtre Dieu,
pour luy-meſme & plus que nous-meſmes;
il veut bien que noſtre amour pour luy ait encore un retour ſur nous : & pourveû que noſtre intereſt ne ſoit point un intereſt ſervil, il
conſent que nous l'aimions par intereſt, ou
pluſtoſt que nous nous faſſions un intereſt de
l'aimer. Car c'eſt pour cela qu'il nous promet
une recompenſe, dont la veûë eſt infiniment
capable de nous élever à ce pur & parfait
amour, qui, comme ajouſte ſaint Chryſoſtome, réunit ſaintement & divinement noſtre intereſt à l'intereſt de Dieu.

Entrons donc, mes chers Auditeurs, dans
la penſée de Jeſus-Chriſt ; & ſans nous piquer aujourd'huy d'une ſpiritualité plus ſub-
lime que celle qui nous eſt enſeignée par ce
Maiſtre adorable, attachons-nous à la recompenſe où il nous appelle, & qu'il veut que nous
enviſagions, quand il nous dit : une grande recompenſe vous eſt reſervée dans le ciel. *Ecce
merces veſtra copioſa eſt in cælis.* Il eſt de la

foy que nous la pouvons, & que nous la devons meriter cette recompense; & c'est ce que
je suppose icy comme un principe, dont il ne
nous est pas permis de douter : mais ce principe supposé, je veux vous montrer combien
cette recompense est digne de nos desirs & de
nos soins. Pour vous engager à la meriter, je
veux vous en découvrir l'excellence & les avantages. Par la comparaison que j'en feray avec
les recompenses du monde, je veux vous la
faire gouster, & par là mesme, si je puis, exciter en vous un saint zéle de l'acquerir.

Or pour vous en donner une idée juste,
je m'arreste aux paroles de mon texte, dont
l'exposition litterale va développer d'abord
tout mon dessein. Concevez-en bien l'ordre
& le partage. *Ecce merces vestra copiosa est in
cœlis.* Cette recompense que Dieu prépare à
ses Elûs, est une recompense seûre. *Ecce,* la
voilà : c'est un Dieu qui vous la promet ; &
si vous la voulez de bonne foy, elle est à vous:
Ecce merces vestra. C'est une recompense abondante, qui n'aura point d'autre mesure que la
magnificence d'un Dieu, & qui mettra seule
le comble à tous vos desirs : *Ecce merces vestra copiosa.* Enfin, c'est une recompense éternelle, que vous ne perdrez jamais, parce qu'elle vous est reservée dans le ciel, où il n'y aura plus de changement, ni de révolution : *Ecce merces vestra copiosa est in cœlis.* Quali-

tez bien propres, Chreftiens, à faire, & fur vos
efprits & fur vos cœurs, les plus fortes impreffions : fur tout, fi vous en jugez par oppofition aux recompenfes du monde ; c'eft à dire, par les trois effentielles differences, que je
vous prie de remarquer entre les recompenfes du monde, & cette recompenfe des Elûs
de Dieu : car c'eft là ce qui m'a paru devoir
plus vous intereffer, & reveiller voftre foy.
La recompenfe des Elûs de Dieu eft une recompenfe feûre ; au lieu que les recompenfes
du monde font douteufes & incertaines : ce fera le premier point. La recompenfe des Elûs
de Dieu eft une recompenfe abondante ; au
lieu que les recompenfes du monde font vuides & defectueufes : ce fera le fecond point.
La recompenfe des Elûs de Dieu eft une recompenfe éternelle ; au lieu que les recompenfes du monde font caduques & periffables : ce fera le dernier point.

Trois fujets de confolation & de joye que
l'Eglife nous propofe, en nous mettant devant les yeux la gloire des Saints, & en nous
animant par ce motif à eftre les imitateurs de
leur fainteté. *Gaudete & exultate.* Si vous
vous conformez à leurs exemples, rejoüiffez-
vous : & de quoy ! de ce que vous ferez feû-
rement, de ce que vous ferez pleinement, de
ce que vous ferez éternellement recompenfez.
Au contraire, pleurez & affligez-vous, fi mal-

gré tous ces avantages, poffedez de l'amour du monde, vous vous fentez peu de gouft & peu d'attrait pour cette recompenfe des juftes. Non feulement pleurez, mais tremblez, fi la dureté de vos cœurs vous rend infenfibles à des veritez fi touchantes. Donnez-moy grace, Seigneur, pour traiter dignement & utilement un fi grand fujet ; & faites que ceux qui m'écoutent, pénetrez de la vertu de voftre divine parole, conçoivent un defir ardent, une efperance vive, un faint avant-gouft des biens que vous leur préparez : qu'en veûë de ces biens ineffables, ils fe détachent de la terre, ils n'ayent plus de penfées que pour le ciel, ils renoncent à la vanité, ils cherchent folidement la verité ; ils foient auffi bien que vos Saints, & comme devant eftre un jour les compagnons de leur gloire, déterminez à combattre le monde & à le vaincre. C'eft ce que je vous demande pour eux & pour moy, par l'interceffion de la plus fainte des Vierges. *Ave Maria.*

SE fatiguer, s'épuifer, fouvent s'immoler I. PARTIE. pour des recompenfes incertaines, aux quelles on parvient difficilement, & dont tous les jours, aprés de vaines efperances, on a le chagrin de fe voir, ou malheureufement fruftré, ou mefme injuftement exclus ; c'eft la trifte & fatale deftinée de ceux qui s'attachent au mon-

A iij

de. Au contraire, travailler pour une recompenfe feûre, & fervir un Maiftre auprés duquel on peut compter qu'il n'y eût & qu'il n'y aura jamais de merites perdus, c'eft ce qui a fait fur la terre le bonheur des Elûs de Dieu, & de ces faints Prédeftinez dont nous honorons aujourd'huy la glorieufe memoire. Ils fervoient un Dieu fidelle dans fes promeffes, & ils avoient en veûë une recompenfe qui ne leur pouvoit manquer. Voilà, dit faint Chryfoftome, ce qui les a rendus capables de tout entreprendre & de tout fouffrir. *Patior*, difoit un d'entre eux, plein de cette force héroïque, que la foy d'une verité fi confolante luy infpiroit; c'eftoit faint Paul : *Patior, fed non confundor.* Je fouffre; mais bien loin de m'en affliger, je m'en glorifie : & pourquoy ! *Scio enim cui credidi, & certus fum quia potens eft depofitum meum fervare in illum diem.* Parce que je fçais, ajouftoit-il, quel eft celuy à qui j'ay confié mon dépoft ; & que je fuis affeûré, qu'il n'eft que trop puiffant pour me le garder jufqu'à ce grand jour, où chacun recevra felon fes œuvres. Qu'entendoit-il par fon dépoft ! le fonds de merites qu'il s'eftoit acquis devant Dieu ; c'eft à dire, ce qu'il avoit fait pour Dieu, ce qu'il avoit enduré pour Dieu, & dans l'efperance de la gloire, dont il fçavoit que fes travaux Apoftoliques devoient eftre recompenfez. C'eft le fens litteral de ce paffage. J'ay

combattu, difoit-il encore dans la mefme
Epiftre à Timothée, j'ay achevé ma courfe,
j'ay efté conftant dans la foy : il ne me refte que d'attendre la couronne de juftice, qui
m'eft refervée, & que le Seigneur, en ce jour-
là, me donnera comme jufte Juge. *In reliquo* 2. *Timoth. 4.*
repofita eft mihi corona juftitiæ, quam reddet
mihi Dominus, in illâ die, juftus Judex. Ainfi
parloit l'Apoftre de Jefus-Chrift ; & ainfi a
droit de parler aprés luy tout homme chreftien, puifqu'il reconnoiffoit luy-mefme, que
cette couronne de juftice n'eftoit pas feulement
refervée pour luy, mais generalement & fans
exception, pour tous les ferviteurs de Dieu.
Non folùm autem mihi, fed & iis qui diligunt *Ibidem.*
adventum ejus.

Car voici, mes chers Auditeurs, comment
chacun de nous doit raifonner, en s'appliquant perfonnellement ces paroles, *Scio cui*
credidi ; & c'eft l'important myftere de Religion, fur quoy doit eftre fondée toute noftre conduite felon Dieu. Je ne fçais pas fi je
feray jamais affez heureux pour meriter la
recompenfe que Dieu prépare à ceux qui l'aiment : mais je fçais, que fi je la merite, je
l'obtiendray ; je fçais, qu'autant que je l'auray
meritée, je la poffederay ; je fçais, que tout ce
que je fais & tout ce que je fouffre pour Dieu,
eft un dépoft facré que Dieu me garde, dont
il veut bien luy-mefme me répondre, & qui

A iiij

ne déperira point entre ses mains. *Scio cui credidi :* c'est à dire, je ne suis pas seûr de moy; mais je suis seûr du Dieu pour qui je travaille. Je suis seûr de sa bonté, je suis seûr de sa fidelité, je suis seûr de sa puissance : *Et certus sum, quia potens est.* Or l'asseûrance que la foy me donne de tous ces attributs de Dieu, & de Dieu mesme, est ce qui m'encourage & qui m'anime. C'est ce qui a soutenu la ferveur & le zéle de ces bienheureux, qui regnent maintenant dans le ciel, & qui ont sanctifié la terre par leurs vertus. Ils estoient seûrs du Dieu qu'ils servoient, & des biens qu'ils en attendoient : non seulement ils esperoient en luy; mais ils sçavoient, & ils sçavoient infailliblement, qu'esperant en luy, ils ne seroient point confondus. *Scio cui credidi.*

Un mondain est bien éloigné de pouvoir tenir ce langage à l'égard du monde, & des recompenses du monde. Car fondé sur le témoignage qu'il se rend de sa propre conduite, il peut souvent dire tout au contraire, en gémissant & en déplorant son sort : Je sçais que par rapport au monde, j'ay fait mon devoir; mais je ne sçais pas pour cela si le monde m'en tiendra compte; je ne sçais pas si le monde reconnoistra mes services; je ne sçais pas mesme si mes services luy ont esté agréables. Pour ce qui regarde les recompenses du monde, il peut

dire fans préfomption : Je fuis feûr de moy ;
mais je ne fuis pas feûr de ceux qui font les
maiftres & les diftributeurs des graces ; je ne
fuis pas feûr qu'ils ayent pour moy de favora-
bles difpofitions ; je ne fuis pas feûr qu'ils en
ayent mefme d'équitables. Il peut dans un
fens contradictoirement oppofé au fens de
faint Paul, dire en parlant du monde : *Scio
cui credidi :* Je fçais, & je ne fçais que trop,
quel eft ce monde à qui je me fuis malheureufement attaché, & opiniâtrément confié : mais
c'eft juftement pour cela, qu'aprés l'avoir
longtemps fervi, je ne fuis encore feûr de rien ;
parce qu'une expérience funefte m'a appris
malgré moy, & m'a convaincu, que le monde eftant ce qu'il eft, je n'ay pû, ni n'ay dû
faire aucun fonds fur luy. Or n'avoir rien en
veûë dont on foit feûr, ni fur quoy l'on puiffe compter, c'eft ce qui afflige le mondain,
ce qui le défole ; & pour peu que fon ambition ait d'empreffement & de vivacité, ce qui
luy tient lieu de fupplice. Telle eft, dis-je, la
premiere difference, que j'ay dû vous faire obferver entre les recompenfes de Dieu & celles
du monde. Mais approfondiffons cette penfée, & venons au détail des chofes, puifqu'il
eft certain qu'il n'y en eût jamais un plus propre, pour nous faire adorer les mifericordes de
noftre Dieu, & pour nous exciter nous-mefmes à l'amour & au zéle de la fainteté.

Il y a dans le monde des merites ſtériles, c’eſt à dire, des merites ſans recompenſe : pourquoy cela ? C’eſt qu’il y a, dit ſaint Chry-ſoſtome, des merites que les hommes ne con-noiſſent pas ; c’eſt qu’il y a des merites, quoy-que connus des hommes, qui ne leur plaiſent pas ; c’eſt qu’il y a des merites que les hom-mes eſtiment, & dont ils ſont meſme tou-chez, mais qu’ils ne recompenſent pas, parce qu’ils ne le peuvent pas. Trois cauſes de l’in-certitude des recompenſes du ſiécle ; mais qui nous font comprendre en meſme temps la ſeû-reté & l’infaillibilité de la recompenſe des E-lûs de Dieu. Appliquez-vous, & ne perdez rien de cette excellente morale.

Des merites que les hommes ne connoiſ-ſent pas. En effet, par ce ſeul principe, com-bien dans le monde de merites perdus ! com-bien d’ignorez ! combien d’oubliez ! combien d’effacez par le temps ! combien de détruits par les mauvais offices ! combien d’étouffez dans la foule & dans la multitude ! Je ſerois infini, ſi je voulois pouſſer cette induction. Avec Dieu nous n’avons rien de pareil à craindre : de quelque nature que ſoient les merites que nous acquerons devant luy, il les connoiſt, il les diſtingue, il en fait le diſcernement, il les péſe dans la balance du ſanctuaire, il en con-ſerve le ſouvenir, il ne les perd jamais de veûë.

Eclairé des vives lumieres de ſon entendement divin, il connoiſt les merites obſcurs, auſſi bien que les éclatans ; les vertus intérieu-res & cachées, auſſi bien que celles qu'on ad-mire & qu'on préconiſe. Combien de Saints dans le ciel, qui n'ont jamais paru ce qu'ils eſtoient ; & dont la ſainteté, quoyque parfai-te, n'a jamais brillé pendant qu'ils vivoient ſur la terre ? Voilà pour la conſolation des humbles.

Comme Dieu, ſcrutateur des cœurs, il pé-netre le fonds du merite, qui eſt le cœur. Ce merite du cœur, inconnu aux hommes, luy eſt connu, & entiérement connu : & de là vient, qu'il nous tient compte, non ſeulement de nos actions & de nos œuvres, mais de nos intentions & de nos deſirs : non ſeulement de ce que nous faiſons pour luy, de ce que nous ſouffrons pour luy, de ce que nous quittons pour luy ; mais de ce que nous voudrions fai-re, de ce que nous voudrions ſouffrir, de ce que nous voudrions quitter, par la raiſon ſeu-le que ſi nous l'avions, nous ſerions preſts en effet pour luy à le quitter. Ainſi, ſelon l'ex-preſſion de l'Ecriture, il entend, & par la meſ-me regle il recompenſe juſqu'à la préparation de nos cœurs : *Præparationem cordis eorum* Pſalm. 9. *audivit auris tua.* C'eſt à dire, qu'il ſuffit pour luy plaire, de luy vouloir plaire ; & qu'il ſuffit de luy avoir plû, pour eſtre comblé de ſes biens. Combien de prédeſtinez qui n'ont

eû devant Dieu que le merite de la bonne
volonté ? Voilà pour la confolation des foibles.

Parce que c'eſt un Dieu, dont la pénetration eſt infinie, & que rien n'échappe à ſa
connoiſſance, nos actions les plus viles & les
plus baſſes, pourveû qu'il en ſoit le motif, ont
devant luy leur prix & leur valeur. Un verre
d'eau donné en ſon nom merite une gloire
ſpéciale, dont luy-meſme il nous aſſeûre. Les
deux deniers de la veuve reçoivent un éloge
de ſa bouche, auſſi bien que les magnifiques
offrandes qui ſe faiſoient dans le Temple. Voilà pour la confolation des pauvres.

Parce qu'il eſt ſouverainement & exactement juſte, pour chaque degré de merite &
de ſainteté que nous acquerons, il a un degré de béatitude & de gloire, qu'il nous deſti-
ne ; & c'eſt la proportion de ces degrez qui
fait pour les Saints bienheureux, auſſi bien que
pour les Anges, l'ordre admirable des Hiérar-
chies céleſtes. Sur la terre le plus grand merite n'eſt pas toujours le mieux placé. Souvent un merite mediocre, par le faux jugement des hommes, l'emporte & prévaut. Là,
le merite & la gloire, le merite & la recompenſe vont toujours de pair. C'eſt un Dieu
qui meſure & qui regle l'un par l'autre ; mais
un Dieu incapable de ſe tromper, incapable
d'eſtre prévenu, incapable de rien eſtimer que

ce qui eſt eſſentiellement eſtimable, ſçavoir, les œuvres ſaintes & la pieté. Voilà pour la conſolation des ames droites & fidelles à leurs devoirs.

Par rapport au monde, il n'y a point de merite que le temps n'efface. Tout ce que nous faiſons pour Dieu, du moment que nous l'avons fait, eſt écrit dans le livre de vie ; mais avec des caracteres qui ne s'effaceront jamais. Les hommes non ſeulement oublient, mais ſouvent ſont bien aiſes d'oublier les ſervices qu'on leur rend ; & Dieu nous déclare luy-meſme, que tous nos ſervices ſont comme ſcellez dans les tréſors de ſa miſericorde : *Non-* *ne hæc condita ſunt apud me, & ſignata in theſauris meis ?* Il nous dit en termes exprés, que nos ſacrifices ſont toujours devant ſes yeux ; *Holocauſta autem tua in conſpectu meo ſunt ſemper :* que nos priéres, & nos aumoſnes montent juſques à luy, & qu'elles ſont toujours preſentes à ſa memoire. *Orationes tuæ & eleemoſynæ aſcenderunt in memoriam in conſpectu Dei.* Il ſe fait meſme comme un honneur de s'en ſouvenir ; & il ne peut non plus les oublier, qu'il peut oublier qu'il eſt noſtre Dieu, & que nous ſommes ſes créatures. Tout cela, Chreſtiens, le croyons-nous ? Mais ſi nous ne le croyons pas, nous ne connoiſſons pas le Maiſtre que nous ſervons : ou ſi nous le croyons, comment ſommes-nous ſi tiédes

Deuteron. 32.

Pſal. 49.

Act. 10.

& si negligens dans son service?

Ajoustez, pour gouster encore davantage le bonheur des Justes, ce que j'ay marqué comme le second principe de la disgrace des mondains, & de l'incertitude de leurs recompenses : Des merites, quoyque connus, qui ne plaisent pas. Qu'y a-t-il dans le monde de plus ordinaire ? & combien par là ne voit-on pas parmi les hommes de merites malheureux, de merites rebuttez, & si j'ose ainsi dire, réprouvez ; de merites, qui par l'aliénation des cœurs, ou par la contrarieté des interests, bien loin d'attirer la bienveillance & l'amour, excitent plustost la jalousie & la haine ! C'est à quoy ne sont point sujets ceux qui travaillent à acquerir des merites auprés de Dieu. Comme Dieu hait necessairement le peché : & que tout Dieu qu'il est, il ne peut pas ne le point haïr, & en le haïssant ne le point réprouver ; aussi tout Dieu qu'il est, ne peut il pas ne point aimer le merite des œuvres chrestiennes, & en l'aimant ne le point couronner, & ne le point glorifier. Il y a dans les Elûs de Dieu differentes espéces de sainteté ; mais il n'y en a pas une, dit saint Chrysostome, qui ne soit du goust de Dieu, qui ne soit l'objet des complaisances de Dieu : parce qu'il n'y en a pas une qui ne soit une émanation de cette sainteté originale & exemplaire, qui est Dieu ; parce qu'il n'y en a pas une qui ne soit l'ouvrage de

Dieu & le don de Dieu. Avoir du merite, ou
en avoir trop, c'est souvent dans le monde
une exclusion pour les emplois & pour les places qui y tiennent lieu de recompenses. Devant Dieu plus on a de merite, plus on est aimé. Or estre aimé d'un Dieu, dont l'amour
fait les Bienheureux, les Prédestinez, les
Saints, c'est estre déja recompensé.

Enfin, quelque justes, & quelque reconnoissans que soient les hommes ; je dis plus,
quelque liberaux, & quelque magnifiques
qu'ils puissent estre, il y a des merites qu'ils
ne recompensent pas, parce qu'ils ne le peuvent pas : des merites dont ils conviennent,
& dont ils sont mesme touchez ; mais qui ex-
cédant, ou par leur qualité, ou par leur nombre, le nombre des graces dont ils sont les dis-
pensateurs, leur deviennent malgré eux des
merites onéreux, des merites incommodes,
& mesme des merites importuns. Il n'y en a
point de tels auprés de vous, mon Dieu, &
l'on ne court point avec vous de semblable
risque. Comme la magnificence de Dieu n'a
point de bornes, parce qu'elle est inséparable
de sa toutepuissance, nos merites ont beau
croistre & se multiplier, elle ne s'épuise jamais. Plus nous en avons, plus il a, dit saint
Chrysostome, de trésors de grace & de gloire
à répandre sur nous. Plus il nous doit dans le
sens catholique & orthodoxe qu'il nous peut

devoir, plus il eſt riche pour s'acquitter envers nous : riche, dit le texte ſacré, pour tous ceux qui l'invoquent & qui le prient ; *Dives in omnes qui invocant illum :* mais encore bien plus riche, reprend ſaint Bernard, pour tous ceux qui le ſervent fidellement. Comme jamais il ne ſe tient importuné de nos priéres, auſſi nos merites acquis par ſa grace, ne luy ſont-ils jamais à charge.

Nous ſommes donc ſeûrs de luy ; & quand nous travaillons pour luy, dans l'eſperance de la gloire dont jouiſſent les Saints , tout pecheurs que nous ſommes, nous avons la conſolation de pouvoir dire comme ſaint Paul : *Spes autem non confundit.* Cette eſperance ne me confond point : toute autre eſperance eſt trompeuſe ; mais celle-là ne me trompera jamais. Cent fois j'ay pû me repentir d'avoir trop compté ſur les hommes, & d'avoir trop eſperé d'eux ; mais je n'oſerois dire, ni me plaindre que jamais Dieu m'ait manqué ; & ſi j'eſtois aſſez ingrat pour le penſer, non ſeulement ſa juſtice, mais ſa miſericorde meſme s'éleveroit pour luy contre moy.

Je ſuis ſeûr de mon Dieu : principe adorable, d'où David tiroit ces ſaintes & édifiantes concluſions , qu'un chreſtien , ſur tout à la Cour, devroit mediter tous les jours de ſa vie. *Bonum eſt confidere in Domino, quàm confidere in homine.* Il vaut bien mieux ſe confier

dans

dans le Seigneur, que de se confier dans l'homme. *Bonum est sperare in Domino, quàm spe-* ‎*Ibidem.*
rare in Principibus. Il vaut bien mieux mettre
son esperance dans le Seigneur, que de la mettre dans les Princes de la terre. C'est un Roy
qui l'a dit ; & celuy devant qui je parle a trop
de religion, pour ne pas souscrire luy-mesme
à un témoignage si divin. Je suis seûr du Dieu
que je sers : principe touchant, seul capable
de sanctifier ma vie. Mon esperance du costé
de Dieu ne me peut confondre. Je puis bien
de mon costé abuser de cette esperance par ma
présomption ; je puis bien par ma lascheté me
rendre cette esperance vaine & inutile : mais
au moins cette esperance est-elle infaillible pour
moy de la part de Dieu ; & pourveû que je
m'asseûre de moy, j'ay droit de me promettre
tout de luy.

Aprés cela, Chrestiens, sommes-nous ex-
cusables : que dis-je ! ne sommes-nous pas bien
indignes de nostre Dieu, si nous usons de reserve avec luy, si nous craignons d'en trop faire pour luy, si nous ne le servons pas en Dieu !
Je ne blasme point, à Dieu ne plaise ! au contraire, je ne puis assez exalter, assez exciter le
zéle que vous pouvez avoir, & que vous avez
de meriter les graces du glorieux Monarque
à qui le ciel nous a soumis, & que Dieu
nous a donné pour Maistre. Ce que je sou-
haiterois, c'est qu'en le servant, vos servi-

. B

ces fuſſent plus ſaints & plus dignes de l'eſprit chreſtien. C'eſt de luy que dépend voſtre deſtinée & voſtre fortune ſelon le monde: je veux bien que voſtre intereſt, joint à voſtre devoir, vous attache à luy. Il eſt l'image de Dieu ; voſtre confiance aprés Dieu ne peut eſtre mieux placée. Mais ſi vous avez tant d'empreſſement & d'ardeur pour des recompenſes, qui par tant de raiſons peuvent vous manquer, comment pouvez-vous ſoutenir le profond & affreux oubli, dans lequel vous vivez à l'égard de cette recompenſe ſouveraine qu'un Dieu vous aſſeûre ? Et que répondrez-vous à Dieu, quand il vous reprochera dans ſon jugement un oubli ſi monſtrueux & ſi criminel ? C'eſt là toutefois voſtre deſordre ; & ſi vous n'en gemiſſiez pas, j'aurois droit d'ajouſter icy le terrible anatheſme de Jeremie : *Maledictus qui confidit in homine, & ponit carnem brachium ſuum.* Maudit celuy qui met ſa confiance dans l'homme, & qui s'appuye ſur un bras de chair: mais plus maudit celuy, qui pour avoir mis ſa confiance dans l'homme, ne peut ſe reſoudre à la mettre en Dieu. Vous l'allez voir encore bien mieux par la ſeconde qualité de la recompenſe des Saints, qui n'eſt pas ſeulement ſeûre & immanquable, mais pleine & abondante: *Ecce merces veſtra copioſa eſt.* C'eſt le ſujet du ſecond point.

POur vous faire entendre ma penſée, j'ap- II. PARTIE.
pelle recompenſe abondante, une recompen-
ſe qui ſurpaſſe, du moins qui égale les ſervices, par où l'on s'en eſt rendu, ou l'on a taſché à s'en rendre digne. C'eſt la premiere notion que nous en donne ſaint Jeroſme, quand
il applique aux Bienheureux ce que le Fils de
Dieu dans l'Evangile promettoit aux Juſtes,
pour les exciter à la ferveur par le motif de
l'eſperance chreſtienne. *Menſuram bonam, &* Luc. 6.
confertam & coagitatam, & ſupereffluentem da-
bunt in ſinum veſtrum. On verſera dans voſtre
ſein une bonne meſure, qui ſera preſſée, en-
taſſée, comblée. En effet, c'eſt dans la perſonne, ou pour mieux dire, dans l'eſtat des Saints
glorifiez, que cette promeſſe du Sauveur trouve à la lettre ſon accompliſſement. Mais prenant la choſe dans un ſens encore plus moral,
& par conſequent plus propre à vous faire ſentir la verité que je vous preſche ; j'appelle recompenſe pleine & abondante, une recompenſe capable par elle-meſme de ſatisfaire le
cœur de l'homme; capable de remplir le vuide, ou pluſtoſt la vaſte étenduë des deſirs de
l'homme; capable de rendre l'homme heureux, & dont il peut enfin eſtre content : c'eſt
ainſi que ſaint Auguſtin l'a conçûë dans l'ex-
poſition qu'il a faite des beatitudes Evangeliques. Or dans l'un & dans l'autre ſens, le

B ij

Fils de Dieu seul a eû droit de nous dire absolument ce qu'il nous dit aujourd'huy : *Ecce merces vestra copiosa est.* Pourquoy ? parce
qu'il n'appartenoit qu'à luy de pouvoir donner aux hommes une recompense, qui eust ces
deux proprietez que je viens de marquer ; ou,
si vous voulez, parce qu'il n'y a que la recompense des Elûs de Dieu , qui par rapport à
ces deux proprietez, puisse estre justement regardée comme une recompense abondante &
pleine.

Car n'est-il pas vray, (je commence par le
premier de ces deux caracteres, & sans autre
preuve, j'en appelle à vos connoissances : écoutez moy, & consultez vous;) n'est-il pas vray,
que quiconque s'attache à servir le monde, s'il
ne veut pas y estre trompé, doit se resoudre à
travailler beaucoup pour gagner peu ! Et n'est-
il pas tout au contraire évident & incontestable, que quand on travaille pour Dieu , pour
peu qu'on fasse, on gagne infiniment ! Profitons de ce parallele, & servons-nous en pour
gouster nostre Religion.

Que ne faisons-nous pas tous les jours dans
le monde, pour y obtenir des graces, que le
monde est en possession de vendre bien ché-
rement ! des graces ardemment desirées, & im-
patiemment attenduës ; mais que l'on s'apperçoit enfin, dés qu'on les a, ne valoir pas à beaucoup prés ce qu'il en a cousté pour les avoir !

Quelles peines, quelles fatigues ne supporte-
t-on pas pour parvenir dans le monde à des
establissemens, où l'on s'estoit figuré des avantages considerables ; mais dont on commence
à se désabuser & à se dégouster, du moment
qu'on y est parvenu ! A quoy ne s'expose-t-on
pas, & sans y épargner sa vie, que ne risque-
t-on pas pour s'acquerir dans le monde une
gloire qui n'est qu'un phantofme, & dont on
ne joüit pas pluftoft, qu'on en reconnoift la vanité & le néant ! Quels empreffemens n'a-t-on
pas, & quels mouvemens ne se donne-t-on
pas pour se procurer auprés des puiffances du
monde un degré de faveur, qui souvent ne
conduit à rien, & pour lequel on sacrifie son
repos & sa liberté ! A combien de mondains
dans le Chriftianifme ne pourroit-on pas dire avec raifon, ce que Dieu par un Prophete difoit aux Ifraëlites, en leur faifant confiderer les funeftes fuites de leur infidelité : *Semi-* *Agge. 1.*
naftis multùm, & intuliftis parùm. Vous avez
beaucoup femé, & vous avez peu recueilli :
c'eft à dire, vous vous eftes bien tourmentez,
vous avez bien fait des efforts, il vous en a
coufté bien des baffeffes ; & tout cela s'eft ter-
miné à une vaine & miferable fortune, qui
n'a pas répondu à voftre attente, & qui s'eft
trouvée bien audeffous de vos prétentions.
Pourquoy ? parce qu'en travaillant pour le
monde, vous avez femé dans une terre ingra-

te, dont vous n'avez dû vous promettre, & qui n'a pû vous rapporter que trés peu de fruits. *Seminaſtis multùm, & intuliſtis parùm.* Il faudroit un diſcours entier, ſi je voulois m'étendre ſur cette morale, dont peut-eſtre vous ne ſeriez que trop perſuadez; & qui par l'abus que vous en pourriez faire, vous ſerviroit de prétexte pour authoriſer vos chagrins contre le monde, & vos plaintes ſouvent trés injuſtes. Je reviens à ma comparaiſon.

Les Saints, les Elûs de Dieu ont eû un ſort bien different. En travaillant pour Dieu, ils ont ſouffert, je le ſçais; & je ſuis obligé de convenir, que leur vie ſur la terre a eſté une vie auſtere, penitente, mortifiée : mais au milieu de leurs auſteritez, de leurs penitences, de leurs mortifications, ils ont eû l'avantage de pouvoir dire, auſſi bien que le grand Apôſtre : *Non ſunt condignæ paſſiones hujus temporis ad futuram gloriam, quæ revelabitur in nobis.* Nous ſouffrons, il eſt vray; mais outre que nous ſouffrons pour la juſtice, ce qui pourroit dés maintenant nous tenir lieu de recompenſe ; outre que nous ſouffrons pour Dieu, & que cela ſeul eſt déja pour nous une beatitude anticipée : ce que nous ſouffrons n'a rien qui ſoit comparable à cette gloire que Dieu nous prépare ; & noſtre grande reſſource eſt, que le moindre degré de cette gloire que nous attendons, nous dédommagera pleine-

ment & avec ufure, de tout ce qu'il y a de
plus laborieux & de plus penible dans la voye
du ciel.

Voilà en quoy a confifté le bonheur des
Saints. Ils marchoient, dit l'Ecriture ; & dans
l'efprit d'une componction falutaire, ils verfoient des larmes, jettant fur la terre les pre-
cieufes femences de leurs merites. *Euntes ibant,* *Pfal. 125.*
& flebant, mittentes femina fua. Mais ils fe con-
foloient par cette penfée, qu'ils reviendroient
bientoft triomphans & comblez de joye, portant avec eux l'abondante moiffon qu'ils auroient cueillie ; c'eft à dire, portant avec eux
des tréfors immenfes de gloire, qui devoient
eftre le prix des legers facrifices qu'ils faifoient
à Dieu. *Venientes autem venient cum exulta-* *Ibidem.*
tione portantes manipulos fuos. Ils poffedoient
leurs ames dans la patience, fondez fur l'efperance qu'ils avoient d'entendre bientoft ces de-
licieufes paroles ; *Quia fuper pauca fuifti fide-* *Matth. 25.*
lis, fuper multa te conftituam : Parce que vous
avez efté fidelle en de petites chofes, j'en feray de grandes pour vous. Je n'épargneray
rien pour voftre bonheur. *Intra in gaudium* *Ibidem.*
Domini tui : Entrez dans la joye de voftre
Dieu, parce que la joye de voftre Dieu eft
trop grande pour entrer dans vous. Car tel
eft, mes chers Auditeurs, le fonds du myftere que nous célebrons, & c'eft ce que la veüe
des Saints & de leur gloire nous doit infpirer.

B iiij

Je fers un Dieu, non feulement fidelle dans fes promeffes, mais magnifique dans fes recompenfes ; un Dieu qui recompenfe en Dieu, & qui fans attendre cette vie éternelle qu'il me promet, m'accorde déja le centuple de ce que je fais pour luy, par la confolation que j'ay de le faire, & de l'avoir fait. Or c'eft encore de là que je tire la feconde notion d'une recompenfe abondante.

Car j'ay dit, aprés faint Auguftin, que c'eft celle qui par elle-mefme fuffit pour contenter l'homme ; & j'ay ajoufté que ce caractere ne pouvoit convenir, & ne convenoit qu'à la recompenfe des Saints. Cette verité a-t-elle befoin de preuve, & en fut-il jamais une plus capable de nous forcer en quelque forte malgré nous-mefmes à chercher le Royaume de Dieu ! Il eft vray ; on voit dans le monde des hommes, qui felon le monde paroiffent amplement recompenfez : on en voit dont les recompenfes vont mefme bien au delà de leurs fervices & de leurs merites. Mais en voit-on de contens ! en voyez-vous ! en avez-vous veûs ! efperez-vous jamais d'en voir ! & s'ils ne font pas contens, à quoy leur fervent leurs prétenduës recompenfes ! Ils regorgent de biens & d'honneurs, je le veux ; & il femble que le monde fe foit épuifé pour les élever à une profperité complette. Mais cependant leur cœur eft-il fatisfait ! ne defirent-ils

plus rien ! fe croyent-ils heureux ; & dans leur
profperité mefme, dans ce bonheur apparent
trouvent-ils en effet la felicité ! N'eft-ce pas
au contraire, dit faint Chryfoftome, dans ces
fortes d'eftats qu'il eft plus rare, ou pluftoft
moins poffible de la trouver ! n'eft-ce pas dans
les grandes fortunes que fe trouvent les grands
chagrins ; & qui pourroit dire le nombre de
ceux qui n'y font parvenus, que pour eftre
plus malheureux, & pour le fentir plus vivement ! Le monde n'avoit pourtant rien épar-
gné pour contenter leur ambition, & pour
les combler de fes faveurs. Mais en mefme
temps le monde n'avoit pas manqué de mefler
parmi fes faveurs des femences d'amertume,
qui en eftoient inféparables, & qui devoient
bientoft aprés produire des fruits de douleur.
Le monde en les rendant puiffans & opulens,
leur avoit donné tout ce qui eftoit de fon reffort ; mais il n'avoit pû leur donner ce raffa-
fiement, cette paix du cœur, fans quoy ni la
puiffance, ni l'opulence, n'empefchoient pas
que leur eftat ne fuft un eftat affligeant. Quelque heureux qu'ils parúffent, combien leur
manquoit-il de chofes pour l'eftre ! Vous me
direz qu'ils ne devoient s'en prendre qu'à eux-
mefmes, puifqu'ils n'eftoient malheureux que
parce qu'ils eftoient infatiables. Et moy je reponds : mais pourquoy, malgré les faveurs
dont le monde les combloit, eftoient-ils en-

core infatiables; finon, ajoufte faint Chryfoftome, parce que c'eft une verité reconnuë,
conftante, éternelle, que jamais les faveurs du
monde, quelque abondantes que nous les con-
cevions, ne pourront raffafier le cœur humain ?

Quoy qu'il en foit, Chreftiens, de là je conclus l'excellence & la perfection de la recompenfe des Elûs de Dieu. Car il eft encore de
la foy, que cette recompenfe feule remplira
toute la capacité, & mefme toute l'immenfité de noftre cœur. Il eft de la foy, que nous
trouverons en elle l'accompliffement de tous
nos defirs. Il eft de la foy, qu'elle fera pour
nous une beatitude confommée, à laquelle il
ne manquera rien, & qui nous tiendra lieu de
tout. En un mot, il eft de la foy qu'avec cette recompenfe, tout infatiables que nous fommes, nous ferons contens. *Satiabor, cùm apparuerit gloria tua,* difoit à Dieu cet homme
felon le cœur de Dieu : Je feray raffafié, quand
vous me découvrirez voftre gloire. Comme
s'il euft dit : Jufques-là, Seigneur, quoyque le
monde faffe pour moy, je feray toujours affa-
mé & alteré ; jufques-là ennuyé de ce que je
fuis, je voudray toujours eftre ce que je ne fuis
pas ; jufques-là mon cœur, plein de vains defirs, & vuide des biens folides, fera toujours
dans l'agitation & dans le trouble. Mais quand
vous m'aurez fait part de voftre gloire, mon

Pfalm. 16.

cœur raffafié commencera à eftre tranquille.
Je ne fentiray plus cette foif ardente de la cupidité qui me brufloit; je n'auray plus cette
faim avide d'une ambition fecrette qui me dé-
voroit. Tous mes defirs cefferont, parceque je
trouveray dans voftre gloire la plenitude du
bonheur, la plenitude du repos, la plenitude
de la joye; parceque cette gloire, quand je la
poffederay, fera pour moy l'affranchiffement
de tout mal, & la joüiffance de tout bien. *Sa-*
tiabor, cùm apparuerit gloria tua.

C'eft ainfi que parloit David. Eftoit-ce par
exaggération, ou dans le tranfport d'une ex-
tafe? Non, Chreftiens : il parloit felon le premier fentiment qui naiffoit dans fon ame ; &
il ne faut pas s'étonner, fi touché de la verité
que je vous annonce, il fe fervoit d'une expreffion auffi forte que celle-cy, *Satiabor* ;
parce qu'il fçavoit que cette gloire & cette recompenfe des Elûs, aprés laquelle il foupi-
roit, n'eftoit rien autre chofe que Dieu mefme. Car la Foy nous apprend encore, que
c'eft Dieu luy-mefme, qui doit eftre noftre
recompenfe. *Ego merces tua magna nimis. Genef. 15.*
Ouy, moy-mefme, dit Dieu à fon ferviteur
Abraham, moy-mefme qui fuis ton Seigneur
& ton Maiftre, je feray ta recompenfe & ta
beatitude. Hors de moy, rien ne pouvoit l'eftre; & toute ma gloire fans moy ne feroit pas
affez pour toy. Il me falloit moy-mefme pour

te rendre heureux ; & c'est pourquoy je ne te promets point d'autre recompense que moy-mesme : c'est moy que tu possederas. *Ego merces tua.* Or il est aisé de concevoir comment la possession d'un Dieu peut opérer dans l'homme l'effet divin que David s'efforçoit d'exprimer par cette parole : *Satiabor.* Car c'est là, mes chers Auditeurs, tout le secret de cette felicité incomprehensible, dont joüiront les Saints dans le ciel. Ils possederont Dieu ; ils seront pleins de Dieu. *Inebriabuntur ab ubertate domûs tuæ :* Ils seront enyvrez, ô mon Dieu, de l'abondance qui remplit vostre maison. *Et torrente voluptatis tuæ potabis eos ;* ils boiront à longs traits dans le torrent de vos delices, dont ils seront inondez. Pourquoy ! il en apporte la raison, qui est convaincante : *Quoniam apud te est fons vitæ ;* parce que c'est en vous qu'est la source de la vie. Voilà, dis-je, Chrestiens, quelle sera vostre recompense ; voilà au milieu des miseres qui nous accablent dans cette vallée de larmes, ce que nous croyons, & ce que nous esperons. Mais peut-estre charnels que nous sommes ne le comprenons-nous qu'à demy ; & peut-estre, vous, à qui je parle, auriez-vous besoin que vostre foy sur cela fust soutenuë & fortifiée par quelque effet present & sensible. Hé bien, comme Prédicateur de l'Evangile, je veux en cecy m'accommoder à vos foibles dispositions.

Psalm. 35.

Ibidem.

Ibidem.

Vous me demandez un préjugé sensible de
ce que la Foy vous enseigne sur tout ce que
je viens de vous dire ! Le voici : c'est que tout
ce que j'ay dit, non seulement s'accomplira,
mais s'accomplit en quelque maniere dés maintenant dans la personne des Justes. *Ecce merces vestra copiosa.* Je m'explique. Ce qui nous
fait sensiblement connoistre, que les Elûs de
Dieu seront rassasiez de la possession de Dieu;
c'est qu'en effet dés cette vie nous voyons des
hommes, qui par un esprit de religion renonçant à tout le reste, se tiennent heureux de ne
posseder que Dieu, & de ne s'attacher qu'à
Dieu. Sans parler des Saints glorifiez, nous
voyons des Saints sur la terre qui joüissent déja en quelque sorte de ce bonheur. *Sanctis qui* Psalm. 15.
in terrâ sunt ejus. Il y en a peu, si vous voulez, dans ce degré de perfection : mais il y en a,
& peut-estre en connoissez-vous qui y sont parvenus. Des hommes détachez du monde, qui
ont tout quitté pour Dieu, & qui trouvent tout
en Dieu; des hommes qui contens de Dieu,
disent aussi bien que David : *Quid mihi est in* Psalm. 72.
cælo, & à te quid volui super terram ? Qu'y
a-t-il pour moy dans le ciel, & que desiray-
je sur la terre, hors vous, Seigneur ? ou plustost, qui enchérissant mesme sur David, pourroient dire, non plus comme luy, *satiabor,* je
seray rassasié ; mais je le suis du seul avant-goust
que vous me donnez de vostre gloire. Ouy

nous en voyons des exemples ; & Dieu, ou pour nous édifier, ou pour nous confondre, nous en met devant les yeux.

C'est malgré l'iniquité du siécle ce que la grace de Jesus-Christ opére dans ces fervens chrestiens, qui sanctifient la terre par leurs vertus. *Sanctis qui in terrâ sunt.* Nous ne voyons point de mondains contens du monde ; & nous voyons des serviteurs & des servantes de Dieu, contens du Dieu auquel ils se sont dévoüez. En faudroit-il davantage pour reveiller tout nostre zéle ? Nous ne voyons point de riches contens de leurs richesses ; & nous voyons des pauvres Evangeliques contens de leur pauvreté. Nous ne voyons point d'ambitieux contens de leur fortune ; & nous voyons des hommes solidement humbles contens de leur abbaissement. Nous ne voyons point de sensuels contens de leurs plaisirs ; & nous voyons des hommes, non seulement morts, mais crucifiez pour le monde , contens de leurs austeritez & de leurs croix. En un mot, nous voyons ces beatitudes de Jesus-Christ, en apparence si paradoxes & si incroyables, authentiquement & sensiblement verifiées ; je veux dire, des hommes dans la veüë de Dieu, & par un zéle ardent de plaire à Dieu, heureux de souffrir, heureux de pleurer, heureux de ne posseder rien, parce qu'au milieu de tout cela ils possedent Dieu ; pendant que le mon-

de, avec toutes fes profperitez & toutes fes fauffes joyes, ne peut eftre heureux ni content.
Peut-on rien oppofer à l'évidence de cette dé-
monftration?

Avoir Dieu pour partage & pour recompenfe, voilà le fort avantageux de ceux qui cherchent Dieu de bonne foy, & avec une intention
pure. Le diray-je, & me permettrez-vous de
m'en rendre à moy-mefme le témoignage?
Tout pecheur & tout indigne que je fuis, voilà
ce que Dieu par fa grace m'a fait plus d'une fois
fentir. Combien de fois, Seigneur, m'eft-il arrivé de goufter avec fuavité l'abondance de
ces confolations céleftes, dont vous eftes la
fource, & qui font déja fur la terre un paradis
anticipé? Combien de fois, rempli de vous, ay-
je meprifé tout lé refte, & compté le monde
pour rien? Vous banniffiez de mon cœur les
vains plaifirs; mais pour empefcher que mon
cœur ne les regrettaft, vous y entriez à leur place, *Et intrabas pro vis :* & dés là, Seigneur, *Aug. Confeff.*
la privation de ces plaifirs eftoit pour moy plus *lib. IX. c. I.*
delicieufe, que n'en auroit jamais efté, ni n'en
auroit pû eftre la poffeffion. Or fi dans ce lieu
de banniffement & d'exil, où je ne vous vois
qu'à travers le fombre voile de la foy, vous
rempliffez déja mon cœur; que fera-ce dans
cette bienheureufe patrie, où je vous verray
face à face? *Quid erit in patriâ, fi tanta eft co-*
pia delectationis in viâ. Si en vertu de la pro-

feſſion que j'ay faite, quand j'ay quitté le monde pour vous ſuivre, je me tiens déja ſi riche
de voſtre pauvreté; que ſera-ce, & que dois-je
eſperer des richeſſes de voſtre ſainte demeure!
Qualem me facturus es de divitiis tuis, quem
divitem jam facis de paupertate tuâ! Si de ſouffrir pour vous eſt un ſi grand bien, que ſera-
ce de regner avec vous! Et que ſeray-je dans
la participation de voſtre gloire, puiſqu'il m'eſt
déja ſi glorieux & ſi doux d'avoir part à vos
abbaiſſemens! *Et quid ero tuæ participatione*
gloriæ, cujus jam ſum opprobrio glorioſus! Recompenſe abondante auſſi bien que ſeûre :
vous l'avez veû. Je dis enfin, recompenſe éternelle, qui nous eſt reſervée dans le ciel. *Ec-*
ce merces veſtra copioſa eſt in cælis. C'eſt par
où je vais finir.

III. PARTIE. COmbattre comme les Athletes ; & à l'e-
xemple des Athletes, courir dans la carriere
du ſalut qui nous eſt ouverte, enſorte que nous
remportions le prix, c'eſt dans la penſée de
ſaint Paul à quoy nous ſommes appellez, & ce
1. Cor. 9. qu'ont pratiqué les Saints : *Sic currite ut com-*
prehendatis. Or les Athletes, diſoit ce grand
Apoſtre, pour eſtre plus libres dans la courſe,
& moins embarraſſez dans le combat, ſe dé-
pouillent de tout ; & ils nous apprennent par
là que nous devons, comme chreſtiens, eſtre
détachez de toutes les choſes du monde. *Om-*
nis

nis autem qui in agône contendit, ab omnibus Ibidem.
se abstinet. La difference entre eux & nous,
ajouftoit-il, c’eft que les Athletes n’en ufent
ainfi, & n’obfervent les regles feveres qui leur
font prefcrites, que pour gagner une couronne corruptible. Difference bien effentielle, &
bien capable de nous confondre, fi nous ne les
imitons pas. *Et illi quidem ut corruptibilem co-* Ibidem.
ronam accipiant, nos autem incorruptam. Voilà, mes chers Auditeurs, le troifiéme & le dernier motif qui a infpiré aux Saints, non feulement tant de force & tant de courage; mais un
détachement du monde fi parfait dans les combats qu’ils ont eûs à foutenir : cette immortalité, cette éternité, & fi je puis ufer de ce
terme, cette incorruptibilité de la couronne
qui leur eftoit refervée dans le ciel, compa-
rée à la caducité, à la fragilité, à la courte durée des recompenfes de la terre.

En effet, pour ne point fortir d’un parallele auffi fécond que celuy-là, & dont l’Apoftre
s’eft fervi avec tant d’avantage, toutes les recompenfes de la terre font periffables ; & comme telles, non feulement elles periront, mais
elles periffent & difparoiffent continuellement
à nos yeux. Combien vous & moy en avons-
nous veû perir ! de combien de fortunes éri-
gées & bafties fur ces prétenduës recompenfes, ne voyons-nous pas aujourd’huy les trif-
tes ruines, & les pitoyables débris ! & com-

bien de fois depuis que vous estes spectateurs
& témoins des revolutions du monde & de
ce qui s'appelle la scéne du monde, n'avez-
vous pas pû dire avec le Prophete : J'ay veû
cet homme élevé comme les cedres du Liban;
j'ay passé, & il n'estoit plus. *Transivi, & ecce
non erat.* Je l'ay cherché, & un autre occupoit
sa place : *Quæsivi, & non est inventus locus ejus!*
Combien en avons-nous encore tous les jours
d'exemples! De ceux qui nous paroissent maintenant les mieux establis, & qui sont les élûs
du siécle, où est celuy qui ose, ou qui puisse
se promettre un sort plus heureux, & une plus
durable prosperité! & qui sçait si tel, qui semble estre sur le pinnacle, du degré de bonheur
& d'élevation où il est aujourd'huy, n'est pas
tout prest à tomber, & à confirmer par sa chute, que le monde n'a rien de stable, beaucoup
moins d'éternel, pour ceux qui le servent! Sans
donc attendre la mort, où tout aboutit, à combien de revers & de disgraces ces faveurs du
monde ne sont-elles pas sujettes!

Or cela seul, Chrestiens, me suffiroit pour
vous en détacher malgré vous-mesmes ; & s'il
vous reste un degré de foy, pour vous obliger à chercher efficacement la recompense des
Élûs de Dieu. L'instabilité des fortunes du
monde, la peine de les conserver, le danger &
la crainte de les perdre, le desespoir & la douleur de s'en voir déchû, les troubles, les revo-

lutions inévitables auxquels font expofez ceux qui en joüiffent : ce feroit, dis-je, affez pour perfuader à un mondain, tout mondain qu'il eft, de chercher des biens plus folides.

En effet, fi les hommes faifoient fouvent ces reflexions, ils n'auroient plus befoin de remon-trances, ni abfolument mefme du remede de la parole de Dieu, pour fe guerir du poifon de l'ambition mondaine qui les tuë. Eux-mefmes convaincus fur ce point de leur erreur & de leur conduite infenfée, s'en diroient bien plus que je ne leur en diray jamais. Si ceux que nous avons connus les plus avides des recom-penfes du fiécle, avoient pû prévoir ce qui de-voit leur arriver, & dans combien peu de temps ces eftabliffemens de fortune, qu'ils re-gardoient comme le fruit de leurs travaux, de-voient eftre renverfez. Si l'on avoit pû leur en marquer diftinctement le terme, en leur di-fant : vous ne joüirez de tout cela, & tout cela ne durera qu'un trés petit nombre d'années, qui vous refte encore ; non, mes chers Audi-teurs, jamais le defir de s'élever dans le mon-de n'auroit efté pour eux une paffion, ni une tentation fi dangereufe. Je dis plus : ils n'au-roient jamais pû gagner fur eux de faire tout ce qu'ils ont fait, ni de fe donner tant de pei-nes pour fi peu de chofe. Déplorons leur aveu-glement, & profitons-en : ils ne fe font livrez à l'ambition, que parce qu'ils n'ont jamais envi-

fagé avec une attention ferieufe les bornes é-
troites de ces prétenduës fortunes ; & ils n'ont
recherché avec tant d'ardeur ces recompenfes
de la terre, que parce qu'ils n'ont pas voulu fe
fouvenir, que la durée en eftoit courte; que
parce qu'ils ont tafché de l'oublier; que parce
qu'ils fe font étourdis pour n'y pas penfer. S'ils
en avoient toûjours confideré l'iffuë & la fin,
infenfibles à ces recompenfes, au moins n'en
auroient-ils ufé que felon la maxime de faint
Paul, c'eft à dire, comme n'en ufant pas; parce
qu'ils auroient toûjours efté frappez de cette
penfée, que le monde paffe, & que les recompenfes du monde paffent avec luy. *Mundus
transit, & concupifcentia ejus.*

Il n'y a que la recompenfe des Juftes qui ne
paffe point, parce que les Juftes, dit l'Ecriture,
vivront éternellement, & que leur recompenfe
eft en Dieu qui ne peut changer. *Jufti autem in
perpetuum vivent, & apud Dominum eft merces eorum.* Il n'y a que cette recompenfe des
Elûs qui foit immuable, invariable, inaltérable, parce qu'elle confifte, dit Jefus-Chrift,
dans le bonheur qu'ils ont de voir Dieu, d'aimer Dieu, de poffeder Dieu. Or éternellement ils le verront, éternellement ils l'aime-
ront, éternellement ils le poffederont. Comme le tourment des damnez fera d'eftre à jamais privez de Dieu, & d'avoir éternellement
à fentir la perte de Dieu ; la beatitude des

Saints fera de ne pouvoir plus perdre Dieu, de ne pouvoir plus eftre féparez de Dieu, d'eftre unis pour jamais à Dieu. *Ecce merces Sanctorum :* voilà, & c'eft l'Eglife elle-mefme qui le chante, voilà la recompenfe de ceux qui s'attachent à Dieu, & qui le fervent. Un Royaume leur eft préparé; mais un Royaume éternel, où il n'y aura ni fucceffion, ni revolution : une couronne les attend ; mais une couronne dont le privilége incommunicable à toutes les couronnes du monde, doit eftre la perpetuité. Ils regneront ; mais leur regne, auffi bien que celuy de Dieu, fera le regne de tous les fiécles: éternité de puiffance. *Ecce merces Sanctorum:* voilà la recompenfe de ceux qui fouffrent, & qui fe mortifient pour Dieu : ils feront comblez de joye, mais d'une joye qui n'aura jamais de fin ; d'une joye qui ne fera ni troublée, ni interrompuë ; d'une joye qui durera autant que Dieu, & que perfonne ne leur oftera, ni n'aura le pouvoir de leur ofter : éternité de bonheur. *Ecce merces fanctorum :* voilà la recompenfe de ceux qui font humbles, & qui renonçant à eux-mefmes, deviennent par leur humilité grands devant Dieu ; ils auront la gloire en partage, mais une gloire qui ne diminuera point, qui ne s'obfcurcira point, qui fera toûjours nouvelle, & dont la longueur des temps ne fera qu'augmenter l'éclat & le luftre: éternité de gloire.

Offic. Divin.
Antiph. 3. noct.
3. plur. Mart.

C iij

En voulez-vous voir un rayon ! *Ecce merces Sanctorum :* sans parler de cette gloire essentielle dont joüissent les Saints dans le ciel, voyez les honneurs qu'ils reçoivent dés maintenant sur la terre. Voyez le culte que leur rend l'Eglise, & que l'on peut dans un sens, & avec raison nommer un culte éternel. Jusqu'à la fin des siécles on célebrera dans l'Eglise de Dieu les victoires & les triomphes de ces glorieux prédestinez. Jusqu'à la fin des siécles l'Eglise militante les canonisera, en publiant leurs merites, leurs conversions, leurs vertus, leurs ferveurs, leurs austeritez. C'est pour cela que font instituées leurs festes ; & que chaque année le souvenir de ce qu'ils ont fait pour Dieu est solemnellement renouvellé, afin qu'on ne le perde jamais, & que de siécle en siécle, de generation en generation, ces Saints, ces Elûs de Dieu soient réverez. Tandis que l'Eglise de Jesus-Christ subsistera (or elle subsistera toûjours, puisque les portes de l'enfer ne prévaudront jamais contre elle,) ce culte, cet honneur des Saints subsistera. C'est ce que j'appelle un rayon de l'éternité de leur gloire, & comme une anticipation de l'éternité de leur recompense. La gloire des mondains meurt peu à peu, & s'ensevelit avec eux. Ils font pendant leur temps un peu de bruit ; mais parce que leur temps est borné, leur memoire, dit l'Ecriture, perit enfin avec ce bruit. *Periit me-*

Pſalm. 9.

moria eorum cum sonitu. Combien de grands, autrefois les heros du monde, de qui l'on ne parle plus, & à qui l'on ne pense plus ! leur gloire, qui n'estoit que pour le temps, s'est évanouie comme une fumée : celle des Saints ne perira jamais. Tandis que Dieu sera Dieu, leur memoire sera en benediction & en véneration. *In memoriâ æternâ erit justus.* Eternellement, ô mon Dieu, vos amis seront honorez, parce qu'ayant esté vos amis, & ne pouvant jamais cesser de l'estre, ils ne cesseront jamais d'estre dignes des honneurs que nous leur rendons, & d'en meriter infiniment plus que nous ne leur en pouvons rendre. *Nimis honorificati sunt amici tui, Deus.*

Precieuse recompense ! la pouvons-nous assez estimer ? *Ecce merces Sanctorum.* Ce qui doit nous remplir de consolation, si nous sommes chrestiens d'esprit & de cœur, n'est-ce pas de penser que cette recompense nous est reservée dans le ciel ! *Ecce merces vestra copiosa est in cælis.* Car malheur à nous, si nostre recompense estoit seulement pour ce monde ; & si nous estions du nombre de ceux dont Jesus-Christ disoit dans l'Evangile : Ils ont receû leur recompense ; *Receperunt mercedem suam.* Malheur à nous, si nos noms, au lieu d'estre écrits dans le ciel, n'estoient écrits que sur la terre ; puisque selon l'oracle du Saint Esprit, estre écrit sur la terre, c'est un caractere

Psalm. 111.

Psalm. 138.

Matth. 6.

de malediction. Domine, omnes qui te derelin-quunt, confundentur ; recedentes à te in terrâ scribentur : Seigneur, ceux qui vous abandonnent, seront confondus ; & on écrira sur la terre ceux qui se retirent de vous. Au contraire, quand nous serions dans le monde les plus malheureux & les plus disgraciez des hommes, si nous sommes en grace avec Dieu, réjoüissons-nous de ce que nos noms sont écrits dans le ciel ; & souvenons-nous qu'une des marques les plus certaines que nous en puissions avoir, c'est d'estre éprouvez sur la terre par les afflictions & les tribulations. *In hoc gaudete, quòd nomina vestra scripta sint in cælis.* Dans quelque accablement que nous soyons de souffrances & de peines, consolons-nous par ce qui consoloit saint Paul, & appliquons-nous le sentiment dont il estoit pénetré, quand il disoit : *Momentaneum hoc & leve tribulationis nostræ æternum gloriæ pondus operatur in nobis.* Ce moment si court des adversitez presentes de cette vie, qui sont si legeres ; c'est à dire, cette maladie que Dieu m'envoye, cette injustice que l'on me fait, ce mauvais office que l'on me rend, cette persecution que l'on me suscite, cette perte de biens que le malheur des temps m'attire, cette humiliation qu'il me faut essuyer, (car quelque suite qu'ait tout cela, tout cela dans l'idée de l'Apostre n'est censé qu'un moment court & facile à passer, *Momenta-*

neum hoc & leve) toutes ces afflictions temporelles produiront dans moy le poids éternel
d'une souveraine gloire ; *æternum gloriæ pondus operatur in nobis.* Vous voulez un motif
pressant, touchant, convaincant, pour vous animer à la patience chrestienne ! Ay-je pû vous
en donner un qui eust toutes ces qualitez dans
un plus éminent degré que celuy-cy ! je veux
dire, l'éternité de cette gloire, qui doit estre la
recompense des Elûs !

C'est par là que les Saints ont triomphé du
monde ; c'est par là qu'ils sont devenus iné-
branlables & invincibles dans les combats;
c'est par là, dit le Maistre des Gentils, qu'ils ont
surmonté les tourmens, le feu, le fer, tout
ce que la mort a de plus effrayant & de plus
cruel. C'est ce qui les soutient encore tous les
jours dans les rigoureuses épreuves que Dieu
fait de leur constance & de leur fidelité. Ils souffrent tout, dit l'Ecriture, non seulement avec
patience, mais avec joye, parce que leur esperance est pleine de l'immortalité qui leur est
promise. *Spes illorum immortalitate plena est.* Sap. 3.
Pourquoy ne les imitons-nous pas ! Avons-
nous d'aussi rudes combats qu'eux à soutenir !
Avons-nous resisté comme eux, jusqu'à répandre du sang ! Pourquoy donc sommes-
nous si lasches ! pourquoy dégenerant de la
vertu de ces glorieux prédestinez, qui sont aujourd'huy nos modelles, faisons-nous parois-

tre tant de foibleſſe dans des occaſions, où à leur exemple nous devrions remporter ſur nous-meſmes de ſaintes victoires! C'eſt que nous n'enviſageons pas comme eux cette immortalité où ils aſpiroient, & dont l'eſperance les piquoit, les encourageoit, les emportoit au travers de tous les obſtacles.

Triſte & malheureuſe difference qui ſe rencontre entre eux & nous! Faiſons-la ceſſer; & pour cela joignant au motif qui les a touchez, leur exemple que Dieu nous propoſe, fortifions-nous comme eux, & ſanctifions-nous par l'eſperance des biens éternels. Autrement, mes chers Auditeurs, en vain célebrons-nous avec l'Egliſe les feſtes des Saints; en vain préſumant du credit qu'ils ont auprés de Dieu, les invoquons-nous. L'abbregé de la Religion, dit ſaint Auguſtin, eſt de pratiquer ce que nous ſolemniſons, & de faire de l'objet de noſtre culte la regle de noſtre vie: *Summa Religionis eſt imitari quod colimus.* La veûë de la gloire du ciel les a détachez de la terre; il faut qu'elle opére dans nous le meſme effet. La foy de l'immortalité les a conduits à la ſainteté; il faut que nous y parvenions par la meſme voye. Et c'eſt, ô bienheureux Prédeſtinez, vous tous dont nous honorons en ce jour la glorieuſe memoire, ce que nous vous demandons, ou ce que nous vous conjurons de demander à Dieu pour nous. Vous avez eſté ce que nous

Auguſt.

fommes, & nous efperons eftre un jour ce que vous eftes ; vous avez fenti nos miferes, nous foupirons aprés voftre béatitude. Quoy-que pecheurs, nous fommes vos freres. Quoy-que féparez de vous, nous fommes unis à vous par le lien de la plus étroite & de la plus in-time focieté, qui eft la communion des Saints. Quoyqu'habitans de la terre, nous ne laiffons pas d'eftre, en qualité de fidelles, vos conci-toyens, & les domeftiques de Dieu : *Cives San-* *Etorum, & domeftici Dei.* Quoyque pauvres & gemiffants dans cette vallée de larmes, nous ne prétendons pas moins que d'eftre, comme en-fans de Dieu, vos cohéritiers & les cohéritiers de Jefus Chrift : *Hæredes quidem Dei, cohæ-* *redes autem Chrifti.* Regardez nous donc com-me reveftus de ces titres, & par là comme des fujets dignes de voftre charité : regardez nous comme ceux qui doivent remplir avec vous le nombre des Elûs, & dont la fanctification eft deformais la feule chofe que vous puiffiez de-firer. Ecoutez favorablement nos priéres, & prefentez-les à celuy dont vous environnez le Throfne, puifqu'il fe plaift mefme à vous exau-cer. Recevez nos hommages & nos vœux, & étendez fur nous voftre protection & voftre zéle. Soyez nos patrons & nos interceffeurs, comme nous voulons eftre vos imitateurs. Joüiffez de voftre felicité; mais fouvenez-vous de nos befoins & de noftre indigence. Ils s'en

Ephef. 2.

Rom. 8.

souviennent, Chrestiens, & ils y pensent. Autant qu'ils sont tranquilles pour eux-mesmes, autant sont-ils zélez pour nous. Autant qu'ils sont seûrs de leur propre bonheur ; autant, dit saint Cyprien, paroissent-ils, & témoignent-ils estre en peine de nostre salut. *Frequens nos & copiosa turba desiderat, jam de suâ immortalitate secura, & adhuc de nostrâ salute sollicita.* Comptons donc sur leur protection, & sur leur intercession ; & ne pensons qu'à suivre leurs exemples, qui sans cela deviendront pour nous le sujet de nostre condamnation. Imaginons-nous que chacun d'eux nous dit aujourd'huy du haut de la gloire, ce que saint Paul disoit aux Corinthiens : *Imitatores mei estote, sicut & ego Christi :* Soyez mes imitateurs, comme j'ay esté l'imitateur de Jesus Christ. En un mot, vivons comme eux, combattons comme eux, souffrons comme eux, si nous voulons regner avec eux, & participer à leur gloire.

Voilà, Sire, la gloire qui vous est reservée, & qui doit mettre le comble à vostre bonheur. Tout le reste, quoyque grand, quoyque surprénant, quoyqu'audessus de toute loüange, ne remplit pas encore la destinée de Vostre Majesté. Il faut que la sainteté, & une sainteté glorifiée dans le ciel, en soit le couronnement. On ne me peut soupçonner de flaterie, quand je diray, que jamais Monarque n'a

sçeû si parfaitement que Vostre Majesté ce qui
s’appelle l’art de regner. Mais il vous seroit,
Sire, bien inutile d’estre aussi sçavant que vous
l’estes dans l’art de regner sur les hommes, &
d’ignorer celuy qui rend les hommes capables
de regner un jour avec Dieu. Si le bonheur
d’un Prince pouvoit consister dans le nombre
des conquestes ; s’il estoit attaché à ces vertus
Royales & éclatantes, qui font les heros, & que
le monde canonise ; Vostre Majesté, contente
d’elle-mesme, n’auroit plus rien à desirer : elle n’auroit qu’à joüir tranquillement du fruit
de ses glorieux travaux. Mais tout cela, Sire,
est encore trop peu pour vous. Il n’en falloit
pas tant pour faire un Roy accompli selon le
monde : mais Vostre Majesté est trop éclairée, pour croire, que ce qui fait la perfection
d’un Roy selon le monde, suffise pour faire le
bonheur & la solide felicité d’un Roy Chrestien. Regner dans le ciel, sans avoir jamais
regné sur la terre, c’est le sort d’un million de
Saints, & cela suffit pour estre heureux. Regner sur la terre, pour ne jamais regner dans le
ciel, c’est le sort d’un million de Princes, mais
de Princes réprouvez, & par consequent malheureux. Ma confiance, écrivoit saint Bernard, (& ce qu’il disoit à une teste couronnée,
je le dis aujourd’huy moymesme à Vostre Majesté,) ma confiance est que vous regnerez sur la
terre, & dans le ciel; *Sed & confido quòd hîc,* Bern. Epist.

& in æternùm regnabitis : Que malgré tous les dangers, malgré tous les obstacles du salut, aux quels la condition des Roys est exposée, Vostre Majesté sanctifiée par la verité, je dis par la verité des maximes de sa Religion, en gouvernant un Royaume temporel, meritera un Royaume éternel. C'est dans cette veûë, Sire, que j'offre tous les jours à Dieu le sacrifice des Autels : trop heureux, si pendant que tout le monde applaudit à Vostre Majesté, éloigné que je suis du monde, je pouvois attirer sur elle une de ces graces, qui font les Roys grands devant Dieu & selon le cœur de Dieu! Car c'est à vous, ô mon Dieu, & à vostre grace, de former des Roys de ce caractere, de saints Roys : & ma consolation est, que celuy à qui j'ay l'honneur de porter vostre parole, par la solidité & par la grandeur de son ame, a de quoy accomplir vos plus grands desseins. La sainteté d'un Chrestien est comme l'effet ordinaire de la grace, la sainteté d'un Grand en est le chef-d'œuvre, la sainteté d'un Roy en est le miracle, celle du plus grand & du plus absolu des Roys en fera le prodige ; & vous en serez, Seigneur, la recompense. Puissions-nous tous y parvenir, à cette recompense immortelle ! Je vous la souhaite, &c.

SERMON

POUR LE I. DIMANCHE

DE

L'AVENT.

Sur le Jugement dernier.

Tunc videbunt Filium Hominis venientem in nube, cum potestate magnâ, & majestate.

Alors ils verront le Fils de l'Homme venir sur une nuée, avec une grande puissance, & une grande majesté. En Saint Luc chap. 21.

SIRE,

C'EST une reflexion bien judicieuse de saint Gregoire de Nazianze, que jamais le terme de Majesté n'est attribué à Jesus Christ dans l'Evangile, que lorsqu'il s'agit du Jugement universel, où la Foy nous enseigne qu'il doit présider : & il est bien remarquable, dit saint Jerosme, que cet Homme-Dieu, qui par tant de

titres eſtoit Roy, n'a pris neanmoins cette qualité qu'en deux occaſions. Premierement, devant Pilate, c'eſt à dire, dans le temps de ſa
Paſſion, parce que c'eſtoit là que le jugement
du monde commençoit, ainſi qu'il l'avoit de-
claré à ſes Diſciples : *Nunc judicium eſt mundi.* *Joan. 12.*
Secondement, dans la deſcription qu'il nous a
faite du jugement meſme au chapitre vingt
cinquiéme de ſaint Matthieu, où il ne ſe deſi-
gne point autrement que ſous le nom de Roy,
parce que c'eſt alors qu'il exercera pleinement
la juriſdiction que ſon Pere luy a donnée ſur
tous les hommes. *Tunc dicet Rex his qui à* *Matth. 25.*
dextris erunt.

Auſſi eſt-ce proprement aux Monarques &
aux Souverains qu'il appartient de juger ; &
jamais la majeſté d'un Roy n'eſt plus auguſte,
que quand il tient ſon lit de juſtice, & qu'il paroiſt ſur le tribunal. Encore plus vénerable,
quand c'eſt un Roy, qui ajouſte à l'éclat de
la Couronne les lumieres d'une ſageſſe toute
Royale: un Roy qui ſçait faire le diſcernement
de ſes ſujets, & peſer le merite dans une juſte
balance ; qui n'a pour le crime que des chaſtimens, tandis que toutes ſes recompenſes ſont
pour la vertu ; qui non ſeulement fait eſtat de
venger les injuſtices & les violences, mais qui
s'applique à reformer la juſtice meſme; qui en
corrige les abus, qui en reſtablit le bon ordre;
qui ſans éloigner perſonne de ſon throſne,

preſte

preſte l'oreille aux humbles ſupplications des petits, écoute les plaintes des particuliers, & par là tient les juges & les magiſtrats dans le devoir : enfin, qui ſe voyant audeſſus de tous, n'a rien plus à cœur que d'eſtre équitable envers tous. Car qu'y a-t-il qui nous repreſente mieux ſur la terre le jugement de Dieu, & qui en ſoit une image plus ſenſible & une preuve plus authentique !

Mais, Sire, ſi c'eſt le propre des Roys de juger les peuples, il n'eſt pas moins vray que c'eſt le propre de Dieu de juger les Roys ; & comme le grand privilege de la ſouveraineté eſt de ne pouvoir eſtre jugé que de Dieu ſeul, on peut dire que la grande marque de l'autorité ſupreſme de Dieu eſt d'eſtre luy ſeul le juge de tous les Souverains. Il nous l'a luy-meſme marqué en cent endroits de l'Ecriture ; & ſi ſon jugement doit eſtre terrible pour toutes les conditions des hommes, il ſemble néanmoins qu'il affecte de le faire paroiſtre plus redoutable pour les Grands & pour les Roys de la terre. *Terribili apud Reges terræ.*   Pſalm. 75.

C'eſt de ce jugement, Sire, où les Roys ſeront appellez auſſi bien que les peuples, que j'ay à parler aujourd'huy. Autrefois ſaint Paul preſchant cette matiere en preſence du Roy Agrippa & de ſa Cour, la traita avec tant de force & tant d'énergie, que ce Prince en fut émû ; & que tout infidelle qu'il eſtoit, il con-

.D

feſſa, qu'il s'en falloit peu que l'Apoſtre ne luy perſuadaſt d'eſtre chreſtien : *In modico ſuades me chriſtianum fieri.* Je n'ay ni le zéle, ni l'éloquence de ſaint Paul ; mais auſſi Voſtre Majeſté, Sire, a toute une autre pieté & toute une autre religion qu'Agrippa. Celuy-cy ne fit que deliberer s'il embraſſeroit l'Evangile ; mais Voſtre Majeſté eſt déja toute Chreſtienne & trés Chreſtienne. Ainſi j'ay droit d'eſperer de mon miniſtere, tout indigne que j'en ſuis, un ſuccés beaucoup plus heureux. J'ay beſoin pour cela des lumieres du Saint Eſprit, & je les demande par l'interceſſion de Marie. *Ave Maria.*

DE toutes les expreſſions dont les Peres de l'Egliſe ſe ſont ſervis, pour nous donner quelque idée de la juſtice de Dieu, je n'en trouve point qui me paroiſſe plus belle, plus ſolide, & remplie d'un plus grand ſens que celle de Tertullien, que vous avez ſouvent entenduë, & qui ne peut eſtre aſſez meditée ; ſçavoir, que Dieu eſt miſericordieux de ſon propre fond, & qu'il eſt juſte du noſtre. *Deus de ſuo optimus, de noſtro juſtus.* C'eſt à cette parole que je veux m'attacher dans ce diſcours ; & quoyque le ſujet que j'ay à traiter, ſoit d'une étenduë preſque infinie, je me borne à cette penſée, parce qu'elle ſuffira pour vous faire entrer dans le myſtere adorable, mais redoutable du Jugement de Dieu. Je veux vous montrer

que le fond de la justice de Dieu est en effet
dans nous-mesmes; que si Dieu est severe &
rigoureux dans ses jugemens, comme l'Ecriture nous le dit, c'est de nous-mesmes que
procéde cette severité; que c'est nous-mesmes
qui le faisons tel pour nous; en un mot, que
quand il nous jugera, il ne nous jugera que
par nous-mesmes. *Deus de suo optimus, de
nostro justus.*

Pour establir ma proposition, & pour y observer quelque ordre, je remarque qu'il y a
dans nous deux choses qui ont un rapport necessaire au jugement de Dieu; l'une est nostre
foy, & l'autre est nostre raison. En qualité de
chrestiens, nous avons la foy; & en qualité
d'hommes, nous avons la raison. La foy est une
lumiere surnaturelle, que nous avons receuë de
Dieu depuis nostre naissance; & la raison est
une lumiere naturelle que nous avons apportée avec nous en naissant. Or c'est par ces
deux grandes regles, qui doivent nous diriger
dans toute la conduite de nostre vie; c'est par
ces deux lumieres, par ces deux connoissances que Dieu nous jugera. Comme chrestiens, il nous jugera par nostre foy; & comme
hommes, il nous jugera par nostre raison. Si
donc dans le jugement qu'il fera de nous, il
use de severité, c'est uniquement sur ces deux
principes qu'elle sera fondée. Comprenez, s'il
vous plaist mon dessein, & le partage de ce dis-

cours. Severité du jugement de Dieu fondée
sur la foy du chrestien, ce sera la premiere
partie ; severité du jugement de Dieu fondée
sur la raison de l'homme criminel & libertin,
ce sera la seconde partie. Deux points de religion & de morale, que toute l'éloquence des
Predicateurs de l'Evangile ne peut épuiser.
N'en mesurez pas l'importance par ce que je
vous en diray ; mais de ce que je vous en diray, vous pourrez toûjours apprendre ce que
vous en devez craindre. Voilà tout le sujet de
vostre attention.

I. PARTIE.

TErtullien admirant autrefois le zéle que
les payens faisoient paroistre pour leur fausse
Religion, & le comparant avec la froideur &
l'indifference des chrestiens dans le service &
le culte du vray Dieu, a fait une remarque
bien solide, & dont nous n'éprouverons que
trop la verité au jugement dernier ? Voyez, disoit ce grand homme, le caractere du demon.
Il n'y a point de marque de divinité qu'il n'affecte. On luy rend dans le monde les mesmes
honneurs que l'on rend à Dieu ; on luy fait des
sacrifices comme à Dieu ; il a ses martyrs aussi
bien que Dieu ; ses loix sont receûës & observées plus exactement que celles de Dieu : & il
s'est mis en possession de tout cela pour nous
confondre un jour devant Dieu, quand il nous
opposera la conduite de ces malheureux, qui,

aveuglez des erreurs du monde, s'affujettiffent à luy, & luy obéïffent comme au Dieu du fiecle. *Agnofcamus ingenia diaboli, idcircò quæ-dam de Divinis affectantis, ut nos de fuorum fide confundat & judicet.* C'eft ainfi, mes chers Auditeurs, & cette penfée a quelque chofe de bien furprenant, c'eft ainfi que la foy des payens doit entrer dans le jugement que Dieu fera des chreftiens, & que les vrais fidelles fe verront alors condamnez par l'infidelité mefme.

Mais fi cela eft de la forte; & fi la foy des payens, toute fuperftitieufe qu'elle eft, doit eftre pour nous fi redoutable au tribunal de la juftice de Dieu, jugez ce que nous devons craindre de noftre propre foy. Car c'eft par noftre propre foy que commencera le jugement de Dieu. Celle des payens & des idolâtres ne fera tout au plus qu'un furcroift de conviction que Dieu y ajouftera; mais la noftre, c'eft à dire, celle que nous profeffons, en fera l'effentiel & le capital. Et ce qui vous étonnera peut-eftre, mais que je vous prie de bien concevoir, comme le poinct important que j'ay à vous expliquer: c'eft que Dieu nous jugera par noftre religion, foit que nous l'ayons confervée, foit que dans le cœur nous l'ayons renoncée & abandonnée; foit que nous ayons crû conftamment & fincérement les veritez qu'elle nous propofoit, foit que nous ayons

D iij

cessé de les croire. Il semble qu'il y ait en cecy de la contradiction : car si nous ne croyons plus les veritez que la foy nous propose, comment peut-on dire que c'est nostre foy? & si ce n'est plus nostre foy, comment Dieu nous jugera-t-il par elle? Ce sera à moy de repondre à cette difficulté; & je l'éclairciray en telle sorte, que bien loin qu'elle affoiblisse la proposition que j'ay avancée, elle en sera une des plus solides preuves.

Prenons donc d'abord le parti le plus favorable, & à vostre pieté, & à mon ministere. Nous faisons tous profession d'estre chrestiens; & puisque nous portons cette qualité, mon devoir mesme m'oblige à supposer que nous avons dans le cœur la foy, dont nous donnons exterieurement des témoignages, & que nous confessons au dehors. Or supposant que nous l'avons, je dis que Dieu se servira d'elle pour nous juger. Aurons-nous droit de refuser cette condition? Mais comment Dieu y procedera-t-il? c'est, mes chers Auditeurs, ce qui demande une reflexion particuliere. Dieu nous jugera par nostre foy, parce que c'est nostre foy qui nous accusera devant luy; parce que c'est nostre foy qui servira de témoin contre nous; parce que c'est nostre foy, si jamais nous avons le malheur d'estre réprouvez, qui dictera elle-mesme l'arrest de nostre réprobation. Peut-on contribuer en des manieres plus differentes & plus directes à un jugement?

Ouy, c'eſt noſtre foy qui nous accuſera de-
vant Dieu. Jeſus Chriſt l'a dit, & ſa parole y
eſt expreſſe. *Nolite putare, quia ego accuſatu-* Joan. 5.
rus ſum vos apud Patrem ; eſt qui accuſat vos
Moyſes. Ne penſez pas, diſoit-il aux Juifs,
que ce ſoit moy qui doive vous accuſer devant
mon Pere ; vous avez un accuſateur, qui eſt
Moyſe. Or par Moyſe, comme remarque ſaint
Auguſtin, il n'entendoit pas la perſonne de
Moyſe ; mais il entendoit la loy de Moyſe, les
Ecritures qu'ils avoient par tradition receûës de
Moyſe, en un mot la Religion qu'ils ſuivoient
& qui leur avoit eſté enſeignée par Moyſe.
Comme s'il leur euſt dit : c'eſt cette loy, c'eſt
cette Religion, ce ſont ces Ecritures, qui s'é-
leveront contre vous au jugement de Dieu.
Mais ce qu'il leur diſoit, Chreſtiens, doit
eſtre encore tout autrement vray par rapport à
nous. Car outre ces livres de Moyſe qui nous
ſont communs avec les Juifs, nous avons un
Evangile qui nous eſt propre ; & cet Evangile,
ſi nous y prenons garde, n'eſt rien autre choſe qu'une continuelle accuſation de noſtre vie,
en je ne ſçais combien de chefs, dont Moyſe,
ni les Prophetes n'ont point parlé. Nous devons donc nous attendre à ſoutenir devant
Dieu des accuſations bien plus preſſantes &
bien plus fortes que les Juifs : pourquoy ! parce que noſtre Religion, en ajouſtant à celle des
Juifs toutes les veritez Evangeliques, ſe trou-

D iiij

ve bien plus ample, bien plus developpée, bien
plus sainte & plus parfaite que celle des Juifs,
& qu'elle aura par consequent bien plus de reproches à nous faire.

C'est ce que saint Paul a voulu nous exprimer dans cet admirable passage de l'Epistre aux
Romains, où parlant du jugement dernier, &
voulant nous en donner une idée, il dit qu'il
s'y fera comme un conflict entre les pensées
des hommes, & que les pensées des hommes
s'y accuseront mutuellement, & s'y défendront,
tandis que Dieu, scrutateur des cœurs, en révelera tous les secrets. *Inter se invicem cogita-*
tionibus accusantibus, aut etiam defendentibus,
in die, cùm judicabit Deus occulta hominum.
Or ces pensées qui s'entre-accuseront, qui s'en-
tre-choqueront, selon le terme, & dans le sentiment mesme de l'Apostre; ce sont celles qui
partageront alors un reprouvé entre sa conscience & sa foy. Car sa foy luy dira : tu as crû
cecy ; & sa conscience luy dira : tu as fait cela.
Ces deux pensées, tu as crû cecy, & tu as fait
cela, se trouvant opposées l'une à l'autre, for-
meront contre luy la plus juridique de toutes
les accusations. La foy se declarera contre la
conscience criminelle ; & la conscience criminelle taschera à se défendre contre la foy : jusqu'à ce qu'enfin la foy triomphant des vains
efforts de la conscience, la convaincra, la con-
sternera, l'accablera : *inter se cogitationibus ac-*

Rom. 2.

cufantibus, aut etiam defendentibus. C'eft la
paraphrafe que fait faint Chryfoftome de ces
paroles de l'Apoftre.

De là, Chreftiens, j'ay dit que le premier
témoin qui parlera contre nous dans notre jugement, c'eft noftre foy ; & je l'ay dit aprés
faint Auguftin, qui pour donner plus de jour
à fa penfée, met là-deffus une difference bien
remarquable entre les pecheurs & les juftes.
Car la foy, dit cet incomparable Docteur, rendra aux juftes témoignage pour témoignage ;
& aux pecheurs, témoignage contre témoignage : appliquez-vous, s'il vous plaift. Il dit que
la foy rendra aux juftes témoignage pour témoignage, parce qu'il eft certain que les juftes
recevront devant Dieu un témoignage honorable de leur foy ; & ce fera la recompenfe de
celuy qu'ils auront eux-mefmes rendu à la foy
devant les hommes. Comme ils auront glorifié leur foy devant les hommes par leur bonne vie & par leurs vertus, leur foy à fon tour
les glorifiera devant Dieu, par la juftification
de leurs perfonnes & de leurs œuvres. Au contraire, pourfuit faint Auguftin, cette mefme
foy rendra aux pecheurs témoignage contre
témoignage, parce qu'au lieu que les pecheurs
auront démenti leur foy par une vie dereglée
& corrompuë, leur foy fe faifant malgré eux
reconnoiftre à eux, les confondra d'une maniere fenfible : & cela comment ! Tertullien

l'explique dans l'excellent Traité qu'il a com-
posé du témoignage de l'ame, où il represente une ame reprouvée, aux prises, si j'ose me
servir de cette expression, avec Dieu & avec elle-mesme. Car au mesme temps que Dieu d'u-
ne part pressera le reprouvé, sa foy, comme un
témoin incorruptible, luy dira de l'autre : il est
vray ; tu croyois un Dieu, mais tu ne t'es pas
mis en peine de le chercher & de luy plaire : tu
avois renoncé au monde en qualité de chrestien, & tu n'as pas laissé d'en estre esclave : tu
détestois les idoles de la Gentilité, qui n'estoient que des idoles de bois & de pierre ;
mais tu t'es fait dans le Christianisme des idoles de chair. *Deum prædicabas, & non requi-*
rebas : dæmonia abominabaris, & illa colebas.
Voilà, dit ce Pere, le témoignage que la foy
portera contre les pecheurs.

Mais s'en tiendra-t-elle là ! non. Car aprés
avoir porté contre eux ce témoignage, elle
prononcera elle-mesme l'arrest de leur réprobation, & en quels termes ! observez cecy :
dans les mesmes termes qu'il est déja conceû en
tant d'endroits de l'Evangile. En effet, qu'y
a-t-il dans l'Evangile de plus souvent repeté
que ces maledictions & ces anathesmes fulmi-
nez par Jesus Christ contre les mauvais chrestiens ! Et qu'est-ce que ces anathesmes, sinon
autant d'arrests de la réprobation future des
pecheurs, dressez par avance, & qu'il ne reste

plus qu'à leur signifier! Quand nous lisons dans saint Matthieu : *Væ mundo à scandalis ; væ vobis, hypocritæ ; væ vobis divitibus ; væ vobis qui consolationem habetis vestram.* Malheur à vous, sensuels & voluptueux, qui ne respirez sur la terre que le plaisir; malheur à vous, riches superbes, & insensibles aux miseres des pauvres; malheur à vous, hypocrites, c'est à dire, politiques du siecle, qui n'avez qu'une vaine monstre & une fausse apparence de probité ; malheur à vous, qui par vos scandales & vos pernicieux exemples, faites périr les ames de vos freres : quand Jesus Christ nous parle de la sorte, ne recevons-nous pas tout cela comme autant d'oracles de nostre Religion! Or je l'ay dit, & je le redis : ces oracles de nostre Religion se changeront en autant d'arrests, & d'arrests definitifs, dans le jugement de Dieu. Le Fils de Dieu n'aura qu'à les ramasser tous, & qu'à en faire l'application. Cette seule parole, *væ vobis divitibus,* malheur à vous, riches, aura pour damner un avare le mesme effet que cette autre, *discedite maledicti,* retirez-vous, maudits. C'est donc ainsi que toute la procedure du jugement des chrestiens se reduira à leur Religion.

Et voilà, mes chers Auditeurs, l'éclaircissement, & mesme le sens litteral de cette proposition de saint Jean si étonnante, & qui semble d'abord si paradoxe, quand il dit : que

Matth. 18.
Matt. 23.
Luc. 6.
Ibidem.

Matth. 25.

Joan. 3.

celuy qui croit, ne sera pas jugé : *Qui credit in eum, non judicatur.* Car il ne pretend pas, que celuy qui croit, ait une exemption & un privilege pour ne point comparoistre, au dernier jour, devant le tribunal de Jesus Christ; ce n'est point de cette maniere qu'il l'entend: mais il dit que celuy qui croit, en consequence de ce qu'il aura crû, ne sera point jugé; parce que dés là qu'il aura crû, il se jugera luymesme, sans qu'il soit necessaire qu'un autre le juge. Car, ou il aura vescu conformément à sa créance & à sa religion, & alors sa religion seule le justifiera; ou sa vie n'aura eû nul rapport à sa foy, & alors sa foy seule le condamnera. Tellement que Jesus Christ, s'il m'est permis de parler de la sorte, n'aura plus à le juger, parce qu'il le trouvra deja tout jugé; & que toute la jurisdiction qu'il exercera, comme souverain Juge, sera de confirmer par une ratification authentique le jugement secret que nostre foy aura fait de nous, & de le rendre, de particulier qu'il estoit, commun & public. Voilà, mes chers Auditeurs, la premiere pensée qui s'est presentée à moy sur le sujet que je traite.

Pensée touchante, mais sur tout pensée terrible ! c'est ma religion qui me jugera. Ah, Chrestiens, la grande parole ! comprenons-en toute l'étenduë & toute la force. C'est ma religion qui me jugera; cette religion si

fainte, fi pure, fi irreprehenfible ; cette religion fi ennemie de mon amour propre, fi contraire à mes inclinations, fi oppofée à l'efprit
du monde dont je fuis rempli ; cette religion
auffi exacte & auffi fevere dans fes maximes,
que Dieu l'eft dans fes jugemens ; ou pluftoft,
dont les maximes ne font rien autre chofe que
le jugement de Dieu mefme. C'eft par elle que
Dieu décidera de mon fort éternel ; c'eft fur
elle que roulera tout l'examen de ma vie : & il
ne fera point en mon pouvoir de la récufer ;
& je n'auray point droit de demander, que mes
actions foient pefées dans une autre balance
que la fienne ; & je ne feray point receû à me
juftifier fur d'autres principes que les fiens.
Quelque excufe que j'allégue à Dieu, il me
rappellera toûjours à cette foy, & il m'oblige-
ra à repondre fur autant d'articles qu'elle m'aura enfeigné de veritez. Il n'y en aura pas une,
qui ne foit pour moy la matiere d'une difcuffion rigoureufe. Et parce que la Croix de Jefus-Chrift aura efté l'abbregé de toutes les veritez de la foy ; cette croix, ce figne augufte &
vénerable du Fils de l'homme, paroiftra tout
éclatant de lumiere, pour eftre la regle de mon
jugement & de celuy du monde entier, comme il commença à l'eftre quand il fut élevé fur
le Calvaire : *Et tunc parebit fignum Filii Ho-* Matth. 24.
minis. Cette croix me fera prefentée ; & tout
ce qui n'en portera pas dans moy le caracte-

re & le sceau, sera reprouvé de Dieu. Ah! mon Dieu, est-il donc vray que vous employrez pour ma perte jusqu'à l'instrument de mon salut; & que ce qu'il y a en moy de plus saint, je veux dire ma religion, prendra parti contre moy-mesme!

Ouy, Chrestiens; c'est ce que nous devons craindre, & de quoy nous ne pouvons avec trop de soin nous préserver; c'est ce qui doit nous faire fremir dans l'attente de ce jugement redoutable. Pendant cette vie nous n'y pensons pas, ou nous n'en sommes qu'à demi-touchez. Comme nous ne considerons les veritez de la foy que superficiellement, à peine en apprehendons-nous les consequences: ces maximes Evangeliques que l'on nous presche, cette voye étroite du salut, cette necessité de la penitence, cette obligation indispensable de mortifier sa chair, & de la crucifier avec ses vices; tout cela sont termes specieux que nous écoutons avec respect, que nous débitons quelquefois magnifiquement aux autres, & que nons n'entendons plus dés qu'il est question de les reduire à la pratique. Mais quand Jesus Christ avec tout l'éclat de sa majesté & tout le poids de sa puissance, viendra nous imprimer une idée vive de ces grandes veritez; & qu'en les appliquant à nostre vie, il nous fera voir dans toute nostre conduite une monstrueuse contradiction de mœurs & de créance : quand il comparera tous ces principes de détachement de foy-mesme, de renoncement à foy-mesme, avec nos injustices, avec nos vengeances, avec nos sensualitez, avec nos delicatesses & ces recherches continuelles de nous-mesmes ; ah ! c'est alors que nous apprendrons combien il est affreux de tomber entre les mains de ce Dieu vivant ; de ce Dieu, non plus seulement l'auteur ni le consommateur, mais le défenseur, mais le vengeur de nostre foy.

Maintenant cette foy est comme languissante, ou presque morte dans nos cœurs ; & quand le Fils de l'homme paroistra à la fin des siecles, il doute, ce semble, s'il en trouvera encore quelques restes sur la terre. Ouy, Chrestiens, il en trouvera ; & il en trouvera du moins autant qu'il luy en faudra pour nous juger, & pour nous condamner. Car cette foy qui estoit presque morte, & comme ensevelie dans nous, ressuscitera avec nous ; & un des miracles que doit opérer Jesus Christ, luy qui est nostre resurrection & nostre vie, sera de faire revivre interieurement la foy dans nos ames, au mesme temps qu'il fera revivre nos corps. Or cette foy, écoutez un beau sentiment de saint Augustin, cette foy ainsi ranimée, ainsi ressuscitée par la presence de Jesus Christ, luy demandera justice, & contre qui ! non pas contre les tyrans qui l'auront persecutée ; elle se fera honneur de leurs perfecutions : non pas contre les payens qui l'auront méconnuë ; leur infidelité les rendra en quelque forte moins criminels : mais contre nous ; & de quoy ? de tous les outrages que nous luy aurons faits. Juſtice, de l'avoir laiſſé languir dans l'inutilité & l'oiſiveté d'une vie mondaine, fans la mettre en œuvre, & fans jamais la faire agir pour Dieu. Juſtice, de l'avoir retenuë captive dans l'eſtat du peché, où noſtre endurciſſement nous aura fait paſſer fans trouble des années entieres. Juſtice, de l'avoir deshonorée par des actions indignes du nom que nous portions, & du caractere dont nous eſtions reveſtus. Juſtice, de l'avoir decriée & ſcandaliſée devant les heretiques, fes mortels ennemis, qui n'auront pas manqué de s'en prévaloir contre elle, & contre nous. Enfin juſtice, de ce qu'eſtant capable par elle-meſme de nous faire des faints, elle n'aura pas eſté par noſtre faute aſſez puiſſante pour nous empeſcher d'eſtre des impies & des réprouvez. C'eſt de quoy elle demandera juſtice à Dieu, & c'eſt à nos dépens que cette juſtice luy fera accordée.

Mais aprés tout, ſi cette religion ſe trouvoit entierement détruite en nous ; & s'il arrivoit que par le dereglement de nos mœurs, nous fuſſions tombez dans une irreligion ſecrette ; eſtat où le peché enfin conduit : ſi cela

la

la estoit, Dieu nous jugera-t-il encore par la
foy! Ne perdez pas cecy, je vous prie; voicy
le nœud de la difficulté que je me suis moy-
mesme proposée. Ouy, mes chers Auditeurs,
Dieu nous jugera encore par nostre foy; &
bien loin que cette irreligion secrette adoucis-
se en aucune sorte nostre jugement, c'est ce
qui en redoublera la rigueur.

Car il faut, chrestiens, & cette pensée n'est
pas de moy, mais de saint Jerosme, il faut
bien establir dans nos esprits une verité, à quoy
peut-estre nous n'avons jamais fait toute la reflexion necessaire, que dans le jugement de
Dieu il y aura une difference infinie entre un
payen qui n'aura pas connû la loy chrestienne, & un chrestien qui l'ayant connuë, y aura interieurement renoncé; & que Dieu, suivant les ordres mesmes de sa justice, traitera l'un
bien autrement que l'autre. On sçait assez
qu'un payen, à qui la loy de Jesus Christ n'aura point esté annoncée, ne sera pas jugé par
cette loy; & que Dieu, tout absolu qu'il est,
gardera avec luy cette équité naturelle de ne
le pas condamner par une loy qu'il ne luy aura pas fait connoistre: & c'est ce que saint Paul
enseigne en termes formels, *Quicumque sine* Rom. 2.
lege peccaverunt, sine lege peribunt. Mais je
pretends, qu'il n'en est pas de mesme d'un
chrestien qui a professé la loy de Jesus Christ,
& qui aprés l'avoir embrassée, en a dans la sui-

. E

re fecoüé le joug. Je pretends, qu'ayant peché aprés avoir receû cette loy, il doit périr
par cette loy, & que fa defertion eft juftement
le premier chef que Dieu produira contre
luy. Car il ne luy eftoit pas permis, dit faint
Chryfoftome, de s'émanciper de l'obéïffance
dûë à cette loy, aprés s'eftre engagé à elle par
le baptefme. Il ne pouvoit plus fans apoftafie,
aprés avoir ratifié cet engagement par divers
exercices du Chriftianifme, y renoncer de ce
renoncement mefme interieur dont je parle.
Qu'arrivera-t-il donc? Remarquez la fin malheureufe de l'impieté : cette loy de Jefus Chrift
abandonnée & renoncée, pourfuivra l'impie
au jugement de Dieu, comme un deferteur.
Et de mefme qu'un deferteur de la milice fe-
culiere eft traité, s'il a le malheur d'eftre repris, felon les loix les plus rigoureufes de la
milice qu'il a quittée ; ce qui n'eft point cen-
fé injufte, parce que tout homme, dit-on, doit
fubir la feverité des loix, aux quelles il s'eft
luy-mefme obligé : ainfi, mais à bien plus
forte raifon, un libertin prefenté devant Dieu
comme un deferteur de fa religion, doit eftre
jugé fuivant les maximes de cette religion mefme, fans qu'il puiffe pretexter que ce n'eftoit
plus fa religion, & qu'il ne la connoiffoit plus;
puifque bien loin de le juftifier, c'eft ce qui fera fon crime de ne l'avoir plus reconnuë. Penfée que faint Cyprien exprimoit fi noblement,

quand il difoit en parlant du baptefme : *Bap-* *tifmus ornat Chrifti militem, convincit defertorem.* Car j'appelle toûjours deferteur de la milice de Jefus Chrift, celuy qui n'a plus le Chriftianifme dans le cœur, quoyqu'il en conferve encore les dehors.

Je fçais neanmoins,& il eft bon d'aller au devant de tout, je fçais ce que l'infidelité pourroit oppofer ; je fçais que jufques dans la profeffion de noftre foy, Dieu nous a faits libres ; je fçais que la religion eft une vertu qui demande le confentement de noftre volonté, & que pour eftre chreftien il faut vouloir l'eftre. Mais Dieu par là n'entend pas que nous ayons droit de l'eftre, ou de ne le pas eftre, felon nos caprices ; & qu'aprés nous eftre une fois foumis à fon Evangile, il nous foit libre d'en laiffer & d'en prendre ce qu'il nous plaira. Ce fera donc à nous, fi nous avons efté affez perdus, affez obftinez pour étouffer dans noftre cœur une foy fi fainte, de luy en rendre raifon, & de luy dire pourquoy. Or quelle raifon luy en rendrons-nous ? Dirons-nous que cette religion ne nous a pas parû affez bien fondée ? Il fera bien étrange, que ce qui a fuffi pour convaincre un monde entier, ne nous ait pas convaincus nous-mefmes ; & qu'une religion, à laquelle les plus grands hommes de la terre fe font rendus ; contre laquelle un faint Auguftin, avec toute la force de fon genie, & toute la curiofité de fon efprit, n'a pû fe défendre ; qui par l'évidence de fes miracles a triomphé de tou-tes les erreurs du paganifme ; & qui dans fes preuves, dans fes principes, dans fes regles, dans fa morale, dans fes myfteres, dans fon eftabliffement, portoit toutes les marques de la divinité : qu'une telle religion n'ait pas eû de quoy nous fatisfaire. C'eft, dis-je, ce qui fera bien étonnant. Mais fans que Dieu entre avec nous dans une pareille recherche, il n'aura qu'à nous demander, fi c'eft en effet par raifon que nous nous ferons départis de noftre premiere foumiffion à la foy. Si pour nous engager dans un pas auffi dangereux & auffi hardi que celuy-là, nous avons bien confulté, bien examiné, bien cherché à nous inftruire : & fuppofé que nous l'ayons cherché, que nous ayons exa-miné, confulté ; fi nous l'avons fait avec hu-milité, fi nous l'avons fait avec docilité, fi nous l'avons fait fans préjugé, fi nous l'avons fait par un defir fincere de decouvrir la verité ; fur tout, fi nous l'avons fait avec cette pureté de vie, qui devoit fervir de difpofition aux lumieres de la grace : car dans une affaire de cette con-fequence, il ne falloit rien obmettre, ni rien ne-gliger.

Or dans tous ces chefs Dieu trouvera de quoy nous confondre, & de quoy nous con-damner : car il nous fera voir, mais évidem-ment, que tout ce defordre de noftre infidelité, n'aura point eû d'autre principe, qu'une ignorance criminelle où nous aurons vefcû, fans nous eftre jamais appliquez à une étude ferieufe de noftre religion. Et certes, rien pour l'ordinaire de plus ignorant en matiere de religion, que ce qu'on appelle les libertins du fiecle. Il nous fera voir que dans l'examen que nous aurons fait des veritez de la foy, nous aurons prefque toûjours apporté un efprit d'orgueil, un efprit préfomptueux & opiniâ-tre, un efprit plein de luy-mefme, plein de fa propre fuffifance, & abondant en fon fens. Il nous fera voir, & il nous reprochera, que tan-dis que nous eftions fi rebelles à fa parole, nous avons efté fur mille articles les plus dociles à la parole des hommes. Il nous fera voir que nous n'aurons communément raifonné, philofophé fur noftre créance qu'avec malignité, & dans le deffein d'y trouver du foible, pour la con-tredire : prevention, feule capable d'éloigner Dieu de nous, quand d'ailleurs il auroit vou-lu fe communiquer à nous. Voilà fur quoy il nous confondra.

Mais ce qui mettra le comble à noftre con-fufion, c'eft lorfque remontant à la fource, & nous y faifant remonter avec luy, il nous for-cera à reconnoiftre les deux vrayes caufes de noftre infidelité, fçavoir, le libertinage de nof-tre efprit, & le libertinage de noftre cœur. Li-bertinage de noftre efprit, qui fe fera fait juge

de tout, pour ne s'affujettir à rien : qui fe fera detaché de la foy, non pas pour fuivre un
meilleur parti, mais pour ne fçavoir plus luy-
mefme, ni ce qu'il fuivoit, ni ce qu'il ne fuivoit pas ; pour abandonner toutes chofes au
hazard; pour fe reduire à une malheureufe indifference en matiere de religion ; difons
mieux, pour n'avoir plus abfolument de re-
-ligion. Libertinage de noftre cœur, qui fe
trouvant gefné par la foy, nous aura peu à peu
follicitez, & enfin determinez à fortir de cette contrainte, & à nous affranchir de la fervitude : ce que Dieu n'aura pas de peine à juftifier, & ce qu'il juftifiera par une comparaifon
fenfible & convaincante, en nous monftrant,
que tandis que nos mœurs ont efté reglées,
noftre foy a efté faine ; & que noftre foy n'a
commencé à fe démentir, que quand nos
mœurs ont commencé à fe corrompre.

Or encore une fois, que repondrons-nous
à tout cela ? En appellerons-nous de noftre
foy à noftre raifon ; & efperons-nous que cette raifon, qui dans les principes de la Theologie, eft un des fondemens effentiels & neceffaires de noftre foy, nous ferve de défenfe
contre la foy mefme ? Non, non, mes freres,
dit faint Chryfoftome, ne nous promettons
rien de ce cofté-là : fi noftre foy nous condamne, ce fera du confentement & de l'aveu
de noftre raifon. Car cette raifon nous difoit

elle-mefme que nous ne devions pas trop dé-
ferer à nos veûës naturelles, & à fes connoiffances ; que dans les chofes de Dieu, il falloit
avoir recours à des lumieres fuperieures &
moins trompeufes ; & que quelqu'éclairée
qu'elle puft eftre, la foy & l'autorité de Dieu
devoient l'emporter fur elle. C'eft ce que la
raifon nous dictoit : de forte que quand nous
luy avons permis de critiquer & de cenfurer
les poincts de noftre foy, nous luy avons donné, non feulement plus qu'elle ne demandoit,
mais ce qu'elle ne demandoit pas. Elle nous
condamnera donc jufques dans la perte de noftre foy. Cependant n'y trouverons-nous point
d'ailleurs quelque appuy ? Ah ! Chreftiens, le
foible appuy, que celuy de noftre raifon contre le jugement de Dieu ! Quand un fujet veut
entrer en raifonnement avec fon Prince, & difputer de fes droits avec fon fouverain, il faut
qu'il fe fente bien fort ; & pour peu que fa caufe foit douteufe, on ne peut pas l'excufer d'u-
ne extrefme folie, d'en vouloir fortir par raifon. Que fera-ce d'une créature, qui veut con-
tefter avec fon Créateur ! Hé ! qui fuis-je, Seigneur, pour me mefurer avec vous ? Ne fçais-
je pas, que pour une raifon que je pourray
peut-eftre alléguer en ma faveur, vous m'en
oppoferez cent autres, aux quelles je n'auray
rien à repliquer ? ainfi parloit le faint homme
Job. Quel doit donc eftre le fentiment d'un

E iiij

pecheur ? C'est là néanmoins la ressource de l'homme criminel & libertin : il veut traiter avec Dieu par voye de raison, & par consequent il veut estre jugé par la raison ; & c'est l'autre tribunal où je le vais presenter dans la seconde partie.

I. PARTIE.

C'Est une doctrine aussi pernicieuse qu'elle paroist religieuse dans son principe, de croire que depuis le peché de nostre premier pere, tout est corrompu dans nostre raison ; & c'est rendre l'homme libertin, sous pretexte de l'humilier, de dire qu'au defaut de la foy, il n'a plus d'autre regle de sa conduite, que la passion & l'erreur. Indépendamment de la foy, nous avons une raison qui nous gouverne, & qui subsiste mesme aprés le peché : une raison qui nous fait connoistre Dieu, qui nous prescrit des devoirs, qui nous impose des loix, qui nous assujettit à l'ordre. Or ce qui fait tout cela dans nous, ne peut pas estre absolument, ni entierement dépravé. Je sçais que cette raison seule, sans la grace, & sans la foy, ne suffit pas pour nous sauver ; & en cela je renonce au Pelagianisme. Mais du reste, quoyqu'elle n'ait pas la vertu de nous sauver, je pretends qu'elle est plus que suffisante pour nous condamner ; & j'ay saint Paul pour garant & pour autheur mesme de ma proposition. J'avoüe que cette raison, sur tout depuis la chute du pre-

mier homme, eſt ſouvent offuſquée des nüa-
ges de nos paſſions : mais je ſoutiens qu'elle a
des lumieres que toutes les paſſions ne peuvent éteindre, & qui nous éclairent parmi les
plus épaiſſes tenebres du peché. Soit donc que
nous conſiderions cette raiſon dans ſa pureté
& dans ſon integrité, c'eſt à dire, dans l'eſtat
où nous l'avons receüë de Dieu en naiſſant ;
ſoit que nous la conſiderions dans ſa corruption, c'eſt à dire, dans l'eſtat où nous-meſmes
nous l'avons reduite par nos deſordres : je dis,
Chreſtiens, que Dieu s'en ſervira également
pour nous juger. Pourquoy ! parce qu'il nous
jugera, non ſeulement par les connoiſſances
naturelles que nous aurons eûës du bien & du
mal ; mais meſme par nos propres erreurs, &
c'eſt ce que j'ay preſentement à développer.

Dieu nous jugera par la droite raiſon qu'il
nous a donnée. Rien de plus vray, mes chers
Auditeurs ; & voici l'ordre qu'il y gardera.
Nous choquons ouvertement cette raiſon, &
nous nous revoltons contre elle ; il la ſuſcitera contre nous. Nous ne voulons pas écouter
cette raiſon, quand elle nous parle ; il nous la
fera entendre malgré nous. Nous nous formons des pretextes pour engager cette raiſon
dans le parti de noſtre paſſion ; il diſſipera tous
ces pretextes, en nous découvrant à nous-meſmes ce qu'il y avoit en nous de plus caché, &
ce que nous n'y voulions pas appercevoir. Ces

trois articles, qui font, fuivant la doctrine de faint Bernard, les trois principaux degrez de l'orgueil de l'homme, fourniront à Dieu contre les réprouvez une matiere infinie, & les plus juftes titres de condamnation. Suivez cecy.

Nous pechons contre toutes les veûës de noftre raifon ; & c'eft par où Dieu d'abord nous jugera. Car enfin, pourra-t-il dire à tant de libertins & à tant d'impies, puifque voftre raifon eftoit le plus fort retranchement de voftre libertinage, il falloit donc exactement vous attacher à elle ; & pour ne donner aucune prife à ma juftice, plus vous vous eftes licentiez du cofté de la foy, plus deviez-vous eftre reguliers, feveres, irreprehenfibles du cofté de la raifon. Or voyons fi c'eft ainfi que vous vous eftes comportez. Voyons fi voftre vie a efté une vie raifonnable, une vie d'hommes. Et c'eft alors, Chreftiens, que Dieu nous produira cette fuite affreufe de pechez, dont faint Paul fait aux Romains le dénombrement, & qu'il reprochoit à ces Philofophes, qui par la raifon avoient connu Dieu, mais ne l'avoient pas glorifié comme Dieu : des impudicitez abominables, & dont la nature mefme a horreur ; des artifices diaboliques à inventer fans ceffe de nouveaux moyens de contenter les plus fales defirs, & une fcandaleufe effronterie à en faire gloire ; des injuftices criantes à l'égard du prochain ; des violences, des usurpations, des oppressions soutenuës du credit & de la force ; des perfidies noires & des trahisons, communément appellées intrigues du monde ; des jalousies enragées, qu'il me soit permis d'user de ce terme, fomentées du levain d'une detestable ambition ; des animositez & des haines portées jusques à la fureur, des médisances jusques à la calomnie la plus atroce, des avarices jusques à la cruauté la plus impitoyable, des dépenses jusques à la prodigalité la plus insensée, des excés de table jusques à la ruïne totale du corps, des emportemens de colere jusques au trouble de l'esprit. Mais que dis-je, & où m'emporte mon zéle ! tout cela se trouve-t-il donc dans la conduite d'un homme abandonné à sa raison, & deserteur de sa foy ? Oüy, mes Freres, tout cela s'y trouve communément, & l'experience le verifie.

Je sçais, qu'en speculation l'un n'est pas une consequence necessaire de l'autre : mais il l'est en pratique, & l'a toûjours esté. Soit que Dieu par un juste chastiment livre alors ces ames prophanes à leurs brutales passions, comme l'a estimé l'Apostre ; soit que le naturel & le penchant, malgré les foibles veüës de la raison, les entraisne là : quoyqu'il en soit, ces monstres de pechez se trouveront tous rassemblez dans les tresors de la colere de Dieu.

Deuter. 32.

Nonne hæc condita funt apud me, & fignata in thefauris meis ? Dieu les reprefentera tous à la fois à un reprouvé ; & par une efpece d'infulte, (ne vous fcandalifez pas de cette expreffion ; c'eft Dieu luy-mefme qui parle ainfi, & qui enfin pretend à ce dernier jour eftre en droit d'infulter à l'impie, ou du moins à fon impieté ; *Prover. 1.* *Ego quoque ridebo, & fubfannabo*) Dieu, dis-je, par une efpece d'infulte, luy demandera, fi fa raifon luy fuggeroit toutes ces abominations, fi fa raifon les approuvoit, fi fa raifon eftoit là deffus d'intelligence avec luy.

Ah ! Seigneur, s'écrioit faint Auguftin, preffé des remords interieurs qu'une verité fi terrible luy faifoit fentir, je le confeffe ; voilà la penfée qui a confommé l'ouvrage de ma converfion ; voilà le coup de mon falut, & ce qui m'a retiré du profond abyfme de mon iniquité : la crainte de voftre jugement, fondée fur le jugement de ma raifon, c'eft ce qui m'a rappellé à vous. Je tafchois, Seigneur, à me défaire de vous, & à vivre comme n'ayant plus de Dieu : mais j'avois une raifon dont je ne me pouvois défaire ; & cette raifon me fuivoit par tout. Quelque fecte que j'euffe embraffée, & dans quelque opinion que je me fuffe jetté, le peché où je vivois me paroiffoit toûjours peché. Soit que je fuffe Manichéen, foit que je fuffe Catholique, foit que je ne fuffe rien du tout, ma raifon me difoit que je n'eftois pas ce

que je devois estre, & qu'il ne m'estoit pas permis d'estre ce que j'estois. Et quand me le disoit-elle ? au milieu de mes plaisirs, parmi les
divertissemens & les joyes du siecle, dans les
momens les plus doux & les plus agréables.
C'est alors que cette raison venoit me troubler;
& je la trouvois en tous lieux, & en tout temps,
comme un adversaire formidable qui s'oppo-
soit à moy. Or de là, Seigneur, je concluois
ce que je devois craindre de vostre justice :
car si je ne puis pas, disois-je, éviter la censure de ma raison, qui est une raison foible &
imparfaite; comment pourray-je éviter celle de
mon Dieu, c'est à dire, la rigueur de son jugement ! Voilà, Chrestiens, ce qui se passoit
dans saint Augustin, & ce qui se passe tous les
jours dans nous, quand nous commettons le
peché avec la veûë actuelle de la malice qu'il
renferme. Or ces combats de nostre raison contre nous-mesmes, de nostre raison contre nos
passions, de nostre raison contre nostre libertinage, c'est déja le commencement, ou comme
une ébauche du jugement de Dieu.

Ce n'est pas assez : en mille autres choses,
où nostre raison ne nous parle pas si fortement,
ni si clairement, quoyqu'elle nous parle toûjours, nous fermons l'oreille ; & parce que si
nous la consultions, ou si nous nous rendions
attentifs à ce qu'elle nous dit, elle traverseroit
souvent nos desseins & nos entreprises, & par

là nous deviendroit importune, bien loin de nous appliquer à l'entendre, nous étouffons fa voix, ou nous l'affoiblissons : de forte qu'elle ne peut prefque plus penetrer jufqu'à noftre cœur. C'eft le fecond defordre qui regne aujourd'huy ; mais defordre qui ceffera dans le jugement de Dieu. Car il eft certain, comme l'a fort bien remarqué faint Ambroife, que Dieu en nous jugeant, nous forcera malgré nous à écouter noftre raifon. Et il luy fera bien aifé, dit ce faint Docteur ; ou pluftoft, l'eftat mefme où nous ferons reduits, ne nous y forcera que trop. Car ce qui nous empefche maintenant d'entendre la raifon qui nous parle, c'eft au dedans de nous le tumulte de nos paffions ; ce font au dehors les objets que nous font voir nos fens, je veux dire, le menfonge & l'impofture, l'adulation & la flaterie qui nous féduit ; la confufion, le bruit, le grand air du monde qui nous diffipe. Or quand Dieu viendra nous juger, tout cela ne fera plus. Il n'y aura plus de monde pour nous, parce que la figure de ce monde fera paffée, comme dit l'Apoftre : *Præterit enim figura hujus mundi.* Il n'y aura plus de paffions dans nous, parce que la mort les aura éteintes. Il n'y aura plus de flateurs auprés de nous, parce qu'il n'y aura plus perfonne qui ait intereft à nous plaire. Abandonnez de toutes les créatures, nous refterons feuls avec nous-mefmes : & c'eft alors que nof-

1. Cor. 7.

tre raison parlera, & qu'elle parlera hautement.
C'est alors qu'au lieu de ces mensonges agréables & avantageux, qui nous auront flatez, &
dont nous n'aurons pas voulu nous désabuser;
elle nous dira des veritez fascheuses & humiliantes, que nous n'aurons jamais sceûës, parce que nous aurons affecté de ne les pas sçavoir. C'est alors qu'elle nous fera remarquer
des defauts réels, des defauts grossiers, là où
nostre esprit se figuroit des perfections imagi-
naires. Et quelle sera nostre surprise, de nous
voir peut-estre condamnez par les choses mesmes, dont on nous aura tant felicitez & tant
applaudis?

Enfin, parce qu'en certains poincts, où les
déguisemens & les artifices, pour ne pas dire,
les hypocrisies de l'amour propre, sont si ordinaires, nous aurons cherché des raisons pour
engager nostre raison mesme dans les interests
de nostre passion : que fera Dieu? Luy qui dans
la pensée de saint Paul est le plus subtil & le
plus penetrant anatomiste de nostre cœur : luy
qui en sçait si bien faire toutes les dissections,
& qui entre jusques dans toutes les jointures,
c'est à dire, dans les plis & les replis de l'ame,
pour en discerner les mouvemens les plus cachez ; car c'est l'image sous laquelle l'Apostre
nous le represente, *Pertingens usque ad divi-* Hebr. 4.
sionem animæ, compagum quoque ac medulla-
rum, & discretor cogitationum cordis : il dé-

brouillera tout ce meſlange de paſſion & de raiſon ; il ſeparera l'une d'avec l'autre ; il mettra
d'une part la raiſon, & d'autre part la paſſion;
il diſtinguera les intentions & les pretextes, les
apparences & les effets, l'illuſion & la verité:
& de ce diſcernement il nous fera conclure à
nous-meſmes, à nous deſormais malgré nous
raiſonnables, qu'il n'y a eu dans nous que malice & qu'iniquité. Voyez, nous dira-t-il, en
nous appliquant un rayon de ſa lumiere ; & ſelon la doctrine des Theologiens, il nous l'appli-
quera par les remords de noſtre propre raiſon:
voyez, & connoiſſez le motif qui vous a fait a-
gir en telle & en telle affaire, en telle & en
telle occaſion. Icy c'eſt une maligne envie, à
laquelle vous ſçaviez donner toute la couleur
d'un veritable zéle. Là c'eſt une vengeance,
que vous déguiſiez ſous un faux dehors de juſtice. Vous eſtiez officieux & charitable ; mais
vous ne l'eſtiez que pour mieux parvenir à vos
fins. Vos actions eſtoient édifiantes; mais en é-
difiant le prochain, vous vous cherchiez vous-
meſme, & ne cherchiez que vous-meſme. Ah!
Chreſtiens, que d'hypocrites, à qui Dieu tout à
coup levera le maſque ! Que de vertus chimeriques & plaſtrées, dont nous recevrons plus de
confuſion, que de nos vices meſmes reconnus
de bonne foy & confeſſez ! Que de merites pretendus, qui auront eû dans ce monde toute leur recompenſe, & qui ne ſeront payez
dans

dans l'autre que d'une éternelle réprobation!

Mais aprés tout, ſi noſtre raiſon a eſté en effet dans l'erreur, & que ce ſoient les erreurs de noſtre raiſon qui nous ayent fait pecher: comment Dieu nous condamnera-t-il par el-le! c'eſt à quoy je vais repondre, & je ne veux pas qu'il vous reſte rien à deſirer ſur une ſi importante matiere. Je dis donc, que Dieu alors meſme aura toûjours droit de nous juger par noſtre raiſon: non pas, ſi vous le voulez, non pas preciſément par noſtre raiſon trompée; mais par noſtre raiſon trompée ſur certains articles, tandis qu'elle aura eſté ſi éclairée ſur d'autres; mais par noſtre raiſon trompée à certains temps de la vie, aprés avoir eſté ſi éclairée en d'autres temps. Diſtinguez ces deux choſes, & ſentez-en bien toute la force.

Raiſon ſi éclairée ſur d'autres affaires, & raiſon ſi éclairée en d'autres temps ſur l'affaire meſ-me du ſalut. Car ſur mille poinéts, où il ne s'agit, ni de voſtre intereſt, ni de voſtre ambition, ni de voſtre plaiſir, quelle eſt la pénetration de vos lumieres! quelle eſt la droiture de vos juge-mens! Vous voyez d'abord ce qui convient, & ce qui ne convient pas; ce qui eſt raiſonnable, & ce qui ne l'eſt pas; ce qu'il faut prendre, & ce qu'il faut rejetter; ce qu'il faut approuver, & ce qu'il faut condamner: vous donnez là deſſus des conſeils ſi ſages, vous prenez des meſures ſi juſtes; & c'eſt cela meſme auſſi que

.F.

Dieu vous opposera. La belle excuse pour vous
justifier auprés de luy? j'estois dans l'erreur.
Mais vous y estiez, parce que vous le vouliez;
& vous le vouliez, parce que vostre interest
vous le faisoit vouloir; vous le vouliez, parce
que vostre ambition vous le faisoit vouloir;
vous le vouliez, parce que vostre plaisir vous
le faisoit vouloir. Par tout où l'interest, je dis
vostre interest propre, n'avoit point de part,
vous estiez si clairvoyant pour démesler la verité de l'artifice & du mensonge. Vous vous
piquiez tant d'habileté, & vous en aviez tant
pour découvrir le fond de chaque chose, &
pour en connoistre l'équité ou l'injustice. Par
tout où l'ambition ne pretendoit rien, & n'a-
voit rien à pretendre, vous sçaviez si bien distinguer le bon droit; & une probité naturelle
vous donnoit mesme tant d'horreur de certaines pratiques, & de certaines menées secretes,
où tous les principes, je ne dis pas seulement
de la religion, mais de la societé, mais de l'humanité, estoient renversez. Dés que la passion
ne parloit plus, qu'il ne s'agissoit plus de vos
plaisirs infames, vous estiez contre le crime
si severe dans vos decisions, & si rigide dans
vos arrests. Or cette diversité, cette contrarieté de sentimens, d'où est-elle venuë? ce que
vous pensiez en telle & telle conjoncture, pourquoy en telle autre ne le pensiez-vous plus? ce
que vous estiez à tel & tel temps, pourquoy

à tel autre ne l'estiez-vous plus?

Car enfin, Chrestiens, malgré le prodigieux changement qui s'est fait en nous & dans toutes les puissances de nostre ame, il y a eu un temps, un heureux temps, où l'innocence du baptesme nous rendoit comme des enfans raisonnables, c'est à dire, purs & exempts des faux préjugez du monde : point de deguisemens alors, point de preventions & de maximes corrompuës ; *Sicut modò geniti infantes, rationabiles, sine dolo.* Ce qui estoit vertu, nous paroissoit vertu ; & ce qui estoit injustice, nous paroissoit injustice. Sentimens, dit Tertullien, d'autant plus épurez & plus divins, qu'ils estoient plus simples & plus naturels. Or venez, dira Dieu, venez, ame chrestienne : *Consiste in medio, anima.* Produisez-vous dans la simplicité de vostre estre ; *te simplicem compello.* Je ne veux que vous-mesme denuée de tous les dons de grace, dont vous avez esté revestuë. Je n'ay que faire de vostre foy ; vostre raison me suffit. Où est-elle cette raison, que je vous avois d'abord donnée ? Que vous dictoit-elle ? quelles routes vous monstroit-elle, avant que la passion l'eust aveuglée ? Qu'elle sorte des tenebres où vous l'avez ensevelie ; & puisqu'elle ne vous a pas servi de guide lorsque vous deviez la suivre, qu'elle serve maintenant contre vous & de témoin & de juge. *Consiste in medio, anima ; te simplicem compello.*

1. Petr. 2.

Tertul. de testim. anim. c. 1.

F ij

Voilà, mes chers Auditeurs, ce qui m'a paru plus terrible dans le jugement de Dieu, & plus digne de vous eftre reprefenté. Tous ces fignes qui le precederont, & dont nous parle l'Evangile de ce jour, ne font pas fur moy une fi grande impreffion. Mais un Dieu qui me juge par ma raifon mefme, & par ma religion, c'eft ce qui caufe toutes mes frayeurs. Sur quoy je n'ay plus rien à vous dire, que ce que difoit faint Bernard, écrivant à un Pape, & luy faifant des remontrances que fon zéle l'engageoit à luy faire. Car voici comment il luy parloit : S'il y avoit un Juge dans le monde qui fuft au deffus de vous, je pourrois recourir à luy contre vous. Je fçais qu'il y a un tribunal pour vous & pour moy, qui eft celuy de Jefus-Chrift : mais à Dieu ne plaife que je vous y appelle jamais, moy qui n'y voudrois paroiftre que pour voftre défenfe. Que me refte-t-il donc ? finon que j'en appelle à vousmefme, & que je vous faffe vous-mefme le juge de voftre propre caufe. C'eft ce que je vous dis aujourd'huy, Chreftiens. Si je fuivois l'ardeur de ce zéle, dont je me fens animé pour les interefts de Dieu, comme fon Miniftre; je vous citerois devant ce tribunal redoutable, où quelque grands que vous foyez, toute voftre grandeur fera anéantie : mais que le ciel pour jamais me preferve d'y devenir voftre accufateur, moy qui dois joindre au zéle de la gloire de Dieu le zéle de voftre falut! Ce n'eft donc point à Dieu que j'en appelle, mais à vous-mefmes, à voftre religion, à voftre rai-fon. Faites-vous juftice de vous-mefmes à vous-mefmes, ou faites-la pluftoft à Dieu. C'eft par où il faut que vous commenciez. Quand vous vous ferez jugez vous-mefmes, je pour-ray vous dire que tout n'eft pas encore deci-dé : & quelqu'avantageux que vous puiffe eftre le jugement que vous aurez fait de vous-mef-mes, il faut toûjours craindre celuy de Dieu; puifque faint Paul, tout grand Apoftre qu'il eftoit, & quoyque fa confcience ne luy repro-chaft rien, ne fe croyoit pas pour cela juftifié. Mais aujourd'huy je ne vais pas jufques-là. Affeûrez-vous de vous-mefmes, repondez-vous de vous-mefmes, & il ne m'en faut pas davan-tage. Or je dis, Chreftiens, que vous n'aurez ja-mais cette affeûrance de voftre part, tandis que vous vivrez dans le defordre du peché : & je n'en veux point d'autre témoin que vous-mef-mes & voftre confcience. Vous vous cachez à vous-mefmes pour quelque temps, & vous cherchez à vous y cacher : mais la mort vien-dra, & le jugement de Dieu, où il faudra fou-tenir malgé vous cette veûë de vous-mef-mes. Car c'eft cette veûë de vous-mefmes, qui vous tourmentera à la mort, & aprés la mort. La veûë d'un Dieu courroucé aura quel-que chofe de bien terrible ; mais l'objet qui

F iij

vous fera plus d'horreur, c'est vous-mesmes.
Et voilà pourquoy Dieu fait cette menace au
pecheur dans l'Ecriture, de le presenter & de
l'opposer luy-mesme à luy-mesme. *Arguam
te, & statuam contra faciem tuam.*

Dés maintenant cela n'est-il pas ainsi! &
cette veûë de vous-mesmes n'est-elle pas la
chose du monde que vous fuyez le plus! Vous
parler de rentrer dans vous-mesmes, c'est un
langage qui vous importune; & s'il m'arrivoit
de vous faire icy un portrait de vous-mesmes
un peu trop fidelle, vous vous tourneriez contre moy : marque évidente que vous ne pouvez déja supporter la veûë de vous-mesmes.
Et puisque vous ne pouvez vous souffrir vous-
mesmes, vous n'estes donc pas dans l'ordre;
& il y a quelque chose de déreglé & de corrompu dans vous qui vous fait peine. Mais
c'est pour cela, dit saint Augustin, qu'il faut
aimer cette veûë de nous-mesmes, parce qu'elle nous choque & qu'elle nous déplaist. Car
pour plaire à Dieu, ajouste ce Pere, il faut nous
déplaire à nous-mesmes ; & pour nous déplaire à nous-mesmes, il faut nous voir. Si nous
nous voyions, continuë ce saint Docteur, nous
nous haïrions, & Dieu commenceroit à nous
aimer. Parce que nous ne nous voyons pas,
nous nous aimons, & nous sommes insuppor-
tables à Dieu. Mais dans le jugement dernier
nous nous verrons; avec cette triste circonstan-

ce, que nous nous verrons trop tard , & que
nous ferons tout à la fois un objet de haine,
& pour nous - mefmes, & pour Dieu : pour
nous-mefmes, qui nous verrons tels que nous
fommes ; pour Dieu, qui nous frappera d'un
éternel anathefme.

Voilà ce qui a fait trembler les Saints ; &
des Saints, qui n'avoient affeurément pas moins
de force d'efprit que nous, ni des lumieres
moins penetrantes que les noftres. Voilà ce
qui a perfuadé faint Jerofme de quitter le
monde, & d'embraffer les rigueurs de la penitence. Si nous n'en fommes pas touchez, malheur à nous & à noftre endurciffement ! mais
quelqu'infenfibles que nous foyons , voilà ce
que nous craindrons un jour, & ce que nous
regretterons peut-eftre éternellement de n'a-
voir pas craint pluftoft. Craïgnons-le donc dés
maintenant, mes chers Auditeurs ; & pour
nous rendre cette crainte utile , jugeons nous
avant que Dieu nous juge. Soumettons nous
à noftre foy, afin qu'elle ne s'éleve pas contre
nous. Accordons-nous avec noftre raifon ; é-
coutons-la, & laiffons-nous y conduire, afin
que cet adverfaire domeftique, avec qui nous
fommes encore dans le chemin, ne nous livre
pas aux miniftres de cette juftice rigoureufe,
dont il n'y aura plus de grace à efperer. Pre-
venons cette veûë forcée que nous aurons de
nous-mefmes, par une veûë libre & volontai-

F iiij

re. Ah ! Seigneur, permettez-moy de vous faire icy une priere, qui peut paroiftre temeraire & prefomptueufe ; mais qui ne procede que des connoiffances que vous me donnez du redoutable myftere de voftre jugement. Toute la grace que je vous demande à ce grand jour, c'eft que vous me défendiez de moy-mefme. Car pour vous, mon Dieu, j'ofe dire que je ne vous craints, que parce que je me craints moy-mefme. Dans vous, je ne vois que des fujets de confiance ; parce que je ne vois dans vous que bonté & que mifericorde. Mais comme cette bonté eft effentiellement oppofée au peché ; & que fans changer de nature, toute bonté qu'elle eft, elle eft juftice, elle eft colere, elle eft vengeance à l'égard du peché : voyant ce peché dans moy, il faut que je craigne jufques à voftre bonté, jufques à voftre mifericorde mefme. Peut-eftre, mon Dieu, y a-t-il icy des ames, fur qui ces grandes veritez n'ont encore fait nulle impreffion. Mais vous eftes le maiftre des cœurs, puifque c'eft vous qui les avez formez ; & vous avez des graces pour les reveiller de leur affoupiffement, pour les troubler, pour les convertir par ce trouble falutaire, & les ramener dans la voye de l'éternité bienheureufe, où nous conduife &c.

SERMON
POUR LE II. DIMANCHE
DE
L'AVENT.

Sur le Scandale.

Respondens Jesus, ait illis : Euntes renunciate Joanni, quæ audistis & vidistis. Cæci vident, claudi ambulant, surdi audiunt, mortui resurgunt, & beatus est qui non fuerit scandalizatus in me. *

Jesus-Christ leur répondit : Allez dire à Jean ce que vous avez veû & entendu. Les aveugles voyent, les boiteux marchent, les sourds entendent, les morts ressuscitent, & heureux celuy qui ne sera point scandalisé de moy. En saint Matthieu, chap. 11.

SIRE,

APrés des miracles si éclatans, le Sauveur du monde avoit droit de se promettre, non

seulement que les hommes ne se scandalise-
roient point de son Evangile, mais qu'ils feroient gloire de l'embraffer & de le suivre. Tant
de malades guéris, sourds, müets, aveugles,
boiteux, des morts reffuscitez, mille autres
prodiges qui marquoient si visiblement la force & la vertu d'un Dieu, devoient sans doute
luy attirer le respect & la veneration, que dis-
je! l'adoration mesme & le culte de toute la
terre. Cependant, ô profondeur & abyfme des
conseils de Dieu! malgré ces miracles, Jesus-
Chrift est un sujet de scandale pour le monde ; & ce scandale est devenu si general, que
luy - mesme dans l'Evangile, il declare bienheureux, quiconque sçaura s'en preserver. *Et
beatus qui non fuerit scandalizatus in me.*

En effet, de quoy le monde, je dis, le monde prophane & impie, ne s'est-il pas scandalisé
dans ce Dieu - Homme ? Il s'est scandalisé de
sa personne, il s'est scandalisé de sa doctrine,
il s'est scandalisé de sa loy, il s'est scandalisé de
ses souffrances, il s'est scandalisé de sa mort;
jusques là que saint Paul, lorsqu'il parloit aux
fidelles du myftere de la croix, ne l'appelloit
plus le miftere de la croix, mais le scandale de
la croix. *Ergò evacuatum est scandalum cru-*
cis: Et quoy donc, mes Freres, écrivoit-il aux
Galates, le scandale de la croix est-il anéanti!
ce que les fidelles entendoient, & ce qui leur
faisoit comprendre, que la croix, qui devoit

eſtre pour les predeſtinez un myſtere de redemption, ſeroit pour les réprouvez un ſigne
de contradiction; & que le grand ſcandale des
hommes, ſeroit le Dieu meſme qui s'eſtoit fait
homme pour les ſauver.

Tel eſtoit alors le langage des Apoſtres;
mais rendons aujourd'huy gloire à Dieu, ce
ſcandale enfin a ceſſé: Jeſus-Chriſt a triomphé du monde, ſa doctrine a eſté receüë, ſa religion a prévalu, ſa croix, comme dit ſaint Auguſtin, eſt ſur le front des Souverains & des
Monarques. Mais à ce ſcandale, dont Jeſus-
Chriſt eſtoit l'objet, il en a ſuccedé un autre,
dont nous ſommes les autheurs; un autre non
moins funeſte, & peut-eſtre encore plus criminel. Je m'explique. Jeſus-Chriſt n'eſt plus
pour nous un ſujet de ſcandale, mais nous
ſommes des ſujets de ſcandale pour Jeſus-
Chriſt : nous ne ſommes plus ſcandalifez de
luy, mais nous le ſcandalifons luy-meſme dans
la perſonne de nos freres ; comme il eſt écrit
que ſaint Paul le perſecutoit en perſecutant
l'Egliſe. *Saule, Saule, quid me perſequeris!* *Act. 26.*
Saul, Saul, diſoit le Sauveur du monde, pourquoy me perſecutez-vous ! N'eſt-ce pas ainſi
qu'il pourroit nous dire : pourquoy me ſcan-
dalifez-vous en ſcandalifant ceux qui m'appartiennent, & qui ſont les membres de mon
corps myſtique ? Or c'eſt de ce ſcandale cau-
ſé au prochain, que j'ay aujourd'huy à vous en-

tretenir, aprés que nous aurons demandé le secours du ciel par l'intercession de Marie. *Ave Maria.*

J'Entre d'abord dans mon sujet, & m'arrestant à la pensée du Fils de Dieu, sur laquelle roule toute la morale de nostre Evangile, & qui doit servir à nostre instruction; au lieu que le Sauveur du monde declare heureux quiconque ne sera point scandalisé de luy, *& beatus qui non fuerit scandalizatus in me :* par une consequence toute opposée, je conclus que malheureux est celuy qui scandalise Jesus-Christ mesme, en scandalisant le prochain. Voilà le poinct important que j'entreprends d'establir. Peché de scandale, que Dieu déteste, & qu'il condamne si hautement en mille endroits de l'Ecriture. Peché, qu'il reprochoit si fortement à une ame infidelle par ces paroles du Pseaume : *Adversùs filium matris tuæ ponebas scandalum;* vous dressiez un piege à vostre frere, pour le faire tomber ; & insensible à la douleur que l'Eglise, vostre commune mere, ressentiroit de sa perte, vous ne craigniez point d'estre pour luy une occasion de scandale. Peché, dit Tertullien, qui forme les ames au crime, comme le bon exemple les forme à la vertu. *Scandalum exemplum rei malæ, ædificans ad delictum.* Je veux aujourd'huy, Chrestiens, vous donner l'idée & la juste notion de

Pfalm. 49.

Tertull.

ce peché ; je veux vous en infpirer l'horreur ; je veux avec le fecours de la parole de Dieu vous apprendre à le craindre & à l'éviter.

Or pour cela j'avance deux propofitions : é-coutez-les, parce qu'elles vont faire le partage de ce difcours. Malheureux celuy qui caufe le fcandale ; c'eft la premiere : mais doublement malheureux celuy qui le caufe, quand il eft fpecialement obligé à donner l'exemple ; c'eft la feconde. Malheureux celuy qui caufe le fcandale : voilà le genre du peché que je combas ; & qui regardé abfolument, ne fe trouve que trop répandu dans toutes les conditions. Mais doublement malheureux celuy qui caufe le fcandale, quand il eft fpecialement obligé à donner l'exemple : voilà l'efpece particuliere de ce peché, qui pour eftre bornée à certains eftats, n'eft encore néanmoins, comme vous le verrez, que d'une trop grande étenduë. Malheureux l'homme, quel qu'il foit, qui devient à fes freres un fujet de fcandale & de chute : la feule qualité de chreftien doit faire fa condamnation. Mais plus malheureux l'homme qui fcandalife fes freres, lorfqu'outre la qualité commune de chreftien, il a encore un titre propre & perfonnel qui l'engage à les édifier. Dans la premiere partie, je vous donneray fur cette importante matiere des regles & des maximes generales, qui conviendront à tous. Dans la feconde, je tireray de la difference de vos conditions, des motifs particuliers, mais motifs preſſans, pour vous inſpirer à chacun ſur ce meſme ſujet, & ſelon voſtre eſtat, tout le zéle & toute la vigilance neceſſaire. L'un & l'autre comprend tout mon deſſein. Commençons.

I. PARTIE.

IL eſt neceſſaire qu'il arrive des ſcandales: c'eſt Jeſus-Chriſt qui l'a dit, & c'eſt un de ces profonds myſteres où les jugemens de Dieu nous doivent paroiſtre plus impenetrables. Car ſur quoy peut eſtre fondée cette neceſſité! N'en cherchons point d'autres raiſons, que l'iniquité du monde, dont Dieu ſçait bien tirer ſa gloire, quand il luy plaiſt; mais dont il ne luy plaiſt pas toûjours d'arreſter le cours par les voyes extraordinaires de ſon abſoluë puiſſance. Le monde, remarque fort bien ſaint Chryſoſtome, expliquant ce paſſage, le monde eſtant auſſi perverti qu'il eſt; & Dieu par des raiſons ſuperieures de ſa providence, le laiſſant dans la corruption où nous le voyons, & ne voulant point faire de miracle pour l'en tirer, il eſt d'une conſequence neceſſaire qu'il y *Matth. 18.* ait des ſcandales: *Neceſſe eſt ut veniant ſcandala.* Mais quelque neceſſaire, & quelqu'infaillible que ſoit cette conſequence, malheur à l'homme par qui le ſcandale arrive. C'eſt ce qu'ajouſte le Fils de Dieu, & c'eſt le terrible anatheſme qu'il a prononcé contre les pecheurs

ſcandaleux : *Verumtamen væ homini illi per* Ibidem.
quem ſcandalum venit. Anatheſme, dit ſaint
Chryſoſtome, que les Prédicateurs de l'Evangile ne ſçauroient, ni trop ſouvent repeter à
leurs auditeurs, ni trop vivement leur faire ap-
prehender. Appliquez-vous donc, Chreſtiens;
& ſouvenez-vous que voici peut-eſtre le poinct
de noſtre religion, ſur quoy il nous importe le
plus d'eſtre ſolidement inſtruits. *Væ homini
illi :* malheur à celuy qui cauſe le ſcandale.
Pourquoy ? parce qu'il eſt homicide devant
Dieu, de toutes les ames qu'il ſcandaliſe ; &
parce qu'il doit repondre à Dieu de tous les
crimes de ceux qu'il ſcandaliſe. Deux raiſons qu'en apporte ſaint Chryſoſtome, & qui
ſont capables de toucher les cœurs les plus endurcis, s'il leur reſte encore une étincelle de
foy. Donnez aujourd'huy, Seigneur, à mes
paroles une force toute nouvelle : & vous,
Chreſtiens, rendez-vous plus attentifs que jamais, & ne perdez rien de tout ce qu'il plaira à Dieu de m'inſpirer pour voſtre inſtruction.

Quiconque eſt autheur du ſcandale, ſelon
tous les principes de la religion, devient homicide des ames qu'il ſcandaliſe. Peché monſtrueux, peché diabolique, peché contre le
Saint Eſprit, peché eſſentiellement oppoſé à
la redemption de Jeſus-Chriſt, peché dont
nous aurons ſingulierement à rendre compte

devant le tribunal de Dieu : mais ce qui merite encore plus vos reflexions, peché d'autant
plus dangereux, qu'il eſt plus ordinaire dans
le monde ; que tous les jours on le commet,
ſans avoir meſme intention de le commettre ;
que ſouvent il eſt attaché à des choſes qui paroiſſent en elles-meſmes trés-legeres , & dont
on ne ſe fait nul ſcrupule ; mais qui ſelon Dieu,
ſont d'une malice énorme, parce qu'elles ſervent de matiere au ſcandale. Comprenez
bien tout cecy, & voyons s'il y a rien en
quoy je paſſe les bornes de la plus étroite verité.

Peché monſtrueux : car quelle horreur de
cauſer la mort à une ame, qui juſte & innocente, eſtoit agréable & precieuſe à Dieu! de
luy oſter une vie ſurnaturelle & divine, & de
luy faire perdre ſon droit au royaume de Dieu!
Or voilà, mes chers Auditeurs, le peché que
vous commettez, quand vous ſcandaliſez voſtre prochain. Fuſt-ce le dernier des hommes,
pour qui vous eſtes un ſujet de chute, ou en
le détournant du bien, ou en le portant au
mal, ou en luy communiquant vos ſentimens
dépravez, ou en l'entraiſnant par vos exemples
contagieux : fuſt-ce encore une fois le dernier
des hommes & le plus mépriſable d'ailleurs,
vous eſtes toûjours coupable ; & c'eſt ce que
le Fils de Dieu a voulu nous marquer clairement & diſtinctement dans l'Evangile par ces
paroles,

paroles, dont le sens est si étendu : *Qui autem* Matth. 18. *scandalizaverit unum de pusillis istis, qui in me credunt :* Que si quelqu'un scandalise un de ces petits, qui croyent en moy. Prenez garde, reprend saint Chrysostome, que Jesus-Christ ne dit pas : si quelqu'un scandalise un grand de la terre. C'est encore un autre desordre plus criminel, & plus à déplorer dans le monde chrestien. Desordre toutefois si commun ! car combien de tout temps n'a-t-on pas veû, & combien tous les jours ne voit-on pas de ces esprits pernicieux, qui par un secret jugement de Dieu, semblent n'approcher les grands, & n'avoir part à leur faveur, que pour les corrompre par les détestables maximes qu'ils leur inspirent, & par les damnables conseils qu'ils sont en possession de leur donner ? Quoyqu'il en soit, la morale de Jesus-Christ dans les paroles que j'ay rapportées, ne se borne pas à la condition des grands. Il dit : si quelqu'un scandalise un de ces petits ; & par là, Chrestiens, il confond l'erreur où vous pourriez estre, que la bassesse de la personne dust jamais vous tenir lieu d'excuse, & autoriser vostre peché. Il est vray, c'est une indigne créature, une créature de néant que vous pervertissez ; c'est une ame vile selon le monde, que vous faites servir à vostre incontinence : mais cette ame, selon le monde, si vile & si abjecte, ne laisse pas dans l'idée de Dieu, d'estre d'un prix infini ; & voi-

G

là pourquoy le Dieu mefme qui l'a creéé, qui l'a rachetée, & qui fçait la prifer ce qu'elle vaut, vous declare qu'autant de fois que vous la fcandalifez, il vaudroit mieux, non feulement pour elle, mais pour vous, qu'on vous précipitaft au fond de la mer. *Expedit ei ut demergatur in profundum maris.*

Peché diabolique; & la raifon qu'en donne faint Chryfoftome, eft bien évidente. Car felon l'Evangile, le caractere particulier du demon, eft d'avoir efté homicide dés le commencement du monde. *Ille homicida erat ab initio :* & il n'a efté homicide, pourfuit ce faint Docteur, que parce que dés le commencement du monde il a fait périr des ames, en les feduifant, en les attirant dans le piége, en les faifant fuccomber à la tentation, en mettant des obftacles à leur converfion. Or que fait autre chofe un libertin, un homme vitieux, un homme dominé par l'efprit impur, qui dans l'emportement de fes debauches, cherche par tout, fi j'ofe m'exprimer ainfi, une proye à fa fenfualité : que fait-il autre chofe, & à quoy fa vie fcandaleufe eft-elle occupée ! A tromper les ames, & à les damner : je veux dire, à fe prévaloir de leur foibleffe, à abufer de leur fimplicité, à profiter de leur imprudence, à tirer avantage de leur vanité, à ébranler leur religion, à triompher de leur pudeur, à diffiper leurs juftes craintes, à arrefter leurs bons de-

firs ; à les confirmer dans le peché, aprés les y
avoir fait honteufement tomber en les fubor-
nant ; à les éloigner des voyes de Dieu, lors
que touchées de la grace, elles commencent à
fe reconnoiftre, & qu'elles voudroient fincerement fe relever. Ne font-ce pas là, mondain
voluptueux & impudique, les œuvres de tenebres, à quoy fe paffe toute voftre vie ! C'eft
donc l'office du demon que vous exercez ; &
vous l'exercez d'autant plus dangereufement,
qu'eftant vous-mefme fur la terre un demon
vifible & reveftu de chair, ces ames que vous
fcandalifez, accoutumées à fe conduire par les
fens & charnelles comme vous, font plus ex-
pofées à vos traits, & en reçoivent de plus mortelles impreffions. Le demon dés le commencement du monde a efté homicide par luy-
mefme ; mais il l'eft maintenant par vous : c'eft
vous qui luy fervez de fuppoft ; vous qui luy
preftez des armes ; vous qui pourfuivez fon en-
treprife ; vous qui devenez à fa place le tenta-
teur, ou pour ufer toûjours de la mefme expreffion, le meurtrier des ames, en facrifiant
ces malheureufes victimes à vos paffions & à
vos plaifirs. *Ille homicida erat ab initio.*

Peché contre le Saint Efprit, parce qu'il attaque directement la charité, & que le Saint
Efprit eft perfonnellement la charité mefme :
je n'en dis point encore affez, & j'ajoufte ; parce qu'il bleffe la charité dans le poinct le plus

essentiel, & qu'à l'égard de cette vertu si necessaire & dont le Saint Esprit est la source, il
rend l'homme criminel, pour ainsi parler, au
premier chef. Car pour raisonner avec saint
Chrysostome, si le larcin qui dépouille le prochain d'un bien passager, si la calomnie qui
luy oste une vaine reputation, si un mauvais
office qui luy fait perdre son credit, & qui ne
va pour luy qu'à la destruction d'une fortune
périssable ; si ce sont-là dans toutes les regles
de la religion, autant d'attentats contre la charité qui luy est dûë : qu'est-ce que le scandale, qui tend à la ruine de son salut éternel !
Non, non, concluoit le Disciple bien-aimé, un
mal aussi grand que celuy-là ne peut point estre
dans celuy qui aime son frere : *Qui diligit fra-*
trem suum, scandalum in eo non est. En effet,
il ne faut avoir envers son frere qu'une mediocre charité, pour prendre garde à ne luy pas
causer un dommage infini en le scandalisant.
Vengez-vous sur ses biens & sur sa personne;
mais épargnez sa vie, dit Dieu à Satan, lors
qu'il luy permit de tenter Job : *Verumtamen*
animam illius serva. Dieu par cet ordre dé-
fendoit seulement à satan, d'enlever au saint
homme Job une vie naturelle & mortelle.
Mais ne puis-je pas bien dire encore avec plus
de sujet à un pecheur scandaleux : si vostre frere a eû le malheur d'encourir vostre indignation, & de devenir l'objet de vostre haine, fai-

tes-luy toute autre injuftice qu'il vous plaira ;
mais ne portez pas la vengeance jufqu'à luy
ravir une vie fpirituelle & immortelle. Don-
nez-luy mille chagrins, fufcitez-luy mille affaires, troublez fon repos, foyez fon perfecuteur :
mais refpectez au moins fon ame ; n'attentez
point à fa confcience & à fon falut : *Verumtamen animam illius ferva.* Il s'enfuit donc que
celuy qui compte pour rien de fcandalifer fon
frere, n'a pour luy nulle charité ; & par confequent qu'il eft devant Dieu, non feulement
homicide de fon frere, mais de la charité mef-
me : *Qui odit fratrem fuum, homicida eft.* Or 1. *Joan.* 3.
combien d'hommes de ce caractere dans le
fiecle où nous vivons ! c'eft à dire, combien
d'hommes emportez dans leur libertinage ,
infenfibles à la damnation de leurs freres ; &
qui bien loin d'eftre touchez de la perte d'une
ame, affectent d'y contribuer pofitivement, y
travaillent de deffein formé, en cherchent les
voyes & les occafions, & fe glorifient comme
d'un fuccés d'y avoir réuffi ! Eft-il un meurtre
plus cruel ! parlons plus fimplement ; eft-il un
crime plus outrageux au Saint Efprit & à fa
grace !

Je vais plus avant, & je dis : peché effentiellement oppofé à la redemption de Jefus-
Chrift : car au lieu que Jefus-Chrift, qui s'appelle & qui eft par excellence le Fils de l'Homme, eft venu en qualité de Redempteur pour

chercher & pour sauver ce qui avoit péri:
Venit enim Filius Hominis quærere, & sal-
vum facere quod perierat : le fils de perdition
& d'iniquité, qui est dans la pensée de Tertullien, l'homme scandaleux, vient par un dessein tout contraire, pour damner & pour perdre ce qui a esté racheté. Et c'est en cela que
le grand Apostre a fait particulierement consister la grieveté du scandale. C'est sur quoy
estoit fondée cette remontrance si pathetique
& si vive qu'il faisoit aux Corinthiens, quand
il les conjuroit de renoncer à certains usages
aux quels ils estoient attachez; mais dont quelques-uns de leurs freres, moins confirmez dans
la foy, se scandalisoient. Il y a des foibles parmi vous, leur disoit-il, & les libertez que vous
vous donnez, leur sont des occasions de chute : mais sçavez-vous que ces foibles, à qui
vostre conduite est un scandale, sont des hommes, & des hommes fidelles, pour lesquels Jesus-Christ est mort? Sçavez-vous qu'en les
scandalisant, en les perdant par vostre exemple, vous détruisez au moins dans leurs personnes, tout le merite & tout le fruit de la
mort d'un Dieu! Il faudra donc, poursuivoit
l'Apostre, que Jesus-Christ ait souffert inutilement pour eux ! Il faudra que vostre frere,
encore foible, périsse & se damne, parce qu'il
ne vous aura pas plû de menager sa foiblesse, ni
d'avoir pour luy les égards que la charité & la

Luc. 10.

prudence chreſtienne exigeoient de vous ? Il faudra que vous arrachiez, comme par violence, à Jeſus-Chriſt, ce qui luy a couſté tout ſon ſang ! *Et peribit infirmus in tuâ ſcientiâ frater, propter quem Chriſtus mortuus eſt.* 1. Cor. 8.

C'eſt ainſi que leur parloit ſaint Paul, & cette raiſon ſeule les perſuadoit. Le zéle dont ils eſtoient animez pour Jeſus-Chriſt, les engageoit à ſe contraindre, & à ne s'attirer pas le juſte reproche d'avoir eſté les ennemis de ſa croix, en ſervant à la perte de ceux pour qui ce Dieu-Homme a voulu eſtre crucifié : *propter quem Chriſtus mortuus eſt.* Touchez de ce motif, ils renonçoient, ſans heſiter, à des pratiques qu'ils ſe croyoient d'ailleurs permiſes. Or quel droit n'aurois-je pas, mes chers Auditeurs, de vous reprocher aujourd'huy, je ne diray pas de ſemblables libertez, mais des libertez bien plus dangereuſes, bien plus condamnables ! Car combien de fois, & en combien de rencontres n'avez vous pas dû vous appliquer ces paroles : *Et peribit infirmus in tuâ ſcientiâ frater, propter quem Chriſtus mortuus eſt !* Combien de fois par des libertez criminelles, qu'il vous eſtoit aiſé de retrancher, n'avez vous pas bleſſé des conſciences, & donné la mort à des ames foibles, pour qui voſtre Dieu a donné ſa vie ! Et ſi ce qu'a dit ſaint Jean dans ſa premiere Epiſtre canonique, eſt vray, comme il l'eſt en effet, qu'il y a déja dans le monde pluſieurs

Antechrifts, *Et nunc Antichrifti multi facti funt ;* pourquoy ! parce que le monde eft plein d'indignes chreftiens, qui par leurs fcandaleux exemples ruinent l'ouvrage de Jefus-Chrift,& anéantiffent le prix de fa redemption adorable : à combien de ceux qui m'écoutent, cette malediction, dans le fens mefme litteral de l'Apoftre, ne peut-elle pas convenir ! *Et nunc Antichrifti multi facti funt.* Combien d'Antechrifts au milieu du Chriftianifme, d'autant plus à craindre, qu'ils font moins declarez & moins connus !

De là, peché dont Dieu nous fera rendre un compte plus rigoureux à fon jugement. Car une des menaces de Dieu les plus terribles que je trouve dans l'Ecriture, c'eft celle-cy : qu'il nous demandera compte, non feulement de nous-mefmes, mais de noftre prochain ; *Sanguinem autem ejus de manu tuâ requiram.* Mais dois-je repondre d'un autre que de moy, difoit Caïn en parlant à Dieu, & voulant fe juftifier devant luy ! m'avez-vous eftabli le tuteur & le gardien de mon frere ! *Num cuftos fratris mei fum ego !* Langage que tiennent encore tous les jours tant de mondains : fuis-je chargé du falut d'autruy ! en fuis-je refponfable ! Oüy, reprend le Seigneur par fon Prophete, vous m'en repondrez ; & quand je viendray, comme juge fouverain, pour rendre à chacun ce qui luy fera dû, &

1. Joan. 2.

Ezech. 3.

Gen. 4.

pour porter mes derniers arrests, j'auray droit, selon toutes les loix de l'équité, de me venger sur vous de bien des crimes, dont vous aurez esté le premier principe. Car c'est par vos sollicitations que vostre frere s'est perdu ; c'est par vos discours licentieux que la pureté de son ame a esté souillée ; c'est vous qui par vos erreurs, & par les détestables maximes de vostre libertinage raffiné, luy avez gasté l'esprit ; c'est vous qui par l'attrait & le charme de vostre vie dissoluë, luy avez empoisonné le cœur ; c'est vous qui l'avez degousté de ses devoirs ; vous, qui par vos railleries pleines d'irreligion, luy avez fait secoüer le joug, & abandonner toutes les pratiques du Christianisme : s'il s'est engagé dans vos voyes corrompuës, c'est par la liaison qu'il a eûë avec vous ; s'il s'est livré à toutes ses passions, c'est par la fausse gloire qu'il s'est faite de vous imiter ; s'il a contracté tous vos vices, c'est par le desir de vous plaire. Voilà, dit Dieu dans son couroux, ce qui vous fera imputé, & ce que je puniray par les plus severes chastimens. Vous avez fait de cet homme un impie ; & entraisné par vostre exemple, il a vescu & il est mort dans son iniquité : mais son sang criera à mon tribunal bien plus haut que celuy d'Abel ; il me demandera justice contre vous, & quelle sera vostre défense ! *Ip-* *se impius in iniquitate suâ morietur ; sanguinem autem ejus de manu tuâ requiram.* Le tex- *Ezech. 3.*

te Hébraïque porte : *Animam autem ejus de manu tuâ requiram :* Je prendray, pecheur, mais à tes dépens, la cause de cette ame reprouvée, dont tu auras esté l'homicide; & toute reprouvée qu'elle sera, m'interessant encore pour elle, je feray retomber sur toy le malheur de sa réprobation.

J'en ay dit assez, Chrestiens, pour vous faire connoistre la grieveté de ce peché; mais sans insister là-dessus davantage, voici ce qui doit sur tout exciter nostre vigilance, & nous servir de regle, pour apprendre à nous en préserver.

Peché dont souvent on se rend coupable, sans avoir mesme intention de le commettre. Seray-je assez heureux pour vous faire bien sentir cette verité, & pour obtenir de vous que chacun s'applique à luy-mesme cette importante leçon? Car il n'est pas necessaire pour scandalifer les ames, de se proposer par un dessein formé, leur damnation, ni d'avoir une volonté determinée d'estre au prochain un sujet de chute. Le demon seul est capable d'une telle malice, & luy seul, dit saint Chrysostome, aime le scandale pour le scandale mesme. Il n'est pas, dis-je, besoin que je veuille expressément faire périr l'ame de mon frere : c'est assez que je m'apperçoive qu'en effet je la fais périr ; c'est assez que je tienne une conduite qui tend d'elle-mesme à la faire périr ; c'est as-

fez que je faſſe une action, en conſequence de
laquelle il eſt indubitable qu’elle périra. Mais
je voudrois qu’elle ne périſt pas. Il eſt vray,
vous le voudriez ; mais vouloir qu’elle ne périſt pas, & en meſme temps vouloir ce qui la
fait périr, ce ſont, repond ſaint Chryſoſtome,
deux volontez contradictoires : & voſtre deſordre eſt, que de ces deux volontez, l’une
bonne & l’autre mauvaiſe, la premiere qui
vous fait ſouhaiter que voſtre frere ne périſt
pas & qui eſt bonne, n’eſt qu’une demie volonté, qu’une volonté imparfaite, qu’une de
ces velleïtez dont l’enfer eſt plein & qui ne
ſervent qu’à noſtre damnation ; au lieu que la
ſeconde, par où vous voulez ce qui le fait périr & qui eſt mauvaiſe, eſt une volonté efficace, une volonté abſoluë, une volonté conſom-
mée & reduite à ſon entier accompliſſement.

Ainſi, une femme remplie des idées du
monde & vuide de l’eſprit de Dieu, ſe trouve engagée dans des viſites, dans des conver-
ſations dangereuſes & qu’elle ne veut pas interrompre, ſe portant à elle-meſme témoignage, qu’elle ne s’y propoſe aucune intention
criminelle : toutefois elle voit bien que par ce
commerce elle entretient la paſſion d’un homme ſenſuel, qu’elle excite dans ſon cœur des
deſirs déreglez, qu’elle le detourne des voyes
de ſon ſalut, qu’elle donne lieu à ſes folles ca-
jolleries ; elle voit bien qu’en ſouffrant ſes aſ-

ſiduitez, ſans qu'elle le veuille perdre, elle le perd néanmoins : en eſt-elle moins homicide de ſon ame! non, Chreſtiens : le ſcandale qu'elle donne, eſt un peché pour elle, & un peché grief. Son intention dans ce commerce, n'eſt que de ſatisfaire ſa vanité ; mais independamment de ſon intention, ſa vanité ne laiſſe pas d'allumer dans ce jeune homme & d'y nourrir une impudicité ſecrette. Elle ne repond à l'attachement qu'on a pour elle, que par des complaiſances, qu'elle appelle de pures honneſtetez, & elle eſt bien reſoluë d'en demeurer là : mais ſa reſolution n'empeſche pas que l'effet de ſes complaiſances n'aille plus loin ; & que malgré elle, elle ne faſſe périr celuy qu'elle voudroit ſeulement ſe conſerver, & à qui elle n'a pas le courage de renoncer.

C'eſt de là meſme que j'ay dit, & pluſt au ciel que vous ſçûſſiez profiter des malheureuſes épreuves que vous en faites tous les jours, & de l'experience que vous en avez, ou que vous en devez avoir ! c'eſt de là que j'ay dit & je le dis encore, que cet homicide des ames eſt ſouvent attaché à des choſes trés-legeres dans l'opinion du monde ; mais qui peſées dans la balance du ſanctuaire, ſont des abominations devant Dieu : à des immodeſties dans les habits, à un certain luxe dans les parures, à des nuditez indecentes, à des modes que le Dieu du ſiecle, c'eſt à dire, que le demon de la chair a inventées; à des legeretez & des privautez, où l'on ne fait point difficulté de se relâscher d'une certaine bienséance ; à des entretiens particuliers, dont le secret, la familiarité, la douceur affoiblit les forts & infatuë les sages ; à des airs d'enjoüement peu reguliers, & trop libres; à des affectations de plaire, & de passer pour agréable. Tout cela, dites-vous, est innocent. Hé quoy, repond saint Jerosme, vous appellez innocent, ce qui fait à l'ame de vostre prochain les plus profondes & les plus mortelles blessures ! Et quand, selon vos veûës, que Dieu sçaura bien confondre, tout cela en soymesme seroit innocent; du moment que les suites en sont si funestes, devez-vous vous le permettre, ou plustost, ne le devez-vous pas avoir en horreur !

Est-ce ainsi qu'a raisonné saint Paul, & sont-ce-là les principes de morale qu'il nous a donnez ! Non, non, disoit cet homme Apostolique, je ne me croiray jamais permis ce que j'auray preveû, & ce que je sçauray devoir estre nuisible au salut de mon frere. Il parloit des viandes immolées aux idoles, qui par ellesmesmes n'ayant rien d'impur, pouvoient dans le sentiment des Apostres estre mangées indifferemment par ceux des fidelles qui avoient la conscience droite, c'est à dire, qui ne se sentoient nul penchant à l'idolâtrie, & qui faisoient une profession sincere de croire en Dieu feul. Il n'importe, difoit ce vaiffeau d'élection, cet homme fufcité de Dieu pour nous inftruire & pour former nos mœurs : fi la viande que je mange, fcandalife mon frere; quoyque l'ufage de cette viande ne me foit défendu par nulle autre loy, je me condamneray par la loy de la charité à n'en point manger. *Si efca fcandalizat fratrem meum, efcam non manducabo in æternùm.* Eftes-vous, Chreftiens, plus privilegiez que faint Paul! cette loy de la charité vous oblige-t-elle moins que luy! vous eft-il plus libre qu'à luy de vous en difpenfer! & fi l'Apoftre, renonçant à fes droits, a crû qu'il devoit s'abftenir d'une viande, quoyque permife, mais dont il craignoit qu'on ne fe fcandalifaft ; avec quel front pouvez-vous foutenir devant Dieu cent chofes, que vous traitez d'indifferentes, mais dont vous fçavez mieux que moy les pernicieux effets! Avec quel front les pouvez-vous traiter d'indifferentes, ayant tant de fois reconnu combien elles font prejudiciables à ceux qui vous approchent! Non, doit dire avec l'Apoftre de Jefus-Chrift une ame vrayment chreftienne, fi ces pratiques, fi ces coutumes qu'autorife le monde & qui flattent mon amour propre, font en moy des fujets de fcandale; quoyqu'allégue ma raifon pour me les juftifier, je veux me les interdire : quelque innocentes qu'elles me paroiffent, je les abhorre, je les détefte, j'y renonce pour

1. Cor. 8.

jamais. *Si esca scandalizat fratrem meum, non manducabo carnem in æternùm.*

Voilà comment vous devez parler & raisonner, si vous raisonnez & si vous parlez selon les principes de voſtre religion. Autrement, & c'eſt comme je l'ay d'abord marqué, le second malheur de celuy qui donne le scandale : autrement, mon cher Auditeur, vous vous chargez devant Dieu & devant les hommes, non seulement du crime particulier que vous commettez en scandaliſant voſtre frere; mais generalement de tous les crimes, que commet, & que commettra celuy que vous scandaliſez. Or qui peut creuser & mesurer la profondeur de cet abyſme; & pour me servir de l'expreſſion du Saint Eſprit, quelle multitude d'abyſmes ce seul abyſme n'attire-t-il pas! *Abyſſus* Pſalm. 37. *abyſſum invocat.* Qui pourroit en faire le dénombrement; & quel autre que vous, ô mon Dieu, qui sondez les abyſmes, les peut connoiſtre! *Deus qui intueris abyſſos.* De com-Daniel. 3. bien de pechez, par exemple, un mauvais conſeil n'eſt-il pas la source! un conseil violent & injuſte donné à un homme puiſſant, & qui l'engage à satisfaire ou sa vengeance ou son ambition! quels maux ne cauſe-t-il pas! de quels desordres n'eſt-il pas suivi! quelle propagation, si j'ose ainſi dire, & quelle multiplicité de crimes n'entraiſne-t-il pas aprés luy! Vous eſtes trop éclairez pour n'en pas voir les conse-

quences, & trop fenfez pour n'en pas frémir.
Or il eft de la foy, que quiconque eft autheur
d'un tel confeil, au mefme temps qu'il l'a donné, fans y contribuer autre chofe que de l'a-
voir donné, s'eft déja rendu par avance coupable de tous ces malheurs ; qu'il s'eft fait malgré luy complice & garant, difons mieux,
qu'il fe trouve malgré luy folidairement chargé de toutes les injuftices de celuy qui le fuit
& qui l'exécute. Que vos jugemens, Seigneur,
font incomprehenfibles ; & qu'il faut que les
enfans des hommes foient livrez à un fens
bien reprouvé, quand ils oublient de fi grandes & de fi terribles veritez !

    Mais les pechez, me direz-vous, font per-
fonnels ; & Dieu, quoyque redoutable dans
fes jugemens, femble nous raffeûrer par fes promeffes, lorfqu'il nous dit dans l'Ecriture, que
l'ame qui pechera, eft la feule qui mourra :
Anima quæ peccaverit, ipfa morietur. C'eft à
dire, que chacun pechera pour foy ; que le fils
ne repondra point de l'iniquité de fon pere,
ni le pere de l'iniquité de fon fils, *Filius non*
portabit iniquitatem patris ; que quand il faudra comparoiftre devant le fouverain tribunal,
chacun portera fon propre fardeau, & non celuy d'un autre, *Unufquifque onus fuum porta-*
bit. J'en conviens, & je fçais que ce font là
autant d'oracles contenus dans la loy divine ;
& qui fuivant l'ordre de la juftice, fe verifieront

à l'é-

Ezech. 18.

Ibidem.

Galat. 6.

à l'égard de tous les autres pechez : mais exceptez-en le scandale ; pourquoy ? parce que le scandale n'est pas un peché purement personnel ; mais comme une espece de peché originel, qui se communiquant & se répandant, infecte l'ame, non seulement de son propre venin & de sa propre malice, mais de la malice encore de tous ceux à qui il s'étend & sur qui il se répand. Exceptez, dis-je, de ces regles l'homme scandaleux, qui pechant, & pour soy, & pour autruy, doit estre jugé aussi bien pour autruy que pour soy-mesme : & la raison en est bien naturelle. Car si, selon la loy de Dieu, celuy qui peche, doit mourir ; beaucoup plus, dit saint Chrysostome, celuy qui fait pecher, celuy qui incite au peché, celuy qui conseille le peché, celuy qui enseigne le peché, celuy qui donne l'exemple du peché, celuy qui fournit les moyens & les occasions du peché : tout cela, en quoy consiste le scandale, estant sans contredit plus punissable, & plus digne de mort, que le peché mesme. Il est donc vray que chacun portera son propre fardeau ; mais pour vous, pecheur, par qui le scandale arrive, avec vostre propre fardeau vous porterez encore celuy des autres ; & quoyque les autres, dont vous porterez l'iniquité, n'en soient pas plus déchargez, ni plus justifiez, c'est ce fardeau de l'iniquité d'autruy qui achevera de vous accabler.

.H

Mais ces pechez, ajoustez-vous, ne m'ont pas mesme esté connus : connus, ou non, repond saint Jerosme ; puisque vostre peché en a esté l'origine, ces pechez des autres par une fatalité inévitable sont devenus vos propres pechez. Vous n'avez pas sçû les desordres de ceux que vous scandalisiez ; mais pour ne les avoir pas sçûs, vous n'en avez pas moins esté le principe. Vous ne les avez pas sçûs, mais vous avez dû les sçavoir, mais vous avez dû les craindre, mais vous avez dû les prevenir, & c'est ce que vous avez negligé : il n'en faudra pas davantage pour vous en faire porter toute la peine.

Voilà pourquoy le plus saint des Roys, dans la ferveur de sa penitence, demandoit à Dieu qu'il luy fist particulierement grace sur deux sortes de pechez, dont les consequences luy paroissoient infinies : les pechez cachez, & les pechez d'autruy ; les pechez qu'il commettoit luy mesme sans le sçavoir, & les pechez qu'il faisoit commettre aux autres sans jamais se les imputer. *Delicta quis intelligit! ab occultis meis munda me, & ab alienis parce servo tuo.* Ah, Seigneur, s'écrioit-il, quel est l'homme qui connoisse toutes ses fautes! quel est l'homme qui s'applique à les connoistre! quel est l'homme qui pour les pleurer & pour les expier, ait le don de les discerner! *Delicta quis intelligit!* Purifiez moy donc, mon Dieu, ajoustoit-il, purifiez moy des pechez que mon orgueil me cache,

Psalm. 18.

de ceux que la diffipation du monde m'empefche d'obferver, de ceux dont le nuage de mes
paffions, ou le voile de mon ignorance, me de-
robent la veûë : *Ab occultis meis munda me.*
Mais en mefme temps pardonnez-moy les pechez du prochain, dont je me fuis rendu refponfable ; les pechez du prochain à quoy j'ay
malheureufement cooperé ; les pechez du prochain dont ma fcandaleufe conduite a efté la
fource empoifonnée ; les pechez du prochain
que vous me reprocherez un jour, & qui joints
aux miens propres, mettront le comble à ce
pefant fardeau que je groffis tous les jours, &
fous lequel peut-eftre je dois bientoft fuccomber : pardonnez-les moy, Seigneur, & accor-
dez-moy que je previenne par une exacte
& une fevere penitence le jugement rigoureux que vous en ferez. *Et ab alienis parce
fervo tuo.*

Sainte priére que l'Efprit de Dieu fuggeroit à David, & dont je fuis perfuadé que l'u-
fage ne feroit pas moins neceffaire à la plufpart
de ceux qui m'écoutent. Priére, qu'une femme mondaine devroit faire tous les jours de
fa vie dans l'efprit d'une humble componction.
Et quand je dis une femme mondaine, je ne
dis pas une femme fans religion, ni mefme une
femme fans regle, qui vit dans le libertinage
& dans le defordre ; mais je dis une femme du
monde, qui contente d'une fpecieufe regula-

rité, dont le monde se laisse éblouïr, est toutefois bien éloignée de vouloir se gesner en rien, ni s'assujettir à marcher dans la voye étroite de la loy de Dieu. Je dis une femme du monde, qui se piquant d'estre irreprehensible dans l'essentiel, ne laisse pas par mille agrémens qu'elle se donne, & qu'elle veut se donner, d'estre un scandale pour les ames. Je dis une femme du monde, qui sans estre passionnée, ni attachée, n'est pas souvent moins criminelle, que celles qui le sont ; & qui avec la fausse gloire dont elle est si jalouse, & dont elle sçait tant se prévaloir, d'estre à couvert de la censure, & au dessus des foiblesses de son sexe, n'en est pas moins, par les pechez qu'elle entretient, ennemie de Dieu. Priére qui seroit déja le commencement de sa conversion, si à l'exemple de David, elle disoit chaque jour à Dieu: *Ab alienis parce :* Pardonnez-moy, Seigneur, tant de pechez, dont je me croyois en vain justifiée devant vous, & que l'aveuglement de mon amour propre m'a fait jusqu'à present envisager comme des pechez étrangers ; mais dont je commence aujourd'huy à sentir le poids. Pardonnez-moy toutes ces pensées, pardonnez-moy tous ces desirs, pardonnez-moy tous ces sentimens que j'ay fait naistre par mes ajustemens étudiez, par mes discours insinüans, par mes manieres engageantes, quoyqu'accompagnées d'ailleurs d'une modestie que m'inspiroit plus-

toſt une fierté prophane, qu'une retenuë chreſtienne : *ab alienis parce.* Mais, Seigneur, ſi
vous me les pardonnez, puis-je me les pardonner à moy-meſme ? & quelles bornes dois-je
mettre à ma penitence, lorſque je n'ay pas ſeulement à ſatisfaire pour moy-meſme, mais pour
tant de pecheurs, qui ne l'ont eſté, & qui ne
le ſont encore que par moy ! *Delicta quis intelligit ? ab occultis meis munda me, & ab alienis parce ſervo tuo.*

Ce langage, il eſt vray, femmes mondaines,
ne vous eſt guéres ordinaire : mais Dieu eſt le
maiſtre des cœurs, & quand il luy plaiſt, il donne benediction à ſa parole. Je ſçais que la converſion d'une ame ſcandaleuſe, eſt un grand
miracle dans l'ordre du ſalut ; mais le bras du
Seigneur n'eſt pas raccourci. Eſperons tout de
la grace de Jeſus-Chriſt : elle eſt plus forte que
le monde ; & quelque abondante que ſoit l'iniquité du monde, elle n'empeſchera pas l'accompliſſement des deſſeins de Dieu. Il y aura
dans cet auditoire des ames qui ne m'en croi-
ront pas, & qui perſiſteront dans leurs ſcandales. Il y aura des chreſtiens laſches, qui convaincus de leurs ſcandales, n'auront pas la force d'y renoncer. Mais Dieu parmi ces ames laſches, & ces ames dures, a ſes predeſtinez & ſes
élûs ; & peut-eſtre au moment que je dis cecy,
en voit-il quelqu'une, qui efficacement perſua-
dée de la verité que je viens de luy annoncer,

est enfin resoluë à retrancher de sa personne, de sa conduite, de ses manieres, de ses divertissemens, de ses entretiens, de ses actions, tout ce qui peut estre en quelque sorte contraire à la pureté de sa religion, & à l'édification du prochain. Quand je n'en gagnerois qu'une à Dieu, ne serois-je pas assez heureux ? Quoy-qu'il en soit, mes chers Auditeurs, voilà ce que l'Evangile nous apprend, & ce qu'il ne nous est pas permis d'ignorer, puisque c'est un des articles les plus formels de la foy que nous professons. Tout scandaleux est homicide des ames qu'il scandalise; & tout scandaleux doit repondre à Dieu des crimes de ceux qu'il scandalise : mais si le scandale absolument & en soy est un si grand mal, que sera-ce du scandale causé par celuy dont on doit attendre l'exemple! Malheureux celuy qui est autheur du scandale; mais doublement malheureux celuy qui le donne, lorsqu'il est specialement obligé à donner l'exemple : encore un moment de vostre attention, c'est la seconde partie.

II. PARTIE.
IL n'y a point d'homme dans le monde qui par la loy commune de la charité ne doive au prochain le bon exemple : & quand saint Paul establissoit cette grande maxime qu'il donnoit pour regle aux Romains, *Unusquisque proximo suo placeat in bonum ad ædificationem,* que chacun de vous fasse paroistre son zéle pour

Rom. 15.

le prochain en contribuant à son édification ; il est évident qu'il parloit en general, & sans nulle exception, ni de conditions, ni de rangs, ni de personnes. Mais il faut néanmoins avoüer, qu'il y a sur cela mesme des engagemens & des devoirs particuliers ; & que selon les divers rapports par où les hommes peuvent estre considerez dans la societé humaine, & dans la liaison qu'ils ont entre eux, les uns font plus obligez que les autres à l'accomplissement de cette loy. Ainsi dans l'ordre de la nature, un pere en consequence de ce qu'il est pere, doit-il donner l'exemple à ses enfans. Ainsi dans l'ordre de la providence, un maistre, & quiconque a le pouvoir en main, doit-il par sa conduite & par ses mœurs édifier ceux qui luy doivent obéir. Ainsi dans l'ordre de la grace, les Prestres & les Ministres des Autels, doivent-ils, comme dit saint Pierre, par la sainteté de leur vie estre les modelles & la forme du troupeau de Jesus-Christ : *Forma facti gregis ex* 1. *Petr.* 5. *animo.* Ainsi dans la doctrine de l'Apostre saint Paul, les serviteurs de Dieu par profession, en pratiquant les bonnes œuvres, doivent-ils prendre singulierement garde à estre sinceres dans leur pieté, & mesme, s'il se peut, exempts de tout reproche, pour fermer la bouche aux impies, ou pour les attirer à Dieu ; du moins, pour ne les pas scandalifer & ne les pas detourner des voyes de Dieu : *Sinceri, & sine* *Philipp.* 1.

H iiij

offensâ. Ainsi les forts dans la foy, je veux dire, les catholiques, doivent-ils vivre parmi les
foibles, c'est à dire, parmi leurs freres ou se-
parez encore ou nouvellement réunis, avec
plus d'attention sur eux-mesmes, & plus de vigilance & de precaution. Tout cela fondé sur
les principes les plus solides & les plus incontestables du Christianisme.

Si donc au prejudice de ces devoirs, le scandale vient de la mesme source, d'où l'édification & le bon exemple auroit dû venir ; ou
pour m'expliquer plus clairement, si celuy qui
dans l'ordre de Dieu a une obligation specia-
le d'édifier les autres, est le premier à les scandaliser : ah ! Chrestiens, c'est ce qui met le
comble à la malediction du Fils de Dieu, &
c'est alors qu'il faut doublement s'écrier avec
luy : *Væ autem homini illi ;* malheur à cet homme ! Pourquoy ! parce que c'est alors, dit saint
Chrysostome, que le scandale est plus contagieux, & qu'il fait dans les ames de plus prom-
ptes & de plus profondes impressions ; parce
que c'est alors qu'il est plus difficile de s'en préserver ; parce que c'est alors que l'impieté en
tire un plus grand avantage, & que la licence
& le relaschement s'en font un titre plus specieux, non seulement de possession, mais de
prescription. Appliquez-vous à cette seconde
verité, & n'en attendez point d'autre preuve
que l'induction simple, mais vive & touchan-

te, que j'en vais faire, en me reduifant à ces efpeces de fcandale que je viens de vous pro-pofer.

Car quel eft, mes chers Auditeurs, le cri-me d'un pere, qui deshonorant fa qualité de chreftien, & non moins indigne du nom de pere qu'il porte, fcandalife luy-mefme fes en-fans & les corrompt par fes exemples ! C'eftoit à luy, comme pere, à les former aux exerci-ces de la religion ; & c'eft luy au contraire qui par fes difcours impies , par fes railleries au moins imprudentes fur nos myfteres, par fon éloignement des chofes faintes, par fon oppo-fition affectée à tout ce qui s'appelle œuvres de pieté, en un mot par fa vie toute payenne, leur communique fon libertinage & fon ef-prit d'irreligion. C'eftoit à luy, par fon devoir de pere, à corriger les emportemens de leur jeuneffe, & à reprimer les faillies de leurs paf-fions ; & c'eft luy-mefme qui les autorife par des emportemens encore plus honteux dans un âge auffi avancé que le fien, & par des paf-fions encore plus folles & plus infenfées. C'ef-toit à luy à regler leurs mœurs ; & c'eft luy-mefme qui par des debauches, dont ils ne font que trop inftruits, & qu'il n'a pas mefme foin de leur cacher, femble avoir entrepris de les entraifner & de les plonger dans les plus infa-mes déreglemens. A combien de peres dans le Chriftianifme, & peut-eftre à combien de ceux qui m'écoutent, ce caractere ne convient-il pas ! On ne se contente pas d'estre libertin; on fait de ses enfans, par l'éducation qu'on leur donne, une succession & une generation de libertins ; on n'a sur eux de l'autorité, que pour contribuer plus efficacement à leur perte ; on n'est leur pere, que pour leur transmettre ses vices, que pour leur inspirer son ambition, que pour leur faire sucer avec le lait le fiel de ses inimitiez, que pour les engager dans ses injustices en leur laissant pour heritage des biens mal acquis. Ne vaudroit-il pas mieux, dit saint Chrysostome, les avoir étouffez dés le berceau! & si nous avons horreur de ces peuples infidelles, qui par une superstition barbare immoloient leurs enfans à leurs idoles ; en devons-nous moins avoir de ceux qui, au mepris du vray Dieu, à qui ils sçavent que leurs enfans sont consacrez par la grace du baptesme, les sacrifient au demon du siecle, dont ils sont eux-mesmes possedez!

Tel est, par la mesme raison, le desordre d'une mere mondaine, qui chargée de l'obligation d'élever dans la personne de ses filles des servantes de Dieu & des épouses de Jesus-Christ, est assez aveugle; disons mieux, & souffrez ces expressions, est assez cruelle pour en faire des victimes de satan, & des esclaves de la vanité du monde : qui sous ombre de leur apprendre la science du monde, leur apprend celle de se damner; qui leur en monstre le chemin, & qui détruit par ses exemples toutes les leçons de vertu qu'elle sçait si bien d'ailleurs leur faire par ses paroles. Car malgré les scandales qu'on leur donne, on pretend encore avoir droit de leur faire des leçons : à quelque liberté que l'on se porte, & quelque commerce ou suspect ou mesme declaré que l'on entretienne, en ver-tu du titre de mere, on ne laisse pas de pres-cher à une fille la regularité, & d'exiger d'elle la modestie & la retenuë : on veut qu'elle soit souple & docile, tandis que l'on s'émancipe, & que l'on secouë le joug de ses devoirs les plus essentiels. Mais c'est en cela mesme que con-siste l'espece du scandale que je combats : car quelle force peut avoir ce zéle, quoyque ma-ternel, quand l'exemple ne le soutient pas ; ou plustost, quand l'exemple l'anéantit ! & de quel effet peuvent estre les instructions & les re-monstrances d'une mere, dont la reputation est ou decriée ou douteuse, à une fille qui n'a plus la simplicité de la colombe, & qui à force d'ouvrir les yeux, est peut-estre devenuë aus-si clairvoyante & aussi penetrante que le ser-pent !

Quel est le crime d'un maistre, d'un chef de famille, qui sans se souvenir de ce qu'il est & s'oubliant luy-mesme ; ou qui abusant de son pouvoir, & renversant tout l'ordre de la pro-vidence divine, devient le corrupteur de ceux dont il devoit eftre le guide & le fauveur! Saint Paul ne croyoit point outrer les chofes, & en effet il ne les outroit pas, quand il difoit, que quiconque n'a pas foin du falut des fiens, & particulierement de fes domeftiques, a renoncé la foy, & eft pire qu'un infidelle. Parole courte, mais énergique, dont je me promettrois bien plus pour la reformation & la fanctification de vos mœurs, que de tous les difcours, fi vous vouliez, mon cher Auditeur, vous appliquer ferieufement à la mediter : *Si quis fuorum, & maximè domefticorum, curam non habet, fidem negavit, & eft infideli deterior.* Mais fi faint Paul parloit ainfi des maiftres peu foigneux & peu vigilans, comment auroit-il parlé des maiftres fcandaleux! & s'il traitoit d'apoftafie, la fimple negligence ou le fimple oubli de ce que doit un maiftre, comme chreftien, à ceux de fa maifon; quel nom auroit-il donné à celuy, qui bien loin de veiller fur eux & de s'interefler pour leur falut, dont il eft, comme maiftre, refponfable à Dieu, les pervertit luy-mefme & eft une des caufes les plus prochaines de leur réprobation?

C'eft néanmoins ce que nous voyons tous les jours, & ce que nous voyons avec douleur & avec gemiffement. Car il faut, homme du fiecle, qui m'écoutez, (fupportez-moy, parce que j'ay pour vous un zéle de Dieu qui me preffe, & qui m'oblige à m'expliquer,) il faut

que ce domestique, qui vous est attaché, &
qui craint peu de se damner, pourveû qu'il
vous plaise & que par là il fasse avec vous une
miserable fortune, il faut qu'il soit l'instrument
& le complice de vostre iniquité, quand vous
l'employez à des ministeres que le respect dû
à cet auditoire & à la chaire où je parle, m'empesche de vous representer dans toute leur indignité. Scandale abominable, & pour lequel j'aurois droit cent fois de me récrier sur
vous : *Væ autem homini illi;* malheur à ce
grand, malheur à ce maistre ! Il faut, femme
chrestienne, si toutefois dans la vie que vous
menez, vous vous piquez encore de l'estre, il faut
que cette fille qui vous sert, que cette fille sans
vice & sans reproche, lorsqu'elle s'est donnée
à vous, apprenne de vous à connoistre ce qu'elle devoit éternellement ignorer : il faut qu'elle
soit la confidente de vos intrigues, & qu'elle
y participe malgré elle, quand vous exigez
d'elle des services, où son obeissance fait son
crime. Dieu en vous la confiant, vous avoit
establie la tutrice de son innocence ; & c'est
avec vous qu'elle la perd. Vostre maison luy
devoit estre une école de sagesse & d'honneur ;
& c'est là que vous luy enseignez à déposer
toute pudeur. C'estoit une ame vertueuse &
bien née ; & bientost par le malheureux engagement de sa conscience avec la vostre, toutes
ces bonnes inclinations sont étouffées, & tous

ces principes de vertu détruits. Qu'aurez-vous
à repondre à Dieu, quand il vous la produira
dans son jugement couverte de vos pechez;
& quand vous la verrez dans l'enfer, com-
pagne inseparable de vostre peine ! Ne vous
offensez pas de la vehemence avec laquelle il
vous paroist que j'en parle ; peut-estre ne fut-
elle jamais plus necessaire. Mais sans rien dire
davantage de ces scandales, qui vont jusqu'à
rendre ceux qui vous servent les complices de
vos desordres, que ne peut point & que ne fait
point sur eux vostre seul exemple, lors mesme
que vous y pensez le moins & que vous le voulez moins ! Car de croire que vostre conduite
leur soit inconnuë, & qu'elle demeure secrette pour eux; abus, Chrestiens : cela ne peut estre, & ne fut jamais. Autant de domestiques
que vous avez, ce sont autant de témoins de
vostre vie ; & non seulement autant de témoins, mais autant de censeurs qui vous éclairent, qui vous observent, & qui vous rendent
toute la justice que vous meritez.

Quel est le crime de ces Ministres du Seigneur, qui honorez du plus sacré caractere, &
engagez dans les plus saintes fonctions du sa-
cerdoce, les prophanent par une vie seculiere
& mondaine, pour ne pas dire impure & li-
centieuse, & en font rejaillir le scandale jusques sur leur estat & sur leur ministere ? Ils devoient estre, selon Jesus-Christ, le sel de la ter-

re ; & c'eſt par eux , dit ſaint Gregoire Pape, que la terre ſe corrompt : ils devoient eſtre la lumiere du monde ; & ils ne luiſent que pour expoſer au monde avec plus d'évidence les taches qu'on remarque en eux , & dont on rougit pour eux : ils devoient eſtre, & ils ſont en effet cette ville ſituée ſur la montagne ; & ils ſemblent n'eſtre élevez, que pour faire voir de plus haut des déreglemens, qui jettent les peuples dans la ſurpriſe & dans le trouble, & qui les couvrent eux-meſmes d'ignominie & d'opprobre. C'eſt ce qui excitoit contre eux l'indignation de Dieu, & ce qui l'obligeoit à leur dire par un de ſes Prophetes, ce que je n'oſerois pas leur appliquer, ſi je ne parlois aprés Dieu & de la part de Dieu, à qui ſeul il appartenoit de leur faire des reproches ſi preſſans & en des termes ſi forts. Mais puiſqu'eſtant ce que je ſuis,ce langage de Dieu me touche moy-meſme, & que je dois y prendre part ; puiſque c'eſt une leçon que je me fais à moy-meſme & qui me convient, je ne craindray pas de leur faire entendre aujourd'huy la voix du Seigneur, en leur addreſſant ces paroles de Malachie : *Et* *Malach. 2.* *nunc ad vos mandatum hoc, ô Sacerdotes :* Maintenant donc,leur diſoit le Dieu d'Iſraël,Preſtres & Miniſtres de mes Autels, écoutez-moy, & jugez-vous. Je vous avois eſtablis dans mon Egliſe pour l'édifier, & pour la ſanctifier ; je vous avois donné le ſoin du troupeau, afin que vous en fuſſiez les Paſteurs : comme vos lévres eſtoient les depoſitaires de la ſcience, vos œuvres devoient eſtre la régle des mœurs & de la vraye pieté. Cependant, infidelles aux obligations les plus étroites & les plus indiſpenſables que je vous avois impoſées, vous vous eſtes écartez de la droite voye que vous enſeigniez , & que vous deviez enſeigner aux autres : vous vous eſtes volontairement égarez; & en vous égarant, vous en avez égaré pluſieurs avec vous : *Vos autem receſſiſtis de viâ, & ſcandalizaſtis plurimos in lege.* De là quelle ſuite! Ah! Chreſtiens, c'eſt ce que j'oſerois encore moins penſer & leur declarer, ſi Dieu ne l'ajouſtoit pas. *Propter quod & ego dedi vos contemptibiles, & humiles omnibus populis.* C'eſt pourquoy, concluoit le Seigneur, tout paſteurs des ames & tout miniſtres que vous eſtes de mes Autels, je vous ay rendu vils & mépriſables aux yeux de tous les peuples : voſtre vie, ou pluſtoſt les ſcandales de voſtre vie vous ont dégradez dans leur eſtime, & vous eſtes devenus l'objet de leur cenſure.

N'eſt-ce pas ainſi que tant de miniſtres du Dieu vivant éprouvent à la lettre la malheureuſe deſtinée de ce ſel de la terre, à quoy Jeſus-Chriſt les a comparez! Car qu'en fait on de ce ſel, reprenoit le Sauveur du monde, quand il eſt une fois corrompu! on le foule aux pieds. *Quod ſi ſal evanuerit, ad nihilum valet,*

valet, nisi ut conculcetur ab hominibus ? En effet, par une juste punition de Dieu, qui ne
veut pas que cette métaphore de l'Evangile ne
soit qu'une vaine figure, & qui permet que la
prédiction de Malachie s'accomplisse visiblement; qu'y a-t-il dans le monde de plus me-
prisé qu'un Prestre scandaleux ? A Dieu ne
plaise, mes chers Auditeurs, que je pretende
par là justifier le mepris que vous en faites,
ni que je veuille autoriser les consequences que
vous avez coutume d'en tirer. Quand je parle des scandales causez par les Ministres du
Seigneur, je vous en parle pour vostre instruction, & non pas pour leur confusion ; je vous
en parle pour en arrester les pernicieux effets;
je vous en parle afin que ces scandales ne soient
pas pour vous des tentations dangereuses, que
vous n'en soyez pas troublez, que le fondement mesme de vostre foy n'en soit pas ébran-
lé, & que le libertinage ne s'en prévale pas.
Car je sçais jusqu'à quel poinct il s'en prévaut
tous les jours ; je sçais quelle impression la vie
des Ecclesiastiques scandaleux fait sur vos esprits; je sçais combien elle contribuë à endurcir
vos cœurs, & que leurs mauvais exemples, ou
pour mieux dire, que vos raisonnemens encore plus mauvais sur leurs mœurs & sur leurs
exemples, font un des plus grands obstacles du
salut que vous ayez à surmonter.

Mais pour finir cet article important par la

morale de noftre Evangile, malheur à vous, fi vous vous faites un fujet de fcandale, non plus abfolument de Jefus-Chrift, mais de Jefus-Chrift dans la perfonne de fes Miniftres, tout indignes qu'ils peuvent eftre de leur miniftere, puifqu'en ce fens il eft encore vray qu'heureux eft l'homme qui ne fera point fcandalifé de luy. *Et beatus qui non fuerit fcandalizatus in me.* Malheur, fi vous vous laiffez entraifner à ce fcandale ; & fi tout contagieux qu'il eft, vous ne fçavez pas vous garentir de fa maligni- té & de fa contagion : pourquoy ! parce que le Sauveur du monde, qui a fi bien fçû prévoir tout & pourvoir à tout, vous a donné pour le combattre & pour le vaincre, des préfervatifs qui vous rendront éternellement inexcufables, fi vous n'en ufez pas. Car premierement, il vous a avertis que ce fcandale arriveroit, afin que vous n'en fuffiez pas furpris. Secondement, il vous a luy-mefme marqué la conduite que vous avez à tenir, quand ces Miniftres affis fur la chaire de Moyfe, manqueroient à vous don- ner l'édification qu'ils vous doivent. Il vous a dit qu'alors il falloit vous attacher à la pureté de leur doctrine, & non pas à la corruption de leurs mœurs ; que vous feriez jugez fur les ve- ritez qu'ils vous auroient annoncées , & non pas fur la vie qu'ils auroient menée ; que vous deviez les écouter, & non pas les imiter ; obéir à leurs ordres, & non pas faire felon leurs œu-

vres : & qu'eſtant au reſte ſes Miniſtres, qu'e-
xerçant en ſon nom une puiſſance & une autorité legitime, malgré leurs deſordres, ou vrais
ou pretendus, il ne vous eſtoit point permis de
les mepriſer, parce que vos mepris retombe-
roient ſur le Maiſtre qui les a envoyez : *Qui vos*   *Luc. 10.*
ſpernit, me ſpernit.

Que diray-je maintenant de ceux que j'ay
appellez les forts dans la foy, parce qu'ils ſont
nez & qu'ils ont eſté élevez dans le ſein de l'E-
gliſe Catholique? Sont-ils excuſables, lorſqu'au
lieu de ſeconder le zéle de tant de ſaints ou-
vriers, & de contribuer à ramener ceux de nos
freres qui ſe trouvent encore malheureuſement
engagez dans l'erreur ; ou à confirmer ceux
dont la foy, meſme aprés leur converſion, eſt
encore chancellante, ils ne ſervent au contraire par leurs exemples, ou qu'à les éloigner davantage de nous, ou qu'à les replonger dans
leur premier aveuglement? Car ce ſont, mes
chers Auditeurs, avoüons-le à noſtre honte,
& profitons enfin une fois de la veüë que Dieu
nous en donne ; ce ſont nos mauvais exemples, qui empeſchent le parfait retour de tant
de perſonnes que le malheur de leur naiſſance
a ſeparez de noſtre communion, ou qui s'y ſont
nouvellement réunis. S'ils ont tant de peine,
ou à revenir, ou à demeurer parmi nous, n'en
cherchons point d'autres raiſons que nos relaſchemens, que nos deſordres, que nos impietez

I ij

dans l'exercice mefme du culte que nous profeffons. S'ils nous voyoient auffi finceres &
auffi fervens catholiques, que noftre devoir &
le nom que nous portons nous oblige à l'eftre,
ils le deviendroient eux-mefmes comme nous.
Ce qui les fortifie dans leurs préjugez, c'eft la
monftrueufe oppofition que nous leur donnons
lieu d'obferver entre nos actions & noftre créance. Que penfent-ils & que peuvent-ils penfer, quand ils font témoins de la maniere dont
nous affiftons à l'augufte facrifice du corps de
Jefus-Chrift ! Cela feul n'eft-il pas capable de
détruire dans leurs efprits & dans leurs cœurs
toutes les bonnes difpofitions qu'ils pourroient
avoir à en croire la réalité ! Cela feul (car c'eft
ainfi qu'ils s'en expliquent) ne les fait-il pas
douter fi nous la croyons bien nous-mefmes,
& s'il ne leur eft pas plus avantageux de ne la
point croire du tout, que de fe rendre coupables de telles prophanations ! Quelque zéle que
nous faffions paroiftre pour l'entiere extinction
du fchifme, ils ne fçauroient fe perfuader que
nous foyons bien convaincus de la prefence de
noftre Dieu dans fon adorable facrement, tandis qu'ils voyent eux-mefmes les fcandaleufes
irreverences qui fe commettent dans nos Egli-
fes & à la face de nos Autels. Ils tirent de là
des preuves contre nous, dont ils font d'autant plus touchez, qu'elles font plus fenfibles.

    C'eft donc à nous de faire ceffer ce fcandale, comme bien d'autres que l'hérefie, fi vous voulez avec malignité, mais peut-eftre avec verité, nous a de tout temps reprochez ; & voilà le grand fecret pour achever dans nos freres l'œuvre de Dieu. Voilà l'aimable violence que l'Evangile nous permet de leur faire, pour les forcer, fi je l'ofe dire, à rentrer promptement dans la maifon de Dieu. Edifions-les par nos exemples : fans tant de difcours, nous les convertirons. Monftrons-leur par noftre conduite qu'il y a entre ce que nous croyons & ce que nous pratiquons, une pleine conformité : ils ne nous refifteront pas. Honorons noftre foy par nos mœurs ; honorons par noftre modeftie & noftre pieté le grand facrifice de noftre religion. Le feul motif que nous propofe David, doit nous y engager : *Nequandò dicant gentes : Ubi eft Deus eorum !* de peur que les nations ne demandent, ou qu'elles n'ayent fujet de demander : Où eft leur Dieu ! & s'il eft là où ils font profeffion de le reconnoiftre, comment ne l'y adorent-ils pas ! ou mefme comment vont-ils tous les jours l'y deshonorer, l'y infulter, l'y outrager !

Enfin, que diray-je de ceux qui declarez pour la pieté, & fidelles à en pratiquer les œuvres, y laiffent d'ailleurs glisfer & appercevoir des défauts, dont les libertins fe prévalent contre la pieté mefme ! Car le monde, quoyqu'impie & libertin, veut que les ferviteurs de Dieu

I iij

Pfalm. 113.

foient irreprochables : il veut que leur vie foit
à l'épreuve de la cenfure, & qu'il n'y ait rien
dans leur conduite qui démente leur profeffion. S'ils ne repondent pas là deſſus à l'attente du monde ; s'ils deviennent hommes comme les autres , & que leur pieté ne foit pas
exempte des foibleſſes ordinaires ; s'ils meſſent
avec la devotion le déreglement de leurs paffions , le raffinement de leurs vengeances, le
faux zéle de leurs intereſts , les veûës & les intrigues de leur ambition , la vivacité de leur
humeur , l'intemperance de leur langue : fi
l'on voit un devot, delicat fur le poinct d'honneur, jaloux, avare, injuſte, médifant, double
& de mauvaife foy, n'eſt-ce pas un triomphe
pour le libertinage, & comme un droit qui
l'autorife ! Je fçais que le monde, en cenfurant
la devotion, luy fait fouvent injuſtice : mais c'eſt
pour cela mefme, reprend faint Chryfoftome,
que ceux qui veulent fervir Dieu en efprit &
en verité, doivent fe rendre plus exacts & plus
reguliers ; qu'ils doivent fe préferver avec plus
de foin des moindres fautes ; que felon l'avertiſſement de faint Paul, ils doivent par là fermer la bouche aux impies. En forte, difoit cet
Apoſtre aux premiers chreſtiens, que nos ennemis n'ayent rien à dire de nous : en forte que
le nom du Seigneur ne foit point blafphemé,
ni fon culte avili : en forte que noſtre religion,
ou que Dieu dans noſtre religion foit glorifié.

Ut is qui ex adverſo eſt, vereatur, nihil habens Tit. 2.
malum dicere de nobis.

Concluons, mes chers Auditeurs ; & pour recueillir en deux mots tout le fruit de ces grandes veritez, mettons-nous en garde contre les ſcandales qu'on peut nous donner : mais ayons encore plus de ſoin nous-meſmes de ne ſcandaliſer jamais les autres. Diſons tous les jours à Dieu comme David : *Cuſtodi me à ſcandalis* Pſalm. 140. *operantium iniquitatem.* Préſervez-moy, Seigneur, des hommes ſcandaleux ; de ces pecheurs qui commettent ouvertement l'iniquité : mais ne ſoyons pas auſſi nous-meſmes de ce nombre. Si noſtre prochain eſt pour nous une occaſion de chute, obſervons les ſaintes regles que Jeſus - Chriſt nous a preſcrites ; & n'épargnant ni l'œil, ni la main qui nous ſcandaliſe, arrachons l'un, & coupons l'autre ; c'eſt à dire, quelque violence qu'il nous en couſte, ſeparonsnous de ce que nous avons de plus cher, pluſtoſt que de perdre noſtre ame : mais gardonsnous auſſi d'engager le prochain dans la voye de perdition, parce qu'en le perdant avec nous, nous ſommes doublement coupables, & doublement enfans de colere. Et vous ſur tout que Dieu a diſtinguez, qu'il a élevez dans le monde, appliquez-vous cette morale ; & ſouvenez - vous que voſtre élevation meſme vous impoſe un devoir particulier, & une obligation d'autant plus étroite d'édifier le monde,

I iiij

qu'il y a plus à craindre que vos exemples n'entraiſnent les foibles. Car qui peut y reſiſter, & où ſont les ames ſolides qui ſe roidiſſent, & qui tiennent ferme contre ce torrent? Souvenez-vous de cette parole de Jeſus-Chriſt : *Sic luceat lux veſtra coram hominibus, ut videant opera veſtra bona.* Faites que voſtre lumiere brille aux yeux des hommes, afin que les hommes édifiez de voſtre conduite, & accoutumez à vous ſuivre, ſe trouvent réduits à l'heureuſe neceſſité de fuir le mal, & à la neceſſité encore plus heureuſe de faire le bien. N'oubliez jamais que c'eſt à vous de purger le monde des ſcandales qui y regnent, & que Dieu pour cela vous a choiſis & placez ſur la teſte des autres. Ah, Seigneur, que ne puis-je faire aujourd'huy dans cet auditoire & dans cette Cour, ce que feront les Anges dans le dernier jugement! Une des commiſſions que vous leur donnerez, ſera de ramaſſer & de jetter hors de voſtre Royaume tous les ſcandales qui s'y trouveront : *Et mittet Angelos ſuos, & colligent de regno ejus omnia ſcandala.* Que ne puis-je les prévenir! que ne puis-je par avance exécuter l'ordre qu'ils recevront alors de vous! que ne puis-je dés maintenant, pour bannir tous les ſcandales, delivrer voſtre Egliſe de tous les ſcandaleux: non pas comme vos Anges exterminateurs, en les

réprouvant de voſtre part; mais comme Predicateur de voſtre Evangile, en les convertiſ-
ſant, en les ſanctifiant! Il ne tient qu'à vous,
mes chers Auditeurs, que mes vœux ne ſoient
accomplis. Il y va de voſtre intereſt, & de voſtre plus grand intereſt, puiſqu'il y va de voſtre ſalut, & du bonheur éternel, que je vous
ſouhaite &c.

SERMON

POUR LE III. DIMANCHE DE L'AVENT.

Sur la fauſſe conſcience.

Dixerunt ergo ei : Quis es ? ut reſponſum demus his qui miſerunt nos. Quid dicis de te-ipſo ? ait : Ego vox clamantis in deſerto : dirigite viam Domini.

Les Juifs députez de la Synagogue dirent donc à Jean Baptiſte : Qui eſtes - vous ? afin que nous puiſſions rendre réponſe à ceux qui nous ont envoyez ? Que dites-vous de vous-meſme ? Je ſuis, repondit-il, la voix de celuy qui crie dans le deſert : préparez la voye du Seigneur & la rendez droite. En Saint Jean, chap. 1.

SIRE,

CE n'eſtoit pas une petite gloire à ſaint Jean, d'avoir eſté choiſi de Dieu, pour preparer dans les efprits & dans les cœurs des hommes les voyes du Meffie, dont il annonçoit la venuë : & quand ce grand Saint auroit entrepris de ramaffer tous les éloges qui convenoient & à fa perfonne & à fon miniftere, il n'y auroit jamais mieux réuffi, qu'en laiffant parler fon humilité, qui luy rend aujourd'huy, malgré luy-mefme, ce témoignage fi avantageux, *Ego vox* *Joan. 1.* *clamantis ;* je fuis la voix de celuy qui crie. Car pour eftre cette voix du précurfeur, il falloit eftre non feulement Prophete & plus que Prophete, mais un Ange fur la terre ; puifque c'eft de luy, fuivant l'explication mefme du Sauveur du monde, que Dieu par Malachie & en parlant à fon Fils, avoit dit autrefois : J'envoyeray devant vous mon Ange, qui vous preparera les voyes. *Hic eft enim de quo fcriptum* *Matth. 11.* *eft : ecce ego mitto Angelum meum, qui præparabit viam tuam ante te.*

Quoyque je ne fois, ni Ange, ni Prophete, Dieu veut, mes chers Auditeurs, que je rende à Jefus - Chrift le mefme office que faint Jean ; & qu'à l'exemple de ce glorieux précurfeur, je vous crie, non plus comme luy dans le defert, mais au milieu de la Cour : *Dirigi-* *Joan. 1.* *te viam Domini :* Chreftiens, qui m'écoutez, voici voftre Dieu qui approche ; difpofez-vous à le recevoir ; & puifqu'il veut eftre prévenu, commencez dés maintenant à luy preparer dans vous-mefmes cette voye bienheureufe qui

doit le conduire à vous & vous conduire à luy.
C'est pour cela que Jean Baptiste fut envoyé
dans la Judée, & c'est pour cela mesme que je pa-
rois icy : c'est, dis-je, pour vous apprendre quelle est cette voye du Seigneur si éloignée des
voyes du monde. Il est de la foy que c'est une
voye sainte ; & malheur à moy, si je vous en
donnois jamais une autre idée. Mais il s'agit
de sçavoir quelle est cette voye sainte, où nous
devons marcher : il s'agit de connoistre en mesme temps la voye qui luy est opposée, afin de
nous en détourner. Et voilà ce que j'ay entrepris de vous monstrer, aprés que nous aurons imploré le secours du ciel, en ad'dressant
à Marie la priére ordinaire. *Ave Maria.*

NE cherchons point hors de nous-mesmes
l'éclaircissement des paroles de nostre Evangile. Ces voyes du Seigneur, que nous devons
preparer, ce sont nos consciences. Ces voyes
droites que nous devons suivre, pour nous
mettre en estat de recevoir Jesus-Christ, ce
font nos consciences reglées selon la loy de
Dieu. Ces voyes obliques que nous sommes
obligez de redresser, ce sont nos consciences
perverties & corrompuës par les fausses maximes du monde. Cette voye trompeuse, dont
les issuës aboutissent à la mort, c'est la conscience aveugle & erronée que se fait le pecheur. Cette voye seûre & infaillible qui con-

duit à la vie, c'eſt la conſcience exacte & timorée que ſe fait l'homme chreſtien. Tel eſt,
mes chers Auditeurs, tout le myſtere de la prédication de ſaint Jean. *Dirigite viam Domini.*

Nos conſciences ſont nos voyes, puiſque
c'eſt par elles que nous marchons, que nous
avançons, ou que nous nous égarons. Ce ſont
les voyes du Seigneur, puiſque c'eſt par elles
que nous cherchons le Seigneur, & que nous
le trouvons. Ces voyes ſont en nous, puiſque
nos conſciences ſont une partie de nous-meſmes, & ce qu'il y a de plus intime dans nous-
meſmes. C'eſt à nous à les preparer, puiſque
c'eſt pour cela, dit l'Ecriture, que Dieu nous
a mis dans les mains de noſtre conſeil. Jugez
ſi le précurſeur de Jeſus-Chriſt n'avoit donc
pas raiſon de dire aux Juifs : *Dirigite viam
Domini :* Preparez la voye du Seigneur.

Or pour vous aider à profiter d'une inſtruction ſi importante, mon deſſein eſt de vous
decouvrir aujourd'huy le deſordre de la fauſſe
conſcience, qui eſt cette voye reprouvée & directement oppoſée à la voye du Seigneur. Je
veux, s'il m'eſt poſſible, vous en préſerver, en
vous monſtrant combien il eſt aiſé de ſe faire
dans le monde une fauſſe conſcience ; combien
il eſt dangereux, ou pour mieux dire, pernicieux d'agir ſelon les principes d'une fauſſe
conſcience ; enfin, combien devant Dieu il eſt

inutile d'apporter pour excuſe de nos égaremens une fauſſe conſcience. Trois propoſi-
tions dont je vous prie de bien comprendre
l'ordre & la ſuite, parce qu'elles vont faire tout
le partage de ce diſcours. Fauſſe conſcience aiſée à former, c'eſt la premiere partie. Fauſſe
conſcience dangereuſe à ſuivre, c'eſt la ſeconde. Fauſſe conſcience, excuſe frivole pour ſe
juſtifier devant Dieu, c'eſt la troiſieme. Dans
le premier poinct je vous decouvriray la ſource & l'origine de la fauſſe conſcience. Dans le
ſecond, je vous en feray remarquer les pernicieux effets; & dans le dernier, je vous de-
tromperay de l'erreur où vous pourriez eſtre
que la fauſſe conſcience duſt vous ſervir un
jour d'excuſe devant le tribunal de Dieu. Le
ſujet merite toute voſtre attention.

I. PARTIE. SI la loy de Dieu eſtoit la ſeule regle de nos
actions; & s'il ſe pouvoit faire que noſtre vie
roulaſt uniquement ſur le principe de cette
premiere & eſſentielle loy, dont Dieu eſt l'autheur, on pourroit dire, Chreſtiens, qu'il n'y
auroit plus de pecheurs dans le monde, &
que dés là nous ſerions tous, non ſeulement
parfaits, mais impeccables. Nos erreurs, nos
deſordres, nos égaremens dans la voye du ſalut, viennent de ce qu'outre la loy de Dieu il
y a encore une autre regle, d'où depend la
droiture de nos actions, & que nous devons

fuivre : ou pluſtoſt, de ce que la loy de Dieu,
qui eſt la regle generale de toutes les actions des
hommes, nous doit eſtre appliquée en particulier par une autre regle encore plus prochaine
& plus immediate, qui eſt la conſcience. Car
qu'eſt-ce que la conſcience? le Docteur Ange-
lique ſaint Thomas nous l'apprend en deux
mots. C'eſt l'application que chacun ſe fait à
ſoy-meſme de la loy de Dieu. Or vous le ſçavez, & il eſt impoſſible que l'experience ne
vous en ait convaincus : chacun ſe fait l'application de cette loy de Dieu, ſelon ſes veûës,
ſelon ſes lumieres, ſelon le caractere de ſon
eſprit; je dis plus, ſelon les mouvemens ſecrets
& la diſpoſition préſente de ſon cœur. D'où
il arrive, que cette loy divine mal appliquée,
bien loin d'eſtre toûjours dans la pratique
une regle ſeûre pour nous, ſoit du bien que
nous devons faire, ſoit du mal que nous devons éviter; contre l'intention de Dieu meſme, nous ſert trés-ſouvent d'une fauſſe regle,
dont nous abuſons & dont nous nous auto-
riſons, tantoſt pour commettre le mal, tantoſt
pour manquer aux obligations les plus invio-
lables de faire le bien. Entrez, s'il vous plaiſt,
dans ma penſée, & taſchez d'approfondir avec
moy ce myſtere important.

Il eſt vray, Chreſtiens, la loy de Dieu abſolument conſiderée, eſt en elle-meſme & par
rapport à Dieu qui eſt ſon principe, une loy

Psalm. 18.

simple & uniforme, une loy invariable & inaltérable, une loy, comme parle le Prophete
Royal, sainte & irreprehensible : *Lex Domini
immaculata.* Mais la loy de Dieu entenduë
par l'homme, expliquée par l'homme, tour-
née selon l'esprit de l'homme, enfin reduite à
la conscience de l'homme, y prend autant de
formes differentes, qu'il y a de differens esprits
& de consciences differentes ; s'y trouve aussi
sujette au changement que le mesme homme qui l'observe, ou qui se pique de l'observer, est luy-mesme par son inconstance naturelle sujet à changer : le diray-je ! y devient
aussi susceptible, non seulement d'imperfection, mais de corruption, que nous le sommes
nous-mesmes dans l'abus que nous en faisons,
lors mesme que nous croyons nous conduire
& agir par elle. C'est la loy de Dieu, j'en conviens : mais celuy-cy l'interprete d'une façon,
celuy-là de l'autre ; & par là elle n'a plus dans
nous ce caractere de simplicité & d'uniformi-
té. C'est la loy de Dieu : mais selon les divers
estats où nous nous trouvons, nous la resser-
rons aujourd'huy, & demain nous l'élargissons;
aujourd'huy nous la prenons dans toute sa rigueur, & demain nous y apportons des adou-
cissemens ; & par là elle n'a plus à nostre égard
de stabilité. C'est la loy de Dieu : mais par nos
vains raisonnemens, nous l'accommodons à
nos opinions, à nos inclinations mauvaises &
de-

dépravées ; & par là nous faisons qu'elle dégenere de sa pureté & de sa sainteté. En un mot,
toute loy de Dieu qu'elle est, par l'intime liaison qu'il y a entre elle & la conscience des hommes, elle ne laisse pas en ce sens d'estre meslée
& confonduë avec leur iniquité. Parlons encore plus clairement dans un sujet qui ne peut
estre assez developpé.

De quelque maniere que l'on vive dans le
monde, chacun s'y fait une conscience ; & j'a-
voüe qu'il est necessaire de s'en former une.
Car, comme dit fort bien le grand Apostre,
tout ce qui ne se fait pas selon la conscience,
est peché : *Omne quod non est ex fide, pecca-* Rom. 14.
tum est. Or par ce terme, *fide,* saint Paul entendoit la conscience, & non pas simplement
la foy ; ou si vous voulez, il reduisoit la foy
pratique à la conscience. Tel est le sentiment
des Peres, & la suite mesme du passage le monstre évidemment. C'est à dire, qu'il faut une
conscience pour ne pecher pas ; & que quiconque agit sans conscience, ou agit contre sa
conscience, quoyqu'il fasse, fist-il mesme le
bien, péche en le faisant. Mais il ne s'ensuit
pas de là, que par la raison des contraires, tout
ce qui est selon la conscience, soit exempt de
peché. Car voici, mes chers Auditeurs, le
secret que je vous apprends, & que vous ne
pouvez ignorer sans ignorer vostre religion :
comme toute conscience n'est pas droite, tout
.K

ce qui eſt ſelon la conſcience, n'eſt pas toûjours droit. Je m'explique : comme il y a des
conſciences de mauvaiſe foy, des conſciences
corrompües, des conſciences, pour me ſervir
du terme de l'Ecriture, cauteriſées, *caute-*
riatam habentium conſcientiam : c'eſt à dire,
des conſciences noircies de crimes, & dont
le fond n'eſt que peché ; ce qui ſe fait ſelon
ces conſciences ne peut pas eſtre meilleur, ni
avoir d'autres qualitez, que ces conſciences
meſmes. On peut donc agir ſelon la conſcience, & néanmoins pecher ; & ce qui eſt bien
plus étonnant, on peut pecher en cela meſme,
& pour cela meſme, qu'on agit ſelon ſa conſcience, parce qu'il y a certaines conſciences
ſelon leſquelles il n'eſt jamais permis d'agir,
& qui infectées du peché, ne peuvent enfanter que le peché. On peut en ſe formant une
conſcience ſe damner & ſe perdre, parce qu'il
y a des eſpeces de conſciences, qui de la maniere dont elles ſont formées, ne peuvent a-
boutir qu'à la perdition, & ſont des ſources
infaillibles de damnation.

Or je pretends, & c'eſt icy, Chreſtienne
Compagnie, où tous les intereſts de voſtre ſalut vous engagent à m'écouter ; je pretends
qu'il eſt trés-aiſé de ſe faire dans le monde de
ſemblables conſciences. Je pretends que plus
vos conditions ſont élevées, plus il eſt difficile
que vos conſciences ne ſoient pas du caractere

que je viens de marquer. Je pretends que ces
fortes de confciences fe forment encore plus
aifément dans certains eftats, qui compofent &
qui diftinguent le monde particulier où vous
vivez. Pourrez-vous eftre perfuadez de ces
veritez, & ne rentrer pas dans vous-mefmes,
pour reconnoiftre devant Dieu la part que vous
avez à ce defordre?

J'ay dit qu'il eftoit aifé de fe faire dans le
monde une fauffe confcience : pourquoy? en
voici les deux grands principes. Parce qu'il
n'eft rien de plus aifé, ni de plus naturel, que
de fe faire une confcience, ou felon fes defirs,
ou felon fes interefts. Or l'un & l'autre eft évidemment ce que j'appelle confcience dereglée
& erronée. Appliquez-vous, & vous en allez
convenir. Confcience dereglée par la raifon
feule, qu'on fe la forme felon fes defirs. La
preuve qu'en apporte faint Auguftin, ne fouffre pas de replique. C'eft que dans l'ordre des
chofes, qui eft l'ordre de Dieu, ce font les defirs qui doivent eftre felon la confcience, &
non pas la confcience felon les defirs. Cependant, mes Freres, dit ce faint Docteur, voilà
l'illufion & l'iniquité, à laquelle, fi nous n'y
prenons garde, nous fommes fujets. Au lieu
de regler nos defirs par nos confciences, nous
nous faifons des confciences de nos defirs ; &
parce que c'eft fur nos defirs que nos confciences font fondées, qu'arrive-t-il! fuivez la pen-

fée de saint Augustin : tout ce que nous voulons, à mesure que nous le voulons, nous devient & nous paroist bon; *Quodcumque volumus,*
bonum est. Peut-estre ne nous paroissoit-il d'a-
bord qu'agréable, qu'utile, que commode : mais
parce que nous le voulons, à force de l'envisager comme agréable, comme utile ou commode, nous nous le figurons permis, nous le pre-
tendons innocent, nous nous persuadons qu'il
est honneste ; & par un progrés d'erreur, dont
on ne voit que trop d'exemples, nous allons
jusqu'à croire qu'il est saint ; *Et quodcumque*
placet, sanctum est. D'où vient cela ! de l'ascendant malheureux que nostre cœur prend
insensiblement sur nostre esprit, pour nous faire juger des choses, non pas selon ce qu'elles
sont, mais selon ce que nous voulons, ou que
nous voudrions qu'elles fussent : comme s'il
dépendoit de nous, qu'elles fussent à nostre
gré bonnes ou mauvaises, & que nostre volonté eust en effet ce pouvoir de leur donner
la forme qu'il luy plaist. Car c'est proprement
ce que saint Augustin a voulu nous faire entendre par cette expression : *Quodcumque pla-*
cet, sanctum est. Ce que nous voulons, quoyque faux, quoyqu'injuste, quoyque damnable,
pour le vouloir trop, & à force de le vouloir,
est pour nous verité, est pour nous justice, est
pour nous merite & vertu. Que chacun s'examine sans se faire grace : entre ceux qui m'é-

coutent, peut-eftre y en aura-t-il peu qui ofent
fe porter témoignage que ce reproche ne les
regarde pas.

Et voilà pourquoy le Pfalmifte, parlant des
erreurs pernicieufes & des maximes détefta-
bles qui fe répandent parmi les hommes, &
dont fe forment peu à peu les confciences des
pecheurs & des impies, ne manquoit jamais
d'ajoufter, que le pecheur & l'impie concevoit
ces erreurs dans fon cœur, qu'il les eftabliffoit
dans fon cœur, que fon cœur eftoit la fource
d'où elles procedoient, & que c'eftoit dans fon
cœur qu'il avoit coutume de fe dire à foy-mefme tout ce qui eftoit propre à le confirmer
dans fon peché & dans fon impieté. *Dixit in* Pfalm. 49.
corde fuo.

S'il avoit écouté fa raifon, fa raifon luy auroit dit tout le contraire. S'il avoit confulté fa
foy, fa foy de concert en cecy avec fa raifon,
luy auroit répondu : tu te trompes. Il y a une
loy qui te défend fous peine de mort, l'action
que tu vas faire fans fcrupule. Il y a un tribunal fuprefme, où tu feras jugé felon cette loy. Il
y a un Dieu ; & entre les attributs de Dieu, le
plus infeparable de fon eftre, eft fa providence ; & une partie de cette providence, eft la
juftice rigoureufe avec laquelle il punira ton
crime. C'eft ce que la religion foutenuë de la
raifon mefme, luy auroit fait entendre, tout
impie qu'il eft. Mais parce qu'il n'en a voulu

croire que fon cœur, fon cœur déterminé à le
féduire, luy a tenu un langage tout oppofé. Son
cœur luy a dit, qu'en tel & tel cas fa raifon ne
luy impofoit point une fi étroite, ni une fi dure
obligation. Son cœur luy a dit, que fa religion ne faifoit pas dépendre de fi peu de chofe, un mal auffi grand que la réprobation. Son
cœur luy a dit, que fa foy feroit une foy ou-
trée, fi elle pouffoit jufques-là les vengeances
de Dieu ; & de tout cela il s'eft fait une confcience.

Or qu'y a-t-il encore une fois de plus aifé
que de fe la faire ainfi felon fon cœur ! Donnez-moy un homme dont le cœur foit dominé par une paffion ; tandis qu'elle le domine, quel penchant n'a-t-il pas à opiner, à décider, à conclure fuivant le mouvement de cette
paffion, dont il eft efclave ! quelle détermina-
tion ne fe fent-il pas à trouver jufte & raifonnable tout ce qui la favorife, & à rejetter tout ce
qui l'en devroit guérir ! Prenons de toutes les
paffions la plus connuë & la plus ordinaire.
On a dans le monde un attachement criminel, & on veut l'accorder avec la confcience:
que ne fait-on pas pour cela! S'il s'agit de regler des commerces, de retrancher des libertez, de quitter & de fuir des occafions qui entretiennent le defordre de cette honteufe paffion ; du moment que le cœur en eft poffedé,
combien de raifons fauffes, mais fpecieufes, ne

suggére-t-elle pas à l'esprit pour étendre là-dessus les bornes de la conscience, pour secoüer le
joug du precepte, pour en adoucir la rigueur;
pour contester le droit, quoyqu'évident; pour
ne pas convenir des faits, quoyque visibles!
Par exemple, pour ne pas convenir du scandale, quoyqu'il soit réel, & peut-estre mesme
public; pour soutenir que l'occasion n'est ni
prochaine, ni volontaire, quoyqu'elle soit l'un
& l'autre; pour faire valoir de vains pretextes,
des impossibilitez apparentes de sortir de l'engagement où l'on est; pour justifier, ou pour
colorer les délais opiniastres qu'on y apporte.
De la maniere qu'est fait l'homme, quand sa
passion est d'un costé, & son devoir de l'autre;
ou plustost, quand son cœur a pris parti, quel
miracle ne seroit-ce pas, s'il conservoit dans cet
estat une conscience pure & saine, je dis, pure
& saine d'erreurs!

Mais s'il est aisé de se faire une fausse conscience, en se la formant selon ses desirs, beaucoup plus l'est-il encore en se la formant selon
ses interests; & c'est icy où je vous prie de re-
nouveller vostre attention. Car comme raisonne fort bien saint Chrysostome, c'est particulierement l'interest qui excite les desirs, &
qui leur donne cette vivacité si propre à aveu-
gler l'homme dans les voyes du salut. En effet, mes chers Auditeurs, pourquoy se fait-on
dans le monde des consciences erronées, sinon

K iiij

parce qu'on a dans le monde des interests à ſauver, & aux quels, quoy qu'il en puiſſe eſtre, on n'eſt pas reſolu de renoncer ? Et pourquoy tous les jours en mille choſes, que la loy de Dieu défend, étouffe-t-on les remords de la conſcience les plus vifs, ſinon parce qu'il n'y en a point de ſi vifs, que la cupidité encore plus vive, & l'intereſt plus fort que la conſcience, n'ait le pouvoir d'étouffer ? On nous l'a dit cent fois, & malgré nous-meſmes peut-eſtre l'avons-nous reconnu : dés qu'il ne s'agit point de l'intereſt, il ne nous couſte rien d'avoir une conſcience droite, ni d'eſtre reguliers & meſme ſeveres en ce qui regarde les obligations de la conſcience. Noſtre intereſt ceſſant ou mis à part, ces obligations de conſcience n'ont rien d'onéreux que nous n'approuvions, & meſme que nous ne gouſtions. Nous en jugeons ſainement, nous en parlons éloquemment, nous en faiſons aux autres des leçons, nous en pouſſons l'exactitude juſqu'à la plus rigide perfection, & nous témoignons ſur ce poinct de l'horreur pour tout ce qui n'eſt pas conforme à la pureté de nos principes. Mais eſt-il queſtion de noſtre intereſt ? ſe preſente-t-il une occaſion, où par malheur l'intereſt & cette pureté de principes ne ſe trouvent pas d'accord enſemble ? Vous ſçavez, Chreſtiens, combien nous ſommes ingenieux à nous tromper. Dés là nos lumieres s'affoibliſſent ; dés là noſ-

tre feverité fe dément ; dés là nous ne voyons
plus les chofes avec cet œil fimple, cet œil épu-
ré de la corruption du fiecle. Parce qu'il y va
de noftre intereft, ces opinions qui jufqu'alors
nous avoient paru relafchées, ne nous femblent
plus fi larges; & les examinant de plus prés, nous
y découvrons du bon fens. Ces probabilitez,
dont le feul nom nous choquoit & nous fcan-
dalifoit, dans le cas de noftre intereft, ne nous
paroiffent plus fi odieufes. Ce que nous condamnions auparavant comme injufte & infoutenable, à la veûë de noftre intereft, change de
face, & nous paroift plein d'équité. Ce que
nous blafmions dans les autres, commence à
eftre legitime & excufable pour nous. Peut-
eftre ne laiffons-nous pas de difputer un peu
avec nous-mefmes : mais enfin nous nous rendons ; & cet intereft dont nous ne voulons
pas nous dépouiller, par une vertu bien fur-
prenante, fait prendre à nos confciences tel
biais & tel pli qu'il nous plaift de leur donner.

En quoy avons-nous communément la
confcience exacte, & fur quoy fommes-nous
feveres dans nos maximes ? Confeffons-le de
bonne foy : fur ce qui n'eft pas de noftre intereft, fur ce qui touche les devoirs des autres,
fur ce qui n'a nul rapport à nous : c'eft à dire,
que chacun pour fon prochain eft confcientieux jufqu'à la feverité ; pourquoy ! parce
qu'on n'a jamais d'intereft à eftre relafché pour

autruy, & qu'on a pluftoft intereft à ne l'eftre
pas ; parce qu'on fe fait mefme, aux dépens
d'autruy, un honneur & un intereft de cette
feverité. Mais au mefme temps, par un aveuglement groffier, dont il y a peu d'ames fidelles qui fçachent bien fe garantir, chacun n'eft
confcientieux pour foy, qu'autant que la neceffité de fes affaires, qu'autant que l'avancement de fa fortune, qu'autant que le fuccés de
fes entreprifes ; en un mot, qu'autant que fon
intereft le peut fouffrir : & de là vient que l'erreur & l'iniquité font aujourd'huy fi répanduës
dans les confciences des hommes. Ecoutez un
laïque difcourir fur les poincts de confcience
qui concernent les Ecclefiaftiques ; c'eft un
oracle qui parle, & rien n'approche de fes lumieres : mais voyez comment il raifonne pour
luy mefme, ou pluftoft, jugez-en par fes actions;
à peine luy trouverez-vous fouvent de la confcience, & cet oracle pretendu vous fera pitié.

V oulez-vous, Chreftiens, que je vous faffe
fentir cette verité ? elle eft trop importante pour
ne la pas mettre dans tout fon jour. Appliquez-
vous à ma fuppofition. Que je ramaffe dans ce
difcours tout ce qu'enfeignent les Theologiens;
je dis les Theologiens les plus moderez & les
plus éloignez de porter les chofes jufqu'à l'excés d'une indifcrette feverité ; je dis mefme, fi
vous voulez, les plus commodes & les plus
foupçonnez, foit avec fujet, foit fans fujet, de

pencher vers le relafchement : que je ramaffe,
dis-je, tout ce qu'ils enfeignent & qu'ils fou-
tiennent eftre d'une obligation étroite de confcience, & à quoy néanmoins la confcience fouvent des plus zélez contre eux & contre leur
morale, n'eft pas dans la difpofition de fe foumettre. Tout commodes qu'on les pretend,
que je rapporte icy, fans y rien ajoufter, & dans
les termes les plus fimples, leurs décifions fur
certains chefs qui touchent les interefts des
hommes ; & que j'en faffe l'application à tel qui
fe pique le plus d'une confcience timorée : il
y en aura peu dans cette affemblée que je ne
confonde, & peut-eftre interieurement que je
ne révolte. Que je remonftre, par exemple, à
un beneficier, jufqu'où va la feverité de ces
Theologiens indulgens, fur cinq ou fix articles
effentiels, dont je veux bien luy épargner le
détail : pour peu qu'il ait de fincerité & de droiture, il s'humiliera devant Dieu, & reconnoif-
tra qu'il eft encore bien éloigné de cette exactitude dont il fe flattoit ; mais pour peu que la
verité le bleffe, il s'offenfera de celle-cy. Si je
ne m'addreffois qu'à luy, tous les autres qui
m'écoutent, n'y eftant point intereffez, loüe-
roient mon zéle, & s'écrieroient que j'ay raifon. Mais que j'étende l'induction jufqu'à leurs
perfonnes & à leur eftat ; que je paffe du beneficier au financier, du financier au magiftrat,
du magiftrat au marchand & à l'artifan ; qu'a-

vec la sainte liberté de la chaire, je marque à
chacun en particulier, en quoy devroit consister pour luy la severité de la morale chrestienne, s'il vouloit l'embrasser de bonne foy ; &
que je le convainque, comme il me seroit aisé, que c'est sur cela mesme qu'il donne dans
les plus grands relaschemens, dont il ne s'apperçoit pas, & à quoy il ne pense pas ; que je
les luy fasse connoistre, & que sans nul ménagement je les luy mette devant les yeux : oüy,
je le repete, peu s'en faudra que tout mon auditoire ne s'éleve contre moy. Et pourquoy!
ah! Chrestiens, c'est icy la contradiction. Nous
voulons une morale étroite en speculation, &
non en pratique ; une morale étroite, mais qui
ne nous oblige à rien, qui ne nous incommo-
de en rien, qui ne nous contraigne sur rien ;
une morale étroite selon nostre goust, selon nos
idées, selon nostre humeur, selon nos interests ;
une morale étroite pour les autres, & non pas
pour nous ; une morale étroite qui nous laisse
la liberté de juger, de parler, de railler, de censurer ; en un mot, une morale étroite qui ne le
soit pas : & de là vient, que ce pretendu zéle de
morale étroite n'empesche pas que dans le monde, & dans le monde mesme chrestien, on ne
se forme tous les jours de fausses consciences.

Mais j'ay dit, & je le redis, que ce sont sur
tout les Grands qui se trouvent plus exposez au

malheur de la fauſſe conſcience ; & le devoir
de mon miniſtere, le zéle que Dieu m'inſpire
pour leur ſalut, ne me permet pas de leur taire
une verité auſſi eſſentielle que celle-là. Plus expoſez, comme grands, au malheur de la fauſſe
conſcience ; pourquoy ! par mille raiſons évi-
dentes qu'ils ne ſçauroient trop mediter. C'eſt
qu'eſtant grands & élevez, ils ont des intereſts
plus difficiles à accorder avec la loy de Dieu, &
par conſequent plus ſujets à devenir la matiere & le fond d'une conſcience erronée. Car ne
ſont-ce pas les intereſts des grands, qui font
que dans leurs entrepriſes & dans leurs deſſeins,
Dieu eſt rarement conſulté ; que chez eux le
reſſort de la conſcience eſt ſi ſouvent affoibli par
celuy de la politique ; ou pluſtoſt, que la politique eſt preſque toûjours la regle de leurs plus
importantes actions, pendant que la conſcience n'eſt écoutée, ni ne décide que ſur les moindres ; que ce qui s'appelle leur intereſt, n'eſt
preſque jamais peſé dans la balance de ce jugement redoutable, où eux-meſmes néanmoins
ils doivent l'eſtre un jour : comme ſi leur intereſt eſtoit quelque choſe pour eux de plus pri-
vilegié qu'eux-meſmes ; comme ſi la politique
des hommes pouvoit preſcrire contre le droit
de Dieu ; comme ſi la conſcience n'eſtoit un
lien que pour les ames vulgaires. Plus expoſez, comme grands, au malheur de la fauſſe
conſcience ; pourquoy ! c'eſt que tout ce qui

les environne, contribuë à la former en eux.
Rien, dit saint Bernard, n'est plus propre à sé-
duire une conscience, que les applaudissemens,
que les loüanges, que les complaisances éternelles, que de n'estre jamais contredit, que d'estre toûjours seûr de trouver des approbateurs :
or tel est le funeste sort de ceux que Dieu éleve dans le monde. Plus exposez, comme grands,
par la fatalité de leur estat, au malheur de la
fausse conscience ; pourquoy ? parce que souvent ils sont servis par des hommes, dont l'interest capital est de les tromper ; des hommes,
dont toutes les veûës sont peut-estre fondées
sur l'aveuglement de la conscience de leurs
maistres ; des hommes, qui seroient désolez, si
leurs maistres avoient une conscience plus
exacte ; par consequent des hommes, dont tout
le soin est de jetter dans l'illusion ces maistres
dont ils ont la confiance, & de les y entretenir,
soit par les conseils qu'ils leur donnent, soit par
les sentimens qu'ils leur inspirent.

J'ay dit mesme plus en particulier, que dans
le monde où vous vivez, qui est la Cour, le desordre de la fausse conscience estoit encore bien
plus commun & bien plus difficile à éviter ; &
je suis certain que vous en tomberez vous-
mesmes d'accord avec moy. Car c'est à la Cour
où les passions dominent, où les desirs sont
plus ardens, où les interests sont plus vifs ; &
par une consequence infaillible, où s'aveuglent

plus aifément & fe pervertiffent les confciences mefmes les plus éclairées & les plus droites.
C'eft à la Cour, où cette divinité du monde,
je veux dire, la fortune, exerce fur les efprits
des hommes, & enfuite fur leurs confciences,
un empire plus abfolu. C'eft là, où la veûë de
fe maintenir, où l'impatience de s'élever, où
l'enteftement de fe pouffer, où la crainte de déplaire, où l'envie de fe rendre agréable, forment des confciences qui pafferoient par tout
ailleurs pour monftrueufes ; mais qui fe trouvant là autorifées par l'ufage & la coutume,
femblent y avoir acquis un droit de poffeffion
& de prefcription. A force de vivre à la Cour,
fans autre raifon que d'y avoir vefcu, on fe
trouve rempli de fes erreurs. Quelque droiture de confcience qu'on y euft apportée, à force d'en refpirer l'air, & d'en écouter le langage, on s'accoutume à l'iniquité, on n'a plus
tant d'horreur du vice ; & aprés l'avoir long
temps blafmé, millefois condamné, on le regarde enfin d'un œil plus favorable, on le fouffre, on l'excufe : c'eft à dire qu'on fe fait, fans le
remarquer, une confcience nouvelle, & que par
un progrés infenfible, de chreftien qu'on eftoit, on devient peu à peu tout mondain &
prefque payen.

Vous diriez, & il femble en effet, qu'il y
ait pour la Cour d'autres principes de religion
que pour le refte du monde ; & que le courti-

san ait un titre pour se faire une conscience differente en espece & en qualité de celle des autres hommes. Car telle est l'idée qu'on en a, si
bien confirmée, ou plustost, si malheureusement justifiée par l'experience. Voici, dis-je,
ce qu'on en pense & ce qu'on en dit tous les
jours : que quand il s'agit de la conscience d'un
homme de Cour, on a toûjours raison de s'en
défier, & de n'y compter pas plus que sur son
désinteressement. Cependant, mes chers Auditeurs, saint Paul noüs asseûre qu'il n'y a qu'un
Dieu & une foy : & malheur à celuy, qui le
divisant ce seul Dieu, le representera à la Cour
moins ennemi des déreglemens des hommes,
que hors de la Cour ; ou qui partageant cette
foy, la supposera plus indulgente pour une
condition que pour l'autre ! Anathesme, mes
Freres, disoit le grand Apostre, à quiconque
vous preschera un autre Evangile que celuy
que je vous ay presché. Fust-ce un Ange des-
cendu du ciel qui vous l'annonçast cet Evangile different du mien, tenez-le pour séducteur
& pour imposteur. Ainsi, Chrestiens, anathesme à quiconque vous dira jamais, qu'il y ait
pour vous d'autres loix de conscience, que ces
mesmes loix sur lesquelles les derniers des
hommes doivent estre jugez de Dieu ; & anathesme à quiconque ne vous dira pas, que
ces loix generales sont pour vous d'autant plus
terribles, que vous avez plus de penchant à
vous

vous en émanciper, & que vous estes à la Cour
dans un plus évident peril de les violer.

Reprenons, & concluons : desirs & interests
des hommes, sources maudites de toutes les
fausses consciences dont le monde est plein.
Desirs & interests des hommes, qui faisoient tirer à David cette triste consequence, dont il
n'exceptoit nulle condition : *Omnes declina-* Psalm. 42.
verunt ; tous se sont égarez, tous ont marché
dans la voye du mensonge & de l'erreur, tous
ont eû des consciences corrompuës, & mesme
des consciences abominables : *Corrupti sunt,* Ibidem.
& abominabiles facti sunt. Pourquoy ! parce
que tous ont esté passionnez & interessez. O
mon Dieu, faites-nous bien comprendre cette verité, & qu'elle demeure pour jamais profondément gravée dans nos esprits. Puisqu'il
est vray que ce sont nos desirs qui nous aveuglent, ne nous livrez pas aux desirs de nostre
cœur : puisque ce sont nos interests qui nous
pervertissent, ne permettez pas que ces interests
nous dominent. Donnez-nous, Seigneur, des
cœurs droits, qui soumis à la raison, tiennent
en bride toutes nos passions : donnez-nous des
ames genereuses & superieures à tous les interests du monde. Par là nos consciences, qui
sont nos voyes, seront redressées ; & par là nous
accomplirons la parole du précurseur de Jesus-
Christ : *Dirigite viam Domini.* Mais autant qu'il
est aisé de se faire dans le monde une fausse

conscience, autant est-il dangereux de s'y livrer & de la suivre ; c'est le sujet de la seconde partie.

II. PARTIE. TOute erreur est dangereuse, sur tout en
matiere de mœurs : mais il n'y en a point de
plus préjudiciable, ni de plus pernicieuse dans
ses suites, que celle qui s'attache au principe &
à la regle mesme des mœurs, qui est la conscience. Vostre œil, disoit le Fils de Dieu dans
l'Evangile, est la lumiere de vostre corps : si
vostre œil est pur, tout vostre corps sera éclairé ; mais s'il ne l'est pas, tout vostre corps sera
dans les ténebres. Prenez donc bien garde,
ajoustoit le Sauveur du monde, que la lumiere qui est en vous, ne soit elle-mesme que té-
Luc. 11.   nebres. *Vide ergò ne lumen quòd in te est, te-*
nebræ sint. Or l'œil dont parloit Jesus-Christ,
dans le sens litteral de ce passage, n'est rien autre chose que la conscience, qui nous éclaire,
qui nous dirige, & qui nous fait agir. Si la
conscience, selon laquelle nous agissons, est
pure & sans meslange d'erreur, c'est une lumiere qui se répand sur tout le corps de nos
actions ; ou pour mieux dire, toutes nos actions
sont des actions de lumiere ; & pour user encore du terme de l'Apostre, ce sont des fruits
Ephes. 5.   de lumiere : *fructus lucis.* Tout ce que nous
faisons est saint, loüable, digne de Dieu. Au
contraire, si la conscience, qui est le flambeau

& la lumiere de noſtre ame, vient à ſe changer en ténebres par les erreurs groſſieres dont
nous nous laiſſons préoccuper; c'eſt alors que
toutes nos actions deviennent des œuvres de
ténebres, & qu'on peut bien nous appliquer ce
reproche de Jeſus-Chriſt : *Si lumen quod in te*   Matt. 6.
eſt, tenebræ ſunt, ipſæ tenebræ quantæ erunt?
Hé, mon frere, ſi ce qui devoit eſtre voſtre lumiere, n'eſt que ténebres, que ſera-ce de vos
ténebres meſmes? c'eſt à dire, ſi ce que vous
appellez voſtre conſcience, & que vous croyez
une conſcience droite, n'eſt qu'illuſion, que
deſordre, qu'iniquité ; que ſera-ce de ce que
voſtre conſcience meſme condamne & réprouve? que ſera-ce de ce que vous reconnoiſ-
ſez vous-meſme pour iniquité & pour deſordre?

Voilà, mes chers Auditeurs, l'écueil que
nous avons à éviter : car de là s'enſuivent des
maux d'autant plus affligeans & plus étonnans,
qu'à force de s'y accoutumer, on ne s'en étonne plus, & l'on ne s'en afflige plus. Ecoutez-
en le détail : peut-eſtre en ſerez-vous touchez.
Il s'enſuit de là, qu'avec une fauſſe conſcience, il n'y a point de mal qu'on ne commette. Il
s'enſuit de là, qu'avec une fauſſe conſcience,
on commet le mal hardiment & tranquillement. Enfin, il s'enſuit de là, qu'avec une fauſſe conſcience, on commet le mal ſans reſſource & ſans nulle eſperance de remede. Malheurs,

L ij

dont il faut aujourd'huy nous préserver, si nous ne voulons pas exposer nostre ame à une perte irréparable, & à une éternelle damnation.

Non, Chrestiens, avec une fausse conscience il n'y a point de mal qu'on ne fasse : dites-moy celuy qu'on ne fait pas ; & par là vous comprendrez mieux la verité de ma proposition. Pour vous la faire toucher au doigt, je vous demande jusqu'où ne va pas le déreglement d'une conscience aveugle & présomptueuse ! Du moment qu'elle s'est érigée en conscience, dites-moy les crimes qu'elle n'excuse pas, & qu'elle ne colore pas ! Quand, par exemple, l'ambition s'est fait une conscience de ses maximes pour parvenir à ses fins, dites-moy les devoirs qu'elle ne viole pas, les sentimens d'humanité qu'elle n'étouffe pas ; les loix de probité, d'équité, de fidelité qu'elle ne renverse pas ! Conscience tant qu'il vous plaira : corrompuë qu'elle est par l'ambition, dites-moy les malignes jalousies qu'elle n'inspire pas, les damnables intrigues qu'elle n'entretient pas, les fourberies, les trahisons dont, s'il est necessaire, elle ne s'aide pas ! Quand la conscience est de concert avec la cupidité & l'envie d'avoir, dites-moy les injustices qu'elle ne permet pas, les usures qu'elle ne favorise pas, les simonies qu'elle ne pallie pas ; les vexations, les violences, les mauvais procés, les chicanes qu'elle ne justifie pas ! Quand la conscience est for-

mée par l'animosité & la haine, dites-moy les
reffentimens, les aigreurs qu'elle n'autorise pas,
les vengeances qu'elle n'appuye pas, les divifions fcandaleufes, les inimitiez qu'elle ne fomente pas, les fiertez, les duretez qu'elle n'approuve pas! Non, encore une fois, rien ne l'arrefte : pervertie qu'elle eft d'une part, & néanmoins confcience de l'autre, elle ofe tout, elle
entreprend tout, elle fe porte à tout. Elle couvre la multitude des pechez, & des pechez les
plus énormes; non pas comme la charité en les
effaçant, mais en les tolérant, en les foutenant,
en les défendant.

Avec une fauffe confcience que ne firent pas
les Juifs! ils crucifierent le faint des faints, ils mi-
rent à mort Jefus-Chrift. Voilà jufqu'où pouvoit aller la fauffe confcience des hommes, &
voilà jufqu'où s'eft portée la fauffe confcience
d'un peuple, qui d'ailleurs fe piquoit & fe glori-
fioit d'avoir de la religion. Du plus horrible de
tous les crimes, qui eftoit le Déïcide, il s'eft fait
une religion; & par le mefme principe, on commet tous les jours dans le monde, quoyque fans
effufion de fang, les plus cruels homicides. C'eft
à dire, avec une fauffe confcience, on égorge
fon prochain, on luy porte en fecret des coups
mortels, on luy ofte l'honneur qui luy eft plus
cher que la vie, on détruit fa reputation, on
ruine par de mauvais offices fa fortune & fon
credit. Ne vous offenfez pas de la comparai-

son des Juifs : elle n'a que trop de fondement. En effet, avec une fauſſe conſcience, les Juifs n'apprehenderent point d'eſtre ſouillez du ſang du juſte, qu'ils demanderent à Pilate ; quoy-qu'en meſme temps, ſcrupuleux & ſuperſtitieux, ils refuſaſſent d'entrer chez Pilate meſme, par-ce qu'il eſtoit gentil, & qu'ils craignoient de devenir impurs, & de ſe mettre hors d'eſtat de manger la Paſque. Et par un abus tout ſem-blable, & ſi commun aujourd'huy dans le mon-de, avec une fauſſe conſcience on avale le cha-meau & on le digére, tandis qu'on craint d'a-valer le moucheron. C'eſt à dire, avec une fauſſe conſcience, on s'abandonne aux plus vio-lentes & aux plus ardentes paſſions, on ſe ſa-tisfait, on ſe venge, on s'empare du bien d'au-truy, on le retient injuſtement, on dévore la veuve & l'orphelin, on dépouille le pauvre & le foible ; tandis qu'à l'exemple des Phariſiens, on ſe fait des crimes de certains poincts tres-peu importans. On eſt exact & regulier com-me eux juſqu'au ſcrupule ſur de legeres obſer-vances, qui ne regardent que les dehors de la religion ; pendant que l'on ſe moque, & que l'on ſe joüe de ce qu'il y a dans la religion & dans la loy de Dieu de plus grand & de plus indiſpenſable, ſçavoir, la juſtice, la miſericorde & la foy.

Qu'eſt-ce que la fauſſe conſcience ! un abyſ-me, dit ſaint Bernard, mais un abyſme inépui-

fable de pechez; *Confcientia quafi abyffus mul-*   Bernard.
ta : une mer profonde & affreufe, dont on
peut bien dire que c'eft là, où fe trouvent des
reptiles fans nombre; *Mare magnum ac fpatio-*   Pfalm. 103.
fum ; illic reptilia, quorum non eft numerus.
Pourquoy des reptiles ? parce que de mefme,
dit ce Pere, que le reptile s'infinuë & fe coule
fubtilement ; auffi le peché fe gliffe-t-il comme
imperceptiblement dans une confcience, où
la paffion & l'erreur luy dònnent entrée. Et
pourquoy des reptiles fans nombre ? parce que
de mefme que la mer, par une prodigieufe
fecondité, eft abondante en reptiles, dont elle
produit des efpeces innombrables, & de chaque efpece un nombre infini ; auffi la confcience erronée eft-elle feconde en toutes fortes de
pechez, qui naiffent d'elle, & qui fe multiplient
en elle.

Car c'eft là, pourfuit faint Bernard, où s'en-
gendrent les monftres : *illic reptilia.* C'eft dans
la fauffe confcience, où fe couvent les envies,
les averfions noires & pleines de venin. Là, où
fe forment les médifances raffinées, les calomnies enveloppées, les intentions de nuire, les
perfidies deguifées, & par une maudite politique artificieufement diffimulées. Là, où croif-
fent, & fe nourriffent les defirs charnels, fuivis
de confentemens volontaires, que l'on ne difcerne pas ; les attachemens fecrets, mais criminels, dont on ne fe défie pas ; les paffions naif-

santes, mais bientoſt dominantes, aux quelles on ne reſiſte pas. Là, où ſe cache l'orgueil ſous le maſque de l'humilité, l'hypocriſie ſous le voile de la pieté, la ſenſualité la plus dangereuſe ſous les apparences de l'honneſteté. Là, où les vices s'amaſſent en foule, parce que c'eſt là qu'ils ſont comme dans leur centre & dans leur élement : *Illic reptilia, quorum non eſt numerus.* A quoy n'eſt-on pas expoſé, & de quoy n'eſt-on pas capable, en ſuivant une conſcience aveuglée par le peché!

N'en demeurons pas là : j'ajouſte qu'avec une fauſſe conſcience, on commet le mal hardiment & tranquillement. Hardiment, parce qu'on n'y trouve dans ſoy-meſme nulle oppoſition : tranquillement, parce qu'on n'en reſſent aucun trouble ; la conſcience, dit ſaint Auguſtin, eſtant alors d'intelligence avec le pecheur; & le pecheur dans cet eſtat, ayant fait comme un pacte avec ſa conſcience, qui le met enfin dans la funeſte poſſeſſion de pecher, & d'avoir la paix. Or la paix dans le peché, eſt le plus grand de tous les maux. Non, Chreſtiens, le peché ſans la paix, n'eſt point abſolument le plus grand mal que nous ayons à craindre ; & la paix hors du peché ſeroit ſans exception le plus grand bien que nous puſſions deſirer. Mais l'un & l'autre enſemble, c'eſt à dire, la paix dans le peché, & le peché avec la paix, c'eſt le ſouverain mal de cette vie, & ce qu'il y a pour

le pecheur de plus approchant de la réprobation.

Or voilà, mes chers Auditeurs, ce que produit la fauſſe conſcience. Prenez garde, s'il vous
plaiſt, à la remarque de ſaint Bernard, qui éclair-
cira ma penſée. Il diſtingue quatre ſortes de
conſciences : la bonne, tranquille & paiſible ;
la bonne, geſnée & troublée ; la mauvaiſe, dans
l'agitation & dans le trouble ; la mauvaiſe, dans
le calme & la paix : & là-deſſus écoutez comment il raiſonne. Une bonne conſcience tranquille & paiſible, c'eſt, dit-il, ſans conteſtation,
un paradis anticipé ; une bonne conſcience geſnée & troublée, c'eſt comme un purgatoire
dans cette vie, dont Dieu ſe ſert quelquefois
pour éprouver les ames les plus ſaintes : une
mauvaiſe conſcience dans l'agitation & dans le
trouble que luy cauſe la veûë de ſes crimes,
c'eſt une eſpece d'enfer. Mais il y a encore,
ajouſte-t-il, quelque choſe de pire que cet enfer : & quoy ! une mauvaiſe conſcience dans
la paix & dans le calme, & c'eſt où la fauſſe
conſcience aboutit. Car dans la conſcience criminelle, mais troublée de la veûë de ſon peché,
quelque image qu'elle nous retrace de l'enfer,
au moins y a-t-il encore des lumieres ; & par
conſequent, au moins y a-t-il encore des principes de componction, de contrition, de converſion. Le pecheur ſe révolte contre Dieu ;
mais au moins ſçait-il bien qu'il eſt rebelle ;

mais au moins ressent-il luy-mesme le malheur & la peine de sa rebellion. Sa passion le domine & le rend esclave de l'iniquité ; mais au moins ne l'empesche-t-elle pas de connoistre ses devoirs, ni d'estre soumis à la verité. Donnez-moy le mondain le plus emporté dans son libertinage ; tandis qu'il a une conscience droite, il n'est pas encore tout-à-fait hors de la voye de Dieu : pourquoy ! parce que malgré ses emportemens, il voit encore le bien & le mal, & que cette veüë peut le ramener à l'un, & le retirer de l'autre.

Mais dans une fausse conscience il n'y a que ténebres, & que ténebres interieures, plus funestes mille fois que ces ténebres exterieures dont nous parle le Fils de Dieu, puisqu'elles sont la source de l'obstination du pecheur & de son endurcissement. Ténebres interieures de la conscience, qui font que le pecheur au milieu de ses desordres est content de luy-mesme, se tient seûr de Dieu, se rend de secrets témoignages d'une vaine innocence dont il se flatte, pendant que Dieu le réprouve, & prononce contre luy les plus severes arrests.

Et c'est là, Chrestiens, ce que j'ay prétendu, quand j'ay dit en dernier lieu, qu'avec une fausse conscience on commet le mal sans ressource : car la grande ressource du pecheur, c'est la conscience droite & saine, qui en commettant mesme le peché, le condamne, & le reconnoist comme peché. C'est par là que Dieu nous rappelle, par là que Dieu nous presse, par là que Dieu nous force, pour ainsi dire, de rentrer dans l'ordre, & dans la soumission & l'obéissance düe à sa loy. Ce fut par là que la grace de Jesus - Christ victorieuse, triompha du cœur d'Augustin : cette rectitude, & pour ainsi dire, cette integrité de conscience, que saint Augustin avoit conservée jusques dans ses plus grands déreglemens, fut le remede & la guérison de ses déreglemens mesmes. Oüy, Seigneur, disoit-il à Dieu, dans cette humble confession de sa vie, que je puis proposer aux ames penitentes comme un parfait modelle : Oüy, Seigneur, voilà ce qui m'a sauvé, ce qui m'a retiré du profond abysme de mon iniquité : ma conscience declarée pour vous contre moy ; ma conscience, quoyque coupable, juge équitable d'elle-mesme ; voilà ce qui m'a fait revenir à vous. Voyez - vous, Chrestiens, la conduite de la grace dans la conversion d'Augustin ! ce fond de conscience qui estoit resté en luy, & que le peché mesme n'avoit pû détruire, fut le fond de toutes les misericordes que Dieu vouloit exercer sur luy : le trouble de cette conscience criminelle, mais malgré son peché conforme à la loy, fut la derniere grace, mais au mesme temps la plus efficace & la plus invincible de toutes les graces, que Dieu s'estoit reservée pour fléchir & pour amollir la dureté de ce cœur impenitent. Pensée consolante pour un pecheur interieurement agité & livré aux remords de sa conscience ! Tandis que ma conscience me fait souffrir cette gesne cruelle, mais salutaire ; tandis qu'elle me reproche mon peché, Dieu ne m'a pas encore abandonné ; sa grace agit encore sur moy ; il y a encore pour moy de l'esperance ; mon salut est encore entre mes mains, & les misericordes du Seigneur enfin ne sont pas encore épuisées : ces remords dont je suis combattu, m'en sont une preuve & une conviction sensible, puisque Dieu me marque par là la voye que je dois suivre pour retourner à luy.

Et en effet, avec une conscience droite, quelque éloigné de Dieu que l'on puisse estre, on revient de tout. C'est ce que l'experience nous fait voir tous les jours en mille sujets, où Dieu, comme dit saint Paul, se plaist à manifester les richesses de sa grace ; & qui aprés avoir esté les scandales du monde par leur vie abominable, en deviennent par leur conversion, les exemples les plus éclatans & les plus édifians. Au contraire, avec une fausse conscience, mortellement blessé, on est dans l'impuissance de guérir ; engagé dans les plus grands crimes & dans les plus longs égaremens, on est sans esperance de retour. Avec une fausse conscience, on est incorrigible & inconvertible ; on s'opiniastre, on s'endurcit, on vit &

on meurt dans son peché : d'où il s'ensuit que la fausse conscience, & sur tout la paix de la fausse conscience, dans l'ordre des jugemens de Dieu, doit estre regardée du pecheur, non seulement comme une punition de Dieu, mais comme la plus formidable des vengeances de Dieu, mais comme le commencement de la réprobation de Dieu.

Et voilà pourquoy, dit saint Chrysostome, (ne perdez pas cette reflexion, qui a quelque chose de touchant, quoyque terrible) quand Isaye animé du zéle de la gloire & des interests de Dieu, sembloit vouloir porter Dieu à punir les impietez de son peuple, il n'employoit point d'autres expressions que celle-cy : *Excæ-* *ca cor populi hujus.* Aveuglez le cœur de ce peuple, c'est à dire, la conscience de ce peuple. Il ne luy disoit pas : Seigneur, humiliez ce peuple, confondez ce peuple ; accablez, opprimez, ruinez ce peuple. Tout cela luy paroissoit peu en comparaison de l'aveuglement ; & c'est à cet aveuglement de leurs cœurs, qu'il réduisoit tout : *Excæca cor.* Comme s'il eust dit à Dieu : c'est par là, Seigneur , que vous vous vengerez pleinement. Guerres, pestes , famines , calamitez temporelles , ne seroient pour ces ames revoltées que des demi-chastimens : mais repandez dans leurs consciences des ténebres épaisses, & la mesure de vostre colere, aussi bien que de leur iniquité, sera remplie.

Isaï. 6.

Il concevoit donc que l'aveuglement de leur
fauſſe conſcience eſtoit la derniere & la plus af-
freuſe peine du peché.

Mais c'eſt pour cela meſme que par un eſprit tout contraire à celuy d'Iſaye, je fais aujourd'huy une priere toute oppoſée, en diſant
à Dieu : Ah! Seigneur, quelque irrité que vous
ſoyez, n'aveuglez point le cœur de ce peuple;
n'aveuglez point les conſciences de ceux qui
m'écoutent : & que je n'aye pas encore le malheur de ſervir malgré moy, par l'abus qu'ils feroient de voſtre parole & de mon miniſtere, à
la conſommation & aux triſtes ſuites de leur
aveuglement. Déchargez voſtre colere ſur tout
le reſte ; mais épargnez leurs conſciences. Leurs
biens & leurs fortunes ſont à vous ; faites-leur
en ſentir la perte : mais ne les privez pas de ces
lumieres, qui doivent les éclairer dans le chemin de la vertu. Humiliez-les, mortifiez-les,
appauvriſſez-les, anéantiſſez-les ſelon le monde; mais n'éteignez pas le rayon qui leur reſte
pour les conduire. A toute autre punition qu'il
vous plaira de les condamner, ils s'y ſoumet-
tront; mais ne les mettez pas à l'épreuve de celle-cy, en leur oſtant la connoiſſance & la veüë
de leurs obligations : car ce ſeroit les perdre, &
les perdre ſans reſſource ; ce ſeroit dés cette vie
les réprouver. J'acheve. Fauſſe conſcience aiſée à former, fauſſe conſcience dangereuſe &
pernicieuſe à ſuivre, c'eſt ce que je vous ay fait

voir. Enfin, fauſſe conſcience excuſe inutile pour nous juſtifier devant Dieu : c'eſt la derniere partie.

IL en faut convenir, Chreſtiens : Dieu, qui eſt miſericordieux, auſſi bien que juſte, ne nous feroit pas des crimes de nos erreurs, ſi c'eſtoient des erreurs involontaires & de bonne foy ; & il n'y auroit point de pecheur qui n'euſt droit de ſe prévaloir de ſa fauſſe conſcience, & qui ne puſt avec raiſon l'alléguer à Dieu, comme une legitime excuſe de ſon peché, ſi la fauſ-ſe conſcience avoit ce caractere de ſincerité, dont je parle. Mais on demande ſi elle l'a toû-jours, ou du moins ſi elle l'a ſouvent ? Cette queſtion eſt d'une extreſme conſequence, par-ce qu'elle renferme une des regles, & j'oſe di-re des plus importantes regles, d'où dépend, dans l'uſage & dans la pratique, le diſcerne-ment & le jugement exact que chacun de nous doit faire des actions de ſa vie. Il s'agit donc de ſçavoir, ſi ce caractere de bonne foy con-vient ordinairement aux conſciences aveugles & erronées des pecheurs du ſiecle : en ſorte qu'une conſcience aveugle & erronée, à l'égard des pecheurs du ſiecle, puiſſe communément leur eſtre un titre, pour ſe diſculper & ſe juſti-fier devant Dieu. Ah ! mes chers Auditeurs, pluſt à Dieu que cela fuſt ainſi ! un million de pechez ceſſeroient aujourd'huy d'eſtre pechez:

III. PARTIE.

& le monde, fans grace & fans penitence, fe trouveroit dechargé d'une infinité de crimes, dont le poids a fait gémir de tout temps, & fait encore gémir les ames vertueufes.

Mais fi cela eftoit, reprend faint Bernard, pourquoy David, ce faint Roy, dans la ferveur de fa contrition, auroit-il demandé à Dieu, comme une grace, qu'il oubliaft fes ignorances paffées : voulant marquer par là, celles qui avoient caufé le defordre & la corruption de *Pfalm. 24.* fa confcience ! *Delicta juventutis meæ, & ignorantias meas ne memineris.* N'auroit-il pas dû dire au contraire : Seigneur, fouvenez-vous de mes ignorances, & ne les oubliez jamais ! car puifqu'elles me doivent tenir lieu de juftification auprés de vous, il eft de mon intereft que vous en conferviez le fouvenir, & que vous les ayez toûjours prefentes. Eft-ce ainfi qu'il parle ? Non : il dit à Dieu, oubliez-les ; effacez-les de ce livre redoutable que vous produirez contre moy, quand vous me jugerez dans toute la rigueur de voftre juftice. Ne vous fouvenez point alors du mal que j'ay fait, & que je n'ay pas connu ; puifque de ne l'avoir pas connu, dans l'obligation où j'eftois de le connoiftre, eft déja un crime dont vous feriez en droit de me punir : *Et ignorantias meas ne memineris.* Il n'eft donc pas vray que l'ignorance, & par confequent la fauffe confcience, foit toûjours une excufe recevable auprés de Dieu.

Il

Il y a plus : & je pretends qu'elle ne l'eſt preſque jamais, & que dans le ſiecle où nous vivons, c'eſt un des pretextes les plus frivoles. Pourquoy ? par deux raiſons invincibles, & ſans replique. 1. Parce que dans le ſiecle où nous vivons, il y a trop de lumiere, pour pouvoir ſuppoſer enſemble une conſcience dans l'erreur, & une conſcience de bonne foy. 2. Parce qu'il n'y a point de fauſſe conſcience, que Dieu dés maintenant ne puiſſe confondre par une autre conſcience droite, qui reſte en nous ; ou qui, quoyque hors de nous, s'éleve contre nous, malgré nous-meſmes. Encore un moment d'attention, & vous en allez eſtre perſuadez.

Non, Chreſtiens, dans un ſiecle auſſi éclairé que celuy où Dieu nous a fait naiſtre, nous ne devons pas préſumer qu'il ſe trouve aiſément parmi les hommes des conſciences erronées & au meſme temps innocentes. Il y en a peu dans le monde de ce caractere ; & dans le lieu où je parle, je ne craindrois pas d'avancer qu'il n'y en a abſolument point. Car ſans m'étendre en general ſur la propoſition, ſi vous, mon cher Auditeur, à qui je l'addreſſe en particulier, aviez eſté fidelle aux lumieres de la grace que Dieu vous avoit abondamment communiquées, & ſi vous aviez uſé des moyens faciles qu'il vous avoit mis en main pour vous éclaircir du fond de vos obligations ; jamais

. M

ces erreurs, qui ont esté la source de tant de
desordres, ne vous auroient aveuglé, ni n'auroient perverti vostre conscience. Souffrez que
je vienne au détail. Par exemple, si avant que
d'agir & de decider sur des choses essentielles,
vous vous estiez defié de vous-mesme; si vous
aviez eû, & que vous eussiez voulu avoir un
ami droit & chrestien, qui vous eust parlé sincerement & sans menagement; si vous aviez
donné un libre accés à ceux dont vous pou-
viez apprendre la verité; si vostre delicatesse,
ou vostre repugnance à les écouter, ne leur a-
voit pas fermé la bouche; si par là les adula-
teurs ne s'estoient pas emparez de vostre esprit;
si parmi les ministres du Seigneur qui devoient
estre pour vous les interpretes de sa loy, vous
aviez eû recours à ceux qu'il avoit plus libera-
lement pourvûs du don de la science, & que
l'on connoissoit pour tels; si au lieu d'en choi-
sir d'intelligens, vous n'en aviez pas cherché
d'indulgens & de complaisans; si jusques dans
le tribunal de la penitence, vous n'aviez pas
preferé ce qui vous estoit commode à ce qui
vous auroit esté salutaire : cette fausse conscience, que nous examinons icy, ne se seroit pas
formée en vous. Elle n'est donc venuë que de
vos resistances à la grace & aux veûës que Dieu
vous donnoit. Elle ne s'est formée, que parce
que vous avez vescu dans une indifference extresme à l'égard de vos devoirs; que parce que

le dernier de vos foins a efté de vous en inftruire ; que parce qu'emporté par le plaifir, occupé
des vains amufemens du fiecle, ou accablé volontairement & fans neceffité de mille affaires
temporelles, vous vous eftes peu mis en peine
d'étudier voftre religion ; que parce qu'aimant
avec excés voftre repos, vous avez évité d'approfondir ce qui l'auroit évidemment, mais
utilement troublé. Elle ne s'eft formée, que
parce que dans le doute vous vous en eftes rap-
porté à voftre propre fens ; que parce que vous
vous eftes fait une habitude de voftre préfomption, jufqu'à croire que vous aviez feul plus
de lumieres que tous les autres hommes ; que
parce que vous vous eftes mis en poffeffion d'a-
gir en effet toûjours felon vos idées, rejettant
de fages confeils, ne pouvant fouffrir nul avis,
ne voulant jamais eftre contredit, faifant gloire de voftre indocilité ; & comme dit l'Ecriture, ne voulant rien entendre, ni rien fçavoir,
de peur d'eftre obligé de faire & de pratiquer :
Noluit intelligere ut benè ageret.   *Pfalm. 35.*

C'eft ainfi, dis-je, mon cher Auditeur, que
fuivant le torrent & le cours du monde, vous
vous eftes fait une confcience à voftre gré, &
vous eftes tombé dans l'aveuglement. Or n'eftes-vous pas le plus injufte des hommes, fi vous
prétendez qu'une confcience fondée fur de tels
principes, vous rende excufable devant Dieu !
Cela feroit bon pour des ames payennes, en-

M ij

veloppées dans les ténebres de l'infidelité : cela
seroit bon peut-estre pour de certaines ames
abandonnées à la grossiereté de leur esprit; &
par la destinée de leur estat, vivant sans éducation, & presque sans instruction. Mais pour
vous, Chrestiens, qui vous piquez en tout le
reste d'intelligence & de discernement; pour
vous que la lumiere, si je puis ainsi parler, in-
vestit de toutes parts; pour vous à qui il est si
facile d'estre instruits de la verité, & de la connoistre à fond : quel droit avez-vous de dire,
que c'est l'erreur de vostre conscience qui vous
a trompez? Abus, mon cher Auditeur, excuse
vaine, & qui n'a point d'autre effet que de vous
rendre encore plus criminel. C'est ce voile de
malice dont parle l'Apostre ; & quand vous
vous en servez, vous ne faites qu'augmenter
vostre crime, en rejettant sur Dieu ce que vous
devez avec confusion vous imputer à vous-
mesmes.

D'autant plus condamnables au tribunal de
Dieu (remarquez bien cecy, s'il vous plaist,
Chrestiens : c'est un second titre dont Dieu se servira contre nous.) d'autant plus condamnables,
que Dieu dans le jugement qu'il fera de nous,
ne nous jugera pas seulement sur les erreurs de
nos consciences absolument considerées; mais
sur les erreurs de nos consciences comparées à
l'integrité de la conscience des payens; mais sur
les erreurs de nos consciences opposées à nostre

exactitude, & à noftre feverité mefme pour les autres ; mais fur les erreurs de nos confciences comparées à la droiture des premieres veûës & des premieres notions que nous avons eûës du bien & du mal, avant que le peché nous euft aveuglez. Car tout cela, dit faint Auguftin, ce font autant de regles, pour former en nous une confcience éclairée & pure, ou du moins pour l'y reftablir. Et parce que nous les aurons negligées ces regles, ces regles deviendront contre nous autant de fujets de condamnation. Ne ferois-je pas heureux, fi je vous perfuadois aujourd'huy de vous les rendre utiles & necef-faires !

Dieu fe fervira de la confcience des payens, pour condamner les erreurs des chreftiens. Ainfi Tertullien intruifant les femmes chreftiennes, les confondoit-il fur certains fcandales, dont quelques-unes, remplies de l'efprit du monde, ne fe faifoient nulle confcience ; & en particulier, fur cette immodeftie dans les habits, fur ces nuditez criminelles, fi contraires à la pudeur. Car n'eft-il pas indigne, leur difoit-il, qu'il y ait des payennes dans le monde plus regulieres là-deffus & plus confcientieufes que vous ! N'eft-il pas indigne que les femmes Arabes, dont nous fçavons les mœurs & les coutumes, bien loin d'eftre fujettes à de tels defordres, les ayent toûjours déteftez comme une efpece de proftitution ; & que vous, éle-

M iij

vées dans le Chriſtianiſme, vous prétendiez les
juſtifier par un uſage corrompu, dont le monde en vain s'autoriſe, puiſque Dieu l'a en horreur & le réprouve ! or ſçachez, ajouſtoit ce
Pere, que ces payennes & ces infidelles feront
vos juges devant Dieu. Et moy, chreſtiens Auditeurs, ſuivant la meſme penſée, je vous dis:
n'eſt-il pas bien étrange & bien déplorable que
nous nous permettions aujourd'huy impunément & ſans remords, cent choſes dont nous
ſçavons que les payens ſe ſont fait des crimes!
que dans la juſtice, par exemple, on ne rou-
giſſe point de je ne ſçais combien de ruſes, de
détours, de chicanes, que la probité de l'Aréo-
page n'auroit pas ſouffertes ; que dans le commerce on veuille ſoutenir des uſures, que toutes les loix Romaines ont condamnées ; que
dans le Chriſtianiſme on veuille qualifier de divertiſſemens honneſtes, au moins permis, des
ſpectacles, qui ſelon le rapport de ſaint Auguſtin, rendoient infames dans le Paganiſme ceux
qui les repreſentoient. D'où procedoient ces
ſentimens ! d'où procedoit la ſeverité de ces
loix ? ſinon de la rectitude naturelle de la conſcience ; & c'eſt cette conſcience des payens
qui réprouvera la noſtre. Car il eſt de la foy
qu'ils s'éleveront contre nous au jugément
dernier ; & il eſt certain que cette comparaiſon d'eux à nous, & de nous à eux, ſera un
des plus ſenſibles reproches de noſtre aveuglement.

N'allons pas ſi loin : nous avons une conſcience éclairée, pour qui ? pour les autres ; & aveugle, pour qui ? pour nous-meſmes : une conſcience exacte pour les autres juſqu'au ſcrupule, & indulgente pour nous - meſmes juſqu'au relaſchement. Que fera Dieu ? il confrontera ces deux conſciences, pour condamner l'une par l'autre. Car il eſt encore de la foy, que nous ſerons jugez, comme nous aurons jugé les autres ; & que Dieu prendra pour nous la meſme meſure, que nous aurons priſe pour eux.

Enfin, Dieu nous rappellera à ces premieres veûës, à ces notions ſi juſtes & ſi ſaintes, que nous avions du peché, avant que le peché nous euſt aveuglez. Quelque renverſement qui ſe ſoit fait dans noſtre conſcience, nous n'avons pas oublié ce bienheureux eſtat, où l'innocence de noſtre cœur jointe à l'integrité de noſtre raiſon, nous dégageoit des illuſions & des erreurs du ſiecle : nous nous ſouvenons encore de ces idées primitives qui nous faiſoient juger ſi ſainement des choſes par rapport à la loy de Dieu : ce peché, que nous traitons maintenant de bagatelle, nous paroiſſoit un monſtre ; & c'eſtoit la conſcience qui nous inſpiroit ce ſentiment. Qu'eſt devenuë cette conſcience ! comment s'eſt-elle ſi prodigieuſement changée ! c'eſtoit le fruit d'une éducation chreſtienne ; on l'avoit cultivée, on

M iiij

l'avoit perfectionnée par tant de sages conseils. Que nous disoit-elle autrefois ; & pourquoy ne nous dit-elle plus ce qu'elle nous disoit alors ? D'où est venuë une corruption si generale & si fatale ! on ne nous reconnoist plus, & nous ne nous reconnoissons plus nous-mesmes. C'est, nous dira Dieu, que vous avez donné entrée à la passion, & que la passion a étouffé toutes les semences de vertu que j'avois jettées dans vostre ame. Or vous est-il pardonnable de n'avoir pas conservé tant de bons principes, qui devoient vous servir de regles dans tout le cours de vostre vie ! Vous est-il pardonnable d'avoir éteint tant de lumieres, des lumieres si vives, des lumieres si pures, & de vous estre volontairement plongez dans les ténebres d'une fausse conscience ?

C'est donc, mes chers Auditeurs, de ce desordre de la fausse conscience, que je vous conjure aujourd'huy de vous préserver, ou de revenir. Pour cela, souvenez-vous de ces deux maximes, qui sont d'une éternelle verité, & sur lesquelles doit rouler toute vostre conduite : l'une, que le chemin du ciel est étroit ; & l'autre, qu'un chemin étroit ne peut jamais avoir de proportion avec une conscience large. La premiere est fondée sur la parole de Jesus-Christ, *Arcta via est quæ ducit ad vitam* ; & la seconde est évidente par elle-mesme. Pour

Matth. 7.

peu que vous foyez chreſtiens, il n'en faudra
pas davantage, pour vous faire prendre le deſ-
fein d'une ſolide & parfaite converſion. Souvenez-vous qu'il eſt bien en voſtre pouvoir de
former vos conſciences comme il vous plaiſt;
mais qu'il ne dépend pas de vous, d'élargir la
voye du ſalut. Souvenez-vous que ce n'eſt pas
la voye de Dieu qui doit s'accommoder à vos
conſciences; mais que ce ſont vos conſciences
qui doivent s'accommoder à la voye de Dieu.
Or c'eſt ce qui ne ſe pourra jamais, tandis que
vous les reglerez ſur les maximes relaſchées du
ſiecle. Il faut qu'elles ſe reſſerrent, ou par u-
ne juſte crainte, ou par une obéiſſance fidelle, pour parvenir à ce degré de proportion,
ſans lequel elles ne peuvent eſtre que des conſciences reprouvées. Si à meſure que vous
vous licentiez dans l'obſervation de vos devoirs, le chemin du ciel devenoit plus large
& plus ſpatieux; ah, mon frere, s'écrie ſaint
Bernard, bien loin de vous troubler dans
la poſſeſſion de cette vie libre & commode,
je vous y confirmerois en quelque ſorte moy-
meſme. A la bonne heure, vous dirois-je:
puiſque vous avez trouvé une route, & plus
facile, & auſſi ſeûre, pour arriver au terme
de voſtre ſalut, ſuivez-la hardiment; & ſi
vous le voulez, uſez là-deſſus de tous vos
droits. Mais il n'en va pas ainſi: car l'Ecriture
ne nous parle point de ce chemin large, qui

conduit à la vie. Il n'y a qu'une seule porte pour y entrer; & l'Evangile nous apprend que pour passer par cette porte, il faut faire effort, *contendite.* Faisons-le, Chrestiens, ce genereux effort : nous en serons bien payez par la gloire qui nous est promise, & que je vous souhaite &c.

Luc. 13.

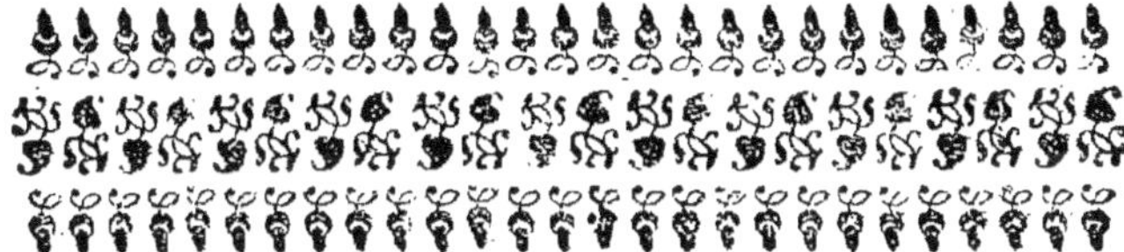

SERMON

POUR LE IV. DIMANCHE
DE
L'AVENT.

Sur la severité de la Penitence.

Factum est verbum Domini super Joannem Zachariæ filium in deserto ; & venit in omnem regionem Jordanis, prædicans baptismum pœnitentiæ in remissionem peccatorum.

Le Seigneur fit entendre sa parole à Jean fils de Zacharie dans le défert ; & il alla dans tout le pays qui est le long du Jourdain, preschant le baptesme de pénitence pour la remission des péchez. En Saint Luc chap. 3.

Sire,

CE n'estoit pas en vertu du baptesme de saint Jean que les pechez estoient remis : mais le baptefme de faint Jean eftoit une preparation neceffaire pour parvenir à la remiffion des pechez; & fans la remiffion des pechez, on ne pouvoit participer à la redemption de Jefus-Chrift, ni profiter de ce bienfait ineftimable. C'eftoit par la penitence qu'il falloit fe difpofer à le recevoir; & cette penitence depuis l'eftabliffement de la loy chreftienne, eft communément appellée un fecond baptefme, comme le baptefme, fuivant la doctrine des Peres, eftoit autrefois appellé la premiere penitence.

Voilà pourquoy le divin Précurfeur prefche aujourd'huy le baptefme de la penitence avec tant de zéle : & puifque nous fommes à la veille de cette grande folemnité, où nous devons célebrer nous-mefmes la naiffance du Sauveur des hommes, & la venuë de ce Meffie que Jean-Baptifte annonçoit aux Juifs, je me trouve engagé, mes chers Auditeurs, à vous faire la mefme predication. Le caractere de ce baptefme, je veux dire, de cette penitence chreftienne, dont j'ay à vous parler, eft felon tous les Docteurs de l'Eglife, l'efprit de feverité. Car c'eft en cela particulierement, dit Pacien Evefque de Barcelone, que la penitence eft differente du premier baptefme. Matiere importante, & inftruction neceffaire, que je vous prie de ne pas negliger. Il n'eft rien de plus ordinaire, ni rien de plus étrange, que de voir le relafchement fe glifler jufques dans noftre penitence mefme;

& c'eſt ce deſordre que j'attaque dans ce diſcours, & que j'entreprends de corriger, aprés
que nous aurons demandé le ſecours du ciel
par l'interceſſion de Marie. *Ave Maria.*

IL y a long-temps, & ce n'eſt pas ſeulement
de nos jours, qu'il s'eſt élevé dans le monde, je
dis dans le monde chreſtien, des conteſtations
touchant la ſeverité de la penitence, conſiderée de la part des Preſtres, qui ſont les vicai-
res de Jeſus-Chriſt, & qui ont eſté eſtablis de
Dieu, pour en eſtre les miniſtres & les diſpenſateurs. Il n'eſt rien de plus fameux dans l'hiſtoire de l'Egliſe, que le different qui s'émeût
ſur ce poinct entre les Novatiens, & la ſecte
qui leur eſtoit oppoſée. Les uns vouloient que
l'on admiſt indifferemment à la penitence toutes ſortes de pecheurs ; & les autres prétendoient au contraire, qu'on n'y en devoit recevoir aucun. Ceux-là corrompoient la penitence par un excés de relaſchement ; & ceux-
cy en détruiſoient tout-à-fait l'uſage par un
excés de ſeverité. L'Egliſe inſpirée du Saint
Eſprit, ſuivant ſa conduite ordinaire, prit le milieu entre ces deux extremitez ; & par le temperament qu'elle y apporta, en moderant la rigueur des uns, & en corrigeant la trop grande facilité des autres, elle réduiſit la penitence, diſons mieux, l'adminiſtration du ſacrement de la penitence, aux juſtes bornes où le

Souverain Preſtre Jeſus-Chriſt avoit prétendu
la renfermer.

Or cette importante queſtion, tant agitée
alors, s'eſt enſuite renouvellée preſque dans
tous les ſiecles; & nous l'avons veûë ſe reveiller dans le noſtre, non pas avec le meſme éclat,
ni avec des ſuites ſi funeſtes; à Dieu ne plaiſe!
mais toûjours avec le meſme partage de ſentimens, & la meſme diverſité de conduite. Ceux-
là ont pris le parti de la ſeverité, mais d'une ſeverité ſans meſure; & ceux-cy le parti de la
douceur, mais d'une douceur quelquefois dangereuſe, ſoit pour le miniſtre de la penitence,
ſoit pour le pecheur penitent.

Je n'ay garde, Chreſtiens, de m'engager aujourd'huy dans cette controverſe, ni d'entreprendre de decider un poinct qui ne vous regarde pas directement, & qui ne peut ſervir à
voſtre édification. Car il vous ſeroit bien inutile de ſçavoir comment, & par quelles regles
les preſtres doivent adminiſtrer la penitence,
pendant que vous ignorez de quelle maniere
vous devez vous-meſmes la pratiquer: & d'ailleurs, l'experience nous apprend aſſez, que ces
ſortes de matieres traitées dans la chaire, & par
là ſoumiſes au jugement du public, n'ont point
d'autre effet que de diviſer les eſprits, & de faire
que les peuples, qui doivent eſtre jugez par les
preſtres dans le ſaint tribunal, deviennent eux-
meſmes les juges des preſtres; car voilà ſouvent
où tout aboutit.

Tel s'inquiete de ce que les preſtres ne font pas leur devoir dans le ſacrement de la penitence, qui ſe met trés-peu en peine d'y faire le ſien. Tel accuſe les preſtres de foibleſſe & de corruption dans leur morale, qui n'accomplit pas meſme ce que luy impoſe la morale la moins étroite. On voudroit en general des preſtres ſeveres & zélez, tandis qu'en particulier on n'a pas le moindre zéle, ni la moindre ſeverité pour ſoy-meſme.

Cependant, Chreſtiens, c'eſt ſur tout dans le pecheur que doit eſtre la ſeverité de la penitence ; puiſque c'eſt dans le pecheur qu'eſt le deſordre du peché. Si les preſtres doivent avoir de la ſeverité, ce n'eſt que pour ſuppléer à celle qui nous manque. Car que peut ſervir toute la ſeverité des preſtres, quelque pure & quelque ſainte qu'elle ſoit, ſi elle n'eſt pas precedée ou du moins accompagnée de la noſtre !

Ne parlons donc point de la ſeverité de la penitence par rapport aux Miniſtres que Dieu a choiſis, & qu'il a reveſtus de ſon pouvoir, pour eſtre dans le ſacré Tribunal comme ſes lieutenans & les défenſeurs de ſes intereſts. S'il y a dans l'exercice de leur miniſtere quelque abus à réformer, laiſſons en le ſoin aux Prélats, & à ceux qui ont autorité dans l'Egliſe. Mais nous, ne penſons qu'à nous-meſmes, puiſque nous ne devons repondre que de

nous-mefmes. Or je dis que le grand principe qui doit animer & regler noftre penitence,
c'eft la feverité ; feverité neceffaire, & feverité
douce. Appliquez-vous, & concevez mon deffein. Je pretends que la penitence prife par
rapport à nous doit eftre fevere : c'eft de quoy
il faut convaincre vos efprits, & ce que je feray
dans le premier poinct. Mais parce que cette
feverité pourroit rebuter vos cœurs, j'ajoufte
que plus noftre penitence eft fevere, plus dans
fa feverité mefme elle devient douce; je vous
le monftreray dans le fecond poinct. Neceffité
d'une penitence fevere, douceur d'une penitence fevere : c'eft tout le fujet de voftre attention.

I. PARTIE.

QUelque relafchement que le peché ait in-
troduit dans le Chriftianifme, il eft aifé de comprendre, pour peu que l'on connoiffe la nature
de la penitence, qu'elle doit eftre fevere de la
part du pecheur ; & la raifon qu'en apporte
faint Auguftin, eft convainquante. Car, dit ce
Pere, qu'eft-ce que la penitence! c'eft un jugement, mais un jugement dont la forme a quelque chofe de bien particulier. Et en effet, fi vous
me demandez quel eft celuy qui y préfide en
qualité de juge; je vous reponds, que c'eft celuy qui y paroift en qualité de criminel, je veux
dire, le pecheur mefme : *Afcendit homo ad-
verfùm fe tribunal mentis fuæ :* l'homme s'é-
rige

Auguft. lib.
50. homil.

rige un tribunal dans son propre cœur ; il se cite devant soy-mesme, il se fait l'accusateur de soy-mesme, il rend des témoignages contre soy-mesme ; & enfin animé d'un zéle de justice, il prononce luy-mesme son arrest. Voilà la veritable & parfaite idée de la penitence chrestienne.

Mais, me direz-vous, saint Augustin parlant ailleurs du jugement de Dieu, dit qu'il n'appartient qu'à Dieu d'estre juge dans sa propre cause. Il est vray, Chrestiens; il n'appartient qu'à luy de l'estre d'une maniere indépendante, de l'estre avec un pouvoir absolu, de l'estre souverainement & sans appel. Or l'homme, en se jugeant luy-mesme par la penitence, est bien éloigné d'avoir ce caractere de jurisdiction. Il se juge, mais en qualité seulement de délegué, & comme tenant la place de Dieu. Il se juge, mais en vertu seulement de la commission que Dieu luy en a donnée. Il se juge, mais avec toute la dépendance d'un juge inferieur à l'égard d'un juge souverain. Differences bien essentielles, & qui servent à establir la verité que je vous presche : sçavoir, que nostre penitence doit estre exacte & rigoureuse. Car écoutez trois raisonnemens que je forme de ce principe. L'homme dans la penitenece fait l'office de Dieu, en se jugeant luy-mesme; il doit donc se juger dans la rigueur. L'homme dans la penitence devient juge, non

.N

pas d'un autre, mais de foy-mefme ; il doit donc dans fes jugemens prendre le parti de la feve-rité. Du jugement que l'homme fait de luy-mefme dans la penitence, il y a appel à un au-tre jugement fuperieur, qui eft celuy de Dieu; il doit donc y proceder avec une équité infle-xible. Développons ces trois penfées, & fui-vez-moy.

Je le dis, Chreftiens, & il eft vray : l'hom-me pecheur tient la place de Dieu, quand il fe juge luy-mefme par la penitence ; & c'eft ce que Tertullien nous declare en termes for-mels. La penitence, dit-il, eft une vertu, qui doit faire en nous la fonction de la juftice de Dieu, & de la colere de Dieu ; de la juftice de Dieu, pour nous condamner ; & de la colere de Dieu, pour nous punir. Car c'eft là le fens de ces admirables paroles, *Pœnitentia Dei in-dignatione fungitur :* une vertu qui doit pren-dre contre nous les interefts de Dieu ; qui doit réparer en nous les injures faites à Dieu ; qui aux dépens de nos perfonnes, doit venger & appaifer Dieu ; qui à mefure que nous fom-mes plus ou moins coupables, doit nous fai-re plus ou moins fentir l'indignation & la hai-ne de Dieu : je dis cette haine parfaite qu'il a du peché ; & cette fainte indignation, qu'il ne peut s'empefcher, parce qu'il eft Dieu, de con-cevoir contre le pecheur. Si la penitence eft conforme à la droite raifon, c'eft à dire, fi elle

eſt ce qu'elle doit eſtre, en voilà le vray caractere. Or je vous demande : ce caractere peut-il
luy convenir, à moins qu'elle ne penche vers la
rigueur, & qu'elle ne nous inſpire contre nous-
meſmes ce zéle de ſeverité qui luy eſt ſi propre?

A parler ſimplement, & dans les termes les
plus éloignez de l'amplification, à quoy dans
le ſujet que je traite je fais profeſſion de renoncer; dites-moy, Chreſtiens : une lafche & molle penitence a-t-elle quelque choſe qui reſſem-
ble à cette indignation de Dieu? Entre la penitence d'un homme mondain, & la juſtice de
Dieu vindicative, y a-t-il quelque proportion;
ou pluſtoſt, dans l'énorme & monſtrueuſe oppoſition qui ſe trouve entre l'extreſme ſeverité de
celle-cy, & les honteux relafchemens de celle-
là, l'une peut-elle eſtre ſubſtituée à l'autre, & s'il
m'eſt permis de m'exprimer de la ſorte, devenir l'équivalent de l'autre ! Ah! mes chers
Auditeurs, oſerions-nous le dire? Oſerions-
nous meſme le penſer? Il s'enſuit donc que
noſtre penitence alors, non ſeulement n'eſt
point dans ce degré de perfection qui en pourroit relever infiniment le merite & la gloire devant Dieu ; mais qu'à la bien examiner dans
ſes principes, & ſelon l'exacte meſure qu'elle
doit avoir, elle n'eſt pas meſme abſolument recevable. Pourquoy! parce qu'elle n'a nulle conformité à ſon ſouverain modelle, & que la regle de Tertullien ne peut luy eſtre appliquée :

N ij

Pœnitentia Dei indignatione fungitur. Quand
je ne confulterois que le bon fens, c'eft ainfi
que je concluerois.

Approfondiffons cette penfée ; & puifque
la fin de la vraye penitence doit eftre de condamner & de punir le peché, imaginons-nous,
mes Freres, reprend faint Auguftin, que Dieu
a fait un pacte avec nous, & qu'il nous a dit:
il faut, ou que vous vous jugiez vous-mefmes, ou que malgré vous-mefmes vous foyez
jugez; que vous vous jugiez vous-mefmes dans
cette vie, ou que malgré vous, vous foyez jugez à la mort. Je vous en laiffe le choix. Il eft
impoffible que vous évitiez l'un & l'autre, parce que tout peché attire un jugement aprés foy;
mais l'un ou l'autre me fuffit, & je m'en tien-
dray également fatisfait. Il dépend donc maintenant de vous, ou d'eftre jugez par moy, ou
de ne l'eftre pas. Car fi vous vous jugez vous-
mefmes par la penitence, dés là vous n'eftes plus
refponfables à ma juftice ; & tout pecheurs que
vous eftes, ma juftice n'a plus d'action contre
vous. Au contraire, fi vous ne vous jugez pas,
ou fi vous vous jugez mal, le droit que j'ay de
vous juger fubfifte neceffairement ; & comme
Dieu, je fuis obligé par le devoir de ma providence à le maintenir dans toute fon étenduë.

C'eft ainfi que Dieu nous parle : & en quel
endroit de l'Ecriture nous propofe-t-il une

telle condition ? dans tous les livres des Prophetes ; mais plus expreſſément dans cet excellent paſſage de l'Epiſtre aux Corinthiens, où
ſaint Paul inſtruiſant les premiers fidelles, leur
donnoit cet important avis : *Quòd ſi noſmet-*   *1. Cor. 11.*
ipſos dijudicaremus, non utique judicaremur.
Sçachez, mes Freres, que ſi nous voulions bien
nous juger nous-meſmes, nous ne ſerions jamais jugez de Dieu. C'eſt pour cela que les Peres de l'Egliſe ont ſi hautement exalté le merite de la penitence, en diſant qu'elle a le pouvoir de nous affranchir en quelque ſorte de la
juriſdiction de Dieu. Ah ! s'écrioit ſaint Bernard, que ce jugement que je fais de moy-
meſme, m'eſt avantageux, puiſqu'il me ſouſ-
trait au jugement de mon Dieu, qui eſt ſi
terrible ! *Quàm bonum pœnitentiæ judicium,*   *Bernard.*
quod diſtricto Dei judicio me ſubducit. Oüy,
ajouſtoit cet homme de Dieu, je veux, quoyque pecheur, quoyque chargé d'iniquité, me
preſenter devant ce formidable juge : mais je
veux m'y preſenter déja tout jugé, afin qu'il
ne trouve plus rien à juger en moy; parce que
je ſçais bien, & qu'il m'a luy-meſme aſſeu-
ré, qu'il ne jugera jamais ce qui aura une fois
eſté jugé. *Volo vultui iræ judicatus præſen-*   *Idem.*
tari, non judicandus ; quia bis non judicat in
idipſum.

   Or cela ſuppoſé, Chreſtiens, n'ay-je pas raiſon de dire, que la ſeverité du pecheur envers

luy-mefme eft une qualité effentielle à la penitence ! Car que fais-je, pourfuit faint Bernard,
& voici ce que chacun de nous doit s'appliquer, pour fe mettre dans les difpofitions que
demande la folemnité prochaine : que fais-je,
foit lorfque je me prefente devant Dieu au tribunal de la penitence, foit lorfque je pratique
cette fainte vertu dans le fecret de mon ame!
Je fais, ou je dois vouloir faire ce que Dieu fera un jour, quand il me jugera : & que fera-
t-il alors! Un jugement fevere de ma vie, qui
ne pourra eftre, ni obfcurci par l'erreur, ni affoibli par la paffion, ni corrompu par l'intereft.
Un jugement, où Dieu, pour eftre irreprocha-
ble dans fes arrefts, employera toute la pénetration de fon entendement divin, & toute l'integrité de fa volonté adorable : *Ut vincas cùm
judicaris.* En un mot, un jugement, où Dieu
malgré moy-mefme, decouvrira toute mon iniquité, & ne me fera nullé grace. Car il eft de
la foy, qu'il me jugera ainfi. Il faut donc, fi je
veux prendre l'efprit de penitence, que je faffe quelque chofe de femblable. Et puifque voici le temps, où je dois entrer en jugement avec
moy-mefme, pour me preparer à la naiffance
de mon Sauveur; il faut, autant qu'il m'eft poffible, que j'imite les procedures de la juftice de
Dieu contre moy-mefme : c'eft à dire, que je
commence dés aujourd'huy à bien connoiftre
l'eftat de mon ame, à en développer les plis &

Pfalm. 50.

les replis les plus cachez, à fonder la profondeur de mes playes : que je confidere cet examen, comme devant eftre pour moy un fupplément de celuy de Dieu, & par confequent
comme l'affaire de ma vie la plus importante,
& celle qui exige de moy une attention plus
ferieufe : que pour cela je ramaffe toutes les lumieres de mon efprit, afin de me juger, s'il fe
peut, auffi parfaitement que Dieu me jugera,
afin de difcerner mes fautes auffi exactement &
avec la mefme équité qu'il les difcernera, afin
d'exercer fur moy la mefme cenfure qu'il exercera : que pour faire cette action dignement,
je fois refolu de n'y confulter ni mon amour
propre, ni la prudence de la chair, ni la politique du monde, ni l'exemple, ni la coutume,
ni les idées du fiecle, ni mes préjugez ; mais d'y
écouter ma feule confcience, la foy feule, la religion feule : que je prenne la balance en main,
non pas celle des enfans des hommes, qui eft
une balance trompeufe, *Mendaces filii homi*   Pfalm. 61.
num in ftateris ; mais la balance du fanctuaire,
où je dois eftre pefé, auffi bien que l'infortuné
Roy de Babylone.

   Car fi j'y procede autrement, c'eft à dire, fi
jufques dans le facré tribunal je me flatte moymefme, fi j'ufe de diffimulation avec moy-mefme, fi je fuis d'intelligence avec ma paffion, fi
je me prévaux contre Dieu de ma fragilité, fi
je qualifie mes pechez de la maniere qu'il me

N iiij

plaift, adouciffant les uns, déguifant les autres, donnant à ceux-cy l'apparence d'une droite intention, couvrant ceux-là du prétexte d'une malheureufe neceffité ; fi je décide toûjours en ma faveur ; fi dans les doutes qui naiffent fur certaines injuftices que je commets, & qui attirent aprés elles des obligations onereufes, je conclus dans tous mes raifonnemens à ma décharge ; en forte que quelque injure, ou quelque dommage qu'ait receu de moy le prochain, je ne me trouve jamais obligé, felon mes principes, à nulle réparation : enfin, fi pour ne me pas engager dans une difcuffion, & une recherche qui me cauferoit un trouble fafcheux, mais un trouble falutaire, mais un trouble neceffaire, je me contente d'une reveûë precipitée, & pour ufer de cette maniere de parler, j'étourdis les difficultez de ma confcience, pluftoft que je ne les éclaircis ; fi c'eft ainfi que je me comporte : ah ! ma penitence n'eft plus qu'une penitence chimerique, & reprouvée de Dieu. Pourquoy ! parce qu'elle n'eft pas, comme elle le doit eftre, conforme au jugement de Dieu. Dieu & moy, nous avons deux poids, deux mefures differentes ; & c'eft ce que l'Ecriture appelle iniquité & abomination.

En effet, Chreftiens, Dieu nous jugera bien autrement : cette lafche & molle procédure que nous obfervons à noftre égard dans la penitence, n'eft point celle que Dieu fuivra dans

fon jugement. Si cela eftoit, en vain voudroit-
on nous le faire craindre : en vain auroit-il fait
aux Saints, & feroit-il encore aux ames vertueufes tant de frayeur. Car s'il pouvoit s'accorder avec tous nos ménagemens, avec tous
nos déguifemens, avec tous nos adouciffemens,
qu'auroit-il alors de fi terrible; & comment feroit-il vray, que les jugemens de Dieu font fi
éloignez de ceux des hommes ? Mais la foy
m'empefche bien de me flatter d'une fi vaine efperance. Car elle me reprefente fans ceffe ces
deux veritez effentielles, que le jugement de
Dieu eft infiniment rigoureux, que le jugement de Dieu doit eftre le modelle & la regle
de ma penitence : d'où elle me fait conclure
malgré moy, que ma penitence eft donc fauffe
& imaginaire, fi elle n'eft accompagnée de cet
efprit de zéle & de rigueur, avec lequel je dois
me juger moy-mefme, & me condamner.

Et voilà, mes chers Auditeurs, ce qui faifoit faire à David cette priere fi fenfée, lorfqu'il
demandoit à Dieu, comme une grace particuliere, de ne permettre pas que jamais fon cœur
confentift à ces paroles de malice, c'eft à dire, à
ces prétextes que le demon nous fuggére pour
noftre propre juftification, & pour nous fervir
d'excufes dans nos pechez : *Ne declines cor* Pfalm. 140.
meum in verba malitiæ, ad excufandas excu-
fationes in peccatis. Et parce que l'experience
luy avoit appris, que la plufpart des hommes

donnent dans ce piége, & que le monde est plein de ces faux essûs, car c'est ainsi qu'il les appelloit, qui en traitant mesme avec Dieu, ont toûjours raison, ou prétendent toûjours l'avoir : ce saint Roy protestoit à Dieu, qu'il ne vouloit point de communication ni de societé avec eux : *cum hominibus operantibus iniquitatem, & non communicabo cum electis eorum.*

Ibidem.

Mais qui sont ces essûs du siecle, demandé saint Augustin, expliquant ce passage du pseaume : *Qui sunt isti electi sæculi!* Ce sont, repond ce Pere, certains esprits prévenus, aussi bien que le Pharisien, d'un orgueil secret ; qui ne se connoissant pas, jugent toûjours favorablement d'eux-mesmes, & se tiennent seûrs de leur probité ; qui ne se défient, ni de leurs erreurs, ni de leurs foiblesses ; qui de leurs vices se font des vertus ; qui séduits par leurs passions, prennent la vengeance pour un acte de justice, la médisance pour zéle de la verité, l'ambition pour attachement à leur devoir ; qui s'avoüent bien en general les plus grands pecheurs du monde, mais ne conviennent jamais en particulier d'avoir manqué : en un mot, qui se justifient sans cesse devant Dieu, & se croyent irreprehensibles devant les hommes. Car c'est l'idée que nous en donne saint Augustin : par où il nous fait entendre, que de tout temps il y a eû des esprits de ce caractere. Essûs du siecle, qui cherchant à autoriser leurs desordres, dés

Auguft. in Psalm. 140.

là n'ont nulle difpofition à s'en repentir, beaucoup moins à y renoncer ; en quoy néanmoins
confifte la penitence. L'un, ajouftoit le mefme Doéteur, impute aux aftres le déreglement
de fa vie ; comme fi la conftellation de Mars eftoit la caufe de fes violences, ou celle de Venus
de fes debauches : *Venus in me adulterium fe-*   *Ibidem.*
cit, fed non ego. L'autre, imbû de l'erreur des
Manichéens, foutient que ce n'eft pas luy qui
péche ; mais la nation des ténebres qui péche en
luy : *Non ego peccavi, fed gens tenebrarum.* Tel   *Ibidem.*
eftoit alors le langage des heretiques, qui, comme remarque faint Auguftin, n'alloit qu'à fomenter la préfomption & l'impenitence de
l'homme, & à rendre Dieu mefme autheur
du peché ; & tel eft encore aujourd'huy, quoyque fous d'autres expreffions & fous des termes plus fimples, le langage des mondains ;
j'entends de ces mondains fi indulgens pour
eux-mefmes, & fi lafches dans la pratique &
l'ufage de la penitence.

Car dites-moy, Chreftiens : quand un pecheur, aux pieds du miniftre de Jefus-Chrift,
confeffe qu'à la verité il eft fujet à tel defordre,
mais que ce defordre eft un foible, qui merite
plus de compaffion que de blafme ; que c'eft l'effet d'un tempérament, d'une complexion qui
prédomine en luy, & dont il n'eft pas le maiftre : quand il parle de la forte, ne tombe-t-il
pas dans le fentiment de ceux qui s'en pre-

noient à la fatalité de leur étoile, & qui diſoient : *Venus in me adulterium fecit, ſed non ego.* Et quand un autre, pour ſe diſculper de ſes crimes, reconnoiſt d'abord qu'il les a commis ; mais du reſte ajouſte, que dans le monde il y a une certaine corruption dont on ne peut ſe préſerver ; que c'eſt le malheur du monde, & qu'il faudroit n'eſtre pas du monde, pour en eſtre exempt : qu'eſt-ce que le monde dans ſa penſée, ſinon la nation des ténebres, dont parloit le Manichéen ! *Non ego peccavi, ſed gens tenebrarum.* Voilà les prétenduës défenſes des eſlûs du ſiecle : *Defenſiones iſtæ ſunt electorum ſæculi.* Défenſes encore une fois auſſi injurieuſes à la ſainteté de Dieu, qu'elles ſont propres à entretenir le libertinage de l'homme.

Ah ! mes Freres, concluoit ſaint Auguſtin, jugeons-nous pluſtoſt dans la rigueur de la penitence, & par là nous glorifierons Dieu en nous condamnant nous-meſmes. Diſons à Dieu comme David, dans l'eſprit d'une humilité ſincere : guériſſez mon ame, Seigneur, parce que j'ay peché contre vous. *Sana animam meam, quia tibi peccavi.* Oüy, j'ay peché ; & ce n'eſt ni mon naturel, ni mon témpérament que j'en accuſe ; il ne tenoit qu'à moy de le regler, & je ſçavois aſſez, quand je voulois, le tenir dans l'ordre : cette paſſion qui m'a dominé au préjudice de voſtre loy, n'a jamais

eû fur moy d'empire au préjudice de mes interefts. Elle eftoit fouple & foumife à ma raifon, quand j'en craignois les confequences devant les hommes ; & elle n'avoit ni emportemens, ni faillies que je ne reprimaffe, quand je
croyois qu'il y alloit de ma reputation ou de
ma fortune. J'ay peché contre vous, *peccavi
tibi ;* & j'aurois tort de m'en prendre au monde : car le monde, tout pernicieux qu'il eft, n'a
eû d'afcendant fur moy, qu'autant qu'il m'a
plû de luy en donner. Et en effet, cent fois
pour me fatisfaire moy-mefme, je l'ay meprifé ; cent fois, par vanité & par caprice, je me
fuis affranchi de fon empire, & je me fuis mis
au deffus de fes coutumes & de fes loix. Si je
vous avois aimé, ô mon Dieu, autant que j'aimois une gloire mondaine, autant que j'aimois
des biens périffables, autant que j'aimois la vie ;
le monde, avec toute fa malignité, ne m'auroit
jamais perverti. Je ne ferois donc pas de bonne foy, fi je prétendois par là juftifier mon infidelité. Voyez-vous, pecheur, dit faint Auguftin, comment vous honorez voftre Dieu à
mefure que vous vous faites juftice, & une juftice fevere, en vous refferrant dans les bornes
étroites de la penitence ! *Vides quomodò fic pa-* *Auguft. ibid.*
*teat laus Dei, in quâ anguftiabaris, cùm te
velles defendere.*

Mais eft-il rien de plus naturel que de fe
faire grace à foy-mefme ; & puifque dans la pe-

nitence, où je tiens la place de Dieu, je deviens moy-mesme mon juge, qu'y a-t-il de plus pardonnable que de ne pas agir contre moy avec toute la rigueur de la justice ? Ah ! Chrestiens, je l'avouë, il n'est rien de plus naturel que de s'épargner soy-mesme. Mais c'est justement de là que je tire une seconde raison pour nous convaincre que la penitence doit estre severe de nostre part : je dis, parce que nous avons tant de penchant, & que nous sommes si fortement portez à nous aimer nous-mesmes, & à nous menager. Car il faut que la penitence surmonte en nous ce fond d'amour propre ; & elle ne le peut faire, que par une sainte rigueur. En effet, s'il estoit question de juger les autres, & de prononcer sur les actions du prochain, je n'aurois garde de vous exhorter à la severité ; je sçais qu'alors nous ne sommes que trop exacts, & trop enclins à censurer & à condamner : mais quand il s'agit de nous-mesmes, dont nous sommes idolâtres, & pour qui nous avons, non pas seulement des tendresses, mais des delicatesses infinies ; quel parti plus raisonnable & plus seûr puis-je vous proposer, que celuy d'une rigueur sage, mais inflexible ?

N'avez-vous pas éprouvé cent fois, que les injures les plus legeres nous paroissent des outrages, dés qu'elles s'addressent à nous ; & qu'au contraire les outrages les plus réels, quelquefois mesme les plus sanglans, s'anéantissent, pour

ainſi dire, dans noſtre eſtime, & ſe réduiſent
à rien, quand ils ne touchent que les autres!
Qui fait cela, ſinon cet amour de nous-meſmes, qui nous aveugle dans nos jugemens : &
le moyen de le combattre, que par une penitence rigoureuſe! Helas, mes Freres, nous ſçavons ſi bien colorer nos défauts; nous ſommes
ſi adroits à les couvrir, & à les excuſer; ce que
Dieu, ce que les hommes condamnent en nous,
c'eſt ſouvent ce qui nous y plaiſt davantage, &
de quoy nous nous applaudiſſons. Que ſera-
ce donc de noſtre penitence, ſi nous ne corrigeons pas cet inſtinct de la nature corrompuë,
par une regle plus droite, quoyque moins commode! A quelles illuſions ferons-nous ſujets!
combien de pechez laiſſerons-nous impunis!
combien d'autres ne condamnerons-nous qu'à
demi! Défions-nous de nous-meſmes; ne nous
écoutons jamais nous-meſmes. Avec une telle précaution nous ne ferons encore que trop
expoſez aux piéges & aux artifices de cet amour
propre, qui ſe gliſſe par tout, & dont nous a-
vons tant de peine à nous défendre.

Mais la grande & derniere raiſon, mes chers
Auditeurs; celle qui nous engage plus indiſ-
penſablement à la ſeverité de la penitence, &
qui demanderoit ſeule un diſcours entier, c'eſt
que le jugement que nous portons contre nous-
meſmes, n'eſt point un jugement ſouverain ni
definitif, mais un jugement ſubordonné, un

jugement dont il y a appel ; appel, dis-je, au tribunal de Dieu : un jugement, dont les nullitez & les abus doivent servir de matiere à un autre jugement superieur, que nous ne pouvons éviter. Car c'est là, Chrestiens, c'est à ce redoutable tribunal, où nous comparoistrons tous, que nous devons estre jugez en dernier ressort : c'est là que nostre Dieu, qui par sa pré-eminence & par sa grandeur, est le juge de tous les jugemens, reformera un jour les nostres : *Cùm accepero tempus, ego justitias judicabo.* A quoy sur tout s'attachera-t-il dans ce dernier jugement, & quelle sera sa principale occupation ? Sera-ce de juger nos crimes ! Non, repond saint Chrysostome : mais sa premiere fonction, celle qui marquera davantage la superiorité de son estre & sa supresme puissance, sera de juger les jugemens que nous aurons rendus contre nos crimes ; de rechercher les accusations que nous en aurons faites ; de condamner, pour ainsi dire, nos condamnations, de nous punir de nos punitions ; en un mot, de nous faire repentir de nos repentirs mesmes : car voilà proprement le sens de cette parole, *ego justitias judicabo.* Nous nous croyons à couvert & en seûreté sous le voile de ces prétenduës penitences ; mais ce voile n'aura caché que nostre confusion & nostre honte. Nous regardons ces confessions de nos pechez, suivies de quelques satisfactions legeres qu'on nous a

impo-

Psalm. 74.

impoſées, comme autant de juſtices envers
Dieu ; mais Dieu nous fera voir que ſouvent
c'ont eſté d'énormes injuſtices ; & c'eſt de ces
fauſſes juſtices, ou pluſtoſt de ces injuſtices veritables, qu'il nous demandera compte.

Ah ! Chreſtiens, que nous ſervira de nous eſtre tant flattez & tant épargnez ! que nous ſervira d'avoir trouvé, & peut-eſtre cherché dans
les miniſtres de Jeſus-Chriſt des hommes indulgens & faciles ! De diſpenſateurs qu'ils eſtoient
des myſteres de Dieu, que nous ſervira d'en
avoir fait les complices de noſtre laſcheté ! Les
condeſcendances qu'ils auront eû pour nous,
ces graces precipitées que nous en aurons ob-
tenuës, de quel uſage nous ſeront-elles ! Dieu
les ratifiera-t-il ! ce qu'ils auront deslié ſur la
terre, en relaſchant ainſi les droits de Dieu, ſe-
ra-t-il deslié dans le ciel ! le pouvoir des clefs,
qui leur a eſté donné, va-t-il juſques-là ! Non,
non, dit l'Ange de l'Ecole ſaint Thomas, le tribunal de la penitence où ils préſident, eſt bien
dans un ſens le tribunal de la miſericorde ; mais
le tribunal de la miſericorde de Dieu, & non
de leur miſericorde, ni de la noſtre ; moins encore de la noſtre. Car ſi par un défaut de zéle,
leur miſericorde vient à s'y meſler ; ou ſi par un
aveuglement d'eſprit, nous y faiſions entrer la
noſtre : je le repete, Chreſtiens, & malheur à
moy, ſi je ne vous en avertiſſois pas, comme
dit l'Apoſtre, à temps & à contre-temps ; de ce

.O

tribunal de la misericorde de Dieu, nous devons passer au tribunal de la justice, mais d'une
justice sans misericorde. Voilà le fondement
que vous devez poser : fondement sur lequel
les premiers fidelles appuyoient cette severité
de discipline, qui s'observoit parmi eux. *Apud
nos*, disoient-ils, au rapport de Tertullien,
*districtè judicatur, tamquam apud certos de_
divino judicio :* nous nous jugeons exactement
& severement, parce que nous sçavons qu'il y
a une justice rigoureuse qui nous attend, & que
nous avons toûjours en veüë. Aussi, ajouste saint
Chrysostome, le juge inferieur & subalterne
doit toûjours juger selon la rigueur de la loy:
il n'appartient qu'au souverain de pardonner;
& le seul moyen d'obtenir grace, est de ne se
l'accorder pas.

Severité raisonnable : car il ne faudroit icy,
Chrestiens, que nostre seule raison pour nous
convaincre. Si ces heureux siecles de la premiere ferveur du Christianisme duroient encore, où un seul peché, de la nature mesme de
ceux que nostre relaschement a rendus si communs, estoit expié par les exercices les plus laborieux, & tout ensemble les plus humilians
d'une penitence de plusieurs années; peut-estre
nous pourroit-il venir dans l'esprit, qu'une telle severité passeroit les bornes, & ce seroit à
moy, comme défenseur des interests de Dieu,
à la justifier : ce seroit à moy à vous faire en-

rendre, que bien loin qu'il y eust de l'excés dans cette feverité évangelique, les premiers Chreftiens eftoient au contraire fortement perfuadez, que les droits de Dieu, qu'il s'agit de réparer dans la penitence, vont encore bien au delà; que jamais l'Eglife n'a fuivi des regles plus fages; & que fi dans les derniers temps noftre extrefme delicateffe l'a forcée en quelque forte à les mitiger, c'eft ce qui releve ces regles mefmes; je veux dire, d'avoir efté dans leur inftitution auffi raifonnables, que nous avons depuis ceffé de l'eftre.

Mais nous n'en fommes plus là, mes chers Auditeurs; & je n'ay plus befoin ni de la docilité de voftre foy, ni de voftre foumiffion à la conduite de l'Eglife, pour vous faire approuver ce qu'il y a de plus fevere dans la penitence. Encore une fois, elle n'a plus rien de fevere, que ce que voftre raifon mefme vous prefcrit; ou pour parler plus jufte, ce qu'elle a deformais de plus fevere, c'eft ce que voftre raifon mefme vous prefcrit.

Oüy, mes Freres, en quoy confifte, & a toûjours confifté fon effentielle feverité, c'eft de nous réduire aux bornes étroites de la raifon que Dieu nous a donnée; & quand nous en fommes fortis, de nous y faire rentrer, en nous obligeant à eftre raifonnables contre nous-mefmes, & aux dépens de nous-mefmes. Car c'eft là ce qui nous coufte, & ce que nous trouvons

O ij

de plus difficile dans la penitence : de nous interdire tout ce que noſtre propre raiſon nous fait connoiſtre, ou peché, ou cauſe du peché ; d'arracher de nos cœurs des affections que nous jugeons nous-meſmes criminelles & ſources du peché ; de renoncer à mille choſes agreables, mais que nous ſçavons eſtre pour nous des engagemens au peché ; de nous aſſujettir de bonne foy à tout ce que nous reconnoiſſons eſtre des préſervatifs neceſſaires contre le peché ; de réparer par des œuvres toutes contraires les malheureux effets du peché. C'eſt ce que je pourray traiter avec plus d'étenduë une autre fois ; & c'eſt en quoy, dis-je, la penitence nous paroiſt ſevere. Hors de là, on ſe ſoumettroit à tout le reſte ; & pourveû qu'on en fuſt quitte pour ce qui eſtoit ordonné par les anciens Canons, on conſentiroit ſans peine qu'ils fuſſent renouvellez ; on jeuſneroit, on ſe couvriroit du cilice & de la cendre, on ſe proſterneroit aux pieds des preſtres : mais d'étouffer une vengeance dans ſon cœur, mais de pardonner une injure, mais de rendre un bien mal acquis, mais de reſtablir l'honneur flétri par une mediſance, mais de ſacrifier à ſon devoir une paſſion tendre, mais de rompre un commerce dangereux & de ſe détacher de ce qu'on aime ; voilà ce qui révolte la nature, & ce qui déſole le pecheur ; voilà ce qu'on a tant de peine à obtenir de luy, & ce qu'on en obtient ſi rarement ; voilà ſur quoy vous vous défendez tous les jours contre les miniſtres de Jeſus-Chriſt, ſur quoy voſtre reſiſtance énerve ſi ſouvent leur zéle, ou le rend inutile.

Cependant voilà ce que j'appelle, ſouffrez cette expreſſion, & ce qui eſt en effet le raiſonnable de la penitence : ſi raiſonnable, que vous eſtes les premiers à convenir, qu'on ne peut pas ſe diſpenſer de l'exiger de vous ; ſi raiſonnable, que vous ſeriez vous-meſmes ſcandaliſez, ſi l'on ne l'exigeoit pas. Le reſte eſtoit d'inſtitution humaine ; mais ce raiſonnable eſt de droit naturel & divin : le reſte a pû changer ; mais ce raiſonnable ſubſiſtera toûjours, & eſt en quelque maniere auſſi immuable que Dieu : le reſte dépendoit de l'Egliſe ; mais ni l'Egliſe ni ſes miniſtres ne peuvent rien ſur ce raiſonnable : & il n'y a point d'autorité ſur la terre, il n'y en a point dans le ciel, qui puiſſe nous décharger de l'obligation où nous ſommes de l'accomplir.

Heureux, ſi nous gouſtons aujourd'huy cette verité : heureux, ſi ſuivant les lumieres de cette droite raiſon, à laquelle, malgré nous, nous ſommes ſoumis, nous embraſſons la penitence dans toute la ſeverité de ſes devoirs ; ſi pour venger Dieu de nous-meſmes, & pour le bien venger, nous faiſons paſſer dans nous-meſmes toute la colere de Dieu. En ſorte que nous puiſſions luy dire comme David : *In me* *Pſalm. 87.*

O iij

transferunt iræ tuæ. Seigneur, il s'est fait un transport admirable, & comme une transfusion bien surprenante : du moment que j'ay conceû la grieveté de mon peché, & que je l'ay detesté par la penitence, toute vostre colere a passé de vostre cœur dans le mien ; *In me transferunt iræ tuæ.* Je dis vostre colere, Seigneur : car il me falloit la vostre ; & il n'y avoit que la colere d'un Dieu aussi grand que vous, qui pust détruire un mal aussi grand que le peché. La mienne auroit esté trop foible : mais la vostre a toute la force & toute la vertu necessaire. C'est pour cela que vous l'avez toute repanduë dans mon ame, parce que mon peché la meritoit toute entiere. Une partie n'auroit pas suffi ; mais il me la falloit dans toute sa plenitude, pour pouvoir haïr & punir l'excés de mes desordres : *In me transferunt iræ tuæ.* Au reste, mon Dieu, c'est en cela mesme que je reconnois vostre misericorde ; je dis, en ce que vous avez fait sortir vostre colere de vostre cœur, pour la faire entrer dans le mien : car si elle estoit demeurée dans vous, à quoy ne vous auroit-elle pas porté contre moy ? au lieu que passant dans moy, elle s'y est, pour ainsi dire, humanisée. Encore, Seigneur, n'avez-vous pas voulu qu'elle passast immediatement de vous dans moy. Sortant de vostre sein, elle auroit esté trop ardente & trop allumée, & je n'aurois pû la supporter : mais pour la tempérer, vous l'avez fait passer premierement dans le cœur de vostre Fils, où elle a presque amorti tout son feu, par les saintes & innocentes cruautez qu'elle a exercées sur luy. Et parce que le cœur de vostre Fils est la source de toutes les graces; c'est là, c'est dans ce centre de la sainteté & de la misericorde, qu'elle a pris une vertu salutaire pour me sanctifier. C'est ainsi, mon Dieu, qu'elle est venuë en moy : c'est ainsi que je l'ay receuë, & que je la veux conserver. *In me transierunt iræ tuæ.* Elle rendra ma penitence severe ; & par un heureux retour, plus ma penitence sera severe, plus elle me deviendra douce. C'est le sujet de la seconde partie.

TErtullien parlant de la penitence, a dit une II. Partie. chose bien glorieuse d'une part à Dieu, mais de l'autre bien capable de rabbatre la présomption & l'orgueil de l'homme. De quoy s'agit-il, mon frere ! c'est ainsi qu'il s'addresse à un pecheur : vous estes en peine de sçavoir si vostre penitence vous sera utile, ou non, devant Dieu. Qu'importe ! Dieu vous commande de la faire : n'est-ce pas assez pour vous obliger à luy obéir ! Quand il n'y auroit que le seul respect dû à son autorité, elle merite bien que vous y ayez égard préferablement à vostre utilité. *Bonum tibi est* Tertull. de *pœnitere, an non, quid revolvis ! Deus impe-* pœnit. *rat ; prior est authoritas imperantis, quàm uti-litas servientis.* Or ce que ce Pere disoit en ge-

O iiij

neral de la penitence, je pourrois le dire en particulier de la severité de la penitence. Quand
cette severité n'auroit rien que de rebuttant
pour nous, & qu'elle feroit telle que noftre a-
mour propre & l'efprit du monde nous la figurent; Dieu l'ordonnant, il n'y auroit point
d'autre parti à prendre que celuy d'une genereufe foumiffion, & il feroit jufte que noftre
delicateffe cedaft à la neceffité & à la force du
precepte : *prior eft authoritas imperantis, quàm
utilitas fervientis.*

Mais Dieu, Chreftiens, n'en veut pas ufer fi
abfolument & fi fouverainement avec nous : &
par une condefcendance digne de fa grandeur,
il fçait fi bien tempérer les chofes, que non feulement le poids ne nous accable pas, mais qu'il
nous devient mefme leger ; & s'il veut que nous
nous condamnions à toutes les rigueurs de la
penitence, il prend foin en mefme temps que
nous y trouvions toute l'onction qui nous la
peut adoucir.

Le mefme Tertullien ne fe trompoit donc
pas ; & quoyqu'il ait eû du refte fur le fujet de
la penitence des fentimens outrez, il a parlé jufte, quand il a dit ailleurs, que la penitence eftoit la felicité & la beatitude de l'homme pecheur : *Pœnitentia hominis rei felicitas.* A qui
ne connoiftroit pas les effets de cette vertu, ou
pluftoft, à qui n'en connoiftroit qu'une partie,
cette propofition fembleroit un paradoxe. Car

qu'y a-t-il en apparence de moins propre à faire le bonheur de l'homme, que ce qui mortifie son esprit, que ce qui crucifie sa chair, que
ce qui combat ses passions, que ce qui l'oblige à
se renoncer luy-mesme? Or ce sont les devoirs
essentiels de la penitence. Il est néanmoins vray,
Chrestiens, qu'aprés l'innocence perduë, rien
ne peut rendre l'homme heureux, je dis mesme heureux dés cette vie, que la penitence; &
vous en conviendrez sans peine, quand vous
m'aurez entendu. Car j'appelle avec Tertullien la felicité du pecheur dés cette vie, ce qui
produit en luy la paix & le calme de la conscience; ce qui le remplit de la joye du Saint
Esprit; ce qui le met dans toute l'asseûrance où
il peut estre contre les jugemens de Dieu. Or
voilà les effets naturels de la penitence que je
vous presche : premiere verité, verité incontestable & qui est de la foy. J'ajouste, qu'il n'y a
que la penitence exacte & severe, qui ait la vertu d'operer ces divins effets; c'est à dire, qui produise dans le pecheur cette tranquillité, qui luy
fasse gouster cette joye, qui luy donne cette asseûrance, ou du moins cette confiance chrestienne : seconde verité, qui s'ensuit infailliblement
de l'autre. N'ay-je donc pas droit de conclure, que la penitence, dans sa severité mesme,
nous devient douce & aimable! Ecoutez-moy:
cecy vous édifiera plus que tout ce qu'il y a d'effrayant & de terrible dans la religion.

Oüy, c'eſt la veritable penitence, & par conſequent celle où le pecheur ſe flatte moins, où il s'épargne moins, qui produit la paix : & de là vient, que le Fils de Dieu ne ſépara point ces deux graces, qu'il accorda tout à la fois à la plus genereuſe & la plus fameuſe penitente, Marie Magdelaine, lorſqu'il luy dit au moment de ſa converſion : *Remittuntur tibi peccata tua ; vade in pace :* vos pechez vous ſont remis ; allez en paix. Cette paix de Dieu, comme l'appelle ſaint Paul, parce qu'elle eſt en effet ſouverainement & par excellence le don de Dieu; *Pax Dei :* cette paix que le monde ne peut donner, parce qu'elle n'eſt pas de ſon reſſort; *Quam mundus dare non poteſt pacem :* cette paix qui ſurpaſſe tout autre ſentiment, tout autre bien, tout autre plaiſir, & ſans laquelle meſme il ne peut y avoir ni plaiſir, ni bien dans la vie; *Pax Dei quæ exuperat omnem ſenſum :* cette paix qui met le repos dans un cœur, qui en fait ceſſer les troubles, qui en appaiſe les remords : cette paix, dis-je, fut le premier fruit des ſaintes diſpoſitions, avec leſquelles Magdelaine vint ſe preſenter à Jeſus-Chriſt. Juſques-là, rebelle à Dieu, & livrée à elle-meſme, elle avoit eû de continuels combats à ſoutenir. Juſques-là, emportée par ſa paſſion, mais au meſme temps geſnée & bourrelée par ſa raiſon, elle avoit ſenti l'aiguillon du peché; c'eſt à dire, elle en avoit ſenti la confuſion, l'amertume, le repentir, bien

Luc. 7.

Philipp. 4.

Orat. Eccl.

Philipp. 4.

plus qu'elle n'en avoit gousté la douceur. Jusques-là, elle avoit vescu dans des inquietudes
mortelles : mais elle commença à jouir enfin de
la paix, dés que par sa penitence elle eût trouvé grace devant son Dieu. Car ce fut alors qu'elle entendit cette divine parole, & qu'elle en é-
prouva l'effet : *Vade in pace ;* allez en paix.
Comme si le Sauveur du monde, usant de l'empire absolu qu'il avoit sur le cœur de cette pé-
cheresse, luy eust commandé aussi bien qu'aux
vents & à la mer, de se calmer. *Imperavit ven-* Matth. 8.
tis & mari, & facta est tranquillitas magna.

Quoyqu'il en soit, je prétends, mes chers
Auditeurs, qu'autant que nous pratiquons la
penitence avec cet esprit de ferveur, & cette
exacte severité envers nous-mesmes, autant
nous y trouvons de consolation : que ce qu'é-
prouva Magdelaine convertie, Dieu par sa misericorde nous le fait sentir, puisqu'il nous dit
comme à elle interieurement, & mesme sensiblement, par la bouche de ses ministres : Tout
vous est pardonné : *Remittuntur tibi peccata* Luc. 7.
tua ; ne soyez plus en peine ; *vade in pace.*

Mais comment est-il possible qu'une penitence severe, qui selon la maxime de Tertullien, fait en nous la fonction de la justice & de
la colere de Dieu, nous donne néanmoins la
paix! Ah ! Chrestiens, voilà le miracle que je
vous prie de remarquer : car c'est par sa severité mesme qu'elle appaise Dieu, qu'elle désar-

me Dieu, qu'elle nous rend amis de Dieu; que d'un Dieu couroucé & irrité, lequel n'avoit pour nous que des rigueurs, & qui ne nous préparoit que des chastimens, elle le force, tout Dieu qu'il est, par une sainte violence, & par une espece de conversion qui se fait en luy, à devenir un Dieu de bonté; un Dieu qui met sa gloire à nous pardonner sans réserve tout ce que nous ne nous pardonnons pas; qui ne se souvient de nos offenses, que pour en faire le sujet & la matiere de ses graces; qui n'est nostre juge, que pour nous monstrer encore plus authentiquement, qu'il est nostre pere, puisqu'alors il nous juge en pere, au lieu qu'à la fin des siecles il nous jugera en maistre: enfin, un Dieu, qui déposant toutes pensées, tous sentimens de vengeance, n'a plus desormais, comme il s'en declare luy-mesme, que des sentimens de compassion & de charité, que des pensées de reconciliation & de paix. *Dicit Dominus: ego cogito cogitationes pacis, & non afflictionis.*

Jerem. 29.

Voilà, dis-je, le miracle de la penitence. Elle fait donc, parce qu'elle est severe, (appliquez-vous à cette pensée, qui n'est que la suite de celle de Tertullien) elle fait donc, parce qu'elle est severe, la fonction de la colere de Dieu; mais elle la fait bien plus efficacement que la colere de Dieu mesme: ou plustost, elle fait en nous ce que la colere mesme de Dieu toute seu-

Ie n'y peut faire. Pourquoy ! c'eſt qu'au lieu
que la colere de Dieu punit en nous le peché,
ſans l'effacer ; la penitence l'efface en le puniſ-
ſant : c'eſt que la colere de Dieu toute ſeule,
quelque ſatisfaction qu'elle exige & qu'elle tire du pecheur, ne peut jamais faire que Dieu
ſoit ſatisfait ; ce qui ſe voit dans l'enfer, où l'é-
ternité toute entiere des peines que ſouffrent
les réprouvez, ne ſatisfait jamais Dieu, parce
que dans l'enfer, dit ſaint Bernard, il n'y a que
la colere de Dieu qui agit. Au lieu que la penitence, par un heureux meſlange de la colere & de la miſericorde divine ; de la colere divine, dont elle fait l'office, & de la miſericorde divine qu'elle attire, eſt la juſte & entiere
ſatisfaction que Dieu attend du pecheur. Par
conſequent, c'eſt la penitence ſevere qui nous
remet bien avec Dieu ; & par une ſuite non
moins infaillible, qui nous remet bien avec
nous-meſmes. Car comment ſerons-nous en
paix avec nous-meſmes, tandis que nous ſommes en guerre avec Dieu ? Or qu'y a-t-il, que
peut-il y avoir pour nous dans la vie de plus
avantageux & de plus doux que cette double
paix ! Quoyqu'il nous en couſte pour l'avoir,
la pouvons-nous trop acheter ! & quelque auſtere que nous paroiſſe, & que ſoit meſme la penitence, pouvons-nous ne la pas aimer, quand
il s'agit de rentrer en grace avec le maiſtre, de
qui depend tout noſtre bonheur ; & de reſta-

blir dans nous-mesmes une paix, qui sur la terre est le souverain bien, & qui ne peut compa-
tir avec le peché? Avançons.

De cette paix interieure naist un sainte joye:
autre fruit de la severité de la penitence, autre
don de l'esprit de Dieu, qui pour cela mesme
est appellé dans l'Ecriture, la joye du Saint Esprit; *Gaudium in Spiritu Sancto.* Qui peut l'exprimer, Chrestiens, qui peut la connoistre sans
l'avoir sentie! qui peut comprendre la consolation dont est remplie une ame criminelle,
mais penitente, quand par un genereux effort
elle est enfin parvenuë à remporter sur elle-
mesme la victoire, d'où dependoit sa conversion! quand elle a fait à Dieu le sacrifice de
la passion, dont elle estoit auparavant esclave:
quand elle a une fois rompu ses liens; qu'elle
commence à respirer la liberté des enfans de
Dieu, & qu'elle peut luy dire comme David:
Dirupisti vincula mea ; tibi sacrificabo hostiam
laudis. C'est vous qui avez brisé mes chaisnes,
& qui m'avez tiré de la servitude où mon peché m'avoit réduite : je vous beniray, Seigneur,
je vous loueray, je vous rendray d'éternelles actions de graces. Elle s'est fait violence pour en
venir là; & la resolution qu'elle a prise de rompre ce commerce qui la perdoit, de s'arracher
l'œil qui la scandalisoit, de sortir de l'occasion
où elle se damnoit : cette resolution chrestienne,
mais si difficile à prendre, mais encore plus diffi-

Rom. 14.

Psalm. 115.

cile à exécuter, a esté pour elle une espece d'ago-
nie, & c'est sans doute ce qu'il y a de plus severe
dans la penitence : mais aussi le coup une fois
porté, l'ouvrage une fois achevé, de quelle a-
bondance de joye Dieu ne la comble-t-il pas !
C'est un mystere impénetrable pour l'homme
charnel & animal. Comme il n'a là-dessus nulle experience, il ne m'entend pas : mais c'est justement, dit saint Chrysostome, parce qu'il n'en
a nulle experience, qu'il ne doit ni s'en croire,
ni en estre crû ; c'est parce qu'il ne l'a jamais é-
prouvé, qu'il doit s'en rapporter à ceux qui l'é-
prouvent.

Or quelle épreuve n'en font pas ceux qui se
convertissent de bonne foy ; & avec quel épan-
chement de cœur ne s'en expliquent-ils pas !
Combien tout-à-coup, disoit saint Augustin,
surpris du changement miraculeux que la grace avoit fait en luy, & racontant, non plus ses
miseres, mais les misericordes du Seigneur :
combien tout-à-coup trouvay-je de plaisir à renoncer aux plaisirs criminels du monde ; & combien me fut-il doux de quitter ce
que j'avois tant craint de perdre ! Car vous, ô
mon Dieu, qui estes le seul vray & souverain
bien, capable de remplir une ame, vous me
teniez lieu de tous les plaisirs ; & la joye de me
voir enfin soumis à vous, la joye de m'estre surmonté moy-mesme, estoit pour moy quelque
chose de plus delicieux, que toutes mes delices

Joan. 16.

paſſées. Ainſi la penitence de ſaint Auguſtin vé-rifioit-elle la promeſſe du Fils de Dieu : *Mundus gaudebit, vos autem contriſtabimini ; ſed triſtitia veſtra vertetur in gaudium :* Le monde ſera dans la joye, & vous ſerez dans la triſteſſe; mais voſtre triſteſſe, c'eſt à dire, voſtre peniten-ce, qui eſt proprement & uniquement cette triſ-teſſe ſalutaire dont ſaint Paul félicitoit les Co-rinthiens, voſtre triſteſſe ſe tournera en joye; & cette joye ſera le centuple de toutes les joyes du monde, dont vous vous ſerez privez.

Repondez-moy, dit le mondain, de cette douceur de la penitence, & dés aujourd'huy je me convertiray. Aſſeûrez-moy que cette joye ne me manquera pas, & je me condamneray à tout ce que la penitence a de plus rigoureux. Vous vous trompez, reprend ſaint Bernard, & vous raiſonnez mal. Infidelle & mondain au poinct que vous l'eſtes, j'aurois beau vous en repon-dre : ce que j'en dirois, ne feroit ſur vous nul effet; & l'attachement actuel que vous avez à ce qui vous pervertit, vous rendroit inutile l'aſ-ſeûrance que je vous donnerois d'un bien, dont vous n'auriez qu'une connoiſſance de ſpe-culation, mais dont vos ſens ne ſeroient pas touchez. Douceurs pour douceurs, vous vous en tiendriez à celles que vous gouſtez, parce qu'elles ſont preſentes, & que les autres ne ſe-roient encore pour vous qu'en idée & en eſpe-rance. Il faut commencer par vous vaincre :

car

car cette joye dont je vous parle, est la manne cachée, qui n'est reservée qu'au vainqueur : *Vincenti dabo manna absconditum.* Il faut exercer sur vous-mesme, & contre vous-mesme les rigueurs de la penitence ; & alors la pratique vous convaincra, & dans un moment vous en decouvrira plus que tous les discours. Qu'est-il mesme necessaire d'ailleurs que je parle, & que je renouvelle des promesses que Dieu tant de fois luy-mesme vous a faites ! Fiez-vous-en à vostre Dieu ; il n'a jamais trompé personne ; si vous estes genereux, il sera fidelle.

Apocal. 2.

Mais n'en voyons-nous pas, qui jusques dans leur penitence, ne trouvent que des sécheresses, & ne parviennent jamais à ce centuple bienheureux d'une joye pure & secrette ! Ne le confessent-ils pas les premiers, & ne se plaignent-ils pas de leur estat, comme s'ils reprochoient en quelque sorte à Dieu qu'il ne leur a pas tenu parole ? Oüy, il y en a : mais qui sont-ils communément ! Ah ! repond saint Bernard, il n'est point vray qu'à ceux qui genereusement & de bonne foy se sont condamnez aux exercices d'une penitence severe, cette joye solide & spirituelle ait manqué. S'il y a dés ames dans le monde trompées sur ce poinct, & frustrées de leur attente, graces à la providence & à la justice du Dieu que nous servons, ce ne sont pas celles qui pratiquent la penitence dans toute son austerité : mais celles au contraire qui la

P

modérent autant qu'elles peuvent, & plus qu'-
elles ne doïvent ; mais celles qui ne la veulent
pratiquer que selon leur gré ; mais celles qui luy
ostent tout ce qu'elle a de penible & d'incom-
mode, & ne s'en reservent que la ceremonie &
la figure ; mais celles dont la penitence peut-estre avec tout son éclat, & un certain exterieur
de severité, ne laisse pas d'estre accompagnée
de mille relaschemens. Que chacun de nous
s'examine ; & pour peu que nous ayions de lumiere, nous découvrirons dans nous-mesmes
le principe du mal, & ce qui nous empesche de
sentir au fond de nostre cœur cette onction de
la penitence chrestienne. Nous reconnoistrons
que nous ne devons souvent nous en prendre
qu'à nous-mesmes. Nous nous écrierons avec
le Prophete Royal : *Justus es, Domine, & rec-*
tum judicium tuum : Vous estes juste, Seigneur,
& il n'est pas surprenant, qu'aussi lasche que je
suis dans l'usage de la penitence, je n'y trouve
pas ce qu'y ont trouvé, & ce qu'y trouvent encore tous les jours tant d'ames ferventes. Dés
que j'auray le mesme courage, le mesme zéle,
la penitence aura pour moy le mesme goust.

    C'est donc, Chrestiens, un abus, & un é-
trange abus, quand nous nous faisons de la severité de la penitence, un obstacle à la penitence mesme ; & l'un des artifices les plus ordinaires & les plus dangereux, dont se sert l'ennemi de nostre salut, pour endurcir les hommes

Psal. 118.

dans le peché, & pour les détourner des voyes
de Dieu, eſt de leur repreſenter la penitence
ſous des idées affreuſes qui leur en donnent de
l'horreur, & qui les rebuttent. Il ſemble meſme qu'on prenne plaiſir à ſe la figurer comme
telle, pour avoir droit de s'en diſpenſer : & parce qu'il ſe trouve quelquefois entre les miniſtres de Jeſus-Chriſt & les paſteurs de ſon troupeau, des hommes zélez, mais d'un zéle qui n'eſt
pas ſelon la ſcience ; des eſprits toûjours portez aux extremitez, qui pour ne pas rendre la
penitence trop facile, la réduiſent à l'impoſſible ; qui n'en parlent jamais que dans des termes capables d'effrayer ; qui la propoſent cruë-
ment, & d'une maniere ſéche, ſans y mettre jamais ce tempérament d'amour & de confiance
qui en doit eſtre inſeparable ; qui croyent avoir
beaucoup fait, quand ils ont, non pas redreſſé,
mais embarraſſé & troublé une conſcience foible ; & qui manquant dans le principe, ne font
jamais enviſager Dieu au pecheur, que ſous une
forme terrible ; comme s'ils craignoient, qu'il
n'y euſt, pour ainſi dire, du danger pour Dieu à
paroiſtre miſericordieux & aimable, & qu'ils
ſouhaitaſſent eux-meſmes qu'il le fûſt moins :
parce qu'il ſe trouve, dis-je, des eſprits préoccupez de ces ſentimens, & encore plus déterminez à les inſpirer aux autres ; qu'arrive-t-il !
Le libertin en profite, & le foible s'en ſcandaliſe : le libertin en profite, ravi qu'on luy exag-

P ij

géré les choses, pour estre en quelque maniere autorisé par là à n'en rien croire, ou à n'en
rien faire, & qu'on luy en demande trop pour
avoir un specieux pretexte de renoncer à tout.
C'est à dire, que de ces caracteres outrez de la
penitence, qu'il paroist néanmoins estimer, &
à quoy il donne de faux éloges, il ne tire point
d'autre conclusion, que de se confirmer dans
son impenitence.

Car voilà, mes chers Auditeurs, le raffinement du libertinage de nostre siecle : on veut
une penitence extresme, sans adoucissement,
sans attrait, parce qu'on n'en veut point du tout.
Si je la faisois, dit-on, c'est ainsi que je la voudrois faire ; mais on en demeure là, & l'on se
sçait bon gré de cette disposition prétenduë où
l'on est de la bien faire, supposé qu'on la fist,
quoyqu'on ne la fasse jamais. Ou tout, ou rien,
dit-on ; mais bien entendu qu'on s'en tiendra
toûjours au rien, & qu'on n'aura garde de se
charger jamais du tout.

Ainsi raisonne le libertin ; & d'ailleurs que
conclut le foible ! rien autre chose, que de se dé-
courager, de s'attrister, de s'abandonner à de
secrets desespoirs, de regarder la penitence comme impraticable, de se persuader qu'il ne la soutiendra jamais, qu'elle l'accablera d'un ennuy
mortel, & qu'il y succombera ; de dire sans cesse comme l'Israëlite prévaricateur : *Quis nos-
trûm valet ad cælum ascendere !* Et quel est

l'homme fur la terre qui puiffe efperer de parvenir là, & de s'y maintenir! car c'eft ainfi que noftre lafcheté fe prévaut des erreurs du monde pour fecoüer le joug de Dieu.

Mais faudra - il, Seigneur, qu'une illufion auffi groffiere que celle-là, nous trompe & nous perde, & que noftre ignorance fur ce poinct nous tienne toûjours lieu d'excufe! Non, mon Dieu : car tandis que vous me confierez le miniftere de voftre fainte parole, je prefcheray ces deux veritez, fans les feparer jamais. La premiere, que vous **eftes** un Dieu terrible dans vos jugemens; & la feconde, que vous eftes le pere des mifericordes & le Dieu de toute confolation. Je ne feray jamais affez temeraire pour prefcher voftre mifericorde, fans prefcher voftre juftice, parce que je fçais les confequences dangereufes qu'en tireroit l'impieté : mais auffi me ferois-je un crime de prefcher les rigueurs de voftre juftice, fans parler en mefme temps des douceurs de voftre mifericorde, parce que la foy m'apprend, & que c'eft vous-mefme qui me l'avez revelé, que voftre mifericorde fauve les pecheurs, au lieu que voftre juftice feule ne peut que les damner & les réprouver. Je joindray donc l'un & l'autre enfemble, pour pouvoir toûjours dire, comme David : *Mifericordiam & judicium can-*   *Pfalm. 100.* *tabo tibi, Domine :* Seigneur, je chanteray vos bontez, & vos jugemens; & quand les pecheurs du fiecle devroient abufer de cette inépuifable

P iij

misericorde que je leur annonceray ; pour voſtre juſtification, Seigneur, je ne ceſſeray point de la publier hautement, afin que vous ſoyez reconnu pour ce que vous eſtes, c'eſt à dire, pour un Dieu également juſte & bon ; & qu'à l'égard des impies meſmes, vous ſoyez à couvert de tout reproche, quand l'excés de leurs deſordres vous forcera un jour à les condamner ; *Ut juſtificeris in ſermonibus tuis, & vincas cùm judicaris.* Je diray à voſtre peuple, que par le peché nous contractons une dette infinie ; mais je ne manqueray pas auſſitoſt de l'avertir, que par le ſecours de voſtre grace, il nous eſt aiſé de nous acquitter, parce que vous nous donnez vous-meſme de quoy vous payer. Je luy diray, que la penitence doit eſtre ſevere, afin qu'il ne ſe perde pas par une malheureuſe préſomption ; mais auſſi, afin qu'il ne tombe pas dans un funeſte deſeſpoir, je le conſoleray en luy diſant que la plus ſevere penitence devient la plus douce, par l'onction qui y eſt attachée : & vos promeſſes, ô mon Dieu, les oracles de voſtre Ecriture, ſont les preuves touchantes & convaincantes que je luy en apporteray. Je luy diray, pour ne le pas tromper, que cette ſeverité de la penitence eſt un joug ; mais je n'oublieray pas de luy dire, pour l'animer à le porter, que c'eſt voſtre joug, & que vous vous eſtes obligé à le porter vous-meſme avec nous ; que ſelon l'expreſſion de voſtre Apoſtre, c'eſt voſtre eſprit qui pleure en nous, qui s'afflige en nous, qui fait, ſi j'oſe parler ainſi, penitence en nous, parce que c'eſt par luy que nous la faiſons, & que c'eſt luy qui, pour nous mettre en eſtat de la faire, nous éleve au deſſus de nous-meſmes.

Gardant ces regles, mon Dieu, je ne craindray rien ; & juſqu'en preſence des Roys de la terre, je parleray ſans confuſion, auſſibien que David, des obligations de voſtre loy : *Loque-*   *Pſalm. 118.* *bar de teſtimoniis tuis in conſpeĉtu Regum, & non confundebar.* Je parle icy, Seigneur, devant le premier Roy du monde ; & jamais miniſtre de l'Evangile eut-il l'honneur de porter voſtre parole à un auſſi grand Prince ? Non ſeulement c'eſt le plus grand Roy du monde ; mais ce qui me rend ſa perſonne encore bien plus auguſte, c'eſt le plus Chreſtien des Roys ; c'eſt le protecteur le plus puiſſant de voſtre Egliſe ; c'eſt un Roy zelé pour ſa religion, ennemi de l'impieté, & qui ne ſouffrira jamais que le libertinage s'éleve impunément contre vous : un Roy qui aime la verité, & dont je puis bien dire ce que ſaint Ambroiſe diſoit de Théodoſe, qu'il approuvoit plus celuy qui reprend les vices, que celuy qui les flatte : *Qui magis arguentem pro-*   *Ambroſ.* *bat, quàm adulantem.* Eloge qui ne convient qu'aux grandes ames, & qui les diſtingue des autres. Tel eſt le Monarque devant qui je parle : mais quand je parlerois devant les Roys du

P iiij

monde les plus infidelles, & les plus ennemis de voſtre nom, je leur dirois avec une confiance reſpectueuſe, ce que vous voulez qu'ils ſçachent : que vous eſtes leur Dieu ; qu'ils doivent ſe ſoumettre à vous ; & que puiſqu'ils ſont pecheurs comme le reſte des hommes, la penitence eſt un devoir pour eux auſſi bien que pour le reſte des hommes : *Loquebar de teſtimoniis tuis in conſpectu Regum.*

Voilà ce que Jean-Baptiſte preſchoit dans la Judée. A qui ? Non ſeulement au ſimple peuple, mais aux grands du monde & de la Cour, qui venoient l'écouter ; & à ceux-cy encore plus qu'aux autres, parce qu'il ſçavoit que la penitence leur eſtoit encore plus neceſſaire. Comme les grands de la Cour, ſelon le rapport de l'Evangile, l'alloient chercher dans le déſert, il ne ſortoit point de ſon déſert pour leur annoncer ces veritez. Maintenant que les Predicateurs ſont obligez de quitter leur ſolitude, pour venir les faire entendre à la Cour ; voilà ce que je vous preſche, mes chers Auditeurs, avec un merite bien inferieur à celuy de Jean-Baptiſte, mais de la part du meſme Dieu. *Pœnitentiam agite ; appropinquavit enim regnum cœlorum.* Faites penitence, parce que le Royaume du ciel eſt proche. Il eſt proche, Chreſtiens, puiſque nous touchons de prés au grand myſtere de noſtre redemption. Mais dans un autre ſens il eſt peut-eſtre encore plus proche que vous ne

Matth. 3.

le penſez. Le terme de noſtre vie, l'inſtant de
la mort, le jugement qui la ſuit, c'eſt ce que
l'Ecriture en mille endroits veut nous marquer par cette proximité du Royaume de Dieu.
Or à l'entendre de la ſorte, combien y en a-t-il
dans cette aſſemblée pour qui il eſt proche ; &
combien de ceux meſmes qui s'en croyent les
plus éloignez ! Si Dieu, au moment que je parle, me les déſignoit en particulier ; & que m'addreſſant à chacun d'eux, je leur diſſe de cette
chaire : c'eſt vous, mon cher auditeur, qui n'y
penſez pas , c'eſt vous qui devez mettre ordre
à voſtre conſcience ; car vous mourrez dés demain, & voici le dernier avertiſſement que
Dieu vous donne : ſi je leur parlois ainſi, &
qu'ils fuſſent certains de la revelation que j'en
aurois eûë de Dieu, il n'y en auroit pas un qui
ne ſe convertiſt, pas un qui ne renonçaſt dés
aujourd'huy à tous ſes engagemens, pas un qui
n'acceptaſt la penitence la plus ſevere que je
pourrois luy impoſer. Pourquoy ! parce qu'ils
ſeroient aſſeûrez que leur dernier jour approche, & qu'ils ne voudroient pas perdre le temps
qui leur reſteroit. Ah ! Chreſtiens, pourquoy ne
faites-vous pas ce que feroient ceux-cy ; &
pourquoy ne font-ils pas eux-meſmes dés
maintenant ce qu'ils feroient alors ! Avons-
nous une caution contre l'inconſtance de la
vie, & l'incertitude de la mort ! Ce que nous
ne voulons pas faire preſentement, & ce que

nous pouvons néanmoins faire utilement, sommes-nous certains que nous aurons dans la suite le temps de le faire, & les moyens de le bien
faire? Qui vous repond de Dieu? qui vous repond de vous-mesmes? Les exemples de tant
d'autres qui ont esté surpris, & des exemples
presens, des exemples domestiques ne doivent-
ils pas vous faire trembler? Les avez-vous déja oubliez? Pour un pecheur qui trouve encore à la mort le temps de faire penitence aprés
l'avoir perdu pendant la vie, ne peut-on pas
dire qu'il y en a cent qui ne le trouvent pas?
Et de cent qui l'ont, n'est-il pas vray, & ne puis-
je pas ajouster, qu'il n'y en a presque pas un qui
fasse une bonne penitence? *Pœnitentiam agite.*
Faisons-la donc, Chrestiens, & faisons-la promptement, & faisons-la sans ménagement, afin
qu'elle nous obtienne grace devant Dieu, &
qu'elle nous merite la gloire que je vous sou-
haitte, &c.

SERMON

SUR

LA NATIVITE'

DE

JESUS-CHRIST.

Et subitò facta est cum Angelo multitudo mi-
litiæ cælestis, laudantium Deum, & dicen-
tium : Gloria in altissimis Deo, & in terrâ
pax hominibus.

*Au mesme instant que l'Ange annonça aux Pas-
teurs la naissance de Jesus-Christ, une troupe de la milice celeste se joignit à luy, & se
mit à loüer Dieu, en disant : Gloire à Dieu au
plus haut des cieux, & paix aux hommes
sur la terre. En saint Luc, chap. 2.*

SIRE,

EN deux paroles, voilà les deux fruits de la
naissance du Sauveur : la gloire à Dieu, & la

paix aux hommes. La gloire à Dieu, à qui elle est deûë par justice ; & la paix aux hommes, à qui Dieu la donne par grace. La gloire à Dieu, qui la possede comme un bien propre ; & la paix aux hommes qui la desirent, comme le plus digne objet de leurs vœux. La gloire à Dieu, qui seul la merite, parce qu'il est seul grand par luy-mesme ; & la paix aux hommes, qui doivent se mettre en estat de l'obtenir, jusqu'à sacrifier tout pour l'avoir. C'est, dit saint Bernard, le partage le plus raisonnable, & mesme pour les hommes le plus favorable qui fut jamais.

Cependant, ajouste ce Pere, on voit dans le monde des hommes qui ont peine à le gouster, & tel est l'ambitieux & le superbe. En effet, parce qu'il est superbe & ambitieux, ce partage fait par les Anges, quoyque favorable pour luy, ne le contente pas. *Non placet ei Angelica distributio, dans gloriam Deo, & pacem hominibus.* C'est à dire, qu'aveuglé d'un injuste desir de s'élever au dessus des autres, il ne se contente pas d'avoir la paix ; mais qu'il veut encore avoir la gloire. Et quoyque Dieu dans l'Ecriture se soit si hautement declaré, qu'il ne donnera sa gloire à personne, *Gloriam meam alteri non dabo ;* il est assez temeraire pour repondre à Dieu dans son cœur : Et moy, sans attendre que vous me la donniez, je me l'attribüeray, & je l'usurperay ; *Et ego, inquit superbus, mihi illam, licèt non dederis, usurpabo.*

Ayons, mes chers Anditeurs, ce fentiment
en horreur. Mieux inftruits de nos veritables
interefts, tenons-nous-en au partage qui nous
eft offert dans l'Evangile. Il nous eft trop avantageux, pour en fouhaiter un autre. Difons à
Dieu comme David : *Non nobis, Domine, non* Pfalm. 113.
nobis, fed nomini tuo da gloriam. Ne nous donnez pas la gloire, Seigneur ; la gloire ne nous
appartient pas. Refervez-la pour vous toute entiere, parce qu'elle eft toute entiere pour vous,
& pour voftre faint nom. Mais donnez-nous
cette paix falutaire, que vos Anges nous font
efperer, & que Jefus-Chrift voftre Fils vient
luy-mefme nous apporter. Parlant de la forte,
nous parlerons en chreftiens. Ainfi l'augufte
myftere que nous celebrons, eftant pour nous,
dans le deffein de Dieu, le myftere de la paix,
confiderons-le uniquement fous cette idée.
Rapportons-là toutes nos veûës, & attachons-
nous aux divines inftructions que nous fournit fur ce poinct important la Naiffance d'un
Dieu fait homme. Mais d'abord rendons nos
devoirs à la plus pure des Vierges; à cette Vierge incomparable, qui par un prodige inoüi,
toûjours Vierge, eft devenuë la Mere de fon
Dieu, & félicitons-la avec l'Eglife de cette glorieufe maternité, qui a efté le principe de noftre falut. *Ave Maria.*

UN enfant nous eft né, difoit Ifaye, parfant en Prophete, & annonçant par avance ce qui devoit arriver dans la plenitude des temps: *Parvulus natus eſt nobis.* Et cet enfant, ajouſtoit le Prophete, ſera appellé l'Admirable, le Dieu fort, le Pere du ſiecle futur, mais ſur tout le Prince de la paix : *Et vocabitur admirabilis, Deus fortis, pater futuri ſæculi, princeps pacis.* C'eſt aujourd'huy, Chreſtiens, que nous voyons à la lettre l'oracle accompli. C'eſt aujourd'huy que l'enfant Jeſus a verifié dans ſa perſonne cette prédiction, qui ne pouvoit convenir qu'à luy; & que dés ſon berceau, il a fait voir qu'il eſtoit ſouverainement & par excellence le prince de la paix : *Princeps pacis.* Comment cela ? parce que dans le myſtere de ce jour il a commencé à faire l'office de mediateur & d'arbitre de la paix; qu'il a paru dans le monde, pour y eſtablir les vrays principes de la paix; qu'il s'eſt ſervi du miniſtere des eſprits celeſtes, pour annoncer à ſes eſlûs l'Evangile de la paix : car ſelon la parole de l'Apoſtre, la paix a eſté le bienheureux terme & la fin principale de ſa miſſion. *Veniens evangelizavit pacem.*

Comme il naiſſoit pour faire regner la paix (appliquez-vous à cette penſée; elle eſt de ſaint Chryſoſtome, & elle va éclaircir ma propoſition) comme il naiſſoit pour faire regner la paix, tout devoit concourir à ſon deſſein; & en effet, par une ſinguliere providence, tout y concourut. Et voilà pourquoy ce divin enfant voulut

Iſaï. 9.

Ibidem.

Epheſ. 2.

naiſtre ſous le regne d'Auguſte, qui fut de tous les regnes le plus tranquille ; tout l'univers, c'eſt à dire, tout l'Empire Romain ſe trouvant, par une eſpece de miracle, dans une paix profonde, pour confirmer par cette circonſtance ce qui eſtoit écrit du Meſſie, que l'abondance de la paix naiſtroit avec luy. *Orietur in diebus ejus* Pſalm. 71. *juſtitia & abundantia pacis.*

Mais aprés tout, Chreſtiens, cette paix exterieure & temporelle dont le monde jouiſſoit alors, n'eſtoit encore que pour ſervir de diſpoſition à une autre paix, bien plus avantageuſe & bien plus ſainte, que le Fils unique de Dieu nous apportoit du ciel ; & c'eſt icy que j'entre dans le fond de noſtre myſtere, & que je vous prie d'y entrer avec moy. Je m'explique. Maintenir la paix des nations, éteindre le feu des guerres & des diſſentions qui les conſument, pacifier les Royaumes & les Eſtats, c'eſtoit, il eſt vray, l'ouvrage de cette providence generale, qui préſide au gouvernement du monde. Mais reſtablir la paix entre l'homme & Dieu, mais enſeigner à l'homme le ſecret de conſerver la paix avec ſoy-meſme, mais donner à l'homme des moyens ſeûrs & infaillibles pour entretenir une paix éternelle avec le prochain ; c'eſtoit, & ce devoit eſtre l'effet particulier, l'effet miraculeux de la ſageſſe de Dieu incarnée, je veux dire, de la naiſſance de Jeſus-Chriſt & de ſa venuë au monde.

C'est donc luy, mes chers Auditeurs, qui par sa sainte Nativité, & par toutes les circonstances qui l'accompagnent, nous procure aujourd'huy la paix avec Dieu, la paix avec nous-mesmes, & la paix avec nos freres. La paix avec Dieu, par la penitence qu'il fait déja pour nous dans l'estable de Bethléem ; c'est la premiere partie. La paix avec nous-mesmes, par l'humilité & par le détachement des biens de la terre, qu'il nous presche déja si hautement, en choisissant une creche pour son berceau ; c'est la seconde partie. La paix avec nos freres par la douceur, ou pour mieux dire, par la tendre charité dont il est luy-mesme en naissant, une leçon vivante & si touchante, & dont il nous donne le plus parfait modelle ; ce sera la conclusion. *Veniens evangelizavit pacem.* Venant au monde il nous a annoncé la paix ; mais avec qui ! je le repete : avec Dieu, en se faisant nostre victime par la réparation entiere du peché: avec nous-mesmes, en détruisant les deux principes de tous nos troubles interieurs, l'orgueil & la cupidité : avec nos freres, en amolissant la dureté, qui nous est si naturelle, ou du moins si ordinaire à leur égard, & en nous inspirant à son exemple la benignité : *Evangelizavit pacem.* Oüy, il a esté dés son entrée au monde l'Evangeliste & le Predicateur de cette triple paix, si desirable & si necessaire pour nous: de la paix avec Dieu, en nous apprenant à appaiser

ser

ser Dieu : de la paix avec nous-mesmes, en nous
apprenant à estre humbles & pauvres de cœur :
de la paix avec le prochain, en nous apprenant
à estre doux & humains ; c'est tout le sujet &
le partage de ce discours. Je vous demande une
favorable attention.

C'Est un principe de religion qui ne peut es- I. PARTIE.
tre contesté, & dont tout le monde convient :
comme pecheurs, nous estions enfans de colere; & en cette qualité, non seulement ennemis
de Dieu, mais incapables par nous-mesmes de
nous reconcilier avec Dieu. Il nous falloit donc
un mediateur, qui venant au monde avec un
pouvoir legitime, negociast & conclust entre
Dieu & nous cette importante reconciliation:
c'est à dire, qu'il nous falloit un mediateur, qui
tout ensemble zelé pour nos interests, & chargé des interests de Dieu, accordast l'homme &
Dieu dans sa personne : un mediateur, en qui
Dieu trouvast la plenitude de la satisfaction qui
luy estoit deüë ; & en qui l'homme trouvast la
plenitude de la remission & de la misericorde
dont nous avions besoin : un mediateur, qui
réunissant ces deux choses, pacifiast, comme
dit saint Paul, le ciel & la terre ; & qui aux dépens de luy-mesme, sans aucun préjudice des
droits de Dieu, nous remist en grace avec Dieu.
Or voilà, Chrestiens, ce que la foy nous decouvre, & ce qui s'est heureusement accompli dans

.Q

le myftere de ce jour. Car que voyons-nous dans l'eftable de Bethléem ? comprenez bien cette verité, fur quoy roule toute noftre religion. Nous y voyons dans la perfonne d'un enfant-Dieu, la mifericorde de Dieu incarnée & humanifée ; & au mefme temps, par le plus furprenant de tous les miracles, la juftice de Dieu fatisfaite dans la rigueur & authentiquement vengée. Mifericorde de Dieu, juftice de Dieu : deux attributs, dont la parfaite alliance devoit produire la paix entre Dieu & l'homme ; mais qui ne pouvoient eftre unis de la maniere intime dont ils l'ont efté, que dans le Verbe fait chair. Ecoutez-moy, & vous en allez eftre convaincus.

Nous voyons, dis-je, dans cet enfant la mifericorde de Dieu incarnée & humanifée. C'eft ce qui nous paroift d'abord dans fon adorable naiffance, dont faint Paul comprend en un mot tout le myftere, quand il dit, que ce fut alors que fe fit la premiere apparition de la grace du Dieu Sauveur ; & que la grace du Dieu Sauveur, qui auparavant eftoit quelque chofe d'impenetrable & d'incomprehenfible, fe rendit palpable & fenfible. *Apparuit gratia Dei Salvatoris noftri.* Prenez garde, mes Freres, dit faint Chryfoftome, expliquant ce paffage de l'Apoftre : il y avoit des fiecles entiers que Dieu, quoyqu'offenfé, las d'eftre en guerre avec les hommes, meditoit de faire avec eux un traité de

paix, pour lequel il avoit refervé tous les tre-
fors de fa mifericorde & de fa grace. Il y avoit
des fiecles entiers que ce Dieu de gloire difoit
aux hommes par un de fes Prophetes : *Ego co-* *Jerem. 29.*
gito fuper vos cogitationes pacis , & non afflic-
tionis · J'ay fur vous des penfées de paix , &
non de colere & de vengeance. Mais ces penfées
de paix, ajoufte faint Chryfoftome, eftoient alors
toutes renfermées dans le cœur de Dieu. Ce
n'eftoient que des penfées , des veûës, des projets, qui ne fortant point hors de Dieu, demeu-
roient fans exécution. Dieu eftoit plein de ces
penfées ; mais le temps n'eftoit pas encore venu, où il avoit refolu de les manifefter & de
les produire. Comme Dieu de mifericorde ,
il avoit des penfées de paix ; & cependant on
ne voyoit par tout que des effets de fa juftice, &
d'une juftice rigoureufe. Aujourd'huy ces penfées de paix , fufpenduës depuis tant de fiecles,
& cachées dans le fein de Dieu, commencent à
éclater aux yeux des hommes : pourquoy! parce que Jefus-Chrift Dieu & Homme, c'eft à
dire, la grace mefme & la mifericorde mefme,
fe fait voir à eux. *Apparuit gratia Dei.* Ce ne
font plus des penfées de paix, mais des chefs-
d'œuvres confommez, mais des miracles, mais
des prodiges de paix ; & Dieu ne dit plus fimplement, je conçois, je medite ; *Ego cogito ·*
mais j'accomplis, j'exécute ce que j'avois promis aux pecheurs. Ainfi nous l'a-t-il fait enten-

dre, quand il a fait paroiftre dans le myftere que célebre aujourd'huy l'Eglife, fon Verbe reveftu de noftre chair, & quand il a donné au monde un Redempteur.

Mais en le donnant au monde ce Redempteur, Dieu n'a-t-il point oublié fes propres interefts ? En choififfant un moyen fi extraordinaire & fi étonnant, pour mettre au jour ces penfées de paix qu'il avoit éternellement conceûës, n'a-t-il point fait avec nous une paix defavantageufe & peu honorable pour luy! Ah! Chreftiens, voilà ce que nous ne pouvons affez admirer; & c'eft icy qu'il eft jufte, qu'éclairez comme nous le fommes, des lumieres de la foy, nous rendions hommage à la fageffe de noftre Dieu. Non, pourfuit faint Chryfoftome, Dieu en choififfant ce moyen, n'a point oublié ce qu'il fe devoit à luy-mefme; & la preuve en eft évidente. Car tandis que je vois dans le divin enfant qui vient de naiftre, la mifericorde de Dieu incarnée & humanifée; je vois dans la mefme perfonne de cet enfant la juftice de Dieu pleinement vengée. Tandis que j'y vois la grace & la remiffion du peché offerte à l'homme; j'y vois une victime de propitiation offerte à Dieu pour l'expiation du peché. Comme le peché eft la feule caufe de la guerre, qui met entre Dieu & nous une fi fatale divifion, je vois dans la créche un Sauveur, déja facrifié comme une hoftie vivante, pour abolir le pe-

ché qui nous a séparez de Dieu. Comme la
penitence eſt le capital & le plus eſſentiel article de noſtre paix avec Dieu, j'y vois un Homme-Dieu commençant déja à faire penitence
pour nous, & nous apprenant à la faire nous-
meſmes pour nous-meſmes.

Myſtere adorable de paix, que David, par
un eſprit de prophetie, avoit prétendu nous
marquer, quand il avoit dit : *Miſericordia &* Pſalm. 84
veritas obviaverunt ſibi : La miſericorde & la
verité, c'eſt à dire dans le ſens litteral du Pſeau-
me, la miſericorde & la juſtice ſe ſont rencontrées ; & où, demandoit ſaint Bernard, ſe ſont-
elles rencontrées ! Dans l'eſtable, où eſt né Jeſus-Chriſt ; diſons pluſtoſt, dans Jeſus-Chriſt.
Juſques-là, elles avoient tenu des routes toutes
differentes & toutes oppoſées, & rien n'eſtoit
plus éloigné de la miſericorde que la juſtice.
Aujourd'huy elles ſe rapprochent ; & l'une vient
heureuſement à la rencontre de l'autre : *Obvia-*
verunt ſibi. Juſques-là, l'une avoit paru abſolument contraire à l'autre : car le propre de la
juſtice eſtoit de punir ; & le propre de la miſericorde de pardonner. Icy, le pardon & la punition ſe joignent enſemble : la punition qui
tombe ſur l'innocent, les ſouffrances de Jeſus-
Chriſt dans la créche, meritant le pardon aux
hommes coupables ; & le pardon qu'obtiennent
les hommes coupables, n'eſtant fondé, conformément aux decrets éternels de Dieu, que ſur

les souffrances de Jesus-Christ, & sur la punition que subit l'innocent & à laquelle il veut bien se soumettre. D'où il s'ensuit, ce qu'ajouste le texte sacré dans une autre expression encore plus forte, que la justice & la paix se sont mutuellement baisées, comme deux sœurs: *Justitia & pax osculatæ sunt.* Paroles que le mesme saint Bernard appliquoit, & avec raison, à la naissance du Fils de Dieu ; puisqu'il est certain que le fondement de nostre paix avec Dieu, a esté cette justice vindicative, que Dieu, usant de tous ses droits, a exercée contre le peché, en livrant son Fils pour nous. Or n'est-ce pas dés ce jour qu'il a commencé à le livrer ; & pouvoit-il le livrer d'une maniere plus sensible, qu'en le faisant naistre dans l'estat où la créche nous le represente?

Quelle est donc l'idée naturelle que nous devons avoir de ce mystere ? La voicy, mes chers Auditeurs, telle que l'a eûë le grand Apostre, & dans les mesmes termes qu'il l'exprimoit. *Deus erat in Christo, mundum reconcilians sibi :* Jesus-Christ estoit dans la créche, & Dieu estoit dans Jesus-Christ, reconciliant le monde avec soy. Pensée sublime, digne de saint Paul ; & qui pour estre bien developpée, demanderoit un discours entier. Dieu estoit dans Jesus-Christ, reconciliant le monde avec soy & se reconciliant luy-mesme avec le monde. C'est à dire, Dieu estoit dans Jesus-Christ, recevant les satisfactions que Jesus-Christ luy faisoit de tous les crimes du monde; & en veüe de ces satisfactions qu'il recevoit de Jesus-Christ, oubliant, pardonnant, effaçant, abolissant tous les crimes du monde : meditons ces paroles. *Deus erat in Christo, mundum reconcilians sibi.* Jesus-Christ estoit dans la créche, offrant à Dieu, comme Souverain Prestre de la loy de grace, le sacrifice de son humanité sainte : & Dieu estoit dans Jesus-Christ, acceptant ce sacrifice pour réparation de toutes les impietez, de tous les blasphesmes, de tous les sacrileges, de tous les scandales, de toutes les prophanations qui devoient se commettre dans le monde, à la honte du nom chrestien. *Deus erat in Christo :* Jesus-Christ estoit dans la créche, humilié & anéanti ; & Dieu estoit dans Jesus-Christ, se dédommageant par là de tous les attentats que l'orgueil des hommes avoit formez, ou devoit former contre sa gloire ; de tout ce que leur ambition demesurée, de tout ce que leur extravagante vanité, de tout ce que leur maligne jalousie devoit produire dans le monde d'injustices & de desordres. *Deus erat in Christo :* Jesus-Christ estoit dans la créche rendant à son Pere les premiers hommages de cette obéissance sans bornes, qui devoit bientost s'étendre jusques à la mort, & jusques à la mort de la croix ; & Dieu estoit dans Jesus-Christ, vengé par là, mais hautement, de tous les me-

Q iiij

pris que les hommes devoient faire de sa loy; de tout ce que l'esprit d'independance, de tout ce que l'insolence du libertinage, de tout ce que la présomption du relaschement devoit leur inspirer contre ses ordres, & au préjudice de la soumission qui luy est deüë. *Deus erat in Christo :* Jesus-Christ estoit dans la créche, immolant sa chair virginale par les miseres d'une extresme pauvreté ; & Dieu estoit dans Jesus-Christ, se faisant justice par là de tout ce que la sensualité & la molesse, de tout ce que l'excés du luxe, de tout ce que l'amour du plaisir, de tout ce que l'abus des commoditez & des delices de la vie devoit causer de déreglement & de corruption dans les mœurs ; je veux dire, de toutes les impudicitez, de tous ces vices abominables que saint Paul défend de nommer, de tous ces monstres de pechez qui deshonorent l'homme, & qui le dégradent jusqu'à le mettre au rang des bestes. *Deus erat in Christo :* En un mot, Jesus-Christ estoit dans la créche, faisant penitence pour nous ; & Dieu estoit dans Jesus – Christ, agréant cette penitence, mais en mesme temps nous la proposant pour modelle; comme s'il nous eust dit à tous : voyez, & faites de mesme. *Inspice, & fac secundùm exemplar.*

Exod. 25.

C'est, dis-je, à cette condition que Dieu estoit dans Jesus-Christ, nous reconciliant avec soy ; & par un effet reciproque de son amour, se reconciliant avec nous : *Deus erat in Christo, mundum reconcilians sibi.* Car tout irrité qu'il estoit par la grieveté de nos offenses, comment auroit-il pû, reprend saint Bernard, n'estre pas fléchi par la penitence de ce Fils bien-aimé ; dont il pût bien dire dés lors, ce qu'il devoit declarer solemnellement dans la suite : *Hic est* Matth. 8. *Filius meus dilectus in quo mihi complacui !* de ce Fils, qui quoyque naissant avec l'apparence de pecheur, estoit non seulement le saint des saints, mais la sainteté mesme ! de ce Fils, qui quoy-qu'anéanti dans une créche, estoit aussi puissant que luy, égal à luy, & sans usurpation Dieu comme luy ! Comment encore une fois auroit-il pû ne l'accepter pas cette penitence d'un Dieu ; & satisfait par la penitence d'un Dieu, comment auroit-il pû rejetter la nostre !

Tel est donc d'abord, mes chers Auditeurs, le fruit precieux de la naissance d'un Dieu Sauveur. Nostre paix avec Dieu par la penitence. Mais du reste ne nous y trompons pas ; & pour approfondir par rapport à nous cette mesme verité, quand je dis par la penitence, j'entends par une penitence sincere, solide, efficace ; j'entends par une penitence fervente, exacte, severe : car il n'y a que celle-là seule qui soit capable de nous reconcilier avec Dieu & de pacifier nos consciences devant Dieu, parce qu'il n'y a que celle-là seule qui ait de la conformité avec la penitence de l'homme-Dieu. Une penitence imparfaite, tiéde, languissante; une penitence lasche, où le pecheur s'écoute, se flatte, se ménage; une penitence commode, & que l'on veut accorder avec toutes les douceurs de la vie; une penitence qui ne crucifie point la chair, qui n'humilie point l'esprit; une penitence stérile & sans œuvres, c'est une penitence vaine : & une penitence vaine, bien loin d'appaiser Dieu, outrage Dieu; bien loin de calmer nos consciences, les déchire de mille remords; bien loin d'en faire cesser les inquietudes, est elle-mesme le sujet des reproches interieurs les plus piquans & des plus cruelles allarmes. Il nous faut, dit saint Chrysostome, une penitence qui puisse estre unie à celle de Jesus-Christ, une penitence qui puisse estre le supplément de celle de Jesus-Christ, une penitence dont le pecheur puisse croire & se rendre témoignage qu'elle accomplit, comme parle l'Apostre, ce qui manque aux souffrances de Jesus-Christ : or pour cela il faut qu'elle ait tous les caracteres que je viens de marquer, sincerité, solidité, integrité, feverité; & qu'ainsi elle participe à toutes les qualitez de la penitence de Jesus-Christ.

Si telle a esté la vostre, & si dans l'esprit de cette veritable penitence, vous avez eû le bonheur d'approcher dignement des saints mysteres, c'est, mes chers Auditeurs, ce qui doit aujourd'huy vous consoler, & de quoy je dois vous féliciter. Vous estes en paix avec Dieu.

Vous avez trouvé grace devant Dieu. Dieu à ratifié dans le ciel la fentence d'abfolution que le miniftre de fon facrement a prononcée fur la terre en voftre faveur. On vous a dit comme à ce paralitique de l'Evangile : Allez ; ne péchez plus : *Ecce fanus factus es, jam noli peccat-* Joan. 5. *re.* Mais auffi vivez en repos fur tout le paffé ; il vous eft remis. Heureux eftat ! eftat preferable à toutes les fortunes du monde ! je fuis en paix avec Dieu. Dieu eftoit mon ennemi, & j'eftois ennemi de Dieu : mais enfin voilà Dieu reconcilié avec moy, & me voilà reconcilié avec Dieu. Paix de Dieu, que le Saint Efprit compare à un repas fomptueux, à un repas delicieux ; tant elle remplit l'ame d'une onction abondante & confolante. Paix de Dieu, fouverainement defirable au pecheur, puifque par elle le pecheur rentre auprés de Dieu dans tous les droits de l'innocence & de la juftice.

Que fi néanmoins, mon cher Auditeur, vous eftes affez malheureux, pour n'avoir fait qu'une penitence défectueufe, & pour eftre encore malgré voftre penitence dans le defordre du peché, écoutez ce que je vous annonce ; & tout malheureux que vous eftes, ce que je vous annonce, doit vous infpirer une humble & une genereufe confiance. *Convertere ad Domi-* Lamen. *num Deum tuum :* Convertiffez-vous à voftre Dieu. Faites penitence ; & en la faifant, conformez voftre penitence à la penitence de l'en-

fant Jesus ; uniffez voftre penitence à la penitence de l'enfant Jesus. Touché de ce que luy
ont coufté vos pechez, reffentez-les comme luy,
pleurez-les comme luy ; joignez vos larmes à
fes larmes, voftre douleur à fa douleur, & je
vous reponds de la part de Dieu d'une prompte & d'une parfaite reconciliation. Telle eft la
grace qui vous eft offerte. Serez-vous affez a-
veuglez, affez infenfez, affez réprouvez pour
la refufer ? Cependant, outre la paix où nous
rentrons avec Dieu, le myftere de Jefus-Chrift
naiffant nous apprend encore à conferver la
paix avec nous-mefmes, & c'eft le fujet de la
feconde partie.

II. PARTIE. L'Homme en eftoit réduit à ce déplorable
eftat, d'eftre dans une continuelle guerre avec
foy-mefme, & de ne pouvoir fe donner la paix
à foy-mefme : & ce qui femble bien étonnant,
dans l'affreux defordre où il eftoit tombé par
le peché, il ne luy falloit pas moins un mediateur pour le reconcilier avec luy-mefme, que
pour le reconcilier avec Dieu. Or de là je conclus, que Jefus-Chrift eft donc encore, par
cette mefme raifon, le Prince & le Dieu de la
paix, *Princeps pacis* ; puifque dans le myftere de fa naiffance, il nous apprend, & par les
exemples qu'il nous donne, & par les leçons
qu'il nous fait, le fecret ineftimable d'entretenir la paix avec nous-mefmes. Secret que nous

avons tant d'intereſt à découvrir, & qu'il nous eſt ſi important de ſçavoir ; mais qu'il n'appartenoit qu'à ce Dieu naiſſant de nous réveler.

En effet, juſques-là les hommes l'avoient ignoré cet art tout divin : ſéduits & aveuglez par le dieu du ſiecle, ils s'eſtoient fauſſement perſuadez que le plus ſeûr moyen de trouver la paix du cœur, eſtoit de ſatisfaire ſes deſirs, de contenter ſon ambition, de raſſaſier ſa cupidité ; & pour cela d'eſtre honoré & diſtingué dans le monde, de s'enrichir & de vivre dans l'abondance, de ſe pouſſer, de s'élever, de s'aggrandir. Ainſi l'avoient crû, & le croyoient tant de mondains. Or en raiſonnant de la ſorte, non ſeulement, dit l'Ecriture, ils s'eſtoient trompez ; mais en ſe trompant, ils s'eſtoient rendus malheureux : *Contritio & infelicitas in viis* Pſal. 13. *eorum.* Pourquoy ! parce qu'en raiſonnant de la ſorte, ils n'avoient pas connu le chemin de la paix ; *Et viam pacis non cognoverunt.* Au lieu Ibidem. du repos interieur & du calme qu'ils ſe promettoient dans leur opulence & dans leur élevation, ils ne trouvoient que trouble, que chagrin, qu'affliction d'eſprit : *Contritio & infelicitas.* Tel eſtoit le ſort des partiſans du monde ; & pluſt au ciel, mes chers Auditeurs, que ce ne fuſt pas encore aujourd'huy le voſtre !

Qu'a fait Jeſus-Chriſt ! il eſt venu nous enſeigner le chemin de la paix, que nous cherchions, & que nous ne connoiſſions pas. Luy-mefme, qui dans l'Evangile s'eft appellé le chemin, *Ego fum via*, il eft venu nous fervir de guide, & nous monftrer la route par où nous pouvons immanquablement arriver au terme de cette bienheureufe paix. Luy-mefme, qui s'eft appellé, & qui eft en effet la verité, *Ego fum veritas*, il eft venu nous defabufer des erreurs groffieres, dont nous nous eftions laiffez prevenir à l'égard de cette paix. Luy-mefme, qui eft la vie, *Ego fum vita*, il eft venu nous faire goufter ce qui pouvoit feul nous mettre en poffeffion de cette paix. Tout cela comment! En nous découvrant dans le myftere de ce jour les deux fources veritables de la paix avec nous-mefmes, fçavoir, l'humilité de cœur & la pauvreté de cœur; & en détruifant dans ce mefme myftere les deux grands obftacles à cette paix tant defirée, & néanmoins fi peu commune, qui font noftre orgueil d'une part & de l'autre noftre attachement aux biens de la terre. *Veniens evangelizavit pacem.* Ne perdez rien d'une inftruction fi folide & fi édifiante.

Oüy, c'eft dans ce myftere qu'un Dieu-Homme, en naiffant parmi les hommes, nous prefche hautement par fon exemple, ce qu'il devoit dans la fuite eftablir pour fondement de toute fa doctrine. *Difcite à me, quia mitis fum & humilis corde ; & invenietis requiem animabus veftris.* Apprenez de moy que je fuis humble de cœur; & tenez pour certain, que par là

Joan. 14.

Ibidem.

Ibidem.

Matth. 11.

vous trouverez le repos de vos ames. Oracle, dit saint Augustin, d'où devoit dépendre, non seulement nostre sainteté, mais nostre felicité dans la vie. Car il est évident, mes Freres, que ce qui nous empesche tous les jours de trouver ce repos de l'ame si estimable, & sans quoy tous les autres biens de la vie nous deviennent inutiles, c'est l'opposition secrette que nous avons à l'humilité chrestienne. Reconnoissons-le avec douleur, & gémissons-en devant Dieu. Ce qui fait perdre si souvent la paix à nostre cœur, & ce qui nous met dans l'impuissance de la conserver, c'est l'orgueil dont nous sommes remplis & qui nous enfle : cet orgueil, qui nous fait croire en tant d'occasions, qu'on ne nous rend pas ce qui nous est dû, qu'on n'a pas pour nous assez d'égards, qu'on ne nous considere pas autant que nous le meritons. Car de là naissent les mélancolies & les tristesses, de là les desolations & les desespoirs, de là les aigreurs & les emportemens : les tristesses, quand nous nous voyons maltraitez ; les desespoirs, quand nous nous croyons méprisez ; les emportemens, quand nous nous prétendons insultez & outragez : Dieu prenant plaisir, dit saint Chrysostome, à punir nostre orgueil par nostre orgueil mesme ; & se servant de nostre amour propre pour nous faire souffrir, quand par un excés de delicatesse & de sensibilité, dont nostre orgueil est le principe, nous ne voulons rien souffrir.

Si nous estions humbles, & humbles de cœur, nous serions à couvert de tous ces chagrins. Au milieu des contradictions & des adversitez, l'humilité nous tiendroit dans une situation tranquille. Quelque injustice qu'on pust nous faire, & que l'on nous fist, l'humilité nous consoleroit, l'humilité nous affermiroit, l'humilité calmeroit ces orages, reprimeroit ces mouvemens dereglez qui bouleversent une ame, si je puis ainsi m'exprimer, & qui luy causent de si grandes agitations.

Ah! Chrestiens, meditons bien ce poinct important. Examinons bien, & demandons-nous à nous-mesmes, pourquoy nous nous troublons si aisément ! Pourquoy au moindre soupçon d'un mepris souvent imaginaire, nous nous piquons si vivement ! Pourquoy sur un vain rapport d'une parole dite contre nous par imprudence & par legereté, nous nous affligeons, nous nous allarmons, nous nous irritons ! *Quare tristis es anima mea, & quare conturbas me ?* C'est la question que se faisoit à luy mesme le Prophete Royal, & que peut se faire à toute heure l'homme superbe avec beaucoup plus de sujet. Pourquoy, mon ame, estes-vous triste, & doù vient que vous me troublez ! Nous n'en trouverons point d'autre raison, que ce fond d'orgueil avec lequel nous sommes nez, & que nous avons toûjours entretenu, bien loin de travailler à le détruire.

Voilà,

Psalm. 41.

Voilà, hommes du siecle qui m'écoutez, ce qui vous rend incapables de gouſter cette paix qui de voſtre aveû néanmoins eſt aprés voſtre ſalut, le ſouverain bien. Vous la deſirez préferablement à 'tout, puiſque vous ne deſirez tout le reſte, que pour y parvenir. Cependant vous n'y parvenez jamais ; ne vous en prenez qu'à vous-meſmes : à cette ambition qui vous poſſede, & à laquelle vous vous eſtes comme livrez ; à cette ambition, qui malgré tant de biens dont Dieu vous a comblez dans la vie, vous empeſche d'eſtre jamais contents de ce que vous eſtes, & vous porte toûjours à vouloir eſtre ce que vous n'eſtes pas ; à cette ambition, qui par la plus monſtrueuſe ingratitude envers la providence, vous fait compter pour rien tout ce que vous avez, & toûjours aſpirer à ce que vous n'avez pas, juſques à vous fatiguer pour cela ſans relaſche, juſques à vous crucifier vous-meſmes ; à cette ambition qui fait naiſtre dans voſtre cœur tant de baſſes & de honteuſes jalouſies ; qui des proſperitez d'autruy vous fait de ſi amers ſujets de douleur ; qui vous jette en de ſi violens tranſports, quand on s'oppoſe à vos deſſeins ; qui vous inſpire de ſi mortelles averſions, quand on traverſe vos entrepriſes : Je le repete, & je ne puis trop fortement vous l'imprimer dans l'eſprit, c'eſt là que le mal réſide ; c'en eſt là le principe & la racine.

Quand vous aurez une bonne fois renoncé

.R

à cette paffion; quand par une moderation chreftienne & fage, vous fçaurez vous tenir dans le
rang où Dieu vous a placez ; quand par une juftice que vous ne vous rendez pas, & qu'il faudroit vous rendre, vous reconnôiſtrez que Dieu
n'en a que trop fait pour vous : dés là vous poſ-
federez ce trefor de la paix, que vous avez en
vain cherché juſqu'à prefent, parce que vous ne
l'avez pas cherché où il eſt. C'eſt à dire, dés là
vous benirez Dieu dans voſtre condition, fans
envier celle des autres. Dés là, foumis à Dieu,
vous ne penſerez plus qu'à vous fanctifier dans
voſtre eſtat, fans courir éternellement aprés un
phantoſme, que vous vous figurez comme un
bonheur parfait, mais dont la chimerique eſperance ne fert qu'à vous tourmenter. Dés là,
contents de voſtre fortune, vous en jouirez pai-
fiblement, & avec action de graces ; vous ne
vous appliquerez qu'à en bien ufer, & vous ne
craindrez rien autre choſe que d'en faire un criminel abus. Dés là, chargez de l'eſtabliſſement
de vos familles, aprés avoir fait en chreſtiens tout
ce qui dépendra de vous pour y pourvoir, vous
vous en repoſerez fur cette aimable providence, dans le fein de laquelle, comme dit l'Apoſtre, nous devons jetter toutes nos inquietudes ; comptant & pouvant compter avec aſſeûrance, que fi nous luy fommes fidelles, elle ne
nous manquera pas : *Omnem follicitudinem veſtram projicientes in eum.* Dés là, affranchis de

la fervitude & de l'efclavage du monde, vous
attendrez tout de Dieu ; vous ne mettrez voftre
appuy, voftre confiance qu'en Dieu ; vous en-
trerez dans la fainte & heureufe liberté des enfans de Dieu : tous les nuages fe diffiperont,
toutes les tempeftes fe calmeront ; & un moment de cette paix fecrette, que voftre orgueil
a tant de fois troublée , vous dédommagera
bien des faux avantages où il vifoit, & des vaines prétentions qui vous expofoient à de fi fafcheux retours & à de fi rudes combats.

Or voilà pourquoy Jefus-Chrift vous dit
aujourd'huy : Apprenez de moy que je fuis
humble de cœur, *Difcite à me quia mitis fum
& humilis corde.* Et ne regardons pas cette humilité de cœur comme une foibleffe : ç'a efté
la vertu d'un Dieu ; & c'eft la vertu des forts,
la vertu des fages, la vertu des ames fenfées, &
pardeffus tout la vertu des eflûs de Dieu. Apprenez-la donc (écoutez toûjours voftre Maiftre) & apprenez-la de moy, puifqu'il n'y a que
moy de qui vous puiffiez l'apprendre, & que
toute la Philofophie n'a point efté jufques-là.
Apprenez-la de moy, qui ne fuis venu que
pour vous en faire des leçons ; & qui pour vous
la mieux perfuader, me fuis humilié & anéanti moy-mefme. C'eft à dire, apprenez de moy,
que ce font deux chofes incompatibles que la
paix & l'orgueil ; que voftre cœur, quoyque
vous faffiez, & quoyque le monde faffe pour

R ij

vous, ne sera jamais content, tandis que la vanité, que l'ambition, que l'amour de la gloire
y regnera : par consequent, que pour trouver
sur la terre le centre & le poinct de la felicité
humaine ; que pour avoir cette paix de l'ame,
qui est par excellence le don de Dieu, il faut
estre humble, & sincerement humble, & solidement humble : *Discite à me quia mitis sum
& humilis corde, & invenietis requiem animabus vestris.*

Car c'est là, mes Freres, dit saint Bernard,
ce que la sagesse de Dieu incarnée a prétendu
nous declarer dans cet auguste mystere. Parce
que nous sommes charnels ; & comme tels, accoutumez à ne rien comprendre que de charnel, le Verbe de Dieu a bien voulu luy-mesme se faire chair, pour venir nous apprendre
sensiblement, & selon l'expression de ce Pere,
charnellement, que l'humilité est la seule voye
qui conduit à ce repos du cœur si salutaire &
mesme absolument si necessaire pour nostre
sanctification. Quand ce ne seroit donc, conclut saint Bernard, que pour nous-mesmes,
rendons-nous aujourd'huy dociles aux enseu-
gnemens de ce Sauveur, & écoutons-le ce
Verbe divin, au moins dans l'estat de sa chair.
*Quia nihil præter carnem audire poteras, ecce
Verbum caro factum est ; audias illud, vel in
carne.* Mais ce n'est pas assez.

Il nous fait encore, Chrestiens, une secon-

Bernard.

de leçon non moins importante. Car quelle est
l'autre source de ces combats interieurs, & de
ces guerres intestines, qui nous déchirent si
cruellement ! convenez-en avec moy ; c'est la
cupidité, l'envie d'avoir, un malheureux &
damnable attachement aux biens de la terre.
Vous y cherchez les douceurs de la vie ; &
l'ardeur extresme qui vous brusle, en fait le
tourment de vostre vie. En effet, quels soins
empressez pour les acquerir ! quelles peines
pour les conserver ! quelles frayeurs au moindre danger de les perdre ! quels desirs insatia-
bles de les augmenter ! quels chagrins de n'en
avoir pas assez pour satisfaire, ou à vos prétendus besoins, ou à vos dépenses superfluës ! quelle douleur, quel accablement, quelle consternation, quand malgré vous ils vous échappent
des mains, & qu'une mauvaise affaire, qu'un
accident impréveû vous les enleve ! quelle honte de tomber par là, non seulement dans la disette, mais dans l'humiliation ! quels regrets du
passé ! quelles allarmes sur le present ! quelles
inquietudes sur l'avenir, au milieu de tant de
risques inévitables dans le commerce du monde, au milieu de tant de révolutions & de revers dont vous estes témoins & à quoy tous
les jours vous vous trouvez vous-mesmes exposez !

Le remede, c'est le detachement évangelique. Donnez-moy un homme pauvre de cœur,

rien ne sera capable de l'altérer : c'est à dire, donnez-moy un homme vrayment detaché des biens sensibles, à quelque épreuve qu'il plaise à Dieu de le mettre, dans l'adversité comme dans la prosperité, dans l'indigence comme dans l'abondance, il jouira d'une paix profonde. Usant de ses biens comme n'en usant pas, & selon la maxime de saint Paul, les possedant comme ne les possedant pas, il sera disposé à tous les évenemens. Tranquille comme Job, & inébranlable au milieu des calamitez du monde, il se soutiendra par la grande pensée dont ce saint homme estoit penetré, & qui conservoit le calme dans son ame : *Si bona suscepimus de manu Domini, mala quare non suscipiamus!* Si nous avons receû les biens de la main du Seigneur ; pourquoy avec la mesme soumission n'en recevrons-nous pas les maux ! Dans les disgraces & dans les pertes, preparé comme Job à les supporter, il dira avec luy : *Dominus dedit, Dominus abstulit;* c'estoit le Seigneur qui me les avoit donnez, ces biens; c'est luy qui me les a ostez : il ne m'est rien arrivé que ce qu'il a voulu ; que son nom soit à jamais beni. *Sit nomen Domini benedictum.* Heureux estat ! solide & ferme soutien ! ressource contre les malheurs de la vie, toûjours preste & qui ne peut jamais manquer.

Or c'est ce que vostre Sauveur vient aujourd'huy vous apprendre, par un exemple bien plus propre encore à vous convaincre & à faire impreſſion ſur vos eſprits, que celuy de Job. C'eſt ce que vous preſche l'eſtable, la créche, les langes de cet enfant-Dieu. *Hoc nobis præ-* **Bernard.** *dicat ſtabulum, hoc clamat præſepe, hoc panni evangeliʒant.* C'eſt luy qui vous apprend que les pauvres de cœur ſont heureux, & qu'il n'y a meſme dans la vie que les pauvres de cœur qui ſoient heureux & qui le puiſſent eſtre; *Beati pauperes ſpiritu :* qu'une partie donc, **Matth. 5.** mais une partie eſſentielle de noſtre beatitude ſur la terre, eſt d'avoir le cœur libre & degagé de l'attachement aux biens de fortune. Il ne commence pas ſeulement à l'enſeigner, mais à le perſuader au monde. Et en effet, à peine a-t-il paru dans le monde avec toutes les marques de la pauvreté, dont il eſt reveſtu, que je vois des pauvres, ce ſont les paſteurs, non ſeulement ſoumis & réſignez, mais beniſſants, mais glorifiants Dieu dans leur eſtat; des pauvres, qui touchez de ce qu'ils ont veû en Bethléem, s'en retournent, quoyque pauvres, comblez de joye; des pauvres contents de leur ſort, & ne portants nulle envie aux riches de Jeruſalem, parce qu'ils ont connu dans la perſonne ce divin enfant le bonheur & les prérogatives infinies de leur condition. *Et reverſi ſunt paſtores glorifi-* **Luc. 2.** *cantes & laudantes Deum.* A peine a-t-il paru dans l'eſtable, que je vois des riches, ce ſont les Mages, qui bien loin de mettre leur cœur dans leurs richeſſes, viennent mettre leurs richeſſes à ſes pieds; qui ſe font en ſa preſence un merite de les mepriſer, d'y renoncer, de s'en dépouiller. Les uns & les autres heureux, parce qu'en ſe conformant à ce Dieu pauvre, ils ont trouvé le chemin de la paix.

Créche adorable de mon Sauveur, c'eſt toy qui me fais aujourd'huy gouſter la pauvreté que j'ay choiſie; c'eſt toy qui m'en découvres le treſor; c'eſt toy qui me la rends precieuſe & venerable; c'eſt toy qui me la fais préferer à tous les eſtabliſſemens & à toute l'opulence du monde. Confondez-moy, mon Dieu, ſi jamais ces ſentimens, ſeuls dignes de vous, ſeuls dignes de ma profeſſion, & ſi neceſſaires enfin pour mon repos, ſortoient de mon cœur. Vous les y avez conſervez juſques à preſent, Seigneur, & vous les y conſerverez. Cependant, cette paix avec nous-meſmes, toute avantageuſe qu'elle eſt, ne ſuffit pas encore, ſi nous n'y joignons la paix avec le prochain : & c'eſt la troiſiéme inſtruction que nous devons tirer de la naiſſance de Jeſus-Chriſt, comme vous l'allez voir dans la derniere partie.

III. PARTIE. LA paix avec le prochain eſt le fruit de la charité; & la charité, ſelon ſaint Paul, eſt l'abbregé de la loy chreſtienne. Il ne faut donc pas s'étonner, ſi le meſme Apoſtre nous a marqué, comme un des caracteres les plus eſſentiels de

l'esprit chrestien, le soin de conserver la paix
avec tous les hommes; puisqu'il est évident que
tous les hommes sont compris sous le nom de
prochain. *Si fieri potest, quod ex vobis est, cum* Rom. 12.
omnibus hominibus pacem habentes. Si cela se
peut, disoit-il aux Romains, en les instruisant
& en les formant au Christianisme, si cela se
peut, & autant qu'il est en vous, vivez en paix
avec tout le monde : voilà l'esprit de vostre religion, & par où l'on reconnoistra que vous estes les disciples de celuy qui dés son berceau a
esté le Prince & le Dieu de la paix.

Pesons bien ces paroles, qui sont substan-
tielles. *Si fieri potest*, si cela se peut : l'impossibilité, dit saint Chrysostome, est la seule
excuse legitime qui puisse devant Dieu nous
disculper, quand nous ne vivons pas avec nos
freres dans une paix & une union parfaite ; &
hors l'impuissance absolüe, toute autre raison,
n'est qu'un vain pretexte dont nous nous flattons, mais qui ne servira qu'à nous confondre
au jugement de Dieu. *Quod ex vobis est,* autant
qu'il est en vous: en sorte que nous puissions sincerement protester à Dieu, que nous puissions
nous rendre à nous-mesmes témoignage, qu'il
n'a jamais tenu à nous, jamais dépendu de nous,
que nous n'eussions avec nos freres cette paix solide fondée sur la charité; l'ayant ardemment de-
sirée, l'ayant de bonne foy recherchée, ayant
toûjours esté préparez & d'esprit & de cœur, à ne

rien épargner pour y parvenir. *Cum omnibus ;* la paix avec tous, sans en excepter un seul : l'exclu-sion d'un seul suffit pour nous rendre prévarica-teurs & sujets à toutes les peines dont Dieu me-nace ceux qui troublent ou qui rompent la paix. Rompre la paix avec un seul, c'est, selon Dieu, quelque chose d'aussi mortel, que de violer un seul commandement. La paix avec tous, un seul excepté, nous devient donc inutile pour le salut ; & ce seul que nous exceptons, doit s'elever, pour demander vengeance contre nous au dernier jour. *Cum omnibus hominibus;* la paix avec tous les hommes, mesme avec ceux qui y sont plus opposez, & qui ne la veu-lent pas : les forçant par nostre conduite à la vouloir ; & à l'exemple de David, gardant un esprit de paix avec les ennemis de la paix: *Cum his qui oderunt pacem, eram pacificus.* Car, comme ajouste saint Chrysostome, vivre en paix avec des ames pacifiques, auec des esprits moderez, avec des humeurs sociables, à peine seroit-ce une vertu de philosophe & de payen: beaucoup moins doit-elle passer pour une ver-tu surnaturelle & chrestienne. Le merite de la charité, disons mieux, le devoir de la charité est de conserver la paix avec des hommes dif-ficiles, fascheux, emportez : pourquoy ! parce qu'il peut arriver, & parce qu'en effet il arrive tous les jours, que les plus emportez & les plus fascheux, les plus difficiles & les plus chagrins,

Psalm. 119.

font juſtement ceux avec qui nous devons vivre dans une plus étroite focieté ; ceux dont il
nous eſt moins poſſible de nous feparer ; ceux
à qui dans l'ordre de Dieu nous nous trouvons attachez par des liens plus indiſſolubles.
Il faut donc, dit ce faint Docteur, que par rapport meſme à ces fortes d'eſprits, nous ayons
un principe de paix, fur quoy puiſſe eſtre folidement eſtablie la tranquillité du commerce,
que la charité chreſtienne doit maintenir entre
eux & nous.

Or quel eſt-il ce principe ? Le voicy : une
fainte conformité avec Jeſus-Chriſt naiſſant.
Entrons dans fon cœur, prenons-en les fentimens, taſchons à nous mettre dans les meſmes
diſpoſitions que luy, contemplons fon eſtable
& approchons de fa créche. Rempliſſons-nous
des vives lumieres qu'il repand dans les ames,
& comprenons bien fur tout deux choſes : premierement, c'eſt un Dieu, qui pour témoigner
aux hommes fa charité, commence par fe dépouiller pour eux de tous fes intereſts : fecon-
dement, c'eſt un Dieu, qui pour gagner nos
cœurs, nous prévient, fuivant le langage du
Prophete, de toutes les benedictions de fa douceur ; & qui s'attendrit pour nous juſqu'à fe
reveſtir, tout Dieu qu'il eſt, de noſtre humanité : difons mieux, & dans un fens plus propre à mon fujet, juſqu'à devenir perfonnellement pour nous, comme parle l'Apoſtre, fa

benignité & l'humanité mesme ; *Apparuit be-*
nignitas & humanitas. Deux moyens qu'il
nous presente, pour entretenir une paix éternelle avec nos freres : désinteressement, & douceur. Dépouillons-nous en faveur de nos freres de certains interests qui nous dominent ;
soyons à l'égard de nos freres doux & humains : plus d'inimitiez alors, plus de divi-
sions ; paix inviolable, paix inaltérable. Quel
bonheur pour moy, & quel avantage pour
vous, si je pouvois en finissant, vous persuader
ces deux devoirs si indispensables dans la religion que nous professons, & si necessaires dans
tous les estats de la vie ! Cecy demande une reflexion toute nouvelle.

C'est, dis-je, un Dieu, qui par amour pour
nous, & pour témoigner aux hommes son im-
mense charité, se dépouille de tous ses interests :
qui de maistre qu'il estoit, se fait obéissant ; de
grand qu'il estoit, se fait petit ; de riche qu'il
estoit, se fait pauvre : *Quoniam propter vos ege-*
nus factus est, cùm esset dives. Et je prétends,
que ce désinteressement est le plus prompt &
le plus infaillible moyen, pour concilier les
cœurs, & pour nous unir tous dans une paix
solide & durable.

Car, comme raisonne saint Bernard, prétendre vivre en paix avec nos freres, sans qu'il
nous en couste rien, sans vouloir leur sacrifier
rien, sans jamais leur ceder en rien, sans nous

incommoder pour eux , ni nous relaſcher ſur rien : nous flatter d'avoir cette charité chreſtienne, qui eſt le lien de la paix ; & cependant eſtre toûjours auſſi entiers dans nos prétentions, auſſi jaloux de nos droits, auſſi déterminez à n'en rien rabbattre, auſſi vifs ſur le poinct d'honneur, auſſi attachez à nous-meſmes ; abus, mes chers Auditeurs : ce n'eſt pas ainſi que le Dieu de la paix nous l'a enſeigné. Il ne falloit point pour cela qu'il vinſt au monde, ni qu'il nous ſerviſt de modelle. Nous n'avions ſans luy que trop d'exemples de cette charité intereſſée. Il eſtoit inutile que ce Dieu fait homme nous apportaſt un commandement nouveau : de tout temps les hommes s'eſtoient aimez de la ſorte les uns les autres , & cette prétenduë charité eſtoit auſſi ancienne que le monde ; mais auſſi le monde avec cette charité prétenduë n'avoit jamais eſté, ni ne pouvoit jamais eſtre en paix.

C'eſt l'intereſt, Chreſtiens, qui nous diviſe. Oſtez la propre volonté, diſoit ſaint Bernard, il n'y aura plus d'enfer ; & moy je dis : oſtez l'intereſt propre, ou pluſtoſt, la paſſion de l'intereſt propre, & il n'y aura plus parmi les hommes de diſſentions, plus de querelles, plus de procés, plus de diſcordes dans les familles, plus de troubles dans les communautez, plus de factions dans les Eſtats : la paix avec la charité regnera par tout. Elle regnera entre vous

& ce parent, entre vous & ce frere, cette sœur,
entre vous & cet ami, ce voisin, ce concurrent.
Dés que vous voudrez pour luy vous dépor-
ter de tel & tel interest, qui fait contre vous son
chagrin, dés là vous aurez avec luy la paix; &
souvent mesme, selon le monde, la paix que
vous aurez avec luy, vaudra mieux pour vous
que l'interest qu'on vous disputoit, & à quoy
vous renoncez. Détachez de nos interests, nous
ne contesterons avec personne, nous ne nous
brouillerons avec personne, nous ne romprons
avec personne; & par une infaillible consequence, nous gousterons les douceurs de la societé,
nous jouirons des avantages de la pure & sincere charité : semblables aux premiers chrestiens, n'ayant tous qu'un cœur & qu'une ame,
nous trouverons dans cette union mutuelle u-
ne beatitude anticipée & comme un avant-
goust de l'éternelle felicité.

Or à la veûë de Jesus-Christ, pouvons-nous
avoir d'autres sentimens que ceux-là ! Si nous
sommes chrestiens, je dis de vrays chrestiens,
nous faut-il un autre juge que ce Dieu-Sau-
veur, & un autre tribunal que la créche où il
est né, pour vuider tous les differens qui naissent entre nous & nos freres ! Un chrestien rempli des idées que luy inspire un mystere si touchant, voudroit-il appeller de ce tribunal; &
auroit-il peine à remettre aujourd'huy tous ses
interests entre les mains d'un Dieu, qui ne

vient au monde que pour y apporter la paix ?
Voilà, mon cher Auditeur, ce que je vous demande en son nom. Si voſtre frere n'a pas merité ce ſacrifice, ſouvent trés-leger, que vous
luy ferez de voſtre intereſt, Jeſus-Chriſt le merite pour luy. Si voſtre frere eſt mal fondé dans
ſes prétentions, & s'il n'eſt pas juſte que vous
luy cediez, au moins eſt-il juſte que vous cediez à Jeſus-Chriſt. Ce que vous refuſez à l'un,
donnez-le à l'autre ; ce que vous ne voulez pas
accorder à voſtre frere, donnez-le à la charité
& à Jeſus-Chriſt : par là vous acheterez la paix,
vous l'acheterez à peu de frais ; & par là meſme vous la conſerverez.

Mais peut-eſtre s'agit-il de toute autre choſe entre vous & le prochain : peut-eſtre indépendamment de tout intereſt, ce qui vous diviſe n'eſt-ce de voſtre part, qu'une fierté qui
l'a choqué, qu'un emportement qui l'a irrité,
qu'une parole aigre dont il s'eſt ſenti piqué,
que des manieres dures dont il s'eſt tenu offenſé, qu'un air de hauteur avec lequel vous
l'avez traitté ? Si cela eſt, il ne dépend pour le
ſatisfaire, que de vous adoucir à ſon égard,
que de luy donner certaines marques de voſtre eſtime, que de luy rendre certains devoirs,
que de le prevenir par quelques demarches
qui le rameneront infailliblement & l'attache-
ront à vous.

Je ne le puis, dites-vous ; j'y ſens une op-

pofition invincible , & je n'en viendray jamais là. Rentrez encore une fois, rentrez, mon
cher Auditeur , dans l'eſtable de Bethléem:
vous y verrez le Dieu de la paix incarné &
humaniſé ; ou pluſtoſt, vous y verrez dans ſa
perſonne la benignité meſme incarnée, la
grandeur meſme de Dieu humaniſée. Je le repete : vous y verrez un Dieu , qui pour vous
attirer à luy n'a point dedaigné de vous rechercher ; qui par une condeſcendance toute
divine de ſon amour, s'eſt fait meſme comme
une gloire de vous prevenir. S'il euſt attendu
que vous, pecheur, vous ſon ennemi & ſon
ennemi declaré , vous euſſiez fait les premiers
pas pour retourner à luy, où en-eſtiez-vous,
& quelle reſſource vous reſtoit pour le ſalut!
Cependant, malgré l'exemple de voſtre Dieu,
vous vous faites, & vous oſez vous faire je ne
ſçais quel poinct d'honneur de n'aller jamais au
devant de voſtre frere , pour le rapprocher de
vous, & pour l'engager luy meſme à revenir.
Malgré la loy de la charité, & d'ailleurs meſme aprés avoir eſté l'aggreſſeur, vous conſervez contre luy de ſcandaleux & d'eternels reſ-
ſentimens : n'eſt-ce pas renverſer tous les principes du Chriſtianiſme, & vous expoſer à de
terribles maledictions du ciel !

Vous y verrez un Dieu, qui pour vous gagner, vous comble des benedictions de ſa douceur; un Dieu qui pour ſe rendre plus aimable,
quitte

quitte tout l'appareil de la majesté; & qui s'hu-
manife, non feulement jufqu'à paroiftre, mais
jufqu'à devenir en effet homme comme vous;
un Dieu qui fous la forme d'un enfant, vient s'at-
tendrir fur vous de compaffion, & pleurer, non
pas fes miferes, mais les voftres. Car c'eft ainfi,
dit faint Pierre Chryfologue, qu'il a voulu naif-
tre, parce qu'il a voulu eftre aimé. *Sic nafci*   *Petr. Chryfol.*
voluit, qui voluit amari. Parole touchante &
digne de toutes nos reflexions ! c'eft ainfi qu'il
a voulu naiftre, parce qu'il a voulu eftre aimé.
Il auroit pû naiftre, & il ne tenoit qu'à luy de
naiftre dans la pompe & dans l'éclat de la magnificence royale; mais en naiffant de la forte,
il n'auroit efté que refpecté, que reveré, que
redouté, & il vouloit eftre aimé. Or pour eftre aimé, il devoit s'abbaiffer jufqu'à nous; pour
eftre aimé, il devoit eftre femblable à nous; pour
eftre aimé, il devoit fouffrir comme nous. Et c'eft
pourquoy il a voulu naiftre dans l'eftat de foibleffe & d'abbaiffement où ce myftere nous le
reprefente. *Sic nafci voluit, qui voluit amari.*
Aprés cela, Chreftiens, affectez des airs dédaigneux & hautains envers les autres; traitez-les
en efclaves, avec empire, avec dureté; & non
pas en freres, avec patience, avec bonté : rendez-vous inflexibles à leurs prieres, & infenfibles à leurs befoins. N'eft-ce pas démentir voftre religion ! n'eft-ce pas mefme violer les droits
de l'humanité ! Je ferois infini, fi j'entreprenois

.S

de développer ce poinct de morale dans toute son étenduë.

Quoyqu'il en foit, mes chers Auditeurs, voilà la fainte & divine paix que nous devons capitalement defirer, & qui ne vous couftera jamais trop, à quelque prix qu'elle vous puiffe eftre venduë. La paix avec nos freres; & fans exception, la paix avec tous les hommes : *cum omnibus hominibus pacem habentes*. Mais quel eft noftre aveuglement, & le fujet de noftre confufion ! Le voicy : dans les temps où Dieu nous afflige par le fleau de la guerre, nous luy demandons la paix; & dans le cours de la vie, nous ne travaillons à rien moins qu'à nous procurer la veritable paix. C'eft à dire, nous demandons à Dieu une paix qui ne dépend pas de nous, une paix qui n'eft pas de noftre reffort, une paix pour la conclufion de laquelle nous ne pouvons rien ; & nous ne penfons pas à nous procurer celle qui eft entre nos mains, celle dont nous fommes nous-mefmes les arbitres, celle dont Dieu nous a chargez & dont il veut que nous luy foyons refponfables. Nous faifons des vœux, afin que les Puiffances de la terre s'accordent entre elles, pour donner au monde une paix, que mille difficultez prefque infurmontables femblent quelquefois rendre comme impoffible ; & nous ne voulons pas finir de pitoyables differens dont nous fommes les maiftres, qu'il nous feroit aifé de terminer,

que noftre feule obftination fomente : & ces
puiffances de la terre fi difficiles à réunir, font
fouvent pluftoft d'accord que nous ne le fommes les uns avec les autres. Cette paix entre
les Couronnes, malgré tous les obftacles qui
s'y oppofent, eft pluftoft concluë, qu'un procés qui fait la ruine & la défolation de toute une
famille, n'eft accommodé. Ah ! Seigneur, je
ne ferois pas un fidelle miniftre de voftre parole, fi dans un jour auffi folemnel que celuy-
cy, où les Anges vos Ambaffadeurs, nous ont
annoncé & promis la paix, je ne vous demandois au nom de tous mes Auditeurs cette paix
fi defirée, qui doit pacifier tout le monde chreftien ; cette paix dont dépend le bonheur de tant
de nations ; cette paix pour laquelle voftre Eglife s'intereffe tant & avec tant de raifon ; cette
paix que vous feul pouvez donner, & qui deformais ne peut eftre que l'ouvrage de voftre
providence miraculeufe & de voftre abfoluë
puiffance. Je n'aurois pas, comme miniftre de
voftre parole, le zéle que je dois avoir, fi à l'e-
xemple de vos Prophetes, je ne vous difois aujourd'huy : *Da pacem, Domine, fuftinentibus
te, ut Prophetæ tui fideles inveniantur.* Donnez la paix, Seigneur, à voftre peuple, afin que
ce ne foit pas en vain que nous l'ayions engagé à
appaifer voftre colere pour l'obtenir. Donnez-
luy la paix, puifqu'entre les profperitez, quoyqu'humaines & temporelles, qu'il luy eft per-

mis d'efperer, la paix eft celle qui vient plus immédiatement de vous, & qui peut le plus contribuer à voftre gloire. Mais je ferois, ô mon Dieu, encore plus prévaricateur de mon miniftere, fi préferablement à cette paix, toute neceffaire & toute importante qu'elle eft, je ne vous demandois pour moy & pour ceux qui m'écoutent, celle qui doit nous reconcilier avec vous, celle qui doit nous reconcilier avec nous-mefmes, celle qui doit nous reconcilier avec nos freres : celle qui doit nous reconcilier avec vous, par une genereufe & fainte penitence ; celle qui doit nous reconcilier avec nous-mefmes, par un vray détachement & une fincere humilité ; celle qui doit nous reconcilier avec nos freres, par une tendre & cordiale charité.

Ramaffons en deux mots tout ce myftere, & finiffons. Le Seigneur & le Dieu des armées, qui vient au monde pour y faire regner la paix, & qui veut eftre aujourd'huy glorifié par toute la terre en qualité de Roy pacifique, *Magnificatus eft Rex pacificus fuper faciem univerfæ terræ :* voilà, Sire, ce que chante l'Eglife dans cette augufte folemnité ; voilà ce que nous celebrons. Modelle admirable pour Voftre Majefté, & que je luy propofe icy avec d'autant plus d'affeûrance, que je fçais que c'eft le modelle qu'elle fe propofe elle-mefme & fur lequel elle fe forme. Car fans oublier la fainteté de

Ecclef. Offic.

mon miniftere, & fans craindre que l'on m'accufe de donner à Voftre Majefté une fauffe
louange, je dois, comme Predicateur de l'E-
vangile, benir le ciel ; quand je vois, Sire, dans
voftre perfonne un Roy conquerant, & le plus
conquerant des Roys, qui met néanmoins toute fa gloire à eftre aujourd'huy reconnu le Roy
pacifique, & diftingué comme tel entre tous les
Roys du monde. Je dois en prefence de cet
Auditoire chreftien, rendre à Dieu de folem-
nelles actions de graces, quand je vois dans Voftre Majefté un Monarque victorieux & invincible, dont tout le zéle eft de pacifier l'Europe,
dont toute l'application eft d'y travailler & d'y
contribuer par fes foins, dont toute l'ambition
eft d'y réuffir ; & qui par là eft fur la terre l'image vifible de celuy dont le caractere eft, d'eftre
tout enfemble, felon l'Ecriture, le Dieu des armées & le Dieu de la paix.

Cette paix eft l'ouvrage de Dieu ; & nous
reconnoiffons plus que jamais, que le monde
ne la peut donner : mais noftre confiance, Sire,
eft que malgré le monde mefme, Dieu fe fervira de Voftre Majefté, de fa fageffe, de fes lumieres, de la droiture de fon cœur, de la grandeur de fon ame, de fon défintereffement, pour
donner cette paix au monde. Ce qui nous con-
fole, c'eft que Voftre Majefté, fuivant les regles
de fa religion, ne fait la guerre aux ennemis de
fon Eftat, que pour procurer plus utilement &

plus avantageusement cette paix à ses sujets. Ce qui nous rasseûre, c'est que dans les veûës qui la font agir, toutes ses conquestes aboutissent là; & qu'elle ne gagne des batailles, qu'elle ne force des villes, qu'elle ne triomphe par tout, que pour parvenir plus-seûrement & plus promptement à cette paix. Ce qui soutient nos esperances, & au mesme temps ce qui augmente nostre veneration & nostre zéle pour Vostre Majesté, c'est que son amour pour son peuple l'emportera toûjours en cecy par dessus ses interests propres ; & que touchée de ce motif, il n'y aura rien qu'elle ne sacrifie au bien de cette paix: qu'ainsi, en veritable imitateur du Dieu des armées & du Dieu de la paix, vous aurez, Sire, l'avantage, aprés avoir esté le Héros du monde chrestien, d'en estre encore le Pacificateur. Car voilà ce qui mettra le comble à vos travaux héroïques; voilà ce qui couronnera vostre regne ; voilà ce qui achevera vostre glorieuse destinée.

Accomplissez mes vœux, Seigneur; ou plustost, benissez les intentions de ce Roy pacifique & conquerant, qui sçait si bien se conformer aux vostres. Donnez-nous par luy cette paix que vous nous promettez aujourd'huy par le ministere de vos Anges; & s'il estoit vray que vous fussiez encore irrité contre les hommes; si les pechez des hommes meritoient encore les fleaux de vostre justice, permettez-moy, Seigneur, de vous faire icy la priére que vous fit autrefois David, & de vous dire comme luy dans le mefme efprit : *Diffipa gentes quæ bella volunt :* Diffipez ces nations opiniaftres qui veulent la guerre. Renverfez leurs deffeins, rompez leurs alliances , rendez vaines leurs entreprifes, troublez leurs confeils. Souffrez que j'adjoufte avec le mefme Prophete : *Effunde iram tuam in gentes quæ te non noverunt, & in regna quæ nomen tuum non invocaverunt.* S'il faut, ô mon Dieu, que voftre colere éclate, répandez-la fur ces nations qui ne vous connoiffent point, & fur ces Royaumes qui n'invoquent point voftre nom : c'eft à dire, fur ces nations où la verité de voftre religion n'eft pas connuë, & fur ces Royaumes où l'hérefie a aboli la pureté de voftre culte. Mais par un effet tout contraire, répandez voftre mifericorde fur ce Royaume chreftien, où vous eftes invoqué, fervi, adoré en efprit & en verité. Répandez-la fur ce Monarque qui m'écoute, & qui plus zelé pour voftre gloire que pour la fienne, met aujourd'huy à vos pieds, non feulement fon fceptre & fa couronne, mais toute la gloire de fes conqueftes, pour vous en faire un hommage comme au Dieu de la paix : qui pour le bien de voftre Eglife, préfere cette paix à l'accroiffement de fon Empire; & qui au milieu de fes profperitez & du fuccés de fes armes, ne refufe pas pour elle de fe relafcher de

Pfalm. 67.

Pfalm. 78.

S iiij

ſes droits. Dans des diſpoſitions ſi ſaintes, que ne doit-il pas attendre de vous ; & quels effets, ou pluſtoſt, quels miracles de protection n'avons-nous pas droit de nous promettre pour luy ? C'eſt l'homme de voſtre droite, Seigneur, étendez ſur luy voſtre main, animez-le de voſtre eſprit, rempliſſez-le de vos lumieres, fortifiez-le de voſtre grace. Tandis que vous le ſoutiendrez, toutes les puiſſances du monde, quoyque liguées & conjurées, ne prévaudront pas contre luy ; & avec voſtre divin ſecours, nous ne doutons point, ô mon Dieu, que nous n'obtenions enfin cette paix ſalutaire, que nous vous demandons comme un des fruicts de la naiſſance de noſtre adorable Sauveur, & comme un moyen qui nous aidera à meriter la bienheureuſe & l'éternelle paix dont vos eſlûs joüiſſent dans le ciel. Je vous la ſouhaite, mes chers Auditeurs, au nom &c.

Fiat manus tua ſuper virum dexteræ tuæ. *Pſal. 79.*

AUTRE

AVENT

PRESCHÉ DEVANT LE ROY.

SERMONS
CONTENUS DANS CET AVENT.

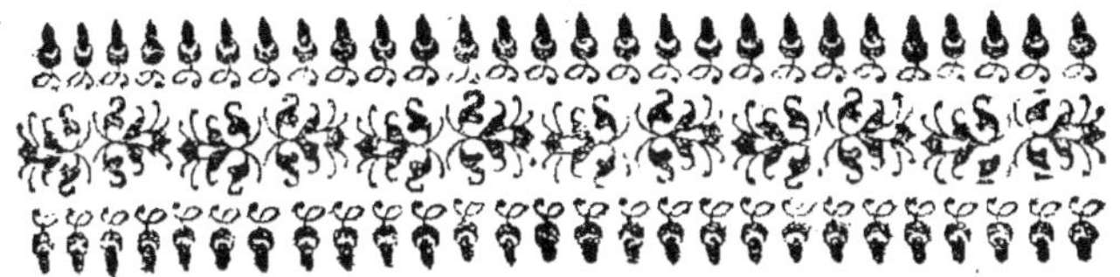

SERMON
POUR LA FESTE
DE
TOUS LES SAINTS.

Sur la Sainteté.

Mirabilis Deus in Sanctis suis.

Dieu est admirable dans ses Saints. Au Pseaume. 67.

S IRE,

A Considerer Dieu dans luy mesme, nous
ne pouvons dans luy mesme l'admirer, parcequ'il est trop elevé au dessus de nous & trop
grand. Comme nous ne le connoissons sur la
terre que dans ses ouvrages, ce n'est aussi sur
la terre, à proprement parler, que dans ses ouvrages qu'il est admirable pour nous. Or l'ouvrage de Dieu par excellence, ce sont les Saints;
& par consequent, disoit le Prophete Royal,

c'eſt ſur tout dans ſes Saints qu'il nous paroiſt digne de nos admirations. *Mirabilis Deus in Sanctis ſuis.*

En effet, de quelque maniere que nous en-viſagions les Saints, Dieu eſt admirable en eux: & quand je m'en tiendrois au ſeul Evangile de ce jour, qu'y a-t-il de plus admirable, que d'a-voir conduit des hommes à la poſſeſſion d'un Royaume par la pauvreté! que de leur avoir fait trouver la conſolation & la joye par les pleurs & l'adverſité! que de les avoir élevez par les hu-miliations au comble de la gloire; & pour me ſervir de l'expreſſion de ſaint Ambroiſe, de les avoir beatifiez par les miſeres meſmes! Car voi-là, ſi je puis uſer de ce terme, les divins parado-xes dont le Saint Eſprit nous donne l'intelli-gence dans cette ſolemnité; & que nous n'au-rions jamais pû comprendre, ſi les Saints que nous honorons, n'en eſtoient une preuve ſen-ſible : voilà les miracles que Dieu a operez dans ſes Eſſûs. *Mirabilis Deus in Sanctis ſuis.*

J'ajouſte néanmoins, mes chers Auditeurs, aprés ſaint Leon Pape, une choſe qui me ſem-ble encore plus propre à nous toucher, par l'in-tereſt que nous y devons prendre, comme chreſ-tiens. Car Dieu, dit ce Pere, eſt particuliere-ment admirable dans ſes Saints, parce qu'en les glorifiant, il nous a pourveûs d'un puiſſant ſe-cours, c'eſt celuy de leur protection ; & qu'en meſme temps il nous a mis devant les yeux un

grand modelle, c'eſt l'exemple de leur vie. *Mi-* Leo.
rabilis Deus in Sanctis ſuis ; in quibus, & præ-
ſidium nobis conſtituit, & exemplum. Je m'attache à cet exemple des Saints, pour eſtablir ſolidement les importantes veritez que j'ay à vous
annoncer ; & ſans rien dire du ſecours que nous
pouvons attendre d'eux, & que nous en rece-
vons, je veux vous faire admirer Dieu dans la
conduite qu'il a tenuë en nous propoſant ces il-
luſtres prédeſtinez, dont la ſainteté doit produire en nous de ſi merveilleux effets pour nôſtre
ſanctification. Vierge ſainte, Reine de tous les
Saints, puiſque vous eſtes la Mere du Saint des
ſaints ; vous, en qui Dieu s'eſt monſtré ſouverainement admirable, puiſque c'eſt en vous &
par vous qu'il s'eſt fait homme, & qu'il s'eſt rendu ſemblable à nous : faites deſcendre ſur moy
ſes graces. Il s'agit d'inſpirer à mes Auditeurs
un zéle ſincere, un zéle efficace d'acquerir cette ſainteté ſi peu gouſtée, ſi peu connuë, ſi peu
pratiquée dans le monde, & toutefois ſi neceſſaire pour le ſalut du monde. Je ne puis mieux
réuſſir dans cette entrepriſe, que par voſtre interceſſion ; & c'eſt ce que je vous demande, en
vous addreſſant la priere ordinaire. *Ave Ma-*
ria.

En trois mots j'ay compris, ce me ſemble,
trois ſujets de la plus juſte douleur, ſoit que
nous ſoyons ſenſibles aux intereſts de Dieu, ſoit

que nous ayons égard aux noſtres ; quand j'ay
dit que la ſainteté ſi neceſſaire pour noſtre ſalut, eſtoit peu gouſtée, peu connuë, & peu pratiquée dans le monde. Mais je prétends auſſi
vous conſoler, Chreſtiens, quand j'ajouſte que
Dieu par ſon adorable ſageſſe, a ſçû remedier
efficacement à ces trois grands maux, en nous
mettant devant les yeux la ſainteté de ſes Eſlûs,
& en les prédeſtinant pour nous ſervir d'exemples. Je m'explique.

Cette ſainteté que Dieu nous commande,
& ſans laquelle il n'y a point de ſalut pour
nous, par une déplorable fatalité, trouve dans
les eſprits des hommes trois grands obſtacles à
vaincre & qu'elle a peine ſouvent à ſurmonter ; ſçavoir le libertinage, l'ignorance, & la laſcheté. Parlons plus clairement & plus ſimplement. Trois ſortes de chreſtiens dans le monde, par l'aveuglement où nous jette le peché
& par la corruption du monde meſme, ſont
mal diſpoſez à l'égard de la ſainteté. Car les
libertins la cenſurent, & taſchent à la décrier.
Les ignorans la prennent mal ; & dans l'uſage
qu'ils en font, ou pour mieux dire, qu'ils en
croyent faire, ils n'en ont que de fauſſes idées.
Enfin, les laſches la regardent comme impoſſible, & deſeſperent d'y parvenir. Les premiers,
malins & critiques, la rendent odieuſe ; & de
là vient qu'elle eſt peu gouſtée. Les ſeconds,
groſſiers & charnels, s'en forment des idées,

noñ selon la verité, mais selon leur goust ou selon leur sens ; & de là vient qu'elle est peu connuë. Les derniers, foibles & pusillanimes, s'en rebuttent, & y renoncent dans la veûë des difficultez qu'ils y rencontrent ; & de là vient qu'elle est rare & peu pratiquée. Trois dangereux écueils à éviter dans la voye du salut : mais écueils dont nous nous préserverons aisément, si nous voulons profiter de l'exemple des Saints.

Car je soutiens, & voicy le partage de ce discours, je soutiens que l'exemple des Saints est la plus invincible de toutes les preuves pour confondre la malignité du libertin, & pour justifier contre luy la vraye sainteté. Je soutiens que l'exemple des Saints est la plus claire de toutes les démonstrations, pour confondre les erreurs du chrestien seduit & trompé, & pour luy faire voir en quoy consiste la vraye sain-teté. Je soutiens que l'exemple des Saints est le plus efficace de tous les motifs, pour confondre la tiedeur, beaucoup plus le découragement du chrestien lasche, & pour le porter à la pratique de la vraye sainteté. De là n'auray-je pas droit de conclure, que Dieu est admirable dans ses Saints, lorsqu'il nous les donne pour modelles ! *Mirabilis Deus in Sanctis suis.* Je parle encore une fois à trois sortes de personnes, dont il est aujourd'huy question de rectifier les sentimens sur le sujet de la sainteté chreſtienne : aux libertins qui la combattent; aux ignorans qui ne la connoiſſent pas, aux laſches qui n'ont pas le courage de la pratiquer; & ſans autre raiſonnement, je monſtre aux premiers, que ſuppoſé l'exemple des Saints, leur libertinage eſt inſoutenable ; aux ſeconds, que leur ignorance eſt ſans excuſe ; aux derniers, que leur laſcheté n'a plus de prétexte. Trois veritez que je vais développer : appliquez-vous.

I. PARTIE.

C'Eſt de tout temps que la ſainteté, & meſme la plus ſolide & la plus vraye, a eſté en butte à la malignité des libertins & à leur cenſure. C'eſt de tout temps qu'ils l'ont combattuë comme ſes plus declarez ennemis : & c'eſt pour cela, ou qu'ils ont taſché de ſe perſuader & de perſuader aux autres, qu'il n'y avoit point dans le monde de vraye ſainteté; ou qu'ils ont au moins affecté, en la confondant avec la fauſſe, de la décrier. Deux artifices dont ils ſe ſont ſervis pour défendre, & s'ils avoient pû, pour authoriſer leur libertinage contre la ſainteté chreſtienne ; qui neanmoins a toujours eſté, & ſera toujours devant Dieu & devant les hommes leur condamnation. Deux artifices que ſaint Jeroſme a ſubtilement démeſlez dans une de ſes Epiſtres, où il s'en explique ainſi : *Lacerant ſanctum propoſitum, & nequitiæ ſuæ remedium arbitrantur, ſi nemo ſit ſanctus, ſi turba ſit pereuntium,*

Hieron.

reuntium, si omnibus detrahatur. Ce Pere parloit en particulier de certains esprits prétendus
forts, qui temerairement & sans respect, blaf-
moient la conduite de sainte Paule, & le courage qu'elle avoit eû de quitter Rome, pour aller
chercher son salut dans la retraite & dans l'éloignement du monde. Ces paroles sont remarquables, & d'autant plus dignes d'estre pesées,
qu'elles expriment ce que nous voyons tous les
jours arriver dans nostre siecle. *Lacerant sanc-*   *Hieron.*
tum propositum: Parce qu'ils raisonnent en mondains, disoit saint Jerosme, ils déchirent par
leurs railleries, & mesme par leurs médifances,
tout ce que les serviteurs de Dieu font de plus
édifiant & de plus louable pour honorer Dieu.
Et nequitiæ suæ remedium arbitrantur, si nemo   *Idem.*
sit sanctus : Ils croyent leur libertinage bien à
couvert, quand ils ont la hardiesse de soutenir
qu'il n'y a point de Saint sur la terre ; que ceux
qu'on estime tels, ont comme les autres leurs
passions & leurs vices, & des vices mesmes grof-
siers ; que les plus gens de bien font comme eux
dans la voye de perdition, & qu'on a droit de
dire de tout le monde, que tout le monde est
corrompu & perverti. Non seulement ils soup-
çonnent que cela peut estre ; mais ils s'asseûrent
que cela est, & dans cette supposition aussi extravagante que maligne, ils se consolent : comme si l'affreuse opinion qu'ils ont de tout le genre humain, estoit la justification de leur iniqui-
.T

té, & devoit les guerir de tous les remords interieurs qu'ils auroient infailliblement à essuyer,
si le monde leur faisoit voir des hommes vrayment vertueux, & dont la vie exemplaire fust un
reproche sensible de leur impieté & de leurs desordres. *Et nequitiæ suæ remedium arbitrantur, si detrahatur omnibus.* Prenez garde, s'il
vous plaist, à la pensée de ce saint Docteur.

La premiere injustice que le libertin fait à la
sainteté chrestienne, est de ne la vouloir pas reconnoistre; c'est à dire, de prétendre que ce que
l'on appelle sainteté, n'est rien moins dans les
hommes que sainteté; que dans les uns c'est vanité, dans les autres singularité, dans ceux-cy
dépit & chagrin, dans ceux-là foiblesse & petitesse de genie; & malgré les dehors les plus specieux, dans plusieurs imposture & hypocrisie.
Car c'est ainsi, mes chers Auditeurs, qu'on en
juge dans le monde, mais particulierement à
la Cour: dans ce grand monde où vous vivez;
dans ce monde, que je puis appeller l'abbregé
du monde. Monde prophane, dont la malignité, vous le sçavez, est de n'admettre point de
vraye vertu; de ne convenir jamais du bien;
d'estre toûjours convaincu que ceux qui le font,
ont d'autres veûës que de le faire; de ne pouvoir croire qu'on serve Dieu purement pour le
servir, ni qu'on se convertisse purement pour se
convertir; de n'en voir aucun exemple, qu'on
ne soit prest à contester; de critiquer tout, &

Idem.

à force de critiquer tout, de ne trouver plus rien qui édifie. Malignité, reprend saint Jerofme, injurieuse à Dieu, & pernicieuse aux hommes : ne perdez pas cette reflexion qui vous peut eftre infiniment utile & falutaire.

Malignité injurieuse à Dieu, puifque par là l'on ofte à Dieu la gloire qui luy eft dûë, en attribuant à tout autre qu'à luy, les œuvres dont il eft l'autheur, comme nous apprenons de l'Evangile, que les Pharifiens en ufoient à l'égard du Fils de Dieu. Car que faifoient-ils ? Ils imputoient à l'art magique les miracles de ce Dieu-Homme : ils difoient qu'il chaffoit les demons par la puiffance de Béelzebub, le Prince des ténebres. Et que fait-on à la Cour ? On veut, & l'on veut fans diftinction, qu'un intereft fecret y foit le reffort, le motif de tout le bien qu'on y pratique, de tout le culte qu'on y rend à Dieu, de toutes les refolutions qu'on y prend de mener une vie chreftienne, de toutes les converfions qui y paroiffent, de toutes les réformes qu'on y apperçoit. On veut qu'une baffe & fervile politique en foit le principe & la fin. On dit d'une ame touchée de Dieu, & qui commence de bonne foy à regler fes mœurs, qu'elle prétend quelque chofe, qu'il y a du myftere dans fa conduite, que ce changement eft une fcéne qu'elle donne, mais que Dieu y a peu de part. Or l'un n'eft-il pas femblable à l'autre ; & fi le langage du Pharifien a efté un blafphefme

contre Jesus-Chrift, celuy du monde qui juge
& qui decide de la forte, eft-il moins injufte
& moins criminel ?

Malignité pernicieufe aux hommes, puifque
le mondain fe prive ainfi d'une des graces les
plus touchantes, & dans l'ordre de la prédeftination les plus efficaces, qui eft le bon exemple : ou pluftoft, puifqu'autant qu'il dépend de
luy, il anéantit à fon égard cette grace du bon
exemple. Ces converfions, dont il eft témoin,
& qu'on luy propofe pour le faire rentrer en
luy-mefme, n'ont plus d'autre effet fur luy, que
de luy faire former mille raifonnemens, mille
jugemens temeraires & mal fondez ; que de luy
faire prophaner ce qu'il y a de plus faint par les
railleries les plus piquantes, & fouvent mefme
par les difcours les plus impies. Dieu le permet pour punir en luy cet efprit d'orgueil, qui
le porte à s'ériger en cenfeur fi fevere de la fainteté. D'où il arrive, que bien loin de tirer aucun fruit des exemples qu'il a devant les yeux,
il s'endurcit le cœur, il fe confirme dans fes defordres, il demeure dans fon impenitence, il s'y
obftine & fe rend encore plus incorrigible. Au
lieu que les ames fidelles marchent avec fimplicité dans les voyes de Dieu ; profitent du bien
qu'elles fuppofent bien, au hazard mefme de
s'y tromper ; s'édifient des vertus, quoyque douteufes, qui leur paroiffent vertus ; de ces exemples mefmes conteftez fe font des leçons & des

regles : heureufes qu'il y en ait encore ; & fans penfer à les combattre , beniffant Dieu de ce qu'il les fufcite pour fa gloire, pour le bien de fes eflûs , & pour la confufion du libertinage.

Car je l'ay dit, Chreftiens , & je le repete : quelque préfomptueux que puiffe eftre le libertinage du monde, jamais il ne fe foutiendra contre certains exemples irréprochables , que Dieu dans tous les temps luy a oppofez, & qu'il luy oppofera toujours pour le confondre. Cette nuée de témoins dont parle faint Paul, cette innombrable multitude de Saints dont nous honorons la glorieufe memoire, eft en faveur de la fainteté chreftienne un argument trop plaufible, & une preuve trop éclatante & trop forte, pour pouvoir eftre affoiblie par toute l'impieté du fiecle. Il y a dans le monde des hypocrites, je le fcais, & peut eftre trop, pour n'en pas gemir moy-mefme. Mais l'impieté du fiecle peut-elle fe prévaloir de l'hypocrifie, pour en tirer cette dangereufe confequence, qu'il n'y a point dans le monde de vraye fainteté ! Au contraire, repond ingenieufement faint Auguftin, c'eft de là mefme qu'elle doit conclure qu'il y a une vraye fainteté , parce qu'il fe trouve des faintetez fauffes ; & la raifon qu'il en apporte, eft fans replique : parce que la fauffe fainteté, ajoufte-t-il, n'eft rien autre chofe qu'une imitation de la vraye, comme la fiction eft une imitation de la verité.

T iij

En effet, ce font les vrayes vertus, qui par l'abus qu'on en a fait, en voulant les imiter, ont produit, contre l'intention de Dieu, les fauffes vertus. Le demon, pere du menfonge, s'eftant étudié à copier, autant qu'il a pû, les œuvres de Dieu, il a pris à tafche de contrefaire la vraye humilité par mille vains phantofmes d'humilité, la vraye feverité de l'Evangile par l'apparente feverité de l'herefie, le vray zéle par le zéle jaloux, la vraye religion par l'idolaftrie & la fuperftition. Témoignage évident, dit faint Auguftin, qu'il y a donc une vraye religion, un vray zéle, une vraye feverité de mœurs, une vraye humilité de cœur, en un mot, une vraye fainteté; puifqu'il eft impoffible de contrefaire ce qui n'eft pas, & que les copies, quoyque fauffes, fuppofent un modelle.

Or ce principe eftabli, qu'il y a une vraye fainteté, l'impieté du fiecle la plus maligne demeure defarmée & fans défenfe. Que cette fainteté pure & fans reproche foit rare parmi les hommes; qu'elle fe rencontre en peu de fujets, cela ne favorife en aucune forte le libertin. Quand il n'y en auroit dans le monde qu'un feul exemple, il n'en faudroit pas davantage pour faire fa condamnation : & Dieu, par une providence toute fpeciale, difpofe tellement les chofes, que cet exemple, feul fi vous le voulez, ne manque jamais ; & que malgré l'iniquité, il y en a toûjours quelqu'un; que le mondain luy - mefme de fon propre aveu, ne peut s'empefcher de reconnoiftre.

Oüy, mon cher Auditeur, fi vous eftes affez malheureux, pour eftre du nombre de ceux à qui je parle icy, & que je combats; ce feul homme de bien que vous connoiffez, & qui eft, dites-vous, l'unique en qui vous croyez, & dont vous voudriez repondre, c'eft celuy-là mefme qui s'elevera contre vous au jugement de Dieu. Luy feul il vous fermera la bouche. Dieu n'aura qu'à vous le produire, pour vous convaincre malgré vous du prodigieux égarement où vous aurez vefcu, & pour faire paroiftre à tout l'univers la vanité, la foibleffe, le defordre de voftre libertinage. En vain pour voftre juftification voudrez - vous alléguer l'hypocrifie de tant de mauvais chreftiens. S'il y a eû dans le monde des hypocrites, vous dira Dieu, vous n'avez pas dû pour cela eftre un impie. Si plufieurs ont abufé de la fainteté de mon culte, il ne falloit pas vous porter à un excés tout oppofé, ni vous livrer au gré de vos paffions. Car il n'eftoit pas neceffaire que vous fuffiez l'un ou l'autre : entre l'hypocrite & le libertin, il y avoit un parti à fuivre, & mefme un parti honorable, c'eftoit d'eftre chreftien & vray chreftien. Que ceux que vous avez traitez de faux devots, l'ayent efté ou non, c'eft fur quoy ils feront jugez; mais voftre caufe, qui n'a rien de commun avec eux, n'en a pû devenir meilleu-

T iiij

re. Tant de faux devots, de devots suspects
qu'il vous plaira, en voicy un aprés tout, que
vous ne pouvez récuser ; en voicy un qui vous
confond, & qui vous confond par vous-mesme. Car ce juste que vous avez vous-mesme
respecté, ce juste en qui vous avez reconnu
vous-mesme tous les caracteres d'une pieté sincere & solide, que ne l'avez-vous imité, &
pourquoy ne vous estes-vous pas formé sur ses
exemples ?

Cela, dis-je, suffiroit pour faire taire l'impieté. Ce seroit assez de ces saints, quoyque rares & singuliers, que Dieu nous fait voir sur la
terre ; de ces saints qui non seulement glorifient
Dieu, mais ont encore le bonheur en le glorifiant, d'estre generalement approuvez des hommes ; de ces saints dont la vertu est si unie, si simple, si pure, si hautement & si universellement
canonisée, que le libertinage mesme est forcé de
les honorer. Car il y en a ; & quelque reprouvé que soit le monde, il y en a au milieu de
vous : vous sçavez bien les démesler, & vous
ne vous trompez pas dans le discernement que
vous en faites.

Mais je dis bien plus ; & pour un juste dont
l'exemple pourroit suffire, Dieu m'en decouvre
aujourd'huy une multitude innombrable, &
me fournit autant de preuves contre vous. Il
m'ouvre le ciel ; & m'élevant au dessus de la
terre, il me monstre ces troupes d'eslûs qu'une

sainteté éprouvée, purifiée, consommée a fait
monter aux plus hauts rangs de la gloire. Des
hommes, dit saint Chrysostome, induction admirable, & dont vous devez estre touchez, des
hommes en qui la sainteté n'a esté ni tempérament, puisqu'elle a reformé, changé, détruit
dans eux le tempérament; ni humeur, puisqu'elle ne les a sanctifiez qu'en combattant,
qu'en reprimant, qu'en mortifiant sans cesse
l'humeur; ni politique, puisqu'elle les a dégagez de toutes les veûës humaines; ni interest,
puisqu'elle les a fait renoncer à tous interests;
ni vanité, puisqu'elle les a en quelque sorte
anéantis, & qu'ils ne se font presque tous sanctifiez qu'en se cachant dans les ténebres; ni chagrin, puisqu'elle les a souvent détachez, séparez du monde, lorsqu'ils estoient plus en estat
de jouir des prosperitez, & de gouster les agrémens du monde; ni foiblesse, puisqu'elle leur
a fait prendre les plus genereuses resolutions, &
soutenir les plus héroïques entreprises; ni petitesse de genie, puisqu'en souffrant, en mourant,
en s'immolant pour Dieu, ils ont fait voir une
grandeur d'ame, que l'infidelité mesme a admi-
rée; ni hypocrisie, puisque bien loin de vouloir
paroistre ce qu'ils n'estoient pas, tout leur soin
a esté de ne pas paroistre ce qu'ils estoient. Des
hommes que le Christianisme a formez; & dont
la sainteté incontestablement reconnuë, est d'un
ordre si superieur à tout ce que la Philosophie

payenne, je ne dis pas, a pratiqué, mais a enfeigné, mais a imaginé, mais a voulu feindre,
que dans l'opinion de faint Auguftin, l'exemple de ces héros chreftiens, dont nous folemnifons la fefte, eft une des preuves les plus invincibles, qu'il y a un Dieu, qu'il y a une religion, qu'il y a une grace furnaturelle qui agit
en nous. Pourquoy ? parce qu'une fainteté auffi
éminente que celle-là, ne peut eftre fortie du
fond d'une nature auffi corrompuë que la noftre ; parce que la Philofophie & la raifon ne vont
point jufques-là ; parce qu'il n'y a donc que la
grace de Jefus-Chrift, qui puiffe ainfi élever les
hommes au deffus de toute l'humanité, & que
c'eft par confequent l'œuvre de Dieu. Voilà ce
que célebre aujourd'huy l'Eglife militante dans
cette augufte folemnité qu'elle confacre à l'E-
glife triomphante. Voilà de quoy le ciel eft
rempli. Exemples memorables, dont l'impieté
n'effacera jamais le fouvenir, & contre lefquels
elle ne prefcrira jamais. Exemples convaincans,
aux quels il faut que le libertinage céde, & qui
confondront éternellement l'orgueil du monde. Miracles de voftre grace, ô mon Dieu, dont
je me fers icy, pour repandre au moins dans
la Cour du plus Chreftien de tous les Roys
les fentimens de refpect & de veneration dûs
à la vraye pieté ! Heureux, fi j'en pouvois bannir cet efprit mondain toûjours declaré contre
ceux qui vous fervent, ou pluftoft, Seigneur,

toûjours declaré contre voſtre ſervice meſme !
Heureux, ſi je pouvois le détruire dans tous les
cœurs ; ſi je pouvois détromper toutes les perſonnes qui m'écoutent, & leur faire une fois
comprendre combien ces injuſtes préjugez,
dont on ſe laiſſe ſi aiſément prévenir, & où l'on
aime tant à s'entretenir, ſont capables de les é-
loigner, & les éloignent en effet de vous !

La ſeconde injuſtice du libertin à l'égard de
la ſainteté ne conſiſte plus à la deſavoüer, mais
à la décrediter, à la rendre odieuſe, en luy imputant des defauts prétendus, & en les employant contre elle pour la noircir. Car comme remarque le ſçavant Chancelier Gerſon,
homme entre tous les autres trés penetrant &
trés eclairé dans la ſcience des mœurs, la ſainteté chreſtienne n'eſt point reſponſable des imperfections de ceux qui la pratiquent. Si celuy
qui s'addonne au culte de Dieu, a encore ſes
foibleſſes & ſes paſſions, il les a parce qu'il eſt
homme, & non parce qu'il eſt pieux. Bien loin
que la pieté les fomente & les authoriſe, elle
eſt la premiere à les luy reprocher, & elle ne
ceſſe jamais de les combattre. Si elle n'en triomphe pas toujours, & ſi les paſſions l'empor-
tent quelquefois ſur elle, tel eſt noſtre deſordre & non pas le ſien. Il y a plus, & eſt-il juſte
d'exiger de la vraye pieté, parce qu'elle eſt en
elle-meſme parfaite & divine, que d'abord elle nous rende des hommes parfaits ! Comme

elle ne préfume point de pouvoir faire dans cette vie des faints impeccables, auffi ne doit-on pas s'en prendre à elle, fi ceux qui s'engagent à fuivre fes voyes, font encore fujets aux fragilitez humaines. Relever l'homme de fes chutes, l'humilier dans la veûë de fes miferes, luy faire trouver dans fes paffions mefmes la matiere & le fond de fes merites, c'eft à quoy elle travaille, de quoy elle repond ; & non pas d'affranchir l'homme de tous pechez, ce qui ne convient qu'à l'eftat des bienheureux.

Or voici neanmoins l'autre effet de la malignité du monde. Un homme pour obéir à Dieu, & en veüe de fon falut, prend-il le parti de la pieté ? dés là on ne luy pardonne plus rien, & l'on eft determiné à luy faire des crimes de tout : dés-la il ne luy eft plus permis d'avoir ni paffion, ni imperfection : on veut qu'il foit irréprehenfible ; & s'il ne l'eft pas, on en accufe la pieté mefme. Malignité, ajoufte faint Jerofme, la plus inique. Car enfin fi la pieté doit eftre expofée à la cenfure du monde, au moins la cenfure du monde doit-elle eftre équitable; & s'il ne veut pas luy faire grace, au moins doit-il luy faire juftice. Pourquoy donc ces préventions contre elle ? pourquoy ces fuppofitions, en luy imputant comme propre, ce qu'elle rejette elle-mefme comme condamnable ? Pourquoy cette averfion fecrette envers ceux qui l'ont embraffée ? Pourquoy ce pen-

chant à les railler, à les abbaiffer, à empoifon-
ner leurs actions les plus innocentes & leurs
plus droites intentions, à diminuer leurs bonnes qualitez, à exaggérer les mauvaifes, fi quelquefois ils en font paroiftre ? Eft-ce ainfi que
nous en ufons avec le refte des hommes ? &
l'attachement au fervice de Dieu a-t-il quelque
chofe qui doive attirer le mépris & la haine !
Je pourrois m'en tenir là pour la confufion de
l'impie : mais l'Eglife va plus loin. Elle luy oppofe dans la perfonne des Saints, & pour une
conviction plus entiere, fur tout plus fenfible,
des hommes tels que les concevoit faint Paul,
& tels en effet qu'ils ont paru felon l'idée de
cet Apoftre ; édifiant le monde, & fervant de
modelles au monde : des hommes irréprehen-
fibles, au fens mefme que le monde les veut, &
que le libertin les demande : des hommes en
qui la pieté n'a efté, ni préfomptueufe, ni hau-
taine, ni aigre, ni critique, ni opiniaftre, ni dif-
fimulée, ni jaloufe, ni bizarre, ni intriguante,
ni dominante.

Ce font là ceux que l'Eglife oppofe au libertinage : ces bienheureux, dont elle honore la memoire, ce font ces hommes parfaits
qu'elle nous met devant les yeux. Sujets par
eux-mefmes à tous les vices des autres, ils ne
s'en font ou préfervez, ou corrigez, que par l'e-
xercice & l'étude des vertus chreftiennes. D'où
il s'enfuit que leur fanctification, en juftifiant le

parti de la pieté, doit donc couvrir d'un éternel opprobre le libertin, qui entreprend de la rendre méprifable. Leur fiecle, quoyque perverti, les a reconnus & publiez tels que je vous les dépeints. Comme tels, les fiecles fuivans les ont beatifiez & canonifez : c'eft fur le témoignage du monde entier que nous leur rendons en ce jour un culte fi folemnel ; c'eft pour cela, dit l'Ecriture, qu'ils font devant le trofne de Dieu, parce qu'ils ont efté fans tache devant les hommes : *Sine maculâ enim funt ante thronum Dei.* Serons-nous affez injuftes pour leur difputer tout à la fois, & leur fainteté, & leur gloire ! Mais ferons-nous au mefme temps affez aveugles, pour ne pas découvrir toute la foibleffe de l'impieté ! Reprenons : le libertin combat la fainteté chreftienne, & je vous ay fait voir que l'exemple des Saints rend fon libertinage infoutenable. L'ignorant ne connoift pas la fainteté chreftienne, & je vais luy monftrer que l'exemple des Saints rend fon ignorance inexcufable. C'eft la feconde partie.

Apoc. 14.

II. PARTIE.

IL ne faut pas douter, que faint Paul écrivant à Timothée fon difciple, n'euft en veûë les derniers fiecles de l'Eglife, & en particulier celuy où nous vivons, quand parmi les abus qu'il condamnoit, & qu'il remarquoit mefme dés lors dans le Chriftianifme, il déploroit fur tout l'aveuglement de certaines ames féduites, qui é-

tudioient fans ceffe la religion, & qui ne parve-
noient jamais à la fcience de la religion ; qui en
apprenoient tous les jours les maximes & les
préceptes, & qui n'en comprenoient jamais l'effentiel, ni le fond ; qui s'épuifoient en fpecu-
lations, pour s'y rendre habiles, mais qui ne
l'entendoient jamais, parce que jamais ils n'en
venoient à la pratique ; en un mot, qui cherchant en apparence le Royaume de Dieu, ne
le trouvoient point en effet, parce qu'elles le
cherchoient fans le connoiftre : toûjours éloi-
gnées de la folide pieté, parce qu'avec toute leur
étude, elles ne s'eftoient jamais formé une jufte
image de la pieté. *Semper difcentes, & num-
quam ad fcientiam veritatis pervenientes.* C'eftoit un des maux dont ce grand Apoftre mena-
çoit l'Eglife de Dieu ; & n'eft-ce pas ce que nous
voyons aujourd'huy? Quelque fpirituel & quelque raffiné que fe pique d'eftre le fiecle où nous
fommes nez, avoüez-le, mes chers Auditeurs,
qu'un des abus qui y regnent davantage, eft de
fe laiffer prevenir des erreurs les plus groffieres
fur ce qui regarde la veritable pieté & la fainteté chreftienne. J'en appelle à vos connoiffances, & je fuis certain que vous en convenez déja avec moy.

Les uns, ne perdez pas cecy, font confifter
la fainteté dans ce qui eft felon leur fens, & les
autres dans ce qui eft felon leur gouft : les uns
dans des chofes extraordinaires & fingulieres, &

2. *Timoth.* 3.

les autres dans des chofes extrefmes & outrées: les uns dans ce qui éclate & qui brille, & les autres dans ce qui effraye & qui rebutte. Les uns fe la figurent hors de leur eftat, & les autres fe la propofent au delà de leurs forces & de leur pouvoir : les uns l'imaginent contraire aux bienféances & aux regles qu'il faut obferver dans le monde, & les autres s'en font des plans oppofez à leurs obligations mefmes les plus étroites & à leurs engagemens particuliers par rapport au monde: les uns l'attachent à certains moyens aux quels ils fe bornent, pendant qu'ils negligent la fin ; & les autres la réduifent à des idées vagues de la fin dont ils fe repaiffent, pendant qu'ils negligent les moyens. Quel champ, Chreftiens, & quelle matiere à nos reflexions!

Or je dis que l'exemple des Saints confond toutes ces erreurs ; qu'il nous démonftre fenfiblement que la fainteté ne confifte point en tout cela , ne dépend point de tout cela , n'eft rien moins, ou pluftoft, eft quelque chofe de meilleur & de plus raifonnable que tout cela. Pourquoy ? parce que les Saints par leur exemple nous prefchent aujourd'huy une verité , mais une verité touchante, une verité édifiante, une verité confolante; fcavoir, qu'indépendamment de noftre fens ou de noftre gouft, que fans l'éclat de certaines œuvres ou leur aufterité, que fans fortir de noftre condition ni quitter les voyes communes , que fans

prendre

prendre des moyens particuliers ni se proposer une autre fin que celle mesme qui nous est marquée dans la situation presente où nous nous trouvons, toute la sainteté, la vraye sainteté est de remplir ses devoirs, & de les remplir dans la veûe de Dieu; d'estre parfaitement ce que l'on doit estre, & de l'estre selon Dieu; de se conduire d'une maniere digne de l'estat où l'on est appellé de Dieu. Verité à laquelle nostre raison se soumet d'abord, & qu'il suffit de comprendre pour en estre persuadé : verité que toutes les Ecritures nous ont enseignée, mais dont nous avons encore une preuve plus évidente dans ces grands modelles que Dieu nous présente aujourd'huy.

Car dans ces modelles, qui sont les Saints, detrompé de toute illusion, je vois clairement & distinctement ce que c'est que d'estre saint; & je le vois sans effort, sans embarras de préceptes; comme si la sainteté elle-mesme se découvroit à moy, & devenoit sensible pour moy. Et puisqu'il n'est rien hors de Dieu, de plus excellent, rien de plus divin qu'une sainteté de ce caractere, c'est à dire, une sainteté fondée sur les devoirs, reglée par les devoirs, renfermée dans les devoirs : dés que je l'envisage de la sorte, tout revolté que je puis estre contre mes devoirs, je me sents forcé à luy donner mon estime; & cette estime dont je ne puis me défendre, m'en fait naistre un amour secret, dont je me dé-

V

fends encore moins. Je dis : voilà ce que je devrois eftre ; voilà ce que ma raifon, ce que ma
confcience, ce que ma religion me reproche-
ront toûjours de n'eftre pas : je le dis ; & l'a-
veu que j'en fais, eft pour moy un témoignage infaillible, que c'eft donc là, & là feulement
que fe réduit ce que nous appellons fainteté.

Non, Chreftiens, ces bienheureux dont nous
folemnifons la fefte, ne font point précifément
devenus faints, pour avoir fait dans le monde
& pour Dieu des chofes extraordinaires & éclatantes. S'ils en ont fait, dit faint Bernard, & fi
l'hiftoire de leur vie les rapporte ; ces œuvres é-
clatantes & extraordinaires pouvoient bien eftre
des effets & des écoulemens de leur fainteté ;
mais elles n'en ont jamais efté ni le fond, ni la
mefure. Ils les ont faites, fi vous voulez, parce
qu'ils eftoient faints ; mais ils n'ont jamais efté
faints, parce qu'ils les faifoient : & en effet, ils
pouvoient eftre faints fans cela, comme avec cela ils auroient pû ne l'eftre pas.

Ils pouvoient eftre faints fans cela. Combien
de prédeftinez, maintenant heureux & paifibles
poffeffeurs de la gloire, n'ont jamais rien fait
fur la terre qui leur ait attiré l'admiration, ni
qui les ait diftinguez ! Et ils pouvoient avec
cela n'eftre pas faints. Combien de réprouvez,
victimes de la juftice de Dieu, & livrez au feu
éternel, ont fait fur la terre des actions de vertu, à quoy les hommes ont applaudi, pendant

que Dieu les condamnoit,& peut-eftre pour ces vertus mefmes prétenduës les rejettoit. Saints fans cela : ainfi l'ont efté des millions d'Eflûs, dont les noms font écrits dans le ciel, quoy-qu'inconnus dans l'Eglife mefme. Dieu, comme remarque faint Auguftin, a pris plaifir à les fanctifier dans l'obfcurité d'une vie commune, d'une vie cachée; & quand il les a introduits dans fon Royaume, il ne leur a point dit : entrez, ferviteurs fidelles, parce que vous avez fait pour moy de grandes chofes, mais parce que vous avez efté fidelles dans les plus petites, *Quia in pauca fuifti fidelis.* Rien moins *Matth. 25.* que faints, ou pluftoft réprouvez avec cela : ainfi doit-il arriver à ces malheureux, qui diront à Dieu : Seigneur, n'avons-nous pas prophetifé en voftre nom ! n'avons-nous pas chaffé les demons ? mais à qui Dieu repondra : Je ne vous ay jamais connus, & je ne vous connois point encore. Prophetes & faifeurs de miracles tant qu'il vous plaira : ce n'eft point par là que je fais le difcernement & le choix de ceux qui m'appartiennent.

Ce que je dis, Chreftiens, eft tellement vray, que Marie, la plus fainte des creatures, eft néanmoins celle dont l'Evangile, par un deffein particulier de la providence, a moins publié de miracles : que dis-je, & fait-il mefme mention d'un feul ! En marque-t-il un feul de Jean-Baptifte, le précurfeur Jefus-Chrift ! Et n'eft-

V ij

ce pas à luy toutefois que le Sauveur du monde rendit ce glorieux témoignage, qu'entre les
enfans des hommes, nul n'avoit esté devant
Dieu, ni plus grand, ni plus saint? Disons-en
autant de mille autres choses, avec lesquelles
on confond tous les jours la sainteté : autant
de ces austeritez que le monde admire, & qui
selon la judicieuse remarque de l'Evesque de
Genéve, ne font tout au plus que des moyens
pour aller à la sainteté, mais nullement la sainteté mesme. Il y a dans le ciel des Saints du
premier ordre, qui n'ont jamais esté par profession, ni solitaires, ni austeres : le Saint des
Saints luy-mesme, le Fils de Dieu ne l'a point
esté, ou du moins ne l'a point paru ; & peut-
estre l'enfer est-il plein de penitens, d'anacho-
retes, que la vanité a perdus.

Par où donc les Saints sont-ils devenus
saints, & en quoy proprement consiste le fond
de leur sainteté? Ah! Chrestiens, c'est icy qu'il
est de vostre interest de m'écouter. Car voicy
en deux mots vostre instruction & vostre consolation.

Ils n'ont esté saints, que parce qu'ils ont
rempli leurs devoirs ; & ils ont rempli leurs
devoirs parce qu'ils estoient saints. Deux choses dont l'enchaisnement porte avec soy un caractere de raison & de verité qui se fait sentir.
Saints parce qu'ils ont rempli leurs devoirs :
c'est à dire, parce qu'ils ont sçû parfaitement

accorder leur condition avec leur religion ; mais ensorte que leur religion a toûjours esté la regle de leur condition, & que jamais leur condition n'a prévalu aux maximes de leur religion. Saints, parce qu'ils ont rendu à chacun ce qui luy estoit dû ; l'honneur à qui estoit dû l'honneur, le tribut à qui estoit dû le tribut, l'obeissance à ceux que Dieu leur avoit donné pour maistres, la complaisance à ceux dont ils devoient entretenir la societé, l'assistance à ceux qu'ils devoient secourir, le soin à ceux dont ils devoient repondre ; à tous, la justice & la charité, parce que nous en sommes à tous redevables. Saints, parce qu'ils ont honoré par leur conduite les ministeres dont ils estoient chargez, les dignitez dont ils estoient revestus, les places où Dieu les avoit mis ; parce qu'ils ont sacrifié leur repos, leur santé, leur vie aux emplois qu'ils avoient à remplir, aux travaux qu'ils avoient à soutenir, aux fatigues qu'ils devoient essuyer, aux chagrins & aux ennuis qu'il leur falloit dévorer. Saints, parce qu'ils ont preferé en toutes choses la conscience à l'interest, la probité à la fortune, la verité à la flatterie ; parce qu'ils ont eû de la sincerité dans leurs paroles, de la droiture dans leurs actions, de l'équité dans leurs jugemens, de la bonne foy dans leur commerce. Saints, parce que soumis à Dieu, ils se sont tenus dans l'ordre où Dieu les vouloit, sans s'élever, sans s'in-

V iij

gérer, sans s'inquiéter, sans se plaindre, contents de leur estat, ne troublant point celuy des autres, n'enviant le bonheur de personne, fidelles à leurs amis, genereux envers leurs ennemis, reconnoissans des bienfaits qu'ils recevoient, patients dans les maux, oubliant les injures, supportant les foibles : car tout ce que je dis estoit renfermé dans l'étenduë de leurs devoirs, & il leur falloit tout ce que je dis pour estre saints.

Mais j'ajouste, que parce qu'ils estoient saints, ils ont rempli tous ces devoirs. Autre principe d'une verité incontestable. En effet, il n'y avoit que la sainteté qui pust estre en eux une disposition generale & efficace au parfait accomplissement de toutes ces obligations. Sans la sainteté, ils auroient succombé en mille rencontres aux tentations humaines ; leur probité & leur droiture, en je ne sçais combien de pas glissans, les auroit abandonnez ; & en satisfaisant à un devoir, ils en auroient violé un autre. Mais parce qu'ils estoient saints, ils ont gardé toute la loy & rempli toute justice ; parce qu'ils estoient saints, ils ont allié dans leurs personnes les choses, ce semble, les plus opposées & les plus difficiles à concilier ; l'autorité avec la charité, la politique avec la sincerité, les honneurs du siecle avec l'humilité, l'application aux affaires avec la pieté : parce qu'ils estoient saints, ils ont maintenu dans le monde

leurs rangs avec modeſtie, leurs droits avec
deſintereſſement, leur reputation avec un vray
mepris & un entier détachement d'eux - meſmes : parce qu'ils eſtoient ſaints, ils ont eſté
humbles ſans baſſeſſe, grands ſans hauteur, ſinceres ſans imprudence, prudens ſans duplicité,
zélez ſans emportement, courageux ſans teme-
rité, doux & pacifiques ſans puſillanimité : parce qu'ils eſtoient ſaints, ils ſe ſont poſſedez eux-
meſmes, ou pluſtoſt, ils ſe ſont défiez d'eux-
meſmes dans la proſperité ; ils ont compté ſur
Dieu, & ils ſe ſont ſoutenus par la foy dans
l'adverſité. Je ſerois infini, ſi je voulois épui-
ſer cette matiere, & pouſſer plus loin ce detail.

Quoyqu'il en ſoit, mes chers Auditeurs, le
bonheur de ces glorieux prédeſtinez eſt de n'a-
voir jamais ſeparé leur perfection de leurs devoirs ; diſons mieux, leur bonheur eſt de n'a-
voir jamais connu d'autre perfection, que celle qui les attachoit à leurs devoirs. Pourquoy
ſaint Louis eſt-il au nombre de ceux que nous
invoquons aujourd'huy ? parce qu'eſtant Roy,
il s'eſt dignement acquitté des devoirs d'un
Roy ; & pourquoy s'eſt il dignement acquité
des devoirs d'un Roy ? parce qu'il a eſté un ſaint
Roy. Il n'y a qu'à conſulter ſon hiſtoire, & vous
en conviendrez. Or ce que je dis de ce ſaint Roy,
je puis le dire également & par proportion de
tous les autres Saints. Tel eſt le fondement de
leur gloire & de leur beatitude : cette fidelité

à leurs devoïs, ce zéle pour leurs devoirs, ce renoncement à tout pour se rendre parfaits dans leurs devoirs. C'est là ce que Dieu a recompensé dans les justes qu'il a choisis ; & il ne faut pas s'en étonner, puisque c'est là précisement ce qui leur a cousté, & ce qui a esté le sujet des sacrifices qu'ils ont faits à Dieu & des victoires qu'ils ont remportées sur eux-mesmes. Car pour ne manquer à aucun de ses devoirs, il faut en bien des occasions se mortifier, se renoncer, se faire violence. Toute autre perfection que celle-là, n'auroit eû rien pour les Saints de difficile : aussi toute autre perfection que celle-là, n'auroit-elle pas esté digne de la couronne que Dieu leur préparoit.

Et voilà, Chrestiens, le mystere que nous ne voulons pas comprendre : nous voudrions une sainteté à nostre mode, une sainteté selon nos veûës, selon nos desirs ; c'est à dire, une sainteté qui ne nous coustast rien : car une telle sainteté, pour rigoureuse qu'elle paroisse ou qu'elle puisse estre d'ailleurs, nous devient dés lors aisée. Mais Dieu veut que nostre sainteté consiste dans nos devoirs, & nos devoirs nous cousteront toûjours : hors de nos devoirs, ce qui nous semble sainteté, n'est qu'un phantosme de sainteté, qui ne peut servir, ni à glorifier Dieu, ni à édifier les hommes ; qui souvent mesme n'est propre qu'à nourrir l'orgueil & à nous enfler. Au lieu que la vraye sainteté, cette sainteté commune dans un sens, mais si rare dans l'autre, porte avec soy une certaine benediction, dont Dieu tire sa gloire, dont les hommes se sentent touchez, & qui nous tient nous-mesmes, sans ostentation, sans faste, dans la regle, & nous préserve de mille abus. J'acheve, & aprés avoir parlé au libertin & à l'ignorant, il me reste à faire voir au chrestien lasche, que supposé l'exemple des Saints, sa lascheté est sans prétexte. C'est la derniere partie.

IL falloit, Chrestiens, une aussi grande autorité que celle de Dieu, pour commander à des hommes, je dis à des hommes pecheurs, d'estre saints, & de l'estre dés cette vie. *Sancti estote, quoniam ego sanctus sum :* Soyez saints, parce que je suis saint. Il falloit toute l'autorité d'un Homme-Dieu, pour dire à des hommes mondains : Soyez parfaits comme vostre Pere celeste est parfait. *Estote ergò perfecti sicut Pater vester cælestis perfectus est.* C'est ainsi néanmoins que Dieu parloit à son peuple dans l'ancienne loy ; & c'est ainsi que Jesus-Christ nous a parlé dans la loy de grace. Mais ce précepte si sublime & si relevé, ce précepte divin, il s'agit de sçavoir si nous pouvons l'accomplir, & si dans la foiblesse extresme où le peché nous a réduits, Dieu n'en demande point trop de nous ! Non, mes chers Auditeurs ; &

III. Partie.

Levit. 11.

Matth. 5.

je prétends en cela que Dieu n'exige rien qui paſſe nos forces. Appliquez - vous : car voicy une des plus importantes inſtructions, & le dernier effet de l'exemple que Dieu nous propoſe dans ſes Saints.

Je dis donc que malgré les relaſchemens de l'eſprit corrompu du ſiecle, malgré noſtre fragilité & tous les obſtacles qui nous environnent, l'exemple des Saints nous eſt une preuve convainquante, que la ſainteté n'a rien d'impraticable pour nous & d'impoſſible ; qu'elle n'a rien meſme de ſi difficile & de ſi rigoureux, dont elle ne porte avec ſoy l'adouciſſement ; & par une conſequence neceſſaire, qu'il ne nous reſte aucun prétexte, pour colorer noſtre laſcheté, & pour nous diſculper devant Dieu, ſi nous ne travaillons pas à nous ſanctifier, & ſi en effet nous ne nous ſanctifions pas. *Sancti eſtote.*

Nous mettons la ſainteté au rang des choſes impoſſibles : premier artifice de l'amour propre, pour nous entretenir dans une vie laſche, dans une vie meſme dereglée. Nous nous la figurons, cette ſainteté chreſtienne, dans un degré d'élevation, où nous croyons ne pouvoir jamais atteindre ; & par une puſillanimité d'eſprit, dont nous voulons que Dieu ſoit reſponſable, & que nous rejettons ſur luy, en la rejettant ſur noſtre foibleſſe, nous diſons comme l'Iſraëlite prévaricateur : *Quis noſtrûm valet ad cælum afcendere!* Qui de nous pourra s'élever jufqu'au ciel! qui de nous pourra parvenir à une telle perfection ! Mais Dieu nous apprend bien aujourd'huy à tenir un autre langage : car il nous produit un million de Saints, qui ont efté dans le monde ce que nous ne voulons pas qu'on y puiffe eftre ; qui ont fait dans le monde ce que nous defefperons d'y pouvoir faire ; qui ont trouvé la fainteté dans le monde, & qui l'y ont trouvée là mefme où elle a de plus grands obftacles à furmonter. Or fi par là Dieu nous ferme la bouche d'une part, il nous ouvre le cœur de l'autre : comment ! parce qu'il ranime noftre efperance, & qu'il nous fait connoiftre par ces exemples, que nous pouvons tout en celuy qui nous fortifie, & que fi nous fommes pecheurs, il ne tient qu'à nous, tout pecheurs que nous fommes, de devenir faints.

C'eft ce qui acheva la converfion de cet incomparable Docteur de l'Eglife, faint Auguftin. Une feule chofe l'arreftoit, vous le fçavez ; mais cette feule difficulté luy paroiffoit infurmontable, & fufpendoit en luy toutes les operations de la grace. Dieu luy difoit interieurement qu'il en viendroit à bout ; mais interieurement il fe repondoit à luy-mefme, que c'eftoit un effort au deffus de fon pouvoir. Dans cette conteftation, fi je puis parler de la forte, dans ce combat entre Dieu & luy, il demeuroit toûjours ennemi de Dieu, & toûjours ef-

clave de luy-mesme ; c'est à dire, toûjours esclave de sa passion & de son peché. Enfin, la
grace victorieuse de Jesus-Christ luy livra un
dernier assaut, & ce dernier assaut l'emporta.
Ce fut dans cette merveilleuse vision que luy-
mesme il nous a décrite. Il crut voir la sainteté
avec un visage majestueux, qui se présentoit à
luy, qui luy faisoit de pressans reproches, qui
luy monstroit un nombre presque infini de
Vierges dont elle estoit accompagnée, & sembloit luy dire, pour exciter son courage, &
pour reveiller sa confiance : *Tu non poteris*
quod isti & istæ ? Et quoy ! ne pourrez-vous
pas ce que ceux-cy & celles-là ont pû ! Cette
voix, Chrestiens, fut la voix de Dieu ; & comme la voix de Dieu renverse les cédres, & bri-
se les rochers, *Vox Domini confringentis cé-*
dros, Augustin n'y pût resister : cet esprit droit
qu'il avoit conservé jusques dans ses plus grands
égaremens, ne pût tenir contre une telle conviction. Il se laissa persuader, il se laissa toucher,
il se détermina à vouloir, & à vouloir en effet ce
qu'il n'avoit encore voulu qu'en apparence ; &
desormais il le voulut si parfaitement, si efficacement, que rien dans la suite n'ébranla son
cœur & la fermeté de sa resolution.

Or ce qui n'estoit pour Augustin qu'une figure, est aujourd'huy pour vous, mon cher
Auditeur, une verité. Ce n'est pas la sainteté
en idée, mais le Dieu mesme de la sainteté, qui

vous parle dans cette feste, & qui vous dit :
Regarde, pecheur, & vois ces ames bienheu-
reufes que j'ay raffemblées de la terre, & dont
le nombre furpaffe les eftoiles du ciel. Regarde ces genereux athletes, qui pour avoir dignement combattu, pour avoir faintement termi-
né leur courfe, poffedent la couronne de juftice qu'ils ont meritée. Ce qu'ils ont fait, pourquoy ne le pourras-tu pas ? pourquoy ne le fe-
ras-tu pas ! *Et tu non poteris, quod ifti & iftæ ?*

Je ne fçais, Chreftiens, fi vous penfez avoir
plus de lumieres, que faint Auguftin, ou plus
de force d'efprit. Quoyqu'il en foit, voilà ce
qui le convertit, & ce qui peut-eftre ne vous
convertira pas. Mais malheur à vous : car ce
qui ne fera pas voftre converfion, fera voftre
confufion, fera voftre condamnation : & fi jamais vous eftes réprouvez de Dieu, rien ne juftifiera plus fenfiblement à voftre égard la feverité de fes arrefts, que la veûë de tant de Saints,
hommes comme vous, & par confequent foibles comme vous ; mais à qui tout eft devenu poffible, fans avoir eû toutefois, ni plus de
moyens, ni plus de fecours que vous. *Non poteris quod ifti & iftæ !*

Ce n'eft pas que j'ignore, qu'il y a des devoirs penibles & laborieux dans la pratique de
la fainteté. J'avoüe que le chemin qui méne à
la perfection évangelique, eft étroit, & qu'on
y trouve des croix : mais outre que Dieu fçait

bien nous en tenir compte, il eſt de la foy que nous avons au delà du neceſſaire pour les porter, puiſque nous avons meſme de quoy les aimer; & quand le Saint Eſprit ne m'en aſſeûreroit pas, l'exemple des Saints en eſt une demonſtration.

Tertullien parlant de Jeſus-Chriſt, diſoit que l'exemple de cet Homme-Dieu eſtoit la ſolution univerſelle de toutes les difficultez d'un chreſtien. *Solutio totius difficultatis Chriſtus.* Et la raiſon qu'il en apportoit, c'eſt qu'il n'y a point de difficulté dans la vie chreſtienne que l'exemple de Jeſus-Chriſt ne nous doive adoucir, ou meſme que l'exemple de Jeſus-Chriſt ne doive faire évanouir & diſparoiſtre. En ſorte qu'aprés cet exemple ſeul, nous ne pouvons former nulle difficulté contre l'obſervation de la loy de Dieu; puiſque cet exemple ſeul, ſi nous raiſonnons bien, doit nous rendre tout, non ſeulement ſupportable, mais facile, mais aimable. *Solutio totius difficultatis Chriſtus.* Toutefois, quoyqu'en ait dit Tertullien, il reſtoit une difficulté bien eſſentielle, que l'exemple de Jeſus-Chriſt ne détruiſoit pas, parce qu'elle eſtoit priſe de Jeſus-Chriſt meſme : & quoy! c'eſt que Jeſus-Chriſt ayant eſté exempt de nos foibleſſes, ſaint par nature, & la Toute-puiſſance meſme, il eſtoit bien plus en eſtat que nous de faire ce qu'il a fait, & de ſouffrir ce qu'il a ſouffert. Ainſi, malgré

Tertull.

l'exemple de ce Dieu-Homme, nous aurions toûjours droit, ce semble, de nous retrancher sur nostre impuissance, & de l'apporter pour excuse : mais à qui estoit-ce de lever tous nos prétextes ? aux Saints.

Car quand je vois des hommes semblables à moy, de mesme nature que moy, fragiles comme moy, qui pour Dieu ont tout entrepris, qui pour Dieu ont tout souffert, & tout souffert avec joye, je n'ay plus rien à repondre. En vain je voudrois me plaindre de la pesanteur du joug & de la severité de la loy : tant de Saints, à qui ce joug a paru doux, & qui ont fait leurs delices de cette loy, arrestent toutes mes plaintes, & condamnent toutes mes laschetez. Tellement que l'exemple d'un Saint est pour moy, ce qu'estoit dans la pensée de Tertullien l'exemple de Jesus-Christ, une conviction entiere & sans replique. *Solutio totius difficultatis.*

C'est par là mesme que saint Paul engageoit les premiers fidelles à la pratique des plus rigoureux devoirs du christianisme. Sans leur tracer de longs préceptes, il leur proposoit de grands exemples. Depuis Abel jusqu'à Moyse, & depuis Moyse jusqu'aux Prophetes, il leur mettoit devant les yeux tous les justes de l'ancien Testament : ces justes cachez dans des cavernes, errants dans des solitudes ; ces justes exténuez de jeusnes, accablez de penitences ; ces

juftes accufez, calomniez, condamnez, tourmentez, morts pour la foy ; ces juftes enfin
dont le monde n'eftoit pas digne, *Quibus dignus non erat mundus.* Hé bien, mes Freres,
concluoit l'Apoftre, qui peut donc maintenant
nous retenir ? Fortifiez de ces exemples, que ne
courons-nous dans la carriere qui nous eft ouverte ? Et puifque nous fommes les enfans des
Saints, à quoy tient-il que nous ne foyons faints
comme eux ?

Or ce raifonnement de faint Paul doit encore avoir une force particuliere & toute nouvelle pour nous ; puifque cette infinie multitude de Saints formez dans la religion de Jefus-
Chrift, a bien groffi cette nuée de témoins dont
parloit le Maiftre des Gentils. Car que pouvons-nous dire, fur tout à la veûë de tant de
Martyrs, nous dont la foy n'eft plus expofée à
la violence des perfecutions ? nous, dont Dieu
n'éprouve plus la conftance par les tourmens !
nous, comme dit faint Cyprien, qui pouvons
eftre faints fans effufion de fang ? Ne fommes-
nous pas, je ne crains point de m'exprimer de
la forte, ne fommes-nous pas les plus mépri-
fables des hommes, fi les difficultez nous éton-
nent ? Ne faifons-nous pas outrage à la grace
de noftre Dieu, fi nous penfons qu'elle ne puiffe pas nous foutenir dans des peines fouvent
trés-legeres, aprés qu'elle a fait trouver aux
Saints des douceurs fenfibles au milieu des plus
cruels

Hebr. 11.

cruels supplices, & de toutes les horreurs de la mort! *Solutio totius difficultatis.*

Non, mes Freres, nous n'avons plus de prétexte : car encore une fois quel prétexte pourrions-nous avoir, que l'exemple des Saints ne détruise pas! Nous sommes occupez des soins du monde : les Saints ne l'ont-ils pas esté! Nous nous trouvons dans des occasions dangereuses: les Saints ne s'y sont-ils pas trouvez! Le torrent de la coutume nous entraisne : les Saints n'y ont-ils pas resisté! Le mauvais exemple nous perd : les Saints ne s'en sont-ils pas préservez! Nous avons des passions : les Saints n'en ont-ils pas eû de plus vives! Nous sommes d'un tempérament delicat : les Saints estoient-ils de fer & de bronze! Dites-moy un obstacle du salut qu'ils n'ayent point eû à combattre! Dites-moy une épreuve par où ils n'ayent point passé! Dites-moy une tentation qu'ils n'ayent point surmontée. Comparons nostre estat avec leur estat, nos devoirs avec leurs devoirs, nos dangers avec leurs dangers : & dans l'égalité parfaite qui se trouve là dessus entre eux & nous, voyons si nous avons de quoy justifier l'énorme contrarieté qui se rencontre d'ailleurs entre leur vie & la nostre; c'est à dire, entre leur ferveur & nos relaschemens, entre leur innocence & nos desordres, entre leurs austeritez & nostre mollesse. Qu'alléguerons-nous à Dieu pour nostre défense, quand il nous les confron-

.X

tera ! Servoient-ils un autre Maistre que nous! Croyoient-ils un autre Evangile que nous! Attendoient-ils une autre gloire que nous ! S'ils l'ont achetée plus cher que nous, c'est sur quoy nous devons trembler ; puisqu'il est certain, qu'à quelque prix qu'elle leur ait esté venduë, elle ne leur a point trop cousté, & que dans sa juste valeur elle excéde encore infiniment tout ce qu'ils ont fait, & tout ce que nous ne faisons pas, mais que nous devrions faire pour l'avoir.

Mais aprés tout , dites-vous quelquefois, comment accorder la sainteté chrestienne avec les engagemens du monde! comment estre saint, & vivre en certains estats du monde! Comment! Il est bien étrange que vous ne le sçachiez pas encore, ayant tant d'interest à le sçavoir ; & il est bien indigne que vous l'ignoriez , ayant dû l'étudier & le mediter tous les jours de vostre vie. Mais Dieu veut vous l'apprendre en ce jour, & vous le faire voir dans ses Saints. Vous vous figurez que vostre estat a de l'opposition, ou qu'il est mesme absolument incompatible avec la sainteté : erreur. Si cela estoit, ce que vous appellez vostre estat, deviendroit un crime pour vous ; & sans autre raison, il faudroit par un devoir de précepte le quitter & y renoncer : mais puisque c'est vostre estat, puisque c'est l'estat que Dieu vous a marqué, vous offensez sa providence, & vous faites tort à sa sagesse, en le regardant comme un obstacle à vostre sanctification. Il n'y a point d'estat dans le monde qui ne soit, & qui ne doive estre un estat de sainteté. Tertullien sembla vouloir faire là dessus une exception, quand il douta si les Césars, c'est à dire, si les Empereurs, & ceux qui gouvernoient le monde, pouvoient estre chrestiens, ou si les chrestiens pouvoient estre Césars : mais on convient qu'il en douta mal, puisque l'experience a fait connoistre, qu'il n'y a point eû dans tous les siecles de sujets plus nez pour l'Empire, ni plus propres à commander, que ceux qu'a formez pour cela le Christianisme.

Cependant, sans parler des Césars, ni des Empereurs ; qui que vous soyez, Dieu vous monstre bien dans cette solemnité qu'il peut y avoir entre la sainteté & vostre estat une alliance parfaite. En voulez-vous estre convaincus! Entrez en esprit dans cet auguste Temple de la gloire, où regnent avec Dieu tant de bienheureux. Vous y verrez des Saints qui ont tenu dans le monde les mesmes rangs que vous y tenez aujourd'huy ; qui se sont trouvez dans les mesmes engagemens, dans les mesmes affaires, dans les mesmes emplois ; & qui non seulement s'y sont sanctifiez, mais ce que je vous prie de bien remarquer, qui s'en sont servis pour se sanctifier. Parcourez tous les ordres de ces illustres predestinez : vous en trouverez qui ont vescu comme vous auprés des Princes, & qui n'ont jamais mieux servi leurs Princes, que

X ij

quand ils ont esté plus attachez à leur religion & à Dieu. Vous en trouverez qui se sont signalez comme vous dans la guerre, & peut-estre plus que vous, parce que la sainteté, bien loin de les affoiblir, n'a fait qu'augmenter en eux la vertu militaire & la vraye bravoure. Vous en trouverez qui ont manié comme vous les affaires, & si vous n'estes pas aussi saints qu'eux (ne vous offensez pas de ce que je dis) qui les ont maniées plus dignement & plus irréprochablement que vous. Vous en trouverez que leur probité seule a maintenus à la Cour ; qui s'y sont avancez sans avoir recours aux artifices de la politique mondaine, & qui n'ont dû le credit qu'ils y avoient qu'à leur droiture & à leur pieté. En un mot, vous en trouverez qui ont esté tout ce que vous estes, & qui de plus ont esté saints.

Oüy, Chrestiens, il y en a dans le ciel & ce sont ceux-là que vous devez spécialement honorer. Voilà vos patrons, & tout ensemble vos modelles. Les Saints que la Cour n'a point pervertis, & qui ont triomphé jusques dans la Cour de l'iniquité du monde ; ce sont là ceux dont vous devez étudier la vie, parce que c'est la science de leur vie qui doit réformer la vostre. Qu'ont-ils fait quand ils estoient à ma place, & que feroient-ils s'ils estoient encore maintenant dans le pas glissant où ma condition m'expose ! C'est ce que vous devez vous demander à vous-mefmes, & fur quoy vous devez regler toutes vos démarches. Dans les autres Saints, vous loüerez & vous benirez Dieu : mais dans ceux-cy vous apprendrez à vous convertir vous-mefmes & à vous fauver. C'eft en cela que la providence de noftre Dieu eft également aimable & adorable, de nous avoir donné dans fes eflûs autant d'idées de fainteté, qu'il en falloit pour compofer cette varieté myfterieufe, dont l'époufe de Jefus-Chrift, qui eft l'Eglife, tire, felon le Prophete, fon plus bel ornement : *Circumdata varietate.* C'eft pour cela, ajoufte faint Jerofme, que Dieu donnant fa grace, & felon les fujets qui la reçoivent, luy laiffant prendre des formes differentes, *Multiformis gratia Dei,* a fait des Saints de tous les caracteres, autant que la diverfité des conditions, des complexions, des génies, des talens, des inclinations l'exigeoit pour la perfection & pour la fanctification de l'univers. C'eft dans cette veüë qu'il en a choifi de pauvres & de riches, d'ignorans & de fçavans, de forts & de foibles, dans le mariage & dans le célibat, dans la robbe & dans l'épée, dans le commerce du monde & dans la retraite : qu'il a pris plaifir à former les plus grands Saints, dans les eftats mefmes où la fainteté paroift avoir plus de difficultez à vaincre ; des prodiges d'humilité jufques fur le throfne, d'aufterité jufques au milieu des delices, de recueillement

Pfal. 44.

1. Petr. 4.

X iij

& d'attention fur foy-mefme jufques dans l'embarras & le tumulte des foins temporels : qu'il leur a fourni à tous des graces de vocation, des graces de perfeverance, des remedes contre le peché, des moyens de falut proportionnez à ce qu'ils eftoient, & au genre de vie qu'ils embraffoient ; & qu'enfin par un fecret de prédeftination, que nous ne pouvons affez admirer, il n'a pas voulu qu'il y euft une feule profeffion dans le monde, qui n'euft fes Saints glorifiez & reconnus comme Saints. Pourquoy ? non feulement afin qu'il n'y euft perfonne dans le monde, qui euft droit d'imputer à fa profeffion les relafchemens de fa vie ; mais afin qu'il n'y euft perfonne à qui fa profeffion mefme ne prefentaft un portrait vivant de la fainteté qui luy eft propre.

Cette morale regarde generalement tous ceux qui m'écoutent : mais j'ay la confolation, Sire, en la prefchant devant Voftre Majefté, de trouver dans fon cœur & dans la grandeur de fon ame, tout ce que je puis defirer de plus favorable & de plus avantageux pour la luy faire goufter à elle-mefme. Car je parle à un Roy, dont le caractere particulier eft d'avoir fceû fe rendre tout poffible, & mefme facile, quand il a fallu exécuter des entreprifes, ou pour la gloire de fa Couronne, ou pour la gloire de fa Religion. Je parle à un Roy, qui pour triompher des ennemis de fon Eftat, a fait des

miracles de valeur, que la posterité ne croira
pas, parce qu'ils font bien plus vrays que vray-
femblables ; & qui pour triompher des ennemis de l'Eglife, fait aujourd'huy des miracles
de zéle, qu'à peine croyons-nous en les voyant,
tant ils font au deffus de nos efperances. Je parle à un Roy fufcité & choifi de Dieu pour des
chofes, dont fes auguftes Anceftres n'ont pas
mefme ofé former le deffein ; parce que c'eftoit
luy, qui feul en pouvoit eftre tout à la fois &
l'autheur & le confommateur. Ce zéle pour les
interefts de Dieu & pour le vray culte de Dieu,
c'eft, Sire, ce qui fanctifie les Roys, & ce qui devoit eftre le terme de voftre glorieufe deftinée.
Car puifque Voftre Majefté eftoit au deffus de
tout ce qu'il y a de grand dans le monde ;
puifqu'elle ne pouvoit plus croiftre felon le
monde ; puifqu'elle avoit comme épuifé la gloire du monde, il eftoit pour elle d'une heureufe neceffité qu'elle confacraft deformais à Dieu,
& fa vie, & fes héroïques travaux.

Dieu vous a donné, Sire, par droit de naiffance, le plus floriffant Royaume de la terre ; &
il vous en prépare un autre dans le ciel, qui eft
le Royaume de fes eflûs. C'eft entre ces deux
Royaumes que Voftre Majefté fe trouve comme partagée : mais avec cette difference, qu'elle doit regarder le premier comme le fujet de
fes obligations, & le fecond comme la recompenfe de fes vertus. Or elle n'apprendra jamais

X iiij

mieux le secret de les accorder ensemble, je
veux dire, de bien gouverner l'un, & de meriter l'autre, que dans les maximes de la sainteté chrestienne. Car c'est par elle, dit l'Ecriture, que les Souverains exercent sur leurs sujets
l'absoluë puissance que Dieu leur a donnée: *Per me Reges regnant.* C'est par elle que les
Souverains s'acquittent envers leurs sujets des
devoirs que Dieu leur a imposez. En un mot,
c'est par la sainteté chrestienne que les Roys sont
les images de Dieu, les ministres de Dieu, les
hommes de Dieu : & voilà, Sire, ce que Dieu
vous dit par ma bouche, & ce qu'il vous a dit
depuis tant d'années que j'ay l'honneur de vous
annoncer sa sainte parole. Vostre Majesté l'a receuë; elle l'a honorée comme la parole du Tout-
Puissant & du Roy des Roys : ce sera pour elle une parole de vie & du salut éternel, que je
vous souhaite, &c.

Prover. 8. 5.

SERMON

POUR LE I. DIMANCHE

DE

L'ADVENT.

Sur le Jugement dernier.

Erunt signa in sole, & lunâ, & stellis, & in
terris pressura gentium . . . . arescentibus hominibus præ timore, & expectatione, quæ
supervenient universo orbi.

Il y aura des signes dans le soleil, dans la lune,
& dans les étoiles, & sur la terre les peu-
ples seront dans la consternation; de sorte que
les hommes sécheront de peur, dans l'attente
des maux dont tout l'univers sera menacé. En
saint Luc chap. 21.

Sire,

C'Est par l'accomplissement de cette prédiction du Fils de Dieu, que doit commencer

l'affreuse catastrophe de l'univers. C'est dans ces phénomenes prodigieux, que l'Evangile de ce jour nous donne l'idée de la plus étonnante revolution. *Erunt signa :* il y aura des signes, & dans le ciel & sur la terre. Signes vénerables, puisque c'est Jesus-Christ luy-mesme qui nous les a marquez, comme les présages de son dernier avenement. Signes salutaires, puisqu'il a prétendu par là reveiller nostre foy du profond assoupissement où elle est ensevelie. Signes terribles, puisque non seulement les hommes en sécheront de peur, mais que les vertus mesmes des cieux en seront ébranlées.

Tout cela est vray, dit saint Jean Chrysostome ; mais aprés tout, ces signes, quoyque vénerables, quoyque salutaires, quoyque terribles, ne seront néanmoins que les préparatifs d'une action encore infiniment plus digne de nos reflexions, encore infiniment plus essentielle à nostre salut, encore infiniment plus redoutable, qui est le jugement de Dieu. Et c'est, Chrestiens, de ce jugement de Dieu que le devoir de mon ministere m'oblige aujourd'huy à vous parler. Jugement de Dieu, dont la pensée a fait trembler les Saints ; & d'où, selon l'expression de l'Apostre, le juste mesme à peine se sauvera. Jugement de Dieu, dont j'entreprends de justifier l'équité & la sainteté, en vous faisant voir sur quoy sera fondée son extresme & inévitable severité. Soutenez-moy, Seigneur,

& me donnez les forces neceſſaires pour bien
traiter un poinct, & ſi ſolide, & ſi important.
Mais donnez en meſme temps à mes Auditeurs
toute la ſoumiſſion & la docilité que demande
voſtre ſainte parole. Car renonçant icy à mes
foibles raiſonnemens, ce n'eſt qu'à voſtre parole que je m'attache ; & c'eſt voſtre ſeule parole
qui fera la preuve de tout ce que j'ay à dire dans
ce diſcours. Rempliſſez-moy de voſtre eſprit ;
& que par voſtre grace, la grande verité que
j'annonce, faſſe ſur les cœurs toute l'impreſſion qu'elle y peut & qu'elle y doit faire. C'eſt
pour cela que j'implore voſtre ſecours par l'interceſſion toute-puiſſante de Marie. *Ave Ma-*
ria.

Il eſt de la foy chreſtienne, que Dieu, qui eſt
l'Eſtre abſolu & ſouverain, a fait pour luy-meſme tout ce qu'il a fait. *Univerſa propter ſemet-* Prov. 16.
ipſum operatus eſt Dominus. Et la meſme foy
nous enſeigne, que Dieu, ſans déroger en rien
à la ſouveraineté de ſon eſtre, a fait encore
toutes choſes pour les prédeſtinez & les eſlûs.
Propter electos. Il s'enſuit donc, conclut ſaint
Chryſoſtome, raiſonnant ſur ces deux principes, que quand Dieu s'eſt determiné à juger
le monde en dernier reſſort, comme il le jugera à la fin des ſiecles, il a eû deux veûës & deux
intentions principales ; l'une, de ſe faire juſtice
à luy-meſme ; & l'autre, de la faire à ſes eſlûs.

La confequence eft infaillible ; & c'eft à cette confequence que je m'arrefte d'abord, parce qu'elle m'a paru la plus folide, & la plus propre, pour fervir de fond à l'important difcours que j'ay à vous faire. En voicy l'ordre & le partage. Dieu jaloux de fa gloire, jugera le monde pour fe faire juftice à luy-mefme; & voilà pourquoy Jefus-Chrift, qui doit comme Fils de Dieu, préfider à ce jugement, viendra avec toutes les marques de la puiffance & de la majefté divine. *Veniet cum poteftate magnâ & majeftate.* C'eft ma premiere propofition. Dieu fidelle à ceux qui le fervent, jugera le monde pour faire juftice à fes efleûs; & de là vient que Jefus-Chrift parloit toûjours à fes Difciples de ce jugement comme d'un poinct qui devoit par avance les confoler, en les affeûrant que ce feroit le jour de leur gloire & de leur falut: *His autem fieri incipientibus, refpicite & levate capita veftra, quoniam appropinquat redemptio veftra.* C'eft ma feconde propofition.

Luc. 21.

Veritez adorables, & qui comprennent en deux mots ce qu'il y a de plus effentiel dans le jugement de Dieu. Tout le refte n'en eft que les préliminaires, dont nous ne laiffons pourtant pas, pour peu de religion que nous ayons, d'eftre effrayez. Mais pourquoy ces préliminaires du jugement univerfel nous paroiffent-ils fi terribles, & pourquoy en effet le font-ils! Je vous en ay dit les deux raifons. Parce qu'ils

doivent aboutir à un jugement, qui sera la derniere justice que Dieu se rendra à luy-mesme:
vous le verrez dans la premiere partie. Parce
qu'ils doivent estre suivis d'un jugement qui
sera, aux dépens des réprouvez, la plus parfaite & la plus éclatante justice que Dieu rendra
à ses esslûs : je vous le feray voir dans la seconde. Sans cela, ni l'obscurcissement du soleil, ni
la chute des étoiles, ni tous les autres signes,
avantcoureurs du jugement dernier, n'auroient
rien pour les pecheurs mesmes de si formidable. Sans cela j'attendrois tranquillement cette revolution generale, qui doit préceder la venuë
du Fils de l'Homme. Mais d'avoir à subir
un jugement, qui à la confusion du monde,
vengera Dieu & les esslûs de Dieu : ah ! mes
chers Auditeurs, c'est ce qui doit faire le sujet
éternel de nos meditations, aussi bien que de
nos craintes. Or ce sont cependant les deux
poincts de foy que nostre Evangile nous propose. Appliquez-vous encore une fois à les bien
comprendre. Un jugement qui vengera Dieu
autant que Dieu merite d'estre vengé, & qu'il
peut estre vengé. Un jugement qui vengera
les esslûs de Dieu des injustices du monde, aussi pleinement & aussi authentiquement qu'ils
en peuvent, & qu'ils en doivent estre vengez.
Voilà tout mon dessein : je vous demande une
favorable attention.

I. Partie.

Jerem. 46.

Pſalm. 73.

Ibidem.

PArce que le monde ſera parvenu au comble de l'iniquité, le jour de la vengeance arrivera : c'eſt ainſi que s'explique l'Ecriture ; *Veniet dies ultionis.* Et parce que les hommes auront achevé de remplir la meſure de leurs crimes, Dieu qui juſques là avoit eſté le Dieu riche en miſericorde, ne pouvant plus ſouffrir l'affreux deſordre où luy paroiſtra l'univers, commencera enfin à ſe faire juſtice. Voilà ſur quoy le Prophete Royal a fondé la neceſſité de ce jugement redoutable, que je vous preſche aujourd'huy. *Exurge Deus, & judica cauſam tuam :* Levez-vous, Seigneur, diſoit-il à Dieu, plein d'un zéle ardent pour ſa gloire ; & jugez vous-meſme voſtre propre cauſe. *Memor eſto improperiorum tuorum, eorum quæ ab inſipiente ſunt totâ die :* Souvenez-vous des outrages qu'a oſé vous faire, & que vous fait encore à tous momens l'impie & l'inſenſé, afin qu'ils ne demeurent pas éternellement impunis. Deux choſes par où le Saint Eſprit nous donne à connoiſtre en quoy conſiſtera la rigueur du jugement de Dieu. Deux penſées capables de nous en imprimer l'idée la plus vive & la plus touchante. Dieu s'élevera pour juger luy-meſme ſa cauſe : Dieu ſe ſouviendra en general des outrages que luy font maintenant les hommes ; mais en particulier, de ceux que luy font certains hommes inſolents dans leur impieté, certains pecheurs

scandaleux, dont le caractere est d'insulter à
Dieu mesme avec plus d'orgueil. Entrons donc,
mes chers Auditeurs, dans ces deux pensées ;
& tirons-en des consequences dignes de nostre
foy, mais sur tout salutaires & pratiques pour
la réformation de nos mœurs.

Dieu s'élevera pour juger luy-mesme sa cause. En effet, pendant cette vie il en laisse à d'autres le soin. Occupé à répandre ses graces, &
à faire luire son soleil, aussi bien sur les me-
chants que sur les bons, il laisse à ceux qui sont
en place, & qui ont en main l'autorité, le soin
de maintenir ses droits. C'est pour cela qu'il a
establi des puissances sur la terre. Car le Prince, dit saint Paul, est le ministre des vengeances de Dieu ; & ce n'est pas en vain qu'il porte l'épée, puisque c'est pour la cause de Dieu,
bien plus que pour la sienne, qu'il s'en doit servir. Il est le ministre de Dieu, pour faire rendre à Dieu ce qui luy est dû, & pour punir ceux
qui violent sa loy. *Dei Minister est, vindex in*   Rom. 13.
iram ei qui malum agit. Autant qu'il y a dans
le monde de Souverains, de Magistrats, de Superieurs, de Prélats, de Juges, ce sont autant
d'hommes chargez des interests de Dieu, &
dans les mains de qui Dieu a mis sa cause. Si
son nom est blasphesmé, si son culte est propha-
né, il leur en demande justice, & c'est à eux à
luy en faire raison. C'est pour cela qu'il a donné
aux Prestres dans la loy de grace une jurisdic-

tion si absoluë. Car les Prestres, dit saint Chrysostome, en vertu du pouvoir qu'ils ont de retenir les pechez & de les remettre, sont dans
le tribunal de la penitence comme les arbitres
de la cause de Dieu, & de ses droits les plus
sacrez : & Dieu en leur accordant ce pouvoir,
leur a dit à la lettre & sans restriction : *Judicate inter me & vineam meam :* Soyez juges entre moy & ma vigne ; c'est à dire, soyez juges
entre moy & mon peuple, entre moy & ces pecheurs, qui viennent, prosternez à vos pieds,
confesser les desordres de leur vie. Obligez-
les à m'en faire de legitimes réparations ; im-
posez-leur pour cela des peines proportionnées;
tout ce que vous délierez sur la terre, sera de-
lié dans le ciel : mais prenez bien garde, qu'en
exerçant ce ministere, c'est ma cause que vous
jugez, aussi bien que leur cause, & mesme encore plus que leur cause. *Judicate inter me &
vineam meam.*

C'est par la mesme raison que lors qu'il s'a-
git de nous reconcilier avec Dieu, Dieu par un
excés de bonté, quoique nous soyons alors parties contre luy, veut bien nous prendre pour
juges entre luy & nous mesmes. Car la penitence, remarque saint Augustin, considerée
dans le pecheur, n'est rien autre chose, qu'une
justice que le pecheur rend à Dieu aux dépens
de soy-mesme : comme si Dieu nous avoit dit;
& il est vray, Chrestiens, qu'il nous l'a dit : faites

moy

Isaï. 5.

moy juftice de vous-mefmes ; & n'attendez pas
que je vienne dans le jour de ma colere, me
la faire malgré vous. Convaincus par le témoignage de vos confciences, que vous eftes coupables devant moy, armez-vous pour moy
d'un faint zéle contre vous-mefmes : condam-
nez-vous, puniffez-vous, exécutez-vous vous-
mefmes, afin que je ne vous juge pas. Car c'eft
la condition qu'il nous offre ; d'où le grand
Apoftre concluoit fans héfiter, que fi nous nous
jugions nous-mefmes de bonne foy, nous ne
ferions jamais jugez de Dieu : *Quòd fi nofmet-*   1. Cor. 11.
ipfos dijudicaremus, non utique judicaremur.
Telle eft, dis-je, durant cette vie la conduite
de Dieu : il nous laiffe juger fa caufe, & il veut
bien s'en repofer fur nous.

Mais qu'arrive-t-il! Ah! Chreftiens, ce que
nous ne pouvons jamais affez déplorer, & ce qui
doit eftre pour nous un des plus infaillibles pré-
fages de la rigueur du jugement de Dieu : le
voicy. Cette caufe de Dieu mife entre les mains
des hommes, par un effet de leur infidelité, eft
tous les jours indignement traitée, foiblement
foutenuë, honteufement abandonnée, lafche-
ment trahie. Je m'explique. Combien de crimes, & mefme de crimes énormes, tolerez dans
le monde par la negligence, par la connivence,
par la fauffe prudence, par la corruption & la
prévarication de ceux qui les devoient punir,
& que Dieu avoit prépofez pour les punir ?

Combien de sacrileges, combien de scandales,
combien de vices abominables, combien de
pechez & de pechez les plus monstrueux & les
plus infames, dont on ne voit nul chastiment,
& dont les autheurs, à la honte de la religion,
marchent impunément & teste levée ! Combien
d'impies, non seulement épargnez & menagez,
mais respectez & honorez, mais dans leur impieté mesme loüez & applaudis, & tout cela au
mépris de Dieu ? Qu'un grand de la terre soit
offensé, tout conspire à le satisfaire ; & il n'y
a point d'assez prompte justice pour reparer la
moindre injure qu'il prétend avoir receüë. Ne
s'agit-il que de l'offense de Dieu ! En mille conjonctures tout est foible, tout est languissant.
Quelque obligation qu'on ait de reprimer le libertinage, quand Dieu s'y trouve seul interes-
sé, on dissimule, on temporise, on mollit, on
a des égards ; & par là le libertinage, malgré la
sainteté des loix, prend le dessus.

Où est aujourd'huy dans le monde ce zéle de
la cause de Dieu ? ce zéle dont brusloit David,
& dont tout chrestien doit brusler, s'il ne veut
se rendre indigne du nom qu'il porte ? où est-
il, & où l'exerce-t-on ! En combien de rencontres ne cede-t-il pas à la politique mondaine, &
n'est-il pas affoibli par le respect humain ! Le diray-je ! dans le tribunal mesme de la penitence, tout sacré qu'il est, la cause de Dieu ne court
pas souvent moins de risque ! Quels abus n'y

commet-on pas! avec quelle facilité n'y abſout-
on pas quelquefois les plus inſignes & les plus
endurcis pecheurs! quelle diſtinction n'y fait-
on pas de leurs perſonnes, & de quelle indulgence n'y uſe-t-on pas pour s'accommoder à
leur delicateſſe! Autrefois on y procedoit avec
une ſeverité de diſcipline, qui honoroit Dieu
aux dépens du pecheur; maintenant vous diriez que tout le ſecret eſt d'y menager le pecheur aux dépens de Dieu. A meſure que l'iniquité s'eſt accruë, la penitence s'eſt mitigée. En
comparaiſon de ces ſiecles fervents, où elle eſtoit dans ſa vigueur, par une malheureuſe pre-
ſcription, elle n'eſt plus que l'ombre de ce qu'elle a eſté. A peine nous reſte-t-il des traces de
ces Canons ſi venerables, qui pour des pechez
aujourd'huy communs, ordonnoient des années entieres de ſatisfactions, & de ſatisfactions
rigoureuſes. Cependant Dieu n'a point changé, & ſes droits immuables & éternels ſubſiſtent
toûjours. Mais n'imputons point à d'autres qu'à
nous-meſmes ces relaſchemens de la penitence.
C'eſt nous-meſmes, Chreſtiens, reconnoiſſons-
le avec douleur, c'eſt nous-meſmes, qui par la
dureté de nos cœurs, forçons en quelque ſorte
les miniſtres de Jeſus-Chriſt à avoir pour nous
dans le ſaint tribunal ces condeſcendances & ces
menagemens dont nous repondrons encore
plus qu'eux, & qui ne peuvent aboutir qu'à noſtre perdition & à noſtre ruine : c'eſt nous qui

Y ij

par nos artifices trouvons le moyen d'énerver
leur zéle, & de corrompre mefme leur fidelité:
c'eft nous qui malgré eux les engageons à eftre
fouvent les fauteurs de nos defordres, & par
confequent qui fommes dans la caufe de Dieu
les premiers prévaricateurs.

    Or c'eft en cette veûë, je le repete, que Da-
vid follicitoit Dieu avec un faint empreffement
de prendre luy-mefme fa caufe en main, quand
il luy difoit : *Exurge ;* levez-vous, Seigneur;
judica caufam tuam ; mettez-vous en devoir de
juger vous-mefme voftre caufe, & ne vous en
fiez plus qu'à vous-mefme. Jufqu'à prefent
vous avez efté le Dieu patient & le Dieu fort,
Deus fortis & Deus patiens ; & comme tel,
vous avez fouffert avec une tranquillité qui
nous doit furprendre, que vos interefts dans le
monde fuffent trahis, par ceux mefmes qui en
doivent eftre les défenfeurs & les vengeurs : il eft
temps d'y pourvoir, & d'apporter remede à un
abus fi déplorable. *Memor efto :* fouvenez-vous,
Seigneur, que vous avez affaire à des rebelles,
qui fe prévalent contre vous de vos plus divins
attributs, & qui prennent voftre patience pour
indolence, & voftre force pour foibleffe. *Exurge :* levez-vous, & monftrez-leur que malgré
vos lenteurs paffées, vous fçavez enfin vous rendre une pleine juftice. Or voilà, Chreftiens,
ce que Dieu fera dans le dernier jugement. Qui
le dit ? luy-mefme par ces paroles de l'Ecritu-

re auſſi terribles qu'elles ſont énergiques : *Cùm* *Deut. 32.*
arripuerit judicium manus mea, reddam ultio-
nem hoſtibus meis. Quand j'auray repris ce pouvoir de juger qui m'appartient à titre de ſouveraineté ; quand je l'auray oſté aux hommes
qui en abuſent; quand laſſé de le voir entre leurs
mains, je me ſeray mis ſeul en poſſeſſion de l'e-
xercer par moy-meſme ; *Cùm arripuerit judi-*
cium manus mea: c'eſt alors, dit Dieu, que je ren-
treray dans mes droits, c'eſt alors que ma cauſe ſera victorieuſe, c'eſt alors que je ſeray ſentir à mes ennemis le poids de cette vengeance
ſans miſericorde que je leur prepare. *Reddam*
ultionem hoſtibus meis.

De là vient que ce jour fatal deſtiné pour le
jugement du monde, dans le langage des Prophetes, eſt appellé par excellence le jour du Seigneur, *Dies Domini.* Pourquoy ? parce que c'eſt *Zach. 14.*
le jour où Dieu oubliant tout autre intereſt, *Malach. 5.*
agira hautement & uniquement pour ſon in-
tereſt propre. Tous les autres jours auront eſté,
pour ainſi dire, les jours des hommes, parce
que Dieu juſqu'alors aura ſemblé n'avoir eû de
puiſſance que pour les hommes, de providence que pour les hommes, de bonté & de zéle
que pour les hommes : mais à ce jour, à ce
grand jour, il commencera à eſtre puiſſant pour
luy-meſme, bon pour luy-meſme, zelé pour
luy-meſme; & c'eſt pourquoy il declare que ce
ſera ſon jour, *Dies Domini.*

Y iij

C'est icy vostre heure, disoit le Fils de Dieu, parlant aux Juifs conjurez contre luy, & qui venoient pour l'arrester, c'est icy vostre heure, & la puissance des ténebres : *Hæc est hora vestra, & potestas tenebrarum.* Ainsi, mondains & mondaines qui m'écoutez, pourrois-je vous dire aujourd'huy : ce sont icy vos jours, & si vous voulez, vos beaux jours, vos heureux jours ; ces jours que vous donnez à vos divertissemens & à vos plaisirs ; ces jours où enyvrez du monde, vous ne pensez qu'à en gouster les fausses joyes ; ces jours où dans un profond oubli de tout ce qui regarde le salut, vous n'estes occupez que des desseins & des veûës de vostre ambition ; ces jours que vous passez dans les parties de jeu, dans les intrigues & les commerces : ce sont vos jours ; & dans l'erreur où vous estes, que ces jours ne sont faits que pour vous, au lieu de les remplir de bonnes œuvres & de vos devoirs, vous les employez à des œuvres de ténebres, & à satisfaire vos desirs : *Hæc est hora vestra, & potestas tenebrarum.* Mais attendez le triste jour où tous ces jours se doivent terminer : comme vous avez vostre temps, Dieu aura le sien ; & le temps de Dieu, c'est celuy que Dieu prendra pour vous juger. *Cùm accepero tempus, ego justitias judicabo :* Lorsque j'auray pris mon temps, ajouste-t-il, je jugeray, non seulement les injustices que l'on m'aura faites, mais les fausses justices qu'on

m'aura renduës; non feulemeut les crimes commis contre moy , mais les fauſſes penitences
dont ils auront eſté ſuivis ; non ſeulement les
pechez, mais les contritions apparentes & inef-
ficaces, mais les conféſſions nulles & infructueuſes, mais les ſatisfactions imparfaites & inſuffiſantes. Parce que mon temps ſera venu, je
jugeray les jugemens meſmes, ces jugemens
faux & erronées que le pecheur aura fait de
luy-meſme, en ſe flattant, en s'excuſant, en ſe
juſtifiant. *Cùm accepero tempus, ego juſtitias
judicabo.*

Auſſi, Chreſtiens, il n'appartient qu'à Dieu
d'eſtre en dernier reſſort & ſans appel, juge &
partie dans ſa propre cauſe. Les Roys de la terre les plus abſolus, ou ne prétendent pas avoir
un tel droit, ou du moins n'en uſent pas. Si
pour des intereſts particuliers, ils ont avec un
de leurs ſujets quelque different à vuider, par
une équité digne d'eux, ils veulent bien ſe dépouiller de la qualité de juges, & prendre celle de ſimples parties, pour s'en rapporter à un
jugement libre, deſintereſſé, & hors de ſoup-
çon. Ainſi le pratiquent les Princes vrayment
religieux; & pour noſtre conſolation, nous en
avons veû des exemples qui ont merité nos éloges. Mais les meſmes raiſons, qui dans de pa-
reilles conjonctures obligent les Roys de la terre à ſe relaſcher de leur ſouverain pouvoir,
obligeront Dieu au contraire, quand il jugera

Y iiij

les pecheurs, à ne rien rabbatre du sien ; & ces raisons sont si solides, qu'il suffit de les bien concevoir, pour en estre touché & penetré.

Car Dieu, dit saint Chrysostome, jugera luy-mesme sa cause, parce que sa cause ne peut estre parfaitement jugée que par luy. Il la jugera, parce qu'il n'y a que luy capable de connoistre à fonds l'injure qui luy est faite par le peché. Il la jugera, parce qu'il faut estre Dieu comme luy, pour comprendre jusqu'où va la malice du peché, & quelle en doit estre la peine, la dignité infinie de l'estre de Dieu estant l'essentielle mesure de l'un & de l'autre. Comme Dieu, il se vengera luy-mesme, parce qu'il ne peut estre pleinement vengé que par luy-mesme ; parce que tout autre que luy-mesme ne le vengeroit qu'à demi ; parce qu'il n'y a point de tribunal au dessus de luy, point de juge aussi éclairé, aussi intégre que luy, dont il pust attendre cette vengeance complette qui luy est dûë. Il se vengera, poursuit saint Chrysostome, parce qu'il ne convient qu'à luy d'estre saint, d'estre loüable, d'estre irréprehensible dans ses vengeances. Car voilà pourquoy il a dit : *Mihi vindicta* ; c'est à moy que la vengeance est reservée : à moy, qui sçais non seulement la moderer, mais la sanctifier ; & non pas à l'homme, qui s'en fait un crime lorsqu'il entreprend de l'exercer. En effet, quand l'homme se venge, il s'emporte, il s'aigrit, il se pas-

Rom. 12.

fionne, il fatisfait fa malignité, il s'abandonne à
la ferocité, il ne garde dans fa vengeance nulle
proportion ; pour repouffer une legere offenfe
qu'il a receûë, il en fait une atroce dont il s'applaudit. L'ordre veut donc que ce foit par autruy qu'il foit vengé, parce qu'il eft trop aveugle, & trop injufte, pour fe bien venger luy-
mefme : mais c'eft à Dieu encore une fois de fe
venger par luy-mefme, parce qu'il eft la fainteté mefme : *Mihi vindicta*. Sainte vengeance,
qui corrigera tous les excés des noftres. Vengeance adorable, qui n'aura pour objet que le
peché ; & qui formée dans le cœur de Dieu, ne
fera pas moins digne de nos refpects, que la
fainteté mefme de Dieu. Ce ne fera donc pas,
concluoit faint Chryfoftome, par une oftenta-
tion d'autorité, mais par une abfoluë neceffité,
que Dieu s'élevera pour juger luy-mefme fa
caufe, & c'eft tout le myftere de cette divine
parole : *Exurge, Deus, & judica caufam tuam.* Pfalm. 73.
     Allons plus avant, & fuivons la penfée du
Prophete. Souvenez-vous, Seigneur, ajoufte-t-
il, des outrages qu'on vous a faits : *Memor efto
improperiorum tuorum.* Voyons donc maintenant & en particulier, quels font ces outrages
que Dieu fur tout, en jugeant le monde, fe fou-
viendra d'avoir receûs de l'impie & de l'infenfé,
& dont il tirera une jufte vengeance ; *Eorum
quæ ab infipiente funt totâ die.* David nous les a
marquez aux Pfeaumes neuvieme & trezieme, &

c'eſt icy où j'ay beſoin de toute voſtre reflexion. Pourquoy, demandoit ce ſaint Roy, l'impie a-t'il irrité Dieu ? *Propter quid irritavit impius Deum!* parce qu'il a dit dans ſon cœur ces trois choſes outrageuſes à Dieu, dont ſa raiſon n'eſt jamais demeurée d'accord, & contre leſquelles ſa conſcience a toûjours interieurement reclamé ; mais que ſon impieté n'a pas laiſſé, malgré toutes les veûës de ſa raiſon, de luy ſuggérer, juſqu'à y faire conſentir ſa volonté depravée. Ecoutez, & ne perdez rien de cecy.

l'Inſenſé & l'impie a irrité Dieu, parce qu'il a dit dans ſon cœur : il n'y a point de Dieu. *Dixit inſipiens in corde ſuo : non eſt Deus.* Outrage à la divinité qu'il n'a pas voulu reconnoiſtre. Il a irrité Dieu, parce qu'il a dit dans ſon cœur : s'il y a un Dieu, ou ce Dieu n'a pas veû, ou ce Dieu a oublié le mal que j'ay commis : *Dixit in corde ſuo : oblitus eſt Deus ; avertit faciem ſuam, ne videat.* Outrage à la providence qu'il a combattuë, & à qui il a prétendu ſe ſouſtraire. Il a irrité Dieu, parce qu'il a dit dans ſon cœur : quand ce Dieu dont on me menace, auroit veû mon peché, & qu'il s'en ſouviendroit, il ne me recherchera pas, ni ne me damnera pas pour ſi peu de choſe. *Dixit in corde ſuo : non requiret.* Outrage à la juſtice vindicative de Dieu que l'impie a mepriſée, & dont il a taſché de ſecoüer le joug. Que fera Dieu! Apprenez, Chreſtiens, pourquoy le jugement de

Dieu est necessaire, & quel en doit estre la fin; peut-estre ne l'avez vous jamais compris. Dieu irrité de ces trois outrages, dont il aura conservé le souvenir, en fera éclater son ressentiment. Car il viendra pour achever de convaincre l'impie qu'il y a un Dieu. Il viendra pour forcer l'impie à reconnoistre que ce Dieu n'a rien ignoré, ni rien oublié des plus secrets desordres de sa vie. Il viendra pour confondre l'impie, en luy faisant voir que ce Dieu, ennemi irréconciliable du peché, n'est pas plus capable de souffrir éternellement le pecheur dans l'impunité, que de cesser luy-mesme d'estre Dieu. A quoy pensons nous, si nous ne méditons pas continuellement ces importantes veritez ?

Dieu par un pur zéle de la justice qu'il se doit à luy-mesme, restablira dans le cœur de l'impie cette notion de la divinité, que l'aveuglement du peché y avoit effacée. Car c'est pour cela, qu'aprés avoir esté un Dieu caché dans le mystere de son incarnation, qui est le mystere de son humilité, il se produira sur ce tribunal redoutable où l'Evangile de ce jour nous le represente avec tout l'éclat de la gloire & de la majesté. C'est pour cela qu'il paroistra accompagné de tous ses Anges, & qu'il assemblera devant luy toutes les nations: que les hommes en sa presence demeureront pasmez de frayeur, & que les astres par leurs eclipses, que les élemens par leur desordre mesme & leur confusion rendront hommage à sa supresme puissance. Pourquoy viendra-t-il avec cet appareil & cette pompe ! Pour avoir droit, répond excellemment saint Chrysostome, de dire aux athées, soit de créance s'il y en a, soit de mœurs, le monde en est plein ; ce qu'il leur avoit dit déja par la bouche de Moyse, & ce qu'il leur dira encore plus authentiquement : *Videte quòd ego sim solus, & non sit alius Deus præter me.* Reconnoissez enfin que je suis Dieu, puisque malgré vous tout l'univers combat aujourd'huy pour moy, & condamne l'extresme folie qui vous en a fait douter. Reconnoissez que je suis vostre Dieu, puisqu'avec toute la fierté de vostre libertinage, vous n'avez pû éviter de tomber entre mes mains, & qu'il faut malgré vous que vous subissiez la rigueur inflexible de mon jugement. Reconnoissez que je suis seul Dieu, puisque tous ces grands du monde, dont vous vous estes fait des divinitez, & dont tant de fois vous avez esté idolâtres, sont maintenant anéantis dévant moy. *Videte quòd ego sim solus.* Paroles du Deutéronome, qui dans le jugement dernier se verifieront à la lettre, & qui jamais n'auront esté d'une conviction si sensible qu'elles le seront alors.

Car dans cette vie les grands (c'est Dieu mesme qui le dit) sont comme les Dieux de la terre, *Ego dixi : Dii estis ;* & ce sont, dit saint Chrysostome, ces Dieux de la terre qui em-

Deut. 32.

Psalm. 81.

pefchent tous les jours que le Dieu du ciel ne
foit connu pour ce qu’il eft. A force d’eftre é-
blouï de leur grandeur, on oublie celuy dont
ils ne font que les images : à force de s’attacher
à eux, & de n’eftre occupé que d’eux, on ne
penfe plus à celuy qui regne fur eux. Mais dans
le dernier jugement, ces Dieux de la terre humiliez ferviront encore à l’impie d’une démon-
ftration palpable, qu’il y a un Dieu au deffus
de ces prétendus Dieux : *Excelfus fuper om-* *Pfalm. 46.*
nes Deos ; c’eft à dire, un Dieu abfolument
Dieu, uniquement Dieu, éternellement Dieu.
In illâ die exaltabitur folus Deus. En ce jour- *Ifaï. 2.*
là, dit Ifaye, Dieu feul fera grand & paroiftra
grand. Tout ce qui n’eft pas Dieu fera petit,
fera bas & rampant, fera comme un atôme,
comme un néant devant ce fouverain Eftre.
Tamquam nihilum ante te. C’eft à dire, en ce *Pfalm. 38.*
jour-là toutes les grandeurs humaines feront
abbaiffées, toutes les fortunes détruites, tous les
trofnes renverfez , tous les titres effacez , tous
les rangs confondus : Dieu feul s’élevera, Dieu
feul regnera, *Exaltabitur folus Deus.* Ce n’eft
pas affez.

Parce que l’impie aura dit dans fon cœur :
ou Dieu n’a pas fçû, ou il a oublié le mal que
j’ay fait ; Dieu pour la juftification de fa providence, monftrera qu’il a tout fcû, & qu’il fe
fouvient de tout. Car c’eft pour cela que dans
ce jour de lumiere, il découvrira tout ce que

l'impie se flattoit d'avoir caché dans les ténebres. C'est pour cela qu'à la face de toutes les
nations, il révelera toute la turpitude du pecheur & toute son ignominie ; ces pechez honteux & humilians ; ces pechez dont l'impie luy-
mesme au moment qu'il les a commis, estoit
obligé de rougir ; ces pechez dont il eust esté au
desespoir d'estre seulement soupçonné ; ces pechez qu'il n'eust osé avoüer au plus discret &
au plus seûr de ses amis ; ces pechez qui l'auroient perdu dans le monde de reputation &
d'honneur, & dont il sentoit bien que le reproche luy eust esté moins supportable que la mort
mesme. Dieu les fera connoistre. *Revelabo pu-*
denda tua in facie tuâ, & ostendam gentibus
nuditatem tuam. Non, non, luy dira-t-il, je
n'ay point detourné mon visage de tes crimes.
Quelque horreur qu'ils me fissent, je les ay
veûs ; & pour ne les point oublier, je les ay
écrits, mais avec des caracteres qui ne s'effaceront jamais, dans ce livre de vie & de mort
que je produis aujourd'huy. Tant d'actions lasches & infames, tant de friponneries secrettes,
tant de noires perfidies, tant d'abominations
& de desordres dont ta vie a esté souillée, tout
cela n'est-il pas mis en réserve, & comme scel-
lé dans les tresors de ma colere ? *Nonne hæc*
condita sunt apud me, & signata in thesauris
meis ? Or ce sont ces tresors de colere que Dieu
ouvrira, quand il viendra juger le monde ; &

Nahum. 3.

Deut. 32.

c’eſt ainſi qu’il ſe vengera de l’injure que luy
aura fait le pecheur, en le croyant, ou pluſtoſt
en voulant le croire un Dieu aveugle, un Dieu
ſans providence, un Dieu ſemblable à ces idoles, qui ont des yeux, mais pour ne point voir.

Enfin parce que l’inſenſé aura dit dans ſon
cœur: quelque connoiſſance que Dieu puiſſe
avoir de mes crimes, il ne me recherchera pas,
ni ne me réprouvera pas pour ſi peu de choſe;
Dieu, Chreſtiens, ſe fera un devoir particulier
de mettre ſa juſtice & ſa ſainteté à couvert de
ce blaſphefme, & comment ? par l’application
qu’il aura à condamner les crimes de l’impie
dans la plus étroite rigueur, à ne luy en paſſer, à
ne luy en pardonner aucun, à les punir ſans
remiſſion & autant qu’ils ſont puniſſables ; en
un mot, à luy faire ſentir tout le poids de ce
jugement ſans miſericorde, dont la ſeule idée
fait fremir, mais qui demanderoit un diſcours
entier, pour vous le faire concevoir dans toute ſon étenduë & dans toute ſa ſeverité. Jugement ſans miſericorde que Dieu alors exercera;
mais ſur tout qu’il exercera à l’egard de ces pechez où le mondain & le libertin, pour pecher
plus impunément, aura eu l’inſolence de ſe faire à ſon gré un ſyſteme de religion, en ſe figu-
rant un Dieu ſelon ſes deſirs, un Dieu condeſ-
cendant à ſes foibleſſes, un Dieu indulgent
& commode, dont il comptoit de n’eſtre jamais recherché. *Dixit enim in corde ſuo : non*

Pſalm. 30.

requiret. Car c'eſt pariculierement contre ces pecheurs & contre l'attentat de leur orgueil, que Dieu armera tout le zéle de ſa colere ; pourquoy ! parce qu'il s'agira de juſtifier le plus adorable de ſes attributs, qui eſt ſa ſainteté. *Quoniam veritatem requiret Dominus, & retribuet abundanter facientibus ſuperbiam.*

Voilà, pecheurs, qui m'écoutez, ce qu'il y a pour vous de plus terrible dans le jugement de Dieu : un Dieu offenſé qui ſe ſatisfera, un Dieu mepriſé qui ſe vengera. Voilà ce qui a ſaiſi d'effroy les plus juſtes meſmes. Mais du reſte, raſſeûrez-vous, & tout pecheurs que vous eſtes, conſolez-vous ; puiſque dans quelque eſtat que vous ſoyez, vous avez encore une reſſource, & une reſſource infaillible, qui eſt la penitence. Aimable penitence, diſoit ſaint Bernard, en vertu de laquelle je puis prévenir le jugement de Dieu ! Et moy je dis, Chreſtiens : heureuſe penitence, par où je puis venger Dieu, appaiſer Dieu, ſatisfaire à Dieu ; en ſorte que quand il viendra pour me juger, il ſe trouve déja ſatisfait & vengé par moy, & qu'il ne ſoit plus obligé à ſe venger & à ſe ſatisfaire par luy-meſme. Il eſt vray, mes chers Auditeurs ; il faut pour cela que noſtre penitence ait tous les caracteres d'une penitence ſolide ; qu'elle ſoit exacte, qu'elle ſoit fervente, qu'elle ſoit efficace, qu'elle ſoit ſevere & proportionnée à la grieveté de nos pechez, auſſi bien qu'à leur multitude,

tude, parce que sans cela Dieu ne seroit ni satisfait, ni vengé. Mais peut-il nous en trop couster, quand il s'agit de nous préserver du jugement de Dieu ; & pouvons-nous jamais nous plaindre qu'on exige trop de nous, quand il est question de nous reconcilier avec Dieu irrité contre nous ? Il est vray que ce Dieu de gloire nous jugera selon le jugement que nous aurons fait de nous-mesmes dans la penitence ; & que si nous nous sommes épargnez, il ne nous épargnera pas ; *Sibi parcenti ipse non parcit,* dit saint Augustin : mais aussi par une regle toute contraire, s'ensuit-il de là, que si je ne m'épargne pas, Dieu m'épargnera ; que si je ne me pardonne pas, il me pardonnera ; que si ma penitence est rigoureuse, son jugement me sera favorable ; enfin, que si je me fais justice, il me fera grace ? Or que-puis-je desirer de plus avantageux pour moy ? Ah ! Seigneur, je serois indigne de vos misericordes, si cette condition me sembloit dure, ou plustost, si je n'envisageois pas la penitence la plus severe, comme le souverain bonheur de ma vie : & je serois non seulement le plus injuste, mais le plus insensé des hommes, si je prétendois par une penitence lasche & molle me garentir de vostre redoutable jugement.

C'est ainsi, pecheurs, que vous devez raisonner ; & quand parmi vous il y auroit de ces esprits gastez & corrompus, dont l'impieté se-

.Z

roit allée jusqu'à ne plus connoistre Dieu, je ne pourrois pas m'empescher de leur dire encore : Ecoutez, mes Freres, vous dont le salut me doit estre plus cher que ma vie, & pour la conversion de qui je me sens, si je l'ose dire, un zéle tout divin ; vous pour qui, s'il m'estoit permis, je voudrois, à l'exemple de l'Apostre, estre moy-mesme anathesme ; écoutez aujourd'huy la voix de Dieu, & n'endurcissez pas vos cœurs. Ce Dieu que vous avez méconnu, a encore pour vous des graces de réserve. Comme son bras n'est pas raccourci, il est encore prest à se laisser fléchir par vostre penitence & par vos larmes. La longue patience avec laquelle il vous a supportez jusqu'à present, vous en doit estre une preuve consolante, & comme un gage asseûré. Tout juge qu'il est, malgré vos égaremens, il a encore pour vous toutes les tendresses d'un pere, & du pere le plus charitable. C'est dans des pecheurs & des libertins comme vous, qu'il se plaist à faire éclater les richesses de sa misericorde : quelque scandaleuse qu'ait esté vostre vie, vous pouvez estre (& qui sçait si les plus impies d'entre vous ne sont point ceux qu'il a choisis pour cela) vous pouvez, dis-je, devenir des vases d'élection. Rapprochez-vous de luy; & par une humble confession de l'affreux aveuglement où vous a conduits le peché, mettez-vous en estat, quoyque pecheurs, de trouver grace devant luy. Vostre

converſion fera ſa gloire, & l'édification de ſon
Egliſe. C'eſt donc de voſtre part, mon Dieu,
que je parle ; & je ne crains pas de pouſſer trop
loin les idées que je leur donne de voſtre divine clemence, puiſqu'elle ſurpaſſe encore infiniment toute la charité que j'ay pour eux. Dieu
dans le jugement dernier ſe fera juſtice à luy-
meſme : vous l'avez veû, Chreſtiens ; & il me
reſte à vous faire voir quelle juſtice il rendra à
ſes eſlûs : c'eſt la ſeconde partie.

JE l'ay dit : c'eſt une verité inconteſtable, &　II. Partie.
qui nous eſt expreſſément marquée dans l'Ecriture, que Dieu a fait toutes choſes pour ſes Eſlûs ; que pour eux il a créé le monde, que pour
eux il le conſerve, que ſans eux il le détruiroit,
que tous les deſſeins de ſa providence roulent
ſur eux, & que dans l'ordre de la nature, de la
grace & de la gloire tout aboutit & ſe réduit
à eux, *Propter electos.* Il faut néanmoins reconnoiſtre que cette parole ſi avantageuſe aux
eſlûs de Dieu, ne doit proprement s'accomplir
que dans le jugement dernier. En effet, dit
ſaint Chryſoſtome, s'il n'y avoit point d'autre
vie que celle-cy, & ſi jamais Dieu ne devoit
juger le monde, il ſeroit difficile de comprendre en quoy ſes eſlûs auroient eſté ſi favoriſez
& ſi privilegiez ; & bien loin de convenir que
Dieu euſt tout fait pour eux, on auroit ſouvent lieu de croire, que ce ſeroit pluſtoſt pour

Z ij

eux qu'il paroiſtroit n'avoir rien fait, ou du moins avoir trés-peu fait. Car enfin pendant cette vie les eſlûs, quoyqu'eſlûs de Dieu, ne font dans le monde nulle figure qui les diſtingue, ni qui marque pour leurs perſonnes ces égards ſi particuliers de la providence. Au contraire, par une conduite de Dieu bien ſurprenante, & que David confeſſe avoir eſté pour luy un ſujet de tentation & de trouble, pendant cette vie les eſlûs de Dieu, qui font les juſtes, bien loin d'eſtre connus pour tels, par la malignité du monde, font ſouvent décriez & confondus avec les hypocrites. Pendant cette vie les eſlûs de Dieu, qui font les humbles, bien loin d'eſtre honorez & reſpectez, font ſouvent mépriſez & inſultez. Pendant cette vie les eſlûs de Dieu, qui font les pauvres, bien loin d'eſtre ſoulagez, font ſouvent rebutez & abandonnez. Pendant cette vie les eſlûs de Dieu, qui font communément les foibles, bien loin d'eſtre protegez, font ſouvent accablez & opprimez. Or tout cela eſt bien éloigné de cette favorable prédilection, que Dieu, ſelon ſa promeſſe, doit avoir pour eux. Il eſt vray, repond ſaint Chryſoſtome : mais c'eſt juſtement ce qui prouve la verité, l'infaillibilité, l'abſoluë & indiſpenſable neceſſité du jugement de Dieu. Car pourquoy le Fils de Dieu, en qualité de ſouverain Juge, viendra-t-il à la fin des ſiecles ! pour faire juſtice à ſes eſlûs, ſur ces quatre

chefs. Ouy, il viendra pour venger les juftes,
je dis, les vrays juftes, en les féparant des hypocrites, & faifant pour jamais ceffer le regne
de l'hypocrifie. Il viendra pour venger les humbles, en glorifiant dans leurs perfonnes l'humilité, & en confondant les fuperbes, qui n'auront eû pour elle que du mépris. Il viendra pour
venger les pauvres, qui par la dureté des riches
auront langui dans la mifere, mais aux gemif-
femens de qui il monftrera bien qu'il n'a pas efté infenfible. Il viendra pour venger les foibles
de tout ce que l'iniquité, la violence, l'abus
de l'autorité leur aura fait indignement fouffrir. Car ce font là, mes chers Auditeurs, par
rapport aux prédeftinez, les fins principales
pourquoy l'Ecriture nous fait entendre que le
Dieu vengeur paroiftra. Appliquez-vous donc;
& pour l'intereft que chacun de vous y doit
prendre, redoublez voftre attention.

Il viendra pour venger les juftes, j'entends
toûjours les juftes de bonne foy, en les féparant des hypocrites; comme le berger, dit-il
luy-mefme dans l'Evangile, fépare les brebis
d'avec les boucs: premiere juftice que Dieu rendra à fes eflûs. Car encore une fois, durant cette vie tout eft meflé & confondu, la vertu avec
le vice, l'innocence avec le crime, la verité a-
vec l'impofture, la religion avec l'hypocrifie;
& dans ce meflange, le jufte fouffre, & l'impie
triomphe.

Z iij

Quand au reste je parle de l'hypocrisie, ne pensez pas que je la borne à cette espece particuliere qui consiste dans l'abus de la pieté, & qui fait les faux dévots. Je la prends dans un sens plus étendu, & d'autant plus utile à vostre instruction, que peut-estre malgré vous-mesmes serez-vous obligez de convenir que c'est un vice qui ne vous est que trop commun. Car j'appelle hypocrite, quiconque sous de specieuses apparences a le secret de cacher les desordres d'une vie criminelle. Or en ce sens, on ne peut douter que l'hypocrisie ne soit repanduë dans toutes les conditions; & que parmi les mondains il ne se trouve encore bien plus d'imposteurs & d'hypocrites, que parmi ceux que nous nommons dévots. En effet, combien dans le monde de scélerats travestis en gens d'honneur! combien d'hommes corrompus & pleins d'iniquité, qui se produisent avec tout le faste & toute l'ostentation de la probité! combien de fourbes, insolens à vanter leur sincerité! combien de traistres, habiles à sauver les dehors de la fidelité & de l'amitié! combien de sensuels, esclaves des passions les plus infames, en possession d'affecter la pureté des mœurs, & de la pousser jusqu'à la severité! combien de femmes libertines, fieres sur le chapitre de leur reputation; & quoyqu'engagées dans un commerce honteux, ayant le talent de s'attirer toute l'estime d'une exacte & d'une parfaite regula-

rité ! Au contraire, combien de juftes fauffement accufez & condamnez ? combien de ferviteurs de Dieu, par la malignité du fiecle, décriez & calomniez ? combien de dévots de bonne foy, traitez d'hypocrites, d'intriguans &
d'intereffez ? combien de vrayes vertus contef-
tées ? combien de bonnes œuvres cenfurées ?
combien d'intentions droites mal expliquées,
& combien de faintes actions empoifonnées ?
Or c'eft là, dit faint Chryfoftome, ce que le jugement de Dieu dévoilera : en forte que chacun fera connu pour ce qu'il eft, que chacun
paroiftra ce qu'il a efté, que chacun tiendra le
rang qu'il doit tenir. Les fecrets des confciences
feront révelez; & alors, dit l'Apoftre, chacun
recevra la loüange qui luy fera düë : *Et tunc* 1. *Cor.* 4.
laus erit unicuique à Deo. Par cette fatale &
décifive feparation du bon grain d'avec l'yvraye
(écoutez l'oracle de Job, qui s'accomplira à la
lettre, & qui fera une partie de la juftice que
Dieu rendra à fes effûs) par cette fatale & décifive feparation, la joye de l'hypocrite finira,
fon efperance périra. Funefte, mais jufte menace que luy fait le faint Efprit : *Et gaudium* *Job.* 20.
hypocritæ adinftar puncti, & fpes hypocritæ
peribit.

Car la joye de l'hypocrite eftoit d'impofer,
& cependant d'eftre honoré & refpecté. Sa joye
eftoit d'avoir dans le monde un certain crédit,
qui ne luy couftoit qu'à bien faire fon perfon-

Z iiij

nage, & qu'à bien joüer la comedie. Sa joye estoit d'estre parvenu, à force de dissimulation, à recevoir l'hommage & le tribut des plus pures vertus, & à joüir sans merite de tous les avantages du vray merite. Voilà ce que Job appelloit les prosperitez, les joyes, le regne de l'hypocrisie. Mais dans le dernier jugement, ce regne de l'hypocrisie sera détruit, ces prosperitez de l'hypocrisie s'évanoüiront, ces joyes de l'hypocrisie se changeront en des afflictions mortelles. Elles n'estoient fondées que sur l'erreur des ames simples, seduites & ébloüies par un faux éclat. Mais cette seduction des ames simples, trompées jusqu'alors, mais enfin desabusées par la lumiere de Dieu, aprés avoir esté à l'hypocrite une frivole consolation, se tournera pour luy, disons mieux, contre luy, en opprobre & en confusion. L'esperance de l'hypocrite estoit qu'on ne le connoistroit jamais à fonds, & qu'éternellement le monde seroit la duppe de sa damnable politique : & son desespoir au contraire sera de ne pouvoir plus se déguiser, de n'avoir plus de ténebres où se cacher, de voir malgré luy le voile de son hypocrisie levé, ses artifices découverts, & d'estre exposé aux yeux de toutes les nations. *Spes hypocritæ peribit.* Les autres pecheurs connus dans le monde pour ce qu'ils estoient, en cela mesme qu'ils auront esté connus, auront déja esté à demi jugez, & déja par avance auront essuyé une partie de l'humiliation que leur doit caufer le jugement de Dieu : mais l'hypocrite à qui il faudra quitter le mafque de cette fauffe gloire, dont il s'eftoit toûjours paré ; mais cette femme qui aura paffé pour vertueufe, & dont les commerces viendront à eftre publiez ; mais ce Magiftrat que l'on aura crû un exemple d'integrité, & dont les injuftices feront mifes dans un plein jour ; mais cet Ecclefiaftique reputé faint, à qui Dieu reprochera hautement fa vie diffoluë ; mais ce prétendu homme d'honneur, dont on verra toutes les fourberies ; mais cet ami fur qui l'on comptoit, dont les lafches trahifons feront éclaircies & verifiées ; mais quiconque aura fçû l'art de tromper, & qui alors fe trouvera dans la neceffité affreufe de faire une réparation folemnelle à la verité : ah ! Chreftiens, c'eft pour ceux-là que le jugement de Dieu aura quelque chofe de bien défolant.

La chofe n'eft que trop vraye : mais par une raifon tout oppofée, c'eft ce qui rendra le jugement de Dieu, non feulement fupportable, mais favorable, mais honorable, mais defirable aux juftes & aux prédeftinez. Car leur gloire, dit faint Chryfoftome, fera de paroiftre à decouvert devant toutes les créatures intelligentes ; leur gloire, & mefme le comble de leurs defirs, fera que l'on difcerne enfin, & la droiture de leurs actions, & la pureté de leurs intentions ; leur gloire fera qu'on les connoiffe,

parce que leur disgrace jusques-là aura esté de
n'estre pas assez connus. Et voilà, Ames fidelles, qui malgré la corruption du siecle, servez
vostre Dieu en esprit & en verité, voilà ce qui
doit dans la vie vous affermir & vous consoler.
A ce terrible moment, où le livre des consciences sera ouvert, vostre esperance ranimée par la
veûë du souverain Juge, & sur le poinct d'estre remplie, vous soutiendra, & vous dédommagera bien des injustes persecutions du monde. Tandis que l'impie confondu, troublé, con-
sterné, marchera la teste baissée, & sans oser lever les yeux, vous paroistrez avec une sainte asseûrance : pourquoy ! parce que le jour de vostre justification sera venu. Maintenant l'envie,
la calomnie lancent contre vous leurs traits en-
venimez : mais enfin l'envie sera forcée à se taire ; ou si elle parle, ce ne sera plus qu'en vostre
faveur : la calomnie sera convaincuë de mensonge, & la verité se monstrera dans tout son
lustre. Cependant, joüissez du témoignage secret de vostre cœur, que vous devez préferer à
tous les éloges du monde. Dites avec saint Paul:
Peu m'importe quel jugement les hommes font
presentement de moy, puisque c'est mon Dieu
qui doit un jour me juger : *Qui autem judicat
me, Dominus est.* Ou bien, dites avec Jeremie:
C'est vous, Seigneur, qui sondez les ames, &
qui en découvrez les plis & les replis les plus
cachez ; c'est à vous que j'ay remis ma cause ;

vous la jugerez. *Tibi enim revelavi cauſam* Jerem. 11.
meam. Avançons.

Il viendra pour glorifier l'humilité dans la
perſonne des humbles : ſeconde juſtice que
Dieu rendra à ſes eſlûs. Cette humilité, cette
ſimplicité du juſte , cette patience à ſouffrir
les injures ſans ſe venger , que les mondains
auront traitée de foibleſſe d'eſprit , de peti-
teſſe de genie, de baſſeſſe de cœur, Dieu viendra pour la couronner, & pour convaincre tout
l'univers, qu'elle aura eſté la veritable force,
la veritable grandeur d'ame, la veritable ſageſſe. Car c'eſt alors, dit l'Ecriture dans cet admirable paſſage que vous avez entendu cent fois,
& dont vous avez eſté cent fois touchez : c'eſt
alors que les humbles de cœur s'éleveront avec
confiance contre ceux qui les auront mépriſez
& inſultez. *Tunc ſtabunt juſti in magnâ conſ-* Sap. 5.
tantiâ. C'eſt alors que les ſages du ſiecle, que
ces eſprits forts feront non ſeulement ſurpris ,
mais déconcertez, en voyant ces hommes qu'ils
n'avoient jamais regardez que comme le rebut
du monde, placez ſur des troſnes de gloire.
C'eſt alors qu'interdits & hors d'eux-meſmes,
ils s'écrieront en gemiſſant: ce ſont là ceux dont
nous nous ſommes autrefois moquez, & qui
ont eſté le ſujet de nos railleries ; *Hi ſunt quos* Ibidem.
habuimus aliquando in deriſum. Inſenſez que
nous eſtions, leur vie nous paroiſſoit une folie,
& toute leur conduite nous faiſoit pitié ; *Nos* Sap. 5.

infenfati vitam illorum æſtimabamus infaniam : cependant les voilà élevez au rang des enfans de Dieu, & leur partage eſt avec les Saints ; *Ecce quomodò computati ſunt inter filios Dei, & inter ſanctos ſors illorum eſt.* C'eſt, dis-je, alors que l'orgueil du monde rendra ce témoignage, quoyque forcé, à l'humilité des eſlûs de Dieu ; & c'eſt là meſme qu'on verra ſenſiblement l'effet de cette promeſſe de Jeſus-Chriſt, que quiconque s'humilie, ſera glorifié : *Omnis qui ſe humiliat, exaltabitur.*

Car pendant la vie, il n'eſt pas toûjours vray, & meſme il eſt rarement vray, que celuy qui s'abbaiſſe & qui s'humilie ſoit élevé, On en voit dont l'humilité, quoyque veritable & quoyque ſolide, eſt accompagnée juſqu'au bout de l'humiliation. On en voit, qui pour chercher Dieu & par un eſprit de religion, s'eſtant enſevelis & comme anéantis devant les hommes, meurent dans leur obſcurité & dans leur anéantiſſement. Combien d'ames ſaintes dont la vie eſt cachée avec Jeſus-Chriſt ; & à qui le monde n'a jamais tenu nul compte du courage héroïque qu'ils ont eû de ſe ſeparer & de ſe détacher de luy ! Or c'eſt pour cela, reprend ſaint Chryſoſtome, qu'il doit y avoir, & qu'il y aura un jugement à la fin des ſiecles.

Parce que le monde ne rend pas juſtice à ces chreſtiens parfaits, qui s'humilient & s'anéantiſſent pour Dieu ; Dieu qui ſe pique d'eſtre

Ibidem.

Luc. 14.

fidelle, la leur rendra au centuple. Parce qu'il y a des Saints fur la terre, dont l'humilité, quoyque fincere, n'eſt ni connuë du monde, ni honorée au poinct qu'elle le devroit eſtre, ſi le monde eſtoit équitable, Dieu fuppléra au défaut du monde, & la relevera : mais aux dépens de qui ! toûjours aux dépens & à la honte du mondain, dont la fauſſe gloire, dont la vanité ridicule, dont la préſomptueuſe ambition condamnée & reprouvée, rendra hommage à la fainteté des maximes que le fage & humble chreſtien aura fuivies, puiſqu'en meſme temps que l'humble fera exalté, *Qui ſe humiliat, exal-* Luc. 14. *tabitur ;* l'orgueilleux fera humilié & couvert d'un éternel opprobre, *Et qui ſe exaltat, humiliabitur.* Ce n'eſt pas aſſez.

Il viendra pour béatifier les pauvres : autre myſtere du jugement de Dieu , autre juſtice qu'il rendra à ſes prédeſtinez. Car il eſt de la foy, que le pauvre ne fera pas éternellement dans l'oubli : *Quoniam non in finem oblivio erit pau-* Pſalm. 9. *peris.* Il eſt de la foy, que la patience des pauvres ne périra pas pour jamais ; c'eſt à dire, qu'elle ne fera pas pour jamais inutile & fans fruit : *Patientia pauperum non peribit in finem.* Ibidem. Et il eſt néanmoins évident, que ces deux oracles du faint Efprit ne ſe verifient pas toûjours, ni meſme communément dans cette vie. Car combien de pauvres y font oubliez ! combien y demeurent fans fecours & fans affiſtance !

Oubli d'autant plus déplorable, que de la part
des riches il est volontaire, & par consequent
criminel : je m'explique. Combien de malheureux réduits aux dernieres rigueurs de la
pauvreté , & que l'on ne soulage pas , parce
qu'on ne les connoist pas & qu'on ne les veut
pas connoistre ? Si l'on sçavoit l'extremité de
leurs besoins, on auroit pour eux malgré soy,
sinon de la charité, aumoins de l'humanité. A
la veüe de leurs miseres, on rougiroit de ses excés, on auroit honte de ses délicatesses, on se
reprocheroit ses folles dépenses, & l'on s'en feroit avec raison des crimes devant Dieu. Mais
parce qu'on ignore ce que souffrent ces membres de Jesus-Christ, parce qu'on ne veut pas
s'en instruire, parce qu'on craint d'en entendre parler, parce qu'on les éloigne de sa pré-
sence, on croit en estre quitte en les oubliant;
& quelque extresmes que soient leurs maux,
on y devient insensible. Combien de veritables
pauvres, que l'on rebutte comme s'ils ne l'estoient pas, sans qu'on se donne & qu'on veuil-
les se donner la peine de discerner s'ils le sont
en effet ! combien de saints pauvres, dont les
gémissemens sont trop foibles pour venir jusqu'à nous, & dont on ne veut pas s'approcher, pour se mettre en devoir de les écouter!
combien de pauvres abandonnez dans les pro-
vinces ! combien de désolez dans les prisons!
combien de languissans dans les hospitaux!

combien de honteux dans les familles particulieres ! Parmi ceux qu'on connoiſt pour pauvres, & dont on ne peut ni ignorer, ni meſmes oublier le douloureux eſtat, combien ſont
negligez ! combien ſont durement traittez !
combien de ſerviteurs de Dieu qui manquent
de tout, pendant que l'impie eſt dans l'abondance, dans le luxe, dans les delices ! S'il n'y
avoit point de jugement dernier, voilà ce que
l'on pourroit appeller le ſcandale de la providence : la patience des pauvres outragée par la
dureté & par l'inſenſibilité des riches. Mais
c'eſt pour cela meſme, dit Saint Chryſoſtome,
que la providence prépare aux riches un jugement ſevere & rigoureux ; & c'eſt ce que
comprenoit parfaitement David, quand il di-
ſoit : *Cognovi quia faciet Dominus judicium*   *Pſalm. 139.*
inopis, & vindiϛam pauperum ; j'ay connu
que Dieu jugera la cauſe des pauvres, & qu'il
les vengera. Et par où l'avoit-il connu ? par
cet invincible raiſonnement : que la patience
des pauvres, dans le ſens que je l'ay marqué,
ne devant & ne pouvant périr pour jamais,
il falloit qu'il y euſt un jugement ſuperieur à
celuy des hommes, où l'on reconnuſt qu'en
effet elle ne périt point ; c'eſt à dire, que Dieu
a pour elle tous les égards qu'elle a droit d'attendre d'un maiſtre ſouverainement équitable,
Patientia pauperum non peribit in finem : un   *Pſalm. 9.*
jugement, où non ſeulement les pauvres fuſ-

sent dédommagez de cette inégalité de biens,
qui les a réduits dans l'indigence & la disette;
mais où leur patience poussée à bout, fust pleinement vengée des injustes traitemens qu'elle
auroit soufferts. C'est pour cela, dit Dieu luy-
mesme, que je m'éleveray : c'est parce que les
souffrances des pauvres, à qui le riche impitoyable aura fermé son cœur & ses entrailles,
auront excité mon courroux; parce que leurs
cris m'auront touché; parce que j'auray esté
indigné de voir qu'on s'endurcist à leurs plaintes : *Propter miseriam inopum, & gemitum pau-*
perum, nunc exurgam, dicit Dominus. Ces cris
des pauvres qui sont montez jusqu'à moy, me
solliciteront en leur faveur ; & je ne croiray
point m'estre acquitté de ce que je leur dois, &
comme créateur & comme juge, que dans ce
grand jour, où je prononceray pour eux un arrest de salut, tandis que je réprouveray par un
jugement sans misericorde, ceux qui n'auront
usé envers eux de nulle misericorde. A entendre ainsi Dieu parler dans l'Ecriture, ne diroit-
on pas que le jugement dernier, quoy qu'universel, ne doive estre que pour les pauvres, &
qu'il n'ait pour terme & pour fin que de leur
faire justice ! *Propter miseriam inopum & ge-*
mitum pauperum. A voir comment le Fils de
Dieu qui y doit présider, s'y comportera &
y procedera, ne diroit-on pas que tout le jugement du monde doit rouler sur le soin
des

Psalm. 11.

des pauvres ; que de là doive dépendre abſolument & eſſentiellement le ſort éternel des
hommes : c'eſt à dire , que les uns ne doivent
eſtre condamnez, que parce qu'ils auront mepriſé le pauvre; & les autres comblez de gloire, que parce qu'ils l'auront ſecouru ? Heureux donc, concluoit le Prophete Royal, heureux celuy qui penſe attentivement au pauvre ; *Beatus qui intelligit ſuper egenum &* Pſal.44.
pauperem : pourquoy ! parce que Dieu au jour
de ſa colere l'épargnera , & le ſauvera : *In die* Ibidem.
malâ liberabit eum Dominus.

Finiſſons, & diſons encore que Dieu viendra
pour venger les foibles, que le pouvoir joint à la
violence , aura opprimez : quatriéme & derniere juſtice dont il ſe tiendra redevable à ſes
eſlûs. Car maintenant, c'eſt le credit qui l'emporte, & qui a preſque partout gain de cauſe : le
plus fort a toûjours raiſon quoy qu'il entrepren-
ne; & parce qu'il eſt le plus fort, il croit avoir un
titre pour l'entreprendre , & il en vient à bout.
Combien de perſecutions, de vexations, cau-
ſées par l'abus de l'authorité ! combien de miſe-
rables, combien de veuves, faute d'appui, ſacri-
fiées comme des victimes à la faveur ! combien
de pupilles, dont l'heritage devient aprés bien
des formalitez, la proye du chicaneur & de
l'uſurpateur ! combien de familles ruinées ,
parce que le bon droit attaqué par une partie
redoutable, n'a point trouvé de protection !

A a

combien de procés mal fondez, néanmoins hautement gagnez, parce que les sollicitations, la cabale & les brigues ont prévalu! Malgré la justice & les loix, le foible succombe presque toûjours. S'il y a des juges sans probité, c'est toûjours contre luy, & jamais pour luy, qu'ils se laissent corrompre. Du moment qu'il est le plus foible, par une malheureuse fatalité, tout luy est contraire, & rien ne luy est favorable. Mais, Seigneur, il trouvera enfin auprés de vous, ce qui luy aura esté refusé à tous les tribunaux de la terre : vous viendrez plein d'équité & de zéle, & vous prendrez la défense de l'orphelin, afin que le puissant, que le grand, qui avoit tant abusé de sa grandeur, cesse de se glorifier. *Judicare pupillo & humili, ut non apponat ultrà magnificare se homo super terram.* Jusques-là il aura toûjours eû le dessus. Jusques-là fier de ses succés, parce que rien ne luy resistoit, il aura passé, non seulement pour le plus fort, mais pour le plus habile, pour le mieux establi dans ses droits, pour le plus digne d'estre distingué & honoré. Jusques-là il se sera fait une fausse gloire & un prétendu merite de ses violences mesmes : mais vous le détromperez bien alors, Seigneur, & vous luy ferez bien rabbattre de ses vaines idées; *Ut non apponat ultrà magnificare se.* Comment cela ? c'est que vous tirerez le foible de l'oppression, & qu'il trouvera en vous, ô mon Dieu, un vengeur & un protecteur.

Psalm. 9.

Il eſt donc vray que le jugement de Dieu
ſera pour ſes eſlûs le jour de leur rédemption,
le jour de leur gloire, le jour où Dieu leur
fera juſtice. Ah ! Chreſtiens, à quoy penſons-
nous, ſi perſuadez d'une verité ſi touchante,
nous ne travaillons pas de toutes nos forces à
eſtre du nombre de ces heureux prédeſtinez ?
Que faiſons-nous, ſi renonçant aux fauſſes
maximes du monde, nous ne nous mettons
pas en eſtat d'eſtre de ces eſlûs de Dieu, qui
paroiſtront avec tant de confiance devant le
tribunal de Jeſus-Chriſt ? Or en voicy, mes
chers Auditeurs, l'important ſecret, que je
vous laiſſe pour fruit de tout ce diſcours. Commencez dés maintenant à accomplir dans vos
perſonnes, ce que Dieu dans le jugement dernier fera en faveur de ſes eſlûs. Il les ſeparera
d'avec les hypocrites & les impies : ſeparez-
vous-en par la pratique d'une ſolide & d'une
veritable pieté. Il glorifiera les humbles : humiliez-vous, dit ſaint Pierre, & ſoumettez-
vous à Dieu, afin que Dieu vous éleve au jour
de ſa viſite, c'eſt à dire, dans ſon jugement ;
Humiliamini, ut vos Deus exaltet in tempore 1. *Petr.* 5.
viſitationis. Il beatifiera les pauvres : aſſiſtez-
les ; ſoulagez-les ; faites-vous-en des amis auprés de voſtre juge, afin que quand il viendra vous juger, ils ſoient vos interceſſeurs, &
qu'ils vous reçoivent dans les tabernacles éternels. Il vengera les foibles opprimez : protegez-

A a ij

les, & selon la mesure de vostre pouvoir, soyez
leurs patrons; servez, à l'exemple de Dieu, de
tuteurs au pupille & à la veuve.

Et vous, justes, humbles, pauvres, foibles, les
bien-aimez de Dieu, soutenez-vous dans vostre justice, dans vostre obscurité, dans vostre
pauvreté, dans vostre foiblesse, par l'attente de
ce grand jour, qui sera tout à la fois le jour du
Seigneur & le vostre. Non pas que vous ne deviez craindre le jugement de Dieu; il est à craindre pour tous: mais en le craignant, craignez-le
de sorte, que vous puissiez au mesme temps le
desirer, l'aimer, l'esperer. Car pourquoy ne l'ai-
meriez-vous pas, puisqu'il doit vous delivrer
de toutes les miseres de cette vie! pourquoy ne
le desireriez-vous pas, puisqu'il doit vous ra-
cheter de la servitude du siecle! pourquoy ne
l'espereriez-vous pas, puisqu'il doit commencer vostre bonheur éternel! Craignez le jugement de Dieu: mais craignez-le d'une crainte
meslée d'amour, & accompagnée de confiance; craignez-le comme vous craignez Dieu. Il
ne vous est point permis de craindre Dieu sans
l'aimer; il faut qu'en le craignant vous l'aimiez, & que vous l'aimiez encore plus que
vous ne le craignez: sans cela, vostre crainte
n'est qu'une crainte servile, qui ne suffit pas
mesmes pour le salut. Or il en est de mesme
du jugement de Dieu: craignons-le tous, mes
chers Auditeurs, ce terrible jugement; mais

craignons-le d'une crainte efficace, d'une
crainte qui nous convertisse, qui corrige nos
desordres, qui redouble noftre vigilance, qui
rallume noftre ferveur, qui nous porte à la
pratique de toutes les œuvres chreftiennes.
Tellement que nous meritions d'eftre placez
à la droite, & d'entendre de la bouche de noftre juge ces confolantes paroles : *Venite, Be-* Matth. 25.
nedicti Patris mei ; Venez, vous qui eftes bénis de mon Pere; poffedez le Royaume qui
vous eft preparé dés la création du monde. Je
vous le fouhaite &c.

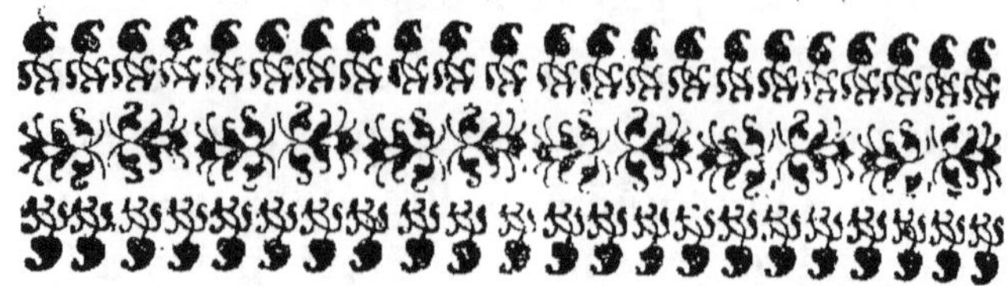

SERMON.

POUR LE II. DIMANCHE
DE
L'AVENT.

Sur le Respect humain.

Beatus qui non fuerit scandalizatus in me.

Bienheureux celuy qui ne sera point scandali-
sé de moy. En saint Matthieu, chap. 11.

SIRE,

C'Est à ce caractere que le Sauveur du monde reconnoist ses vrays disciples : c'est la condition que cet Homme-Dieu leur propose,
pour estre receûs à son service, & pour meriter de vivre sous sa loy. Il leur declare qu'il
faut prendre parti ; qu'il ne faut point esperer
d'estre du nombre des siens, si l'on n'est reso-
lu d'en faire hautement profession ; que qui-

conque, eſtant chreſtien, craint de le paroiſtre,
eſt indigne de luy ; qu'il ne ſuffit pas pour eſtre à luy, de croire de cœur, ſi l'on ne confeſſe de bouche; qu'il ne ſuffit pas de confeſſer de
bouche, ſi l'on ne s'explique par ſes œuvres : enfin, qu'il veut des hommes fervens, genereux,
ſinceres, qui ſe faſſent un honneur de l'avoir
pour maiſtre, & un merite de luy obéir.

Or par là il exclut de ſon Royaume ces laſches mondains, qui bien loin de ſe declarer
pour Jeſus-Chriſt, rougiſſent de Jeſus-Chriſt ;
qui bien loin d'honorer Jeſus-Chriſt, ſe ſcan-
daliſent de Jeſus-Chriſt ; & qui non contents
de ſe ſcandaliſer de Jeſus-Chriſt, le ſcandali-
ſent tous les jours luy-meſme dans la perſonne de ſes freres, en inſpirant aux autres la meſme crainte qui les arreſte, & le meſme reſpect
humain qui les domine. C'eſt ce que j'entreprends de combattre dans ce diſcours : cette
honte du ſervice de Dieu ; ce reſpect humain,
qui nous empeſche d'eſtre à Dieu ; cette crainte du monde, ou cette complaiſance pour le
monde, qui détruit le culte que nous devons
rendre à Dieu. Je veux vous en faire voir l'indignité, le deſordre, & le ſcandale : l'indignité du reſpect humain, par rapport à nous-meſmes ; ſon deſordre, par rapport à Dieu ; ſon
ſcandale, par rapport au prochain.

Il y en a qui ſont les eſclaves du reſpect humain, & il y en a qui en ſont les autheurs. Eſ-

A a iiij

claves du respect humain : je leur parleray dans la premiere & dans la seconde partie, & je leur monstreray combien leur conduite est indigne, combien elle est criminelle. Autheurs du respect humain : je leur parleray dans la derniere partie, & je leur monstreray combien leur conduite est scandaleuse. L'indignité du respect humain nous le fera mépriser. Le desordre du respect humain nous le fera condamner. Le scandale du respect humain nous en fera craindre les suites. C'est tout mon dessein. Demandons &c. *Ave Maria.*

I. PARTIE. C'Est de tout temps que les hommes se sont laissez dominer par le respect humain ; & c'est de tout temps que les partisans du monde se sont fait du respect humain une malheureuse politique, aux dépens de leur Religion. Mais de quelque prétexte, ou de necessité, ou de raison, dont ils ayent tasché de se couvrir, en soumettant ainsi leur religion aux loix du monde, je dis que ce respect humain a toûjours esté une servitude honteuse ; je dis que cette politique a toûjours passé, ou toûjours dû passer, pour une lascheté méprisable. Caractere de servitude, caractere de lascheté : l'un & l'autre indigne de tout homme qui connoist Dieu ; mais encore bien plus d'un chrestien élevé par le baptesme à l'adoption des enfans de Dieu. Appliquez-vous, mes chers Au-

diteurs, & ne perdez rien de ces deux importantes veritez.

C'est une servitude honteuse ; & je l'appelle
la servitude du respect humain. Car qu'y a-t-il
de plus servil, que d'estre réduit, ou plustost,
que de se réduire soy-mesme à la necessité de
regler sa religion par le caprice d'autruy ! de
la pratiquer, non pas selon ses veûës & ses lumieres, ni mesmes selon les mouvemens de sa
conscience, mais au gré d'autruy ! de n'en donner des marques, & de n'en accomplir les devoirs, que dépendamment des discours & des
jugemens d'autruy ! en un mot, de n'estre
chrestien, ou du moins de ne le paroistre,
qu'autant qu'il plaist, ou qu'il déplaist à autruy !
Est-il un esclavage comparable à celuy-là !
Vous sçavez néanmoins, & peut-estre le sçavez vous à vostre confusion, combien cet esclavage, tout honteux qu'il est, est devenu
commun dans le monde, & le devient encore
tous les jours.

Quand Saint Augustin parle de ces anciens
Philosophes, de ces sages du paganisme, qui
par la seule lumiere naturelle connoissoient,
quoyque payens, le vray Dieu ; il trouve leur
condition bien déplorable : pourquoy ! parce
qu'estant convaincus, comme ils l'estoient,
qu'il n'y a qu'un Dieu, ils ne laissoient pas,
pour s'accommoder au temps, d'estre forcez à
en adorer plusieurs. Prenez garde, Chrestiens.

Ceux là par respect humain faisoient violence
à leur raison, & servoient des Dieux qu'ils ne
croyoient pas; & nous par un autre respect humain, nous faisons violence à nostre foy, &
nous ne servons pas le Dieu que nous croyons.
Ceux là malgré eux, mais pour plaire au monde, estoient superstitieux & idolâtres; & nous
par un effet tout contraire, mais par le mesme
principe, nous devenons souvent malgré nous-
mesmes libertins & impies. Ceux là pour ne
pas s'attirer la haine des peuples, pratiquoient
ce qu'ils condamnoient, adoroient ce qu'ils méprisoient, professoient ce qu'ils détestoient; ce
sont les termes de saint Augustin : *Colebant
quod reprehendebant, agebant quod arguebant,
quod culpabant adorabant.* Et nous, pour éviter la censure des hommes, & par un vil assujettissement aux usages du siecle corrompu & à
ses maximes, nous deshonorons ce que nous
professons, nous prophanons ce que nous réverons; nous blasphesmons, au moins par nos
œuvres, non pas comme disoit un Apostre, ce
que nous ignorons, mais ce que nous sçavons
& ce que nous reconnoissons. Au lieu que ces
esprits forts de la gentilité, avec leur prétenduë
force, se captivoient par une espece d'hypocrisie, nous nous captivons par une autre. Au
lieu qu'ils joüoient la comedie dans les temples
de Rome, en contrefaisant les dévots; nous la
joüons au milieu du christianisme, en contre-

faisant les athées. Avec cette difference remar-
quée par saint Augustin, que l'hypocrisie de
ceux-là estoit une pure fiction, qui n'interes-
soit tout au plus que de fausses divinitez : au
lieu que la nostre est une abomination réelle ;
une abomination telle que l'a prédite le Prophete, placée dans le lieu saint ; une abomination qui outrage tout à la fois, & la verité, & la
majesté, & la sainteté du vray Dieu.

Or en user de la sorte, n'est-ce pas se rendre
esclave, mais esclave dans la chose mesme où il
est moins supportable de l'estre, & où tout homme sensé doit plus se piquer de ne l'estre pas ? Car
il y a des choses, poursuit ce saint Docteur, où
la servitude est tolerable, d'autres où elle est raisonnable, quelques-unes mesmes où elle peut
estre honorable : mais de s'y soumettre jusques
dans les choses les plus essentiellement libres,
jusques dans la profession de sa foy, jusques
dans l'exercice de sa religion, jusques dans ses
devoirs les plus indispensables, dans ce qui regarde nostre éternité, nostre salut, c'est à quoy
repugne un certain fond de grandeur, qui est
en nous & avec lequel nous sommes nez ; c'est
ce que la dignité de nostre estre, non plus que
la conscience, ne peut comporter.

Laissez-nous aller dans le désert, disoient les
Hébreux aux Egyptiens : car tandis que nous
sommes parmi vous, nous ne pouvons pas librement sacrifier au Dieu d'Israël. Or il faut

que nous foyons libres dans les facrifices que
nous luy offrons. En tout le refte vous nous
trouverez fouples & dépendans; & quelque rigoureufes que foient vos loix, nous y obéirons
fans peine : mais dans le culte du fouverain
Maiftre que nous adorons & que nous devons
feul adorer, la liberté nous eft neceffaire ; &
quand nous vous la demandons, ce n'eft qu'en
vertu du droit que nous y avons, & en vertu
mefmes du commandement exprés que noftre
Dieu nous a fait de ne nous la laiffer jamais enlever. C'eft ainfi, mes Freres, reprend faint Jerofme, expliquant ce Paffage de l'Exode, c'eft
ainfi que doit parler un chreftien engagé par
la providence à vivre dans le monde, & par
confequent à y foutenir fa religion. Sur toute autre chofe, doit-il dire, je me conforme-
ray aux loix du monde, j'obferveray les coutumes du monde, je garderay les bienféances
du monde, je me contraindray mefmes s'il le
faut, pour ne rien faire qui choque le monde:
mais quand il s'agira de ce que je dois à mon
Dieu, je me mettray au deffus du monde, & le
monde n'aura nul empire fur moy. Dans l'accompliffement de ce devoir capital, qui eft le
premier devoir du chreftien, je ne feray ni bizarre, ni indifcret ; mais je feray libre, & la
prudence dont j'uferay pour me conduire,
n'aura rien qui dégenere de cette bienheureufe indépendance, que faint Paul veut que je

conserve comme le privilege inaliénable, de l'estat de grace où Dieu m'a élevé. Telle est, dis-je, selon saint Jerosme, la disposition où doit estre un homme fidelle. Et si la tyrannie des loix du monde alloit jusques là, qu'il y eust en effet des estats où il fust impossible de maintenir cette sainte & glorieuse liberté, avec laquelle Dieu veut estre servi ; ou plustost, si l'homme se sentoit foible jusqu'à ce poinct, qu'il desesperast d'y pouvoir librement servir Dieu, il devroit, à l'exemple des Israëlites, prendre le parti d'une genereuse retraite, & chercher ailleurs un sejour, où affranchi du joug du monde, il pust sans gesne & sans contrainte rendre à Dieu les hommages de sa pieté : faisant divorce pour cela, non pas avec le monde en general, mais avec ces conditions particulieres du monde, où l'experience luy auroit appris que sa religion luy seroit devenuë comme impraticable. Pourquoy! parce qu'au moins est-il juste qu'estant né libre, il le soit inviolablement pour celuy à qui il doit tout, comme au principe & à l'autheur de son estre; & qu'il n'abandonne jamais la possession où Dieu l'a mis, d'estre à cet égard dans la main de son conseil & de sa raison.

Servitude du respect humain d'autant plus honteuse, que c'est l'effet tout ensemble, & d'une petitesse d'esprit, & d'une bassesse de cœur, que nous nous cachons à nous-mesmes, mais que nous nous cachons en vain , & dont nous ne pouvons étouffer le secret reproche. Car si nous avions ce saint orgueil, selon l'expression d'un Pere, cette noblesse de sentimens qu'inspire le christianisme , nous dirions hautement comme saint Paul : *Non erubesco Evangelium :* Je ne rougis point de l'Evangile. Nous imiterions ces héros de l'ancien Testament, qui se faisoient un merite de pratiquer leur religion à la face mesmes de l'irreligion. Pendant que tous les autres couroient en foule aux idoles de Jeroboam, le jeune Tobie sans craindre de paroistre singulier, & se glorifiant mesmes de l'estre dans une si belle cause, alloit luy seul au temple de Jerusalem , & se rendoit par là digne de l'éloge que l'Ecriture a fait de sa fermeté & de sa constance. *Denique cùm irent omnes ad vitulos aureos , quos fecerat Jeroboam Rex Israël, hic solus pergebat in Jerusalem ad templum Domini.* Ainsi , quand tout ce qui nous environne, vivroit dans l'oubli de Dieu & dans le mépris de sa loy , nous nous glorifierions, comme chrestiens, d'estre les sinceres observateurs de cette divine loy ; & par une singularité que le monde mesmes malgré luy respecteroit, nous nous distinguerions, & s'il le falloit, nous nous separerions de ces mondains , qui en sont les prévaricateurs. Ni le nombre , ni la qualité de leurs personnes, ne nous ébranleroient pas. Fussions-nous les seuls

fur la terre, nous perfifterions dans cette réfo-
lution ; & la confolation interieure que nous
aurions, d'eftre de ceux que Dieu fe feroit ré-
fervez, & qui n'auroient point fléchi le genoux
devant Baal : c'eft à dire, le témoignage que
nous rendroit noftre confcience, d'avoir refif-
té au torrent de l'idolâtrie du fiecle, feroit déja pour nous le pretieux fruit de la victoire que
noftre foy auroit remportée fur le refpect humain. Voilà les heureufes difpofitions où nous
mettroit une liberté évangelique.

D'où vient donc que nous n'y fommes pas,
& qu'eft-ce que ce refpect humain qui nous arrefte ? timidité & pufillanimité. Nous craignons la cenfure du monde ; & par là nous
avoüons au monde, que nous n'avons pas affez de force pour le méprifer, dans les conjonctures mefmes où nous le jugeons plus méprifable : aveu qui devroit feul nous confondre. Nous craignons de paffer pour des efprits
foibles ; & nous ne penfons pas que cette crainte eft elle-mefme une foibleffe, & la plus pi-
toyable foibleffe. Nous avons honte de nous
declarer ; & nous ne voyons pas, que cette
honte, pour m'exprimer de la forte, eft elle-
mefme bien plus honteufe, que la declaration
qu'il faudroit faire. Car qu'y a-t-il de plus
honteux, que la honte de paroiftre ce que l'on
eft & ce que l'on doit eftre ! Une parole, une
raillerie nous trouble ; & nous ne confiderons

pas, ni de quoy, ni par qui nous nous laiſſons troubler. De quoy ! puiſqu'il n'eſt rien de plus frivole que la raillerie, quand elle s'attaque à la veritable vertu. Par qui ! puiſque c'eſt par des hommes vains, dont il nous doit peu importer d'eſtre, ou blaſmez, ou approuvez ; des hommes dont ſouvent nous ne faiſons nulle eſtime ; des hommes dont la legereté nous eſt connue auſſi bien que l'impieté ; des hommes dont nous ne voudrions pas ſuivre les conſeils, beaucoup moins recevoir la loy, dans une ſeule affaire ; des hommes pour qui nous ne voudrions pas nous contraindre dans un ſeul de nos divertiſſemens : ce ſont là néanmoins ceux pour qui nous nous faiſons violence, ceux que nous ménageons, ceux à qui, par le plus déplorable aveuglement, nous nous aſſujettiſſons en ce qui touche le plus eſſentiel de nos intereſts, ſçavoir le ſalut & la religion. Aprés cela, piquons-nous, je ne dis pas de grandeur d'ame, mais de ſageſſe & de ſolidité d'eſprit. Aprés cela, flattons-nous d'avoir trouvé la liberté, en ſuivant le parti du monde. Non, non, mes Freres, reprend ſaint Chryſoſtome, ce n'eſt point là qu'on la trouve : bien loin d'y parvenir par là, c'eſt par là que nous tombons dans la plus baſſe ſervitude ; & l'un des plus viſibles chaſtimens que Dieu exerce déja ſur nous, quand nous voulons vivre en mondains, c'eſt qu'au meſme temps que nous penſons à ſecoüer

ſon

son joug, qu'il appelle, & qu'il a bien sujet d'appeller un joug doux & aimable, il nous laisse
prendre un autre joug mille fois plus humiliant & plus pesant, qui est le joug du monde
& des loix du monde. Caractere de servitude
dans le respect humain, & caractere de lascheté.

Je dis lascheté, & lascheté odieuse. J'appartiens à Dieu par tous les titres les plus legitimes, & comme homme formé de sa main, enrichi de ses dons, racheté de son sang, héritier
de sa gloire; & comme chrestien, lié à luy par
le nœud le plus inviolable, & engagé par une
profession solemnelle à le servir : mais au lieu
de m'armer d'une sainte audace, & de prendre
sa cause en main, je l'abandonne, je le trahis !
Lascheté impardonnable ; on ne peut pas mesmes la supporter dans ces ames mercenaires,
que leur condition & le besoin attachent au
service des grands : & ce qui doit bien nous
confondre, c'est le zéle qu'ils font paroistre, &
où ils cherchent tant à se signaler, dés qu'il s'a-
git de ces maistres mortels, dont ils attendent
une recompense humaine & une fortune pe-
rissable. Lascheté frappée de tant d'anathesmes
dans l'Evangile, & qui doit estre si hautement
reprouvée au jugement de Dieu, puisque c'est
là que le Fils de l'homme rougira de quiconque aura rougi de luy, desavoüera quiconque
l'aura desavoüé, renoncera quiconque l'aura re-

B b

Luc. 9.

noncé : *Qui erubuerit me , erubescam & ego illum.* Lascheté que les payens mesmes ont condamnée dans les chrestiens, & sur quoy ils leur ont fait de si belles & de si solides leçons.

N'est-ce pas le sentiment qu'en eût autrefois ce sage Empereur, pere du grand Constantin ? Eusébe nous l'apprend, & vous le sçavez : quoy qu'infidelle, quoyque payen, il avoit & des officiers dans sa cour & des soldats chrestiens dans son armée. Il voulut éprouver leur foy; il les assembla tous devant luy, il leur parla en des termes propres à les tenter ; enfin, il les obligea à se faire connoistre & à s'expliquer. Comme il y en a toujours eû de tous les caracteres, je ne suis pas surpris que les uns, fermes pour Jesus-Christ, aimassent mieux risquer leur fortune, que de démentir leur religion ; & que d'autres dominez par le respect humain, choisissent plustost de dissimuler leur religion, que de hazarder leur fortune. Ainsi dans le monde, & dans le christianisme mesme, les choses de tout temps ont-elles esté partagées. Mais ce qu'Eusébe remarque, & ce qui doit estre une instruction vive & touchante pour ceux qui m'écoutent icy (elle convient admirablement au lieu où je parle, & je suis certain qu'elle sera de vostre goust) c'est le discernement judicieux que fit le Prince, de ces deux sortes de chrestiens, lorsque par un traitement aussi contraire à leur attente qu'il fut

conforme à leur merite, il retint auprés de sa
personne, ceux qui méprisant les veües du monde, avoient temoigné un attachement inviolable pour leur religion, & renvoya les autres.
Car il jugea, ajoûte l'historien, qu'il ne devoit
rien se promettre de ceux-cy; qu'ils pourroient
bien luy estre infidelles, puisqu'ils l'avoient esté
à leur Dieu; & qu'il falloit tout craindre d'un
homme, dont la conscience & le devoir n'estoient pas à l'épreuve d'un vain interest & d'une
consideration humaine.

Ah! mes chers Auditeurs, profitons de cette maxime; & n'ayons pas la confusion d'estre
en cela moins religieux, qu'un payen, que le
seul bon sens faisoit raisonner. Sans estre impies ni hypocrites, soyons genereux & sinceres.
Entre l'hypocrisie & l'impieté, il y a un parti
honorable, c'est d'estre chrestien. Soyons-le
sans ostentation; mais soyons-le aussi de bonne
foy, & faisons-nous honneur de l'estre & de
le paroistre.

Souvenons-nous de tant de Martyrs, nos
freres en Jesus-Christ, & les membres de la
mesme Eglise. Craignoient-ils la presence des
hommes? S'étonnoient-ils d'un regard, d'une
parole? Quelle image, mes chers Auditeurs!
quel reproche de nostre lascheté! Ils se pre-
sentoient devant les tyrans; & à la face des tyrans, ils confessoient leur foy. Ils montoient
sur les échaffauts; & sur les échaffauts, ils céle-

broient les grandeurs de leur Dieu. Ils verfoient leur fang ; & de leur fang, ils fignoient la verité. Avoient-ils d'autres engagemens que nous! Faifoient-ils profeffion d'une autre loy que nous ! Le Dieu qu'ils fervoient, qu'ils glorifioient, pour qui ils fe facrifioient, eftoit-il plus leur Dieu que le noftre!

N'allons pas fi loin, & jugez-vous vous-mefmes, inftruifez-vous vous-mefmes par vous-mefmes. Je parle dans une Cour compofée d'hommes fameux par leur bravoure & par leurs exploits militaires. Avoir une fois reculé dans le peril, avoir une fois hefité, c'eft ce qu'ils regarderoient comme une tache ineffaçable. A Dieu ne plaife que je leur refufe le jufte éloge qui leur eft dû. En combattant, en expofant leur vie pour le grand & le glorieux Monarque, dont ils exécutent les ordres, & que le ciel a placé fur nos teftes pour nous commander, ils s'acquittent d'un devoir naturel. Mais du refte, par quelle contradiction marquons-nous tant de conftance d'une part, & de l'autre tant de foibleffe ! Pourquoy dans les chofes de Dieu devenons-nous comme le rofeau que le vent agite, felon la figure de noftre Evangile ! Pourquoy en avons-nous toute l'inftabilité ; c'eft à dire, pourquoy nous laiffons-nous fi aifément fléchir par la complaifance, abbattre par la crainte, entraifner par la couftume, ébranler par l'intereft ! Et pour m'en tenir à l'exem-

ple que nous propose aujourd'huy le Sauveur
du monde, que n'imitons-nous Jean-Baptiste!
que n'apprenons-nous de luy quelle fermeté
demande le service de noftre Dieu & l'obfer-
vation de fa loy ? Jufques dans les fers, ce fidelle miniftre confeffa Jefus-Chrift ; jufques dans
la Cour il luy rendit témoignage. Voilà voftre modelle : conferver au milieu de la Cour
cette genereufe liberté des enfans de Dieu, à
laquelle vous eftes appellez , & qui femble, à
entendre parler faint Paul , eftre déja un don
de la gloire, pluftoft qu'un effet de la grace. *In*   *Rom. 8.*
libertatem gloriæ filiorum Dei. Au milieu de
la Cour fe declarer pour Jefus-Chrift, par une
pratique conftante, folide, édifiante, de tout ce
que vous prefcrit la religion : voilà ce que vous
prefche le divin Précurfeur ! Et qui peut vous
dépoffeder de cette liberté chreftienne ? qui le
doit ? S'il faut eftre efclave, ce n'eft point l'efclave du monde, mais le voftre, ô mon Dieu.
Il n'y a que vous, & que vous feul, dont nous
puiffions l'eftre juftement ; & quand nous le
fommes de tout autre , nous dégenerons de
cette bienheureufe adoption , qui nous met au
nombre de vos enfans, & qui nous donne droit
de vous appeller noftre Pere. Si donc nous fçavons avec humilité & avec prudence , mais a-
vec force & avec conftance, nous maintenir
dans la liberté que Jefus-Chrift nous a acquife
par fon fang, le monde, tout perverti qu'il eft,

B b iij

nous respectera. Si le respect humain nous la fait perdre, le monde luy-mesme nous méprisera : car sa corruption & sa malignité ne va pas encore jusqu'à ne pas rendre justice à la pieté, lorsqu'elle marche par des voyes droites. Mais quand le monde s'éleveroit contre moy, je m'éleveray contre luy, & au dessus de luy. Le Dieu que je sers, est un assez grand maistre, pour meriter que je luy fasse un sacrifice du monde; c'est un maistre assez puissant pour que je le serve, non pas au gré du monde, mais à son gré : or son gré est d'estre servi par des ames libres & indépendantes des faux jugemens & de la vaine estime des hommes. Vous avez veû l'indignité du respect humain; voyons-en le desordre : c'est la seconde partie.

II. Partie. VOus ne l'avez apparemment, Chrestiens, jamais bien compris ce desordre dont je parle; vous n'en avez jamais bien connû, ni l'étenduë, ni les consequences : mais je m'asseûre que vous serez touchez de la simple exposition que j'en vais faire, & qu'elle suffira pour vous en donner une éternelle horreur. Car je prétends que dans l'ordre du salut, il n'est rien de plus pernicieux, rien de plus damnable, rien de plus opposé à la loy de Dieu, ni de plus digne des vengeances de Dieu, que le respect humain. Pourquoy cela ? redoublez, s'il vous plaist, vostre attention. C'est que le respect hu-

main détruit dans le cœur de l'homme le fondement essentiel de toute la religion, qui est l'a-
mour de préference que nous devons à Dieu.
C'est que le respect humain fait tomber l'homme dans des apostasies, peut-estre plus condamnables que celles de ces apostats des premiers siecles, contre qui l'Eglise exerçoit avec
tant de zéle la severité de sa discipline. C'est
que le respect humain est une tentation, qui arreste dans l'homme l'effet des graces les plus
puissantes, que Dieu employe communément
pour le porter au bien, & pour le détourner du
mal. Enfin, c'est que le respect humain est l'obstacle le plus fatal à la conversion de l'homme
mondain; celuy qu'il surmonte le moins, & auquel l'experience nous fait voir que nostre foiblesse est plus sujette à succomber. Ay-je eû
raison de vous proposer ces quatre articles,
comme les plus propres à faire impression sur
vos esprits ! Quand je n'en apporterois point
d'autre preuve, que le seul usage du monde,
ne suffiroit-il pas pour vous en convaincre !
Ecoutez-moy, & n'oubliez jamais de si salutaires instructions.

Préferer Dieu à la créature ; & quand il s'a-
git, non pas dans la spéculation, mais dans la
pratique, de faire comparaison de l'un & de
l'autre ; quand ils se trouvent l'un & l'autre en
compromis, fouler aux pieds la créature, pour
rendre à Dieu l'honneur qui luy est dû, c'est

B b iiij

fur quoy roule toute la religion, & c'eſt d'abord
ce que renverſe le reſpect humain. Car pourquoy l'appellons-nous reſpect humain! ſinon,
dit l'Ange de l'Ecole ſaint Thomas, parce qu'en
mille rencontres il nous fait reſpecter la créature plus que Dieu. Dieu me fait connoiſtre
ſes volontez, il me fait intimer ſes ordres ; mais
l'homme à qui je veux plaire, ou à qui je craints
de déplaire, ne les approuve pas ; & moy qui
dois alors décider, dans la ſeule veûë de plaire, ou de ne pas déplaire à l'homme, je deviens
rebelle à Dieu : j'ay donc en effet plus de reſpect pour l'homme, que pour Dieu ; & quoyque je ſois convaincu de l'excellence & de la
ſouveraineté de l'eſtre de Dieu, c'eſt une conviction en idée, qui n'empeſche pas que réellement & actuellement je ne préfere l'homme
à Dieu. Or dés-là je n'ay plus de religion, ou
je n'en ay plus que l'ombre & que l'apparence. Et voilà ce que Tertullien reprochoit aux
payens de Rome par ces paroles ſi énergiques
& ſi dignes de luy, quand il leur diſoit : *Ma-*
jori formidine Cæſarem obſervatis, quàm ipſum
de cælo Joyem ; & citiùs apud vos per omnes
Deos, quàm per unum Cæſaris genium pejera-
tur. Jupiter eſt le Dieu que vous ſervez : mais
voſtre deſordre, & de quoy vous n'oſeriez pas
vous-meſmes diſconvenir, c'eſt que vous con-
ſiderez bien moins ce Jupiter regnant dans le
ciel, que les puiſſances dont vous dépendez

Tertull.

fur la terre ; & que parmi vous on craint bien
plus de s'attirer la difgrace de Céfar, que d'of-
fenfer toutes les divinitez du Capitole. Reproche millefois plus capable de confondre un
chreftien, quand il fe l'applique à luy-mefme,
& dont il devroit eftre. effrayé & confterné.
Cependant, à combien de chreftiens ce reproche pris à la lettre ne convient-il pas ; & quel
droit n'aurois-je pas aujourd'huy de dire encore dans cet auditoire : *Majori formidine Cæfarem obfervatis.*

Graces au Seigneur, qui par une providence particuliere nous a donné un Roy fidelle, &
declaré contre le libertinage & l'impieté ; un
Roy qui fçait honorer fa religion, & qui veut
qu'elle foit honorée ; un Roy, dont le premier
zéle, en fe faifant obéir & fervir luy-mefme,
eft que Dieu foit fervi & obéi ! Mais fi par un
de ces chaftimens terribles, dont Dieu punit
quelquefois les peuples, le Ciel nous avoit fait
naiftre fous la domination d'un Prince moins
religieux ; combien verrions-nous de courtifans, tels que les concevoit Tertullien, qui ne
balanceroient pas fur le parti qu'ils auroient à
prendre, & qui fans héfiter & aux dépens de
Dieu, rechercheroient la faveur de Céfar ! *Ma-*
jori formidine Cæfarem obfervatis.

Sans faire nulle fuppofition, combien en
voyons-nous dés maintenant difpofez de la forte : c'eft à dire, non pas impies & fcélerats, mais

presfs à l'estre, s'il le falloit estre; & si l'estre en
effet, estoit une marque qu'on exigeaft d'eux
de leur complaifance & de leur attachement!
Auroient-ils là deffus quelque fcrupule; ou
écouteroient-ils leurs remords & leurs fcrupu-
les! La concurrence de la créature & de Dieu
les arrefteroit-elle! & emportez par l'habitude
où ils font élevez, de fe conformer en tout aux
inclinations du Maiftre de qui ils dépendent,
ne fe feroient-ils pas un principe, s'il eftoit libertin, de l'eftre avec luy; & s'il méprifoit Dieu,
de le méprifer comme luy!

Ne remontons pas mefmes jufqu'à celuy qui
entre tous les autres maiftres, tient aprés Dieu
le premier rang. A combien de Puiffances du
monde inferieures & fubalternes, fi j'ofe ainfi m'exprimer, ce malheureux refpect humain
n'eft-il pas en poffeffion de rendre, fur tout à
la Cour, une efpece de culte! Et ce culte, qu'eft-
ce dans le fond qu'une idolâtrie rafinée, d'autant plus dangereufe, qu'elle eft plus proportionnée à nos mœurs! Puiffances, quoyque
fubalternes, à qui, fans l'appercevoir, on eft
devoüé beaucoup plus qu'à Dieu; dont on re-
doute l'indignation beaucoup plus que celle de
Dieu; par confequent, à qui l'on donne cette
continuelle, mais criminelle préference, qui
dans le cœur de l'homme éleve la créature au
deffus de Dieu. Or il n'en faut pas davantage
pour détruire toute la religion, & felon la pa-

role du Prophete Royal, pour l'anéantir juf-
ques dans ses fondemens. *Exinanite, exinanite*   Pfalm. 136.
ufque ad fundamentum in eâ.

Le defordre va encore plus loin ; & fans demeurer dans le cœur, il fe déclare plus ouvertement. Car je dis que le refpect humain fait
tomber l'homme dans des apoftafies, non plus
feulement interieures & fecrettes ; mais qui tous
les jours, à la honte du nom chreftien, ne font
que trop éclatantes & que trop publiques. Qu'il
me foit permis de m'expliquer. Souvenez-vous
des irréverences que vous a fait commettre tant
de fois en prefence de cet autel, la crainte d'y paffer, ou pour hypocrites, ou pour chreftiens. C'eft
l'autel du Dieu vivant, mais qui bien mieux
que celuy dont parla faint Paul dans l'Aréopa-
ge, pourroit porter pour infcription, L'Autel du
Dieu inconnu ; *Ignoto Deo :* ou ce qui eft en-   Act. 17.
core plus affreux, l'Autel du Dieu deshonoré,
du Dieu renoncé. Le voilà cet autel, qui demandera vengeance contre vous. Celuy que
trouva faint Paul dans Athénes, il eût la confolation de ne le trouver que parmi des idolâtres ;
& celuy que je trouve icy, j'ay la douleur de
le trouver dans le fein du Chriftianifme. Saint
Paul leur dit : Vous adorez le vray Dieu ; mais
vous ne le connoiffez pas : *Ignorantes colitis.*   Ibidem.
Et moy je vous dis : Vous connoiffez le vray
Dieu ; mais vous ne l'adorez pas. Que dis-je !
le vray Dieu que vous connoiffez, vous l'ou-

tragez, vous l'insultez ! Ne pas connoistre le vray Dieu que l'on adore, c'est une ignorance en quelque sorte pardonnable, ou du moins plus excusable : mais n'adorer pas le vray Dieu que l'on connoist ; non seulement ne l'adorer pas, mais le connoistre & l'outragèr, mais le connoistre & l'insulter, c'est un sacrilége, une prophanation digne de tous ses anathesmes. Or n'est-ce pas là que vous a portez tant de fois le respect humain ? n'est-ce pas ainsi, pour parler avec l'Apostre, qu'il a retenu vostre religion dans l'injustice ? n'est-ce pas ainsi qu'il vous a fait renoncer à Dieu & à son culte ?

Car j'appelle renoncer à Dieu & à son culte, assister à l'auguste sacrifice de nos autels en courtisan & en mondain ; y assister avec des immodesties, dont les plus infidelles Mahométans ne seroient pas capables dans leurs mosquées ; y assister comme si l'on n'y croyoit pas; en faire un terme d'assignation, & de rendez-vous ; en interrompre les sacrez mysteres par des entretiens scandaleux. En tout cela, je soutiens avec saint Cyprien, qu'il y a au moins une apostasie d'action. *In his omnibus quædam apostatasia fidei est.* Voilà toutefois à quoy vous engage la veüë du monde; je dis, d'un certain monde impie, dont le dereglement & la licence vous tient lieu de regle. Peut-estre en gemissez-vous ; car il y en a parmi vous qui ont de la religion : peut-estre au moment que vous

vous laiſſez aller à ces impietez, eſtes-vous les premiers à les condamner, à les déteſter ; à vous dire interieurement à vous-meſmes, & malgré vous-meſmes, que par là vous vous rendez indignes du nom & de la qualité de chreſtiens. Mais parce que le monde vous entraiſne, & que vous voulez vous conformer aux uſages du monde, vous prophanez avec le monde ce qu'il y a dans la religion de plus adorable & de plus divin. Apoſtaſies, je l'ay dit, & je le répete, qui comparées à celles des premiers ſiecles, ſont dans un ſens plus criminelles & moins excuſables. Appliquez-vous, & vous en allez eſtre convaincus.

Quand on nous parle de ces malheureux, qui dans les perſecutions oublioient le ſerment de leur bapteſme, & renonçoient exterieurement à Jeſus-Chriſt, nous en avons horreur : & quand on nous dit, que l'Egliſe pour punir leur prévarication, les excommunioit, nous ne trouvons pas qu'elle uſaſt contre eux d'une diſcipline trop rigoureuſe. Pourquoy ! parce que leur infidelité, répondent les Peres, eſtoit un oppobre pour Jeſus-Chriſt meſme, dont il le falloit venger. Ah, mes chers Auditeurs, faiſons-nous juſtice. Il eſt vray : ces foibles & laſches chreſtiens qui ſe pervertiſſoient à la veüë des tourmens, & qui feignoient de renoncer Jeſus-Chriſt, tomboient dans l'apoſtaſie : mais leur apoſtaſie meritoit quelque compaſſion ; &

quand touchez de repentir, ils venoient publiquement reconnoiſtre leur crime, & dire chacun ces paroles que ſaint Cyprien leur mettoit dans la bouche, *Caro me in colluctatione
deſeruit :* je ſuis un perfide, & je le confeſſe;
mais c'eſt la chair, & non pas l'eſprit, qui a ſuc-
combé dans moy : *Infirmitas viſcerum ceſſit ;*
la delicateſſe de mon corps n'a pû ſeconder l'ardeur de mon courage; & c'eſt ce qui m'a perdu : quand ils s'accuſoient de la ſorte, les larmes aux yeux & le regret dans l'ame, je ne
m'étonne pas que l'Egliſe, par une condeſcendance maternelle, aprés les avoir éprouvez, leur
accordaſt leur grace, malgré les maximes ſeveres des ſchiſmatiques de ces premiers temps.
Mais aujourd'huy, quand nous renonçons noſtre Dieu par noſtre libertinage & nos ſcandales, qu'avons nous à dire pour noſtre défenſe!
& quoy que nous diſions, ne peut-on pas nous
répondre, ce qu'ajouſtoit ſaint Cyprien en parlant aux apoſtats volontaires : *Nec proſtratus
eſt perſecutionis impetu ; ſed voluntario lapſu
ſe ipſe proſtravit ?* Car enfin, il ne s'agit plus
d'éviter les tourmens, ni la mort: ce n'eſt plus
qu'un reſpect humain qui nous gouverne; mais
à quoy nous voulons bien nous livrer, & qui
par l'aſcendant que nous luy donnons ſur nous,
nous fait paroiſtre devant les hommes, & par
conſequent eſtre devant Dieu, des déſerteurs
de noſtre religion : *In his omnibus quædam a-
poſtataſia fidei eſt.*

Cyprian.

Cyprian.

De là mefme qu'arrive-t-il ! c'eft que le refpect humain nous rend inutiles les graces de
Dieu les plus puiffantes, & les moyens de falut
les plus efficaces. Voicy ma penfée. On fe fent
des difpofitions à une vie plus reglée & plus
chreftienne ; mais on n'a pas le courage de fe
déclarer, & par là ces difpofitions demeurent
fans effet. On forme des defirs & des projets
de converfion ; mais on craint les difcours des
hommes, & par là ces defirs avortent. On con-
çoit la neceffité de la penitence, & on fe refout
à la faire : mais on ne veut pas que le monde
s'en appercoive ; & parce qu'il faudroit pour la
bien faire, qu'il s'en apperceuft, on ne la fait jamais. On fort d'une prédication bien perfuadé ; mais on ne le veut pas paroiftre : & ne le
vouloir pas paroiftre, c'eft dans la pratique ne
l'eftre point du tout. On fait dans une maladie
de fages reflexions, on prend mefmes pour l'a-
venir de faintes mefures ; mais dans l'execution
on croit devoir fe ménager à l'égard du public,
& par là l'on n'execute rien. Cette maladie, cette prédication, ces refolutions, ces defirs, ce
font des graces, foit interieures, foit exterieures,
à quoy dans le cours ordinaire de la providence
le falut eft attaché ; mais une fauffe crainte du
monde en arrefte toute la vertu.

N'eft-ce pas là ce qui fufpend dans les ames
les opérations divines, & dans les ames les plus
criminelles ? n'eft-ce pas là l'obftacle le plus or-

dinaire à mille converſions, qui feroient, par
exemple, les fruits falutaires de la parole de
Dieu ? Un homme dit : ſi je m'engage une fois,
que n'auray - je point à eſſuyer de la part de telles & de telles perſonnes ! Une femme dit : ſi je
romps certains commerces, dangereux pour
moy, & peu édifians pour le prochain, quels
raiſonnemens ne fera - t - on pas ! On fe donne à
foy - meſme de vaines allarmes : ſi je change de
conduite, que penſera - t - on, & que dira - t - on !
Or avec cela, il n'y a point de ſi faintes entrepriſes qui n'échoüent ; point de ferveur, qui ne
ſe démente ; point de contrition, de confeſſion,
qui ne foient infructueuſes. On voudroit bien
que le monde fuſt plus équitable, & qu'il y euſt
meſmes felon le monde de l'avantage à paroiſtre converti & à l'eſtre ; car on ſçait que c'eſt le
parti le plus feûr, & l'on ſe tiendroit heureux
de l'embraſſer : mais la loy tyrannique & im-
perieuſe du reſpect humain s'y oppoſe ; c'eſt aſſez : on aime mieux, en perdant ſon ame, fuivre cette loy, que de s'en affranchir en ſe fauvant.

Juſqu'à la mort meſme, ne voyons-nous pas
des hommes combattus de cette tentation du
reſpect humain, y fuccomber & s'en faire un
dernier prétexte, contre tout ce que leur preſcrit
alors la religion ! des hommes preſts à quitter
la vie, & ſur le poinct d'aller fubir le jugement
de Dieu, encore eſclaves du monde ! des hommes

mes afliégez, comme parle l'Ecriture, des perils de l'enfer, & tout occupez encore des jugemens du monde; negligeant, rejettant mefmes les derniers fecours que l'Eglife leur préfen-
te; differant au moins à s'en fervir, parce qu'ils
ne veulent pas qu'on les croye fi mal, parce
qu'ils comptent pour quelque chofe de ne paffer pas pour défefperez ; & réfiftant ainfi aux
dernieres graces du faint Efprit, parce qu'ils ne
peuvent gagner fur eux-mefmes en fe feparant
du monde, de meprifer & d'oublier le monde.
N'en a-t-on pas veû, qui le croiroit ! aprés
avoir vefcu fans foy & fans loy, eftre affez infenfez, pour couronner l'œuvre par une perfé-
verance diabolique dans leur impieté ! vouloir
mourir dans l'impenitence, pour ne pas paroiftre foibles, & pour foutenir jufqu'au bout une
pretendüe force d'efprit, dont ils s'eftoient fol-
lement & peut-eftre fauffement piquez ; à la
veüe d'une affreufe éternité, agitez des mouvemens d'une confcience chargée de crimes, ne
pouvoir fe défaire de cette malheureufe pré-
vention : quelle idée aura-t-on de moy, fi la
crainte de la mort me fait changer ! penfer à ce
que penferoient d'eux des libertins autrefois
confidents & complices de leur libertinage ; &
pour n'en pas perdre l'eftime, s'endurcir aux
remonftrances les plus falutaires des miniftres de Jefus-Chrift qui les conjuroient de ne
pas defefperer des bontez d'un Dieu, lequel,

. C c

quoyqu'offenfé, quoyqu'irrité, eftoit encore le
Dieu de leur falut! N'en a-t-on pas veû, dis je,
mourir de la forte! & fi par la mifericorde du
Seigneur, les exemples en font rares, en font-
ils moins touchants, & nous font-ils moins
connoiftre à quelles extremitez conduit le refpect humain!

Ah! Chreftiens, je conçois maintenant toute la force & tout le fens de cette parole de Tertullien, quand il difoit par un excés de confiance, qu'il tenoit fon falut affeûré, s'il pouvoit
fe promettre de ne pas rougir de fon Dieu. *Salvus fum, fi non confundor de Domino meo.* Il
femble d'abord qu'il reduifoit le falut à bien
peu de chofe, puifque par là il fe croyoit quitte
de tout. Car qu'y a-t-il en apparence de plus
facile, que de ne pas avoir honte de fon Dieu!
faut-il pour cela une grande perfection; & eft-
ce là, qu'aboutit toute la religion d'un chreftien! Ouy, répond Tertullien, je le foutiens;
mon falut eft en affeûrance, fi je ne rougis pas de
mon Dieu : *Salvus fum.* Cela feul me met à
couvert des tentations du monde les plus vio-
lentes, parce que cela feul me rend victorieux
du monde, & de tout ce qu'il y a dans le monde de plus dangereux pour moy. Car fi je ne
rougis pas de mon Dieu, je ne rougis pas de
tant de devoirs humiliants felon le monde, mais
neceffaires au falut felon la loy de Dieu; je ne
rougis pas de fouffrir un affront fans me ven-

Tertul.

ger ; je ne rougis pas de pardonner une injure ,
jufqu'à rendre le bien pour le mal ; je ne rougis pas de prévenir mefmes l'ennemi qui m'a
outragé : *Salvus fum , fi non confundor de Domino meo.* Si je ne rougis pas de mon Dieu ,
je ne rougis pas de le craindre , de l'honorer ,
de le prier ; je ne rougis pas d'eftre refpectueux
& humble devant luy, patient pour luy, meprifé comme luy. Si je ne rougis pas de mon Dieu,
je ne rougis pas de la penitence , & de tout ce
qu'elle exige de moy pour me convertir à luy.
Salvus fum , fi non confundor de Domino meo.

C'eft ce qui fauva Magdelaine. Si elle euft
écouté le monde, elle eftoit perduë ; fi elle euft
confulté la prudence humaine , il n'y avoit
point de falut pour elle : fon bonheur & le coup
de fa prédeftination , fut de ne point rougir de
fon Dieu. Elle l'alla trouver dans la maifon du
Pharifien ; & au milieu d'une nombreufe compagnie, profternée aux pieds de Jefus-Chrift ,
elle les arrofa de fes larmes , elle les effuya de
fes cheveux , elle meprifa tous les mepris des
hommes ; & peu en peine de ce qu'on diroit, elle ne penfa qu'à trouver grace auprés de fon Sauveur, & devant le feul maiftre à qui deformais
elle vouloit plaire. Sans cela, le moment de fa
converfion luy échappoit ; fans cela, le fein de la
mifericorde divine luy eftoit fermé. Pour y entrer, il falloit triompher de ce refpect humain,
dont je viens de vous reprefenter l'indignité &

le defordre, & dont il me refte à vous faire voir
le fcandale. C'eft la troifieme partie.

III. PARTIE.

Matth. 18.

Ibidem.

IL n'y a point de fcandale dans le monde,
contre lequel Jefus-Chrift n'ait prononcé a-
nathefme, quand il a dit : *Væ mundo à fcan-
dalis ;* malheur au monde à caufe des fcandales qui y regnent : & il n'y a point de fcandaleux, quelqu'il foit, qui ne trouve fa condamnation dans ces autres paroles, *Væ autem homini illi per quem fcandalum venit ;* malheur à
l'homme, par qui le fcandale arrive. Or quoyqu'il foit vray, que la propofition du Fils de
Dieu comprend tous les fcandales ; en voicy
un, mes chers Auditeurs, qu'il avoit fur tout
en veüë, & fur quoy je ne doute point qu'il
n'ait fait particulierement tomber la malediction de cet anathefme foudroyant, *Væ mundo :* c'eft le fcandale du refpect humain ; je veux
dire, le fcandale que caufent dans le monde
ceux qui par leurs difcours, ou par leur conduite, fervent à y entretenir le refpect humain.
Scandale d'autant plus criminel, qu'il s'attaque
plus immediatement à Dieu, & qu'il va plus directement à la deftruction de fon culte : en voilà
la nature. Scandale d'autant plus pernicieux,
qu'il fe répand avec plus de facilité, & qu'il en-
traifne plus infailliblement les ames : en voilà le
danger. Scandale, qu'il vous eft d'autant plus
expreffément & plus étroitement ordonné de

prévenir & d'éviter, Grands du monde, que de voître part il devient beaucoup plus contagieux & plus mortel : voilà, par rapport à vous, les obligations qui en naissent. Enfin, scandale que vous pouvez aisément corriger, en opposant, comme dit saint Chrysostome, le respect humain au respect humain ; & en faisant de voître bon exemple, un préservatif contre le libertinage du siecle : en voilà le remede. Encore un moment d'attention, & je finis.

Scandale specialement injurieux à Dieu : pourquoy ? parce qu'il va specialement à détruire le culte de Dieu. En quoy consista le peché des enfans d'Héli ? ce peché que Dieu dans l'Ecriture exaggére en des termes si forts, & dont il a, ce semble, affecté de nous donner une horreur toute particuliere ? Quel fut leur crime ? Le Saint Esprit nous le marque : c'est qu'ils scandalisoient le peuple : & comment ? en rebutant ceux qui venoient dans le Temple de Jerusalem offrir au Seigneur leur sacrifice, & en les détournant de ce devoir de religion, au lieu de les y attirer. *Erat ergò peccatum puerorum grande nimis ; quia retrahebant homines à sacrificio Domini.* C'estoit, dit le texte sacré, un peché capital, un peché trop grand pour meriter grace, trop grand pour estre dissimulé & pardonné : *Grande nimis.* Et que font autre chose ces libertins, qui raillent de la pieté, qui décreditent la religion, devant qui l'on ne

1. Reg. 2.

C c iij

peut impunément servir Dieu ; parce qu'on se trouve toûjours exposé à leurs traits , parce qu'on est toûjours témoin de leur vie , & que leur vie dereglée est comme une censure publique de la vertu ! Qui semblables aux Pharisiens, dont parloit le Sauveur du monde, disons mieux, qui plus criminels encore que ces Pharisiens, puisque les Pharisiens gardoient au moins certains dehors, ferment à leurs freres le Royaume du ciel ; & non contents de n'y pas entrer eux-mesmes, voudroient en défendre aux autres l'entrée ! Qu'il y ait deux ou trois mondains de ce caractere, sur tout mondains accreditez, il n'en faut pas davantage pour pervertir toute une Cour, & pour détourner du droit chemin les ames les mieux disposées à marcher dans la voye de Dieu. Or vous sçavez avec quelle severité, & mesmes avec quel éclat, Dieu punit ce scandale dans la personne d'Ophni & de Phinées. Et je ne m'en étonne pas, Seigneur : car il s'agissoit du plus essentiel & du plus delicat de vos interests ; & le blesser, c'estoit, pour parler avec un de vos Prophetes, vous blesser dans la prunelle de l'œil. Qu'un particulier dans un Estat entreprist par ses sollicitations de corrompre la fidelité des peuples, il n'y a point de supplice dont il ne fust digne ; & l'on ne trouveroit point étrange, qu'il fust sacrifié à toute la rigueur des loix. Il est donc juste, ô mon Dieu, que

vous preniez vous-mefme voftre caufe en main;
& fi le monde veut attenter à vos droits, que
vous les défendiez, que vous les vengiez, en
faifant reffentir aux coupables les plus rudes
coups de voftre juftice.

Scandale le plus contagieux & le plus prompt
à fe communiquer. Quel progrés ne fait-il pas ?
& fi l'on n'en arrefte le cours, avec quelle rapi-
dité n'emporte-t-il pas les ames foibles ! C'eft ce
qui émeût ce genereux Machabée, l'invincible
Mathatias, & ce qui l'excita à faire une action,
que le faint Efprit a canonifée, & dont la memoire fera éternelle. Il vit un Ifraëlite vaincu
par la crainte du monde, & fur le poinct d'adorer publiquement l'Idole : il le vit ; & touché
d'un zéle de Dieu, qui fe tourna en courroux, il
prévint par un double facrifice cette impieté,
immolant fur l'autel mefme de l'idole, non feulement l'Ifraëlite impie, mais le payen qui le
forçoit à l'eftre ; & confacrant fa colere par la
mort de ces deux victimes, dont Dieu luy or-
donna d'eftre le facrificateur. D'où luy vint ce
tranfport de zéle! de la douleur dont il fut fai-
fi, & de la penfée qu'il eût que l'exemple de
ce facrilege, alloit eftre fuivi de mille autres :
de la reflexion qu'il fit, que dans une pareille
conjoncture, le fcandale d'un feul toleré &
impuni, fuffifoit pour ébranler toute la nation. Le danger où luy parut le peuple de Dieu,
& la veûë des fuites affreufes que devoit avoir

C c iiij

la lascheté de ce prophanateur ; voilà ce qui l'é-
chauffa, ce qui l'anima, ne craignons point de
dire, ce qui l'emporta, puisque dans l'Ecriture son emportement est le sujet mesme de son
éloge.

Ah ! Chrestiens, quelle leçon pour nous !
C'estoit dans un temps de persecution, que les
Machabées ressentoient si vivement le scandale du respect humain, & qu'ils en craignoient
tant les consequences ; mais ce temps de persecution est-il absolument passé pour nous ! &
malgré l'estat florissant où nous voyons aujour-
d'huy la religion, pouvons-nous, dit saint Augustin, nous flatter, qu'il n'y ait plus pour les
serviteurs de Dieu d'aussi dangereuses épreuves à soutenir ? A ces persecutions sanglantes que
le paganisme leur suscitoit autrefois, n'en a-t-il
pas succedé d'autres, d'autant plus à craindre,
qu'elles sont plus humaines ; & d'autant plus
propres à causer la ruine des ames, qu'on ne
pense pas mesmes à s'en préserver ! J'ose dire, &
j'en suis persuadé, qu'un mot que vous prononcez, qu'un regard que vous jettez, qu'un mepris que vous temoignez, qu'un exemple que
vous donnez, fait plus d'impression sur les
cœurs, & corrompt de nos jours plus de chrestiens, que tout ce qu'inventoient les tyrans
pour exterminer le Christianisme. On resistoit
aux tyrans ; & le sang des martyrs, par une merveilleuse fecondité, ne servoit qu'à produire de

nouveaux fidelles : mais refifte-t-on à un refpect humain, que vous faites naiftre ! & cette perfecution, à quoy vous expofez la vertu, bien loin de l'affermir, de la multiplier, de l'étendre, n'eft-ce pas ce qui eftablit l'empire du peché, & ce qui entretient le regne du libertinage !

Car que ne peut point cet attrait naturel, que nous fentons à faire comme les autres ! que ne peut point cette fauffe émulation, qui nous porte à fuivre les autres , & à imiter fur tout ceux qui réuffiffent dans le monde & à qui le monde applaudit ! Si donc ils nous tracent le chemin du vice, s'ils nous y appellent par leurs difcours, s'ils nous y attirent par leurs exemples, s'ils exigent de nous cette condefcendance criminelle & cette complaifance mondaine, s'ils y attachent une gloire prétenduë, s'ils en font dépendre leur eftime, ou mefmes leurs gratifications & leurs récompenfes ; combien cette tentation fera-t-elle d'apoftats ! combien en a-t-elle fait & en fait-elle encore ! Vous connoiffez le monde, mes chers Auditeurs, & vous le connoiffez mieux que moy : c'eft à vous-mefmes & à voftre propre experience que je vous renvoye. Vous fçavez combien on le craint, ce tyran de la pieté, & combien vous le craignez vous-mefmes. Vous fçavez combien on cherche à fe le rendre favorable, & combien vous le cherchez vous-mefmes. Vous fçavez quels moyens on y employe,

& quels moyens vous y avez employé vous-mefmes. Vous fçavez ce qu'on luy facrifie tous les
jours, & ce que vous luy avez peut-eftre facrifié
vous-mefmes. Quoy qu'il en foit, n'eft-ce pas
de ce fcandale, comme l'a remarqué faint Bernard, que viennent prefque tous les maux,
dont l'Eglife des derniers temps eft affligée, &
cette diffolution de mœurs que nous voyons
& dont nous ne pouvons affez gémir!

De là naift pour les grands du monde, pour
toutes les perfonnes qui ont quelque authorité
& qui tiennent quelque rang dans le monde,
une obligation plus étroite & plus indifpenfable, d'eftre, non feulement finceres, mais
exemplaires dans le culte de Dieu & dans l'exercice de leur religion ; & c'eft l'avis important
que leur donne faint Auguftin. Car, dit ce Pere, ce font les grands, qui doivent guérir cette
foibleffe du refpect humain dans les petits : ce
font ceux que Dieu a élevez, qui doivent autho-
rifer cette fainte liberté avec laquelle il veut
eftre fervi : ce font ceux à qui naturellement
on veut plaire, qui doivent temoigner par leur
conduite, que jamais l'impieté, ni le vice, ne
leur plaira ; mais qu'au contraire la religion &
la vertu leur plaira toûjours. Comme le refpect
humain s'attache à eux, & qu'ils en font les objets, ce font eux qui doivent le detruire, ou en
fanctifier l'ufage. Or ils font l'un & l'autre, &
par leurs paroles, & par leurs actions, quand

ils parlent, & qu'ils vivent en chrestiens : & tel
est le remede du respect humain.

Ainsi le conceût ce vieillard venerable, Eléazar ; cet homme, parmi le peuple Juif, également respectable, & par son age, & par sa dignité ; cet homme, selon la belle expression de
saint Ambroise, plein de l'esprit de l'Evangile *Ambro.*
avant l'Evangile mesme : *Vir ante tempora e-*
vangelica evangelicus. On luy demandoit une
seule chose, pour le sauver de la mort ; non pas
qu'il mangeast de la chair défendüe, mais au
moins qu'il dissimulast, & que seulement en
apparence il consentist à en manger : déguisement dont il eût horreur ; & par quelle raison !
c'est qu'il ne me convient pas, repondit-il,
dans l'age où je suis, ni dans la place que j'oc-
cupe, d'user de détours & de cacher mes sentimens. Car que pensera, que fera une jeunesse ignorante & foible, quand on apprendra,
que la vertu d'Eléazar s'est démentie, & qu'il a
luy-mesme abandonné la loy de son Dieu ! on
se mesurera sur moy ; on deviendra lasche comme moy, infidelle comme moy, impie comme
moy. Qu'eust-on en effet pensé ! qu'eust-on
dit ! & sur tout, qu'eust-on fait à son exemple !
Mais aussi quel puissant motif, pour soutenir
les ames timides & chancelantes, quand on vit
ce genereux Pontife, malgré le respect du monde, malgré les menaces & les tourmens, garder au Seigneur la foy qu'il luy avoit jurée, &
donner pour luy sa vie ?

Belle leçon pour vous, Chrestiens ; pour vous, dis-je, en particulier, à qui Dieu n'a fait part de son pouvoir, que pour le faire servir à son culte. Que doit dire un pere à ses enfans ? ce que disoit le saint homme Tobie : *Audite ergò, filii mei, patrem vestrum : servite Domino in veritate.* Ecoutez moy, mes chers enfans ; je suis vostre pere : & malheur à moy, si je ne vous laissois pas pour héritage la crainte de vostre Dieu. Servez le Seigneur, & servez-le en esprit & en verité. Servez-le sans dissimulation ; & par tout où il s'agira de son culte, ne soyez jamais politiques, ni mondains. C'est vostre religion qui fait vostre gloire : conservez-la, & ne la deshonorez pas. C'est elle qui vous doit sauver ; gardez-vous de la scandaliser. Que doit dire un maistre, un chef de famille à ses domestiques ? ce que disoit David : *Non habitabit in medio domûs meæ qui facit superbiam.* Je ne veux point d'impies dans ma maison ; j'y veux des gens qui craignent Dieu, & qui m'obéissent en obéissant à Dieu : ni blasphemateur, ni parjure, ni debauché, ne me servira jamais. Et qui donc ? celuy qui marche dans la voye droite d'une vie innocente & pure : *Ambulans in viâ immaculatâ, hic mihi ministrabat.* Que devons-nous faire chacun dans l'étendüe de nostre condition, & selon nostre estat ? tout ce qui dépend de nous, pour affermir la religion dans l'esprit de ceux que Dieu nous a foumis : autrement, nous nous rendons coupables devant Dieu du plus grand fcandale ; pourquoy ? parce que le fcandale devant Dieu, n'eft jamais, ni plus grand, ni plus puniffable, que lors qu'il vient de la mefme fource, d'où l'on devoit attendre l'inftruction & l'édification.

J'ay la confolation, Chreftiens, de parler à des Auditeurs, pour qui le refpect humain n'a dû jamais eftre un fcandale moins dangereux, ni un obftacle plus aifé à vaincre, qu'il l'eft aujourd'huy : parce que je prefche dans la Cour d'un Prince, qui, plus zelé que jamais pour les interefts de Dieu, donne du credit à la religion, & combat le vice bien plus hautement & bien plus efficacement par fon exemple, que je ne le puis faire moy-mefme par mon miniftere. Ce que j'aurois à craindre pour vous, c'eft que vous ne fuffiez mefmes expofez à un autre refpect humain ; & qu'au lieu que le refpect humain faifoit autrefois à la Cour des libertins, il n'y fift maintenant des hypocrites. Ce que j'aurois à craindre, c'eft que vous ne fuffiez, ou que vous ne paruffiez chreftiens, que par la feule confideration du monde ; ne fervant Dieu que dans la veûë de l'homme, au lieu de fervir Dieu dans l'homme & de fervir l'homme pour Dieu. Voilà l'effet que pourroit avoir, contre fes propres intentions, la pieté d'un Roy fidelle à Dieu & défenfeur du culte de Dieu : car de quoy n'abufe-t-on pas ?

Mais outre que dans cette crainte, je me con-
folerois encore, de ce qu'au moins la religion
auroit pris par là le deſſus, que le libertinage
feroit reduit à fe tenir caché; & que de deux
maux, délivrez enfin du plus grand, nous n'aurions plus qu'à nous préferver du moindre : outre que je me promettrois de vous, qu'en évitant un écüeil, vous apprendriez à ne pas donner dans un autre ; & qu'avec cette droite raifon qui vous conduit, vous ne feriez pas affez aveugles, pour faire de voftre religion, de
cette religion divine, une religion purement
humaine : malgré la crainte mefme que j'aurois, ne laiſſons pas, vous dirois-je, mes chers
Auditeurs, de nous prévaloir de l'heureufe difpofition des chofes, & de ce que l'adorable providence nous y fait trouver d'avantageux pour
le chriftianifme & pour noftre falut. Quand le
refpect humain nous attache à nos devoirs,
quoy qu'il ne foit par luy-mefme, ni faint, ni
loüable, il n'eft pas toûjours inutile : c'eft un
foutien à noftre foibleffe. Quand il nous engage à honorer Dieu, tout refpect humain qu'il
eft, nous ne devons pas abfolument, ni en tout
fens, y renoncer; mais le rectifier, mais le pu-
rifier, mais le perfectionner. De la créature,
nous devons nous élever au créateur ; & par la
comparaifon de ce que nous ferions prefts à faire pour l'homme, nous exciter à chercher uniquement Dieu, & le Royaume de Dieu.

Or suivant ces principes, que la foy mesme authorise, benissons-le, Chrestiens, ce Dieu tout-puissant & tout misericordieux, de nous avoir donné un Maistre, qui ne porte pas en vain le titre de Protecteur de sa religion, puisqu'il ne tient qu'à nous, si nous voulons profiter de son zéle, qu'il ne soit encore le protecteur de la nostre. Mettons au nombre des bienfaits, & des plus signalez bienfaits, que nous ayions receûs du ciel, de n'estre pas nez dans un de ces siecles malheureux, où, si je puis parler de la sorte, l'impieté estoit à la mode, & où pour estre approuvé du monde, il falloit estre ennemi de Dieu. Vous sur tout, qui m'écoutez, estimez-vous heureux de vivre dans un temps, sous un regne, & au milieu d'une Cour, où l'on est au moins revenu de ces détestables maximes. Reconnoissons, vous & moy, que nous sommes inexcusables, si nous ne marchons pas teste levée dans la voye du salut ; & que tout autre respect humain qui pourroit d'ailleurs nous retenir, doit céder à l'exemple prédominant d'un Monarque, auprés duquel la vertu est en faveur, & qui la sçait également honorer & pratiquer. Ne disons point comme ces infortunez Israëlites dans leur captivité : *Quomodò cantabimus canticum Domini in ter-* Psalm. 136. *râ alienâ !* Comment pourrons-nous chanter les cantiques du Seigneur dans une terre étrangere ! comment les chanterons-nous au milieu

de la Cour, & dans le monde ! Oüy, dans le
monde mefme, & au milieu de la Cour, nous
les chanterons. Autrefois la Cour eftoit cette
Babylone, où les loüanges de Dieu n'eftoient
jamais entenduës, où fon nom eftoit blafphef-
mé : maintenant, fi nous le voulons, il y fera
beni ; fa parole y fera écoutée & gouftée ; fa loy
y fera refpectée & obfervée. Nous avons pour
cela le plus puiffant fecours ; & quel fujet de condamnation, fi nous ne nous en fervons pas !

Matth. 11.

 Beatus, conclut le Sauveur du monde, *qui
non fuerit fcandalizatus in me :* Bienheureux
celuy qui ne fera point fcandalifé de moy. Il
n'exceptoit pas de cette beatitude ceux qui habitent dans les Palais des Roys : au contraire,
il parloit à eux ; & pour les convaincre qu'ils
en eftoient capables, & qu'ils devoient y a-
voir part, il leur propofoit Jean - Baptifte, qui
dans la Cour d'un Roy, & d'un Roy infidelle,
avoit librement confeffé le Dieu qui l'envoyoit.
C'eft le mefme Dieu qui m'envoye, mais qui
m'envoye dans la Cour d'un Roy chreftien.
C'eft l'Evangile de Jefus-Chrift que j'y annonce. Puiffiez-vous le recevoir fans rougir, afin
que ce Dieu - Homme ne rougiffe point luy-
mefme de vous ; mais qu'il vous reconnoiffe
devant fon Pere, & qu'il vous faffe entrer dans
fa gloire, que je vous fouhaite, &c.

SERMON

SERMON

POUR LE III. DIMANCHE

DE

L'AVENT.

Sur la Severité Evangelique.

Ego vox clamantis in deserto : Dirigite viam
Domini.

*Je suis la voix de celuy qui crie dans le desert :
Rendez droite la voye du Seigneur.* En saint
Jean, chap. 1.

SIRE,

CEtte voye du Seigneur est sans doute, selon la pensée de tous les Peres de l'Eglise, &
mesmes dans le sens litteral, la voye étroite du
salut; & Jean-Baptiste est le premier, qui comme précurseur de Jesus-Christ, fut envoyé au
monde pour la faire connoistre, pour la prépa-
.Dd

rer dans les cœurs, pour l'applanir sans l'élargir ; mais sur tout pour la rendre droite, par les saintes regles qu'il nous a tracées, en nous exhortant à y entrer & à la suivre. *Dirigite viam Domini, rectas facite semitas ejus.* Voye étroite, voye unique qui puisse deformais nous conduire à la vie, je dis à la vie éternelle : *Arcta via est quæ ducit ad vitam.* Car depuis le peché, dit saint Jerofme, il n'y a plus d'autre voye pour aller à Dieu, que la voye de la mortification.

Mais par une suite funeste de l'estat malheureux où le peché nous a réduits, combien ignorent cette voye, & ne la sçavent pas discerner ! combien d'entre ceux mesmes qui la cherchent, & qui croyent l'avoir trouvée, s'y égarent néanmoins & s'y perdent ! Et en effet, nous apprenons de l'Ecriture, qu'il y a une voye dont les apparences sont trompeuses ; que les hommes regardent comme une voye droite, mais dont les issuës aboutissent à la mort : *Est via quæ videtur homini recta ; novissima autem ejus ducunt ad mortem.* Il est donc aujourd'huy question, mes chers Auditeurs, de vous préserver d'une illusion si dangereuse : il s'agit de vous donner une juste idée de la severité chrestienne ; & c'est ce que j'entreprends dans ce discours. Ne prenons point d'autre modélle que Jean-Baptiste ; & parce que c'est par l'opposition des ténebres, que la lumiere paroist plus

Matth. 7.

Prov. 16.

éclatante, opposons la vraye severité de saint Jean à cette fausse severité des Pharisiens, que le Fils de Dieu dans l'Evangile a si souvent & si hautement reprouvée. Qui jamais fit profession d'une vie plus austere que le divin Précurseur! qui jamais fut plus severe dans ses mœurs! Mais dans sa severité mesme, remarquez cecy, ce fut un homme desinteressé, ce fut un homme humble, & ce fut un homme charitable. Desinteressement le plus parfait: il ne tient qu'à luy d'estre reconnu dans toute la Judée pour le Messie: des Prestres, des Levites députez de la Synagogue sont prests à le saluer en cette qualité; mais sans se laisser prendre à l'éclat d'une dignité si auguste & si éminente, il proteste, non seulement qu'il n'est pas le Messie, mais qu'il n'est pas mesmes un Prophete: *Elias es tu!* *Joan. 1. non sum. Propheta es tu ? non sum.* Humilité la plus héroïque: bien loin d'accepter l'offre qu'on luy fait, il confesse qu'il n'est pas digne de rendre à ce Messie que l'on cherche, les plus vils services, ni de dénoüer les cordons de ses souliers: *Cujus non sum dignus ut solvam corrigiam cal-* *Act. 13. ceamenti ejus.* Enfin, charité la plus pure & la plus solide: s'il a de la dureté, c'est pour luy-mesme; & du reste il employe toute l'ardeur de son zéle à instruire les peuples, à toucher & à gagner les cœurs pour les gagner à Jesus-Christ. *Ego vox clamantis : dirigite viam Domini.*

D d ij

Voilà ce que j'appelle une severité vrayment évangelique. Voilà ce qui manquoit aux Pharisiens, & ce qui manque encore à tant d'autres, qui selon le reproche de saint Jérosme, ont herité, par une malheureuse succession, tous les vices de ces prétendus dévots : *Væ vobis, ad quos Pharisæorum vitia transierunt.* Ils se piquoient d'une pieté severe; mais quel en estoit le fond ! Un esprit d'interest : malheur à vous, leur disoit le Sauveur du monde, qui faites de longues prieres, & qui cherchez à vous enrichir du patrimoine des veuves. Un orgueil secret : malheur à vous, poursuivoit le Fils de Dieu, qui voulez partout dominer & tenir les premiers rangs. Une dureté impitoyable pour le prochain : malheur à vous, qui chargez vos freres de fardeaux pesans, dont ils sont accablez, & qu'ils ne peuvent porter. De là, mes chers Auditeurs, tirons trois regles pour bien juger de la severité chrestienne; & concluons, qu'elle doit sur tout consister dans un plein desinteressement, c'est la premiere partie; dans une sincere humilité, c'est la seconde; & dans une charité patiente & compatissante, c'est la troisieme. On dira que cette matiere ne convient pas à la Cour; & moy je dis que c'est specialement à la Cour qu'elle convient. Car à la Cour, comme par tout ailleurs, on ne peut se sauver que par la voye étroite; & n'est-ce pas à la Cour, plus que par tout ailleurs, qu'on a, dans cette voye étroite, à se défendre de l'interest, de l'orgueil, des aversions, des animositez, des envies, de tout ce qui peut envenimer un cœur & l'endurcir ? Je n'y persuaderay pas ; mais au moins j'instruiray. La severité que j'y presche, n'y sera pas pratiquée ; mais au moins elle y sera connuë : & n'y eust-il que quelques ames fidelles qui dussent profiter de cette instruction, ce sera assez pour moy. Dieu aura la gloire d'avoir trouvé jusques dans la Cour, ou plustost d'y avoir formé de parfaits adorateurs. Demandons &c. *Ave Maria.*

C'Est par le retranchement de l'interest, ou   I. Partie.
plustost de la cupidité qui s'attache à la poursuite de l'interest, que doit commencer cette circoncision du cœur, dont parle si souvent l'Apostre, & sans laquelle il est impossible d'entrer dans cette voye étroite de l'Evangile, qui conduit à la vie, & qui est le principe du salut. *Omnis ex vobis qui non renuntiat omnibus quæ*   Luc. 14. *possidet, non potest meus esse discipulus.* Quiconque ne renonce pas d'esprit & de cœur à tout ce qu'il a, beaucoup plus à tout ce qu'il n'a pas, & qu'il ne peut avoir sans injustice ou sans forcer l'ordre de Dieu, est incapable d'estre mon disciple. Voilà le premier axiome de la morale de Jesus-Christ, qui pour n'estre que le plus bas degré de la perfection evangelique, ne laisse pas d'abord d'élever l'homme au dessus

de tout ce qui n'est point Dieu ; & qui fait déja réellement & solidement en luy, ce que la
Philosophie payenne n'a jamais pû faire qu'en
apparence dans ses plus parfaits & ses plus zélez
sectateurs. D'où je conclus, qu'un chrestien,
quelque idée de sainteté qu'il se propose, n'aura jamais cet esprit de severité, propre de la loy
de grace, qu'autant qu'il aura cet esprit de desinteressement par où nostre divin maistre a
voulu que ses disciples fussent distinguez.

Car pour vous en développer le mystere,
prenez garde, s'il vous plaist, aux propositions
que j'avance, & qui vont vous desabuser d'autant d'erreurs, dont je craindrois avec sujet que
vous ne fussiez prévenus. S'il faut mesurer la
severité chrestienne par quelque regle ; à parler
exactement, ce ne doit point estre, ni par la difficulté des choses que l'on entreprend ou que
l'on est prest à souffrir, ni par l'eclat d'une vie
exterieurement austere & mortifiée, ni par un
certain zéle de réforme dont on se pique dans
les discours & dans les conversations du monde, ni par un abandon mesmes effectif de quelques interests particuliers, dont on consent à
se dépouiller. Pourquoy ! parce que tout cela
précisement consideré, bien loin d'estre ce que
Jesus-Christ a prétendu, en nous obligeant à
estre severes envers nous-mesmes, peut subsister, & subsiste en effet tous les jours avec les plus
honteux relaschemens du chrstianisme. Quelle

est donc la marque seûre & infaillible de la severité que nous professons dans nostre religion! Je le répete, un desinteressement general, absolu, sincere : trois qualitez aussi rares dans le monde, qu'elles sont estimables; & par où nous devons juger, si nous sommes en effet devant Dieu, ce que peut-estre nous nous flattons bien injustement d'estre devant les hommes. Cecy merite toute l'attention de vos esprits; ne perdez rien d'une si importante matiere.

Non, Chrestiens, ce n'est point par la regle, ni de la difficulté des choses, ni du courage à les entreprendre ou à les souffrir, qu'il faut discerner la vraye severité d'avec la fausse. Et la preuve en est évidente : parce que, comme raisonne fort bien saint Chrysostome, les choses mesmes les plus fascheuses & celles dont la nature a le plus d'horreur, nous deviennent supportables, & mesmes faciles & agreables dans la veûë d'un interest humain : & quand nous agissons par le motif de cet interest, bien loin que nous nous fassions violence en nous abstenant, en nous surmontant, en nous captivant, on peut dire, & il est vray, que nous nous la ferions toute entiere en ne nous abstenant pas, en ne nous surmontant pas, & en ne nous captivant pas.

Ce que nous prenons alors sur nous, nous nous l'accordons à nous-mesmes. Nous mortifions une passion; mais c'est pour suivre le mou-

D d iiij

vement & l'attrait d'une autre. Il nous en couſte, mais d'une maniere qui ne choque point noſtre amour propre ; puiſqu'au contraire c'eſt noſtre amour propre, qui nous fait porter luy-meſme la peſanteur du joug, & qui cherche en cela à ſe ſatisfaire. Or ce qui ſatisfait en nous l'amour propre, ne peut pas eſtre l'objet de la ſeverité évangelique.

En effet, on ne dira pas que la vie pénible & laborieuſe d'un avare, qui s'épuiſe pour amaſ-ſer, ſoit un vie auſtere ſelon l'Evangile ; ni que la ſervitude d'un courtiſan, qui pour eſtablir ſa fortune, eſſuyé tout & dévore tout, luy doive eſtre comptée pour un exercice de cette abnéga-tion qui fait le ſouverain merite des juſtes. Au contraire, plus l'un & l'autre eſt determiné dans cette veüe à prendre ſur ſoy-meſme, plus il eſt cenſé amateur de ſoy-meſme, & plus il eſt eloi-gné de cette ſainte haine, que le Fils de Dieu veut que nous ayions de nous-meſmes. Pour-quoy ! parce que l'intereſt qui le domine, & dont il s'eſt rendu eſclave, n'eſt rien autre choſe qu'un amour dereglé de ſoy-meſme, qui le fait ſouffrir. Sa veritable abnégation, je parle de l'homme mondain, ſeroit donc pluſtoſt de ne pas ſouffrir de la ſorte, & de renoncer à cet in-tereſt, pour le quel il renonce à tout le reſte. Car voilà ce qui luy couſteroit ; mais c'eſt juſ-tement ce qu'il ne gagne jamais ſur luy : parce que ſelon la penſée de ſaint Ambroiſe, s'il ſe reſ-

ferre, ce n'eſt point dans cette voye étroite &
ſalutaire que Jeſus-Chriſt nous a enſeignée;
mais par un aveuglement bien déplorable, dans
le chemin large & ſpacieux qui méne à la perdition.

Je dis plus, & je vous prie d'écouter cecy.
Une vie exacte & exterieurement mortifiée
n'eſt point toute ſeule un témoignage convain-
quant de la ſeverité que nous cherchons, & qui
eſt celle que l'Evangile nous recommande. En
voicy la raiſon. C'eſt que dans cet exterieur de
mortification & de regularité, il peut encore y
avoir un intereſt caché où la nature ſe trouve.
Quel intereſt, me direz vous ! un intereſt, Chreſtiens, d'autant plus difficile à vaincre, & plus
dangereux, qu'il eſt plus deguiſé & plus raffiné : c'eſt à dire, un intereſt où la pieté ſe meſ-
le, & qui eſt reveſtu de ce qu'il y a de plus ſpe-
cieux & de plus éclatant dans la religion.

Car ſi la pieté eſt utile à tout, comme diſoit
ſaint Paul, quoy qu'il l'ait dit dans un ſens bien
different de celuy-cy ; beaucoup plus la pieté
qui ſe pique d'exactitude & d'auſterité. Or telle
eſt ſurtout celle de certains eſprits, dont ſaint
Auguſtin nous a ſi bien donné l'idée, qui ſe
font, dit-il, un intereſt d'eſtre ſeveres ; & dont
il ſemble que la politique ſoit d'eſtre regardez
dans le monde & tenus pour tels : & moy je ſoutiens que du moment qu'ils ſe font un intereſt
de l'eſtre, dés là ils ceſſent de l'eſtre ; & qu'il eſt

impossible qu'ils le soient; parce qu'il n'y a point de contradiction plus positive dans la morale chrestienne, que celle qui se rencontre entre ces deux termes, la recherche de l'interest & la severité.

Un exemple plausible, & d'autant plus touchant pour nous, que Jesus-Christ nostre souverain maistre, à force de nous le mettre devant les yeux, l'a consacré, pour ainsi dire, à nostre instruction, c'est celuy des Pharisiens. Qu'y avoit il de plus regulier en apparence, & de plus detaché par profession de toutes les douceurs de la vie, que les Pharisiens parmi les Juifs ! C'estoit l'esprit de leur secte. Cependant le Sauveur du monde ne pût jamais les supporter : & la remarque de saint Jerosme est bien étonnante, que cet Homme-Dieu qui estoit d'un costé la sagesse mesme, & de l'autre la douceur & la bonté mesme, fit toûjours paroistre plus d'indignation & un zéle plus amer contre cette prétenduë severité Pharisaïque, que contre les desordres les plus énormes des publicains & des femmes prostituées de Jerusalem.

Que manquoit-il aux Pharisiens pour estre severes ! Ah ! mes Freres, répond saint Bernard, que ne leur manquoit-il pas ! Ils avoient l'ombre de la severité ; mais ils n'en avoient pas le corps, bien loin qu'ils en eussent l'esprit. Pourquoy ! parce qu'ils n'en affectoient les pratiques, que pour s'en attirer les profits & les émolumens : c'est à dire, parce que c'estoient des hommes mercenaires, qui ne s'attachoient à la rigueur des observances de la loy, que pour se maintenir dans la possession d'un miserable interest qui les aveugloit, & dont ils estoient jaloux ; que pour parvenir à leurs fins, que pour contenter leur cupidité, que pour se rendre maistres des esprits ; que pour exercer un empire plus absolu, non seulement sur les personnes, mais comme Jesus-Christ leur reprochoit, sur les revenus & les biens, & en particulier sur les biens de certaines veuves, qui préoccupées de l'opinion de leur sainteté, s'épuisoient pour fournir à leur entretien : *Væ vobis, quia comeditis domos viduarum.* Car tout cela, ce sont les poincts marquez par les Evangelistes, sur quoy le Fils de Dieu avoit coutume de s'étendre, pour confondre ces sages du Judaïsme ; ne les épargnant jamais, & jugeant qu'il estoit necessaire de découvrir l'abus de leur conduite, parce qu'il ne concevoit rien de plus opposé à la pureté de ses maximes que cet interest couvert du voile de la severité.

Matth. 23.

Si donc, Chrestiens, pour nous appliquer cette divine morale, il arrivoit malheureusement pour nous, que nous prissions les mesmes voyes, & qu'au milieu du christianisme dont nous professons la créance & le culte, nous fussions Pharisiens d'action & de mœurs. Ce n'est point une supposition chimerique ; & saint Paul

qui prévoyoit les malheurs dont l'Eglise estoit
menacée, avertissoit son disciple Timothée,
qu'il viendroit un temps, où ce trafic de pieté
regneroit mesmes entre les fidelles; & qu'il y en
auroit parmi eux, dont la corruption de l'esprit
& du cœur iroit jusqu'à s'imaginer que la religion leur doit estre un moyen pour reussir dans
le monde : *Hominum mente corruptorum, exis-
timantium quæstum esse pietatem :* il l'a prédit,
Chrestiens ; & Dieu veuille que nostre siecle ne
soit point un de ceux qu'il a désignez par ces
paroles : c'est à vous & à moy de nous préserver d'un tel désordre. S'il arrivoit, dis-je,
qu'abusant d'une chose aussi sainte qu'est la severité evangelique, le scandale qu'a deploré
saint Paul, vinst à se verifier en nous ; que n'a-
yant rien peut-estre d'ailleurs, par où nous pousser dans le monde & y faire quelque figure,
nous entreprissions d'en venir à bout par les apparences d'une vie plus reformée ; que par là
l'on cherchast à s'establir, par là l'on se fist des a-
mis, par là l'on se menageast des patrons ; par
là, ou plustost en cela, l'on eust des desseins, des
esperances, des veües, qui se produiroient dans
leur temps : en sorte que tout cet éclat de pieté, & de pieté severe, n'aboutist qu'à conduire
une intrigue, qu'à soutenir une entreprise, qu'à
engager celuy-cy, qu'à gagner celle-là ; en un
mot, qu'à entretenir cette societé, ce commerce
indigne, qui a esté un sujet d'horreur pour l'A-

1. *Tim.* 6.

poftre ; *Exiftimantium quæftum effe pietatem :*
pourroit-on dire alors qu'il y euft là le moindre veftige de cette feverité chreftienne, qui
doit non feulement nous rendre parfaits, mais
parfaits comme noftre Pere celefte ! Ah, mes
chers Auditeurs, ce feroit bien renverfer les
idées des chofes, & prendre plaifir à nous fedui-
re nous-mefmes, que d'en juger ainfi. Non,
non, fi nous en fommes réduits là, Jefus-Chrift
ne nous reconnoift point pour fes difciples. Cette feverité intereffée eft un des plus pernicieux
relafchemens où nous puiffions tomber; & tout
le fruit que nous en devons attendre, c'eft qu'a-
prés nous en eftre fervis pour faire quelque
temps une figure odieufe ou ridicule devant les
hommes, elle ferve un jour à faire noftre confufion & noftre honte devant Dieu.

Mais on a du zéle pour maintenir la difcipline, & l'on ne craint pas de le faire hautement valoir, & de l'oppofer à la licence & aux
déreglemens du fiecle. Autre erreur, dit faint
Auguftin : car ce zéle de la difcipline, fi loüable d'ailleurs & fi neceffaire, ne coufte rien dans
les entretiens, dans les cercles, dans les livres,
dans les chaires mefmes & dans les difcours pu-
blics. Le bornant là, on n'en eft point incommodé ; au contraire, on s'en fait honneur : &
l'abus en vient jufques à ce poinct, que le libertinage mefme s'accoutume à tenir ce langage,
parce que c'eft le langage à la mode, & qu'on

a trouvé le secret de faire impunément toutes choses, pourveu qu'on parle severement.

N'a-t-on pas veû des hypocrites se soutenir par cet artifice, & imposer au genre humain : & n'entend-on pas tous les jours des gens perdus de conscience & chargez de crimes, s'exprimer éloquemment sur le chapitre de la reforme & sur la censure des mœurs ! L'imposture est si commune, qu'on commence à ne s'y plus tromper. Mais sans entrer dans cette politique des sages du monde, je dis des sages libertins, voulons-nous connoistre, Chrestiens, si ce zéle de reforme, si vif en apparence & si ardent, est dans nous un veritable effet de la severité de l'Evangile ! examinons-le par nous-mesmes & par nostre propre conduite. En parlant comme nous parlons, c'est à dire, en nous piquant dans les conversations d'autoriser les maximes les plus severes, en sommes-nous pour cela moins interessez ? en sommes-nous moins âpres à poursuivre ce que nous prétendons nous estre dû ! en sommes-nous de meilleure foy pour nous faire une justice rigoureuse sur ce que nous devons aux autres ? en sommes-nous plus disposez à nous relascher de nos droits sur mille sujets où la charité, où la paix, où le devoir, où l'honneur mesme l'exige ! Mais sur tout, en sommes-nous plus dégagez de ces veûës humaines, qui infectent tout ce qu'il y a de plus sacré dans le culte de Dieu !

Car voilà, s'il m'eſt permis d'uſer de ce terme, la pierre de touche ; mais c'eſt à quoy le
faux zéle ne veut pas eſtre éprouvé. Nous exag-
gérons en paroles la ſainteté du chriſtianiſme;
& ce n'eſt point préciſement ce que je condamne : mais au meſme temps que dans nos paroles & dans nos déciſions nous ſommes ſi rigoureux, avons-nous dans la pratique une affaire
à traiter, un different à terminer, un argent
à placer, une reſtitution à faire, un benefice, comme l'on parle, à ſauver ou à negotier :
& puiſque le nom de benefice m'a échappé,
avons-nous à combattre les juſtes remords que
doit donner la pluralité, l'incompatibilité, la
non-reſidence, la tranſlation, l'employ, ou
pour mieux dire, la prophanation des revenus!
C'eſt juſtement alors que nous nous compor-
tons comme tout le reſte des hommes, & bien
ſouvent pis que les autres hommes. Pourquoy!
parce qu'il s'agit de noſtre intereſt. Ces theologiens faciles & commodes, que nous ne pou-
vions auparavant ſouffrir, ne nous paroiſſent
plus ſi odieux. Etudiant de plus prés leurs opinions, nous y découvrons du bon ſens; & aprés
les avoir cent fois condamnez pour les autres,
nous les eſtimons enfin raiſonnables pour nous-
meſmes. Car n'eſt-ce pas ainſi que l'amour propre eſt ingenieux à nous prévenir & à nous corrompre!

Je ſçais, Chreſtiens, que nous ne manquons

pas d'adreſſe pour paroiſtre en cela meſme con-
ſcientieux ; & qu'aprés nous eſtre une fois dé-
clarez pour le parti ſevere du chriſtianiſme, s'il
nous ſurvient dans le monde une occaſion importante que nous n'avions pas préveûë, & où
cette ſeverité ſe trouve par malheur oppoſée à
noſtre intereſt ; une occaſion où le monde nous
attendoit, pour voir de quelle maniere nous en
uſerions, & où il eſt determiné à ne nous faire nulle grace : je ſçais, dis-je, que là-deſſus
nous ſçavons bien nous ménager, & ne pas riſ-
quer noſtre reputation : que pour cela nous ne
nous rendons pas tout à coup au ſentiment qui
nous favoriſe ; que nous ſommes meſmes les
premiers à prononcer contre nous ; qu'il faut
bien des remonſtrances de nos amis & de nos
proches, pour nous faire moderer cette rigueur ;
& qu'il n'y a point de conſultation dont nous
n'ayions ſoin de nous prémunir. Mais quand
je m'apperçois enfin, que tout ce myſtere ſe
termine à faire avec beaucoup de ceremonie
ce que font, ſans tant de difficultez & tant de
façons, les plus relaſchez, & ce que ne feroit
peut-eſtre pas un chreſtien qui vit ſelon le train
commun du monde, quoyque moins zelé en
ſpeculation pour les mœurs & pour la diſcipline ; en verité je ne puis pas, mes chers Auditeurs, que je ne déplore noſtre miſere & noſtre foibleſſe.

La ſeverité du chriſtianiſme dans ces rencontres

tontres eftoit de ne point prendre tant de mefures, de ne point confulter tant d'autheurs,
de ne point écouter tant d'avis, de tenir ferme
dans fon principe, & d'en demeurer à ce que
l'on avoit jugé felon Dieu, le plus feûr & le
plus exact ; de faire fincerement ce que l'on auroit exigé des autres, & de renoncer à cet intereft, qui ne s'accorde pas en effet avec les regles de la religion. Mais où font aujourd'huy
les exemples de cette feverité ? cependant c'eft
par là qu'il la faut mefurer. Car quand je vois
un chreftien me parler de la voye étroite de
l'Evangile, & en revenir toûjours à fon intereft, fift-il des miracles, je ne croirois pas en
luy ; prononçaft-il des oracles, je n'en ferois
pas touché : qu'il me paroiffe defintereffé, & il
me perfuadera.

Enfin, j'ay dit que l'abandon mefme effectif
de quelques interefts particuliers, ne fuffit pas :
pourquoy ! c'eft la reflexion de faint Auguftin ;
parce qu'il eft aifé de renoncer à un intereft,
pour un autre intereft ; comme il eftoit aifé à ce
Philofophe de fouler aux pieds le fafte de Pla-
ton, par un autre fafte encore plus grand &
moins fupportable. Il faut donc, fi nous voulons entrer dans cette voye que Jefus-Chrift
nous a tracée, & qui eft celle des effûs, que
noftre defintereffement foit general, qu'il foit
abfolu, qu'il foit fincere. General : tellement
que dans la profeffion que nous faifons de nous

attacher à Dieu, nous n'envisagions & nous ne cherchions que Dieu ; & ne merite-t-il pas bien d'estre cherché de la sorte ! Absolu, sans condition, sans réserve, sans restriction : car c'est icy que cette maxime, Tout ou rien, doit avoir lieu, plus que par tout ailleurs ; & que le moindre ménagement de ce qui s'appelle interest propre, ternit le lustre, & anéantit le merite de la plus apparente pieté. Sincere, sans tout ce raffinement, qui nous fait quelquefois fuir l'interest, pour y mieux parvenir ; qui nous le fait abandonner, pour le mieux conserver ; qui pour en éviter le reproche, lors mesmes que nous le recherchons avec plus d'empressement, nous en fait témoigner un mépris feint & simulé : car l'interest, dit saint Augustin, parle toutes sortes de langues, & joüe toutes sortes de personnages, mesmes celuy de desinteressé : mais trompons-nous Dieu ! & avec toute nostre prudence, trompons-nous mesmes les hommes !

Voilà, Chrestiens, le premier caractere de la severité évangelique ; voilà par où l'on arrive à la perfection. Tandis qu'elle a esté suivie dans le christianisme ; je veux dire, tandis que l'interest, ou plustost, l'esprit d'interest, en a esté banni, le christianisme s'est maintenu dans sa pureté. Du moment que nous l'avons quittée, l'esprit de nostre religion s'est alteré, & nous avons commencé à dégenerer.

C'est sur cela que nous ne pouvons assez re-

gretter les heureux fiecles de la primitive Eglife; & c'eft fur quoy il faudroit fouhaiter de les
voir renaiftre. Les fidelles alors ne poffedoient
rien en propre. Mais dés qu'on a voulu diftinguer le mien & le tien : dés qu'on a entendu
ces froides paroles, felon l'expreffion de faint
Jean Chryfoftome; mais qui dans leur froideur,
& par leur froideur mefme, excitent tant de
chaleur dans les efprits : toute la fainteté chreftienne s'eft démentie, & l'on eft tombé dans
une entiere corruption de mœurs. En cherchant le fien, on a appris à trouver celuy d'autruy; & en trouvant celuy d'autruy, on en a
fait le fien. De là font venuës tant de divifions,
de chicanes, de fourberies, de concuffions,
d'oppreffions, d'ufurpations. De là tant d'abus,
qui fe font gliffez jufques dans le fanctuaire :
enforte qu'on peut bien prefentement nous reprocher, ce que reprochoit Tertullien aux
payens, quand il leur difoit, qu'ils faifoient
fervir la majefté de leurs Dieux à leurs interefts : *Apud vos majeftas quæftuaria efficitur.* Tertull.
De là, les fimonies palliées & deguifées ; les
permutations, plus fordides encore que la fimo-
nie mefme; les gratifications ou les recompenfes, les tributs & les penfions fur des benefices,
fans les avoir jamais poffedez ; les diffipations
du patrimoine de Jefus-Chrift en meubles, en
trains, en équipages; l'envie de dominer dans
l'Eglife, s'engageant à la fervir, pour y com-

E e ij

mander. Defordres qui l'ont decriée, qui l'ont renduë odieufe aux heretiques, qui luy ont attiré de leur part de fi atroces invectives.

Ah! mes Freres, reveillons aujourd'huy noftre zéle. Prenons des fentimens plus épurez, & moins terreftres. Ne débitons point tant de belles maximes, mais venons - en aux effets. Commençons par dégager noftre cœur, par le détacher : par là, nous glorifierons Dieu, nous édifierons l'Eglife, nous fermerons la bouche à fes ennemis; & j'ofe dire mefmes, que nous n'y perdrons rien. Car la pieté, dit l'Apoftre, eft une grande richeffe, fi nous fçavons nous en contenter. *Eft quæftus magnus pietas cum fufficientiâ.* Dés que nous ne nous en contentons pas, dés que nous voulons quelque chofe au delà, & que par une efpece de facrilege nous meflons des interefts prophanes & humains avec des interefts tout fpirituels & tout celeftes; Dieu réprouve ce meflange, & les hommes le méprifent. N'ayons en veûë que Dieu, ne cherchons que Dieu ; Dieu nous fuffira : *Cum fufficientiâ.* Et pourquoy ne nous fuffiroit-il pas ! Il fuffit pour tout ce qu'il y a de bienheureux dans le ciel; il fuffit pour luy-mefme. Avons-nous un cœur plus vafte que tant de Saints, ou que Dieu mefme! Qu'y a-t-il, Seigneur, dans toute l'enceinte de ce grand univers, que je puiffe defirer hors de vous; & fi vous eftes à moy, que me faut-il davanta-

1. Timoth. 6.

ge! Ainſi parloit David. Dieu luy tenoit lieu
de tout. Il eſt vray, qu'il ſe propoſoit la recompenſe, qu'il la demandoit, qu'il la recherchoit:
mais cette recompenſe qu'eſtoit-ce autre choſe que Dieu meſme! Severité chreſtienne, ſeverité non ſeulement deſintereſſée, mais encore ſeverité humble. C'eſt la ſeconde partie.

C'Eſt dans les plus beaux fruits, dit ſaint Auguſtin, que les vers ſe forment; & c'eſt aux plus
excellentes vertus que l'orgueil a coutume de
s'attacher. Car ce qu'eſt au fruit le ver qui le
corrompt, l'orgueil l'eſt aux vertus, & ſur tout
aux vertus chreſtiennes qu'il infecte. Il n'eſt
rien ſelon Dieu de plus parfait, que cette ſeverité évangelique dont je vous parle, quand elle eſt bien priſe & ſaintement pratiquée. On
peut dire, & il eſt vray, que c'eſt le fruit le plus
exquis & le plus divin que le chriſtianiſme ait
produit dans le monde: mais auſſi faut-il confeſſer que c'eſt le plus expoſé à cette corruption
de l'amour propre, à cette tentation delicate de
la propre eſtime, qui fait qu'aprés s'eſtre preſer-
vé de tout le reſte, on a tant de peine à ſe préſerver de ſoy-meſme.

   Oüy, Chreſtiens, avoüons-le à noſtre confuſion, il eſt rare dans le deſordre du ſiecle où
nous vivons, de trouver des hommes ennemis
du relaſchement, & ſeveres pour eux-meſmes,
comme la religion nous oblige à l'eſtre. Mais

II. PARTIE.

Ee iij

ce qui doit encore bien plus nous confondre, c'est que peut-estre n'est-il pas moins rare
dans le siecle où nous sommes, & jusques parmi ceux qui sont les plus severes pour eux-mesmes, de trouver des hommes à couvert de l'orgueil, & humbles d'esprit & de cœur. Cependant, mes Freres, disoit saint Bernard, parlant
à ses Religieux, estre humble & estre severe à
soy-mesme, ce ne sont point deux choses dis-
tinguées dans les maximes de Jesus-Christ; &
si nous voulons nous en rapporter à nostre experience, nous connoistrons que c'est dans la
pratique d'une sincere humilité que consiste la
veritable & l'essentielle austerité. Que seroit-ce
donc, si par un déplorable aveuglement, nous
venions à séparer l'un de l'autre! Que seroit-ce,
si cherchant ce port du salut où le Sauveur nous
a appellez, quand il nous a dit : *Intrate per an-*
gustam portam; nous allions heurter contre un
écueil aussi dangereux que celuy d'une flateu-
se vanité & d'une orgueilleuse présomption!
C'est à moy, Chrestiens, à vous le découvrir
cet écueil; & c'est à vous à le craindre & à l'éviter. Mais malheur à vous & à moy, si nous negligeons de reconnoistre une si trompeuse illusion, & si nous n'apportons pas tout le soin qu'il
faut pour ne nous y laisser jamais surprendre.

Or je l'ay dit ; & comme mon dessein me
rappelle necessairement aux Pharisiens, je suis
encore obligé de le redire, ne nous étonnons

pas, si le Fils de Dieu n'eftant venu au monde que pour eftre le réformateur du monde,
& pour lever, qu'il me foit permis de parler
ainfi, l'étendart de la vie auftere, il commença d'abord par une guerre ouverte contre ces
prétendus dévots, les plus feveres, & dans l'o-
pinion commune, les plus réformez du Judaïfme. Pour agir confequemment à fon adorable miffion, & conformément à l'Evangile
qu'il nous annonçoit, il dût les traiter de la
forte. A travers le voile de cette apparente feverité, il les reconnut pour des efprits fuperbes; & dés lors il les envifagea comme les u-
furpateurs de la gloire de fon Pere. Voilà
pourquoy il les entreprit.

C'eftoient des hommes d'un exterieur édifiant, & qui fe glorifioient par deffus tout,
d'obferver litteralement & inviolablement la
loy; mais qui du refte remplis d'une haute eftime d'eux-mefmes, & préoccupez de leur merite, s'attribuoient tout le bien qui paroiffoit
en eux; qui fe regardoient & fe faifoient un
fecret plaifir d'eftre regardez comme les juftes,
comme les parfaits, comme les irréprehenfi-
bles, *Qui in fe confidebant, tamquam jufti:* qui   *Luc.* 18.
de là prétendoient avoir droit de méprifer tout
le genre humain; ne trouvant que chez eux la
fainteté & la perfection, & n'en pouvant gouf-
ter d'autre, *Et afpernabantur cæteros:* qui dans   *Ibidem.*
cette veûë ne rougiffoient point, non feulement

E e iiij

de l'infolente diftinction, mais de l'extravagante fingularité, dont ils fe flattoient, jufqu'à rendre des actions de graces à Dieu, de ce qu'ils
n'eftoient pas comme le refte des hommes,
Gratias tibi ago, quia non fum ficut cæteri ho-
minum : qui dans les exercices mefmes d'humilité, dans les œuvres de penitence, cherchoient une vaine gloire ; jeufnant, dit le texte
facré, afin de paroiftre jeufner, & défigurant
leurs vifages pour s'attirer la confiance & la véneration des peuples, *Exterminant facies fuas,*
ut appareant jejunantes : qui fous ce prétexte
de vie reguliere & de morale étroite, fatisfai-
foient leur ambition, fe faifant appeller maiftres, & le voulant eftre par tout, *Et vocari ab*
hominibus Rabbi : qui fans autre titre que celuy-là, je veux dire, d'une regularité plus exemplaire, fe croyoient fuffifamment autorifez à
prendre par tout les premiers rangs, & à s'em-
parer des places d'honneur, *Amant autem pri-*
mos recubitus in cœnis, & primas cathedras in
fynagogis. Car ce font là les traits fous lefquels Jefus-Chrift mefme les a dépeints ; en
forte qu'il ne nous a rien laiffé dans l'Evangile,
ni de plus vif, ni de plus fini que ce tableau,
où il vouloit que chacun de nous s'étudiaft, &
apprift à fe connoiftre. Or tout cela, reprend
faint Auguftin, eftoit contradictoirement oppofé à la feverité évangelique, telle que le Sauveur du monde l'avoit conceûë, & telle qu'il

s'eſtoit propoſé de l'eſtablir ſur la terre ; & c'eſt
auſſi le ſujet pourquoy il témoigna tant de zéle contre la ſeverité faſtueuſe de ces faux docteurs de la Synagogue.

Mais s'il n'a pû ſupporter ce faſte dans les
Phariſiens, comment le ſupportera-t-il dans
nous ! c'eſt la belle reflexion de ſaint Grégoire
Pape. Si le Fils de Dieu a hautement condamné cette ſeverité corrompüe & empoiſonnée
par l'orgueil, dans des hommes qui ne luy appartenoient en rien, & qui ne furent jamais élevez dans les principes de ſa loy ; que luy paroiſ-
tra-t-elle dans des chreſtiens, qui ſont, comme
parle Zénon de Vérone, les diſciples de ſon
humilité, & qui par un engagement indiſpenſable, en doivent eſtre les ſectateurs ! C'eſt
toutefois, mes Freres, l'autre deſordre, dont
nous avons à nous garentir, & ſur quoy l'on
nous ordonne de veiller avec une attention particuliere. *Attendite, ne juſtitiam veſtram facia-* *Matth.* 6.
tis coram hominibus, ut videamini ab eis : Prenez bien garde à ne pas faire vos bonnes œuvres devant les hommes, pour en eſtre loüez &
approuvez.

Car ne nous imaginons pas, que cette ſeverité d'oſtentation, tant de fois cenſurée par Jeſus-Chriſt, ſoit un phantoſme, que la loy de
grace ait entiérement diſſipé. Il ſubſiſte encore ;
& Dieu veuille qu'aprés avoir eſté le vice des
Phariſiens, par une malheureuſe ſucceſſion, il

ne soit pas devenu le nostre. Telle est en effet nostre misere. Comme nous ne sommes dans le fond de nostre estre, que vanité & que néant; tout, jusqu'à nos vertus, se ressent de ce néant, & tient de cette vanité : & comme l'orgueil, si je l'ose dire, est la partie la plus subtile de l'amour de nous mesmes si profondément enraciné dans nos ames; par une triste fatalité il s'insinüe, non seulement dans les choses où nous aurions lieu en quelque maniere de nous rechercher, mais jusques dans la haine de nous mesmes, jusques dans le renoncement à nous mesmes, jusques dans les saintes rigueurs que Dieu nous inspire d'exercer sur nous-mesmes. A peine nous sommes-nous mis sur un certain pied de vie reformée, que ce démon de l'orgueil commence à nous attaquer. Dés-là, si nous ne sommes en garde contre nous, nous nous oublions : il semble que nous ne soyons plus de cette basse region du monde; il semble que nous soyons singulierement les essûs de Dieu ; toûjours contents de nous mesmes, & toûjours prests à nous exalter, sous prétexte d'exalter Dieu dans nous.

Ce n'est pas qu'en bien des rencontres, nous ne fassions les humbles ; mais d'une humilité, dit saint Jerosme, qui ne risque rien ; d'une humilité qui cherche à estre honorée, & qui est seûre de l'estre ; d'une humilité qui sert d'amorce à la loüange, & dont l'orgueil mesme se pa-

re. On se reconnoist, on se confesse pécheur en
general; mais en particulier, on ne veut jamais
convenir qu'on ait manqué. Vous diriez qu'il
suffit d'estre severe, pour estre plein de soy-mesme, attaché à son sentiment & idolâtre de ses
pensées. De là, sans mesmes l'appercevoir, on ne
parle plus que de soy, on ne voit plus de bien
qu'en soy, on mesure tout par soy : quoyque
Dieu ait des conduites de graces toutes differentes, on n'estime plus que la sienne; & par
une petitesse d'esprit présomptueuse, on voudroit tout reduire à la sienne. Et parce qu'on
n'y trouve pas tout le monde disposé, on a pitié de tout le monde ; je ne dis pas une pitié
charitable & compatissante, mais une pitié dé-
daigneuse & méprisante. Tout ce qui n'est pas
selon nostre goust, paroist reprouvé. On croit
tous les autres perdus : à l'exemple de cet homme, dont parle saint Bernard, qui par je ne sçais
quel enchantement avoit infatué le monde de
ses erreurs, en persuadant aux ignorants & aux
simples, qu'aprés mesmes le bienfait de la Rédemption il n'y avoit presque de salut pour personne; & que toutes les richesses de la misericorde divine, estoient uniquement reservées
pour ceux qui croyoient en luy, & qui s'attachoient à luy; c'est à dire, ajouste saint Bernard,
pour ceux qui se laissoient tromper par luy :
Qui nescio quâ arte, ces paroles sont dignes de
remarque , *nescio quâ arte, persuaserat po-* Bernard.

pulo ftulto & infipienti, etiam poft Chrifti effu-
fum fanguinem , totum mundum perditum iri ;
& ad folos , quos decipiebat , totas miferatio-
num Dei divitias & univerfitatis gratiam per-
veniffe. Combien de fois dans la fuite des temps
cette illufion s'eft-elle renouvellée !

On veut pratiquer le chriftianifme dans fa
feverité ; mais on en veut avoir l'honneur. On
fe retire du monde : mais on eft bien aife que le
monde le fcache ; & s'il ne le devoit pas fçavoir,
je doute qu'on euft le courage & la force de s'en
retirer. On renonce à certains divertiffemens,
que la religion condamne ; mais on fe foutient
par la gloire d'y avoir renoncé. On quitte le
luxe des habits ; mais on a pour foy-mefme autant, ou plus de complaifance, que les plus
mondains. On ne fe foucie plus de fa beauté ;
mais on eft entefté de fon efprit, & de fon propre jugement. On fe retranche, on s'abftient,
on fe mortifie en fecret : mais on fait fi bien, que
ce fecret ceffe bientoft d'eftre fecret ; & l'on a
cent biais pour le rendre public, en fauvant mefmes les dehors & les apparences de la modeftie.

De là vient, que dans toutes ces chofes & en
mille autres, on aime la fingularité. Pourquoy !
parce que la fingularité a cela de propre, qu'elle excite l'admiration, qui eft le charme de la
vanité. Toute la perfection de l'Evangile, felon
les voyes fimples & communes, n'a rien qui touche. S'il y a quelque chofe de nouveau, c'eft à

quoy l'on donne, & où l'on trouve fa devotion:
& au lieu que faint Auguftin, penfant à fe convertir, n'évita rien plus foigneufement, que de
le faire avec bruit; de peur, difoit il luy-mefme,
qu'il ne femblaft avoir voulu paroiftre grand
jufques dans fa penitence, *Ne converfa in fa-*   S. *Auguft.*
ctum meum intuentium ora, dicerent, quod qua-
fi appetiiffem magnus videri: nous, par un principe tout contraire, mais par un efprit bien é-
loigné de la fageffe de ce penitent, nous recherchons jufques dans la penitence un vain éclat,
dont nous nous laiffons éblouir.

C'eft affez que nous ayons un certain zéle de
difcipline & de réforme, pour nous attribuer le
pouvoir de juger de tout ; pour ufurper une
fuperiorité, que ni Dieu, ni les hommes, ne
nous ont donnée, & pour faire la loy peutef-
tre à ceux dont nous devons la recevoir. Car
un laïque s'érigera en cenfeur des preftres ; un
feculier, en réformateur des religieux; une femme, en directrice, & que fçay-je de qui ? tout
cela, parce que fous couleur de pieté, on ne
s'apperçoit pas qu'on veut dominer. Cette préfomption mefme, ainfi que je l'ay déja remarqué, par une confequence naturelle dégenere
fouvent & fe tourne en ambition. Il femble
qu'eftre fevere dans fes maximes, foit un degré
pour s'aggrandir; & que cette qualité feule bien
menagée, doive tenir lieu de tout autre merite. Comme les Pharifiens s'en fervoient pour ob-

tenir les premieres chaires dans les Synagogues, on s'en fert pour s'introduire dans les premieres dignitez de l'Eglife. Car ne diroit-on pas toûjours, que Jefus-Chrift avoit entrepris de nous marquer dans ces fages du Judaïfme, tous les déreglemens & tous les abus à quoy nous devions eftre fujets ; & n'eft-il pas étonnant, que ce qu'il leur reprochoit alors, foit juftement & à la lettre ce qui fe voit encore aujourd'huy dans le monde chreftien ?

Or je foutiens que ce levain & cette enflure de l'orgueil, non feulement corrompt le merite de la feverité chreftienne, mais qu'il en détruit mefmes la fubftance. Qu'il en corrompe le merite, vous n'en doutez pas : car quel peut eftre devant Dieu le merite d'un homme fuperbe ! avec quel front ofera-t-il dire avec faint Paul, *Repofita eft mihi corona juftitiæ*, j'attends de mon Dieu la couronne de juftice qui m'eft refervée ! Quel droit le Sauveur du monde n'aura-t-il pas de luy répondre, comme dans l'Evangile : *Recepifti mercedem tuam ;* vous vous promettez une recompenfe, & vous ne faites pas reflexion, que vous l'avez déja receûë, ou pluftoft que vous vous l'eftes déja donnée ! vous vouliez vous fatisfaire, vous complaire en vous mefme, & de quelles fecrettes complaifances n'avez vous pas efté rempli ! combien avez vous efté fatisfait de voftre perfonne ! vous voilà donc recompenfé ; & je ne vous dois plus

rien, que le chaftiment de voftre vanité & de
voftre orgueil. Mais c'eft en voftre nom, Seigneur, que je me fuis engagé dans des voyes
dures & penibles. En mon nom ? dites, au voftre. Voftre nom, par les foins que vous en avez
pris, ou que l'on en a pris pour vous, en a efté
dans le monde plus vanté & plus honoré : mais
pour le mien, bien loin d'eftre glorifié, il en a
fouffert.

Par confequent, Chreftiens Auditeurs, nul
merite dans cette feverité ; & j'ajoufte mefmes,
nulle vraye feverité alors, puifque l'orgueil en
détruit tout le fond & toute la fubftance. J'en
donne la raifon. C'eft que la vraye feverité, la
feverité chreftienne, doit confifter à fe faire violence, & à contredire la nature & l'amour propre. Or tout ce qui flatte noftre orgueil, flatte
la nature ; & au lieu de la combattre, on la fuit,
on la contente, on la repaift de ce qu'elle goufte
avec plus de douceur & plus de plaifir. Et en effet, il n'y a point de vie, pour laborieufe &
pour gefnante qu'elle puiffe eftre, que nous ne
trouvions douce naturellement, quand nous
fçavons qu'elle nous diftingue dans le monde,
qu'elle fait parler de nous dans le monde, qu'elle nous y fait confiderer & refpecter. Il ne faut
plus de grace, pour nous faire agir ; la nature
feule nous donne des forces.

C'eft pour cela, dit faint Chryfoftome (&
cette penfée m'a toûjours paru bien folide &

bien judicieuse) c'est pour cela que nous avons beaucoup moins de peine à faire plus que nous ne devons, qu'à faire ce que nous devons ; & qu'une des erreurs les plus communes parmi les personnes mesmes qui cherchent Dieu, est de laisser le précepte & ce qui est d'obligation, pour s'attacher au conseil & à ce qui est de surérogation. Pourquoy ? parce qu'à faire plus qu'on ne doit, il y a une certaine gloire, que l'on ambitionne, & qui rend tout aisé ; au lieu qu'à faire ce que l'on doit, il n'y a point d'autre loüange à esperer, que celle des serviteurs inutiles : *Servi inutiles sumus, quod debuimus facere, fecimus.*

Quelle est donc encore une fois la veritable austerité du christianisme ? Ah ! mes chers Auditeurs, concevons-le bien, & ne l'oublions jamais. La vraye austerité du christianisme, c'est d'estre humble, c'est d'estre petit à ses yeux, c'est d'estre vuide de soy-mesme, c'est de ne point faire tant de retours sur soy-mesme ; c'est d'estre mort, sinon au sentiment, du moins au desir & à la passion de l'honneur ; c'est de recevoir de bonne grace, & quand Dieu le veut, l'humiliation & le mépris. La vraye austerité du christianisme, c'est d'aimer à estre abbaissé, à vivre dans l'oubli, dans l'obscurité ; & de pratiquer solidement & de bonne foy, cette courte, mais cette importante leçon de saint Bernard, *Ama nesciri :* car voilà ce qui est insupportable

à la

à la nature : on ne penſera plus à moy, on ne
parlera plus de moy, je n'auray plus que Dieu
pour temoin de ma conduite, & les hommes
ne ſçauront plus, ni qui je ſuis, ni ce que je fais.
Et parce que l'humilité meſme ſe trouve expo-
ſée en certains genres de vie, dont toute la perfection, quoyque ſainte d'ailleurs, a un air de
diſtinction & de ſingularité: la vraye auſterité du
chriſtianiſme, ſurtout pour les ames vaines, eſt
ſouvent de ſe tenir dans la voye commune, &
d'y faire, ſans eſtre remarqué, tout le bien qu'on
feroit dans une autre route avec plus d'éclat.
Dans cette voye commune, on ne penſera plus à
vous : tant mieux ; c'eſt ce que vous devez chercher. Dans cette voye commune, on ne vous
admirera plus, vous n'aurez plus d'approbateurs
gagez pour faire valoir vos moindres actions :
hé bien, c'eſt ce qui mettra vos bonnes œuvres plus en aſſeûrance. Dans cette voye commune, vous ne ſerez pas de la ſocieté des parfaits, voſtre nom ſera comme enſeveli : à la bonne heure; c'eſt l'eſtat où l'Apoſtre veut que vous
ſoyez, quand il vous dit, que, comme chreſtien, vous avez dû mourir à tout, & que voſtre
vie doit eſtre cachée avec Jeſus-Chriſt en Dieu.
Mortui eſtis, & vita veſtra abſcondita eſt cum Coloſſ. 3.
Chriſto in Deo. Cela vous paroiſtra rude, & cela l'eſt en effet : mais c'eſt par-là meſme, & en cela meſme, que vous trouverez cette voye étroite qui conduit à la ſainteté propre de la religion
que vous avez embraſſée.   . F f

Ah, Seigneur, imprimez-nous bien avant ces veritez dans l'esprit. Je vous rends graces, ô Dieu de mon ame, de ce que vous ne les avez point fait connoistre aux sages & aux prudens: *Confiteor tibi, Pater, quia abscondisti hæc à sapientibus & prudentibus.* Je ne dis pas seulement aux sages mondains, aux politiques du siecle ; mais aux sages dévots, à ces dévots superbes, qui se sont évanoüis dans leurs pensées. *Sed revelasti ea parvulis ;* Et je vous bénis au mesme temps de les avoir revelées aux petits, qui ne se produisent point tant dans le monde, & qu'on n'y produit point tant ; dont on n'exalte point tant le merite : mais dont les noms inconnus sur la terre, sont écrits dans le ciel ; dont les voyes sont d'autant plus droites & plus seûres, qu'elles sont plus simples. Ouy, mon Dieu, soyez en béni : *Ita, Pater, quoniam sic fuit placitum ante te.* Finissons ; severité chrestienne severité desinteressée, severité humble, enfin severité charitable : c'est la troisieme partie.

A considerer les choses dans l'apparence, il n'est rien de plus opposé, ce semble, que la severité chrestienne & la charité. Car la charité, selon saint Paul, est douce, indulgente, condescendante ; elle couvre tout, elle excuse tout, elle supporte tout : & au contraire, la severité fait profession de n'excuser rien, de ne supporter rien, de n'avoir, ni complaisance, ni indulgen-

ce; d'eftre inflexible dans fes fentimens, & rigide dans fa conduïte. Qualitez, qui fe détrui-
fent, à ce qu'il paroift, les unes les autres. Cependant, Chreftiens, le Fils de Dieu a fuppofé
que l'on pourroit parfaitement les allier enfemble; & de la maniere qu'il a conçeû fon Evangile, à peine diroit-on, pour laquelle de ces
deux vertus il a temoigné plus de zéle : ne les
ayant jamais feparées; n'ayant point voulu de
l'une, fans l'autre, mais ayant fait également de
l'une & de l'autre le caractere de fa loy. Comment cela, & quel moyen de les accorder ? rien
de plus aifé, mes chers Auditeurs, pour peu que
nous foyions verfez dans la morale de Jefus-
Chrift. Car diftinguons bien les objets; & par
la difference des objets, nous reconnoiftrons
que ce qui paroift en cecy contradictoire, eft
juftement ce qui fait toute l'harmonie & toute
la perfection de la loy de grace.

En effet, dit faint Auguftin, & voicy le dé-
noüement de la queftion, le Sauveur du monde n'a jamais prétendu dans l'Evangile, que
nous euffions pour les autres de la feverité, mais
feulement pour nous mefmes : & fon intention
n'a point efté, que nous euffions pour nous mefmes cette charité dont il s'agit, c'eft à dire, cette douceur & cette benignité, mais feulement
pour les autres. Or la charité pour les autres & la
feverité pour foy-mefme, ce font deux devoirs
qui fe concilient d'eux mefmes ; & qui bien

loin de se combattre, s'entretiennent mutuellement : puisqu'il est certain, que la seule obligation d'estre charitable envers nos freres, nous
met dans une absolüe necessité d'estre severes
envers nous-mesmes ; & que l'experience nous
apprend tous les jours , que l'occasion la plus
fréquente & le sujet le plus ordinaire que nous
ayions d'exercer cette severité envers nous-mesmes, est la charité que nous devons au prochain.

Je ne parle pas au reste de ceux que Dieu a
establis pour gouverner les autres, & pour leur
commander ; beaucoup moins de ceux à qui
Dieu confie la conduite des ames, tels que sont
les Pasteurs, les Confesseurs, les Directeurs. Ce
n'est point à moy, & je m'en suis déja declaré
dans un autre discours, ce n'est point à moy qu'il
appartient de leur donner des regles : ce seroit
plustost à moy de les prendre d'eux. De sçavoir
s'ils doivent estre severes, ou indulgens; si dans
les fonctions de leur ministere la severité doit
prédominer par dessus la charité, ou si la charité
doit l'emporter sur la severité ; si la severité sans
charité peut-estre utile, ou si la charité sans severité peut estre efficace : ce sont des poincts qui
ne regardent pas ceux qui m'écoutent, & que
je n'entreprends pas de décider. Mais je parle
de chrestien à chrestien, de particulier à particulier : & je dis ce qu'il seroit si important pour
vous & pour moy de nous dire tous les jours de
nostre vie, que la charité düe au prochain est la

matiere la plus abondante & au mefme temps la plus néceffaire de cette feverité dont Dieu veut que nous ufions envers nous-mefmes. Pourquoy ? en pouvons-nous douter aprés les excellentes idées que faint Paul nous donne de la charité chreftienne; & furtout aprés tant d'épreuves de ce qu'il nous en coufte prefqu'à chaque moment dans le commerce du monde pour la pratiquer ?

Quand ce grand Apoftre nous dit que la charité doit fupporter les foibleffes & les imperfections du prochain ; qu'elle doit obliger & fervir le prochain ; qu'elle doit foulager les miferes du prochain : quand il ajoufte qu'elle ne s'aigrit point, qu'elle ne fe pique point, qu'elle ne rend point le mal pour le mal, qu'elle eft patiente dans les injures, qu'elle fait du bien à ceux qui l'outragent, qu'il n'y a rien qu'elle ne foit difpofée à fouffrir; dans cette defcription fi belle & fi vive, que nous prefche-t-il, finon la feverité envers nous-mefmes ?

Severité veritable : car pour accomplir tout cela, que ne faut-il pas prendre fur foy-mefme ! combien de victoires ne faut-il pas remporter fur fon naturel, fur fon humeur, fur fes paffions ! Entrons dans le détail. Pour avoir cette charité patiente, que ne faut-il pas endurer ! à combien de bizarreries & de caprices de la part de ceux avec qui l'on vit ! à combien de manieres importunes, fafcheufes, choquantes, ne faut-il pas

s'accommoder! quelles averſions & quelles an-
tipathies naturelles ne faut-il pas ſurmonter!
Pour avoir cette charité diſcrette & ſage, en
combien de choſes ne faut-il pas ſe contraindre!
par exemple, en combien de rencontres ne
faut-il pas par charité ſe taire, quand on voudroit parler ; acquieſcer, quand on ſeroit tenté
de reſiſter ; excuſer, quand on auroit envie de
controller ; aimer mieux paroiſtre dans l'entretien moins agréable & moins ſpirituel, que d'of-
fenſer & de railler! Pour avoir cette charité de-
tachée d'elle meſme, que ne doit-on pas ſacrifier! de combien de prétentions juſtes ne faut-il
pas ſe relaſcher! en combien de ſujets & de conjonctures, où il ſeroit aiſé de l'emporter, ne
faut-il pas, pour le bien de la paix, plier & céder! Pour avoir cette charité douce, quels mouvemens de colere ne faut-il pas réprimer! quels
ſentimens de vengeance ne faut-il pas étouffer!
quels mauvais offices & quelles injures ne faut-
il pas oublier! Dites-moy, mes chers Auditeurs : qu'eſt-ce que la ſeverité évangelique, ſi
ce ne l'eſt pas-là. Donnez-moy un homme qui
s'aime luy-meſme, & qui ne ſçache pas ſe geſ-
ner & ſe mortifier; comment s'acquittera-t-il
de ces devoirs, & de mille autres, à quoy nous
oblige la charité du prochain ! comment aime-
ra-t-il le prochain à ces conditions? comment
s'incommodera-t-il pour l'aſſiſter dans ſes beſoins! comment s'humiliera-t-il pour l'addou-

cir dans ſes emportemens ! comment conſenti-
ra-t-il à luy pardonner une injure ! comment
ſe ſoumettra-t-il à le prévenir, pour ménager
une réconciliation ! Il eſt donc vray que la charité dont nous ſommes redevables à nos freres, bien loin d'eſtre contraire à la ſeverité
chreſtienne, en eſt une des parties les plus eſ-
ſentielles & comme le fondement.

Mais qu'arrive-t-il ! Appliquez-vous à cette
derniere penſée. Au lieu de raiſonner & d'a-
gir ſuivant ce principe, nous confondons tout
l'ordre des choſes : & par un renverſement que
l'amour propre ne manque guéres à faire dans
noſtre cœur, ſi nous n'avons ſoin de nous en
garentir, au lieu d'exercer contre nous-meſmes cette ſeverité ; contre nous-meſmes, dis-je,
qui de droit naturel & divin en ſommes les premiers ou les ſeuls objets ; nous l'employons contre nos freres, qui ne ſont pas néanmoins de
ſon reſſort. Car à quoy ſe réduit communément cette prétenduë ſeverité dont nous nous
flattons ! Je veux, Chreſtiens, qu'elle ne laiſſe
pas de produire en nous quelque réforme ; je
veux qu'elle nous retranche certains plaiſirs &
certains divertiſſemens du ſiecle corrompu ; je
veux meſmes qu'elle nous faſſe paroiſtre plus
occupez de Dieu & de noſtre ſanctification :
mais ſi avec tout cela elle nous rend faſcheux,
importuns, critiques, cenſeurs des actions d'autruy, & inſupportables dans la ſocieté. Si mal-

F f iiij

gré tout cela, elle nous fait perdre cette complaisance charitable, cette déference que nous
devons avoir pour les autres, & sans laquelle il
est impossible de conserver la paix, sur tout entre des proches & dans une famille. Si en consequence de ce que nous sommes reguliers,
nous croyons avoir un droit acquis de ne rien
approuver, de ne rien tolérer, de ne rien passer.
Si cette severité s'attache à observer jusques à
une paille dans l'œil de vostre prochain, & à
l'étendre, à la grossir, jusqu'à la faire paroistre
comme une poutre. Si elle nous inspire je ne
sçais quelle aigreur dans les avis mesmes de charité que nous donnons; ou si sous prétexte de
charité, elle nous met sur le pied d'en donner
sans mesure, & toûjours par bizarrerie & par
caprice. Si elle nous authorise dans une liberté
de médire, d'autant plus dangereuse, qu'elle
paroist mieux intentionnée, & qu'elle prend
l'apparence du zéle. Si par maxime de regularité, nous disons plus de mal de nostre frere,
que les plus médisans du siecle n'en diroient
ou par imprudence ou par malice. Si cet esprit de severité sert à fomenter nos ressenti-
mens, à exciter nos vengeances, à nous rendre
incapables de retour, jusques-là que parce que
nous sommes pieux & dévots, ou que nous en
avons la réputation, on craigne plus mille fois
de nous blesser, que d'offenser un homme du
monde, qui n'aspire point à une si haute sainte-

té. Mais par deſſus tout, ſi l'averſion meſme, &
une averſion d'eſtat, ſi l'alienation du cœur & un
eſprit de contradiction, eſt le principe ſecret
qui nous engage à nous declarer ſeveres ; car
encore une fois cela peut arriver ; & puiſque je
monte dans la chaire de Jeſus-Chriſt, pour
corriger les deſordres des chreſtiens, je ne les
dois pas déguiſer : ſi, dis-je, noſtre ſeverité dégenere dans ces abus, ce n'eſt plus qu'une ſeverité fauſſe, & l'on peut bien nous reprocher,
comme aux Phariſiens, que nous ſommes de
grands obſervateurs de petites choſes, tandis
que nous negligeons les plus importantes.

Car un des plus grands préceptes, c'eſt celuy
de la charité ; & voilà, hypocrites Phariſiens,
leur diſoit le Sauveur du monde, à quoy vous
manquez. Toute voſtre pieté ſe réduit à de legeres obſervances & à de menuës pratiques de
religion ; à payer les dixmes, dont il n'eſt pas
meſmes parlé dans la loy, & que l'on n'exige
pas de vous : *Decimatis mentham & anethum.* Matth. 23.
Mais cependant vous oubliez les poincts les
plus eſſentiels, la juſtice & la miſericorde : *Re-
liquiſtis quæ graviora ſunt legis, miſericordiam
& judicium.* La loy vous ordonne d'eſtre équitables dans vos jugemens ; & tous les jours vous
portez contre le prochain les plus injuſtes arreſts, en le décriant, en le déchirant, en le condamnant. La loy vous ordonne de ſecourir vos
freres ; & tous les jours vous leur ſuſcitez de

nouveaux ennemis ; vous formez contre eux de nouvelles intrigues ; au lieu de les aider, vous travaillez à les perdre. C'est ainsi que vous vous aveuglez : c'est ainsi que vous craignez d'avaler un moucheron, & que vous dévorez des chameaux.

Tel fut en effet le vice des Pharisiens. Exactitude scrupuleuse à l'égard de certaines traditions, de certaines céremonies peu necessaires, mais en quoy ils faisoient consister la severité de leur morale : & du reste, transgression libre & entiere des devoirs les plus indispensables. S'agissoit-il du jour du Sabbath? ils l'observoient avec une telle rigueur, ou plustost, avec une télle superstition, que pour ne le pas violer, comme l'a remarqué Josephe, ils aimerent mieux durant le siege de Jerusalem, livrer leur ville au pouvoir des Romains, exposer leurs biens, leur liberté, leur vie, que de réparer une bréche : mais à ce mesme jour du Sabbath, ils ne se faisoient point de peine des perfidies les plus noires & des plus lasches trahisons. S'agissoit-il d'entrer dans la salle de Pilate? ils se tenoient dehors, ils s'en éloignoient ; de peur, dit l'Evangeliste, d'estre souillez en y entrant : mais au mesme temps ils conspiroient contre Jesus-Christ, ils le calomnioient, ils poursuivoient sa mort. Voilà, reprend saint Augustin, des gens d'une conscience bien delicate. Ils regardent comme une espece d'impureté de paroistre dans le Prétoire d'un juge payen, & ils ne se font pas un crime de verser le sang d'un innocent. *Alie-* *nigenæ judicis prætorio contaminari metue-* *bant, & fratris innocentis sanguinem fundere* *non timebant.* Or n'est-ce pas là une peinture naturelle de la pieté de nostre siecle! Une personne fera cent communions, qui n'aura pas la moindre complaisance pour un mary, pour des enfans, pour des parens, pour des domestiques: elle mortifiera son corps, & elle ne remportera pas une seule victoire sur son cœur; elle fera souffrir toute une famille par ses caprices & ses chagrins: on la verra au pied d'un autel reciter de longues priéres; & dans une conversation on l'entendra tenir les discours les plus médisans. Qu'est-ce que cela! une pieté de Pharisien; ou si vous voulez que je parle avec l'Apostre, une pieté d'enfant. Ah! mes Freres, écrivoit-il aux Corinthiens, je vous conjure de ne vous point comporter dans les choses de Dieu comme des enfans. *Fratres, nolite pue-* *ri effici sensibus.* Sur quoy saint Jean Chrysostome fait une comparaison bien propre à mon sujet. Voyez, dit ce Pere, un enfant. Qu'on le dépouille de ses biens, qu'on luy enléve son heritage, qu'il voye sa maison en feu, il n'en est point touché: mais qu'on luy oste une bagatelle, qui l'amuse; il s'afflige, il pleure, il est inconsolable. C'est ce qui nous arrive tous les jours. A-t-on manqué aux regles les plus

August.

1. Cor. 14.

sacrées de la charité ! à peine y faisons-nous quelque attention. Mais a-t-on obmis un exercice de nostre choix, & qu'on s'est volontairement prescrit ! on court au tribunal de la penitence s'en accuser, & l'on en gémit devant Dieu. Mais quoy ! faut-il donc les quitter, toutes ces pratiques ! faut-il prendre une voye plus large, & nous relascher de nostre severité ! A cela je reponds comme le Sauveur du monde. Il ne disoit pas aux Pharisiens : laissez ces petites observances, mais attachez-vous d'abord aux plus necessaires. Il faut avant toutes choses accomplir celles-cy, & ne pas abandonner ensuite les autres. *Hæc oportuit facere, & illa non omittere.* Oüy, Chrestiens, soyons exacts & reguliers, soyons severes dans nos mœurs : non seulement j'y consens ; mais je vous y exhorte, & je ne puis trop fortement vous y exhorter. Cependant, selon la belle leçon que nous fait ce grand maistre de la vie spirituelle, François de Sales, ne nous arrestons pas à garder quelques dehors, tandis que l'ennemi s'empare du corps de la place. Que nostre severité soit solide ; & elle le sera, si c'est une severité desinteressée, si c'est une severité humble, si c'est une severité charitable. Par là nous parviendrons à la perfection de l'Evangile, & à la gloire que je vous souhaite &c.

Matth. 23.

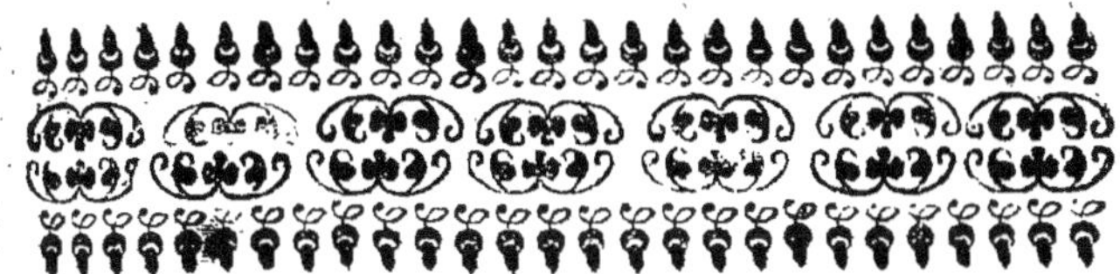

SERMON
POUR LE IV. DIMANCHE
DE
L'AVENT.

Sur la Penitence.

Et venit in omnem regionem Jordanis, prædicans Baptismum pœnitentiæ, in remissionem peccatorum.

*Jean-Baptiste vint dans tout le pays, qui est le
long du Jourdain, preschant le Baptesme de
penitence pour la remission des pechez. En
saint Luc, chap. 3.*

SIRE,

QUelque malheureuse que soit la condition
de l'homme dans l'estat du peché, si toute penitence estoit veritable, ou s'il estoit toûjours
aisé de discerner la vraye penitence de la peni-

tence imparfaite & fauſſe; le pecheur dans ſon malheur meſme auroit de quoy ſe conſoler, parce qu'il pourroit au moins enviſager la penitence comme une reſſource infaillible & comme un fond certain de tranquillité & de paix. La grande miſere du pecheur, dit ſaint Chryſoſtome, c'eſt qu'eſtant aſſeûré, comme il l'eſt, de la realité de ſon peché, il ne peut jamais eſtre abſolument aſſeûré de la validité de ſa penitence. Ce qui rend ſon ſort déplorable, c'eſt que bien ſouvent la penitence qu'il a faite, ou qu'il a crû faire, ne doit pas moins le troubler que ſon peché meſme : c'eſt que tous les oracles de l'Ecriture luy apprennent, qu'il n'y a que la vraye & la parfaite penitence qui ſauve l'homme ; & qu'au contraire il y en a cent autres, ou parce qu'elles ſont fauſſes & vaines, ou parce qu'elles ſont imparfaites & inſuffiſantes, qui ne le ſauvent pas. S'il luy arrive de s'y tromper; ſi faute de diſcernement, il vient dans la pratique meſme de la penitence, à prendre le faux pour le vray, & à compter pour ſuffiſant ce qui eſt défectueux : dés-là il tombe dans l'abyſme des plus infortunez pecheurs, puiſque ſa penitence meſme, qui devoit eſtre ſa juſtification & ſon ſalut, devient encore une des cauſes de ſa condamnation & de ſa perte. Voilà, s'il entend bien ſa religion, ce qui doit le faire trembler.

Voulez-vous, Chreſtiens, calmer aujourd'huy vos conſciences, autant qu'il eſt poſſible,

fur un poinct fi important ; & pour cela voulez-vous fçavoir quelle eft la veritable penitence, ou pour mieux dire, en quoy confifte le difcernement jufte que vous devez faire de la veritable penitence! C'eft ce que je vais vous apprendre, & voicy en peu de paroles tout mon
deffein.

J'appelle veritable penitence, penitence feûre, celle que le faint Précurfeur, Jean-Baptifte,
prefchoit aux peuples qui le venoient chercher
dans le defert, quand il leur difoit : Faites donc
dé dignes fruits de penitence : *Facite ergò* Matth. 3.
fructus dignos pænitentiæ. Il ne fe contentoit
pas qu'ils fiffent penitence ; mais pour pouvoir
compter fur leur penitence, il vouloit qu'ils en
jugeaffent par les fruits. Car la penitence n'eft
folide, ni recevable au tribunal de Dieu, qu'autant qu'elle eft efficace : & peut-elle eftre autrement efficace que par les fruits qu'elle produit! *Facite fructus dignos pænitentiæ.* Je les
réduits à trois, & je dis aprés tous les Peres de
l'Eglife, que la penitence efficace eft celle qui
retranche la caufe du peché, celle qui répare les
effets du peché, celle qui affujettit le pecheur
aux remedes du peché. Trois caracteres qui
font d'une part la perfection de la penitence,
& de l'autre la feûreté morale du pecheur penitent. Trois caracteres que je vous prie de bien
remarquer, & qui vont partager ce difcours.
Retrancher genereufement ce qui eft la caufe

ou la matiere du peché. Réparer pleinement
ce qui a esté l'effet & la suite du peché. S'assu-
jetir fidellement à ce qui doit estre le remede du
peché. Si vostre penitence, mon cher Auditeur,
est accompagnée de ces trois conditions, vous
pouvez, sans estre temeraire & présomptueux,
faire fonds sur elle ; mais qu'une de ces trois
conditions luy manque, c'est assez pour la rendre inutile, ou mesmes criminelle.

Remplissez-nous, mon Dieu, de vostre esprit : de cet esprit de zéle qui animoit Jean-
Baptiste ; c'est ce que je vous demande pour
moy : de cet esprit de componction qui tou-
choit les Juifs, & qui les disposoit à profiter
des grandes veritez qui leur estoient annoncées
par ce fidelle ministre ; c'est ce que je vous demande, non point seulement pour moy, mais
pour toutes les personnes qui m'écoutent. Ad-
dressons-nous encore à Marie. *Ave Maria.*

I. Partie. JE fonde la premiere proposition sur deux
principes également incontestables, & dont
nostre seule experience doit nous convaincre,
pour peu que nous ayions soin de nous étudier
nous-mesmes, & de discerner les mouvemens
de nostre cœur. Car voicy d'abord ce que nous
y devons reconnoistre, & c'est une observation
qu'a fait avant moy saint Augustin. Quelque
corrompuë, dit ce Pere, que soit la nature de
l'homme depuis le peché & par le peché, on
n'aime

n'aime point aprés tout le peché comme peché.
Il n'appartient qu'aux demons d'estre disposez
de la sorte ; & on pourroit mesmes douter s'ils
portent jusques-là leur obstination & leur malice. On aime ce qui est la matiere & la cause
du peché ; mais on n'aime point dans le fond
le peché mesme : c'est à dire, on aime le plaisir que Dieu défend, mais non pas parce qu'il
le défend. On aime le profit de l'usure, qui est
injuste ; mais on l'aime parce qu'il est commode, & non pas parce qu'il est injuste. On aime
la vengeance, qui est criminelle ; mais on l'aime
parce qu'on croit que l'honneur y est engagé,
& non pas parce qu'elle est criminelle.

Je dis plus : on voudroit, s'il estoit possible,
pouvoir séparer l'un de l'autre ; & par une pré-
cision, dont le libertin s'accommoderoit vo-
lontiers, on voudroit que ce qu'on aime, ne
fust pas défendu de Dieu ; on voudroit que
Dieu ne s'offensast pas du plaisir que l'on recherche en satisfaisant sa passion : en un mot,
on voudroit pouvoir se contenter, & ne pas
pecher. Mais parce que ces deux choses sont
inséparables, & que dans la conjoncture où je
suppose le pecheur, le desir qu'il a de se contenter, l'emporte par dessus la crainte qu'il a
de pecher : de là vient, dit saint Augustin, que
sans aimer le peché, que haïssant mesmes le
peché, il péche toutefois dans la satisfaction
qu'il se procure. Pourquoy ! parce qu'il aime au

.Gg

moins ce qu'il sçait, & ce qu'il ne peut ignorer estre la cause, ou la matiere du peché. Or cela suffit pour le rendre malgré luy-mesme transgresseur & prévaricateur de la loy de Dieu.

Voilà le premier principe ; & prenez garde, Chrestiens : ce n'est donc point précisement par la haine du peché, consideré comme peché, qu'il faut distinguer les pecheurs efficacement convertis d'avec ceux qui ne le font pas ; puisqu'il est certain que les plus endurcis pecheurs, tandis qu'ils ont un reste de religion, conservent encore, ou du moins peuvent conserver cette haine du peché. Ce n'est point, dis-je, par cette haine generale, par cette haine speculative du peché, qu'il faut juger du merite de la penitence ; puisqu'on sçait bien qu'il n'en couste rien au pecheur, pour haïr le peché de la sorte, & que la penitence la plus vaine peut avoir cela de commun avec la penitence la plus solide.

Mais par où devons-nous commencer à faire dans nous-mesmes le discernement de la vraye penitence, & de ce que j'appelle icy détestation sincere & efficace du peché ? Ecoutez-moy, Chrestiens, & jugez-vous. En voicy l'induction pratique. C'est par le retranchement actuel & effectif de ce que nous reconnoissons estre en nous la cause du peché ; de ce qui fomente, & qui fait subsister dans nous ce corps de peché, que Dieu veut que nous détruisions,

en nous convertiffant à luy : *Ut deftruatur in* Rom. 6.
vobis corpus peccati. C'eft par le renoncement
à mille chofes agréables, qui font dans l'idée
de l'homme charnel la douceur de la vie ; mais
qui font auffi par là mefmes le poifon mortel
de nos ames & l'aiguillon du peché. C'eft par
la fuite des objets, qui excitent dans nos cœurs
ces pernicieux defirs, que la concupifcence, felon l'Ecriture, ne peut concevoir fans enfanter
le peché : *Deinde concupifcentia cùm concepe-* Jac. 1.
rit, parit peccatum. C'eft par l'exacte fidelité à
éviter des entretiens, dont nous fçavons bien
que la fcandaleufe licence corrompt la pureté
des mœurs ; puifque c'eft de là que viennent les
premieres playes, & fouvent les plus incura-
bles, que nous fait le peché. C'eft par la feve-
ré, mais falutaire, mais neceffaire determina-
tion à nous interdire des focietez & des commerces qui font pour nous comme les liens du
peché ; des reprefentations & des fpectacles,
dont l'unique effet eft d'émouvoir les paffions
les plus vives, & de repandre dans l'imagination & dans les fens les plus dangereufes femences du peché ; des affemblées, où l'efprit impur
eft comme dans fon regne, & en poffeffion de
tendre à l'innocence les piéges les plus inévitables du peché ; des lectures, où noftre damnable curiofité eft fi fouvent & fi juftement punie
par les malignes impreffions qu'elles laiffent du
peché. C'eft par le facrifice entier & fans réfer-

G g ij

ve, de ces amitiez, dont nous nous apperce-
vons bien, que la tendresse malheureuse, quoyque couverte d'un voile de pudeur, n'est au
fond qu'un raffinement de sensualité, & qu'un
déguisement de peché. C'est par le prompt &
éternel divorce avec cette personne, dont les artifices, aussi bien que les charmes, & souvent
bien plus que les charmes, sont les amorces fa-
tales du peché. C'est par la sainte violence que
chacun de nous doit se faire sur tout cela, puisque ce sont là, dans la pensée de l'Apostre, les
armes de l'iniquité & du peché ; *Arma iniqui-*
tatis peccato. En un mot, c'est par cette circoncision évangelique, qui ne s'arrestant pas à la
surface, ni au changement exterieur de l'homme, dépouille l'homme de ce qu'il a dans le
cœur de plus intime, & de ce qui est en luy
l'origine du peché.

Oüy, c'est par là que le chrestien doit mesurer l'efficace & la vertu de sa penitence ; & s'il
est dans l'obligation d'approcher de ce Sacrement que Jesus-Christ a institué pour la réconciliation des pecheurs, c'est par là qu'il doit
commencer à accomplir le grand précepte de
l'Apostre ; *Probet autem seipsum homo :* que
l'homme s'éprouve luy-mesme ; & autant qu'il
le peut dans cette vie, qu'il s'asseûre de luy-
mesme. Or il le peut par là, reprend saint
Chrysostome ; & moy j'ajouste qu'il ne le peut
que par là.

Supprimez toutes les paroles inutiles, & convertiffez-vous folidement : *Tollite verba, &* Ofee 14.
convertimini. Ainfi parloient les Prophetes, exhortant à la penitence le peuple de Dieu ; &
c'eft, pecheur à qui je parle, le miniftere dont
je m'acquitte aujourd'huy. Vous déteftez, dites-vous, voftre peché ; vous y renoncez, du
moins le croyez-vous ainfi. Mais peut-eftre
vous flattez-vous dans le témoignage que vous
vous rendez ; & voftre contrition prétenduë
n'eft rien moins devant Dieu que ce qu'elle
vous paroift. Peut-eftre eftes-vous plus touché
de la honte de voftre peché, que de fa malice;
du remords & du trouble qu'il vous caufe, que
de l'injure qu'il fait à Dieu ; de l'embarras où
il vous jette, que de la difgrace de Dieu qu'il
vous attire : fi cela eft, contrition toute humaine. Peut-eftre voftre erreur vient-elle de ce que
vous confondez les graces de la penitence qui
font en vous, avec la penitence qui n'y eft pas;
les defirs de converfion que Dieu vous infpire,
avec voftre converfion mefme dont vous eftes
encore bien éloigné : c'eft à dire, peut-eftre
vous croyez-vous changé & converti, lorfque
vous fouhaitez feulement de l'eftre : fi cela eft,
contrition apparente. Mais voulez-vous fortir de cette incertitude ? voulez-vous bien connoiftre ce que vous eftes ! *Tollite verba :* fans
vous arrefter aux paroles toûjours équivoques,
toûjours fufpectes, voicy la regle que vous de-
G g iij

vez prendre. Entrons dans le détail : il n'y aura rien qui ne convienne à la Chaire.

Vous estes un homme du monde, un hom-
me distingué par vostre naissance : mais dont les
affaires, ce qui n'est aujourd'huy que trop commun, sont dans la confusion & dans le desordre. Que ce soit par un malheur ou par vostre faute, ce n'est pas là maintenant de quoy il
s'agit. Or dans cet estat, ce qui vous porte à
mille pechez, c'est une dépense qui excéde vos
forces ; & que vous ne soûtenez, que parce que
vous ne voulez pas vous regler, & par une fausse gloire que vous vous faites de ne pas déchoir.
Car de là les injustices ; de là les duretez criantes envers de pauvres créanciers que vous désolez, envers de pauvres marchands aux dépends de qui vous vivez, envers de pauvres ar-
tisans que vous faites languir, envers de pauvres domestiques dont vous retenez le salaire.
De là ces frivoles & trompeuses promesses de
vous acquitter ; ces abus de vostre credit, & ces
chicanes infinies, pour éloigner un payement
ou pour l'éluder. De là ces dettes éternelles,
qui en ruinant les autres, vous damnent vous-
mesme. Retranchez cette dépense ; & si vous
voulez que je sois bien persuadé de la verité de
vostre contrition, ayant peu, passez - vous de
peu. Ne vous mesurez pas par ce que vous estes, mais par ce que vous pouvez. Ostez-moy
ce luxe d'habits, cette superfluité de train, cet-

te vanité d'équipage, cette curiofité de meubles.
Réduit à la difette & à une trifte indigence, fupportez-la, mais fupportez-la en chreftien ; &
puifqu'il le faut, faites-vous-en un merite & une
vertu. Sans cela, envain pleurez vous voftre peché ; envain formez-vous mille repentirs , ou
pluftoft, envain les temoignez-vous : ces repentirs, ce font des paroles, & Dieu vous demande
des effets. *Tollite verba, & convertimini.*

Vous aimez le jeu ; & ce qui perd voftre
confcience, c'eft ce jeu-là mefme ; un jeu fans
mefure & fans regle ; un jeu qui n'eft plus pour
vous un divertiffement, mais une occupation,
mais une profeffion, mais un trafic, mais une
attache & une paffion, mais fi j'ofe ainfi parler,
une rage & une fureur : un jeu dont on peut
bien dire à la lettre, que c'eft un abyfme qui attire un autre abyfme, ou mefmes cent autres a-
byfmes ; *Abyffus abyffum invocat.* Car delà vien-   *Pfal. 41.*
nent ces innombrables pechez qui en font les
fuites ; delà l'oubli de vos devoirs, delà le déreglement de voftre maifon, delà le pernicieux
exemple que vous donnez à vos enfans, delà
la diffipation de vos revenus, delà ces tricheries
indignes, & s'il m'eft permis d'ufer d'un terme plus fort, ces fripponneries que caufe l'avidi-
té du gain ; delà ces emportemens, ces jure-
mens, ces defefpoirs dans la perte ; delà fouvent, & plus que de la fragilité du fexe, ces
honteufes reffources où l'on fe voit forcé d'a-

G g iiij

voir recours; delà cette diſpoſition à tout, &
peut-eſtre au crime, pour trouver de quoy fournir au jeu. Retranchez ce jeu; & parce qu'il eſt
bien plus aiſé de le quitter abſolument, que de
le moderer, quittez-le: faites-en une declaration
publique; donnez à Dieu une preuve de la ſincerité de voſtre contrition, en coupant la racine du mal; & pour vous aſſeûrer vous-meſme,
que vous ne voulez plus pécher, impoſez-vous
la loy de ne plus joüer. Sans cela, vous aurez
beau dire, comme le Publicain de l'Evangile,
Seigneur, ſoyez moy propice; je reconnois mon
peché : voſtre voix eſt la voix de Jacob; mais
vos mains ſont les mains d'Eſaü. *Tollite verba,*
& convertimini.

Enfin, examinez-vous devant Dieu; & juge é-
quitable de vous meſme, défait de toute préven-
tion, voyez ce qui ſert de ſujet au peché; mais
voyez-le preparé & réſolu à n'en excepter rien, à
n'en retenir rien dans le ſacrifice que vous en devez faire. Voilà par où vous connoiſtrez, ſi vous
eſtes penitent. Attaquer le peché, non en idée,
mais en ſubſtance; en ſapper le fondement, & le
renverſer : c'eſt ce que ſaint Paul appelle courir,
non pas au hazard, mais à deſſein d'arriver au
terme, *Sic curro, non quaſi aërem verberans:*
c'eſt ce qu'il appelle combattre, non pas en donnant des coups perdus, ni en frappant l'air ; mais
en faiſant tomber l'ennemi que vous pourſuivez,
& en remportant ſur luy une pleine victoire. Je
paſſe au ſecond principe.

1. Cor. 9.

On n'est pas toûjours maistre de ses pensées,
ni des premiers mouvemens de son cœur; mais
on est toûjours responsable de ses actions & de
sa conduite: & quand on vient, par exemple, à
succomber dans une occasion dangereuse, d'où
la loy de Dieu nous obligeoit de sortir; mais où
malgré la loy de Dieu neanmoins, l'on est de-
meuré, on n'a jamais droit alors de dire, je n'ay
pû me défendre de ce peché; mais on doit dire,
je ne l'ay pas voulu, ou je ne l'ay que trés foiblement & peu sincerement voulu. Appliquez-
vous.

Je l'avouë, Chrestiens: un pecheur converti
de bonne foy, dans l'estat mesme de sa conversion, peut encore avoir des foiblesses; & tout
converti qu'il est, il peut déplorer sa misere avec
le mesme sujet & dans le mesme esprit, que saint
Paul, en disant comme cet Apostre: *Sentio a-* Rom. 7.
liam legem in membris meis, repugnantem legi
mentis meæ, & captivantem sub lege peccati:
Infortuné que je suis! je sens dans moy-mesme
une loy qui me tient captif sous le joug du peché, & qui combat contre la loy de ma raison.
Mais remarquez, dit saint Chrysostome, reflexion admirable & édifiante pour ceux qui m'é-
coutent: remarquez, que quand saint Paul parloit de la sorte, il protestoit au mesme temps a-
vec une sainte confiance, qu'il n'avoit rien d'ailleurs à se reprocher, *Nihil mihi conscius sum;* 1. Cor. 4.
qu'il estoit fidelle à la grace; qu'il marchoit dans

la voye du salut, non seulement avec circonspe-
ction, mais avec tremblement; qu'il traitoit ru-
dement son corps, qu'il le chastioit & le réduisoit en servitude : *Castigo corpus meum, & in
servitutem redigo.* Or ce temoignage de sa fidelité, de sa vigilance, de son austerité de vie, de
son attention sur soy-mesme, le mettoit à couvert de toute illusion, lorsqu'il se plaignoit de la
révolte de ses passions, & qu'il gémissoit dans la
douleur de se voir réduit à un estat si humiliant:
c'estoit une douleur sincere & pleine de bonne foy. Mais le langage hypocrite, c'est de parler, comme saint Paul, & de se conduire comme le mondain. Le langage hypocrite, c'est de
se plaindre de sa foiblesse, & cependant de l'exposer à des tentations, où toute la force, toute la
vertu mesme des saints suffiroit à peine pour resister. Le langage hypocrite, c'est de gémir sur
la violence de ses passions, & toutefois de se pré-
cipiter aveuglément dans des perils, où l'on sçait
que les passions mesmes les plus moderées ne
pourroient presque se contenir : c'est de s'écrier,
Infelix ego homo ! malheur à moy, d'estre né
si sensuel & si fragile ! & malgré cet aveû, de rechercher contre l'ordre de Dieu des occasions,
où la fragilité, de simple malheur qu'elle estoit,
devient un crime, ou du moins la source de tous
les crimes. Telle est l'hypocrisie de la penitence;
& c'est par là, mes chers Auditeurs, que vous
en devez juger.

1. Cor. 9.

Rom. 7.

Vous estes foible, j'en conviens : la loy du peché regne en vous ; la concupiscence vous domine ; vous portez dans vous-mesme & avec vous-mesme vostre ennemi, qui est vostre chair. Mais voilà pourquoy je prétends, que vous vous joüez de Dieu, si dans le moment que vous pleurez vostre peché, vous n'en voulez pas retrancher l'occasion. Voilà pourquoy je soutiens que vous mentez au saint Esprit, & qu'il y a dans vostre penitence une contradiction énorme, si vous confessant foible d'une part, vous n'en estes pas de l'autre plus circonspect & plus vigilant. Car avec quel front pouvez vous dire, comme David, en gémissant & en pleurant, j'ay peché contre le Seigneur, *Peccavi Domino,* 2. *Reg.* 12. tandis que vous vous obstinez à ne pas éloigner de vous un danger prochain, où, sans commettre d'autre peché, vous péchez déja, & contre le Seigneur, & contre vous-mesme, en risquant vostre conscience & vostre salut ! Comment pouvez vous alléguer à Dieu l'infirmité de vostre ame, & vous servir de ce motif pour toucher sa misericorde, *Quoniam infirmus sum, sana animam meam,* *Psalm.* 40. tandis qu'à cette infirmité, vous joignez encore l'infidelité & la malignité ! Je dis infidelité & malignité, de demander à Dieu qu'il vous guérisse, & de ne vouloir pas vous préserver de ce qui vous tüe ; de reconnoistre que vous estes malade, & d'agir comme si vous joüissiez d'une pleine santé ; d'appeller le ciel à

témoin de voftre douleur, & de ne vous réfoudre jamais, en vertu de cette mefme douleur,
à rien facrifier, ni à vous féparer de rien : n'eft-
ce pas encore une fois vouloir impofer à Dieu
& aux hommes !

Non, non, mon cher Auditeur, tandis que
vous en ufez de la forte, il n'y a dans voftre penitence que diffimulation & que menfonge ; &
il ne vous eft plus permis, en vous plaignant
comme faint Paul, de vous appliquer ces paroles, qui ne peuvent vous convenir : *Non quod
volo bonum, hoc ago ; fed quod odi malum, hoc
facio.* Car au lieu que cet homme Apoftolique
eftoit inconfolable, de ce qu'il ne faifoit pas le
bien qu'il vouloit, & de ce qu'il faifoit le mal
qu'il ne vouloit pas ; par une oppofition extrefme de vous à luy, tandis que vous perféverez
dans l'occafion du peché, vous voulez tout le
mal que vous faites, & vous ne voulez nullement le bien que vous ne faites pas. L'efficace
de la penitence confifte donc à fortir génereu-
fement de l'occafion, pour vaincre le peché, &
non pas à vouloir vaincre le peché en demeurant dans l'occafion : & c'eft icy où j'aurois befoin de tout le zéle des Prophétes, pour confondre l'aveuglement & l'endurciffement des
pecheurs.

Car voicy, Chreftiens, où le relafchement
des mœurs nous a conduits. On traitte un con-
feffeur d'homme difficile & fcrupuleux ; on fe

rebutte de luy, & on le quitte, lorſque fidelle à
ſon miniſtere, il ſuſpend pour ceux qui refu-
ſent d'éviter certaines occaſions, la grace de l'ab-
ſolution. Mais quand la ſuſpendra-t-il donc;
& quelle preuve plus évidente peut-il avoir de
la mauvaiſe diſpoſition avec laquelle un mondain ſe preſente à ce Sacrement, que de le trouver réſolu à retourner toûjours dans les meſmes
compagnies, & à fréquenter les meſmes lieux,
où tant de fois ſon innocence a fait naufrage!
Si jamais il peut, & il doit uſer du pouvoir qu'il
a reçeû de lier les conſciences, n'eſt-ce pas alors!
Il voit, & vous le voyez vous-meſme, que l'af-
freuſe continuité de tant de rechutes roule uniquement ſur une occaſion que vous luy marquez; & il ne peut gagner ſur vous de vous en
détacher. S'il conſentoit, malgré cet obſtacle,
à vous délier & à vous abſoudre, bien loin que
vous duſſiez loüer ſa laſche condeſcendance &
l'approuver, n'en ſeriez-vous pas ſcandaliſé, ou
ne devriez-vous pas l'eſtre ; & de diſpenſateur
qu'il eſt des myſteres de Dieu, n'en deviendroit-
il pas le diſſipateur!

A Dieu ne plaiſe, Chreſtiens, que je prétende
par là authoriſer les ſeveritez indiſcrettes, que
l'on voudroit quelquefois, & peut-eſtre ſans
fondement, imputer aux miniſtres de Jeſus-
Chriſt dans l'adminiſtration de la penitence.
Mais à Dieu ne plaiſe auſſi, que j'authoriſe jamais les dangereuſes & criminelles facilitez de

quelques miniftres à ce divin tribunal. Or y en auroit-il jamais eû de plus dangereufe & mefmes de plus criminelle, que de reconcilier & d'admettre à la participation des Sacremens, un pecheur obftiné à ne pas fortir de certaines occafions ! Ce font, dites vous, des occafions, qu'il n'eft pas en voftre pouvoir de quitter ; & moy je reponds, que vous les quitteriez dés aujourd'huy, fi de là dépendoit l'avancement de voftre fortune temporelle, & fi par là vous fauviez tel & tel intereft que vous avez à ménager dans le monde. Ces occafions, ajouftez-vous, font des liens que vous ne pouvez rompre fans éclat, & par confequent fans fcandale : & moy je vous dis que le grand fcandale eft de ce que vous ne les rompez pas ; & que fcandale pour fcandale, s'il eftoit vray que vous en fuffiez réduit-là, encore vaudroit-il mieux effuyer le fcandale falutaire qui fait ceffer le peché & qui fauve voftre ame, que de foutenir, comme vous faites, le fcandale mortel qui vous perd & qui eft le furcroift du peché mefme.

Mais Dieu dans ces occafions me protegera, & j'ay en luy cette confiance. Confiance réprouvée, dit faint Chryfoftome, qui n'aboutit qu'à tenter Dieu, & qu'à fomenter l'impenitence de de l'homme : confiance outrageufe à Dieu, & qui ne fert qu'à endurcir le pecheur. Ah, mon Dieu, que ne prefche-t-on éternellement cette verité ! que ne la prefche-t-on, & à temps, & à

contre-temps ! que ne la presche-t-on par tout
& sans égard, puisque c'est de là que dépend la
conversion, la réformation, la sanctification du
monde chrestien ! Quoyqu'il en soit, mes chers
Aûditeurs, ne comptez pas sur vostre penitence ; & quelque fervente qu'elle vous paroisse
d'ailleurs, tenez-la pour vaine, si elle ne va, non
plus seulement à retrancher la matiere & la cause du peché, mais encore à réparer les effets du
peché. C'est la seconde partie.

COmme il est évident que la penitence est une II. Partie.
partie de la justice ; & que c'est ainsi que les Peres de l'Eglise nous ont fait concevoir cette vertu, l'ayant toûjours considerée comme une volonté sincere dans le pecheur, de se faire justice
à luy-mesme, de la faire à Dieu, & pour rendre
à chacun ce qui luy est dû, de la faire encore au
prochain, si le prochain a esté offensé : il s'ensuit qu'une des principales fonctions de la penitence chrestienne, est de réparer les effets du peché. Mais supposant l'indispensable & l'incontestable necessité de cette réparation, il s'agit,
mes chers Auditeurs, d'en bien comprendre l'é-
tendüe, parce que c'est de là que dépend l'exacte
mesure de la penitence. Or pour cela, je m'attache à deux importantes maximes de l'Ecriture, qui doivent corriger en nous deux des plus
visibles & des plus dangereux abus à quoy nous
soyons sujets, lors mesmes que nous voulons re-

tourner à Dieu, & dans le projet & le plan de
conversion que nous nous formons. Voicy une
instruction bien solide, & dont je vous prie de
profiter.

Premiere maxime: pour se convertir efficacement à Dieu, il ne suffit pas de faire penitence;
mais il faut faire de dignes fruits de penitence.
C'est ce que preschoit Jean-Baptiste, cet homme envoyé de Dieu, pour préparer au Seigneur
un peuple parfait. C'est ce qu'il enseignoit aux
Juifs, qui venoient l'entendre dans le desert, &
qui se présentoient à luy, pour estre baptisez.
C'est la conclusion qu'il tiroit, & qu'il leur ad-
dressoit à tous, quand il leur disoit avec ce zéle
& cet esprit d'Elie dont il estoit rempli : *Facite
ergò fructus dignos pænitentiæ.* Car, comme
remarque saint Grégoire Pape, par là ce divin
précurseur declaroit que les fruits de la penitence doivent estre distinguez de la penitence mesme, comme la substance de l'arbre l'est de ses
fruits. Par là, il leur donnoit à connoistre, que
la penitence ne se réduit pas uniquement à pleurer les pechez passez, mais à se mettre en estat de
ne les plus commettre dans l'avenir, *Transacta
flere, & illa deinceps non committere :* que pleurer les pechez passez, & mesmes y renoncer pour
toute la suite de la vie, c'est le fond & comme
la racine de la penitence; mais qu'il doit naistre
de là des fruits de grace & de salut, sans les quels
la penitence ne peut estre qu'un arbre stérile &
exposé

Luc. 3.

Greg. mag.

expofé à la malediction. Par là, il accompliffoit
dignement fon miniftere, foit à l'égard des pecheurs endurcis, en les obligeant à faire penitence; foit à l'égard des pecheurs penitens, en
leur apprenant à faire de dignes fruits de penitence; *Atque ita generalem omnibus exhibebat* Idem.
doctrinam ; non pænitentibus , ut pænitentiam
agerent; pænitentibus, ut dignos pænitentiæ fru-
ctus facerent.

Or quels font encore une fois ces fruits falutaires, ces fruits de penitence ! les voicy : réparer les pernicieux effets du peché par des œuvres
directement contraires au peché mefme, felon
fes differentes efpeces. Je m'explique. Réparer
les effets de l'ufurpation, ou d'une poffeffion injufte, par la reftitution ; réparer les effets de la
médifance, ou de la calomnie, par le reftabliffement de l'honneur & de la reputation ; réparer
les effets de l'emportement & de l'outrage, par
l'humilité de la fatisfaction ; réparer les effets de
l'inimitié & de la haine, par la fincerité de la réconciliation. Voilà, dit faint Grégoire, les dignes fruits, les fruits proportionnez, les fruits
neceffaires, les fruits non fufpects de la penitence. Tout cecy eft effentiel : écoutez-moy.

Dignes fruits de penitence, parce qu'il faut
pour les produire, que le pecheur faffe des efforts, dont il n'y a que la vraye penitence, je
veux dire, que la penitence furnaturelle, & mefmes la plus furnaturelle, qui foit capable. En effet
.H h

par quel autre motif que celuy d'une penitence
trés parfaite & toute furnaturelle, un riche avare pourra-t-il fe réfoudre à rendre un bien qu'il
a injuftement acquis, ou injuftement retenu;
mais dont il ne peut plus fe dépouiller, fans déchoir du rang où il eft, & dont la reftitution luy
devient par là quelque chofe de plus trifte & de
moins fupportable, que la mort mefme! Par
quel autre motif un homme hautain & fier,
pourra-t-il gagner fur luy de faire des démarches humiliantes, pour fatisfaire, aux dépends
de fon orgueil, à ceux qu'il a offenfez! & s'il eft
offenfé luy-mefme, par quel autre motif luy per-
fuadera-t-on d'étouffer le reffentiment de l'injure qu'il a reçeüe, & de fe réconcilier de bonne foy avec fon plus mortel ennemi! Ce ne peut
eftre là, Seigneur, que l'ouvrage de voftre main,
& un tel changement ne peut venir que de vous.
La vertu de l'homme ne va point jufques-là. Il
faut, non feulement que voftre grace vienne à
fon fecours, mais la plus puiffante de vos graces.
Il faut qu'elle luy faffe concevoir & enfanter ces
refolutions héroïques: & fans elle, l'efprit corrompu du monde les feroit immanquablement
avorter. C'eft par cette grace, ô mon Dieu, que
vous triomphez des cœurs les plus rebelles & les
plus durs: c'eft par elle que les hommes les plus
violens & les plus féroces deviennent doux &
traitables comme des agneaux; par elle que l'u-
furpateur du bien d'autruy confent à fe défaifir

de tout ce qui ne luy appartient pas; & quelquefois mefmes encore de ce qui luy appartient, en
rendant comme Zachée, non feulement au double, mais au delà. Et fi vous daignez aujour-
d'huy, Seigneur, donner benediction à ma parole, qui eft la voftre, c'eft par un effet de cette
penitence victorieufe, que l'on verra peut-eftre
dans ce faint temps, des miracles qu'on n'efperoit
plus; mais dont vos ferviteurs vous beniront, &
qui édifieront plus voftre Eglife que les miracles
mefmes par où elle s'eft eftablie : je veux dire,
des injuftices reparées, des calomnies retractées,
des querelles pacifiées , des inimitiez éteintes,
des cœurs reünis : dignes fruits, puifque le Saint
Efprit en eft l'autheur, & que ce font évidem-
ment ceux que faint Paul appelle fruits de lu-
miere, fruits de bonté, de juftice, de verité; *Fru-*   *Ephef. 5.*
ctus enim lucis eft in omni bonitate, & juftitiâ,
& veritate.

Fruits proportionnez : à quoy ? à l'offenfe.
Autrement, la penitence eft non feulement défectueufe, mais odieufe; non feulement reprouvée de Dieu, mais condamnée mefmes du monde. Car le monde mefme veut icy de la proportion. Vous vous eftes enrichi aux dépends de la
veuve & de l'orphelin ; & vous vous en croyez
quitte, pour quelques bonnes œuvres, dont, ni
l'orphelin , ni la veuve ne profiteront. Vous
avez dechiré la reputation de voftre frere ; &
fans qu'il vous en coufte rien de plus, vous vous

Hh ij

contentez de vous acquitter envers luy des simples devoirs d'une charité commune. Vous avez, pour perdre voftre ennemi, exaggeré & inventé; & toute voftre penitence fe termine à gémir devant Dieu, & à prier. Priere exécrable, dit le Sage; & moy appliquant cette expreffion à mon fujet, je dis, penitence exécrable, parce que celuy qui la fait, en la faifant mefmes, ne veut pas écouter la loy, ni l'accomplir. C'eft la raifon qu'en apporte le Saint Efprit; *Qui declinat aures fuas, ne audiat legem, oratio ejus fiet execrabilis.* Non, non, mon cher Auditeur, il n'en va pas comme vous le penfez. Dans l'ordre inviolable & indifpenfable que Dieu a eftabli, la médifance ne fe répare point par la priere, & l'injuftice par l'aumofne. Pour avoir devant Dieu le merite d'une penitence efficace, il y faut obferver les proportions prefcrites par le droit divin; & au lieu de fe faire une penitence felon fon gouft, ou mefmes felon fa dévotion, il faut fe faire une dévotion & une penitence felon les regles de la droite confcience. Or jamais une confcience droite ne vous permettra de rendre précifement à Dieu, ce que vous avez enlevé au prochain; ni d'appliquer à la charité, ce que vous devez à la juftice : à Dieu, vous dirat-elle, ce qui eft à Dieu; & à Céfar, ce qui eft à Céfar. Voilà la loy éternelle & invariable qu'elle vous oblige à fuivre.

Prov. 28.

Fruits neceffaires : car envain imaginerons-

nous des tempéramens & des accommodemens, des explications & des tours; malgré tous
les tours & toutes les explications, malgré tous
les accommodemens & tous les tempéramens,
il en faudra toûjours revenir à la décision de
saint Augustin, contre laquelle, ni la cupidité,
ni l'iniquité, ni le relaschement de la morale, ni
la corruption des usages du monde, ne prescri-
ront jamais. Si pouvant restituer un bien, dont
la conscience est chargée , vous refusez de le
rendre; quelque témoignage que vous puissiez
donner d'un cœur contrit & penitent, vous
contrefaites la penitence, mais vous ne la faites
pas : *Non agitur pœnitentia, sed fingitur.* Et si *August.*
c'est veritablement & sincérement que vous la
faites, poursuit ce saint Docteur, le peché ne
vous est pardonné qu'à condition que le dommage sera reparé : *Si autem veraciter agitur ,* *Idem.*
non remittitur peccatum , nisi restituatur abla-
tum. Or ce qui est vray des biens de fortune, l'est
également de l'honneur. Allez, tant qu'il vous
plaira, aux pieds des prestres, confesser vostre
injustice; prosternez-vous, humiliez-vous, ac-
cusez-vous : si cependant, vous ne prenez pas
& ne voulez pas prendre les mesures convena-
bles, pour restablir ce que vous avez détruit, ou
en supposant ce qui ne fut jamais, ou en réve-
lant ce qui devoit estre éternellement caché dans
les ténebres, & ce qui l'auroit esté sans la malignité de vostre cœur, ou sans l'indiscretion de

H h iij

voſtre langue, qu'eſt-ce que voſtre penitence!
un phantoſme : rien davantage. Que dis-je! c'eſt
un crime, c'eſt un ſacrilege. *Non remittitur pec-*
catum, niſi reſtituatur ablatum.

Fruits certains, & non ſuſpects. En effet, on
ne ſoupçonnera jamais un pecheur qui veut bien
ſe ſoumettre à cette réparation, de n'eſtre pas ſolidement converti. C'eſt un gage, dont les cenſeurs meſmes les plus rigides, je veux dire, dont
les confeſſeurs les plus ſeveres ne ſont pas en
droit de ſe défier. Dans tous les autres fruits de la
penitence, il peut y avoir de l'oſtentation & de
l'hypocriſie; mais icy, ni l'hypocriſie, ni l'oſtentation n'eſt point à craindre. Car il n'arrive guéres qu'un homme ſe détermine à quelque choſe
d'auſſi mortifiant, qu'il l'eſt, de rendre ce qu'il
pourroit garder, ou de ſe dédire de ce qu'il a
temerairement & fauſſement avancé, quand il
n'eſt converti qu'en apparence. Il faut l'eſtre en
effet, pour ſe condamner ainſi ſoy-meſme, &
pour ne ſe faire nulle grace. La penitence alors
ne peut donc eſtre douteuſe. Non pas aprés tout
qu'on ait une aſſeûrance entiere de ſon eſtat. Perſonne, dit le Sage, ne ſçait s'il eſt digne de haine
ou d'amour ; c'eſt un des ſecrets que Dieu s'eſt
réſervez, pour nous obliger à vivre dans une
dépendance plus abſolüe de ſa grace. Mais de
toutes les marques, à quoy l'on peut reconnoiſtre les vrais penitens, la plus infaillible, c'eſt ſans
contredit cette genereuſe réparation des effets

& des suites du peché. Réparation, qui remet le calme dans une ame; réparation, qui nous affranchit des remords de la conscience; réparation, qui nous fait gouster cette bienheureuse paix, où consiste, selon Tertullien, la felicité du pecheur justifié. *Facite ergò fructus dignos pænitentiæ.*

Mais, Chrestiens, quelle est l'illusion de nostre siecle! Au lieu de juger de la penitence par ces fruits, qui sont à toute épreuve ; on en veut juger par des pratiques trés-équivoques, & qui souvent ont plus d'éclat que de solidité. Voicy ma pensée. On voudroit voir comme autrefois les pecheurs humiliez sous la cendre, couverts de cilices, exténuez de jeusnes. Beaux dehors; mais du reste, dehors trompeurs, si cependant & avant toutes choses on ne les oblige pas à satisfaire aux devoirs naturels de la charité & de la justice. Ces loix de police & de discipline, que l'Eglise dans la suite du temps a trouvé bon de mitiger, on les voudroit encore dans toute leur rigueur, & je les y voudrois moy-mesme : mais à cette condition essentielle, que d'abord ces loix fondamentales, ces loix capitales, dont jamais, ni l'Eglise, ni Dieu-mesme n'ont dispensé, fussent observées; & c'est à quoy l'on ne pense pas : cela veut dire, que par un esprit Pharisaïque, on s'attache à l'écorce de la penitence, tandis qu'on en laisse les fruits.

Seconde maxime de l'Ecriture : il ne suffit

pas, dit saint Paul, de faire le bien devant Dieu,
pour glorifier Dieu; il faut encore le faire devant les hommes, pour édifier les hommes: *Pro-*
videntes bona, non solùm coràm Deo, sed etiam
coràm hominibus. Ainsi parloit l'Apostre; & je
dis par la mesme regle : il ne suffit pas de faire
penitence devant Dieu; il faut encore la faire
devant les hommes. On la fait devant Dieu, en
reconnoissant son peché; mais on la fait devant
les hommes, en réparant le scandale du peché,
& en ostant mesmes jusqu'aux apparences du peché. Sans cela, c'est la décision expresse de saint
Thomas & de tous les autres Theologiens aprés
luy, sans cela point de penitence.

Que ne puis-je, mes chers Auditeurs, vous
faire comprendre ce poinct de morale, dans toute son étendüe & dans toute sa force! il faut que
la penitence répare le scandale du peché. Car
malheur à nous, si nous tombions dans l'erreur
des héresiarques, qui corrompant la loy de Dieu
sous ombre de la réformer, réduisent toute la
penitence à ne pecher plus. Malheur à nous, si
renouvellant au moins par nos actions & par
nos mœurs, le dogme impie de Luther, nous
venions à nous persuader, que tout le mystere
de nostre justification fust compris dans ces paroles du Fils de Dieu mal entendües, quand il
dit à cette femme adultere : Allez, & ne commettez plus la mesme faute. *Vade, & jam am-*
plius noli peccare. En sorte que ce fust assez pour

une ame criminelle, de dire, j'ay quitté mon peché, sans qu'il luy en coustast davantage. Plus
vaine peut-estre, reprend saint Grégoire, du témoignage qu'elle se rend de ne plus pecher,
qu'elle n'est humble du souvenir d'avoir peché : ou tranquille & contente d'elle-mesme,
parce que son peché n'est plus ; & prétendant à
tous les droits de l'innocence des justes, sans
participer à l'humiliation des pecheurs. Abus,
dit ce grand Pape : le scandale du peché est une
partie du peché ; & tandis que le scandale n'est
point reparé, quoyque le peché cesse, ou pour
parler plus clairement, quoyque vous cessiez
de le commettre, il n'est point absolument détruit. Il faut donc que la penitence, aprés a-
voir pourveû à l'un, s'applique à l'autre : &
parce qu'elle ne le peut faire qu'aux dépends du
pecheur mesme, regle admirable de saint Augustin, il faut, si c'est une penitence efficace,
qu'elle abolisse le peché dans la personne du pecheur, & qu'elle confonde le pecheur pour a-
néantir le peché. Autrement, poursuit ce Pere, quel exemple tirera le prochain de vostre
conversion ! Et s'il est vray que vostre peché ait
eû les suites funestes que vous déplorez vous-
mesme ; s'il est vray, qu'en vous égarant, vous
en ayiez égaré tant d'autres : n'est-il pas de l'ordre que vous serviez à les ramener ; & n'est-ce
pas une justice que vous leur rendiez ce que
vous leur avez fait perdre, en les édifiant par

voſtre penitence, autant que vous les avez ſcandaliſez par les déreglemens de voſtre vie!

Cependant, Chreſtiens, ce n'eſt guéres ainſi que l'on raiſonne dans le ſiecle; & n'eſt-il pas
plein de ces ames mondaines, qui jugeant ſelon les deſirs de leur cœur, malgré tous les oracles du Saint Eſprit, ſe font une prudence,
mais une prudence charnelle, de ſauver du débris tout ce qu'elles en peuvent ſauver; de ſe
réſerver dans l'eſtat meſme de leur prétenduë
penitence, tout ce qui peut ſervir, ou de reſſource, ou de conſolation à leur amour propre:
tous les agrémens de la ſocieté, tout l'éclat de
la proſperité, tout le luxe & le faſte de la vanité, en un mot tout l'exterieur du peché! Qui
non contentes de paroiſtre toûjours telles qu'-
elles ont eſté, & par conſequent de l'eſtre toûjours, puiſqu'il n'eſt preſque pas poſſible dans
la pratique de ſéparer l'un de l'autre, & de retenir les apparences du peché ſans en conſerver le fond : qui, dis-je, non contentes de tenir toûjours au dehors la meſme conduite, &
de ſuivre le meſme train de vie, veulent encore agir en cela par principes & par raiſon! Or
c'eſt à ces ames préoccupées & ſeduites que
j'aurois bien aujourd'huy à repreſenter les con-
ſequences de cette erreur, en leur oppoſant la
verité que je preſche. Car eſt-ce ainſi, leur dirois-je avec tout le zéle que Dieu m'inſpire
pour leur ſalut, eſt-ce ainſi que tant de fameux

penitens se sont convertis ? Quand touchez de
l'esprit de Dieu, ils sont entrez dans la voye de
la penitence, est-ce ainsi qu'ils y ont marché ?
L'humilité, l'austerité, la retraite, n'est-ce pas
le parti qu'ils ont genereusement & hautement
embrassé ? Comment dans l'ancienne loy les
Acabs, les Nabuchodonosors ont-ils paru devant Dieu & devant les hommes ? Ne se font-ils
pas monstrez, ou plustost n'ont-ils pas cherché
à se monstrer sous le sac, & en posture de sup-
plians, pour restablir par une declaration authentique ce qu'ils avoient détruit par leurs
exemples scandaleux ? A quoy se font condamnez tant de pecheurs, revenus à Dieu dans la
loy de grace ? où se font-ils confinez ? dans des
solitudes, dans des deserts, dans des monaste-
res ; faisant un divorce éclatant avec le monde,
& sans écouter le sang & la chair, se croyant
obligez d'édifier le monde par leur renoncement mesme au monde. Aurions-nous des
Thaïs & des Pélagies, si illustres par leur penitence, si cette maxime n'avoit pas passé pour
constante dans nostre religion ? Quoy donc, ces
Saints se trompoient-ils ? estoit-ce ignorance
dans eux, ou folie ? se chargeoient-ils inutilement d'un joug qu'ils ne devoient pas porter ?
ne connoissoient-ils pas les voyes de Dieu, &
est-ce à nous seuls qu'il les a revelées ?

Ah ! Chrestiens, concluons au contraire,
que puisqu'ils marchoient dans des voyes droi-

tes & faintes, noftre égarement eft d'en vouloir prendre de plus fpatieufes & de plus larges ; mais directement oppofées au terme où la
vraye penitence doit nous conduire. Apprenons comme eux à faire ceffer, non feulement
le mal, mais les apparences du mal ; & pour cela ne nous contentons pas de craindre Dieu,
mais refpectons encore le monde. Car le monde, tout prophane qu'il eft, merite quelquefois
d'eftre refpecté ; & il ne le merite jamais mieux,
que lors qu'il condamne jufqu'aux apparences
du peché, que lors qu'il s'en fcandalife, que lors
qu'il nous en fait des crimes. Si le monde nous
paroift en cela un cenfeur fevere, édifions-nous
de fa cenfure & de fa feverité. S'il eft injufte,
profitons de fon injuftice. S'il eft railleur & médifant, rendons graces à Dieu, de ce que fa médifance mefme fert à nous rendre plus vigilans, plus reguliers, plus chreftiens. Beniffons
le Ciel, de ce que le monde, au milieu de fa
corruption, a encore ce refte de zéle pour l'integrité & la pureté des mœurs ; & de ce que le
vice n'a pas encore prévalu jufqu'à pouvoir
obtenir du monde, que le monde l'approuvaft.
Si le monde nous paroift porter fur cela trop
loin fa delicateffe, ne nous figurons pas fi aifément que le monde ait tort ; & mettons pluftoft tout le tort de noftre part, de ne vouloir
pas en croire le monde mefme dans une chofe
où le jugement mefme du monde s'accorde fi

bien avec le jugement & la loy de Dieu. Ne
respectons pas seulement les sages & les forts;
mais aussi bien que l'Apostre, les imprudens &
les foibles. Abstenons-nous comme luy, non
seulement de ce qui est criminel & illicite, mais
de ce qui nous semble innocent & permis. Pourquoy aurions-nous dans nostre conduite plus
de liberté que saint Paul? Enfin, évitons tout
ce qui donne lieu aux discours du monde, tout
ce qui fonde le jugement temeraire, tout ce qui
authorise & qui favorise le peché; tout ce qui
l'authorise dans autruy, & tout ce qui le favorise dans nous. Par là nous rendrons nostre penitence efficace; & aprés avoir retranché la matiere & la cause du peché, aprés avoir reparé
les suites & les effets du peché, il ne nous reste
plus qu'à nous assujettir aux remedes du peché.
C'est le sujet de la derniere partie.

CE n'est pas sans raison que les Peres ont con- III. Partie.
sideré le peché, sur tout quand l'habitude en
est formée, comme une dangereuse maladie,
que la penitence avoit à combattre, & contre
laquelle il estoit necessaire qu'elle employast les
plus souverains remedes. En effet, dit saint
Chrysostome, de là dépend la destinée ou bienheureuse ou malheureuse du pecheur. Bienheureuse, si touché du zéle de son salut, il se
résout à user de ces remedes salutaires que luy
prescrit la penitence. Malheureuse, si le dé-

goust qu'ils luy causent, luy en donne de l'horreur ; & si la repugnance qu'il sent à se vaincre,
les luy fait rejetter. Car il n'y a, ajouste ce Pere, que des phrénetiques, qui frappez d'un a-
veuglement encore plus déplorable que leur
mal mesme, refusent de s'assujettir à ce qui les
doit infailliblement guérir. Convenons donc,
mes chers Auditeurs, de deux obligations bien
essentielles, que la loy de Dieu nous impose, &
qui regardent les deux sortes de remedes que
nous devons prendre contre le peché. Ceux-
là pour nous en garentir, & ceux-cy pour nous
en punir ; ceux – là pour n'y plus tomber, &
ceux-cy pour l'expier ; les premiers, remedes
préservatifs ; & les seconds, si je puis ainsi parler, remedes correctifs : & par un simple usage des uns & des autres, mettons – nous en estat, sinon d'estre absolument asseûrez de nostre penitence, au moins d'en avoir une certi-
tude morale, & d'estre bien fondez à croire
qu'elle nous a fait rentrer en grace avec Dieu,
& qu'elle nous y doit conserver.

   Il n'y a personne, & cecy regarde la premiere obligation ; non, Chrestiens, il n'y a, j'ose le
dire, personne, qui par les differentes épreuves
qu'il en a faites, pour peu qu'elles ayent esté ou
accompagnées, ou suivies de reflexion, n'ait reconnu ce qui peut le préserver du peché, & ce
qui est propre à le maintenir dans l'ordre. Je
défie les ames les plus volages & les moins at-

tentives à leur conduite, de n'en pas demeurer avec moy d'accord. Car enfin, quelque dif-
fipé, quelque inconfideré, quelque emporté
mefmes, & quelque aveuglé que foit un pecheur, il ne l'eft jamais tellement, que dans le
cours de fes paffions les plus dereglées, il n'ob-
ferve encore malgré luy fes pas, ou pluftoft, fes
égaremens & fes chutes ; & que dans fes chutes,
pour griéves qu'elles foient, il ne fe rende fouvent au fond de fon cœur ce témoignage fecret : fi j'ufois de telle & de telle précaution, le
peché n'auroit plus tant d'empire fur moy, &
je pourrois mefmes entierement par là le prevenir & l'arrefter. Or je dis, mes Freres, que la
preuve convaincante d'une fincere converfion
eft de prendre dans la voye de Dieu ces pré-
cautions neceffaires, de fuivre fur cela fes veûës
particulieres & fes connoiffances, d'eftre fur cela fidelle à foy-mefme, de s'écouter foy-mefme, & de ne rien negliger de tout ce qu'on juge avoir plus de vertu pour nous foutenir &
pour nous défendre.

Ainfi, mon cher Auditeur, vous avez cent
fois éprouvé, que le plus certain & le plus puiffant préfervatif contre la cupidité & l'amour du
plaifir qui vous domine, eft l'application & le
travail ; qu'affidu à un exercice qui attache l'efprit & qui le fixe, vous vous confervez fans peine, ou avec beaucoup moins de peine, dans
l'innocence ; & que tandis que vos jours eftoient

comme parle le Prophete, des jours pleins, c'eſt à dire, des jours pleinement & utilement employez, le peché ne trouvoit nulle entrée dans voſtre cœur ; vous le ſçavez : cependant vous aimez le repos & la tranquillité ; voſtre penchant vous porte à une vie oiſive & molle ; & ce fond de pareſſe qui vous eſt naturel & que vous entretenez, vous éloigne de tout ce qui geſne l'eſprit & qui captive les ſens. En quoy conſiſte par rapport à vous l'efficace de la penitence ! c'eſt à vous prémunir de ce coſté-là vous-meſme contre vous-meſme ; c'eſt à vous occuper, puiſque le grand ſoutien de voſtre foibleſſe, eſt l'occupation ; à vous occuper par un eſprit de religion, quand vous n'y ſeriez pas engagé d'ailleurs par d'autres intereſts & d'autres devoirs ; à vous occuper par un eſprit de penitence, car c'eſt une penitence en effet trés-agréable à Dieu ; à vous occuper ſans rien rejetter de tout ce qu'il y a de plus penible & de plus fatiguant dans l'employ que la providence vous a commis ; à vous charger de tout le fardeau, fuſt-il encore plus peſant, & en duſſiez-vous eſtre accablé. Pourquoy ! parce qu'au moins eſtes-vous par là réduit à l'eſtat bienheureux de ce ſolitaire, qui diſoit, au rapport de ſaint Jeroſme, je n'ay pas le loiſir de vivre, & comment aurois-je le loiſir de pecher ! *Vivere mihi non licet, & quomodò fornicari licebit !* Bien loin donc d'enviſager cette vie laborieuſe comme

Hieron.

me

me une servitude, rendez graces à Dieu, de vous avoir donné dans voftre eftat un moyen fi honnefte & fi raifonnable, fi prefent & fi feûr, pour vous détourner du vice; & de vous avoir fait trouver dans voftre condition mefme un remede contre ces paffions fi vives, que fomente l'oifiveté, & que le feul travail peut amortir.

J'en dis autant de vous, qui n'ignorez pas, & ne pouvez ignorer à combien de chutes & de rechutes voftre fragilité tous les jours vous expofe, & quel frein feroit capable de vous retenir: que contre les plus importunes, ou les plus violentes attaques, vous trouveriez dans la frequente confeffion un fecours toûjours preft, & prefque toûjours immanquable; que muni du facrement, & de la grace qui y eft attachée, on en eft, & plus fort dans les occafions, & plus conftant dans fes refolutions; que plus vous vous en éloignez, plus vous vous affoibliffez, plus vous vous relafchez; que pour marcher dans la voye du falut avec perfeverance, il vous faut un conducteur & un guide; un homme qui vous tienne la place de Dieu, & qui par fes confeils vous affermifle dans le bien: que l'obligation de recourir à luy, & de luy rendre compte de vous-mefme, eft comme un lien qui arrefte vos legeretez & vos inconftances: en un mot, que c'eft dans le facré tribunal, & entre les mains de fes miniftres, que Dieu, pour parler avec l'Apoftre, a mis ces armes, dont nous devons nous reveſtir, pour reſiſter & pour tenir ferme au jour de la tentation. Vous en eſtes inſtruit, helas ! & vos propres malheurs ne vous l'ont que trop appris. Cependant la confeſſion vous geſne, ſur tout la confeſſion frequente : cette loy que le miniſtre du Seigneur vous impoſe de vous preſenter à luy de temps en temps, comme au medecin de voſtre ame, pour luy decouvrir vos bleſſures, vous paroiſt une loy onereuſe, & vous avez de la peine à vous en faire un engagement. Si d'abord vous vous y eſtes ſoumis, ſi vous l'avez acceptée, vous rétractez bientoſt voſtre parole, & vous ſecoüez enfin le joug. Puis-je préſumer alors que voſtre penitence ait eû cette bonne foy, cette ſincerité, qui la doit rendre valable devant Dieu ! Si cela eſtoit, dans le beſoin preſſant où vous vous trouvez, mon cher Auditeur, vous ſeriez au moins diſpoſé à vouloir guérir ; & dans cette diſpoſition, vous chercheriez le remede. Convaincu par vous-meſme de ſon utilité & de ſa neceſſité, ſans attendre qu'on vous l'ordonnaſt, vous ſeriez le premier à vous le preſcrire. Vous accompliriez à la lettre & avec joye la condition que le Preſtre, ſelon les regles de ſon miniſtere, a prudemment exigée de vous. Il vous verroit au jour marqué revenir à luy, pour reprendre auprés de luy de nouvelles forces. Vous vous feriez meſmes de voſtre fidelité & de voſtre exac-

titude, non seulement un devoir , mais une
consolation. Et que ne fait-on pas tous les jours
pour un moindre interest ! au retour d'une maladie , dont vous craignez encore les suites , à
quoy ne vous réduisez-vous pas ! de quoy ne
vous abstenez-vous pas ! est-il regime si rebutant, si mortifiant, que vous ne suiviez dans toute sa rigueur, & tel qu'il vous est prescrit ! Avez
vous de la foy, si lorsqu'il s'agit de vostre salut,
vous tenez une conduite toute opposée ; & rai-
sonnez-vous en chrestien, si vous n'observez pas
pour vostre ame, ce que vous observez avec tant
de soin, & mesmes avec tant de scrupule, pour
vostre corps ?

Achevons , & disons un mot de la seconde
obligation. Pour se convertir efficacement, il
ne suffit pas de se préserver du peché, en évitant
de le commettre ; il faut l'expier aprés l'avoir
commis ; il faut exercer contre soy-mesme cette justice vindicative , que Dieu exercera un
jour contre le pecheur impenitent. Or voicy,
mes chers Auditeurs, le dernier desordre , qui
dans la plufpart des chrestiens rend la penitence inutile & sans effet. Quelque usage que nous
fassions du sacrement de la penitence, nous ne
nous corrigeons pas ; parce qu'à mesure que
nous péchons, nous ne nous punissons pas : &
sans en chercher d'autre raison, nous vivons des
années entieres dans l'iniquité, parce que nostre
amour propre nous inspire la mollesse, & qu'en-

I i ij

nemi d'une vie auftere il nous entretient dans l'habitude d'une malheureufe impunité.

Si le chaftiment du peché, je dis le chaftiment volontaire, à quoy comme arbitres & juges dans noftre propre caufe nous nous condamnons, & qui eft proprement par rapport à nous ce qui s'appelle penitence : fi le chaftiment du peché fuivoit de prés le peché mefme; fi nous avions affez de zéle pour ne nous rien pardonner; fi malgré noftre delicateffe, autant de fois que nous oublions nos devoirs & pour chaque infidelité où nous tombons, nous avions le courage de nous impofer une peine & de nous mortifier, j'ofe le dire, Chreftiens, il n'y auroit plus de vice qu'on ne déracinaft, ni de paffion qu'on ne furmontaft.

Je ne pretends point pour cela que la penitence foit une vertu fervile, & qu'elle n'agiffe que par la crainte. Car on peut, dit faint Auguftin, fe punir par amour, on peut fe punir par zéle de fa perfection, on peut fe punir pour venger Dieu, on peut fe punir pour fe regler foymefme ; & fi c'eft par crainte que l'on fe punit, on peut fe punir par une crainte filiale, & qui procede de la charité, en s'obligeant pour rentrer en grace avec Dieu & pour luy payer le jufte tribut d'une fatisfaction qui l'honore, à faire telle ou telle œuvre de pieté, à pratiquer telle ou telle aufterité, à fe retrancher tel ou tel plaifir permis, à fe priver de telle ou de telle commodité.

Aussi, quand l'Eglise autrefois punissoit par des peines canoniques & proportionnées chaque espece de peché, elle ne croyoit pas oster par là aux fidelles cet esprit d'adoption qu'ils avoient receû dans la loy de grace, ni leur imprimer cet esprit de servitude qui avoit regné dans l'ancienne loy. Son intention, en observant cette severité de discipline, estoit de soutenir les uns, & de ramener les autres; de seconder les efforts de ceux-cy dans leur conversion, & de maintenir ceux-là dans une sainte perseverance. Telles estoient les veûës de l'Eglise; & Dieu benissant sa conduite, l'on voyoit de là tant de chrestiens conserver sans peine la grace de leur baptesme; & l'on ne pouvoit douter de la penitence & de la douleur de ceux qui l'avoient perduë, quand pour un seul peché mortel ils jeusnoient des années entieres, & se soumettoient sans resistance à des exercices aussi laborieux qu'humiliants. L'innocence florissoit alors, & la penitence estoit exemplaire, parce que le peché n'estoit point impuni. Mais aujourd'huy l'on en est quitte, & l'on en veut estre quitte à bien moins de frais; & que s'en suit-il! c'est qu'aujourd'huy l'on péche beaucoup plus hardiment, que l'on demeure dans son peché beaucoup plus tranquillement, que l'on s'en repent beaucoup plus foiblement, que l'on y renonce beaucoup plus rarement, & que presque toutes nos penitences sont vaines, ou du moins trés-

I i iij

ſuſpectes. Ces peines preſcrites par l'Egliſe ont
eſté moderées ; & dés là l'inondation des vices
a commencé, dés là la diſcipline s'eſt énervée,
dés-là le chriſtianiſme a changé de face. Tant il
eſt vray, que le pecheur a beſoin de ce ſecours,
& qu'il ne faut point compter qu'il ſoit pleinement converti, tandis qu'abandonné à luy-meſme & à ſa diſcretion, diſons pluſtoſt, à ſa laſcheté, il n'aura que de l'indulgence pour luy-meſme, & ne cherchera qu'à s'epargner.

Or faiſons maintenant, Chreſtiens, ce que
faiſoit l'Egliſe dans les premiers ſiecles ; entrons
dans les meſmes ſentimens, rempliſſons-nous du
meſme eſprit, conformons nous aux meſmes
pratiques. Souvenons-nous que ſi l'Egliſe s'eſt
relaſchée en quelque choſe ſur ce qui concerne
l'uſage de la penitence, ç'a eſté ſans préjudice des
droits de Dieu, & que là deſſus elle n'a, ni voulu, ni pû ſe relaſcher en rien : que ſi elle a conſen-
ti à changer quelques regles qu'elle-meſme avoit
eſtablies, elle n'a point touché à l'obligation eſſentielle de ſatisfaire à Dieu, qui n'eſt pas de ſon
reſſort. De là concluons, qu'à le bien prendre,
cette condeſcendance de l'Egliſe ne doit point
ſervir à authoriſer noſtre laſcheté ; parce qu'il eſt
toûjours vray, que plus nous nous ménagerons,
& moins Dieu nous ménagera ; que plus nous
nous flatterons, & moins Dieu nous pardonnera ; que moins nous nous punirons, & plus Dieu
nous punira. Car le droit de Dieu, & le meſme

droit, subsistera toûjours. Ainsi persuadez que le
peché doit estre puni en cette vie ou en l'autre,
ou par la vengeance de Dieu ou par la penitence de l'homme, *Aut à Deo vindicante, aut ab* Tertull.
homine penitente ; n'attendons pas que Dieu
luy-mesme prenne soin d'en tirer toute la satisfaction qui luy est duë. Prévenons les rigueurs
de sa justice, par la rigueur de nostre penitence.
Armons-nous d'un saint zéle contre nous mesmes; prenons les interests de Dieu contre nous-
mesmes; vengeons Dieu aux dépends de nous
mesmes. Si ceux que Dieu nous a donnez, ou
que nous avons choisis pour medecins de nos
ames, sont trop indulgens; suivant l'excellente
maxime de saint Bernard, suppléons à leur indulgence par nostre severité. S'ils ne font pas
assez rigides, ni assez exacts; soyons-le pour eux
& pour nous, puisque c'est personnellement de
nous qu'il s'agit, & que nous devons plus que
tout autre nous interesser pour nous - mesmes.
Si medicus clementior fuerit, tu age pro te ipso. Bernard.
Appliquons aux maux spirituels de nos ames des
remedes spécifiques; & selon la difference des
pechez, employons pour les punir des moyens
differens : la retraite & la séparation du monde, pour punir la licence des conversations; le si-
lence, pour punir la liberté & l'indiscretion de la
langue; la modestie dans les habits & dans l'é-
quipage, pour punir le luxe; le jeusne, pour punir les excés de bouche & les debauches; le re-

I i iiij

noncement aux plaisirs innocens, pour punir l'attachement aux plaisirs criminels. *Quis scit si convertatur, & ignoscat!* Qui sçait si le Dieu des misericordes ne se convertira pas à nous! qui le sçait! ou plustost, qui en peut douter, aprés la parole authentique qu'il nous en a donnée! En un mot, mes chers Auditeurs, retranchons la cause du peché, réparons les effets du peché, assujettissons-nous, quoyqu'il nous en couste, aux remedes du peché; & par là nous rentrerons dans le chemin du salut & de la gloire, où nous conduise &c.

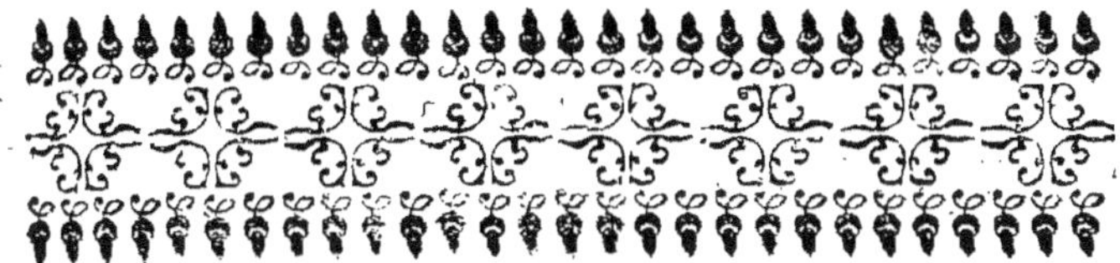

SERMON

SUR

LA NATIVITÉ

DE

JESUS-CHRIST.

Dixit illis Angelus : Nolite timere ; ecce enim evangelizo vobis gaudium magnum, quòd erit omni populo ; quia natus est vobis hodie Salvator, qui est Christus Dominus in civitate David.

L'Ange leur dit : Ne craignez point ; car je viens vous annoncer une nouvelle, qui sera pour tout le peuple le sujet d'une grande joye ; c'est qu'aujourd'huy dans la Ville de David, il vous est né un Sauveur, qui est Jésus-Christ. En saint Luc. chap. 2.

SIRE,

AInsi parla l'Ange du Seigneur ; mais il parloit à des bergers, c'est à dire, à des hommes simples, qui éloignez du monde, & veillant à la garde de leur troupeau, menoient une vie auffi innocente, qu'elle eftoit pauvre & obfcure. Il leur annonçoit un Sauveur, qui né dans une eftable, venoit honorer leur condition par le choix qu'il faifoit de leur pauvreté; & qui fe dépouillant pour les fauver, de la majefté d'un Dieu, pàroiffoit dans une créche, reveftu non feulement de la forme d'un homme, mais d'un homme inconnu comme eux, fouffrant comme eux, & à l'exception du peché, parfaitement femblable à eux. Je ne m'étonne donc pas, s'il leur difoit, *Nolite timere ,* ne craignez point. Car qu'auroient-ils pû craindre, demande faint Chryfoftome, dans un myftere où tout les confoloit; dans un myftere, où ils ne trouvoient que des fujets de benir Dieu & de le glorifier; dans une myftere, qui leur faifoit connoiftre le bonheur de leur condition, & qui par là leur rendoit leurs miferes, non feulement fupportables, mais défirables, mais aimables! je ne m'étonne pas, dis-je, fi l'Ange deputé de Dieu, leur tenoit ce langage : *Ecce evangelizo vobis gaudium magnum ;* je vous apporte une grande nouvelle, une nouvelle qui vous comblera de joye : fçavoir, qu'il vous eft né un Sauveur. *Quia natus eft vobis hodie Salvator.*

Mais, Chreftiens, dans l'obligation où je fuis d'accomplir aujourd'huy mon miniftere, & ayant l'honneur de prefcher l'Evangile de Je-

fus-Chrift dans la Cour du plus grand des Rois,
il s’en faut bien que j’aye le mefme avantage que
l’Ange du Seigneur. J’annonce auffi bien que
luy, la naiffance du Sauveur du monde ; mais
je l’annonce à des auditeurs, à qui je ne fçais fi
elle doit eftre un fujet de confolation. J’annonce un Sauveur humble & pauvre ; mais je l’annonce aux grands du monde, & aux riches du
monde. Je l’annonce à des hommes, qui pour
eftre chreftiens de profeffion , ne laiffent pas
d’eftre remplis des idées du monde. Que leur
diray-je donc, Seigneur ; & de quels termes me
ferviray-je pour leur propofer le myftere de voftre humilité & de voftre pauvreté ! Leur diray-
je, ne craignez point ! dans l’eftat où je les fup-
pofe, ce feroit les tromper. Leur diray-je, craignez ! je m’éloignerois de l’efprit du myftere
mefme que nous célebrons, & des penfées confolantes qu’il infpire & qu’il doit infpirer aux
plus grands pecheurs. Leur diray-je, affligez-
vous, pendant que tout le monde chreftien eft
dans la joye ! Leur diray-je, confolez-vous, pendant qu’à la veûë d’un Sauveur, qui condamne
toutes leurs maximes, ils ont tant de raifon de
s’affliger ! Je leur diray, ô mon Dieu, l’un &
l’autre ; & par là je fatisferay au devoir que vous
m’impofez. Je leur diray , affligez - vous , &
confolez-vous ; car je vous annonce une nouvelle, qui eft tout à la fois pour vous, un fujet
de crainte, & un fujet de joye. Ces deux fenti-

mens ſi contraires en apparence, mais également-ment fondez ſur le myſtere de Jeſus-Chriſt naiſſant, ſont déja le précis & l'abregé de tout ce que j'ay à leur dire dans ce diſcours, aprés que nous aurons imploré le ſecours du ciel, par l'interceſſion de la plus ſainte & de la plus heu-reuſe des meres. *Ave Maria.*

Luc. 2.

C'Eſtoit la deſtinée de Jeſus-Chriſt, de pa-roiſtre dans le monde comme un objet de con-tradiction ; & par un ſecret impénetrable de la providence, d'y eſtre tout à la fois, & la ruine des uns, & la reſurrection des autres. *Ecce poſi-tus eſt hic in ruinam & in reſurrectionem multo-rum.* Toute la vie de cet homme-Dieu, n'a eſté que l'accompliſſement & la ſuite de cette predi-ction. Ce n'eſt donc pas ſans raiſon que je vous ay propoſé d'abord ſa ſainte naiſſance, comme un ſujet de crainte & de joye ; de crainte, en le conſiderant, tout Sauveur qu'il eſt, comme la ruine des impies & des réprouvez ; & de joye, en le regardant comme la reſurrection des pe-cheurs qui ſe convertiſſent & qui deviennent les eſſûs de Dieu.

Appliquons-nous, Chreſtiens, cette verité. Je puis dire que toute l'affaire du ſalut conſiſte à bien ménager par rapport à Dieu ces deux ſentimens oppoſez, de joye & de crainte : & c'eſt pour cela que David inſtruiſant les grands de la terre, à qui Dieu luy faiſoit connoiſtre que cette leçon eſtoit particulierement neceſſaire, leur diſoit par une maniere de parler auſſi ſur-prenante qu'elle eſt judicieuſe & ſenſée, *Servi-* *te Domino in timore, & exultate ei cum tremo-re :* Servez-le Seigneur, & rejouïſſez-vous en luy avec tremblement. Pourquoy trembler, dit ſaint Chryſoſtome, ſi je dois me rejouïr en luy; & pourquoy me rejouïr en luy, ſi je dois trem-bler ! C'eſt, repond ce ſaint Docteur, qu'à l'é-gard de Dieu, & en matiere de ſalut, l'homme, ſoit juſte, ſoit pecheur, ne doit point avoir de joye, qui ne ſoit meſlée d'une crainte reſpec-tueuſe; ni de crainte, quoyque reſpectueuſe, qui ne ſoit accompagnée d'une ſainte joye. Car ſelon les regles les plus exactes de la religion, il ne nous eſt point permis de craindre Dieu ſans nous confier en luy, ni de nous confier en luy ſans le craindre.

Pſalm. 2.

Or je pretends, & voicy mon deſſein, je pre-tends que le myſtere de la naiſſance de Jeſus-Chriſt bien conçeû & bien medité, eſt de tous les myſteres du chriſtianiſme le plus propre à exciter en nous, & cette crainte ſalutaire, & cet-te joye ſolide & interieure. Je pretends que la veûë de ce Sauveur né dans une créche, nous fournit de puiſſans motifs de l'un & de l'autre. Motifs de crainte, ſi vous eſtes de ces mondains qui aveuglez par le Dieu du ſiecle, quittent la voye du ſalut pour ſuivre la voye du monde. Motifs de joye, ſi vous ouvrez aujourd'huy les yeux, & si vous voulez estre de ces chrestiens fidelles, qui cherchent Dieu en esprit & en verité. Motifs de crainte, si comprenant bien pourquoy Jesus-Christ est venu au monde, & de quelle maniere il y est venu, vous reconnoissez l'opposition qu'il y a entre luy & vous. Motifs de joye, si persuadez & confus de l'opposition qui se rencontre entre Jesus-Christ & vous, vous prenez enfin la resolution de vous conformer à luy, & de profiter des avantages que vous donne pour cela mesme la condition où Dieu vous a fait naistre. Selon la difference de ces deux estats & de ces deux caracteres, ou craignez, ou consolez-vous. Estes-vous du nombre des mondains ! craignez ; parce que ce mystere va vous decouvrir des veritez bien affligeantes : vous le verrez dans la premiere partie. Estes-vous, ou voulez-vous estre du nombre des chrestiens fidelles ? consolez-vous ; parce que ce mystere vous decouvrira des thresors infinis de grace & de misericorde : vous le verrez dans la seconde partie. Voilà les veritables dispositions avec les quelles vous devez vous presenter devant la créche de vostre Dieu. Rendez-vous dociles à sa parole, afin que je puisse aujourd'huy les imprimer bien avant dans vos cœurs ; & donnez-moy toute vostre attention.

I. Partie.

C'Est par la crainte du Seigneur que doit commencer le salut de l'homme ; & la charité mes-

me la plus parfaite ne feroit, ni folide, ni affeû-
rée, fi la crainte des jugemens de Dieu ne luy
fervoit de fondement & de bafe. C'eft donc a-
vec fujet qu'en vous annonçant aujourd'huy le
grand myftere du falut, qui eft la naiffance de
Jefus-Chrift noftre Sauveur, je vous y fais remarquer d'abord ce qui doit exciter en vous
cette crainte falutaire, dont voicy les puiffans
motifs. Craignez, hommes du monde, c'eft à
dire, vous qui remplis de l'efprit du monde,
vivez felon fes loix & fes maximes : craignez,
parce que le Sauveur qui vous eft né, dans les
idées pratiques mais chimeriques, que vous
vous en formez, & dans l'ufage, ou pluftoft,
dans l'abus que vous faites de fa mifericorde envers vous ; tout Sauveur qu'il eft, n'eft peut-
eftre pour vous rien moins qu'un Sauveur.
Craignez, parce que c'eft un Sauveur; mais qui
peut - eftre n'eft venu que pour voftre confufion, & pour voftre condamnation. Craignez,
parce que ce Sauveur ne pouvant vous eftre in-
different, du moment qu'il ne vous fauve pas,
doit neceffairement vous perdre. Penfées terribles pour les mondains ; mais qu'il ne tient
qu'à vous, mes chers Auditeurs, de vous rendre utiles & profitables, en les meditant dans
l'efprit d'une humble & d'une veritable côm-
ponction.

C'eft, dis-je, un Sauveur qui vous eft né :
mais qui dans les fauffes idées dont vous eftes

prévenus, n'eſt rien moins qu'un Sauveur pour vous. Comprenez ma penſée, & vous conviendrez malgré vous-meſmes de cette triſte verité.. Car vous voulez qu'il vous ſauve, mais vous vous mettez peu en peine qu'il vous delivre de vos pechez. Vous voulez qu'il vous ſauve, mais vous prétendez qu'il ne vous en couſte rien. Vous voulez qu'il vous ſauve, mais vous ne voulez pas que ce ſoit par les moyens qu'il a choiſis pour vous ſauver. Or tout cela, ce ſont autant de contradictions; & pour peu qu'il vous reſte de religion, ces contradictions énormes ſont les juſtes ſujets qui doivent aujourd'huy vous faire trembler. N'apprehendez pas que je les groſſiſſe, pour vous donner de vaines frayeurs; mais craignez pluſtoſt que mes expreſſions ne ſoient trop foibles, pour vous les faire concevoir dans toute leur étenduë & dans toute leur force.

Vous voulez que ce Dieu naiſſant ſoit pour vous un Dieu Sauveur; mais au meſme temps par une oppoſition de ſentimens & de conduite, dont peut-eſtre vous ne vous appercevez pas, vous eſtes peu en peine qu'il vous delivre de vos pechez. C'eſt pour cela néanmoins, & pour cela uniquement qu'il eſt Sauveur; & cette qualité par rapport à vous ne luy appartient, ni ne peut luy appartenir, qu'autant qu'il vous dégage des paſſions, des vices, dés habitudes, qui ſont les ſources de vos pechez, & dont vous

eſtes

eſtes les malheureux eſclaves. S'il ne vous en
delivre pas ; & ſi bien loin de ſouhaiter d'en eſtre delivrez, vous en aimez l'eſclavage & la ſervitude ; raiſonnez comme il vous plaira, ce Dieu,
quoyque Sauveur par excellence , n'eſt pour
vous ſauveur que de nom, & tout le culte que
vous luy rendez en ce jour n'eſt qu'illuſion ou
hypocriſie.

Il n'y eût jamais de conſequence plus immediate que celle-là, dans les principes & dans les
regles du chriſtianiſme que vous profeſſez.
Vous l'appellerez Jeſus, dit l'Ange à Joſeph,
& pourquoy ? parce qu'il delivrera ſon peuple
des iniquitez & des pechez qui l'accablent. *Vo-*   Matth. 1.
cabis nomen ejus Jeſum ; ipſe enim ſalvum fa-
ciet populum ſuum à peccatis eorum. Prenez
garde , mes Freres, c'eſt la remarque de ſaint
Chryſoſtome ; il ne dit pas , vous l'appellerez
Jeſus, parce qu'il delivrera ſon peuple des calamitez humaines, ſous le poids deſquelles il
gémit. Cela eſtoit bon pour ces anciens ſau-
veurs, qui ne furent que la figure de celuy-cy,
& que Dieu envoyoit au peuple Juif comme
à un peuple groſſier & charnel. Ce Jeſus dont
nous célebrons la naiſſance, eſtoit deſtiné pour
une plus haute & une plus ſainte miſſion. Il
s'agiſſoit pour nous d'une redemption plus eſſentielle & beaucoup plus parfaite. Ces maux
dont nous devions eſtre gueris, eſtoient bien
plus dangereux & plus mortels, que ceux qui

. K k

dans l'Egypte avoient affligé le peuple de Dieu;
& c'eſt pour ceux-là, dit ſaint Chryſoſtome,
qu'il nous falloit un Sauveur. Le voilà venu:
non pas encore une fois pour nous ſauver des
adverſitez & des diſgraces de cette vie; nous
ſommes indignes de la profeſſion & de la qualité de chreſtiens, ſi nous meſurons par là ſa grace, & ſi c'eſt de là que nous faiſons dépendre le
pouvoir qu'il a de nous ſauver: il ne nous a
point eſté promis de la ſorte. Mais le voilà venu
pour nous delivrer de la corruption du monde, des deſordres du monde, des erreurs du
monde. Le voilà venu pour nous affranchir du
joug de nos paſſions honteuſes, de la tyrannie
du peché à quoy nous nous ſommes aſſujettis,
de la concupiſcence de la chair qui nous domine, de l'eſprit d'orgueil dont nous ſommes poſſedez, de nos attachemens criminels, de nos
haines, de nos averſions, de nos malignes jalouſies; car ce ſont là nos vrays ennemis, & il
n'y avoit qu'un Dieu Sauveur qui nous puſt tirer d'une ſi funeſte captivité: auſſi eſt-ce pour
cela qu'il a voulu naiſtre. *Ipſe enim ſalvum faciet populum ſuum à peccatis eorum.*

Or dites-moy, Chreſtiens, eſt-ce ainſi que
vous l'avez entendu, & que vous l'entendez encore? Que chacun s'examine devant Dieu: où
eſt l'ambitieux parmi vous, qui regardant ſon
ambition comme la playe de ſon ame, en ſouhaite de bonne foy la gueriſon? où eſt l'impudi-

que & le voluptueux, qui réellement affligé de l'eftre, defire, mais efficacement & comme fon fouverain bien, de ne l'eftre plus! où eft l'homme avare & intereffé, qui honteux de fes injuftices & de fes ufures, detefte fincerement fon avarice! où eft la femme mondaine, qui écoutant fa religion, ait horreur de fa vanité, & penfe à détruire fon amour propre! De quelle paffion, de quelle inclination vicieufe & dominante, ce Sauveur vous a-t-il delivrez jufques à prefent! A quoy donc le reconnoiffez-vous comme Sauveur; & s'il eft Sauveur, par où monftrez vous qu'il eft le voftre! quelle fonction en a-t-il faite, & luy avez-vous donné lieu d'en faire à voftre égard! Or quand je vous vois fi mal difpofez, ne ferois-je pas prévaricateur, fi je vous annonçois fa venuë comme un fujet de joye! & pour vous parler en miniftre fidelle de fon Evangile, ne dois-je pas au contraire vous dire, & je vous le dis en effet: détrompez-vous, & pleurez fur vous; pourquoy! car tandis que poffedez du monde, vous demeurez en de fi criminelles difpofitions, encore que le Sauveur foit né, ce n'eft point proprement pour vous qu'il eft né: difons mieux, encore que le Sauveur foit né, vous ne profitez pas plus de fa naiffance, que s'il n'eftoit pas né pour vous.

Ah! Chreftiens, permettez-moy de faire icy une reflexion bien douloureufe, & pour vous, & pour moy; mais qui vous paroiftra bien touchante & bien édifiante. Nous déplorons le sort des Juifs, qui malgré l'avantage d'avoir vû naiſtre Jeſus-Chriſt au milieu d'eux & pour eux, ont eû néanmoins le malheur de perdre tout le fruit de ce bienfait ineſtimable, & d'eſtre ceux-meſmes qui de tous les peuples de la terre ont moins profité de cette heureuſe naiſſance. Nous les plaignons, & en les plaignant nous les condamnons ; mais nous ne prenons pas garde qu'en cela meſme leur condition, ou pluſtoſt, leur miſere & la noſtre ſont à peu prés égales. Car en quoy a conſiſté la réprobation des Juifs ? En ce qu'au lieu du vray Meſſie que Dieu leur avoit deſtiné, & qui leur eſtoit ſi neceſſaire, ils s'en ſont figurez un autre ſelon leurs groſſieres idées & ſelon les deſirs de leur cœur : en ce qu'ils n'ont compté pour rien celuy qui devoit eſtre le liberateur de leurs ames, & qu'ils n'ont penſé qu'à celuy dont ils ſe promettoient le reſtabliſſement imaginaire de leurs biens & de leurs fortunes : en ce qu'ayant confondu ces deux genres de ſalut, ou pour parler plus juſte, en ce qu'ayant rejetté l'un, & s'eſtant inutilement flattez de la vaine eſperance de l'autre, ils ont tout à la fois eſté fruſtrez & de l'un & de l'autre, & qu'il n'y a eû pour eux nulle redemption. Voilà, dit ſaint Auguſtin, quelle fut la ſource de leur perte. *Temporalia amittere metuerunt, & æterna non cogitaverunt, ac ſic utrumque amiſerunt.* Or cela meſme, mes chers

Auditeurs, n'eſt-ce pas ce qui nous perd encore tous les jours ! Car quoyque nous n'atten-
dions plus comme les Juifs un autre Meſſie;
quoyque nous nous en tenions à celuy que le
Ciel nous a envoyé, n'eſt-il pas vray, confeſ-
ſons-le, & rougiſſons-en, qu'à en juger par noſtre conduite nous ſommes à l'égard de ce Sauveur envoyé de Dieu, dans le meſme aveuglement où furent les Juifs, & où nous les voyons
encore à l'égard du Meſſie qu'ils attendent, &
en qui ils eſperent ! Je m'explique.

Nous invoquons Jeſus-Chriſt comme Sauveur; mais nous l'invoquons dans le meſme eſprit que le Juif reprouvé l'invoqueroit : c'eſt à
dire, nous l'invoquons pour des biens temporels, mais avec une indifference entiere pour les
éternels. *Temporalia amittere metuerunt, & æ-
terna non cogitaverunt.* En effet, ſommes-nous
dans l'adverſité, s'éleve-t-il contre nous une
perſecution, s'agit-il ou de la fortune, ou de
l'honneur ! c'eſt alors que nous recourons à ce
Dieu qui nous a ſauvez, & que nous voulons
encore qu'il nous ſauve : mais de quoy ! d'une
affaire qu'on nous ſuſcite, d'une maladie qui
nous afflige, d'une diſgrace qui nous humilie.
Voilà les maux qui réveillent noſtre ferveur,
qui nous rendent aſſidus à la priére, dont nous
demandons non ſeulement avec inſtance, mais
avec impatience, d'eſtre ou préſervez, ou delivrez : *Temporalia amittere metuerunt.* Mais

K k iij

ſommes-nous dans l'eſtat & dans le deſordre
d'un peché habituel, qui cauſe la mort à noſtre
ame? à peine nous ſouvenons-nous qu'il y a un
Sauveur tout-puiſſant pour nous en faire ſortir; à peine, pour l'y engager, nous addreſſons-
nous une fois à luy, & luy diſons-nous au
moins avec le Prophete: haſtez-vous, Seigneur;
tirez-moy du profond abyſme où je ſuis plon-
gé. Inſenſibles au beſoin preſſant où nous nous
trouvons, nous y demeurons tranquilles & ſans
allarmes: *Et æterna non cogitaverunt.* Que dis-
je! bien loin de courir au remede, peut-eſtre
le craignons-nous, peut-eſtre le fuyons-nous;
peut-eſtre ſommes-nous aſſez pervertis, pour
nous faire de noſtre peché meſme une felicité
ſecrette, pour nous en applaudir au fond de l'a-
me, pour nous en glorifier. Nous ſommes donc
alors, quoyque Chreſtiens, auſſi Juifs d'eſprit
& de cœur que les Juifs meſmes: & dans la
comparaiſon de leur infidelité & de la noſtre, la noſtre eſt d'autant plus condamnable,
que nous mépriſons un Sauveur, en qui nous
croyons; au lieu que les Juifs n'ont peché contre luy que parce qu'ils ne le connoiſſoient pas,
& c'eſt ce qui doit nous faire trembler.

Noſtre aveuglement va encore plus loin.
Nous voulons que ce Dieu fait chair nous ſauve; mais nous prétendons qu'il ne nous en couſte rien. Autre contradiction, & autre ſujet de
noſtre crainte. Car il n'eſt Sauveur pour nous

qu'à une condition ; & cette condition, c'est
que nous nous sauverons nous-mesmes avec
luy & par luy. Il nous a créez sans nous, ce sont
les paroles de saint Augustin que l'on vous a
dites cent fois, & dont je voudrois aujourd'-
huy vous faire pénetrer toute la consequence: il
nous a créez sans nous, mais il ne luy a pas plû,
& jamais il ne luy plaira de nous sauver sans
nous. Il veut que l'ouvrage de nostre salut, ou
plustost, que l'accomplissement de ce grand ouvrage dépende de nous, & que sans nous en attribuer la gloire, nous en partagions avec luy le
travail. Comme Sauveur, il est venu faire penitence pour nous; mais sans préjudice de celle
que nous devons faire nous-mesmes, & pour
nousmesmes. Comme Sauveur, il a prié, il a
pleuré, il a merité pour nous; mais il veut que
nos priéres jointes à ses priéres, que nos larmes
meslées avec ses larmes, que nos œuvres sancti-
fiéespar ses œuvres, achevent en nous cette redemption dont il est l'autheur, & dont sans nous
il ne seroit pas le consommateur. Comme Sauveur, il s'est fait dans la créche nostre victime,
& il a commencé dés-lors à s'immoler pour
nous; mais il veut que nous soyons prests à nous
immoler avec luy : & il le veut tellement, il a
tellement fait dépendre de là l'efficace & la vertu de son sacrifice par rapport à nostre salut,
que tout Sauveur qu'il est, remarquez cecy, c'est
à dire, que tout disposé qu'il est en nostre fa-

K k iiij

veur, que quoyqu'il nous ait aimez jusqu'à se faire homme pour nous; malgré tout son amour, malgré tout ce qu'il luy en couste pour naistre parmi nous & comme nous, il consent néanmoins plustost que nous périssions, plustost que nous nous damnions, plustost que nous soyons éternellement exclus du nombre de ses prédestinez, que de nous sauver de cette redemption gratuite telle que nous l'entendons; parce que sous ombre d'honorer sa grace, en luy attribuant nostre salut, nous ne la ferions servir qu'à fomenter nos desordres.

Il faut donc, & il le faut necessairement, que pour estre sauvez, il nous en couste, comme il luy en a cousté. C'est la loy qu'il a establie. Loy que saint Paul observoit avec tant de fidelité, quand il disoit : *Adimpleo ea quæ desunt passionum Christi in carne meâ :* J'accomplis dans ma chair ce qui a manqué aux souffrances de la chair innocente & virginale de Jesus-Christ. Loy generale & absoluë, dont jamais Dieu n'a dispensé, ni ne dispensera. Cependant, hommes du siecle, vous voulez estre exempts de cette loy : elle vous paroist trop dure & trop onéreuse, & vous cherchez à en secoüer le joug. Vous voulez le salut; mais vous le voulez sans condition & sans charge. Vous le voulez, pourveû qu'on n'exige de vous ni assujettissement, ni contrainte, ni effort, ni victoire sur vous-mesmes. Vous le voulez, mais sans l'achepter,

Coloss. 1.

& fans y rien mettre du voftre. Car en effet,
que vous en coufte-t-il, & en quoy oferez-vous
me dire que vous y coopérez ! que facrifiez-
vous pour cela à Dieu ! quelles violences vous
faites-vous à vous-mefmes ! Mais auffi Dieu
m'oblige-t-il à vous declarer de fa part, que
tandis que vous vous en tenez là, ce falut que
Jefus-Chrift eft venu apporter au monde, n'eft
point pour vous, & que vous n'y devez rien
prétendre. Or de là concluez, fi la naiffance de
ce Dieu-Homme a de quoy vous raffeûrer &
vous confoler.

Enfin, vous voulez qu'il vous fauve, mais
par une troifieme contradiction qui ne me femble pas moins étonnante, vous ne voulez pas
que ce foit par les moyens qu'il a choifis pour
vous fauver. Quoyque ces moyens ayent efté
concertez & refolus dans le confeil de fa fageffe éternelle, ils ne vous plaifent pas. Quoyqu'ils
foient confacrez dans fa perfonne, & authorifez
par fon exemple, vous ne les pouvez goufter.
Et quels font-ils ! la haine du monde & de vous-
mefmes, le détachement du monde & de fes
biens, le renoncement au monde & à fes plaifirs, à fes honneurs, la pauvreté de cœur, l'humilité de cœur, la mortification des fens, &
l'aufterité de la vie. Tout cela vous choque, &
vous fait horreur. Vous voudriez des moyens
plus proportionnez à vos idées, & plus conformes à vos inclinations : & moy je vous dis que

c'eſt pour cela que vous devez trembler. Pourquoy! parce qu'indépendamment de vos idées & de vos inclinations, il eſt certain d'une part que ce Dieu naiſſant ne vous ſauvera jamais par d'autres moyens que ceux qu'il a marquez ; & qu'il eſt évident de l'autre, que jamais ces moyens qu'il a marquez pour vous ſauver, ne vous ſauveront, tandis que vous voudrez ſuivre vos inclinations & vos idées. Vous voulez qu'il vous ſauve ſelon voſtre gouſt, qui vous perd, & qui vous a perdus. Voilà le triſte myſtere que j'avois d'abord à vous annoncer, d'autant plus triſte pour vous, ſi vous l'entendez & ſi vous n'en profitez pas.

Mais je veux vous le rendre encore plus ſenſible par une ſuppoſition que je vais faire. Peuteſtre vous ſurprendra-t-elle ; & faſſe le Ciel qu'elle vous ſurprenne aſſez, pour vous forcer à reconnoiſtre voſtre infidelité ſecrette, & à prendre des ſentimens plus chreſtiens ! Dites moy, mes chers Auditeurs, ſi Dieu vous avoit envoyé un Jeſus-Chriſt tout different de celuy que nous croyons ; c'eſt à dire, s'il vous eſtoit venu du ciel un Sauveur auſſi favorable à la cupidité des hommes, que celuy que nous adorons y eſt contraire : ſi au lieu de vous annoncer comme l'Ange, que ce Meſſie eſt un Sauveur pauvre & humble, né dans l'obſcurité d'une eſtable, je vous aſſeûrois aujourd'huy, que cela n'eſt pas, qu'on vous a trompez, que c'eſt un Sauveur d'un caractere tout opposé; qu'il est né dans l'éclat & dans la pompe, dans la fortune, dans l'abondance, dans les aises & les plaisirs de la vie, & que ce sont là les moyens à quoy il a attaché vostre salut, & sur quoy il a entrepris de fonder sa religion : si par un renversement qui ne peut estre, mais que nous pouvons nous figurer, la chose se trouvoit ainsi, & que ce que j'appelle supposition, fust une verité, marquez-moy ce que vous auriez à corriger dans vos sentimens, & à réformer dans vostre conduite, pour vous accommoder à ce nouvel Evangile. Changeant de créance, seriez-vous obligez de changer de mœurs. Faudroit-il renoncer à ce que vous estes, pour estre dans l'estat de perfection où ce Sauveur vous voudroit alors ! ou plustost, sans rien changer à ce que vous estes, ne vous trouveriez-vous pas alors de parfaits chrestiens; & n'auriez-vous pas de quoy vous feliciter d'un systeme de religion, d'où dépendroit vostre salut, & qui se rapporteroit si bien à vostre goust, à vos maximes, & à toutes les regles de vie que le monde vous prescrit ! N'est-ce pas alors que je devrois vous dire : ne craignez point; car voicy au contraire un grand sujet de joye pour vous : *Evangelizo vobis gaudium magnum.* Et **Luc. 2.** quoy ! c'est qu'il vous est né un Sauveur, mais un Sauveur à vostre gré & selon vos desirs, un Sauveur commode, un Sauveur suivant les principes duquel il vous sera permis de satisfaire vos

paſſions; un Sauveur qui bien loin de les contredire, les approuvera, les authoriſera : or voyant
un tel Sauveur, conſolez-vous. Ne ſerois-je pas,
dis-je, bien fondé à vous parler de la ſorte ; &
en m'écoutant ne vous diriez-vous pas à vous-
meſmes, remplis d'une joye ſecrette : voilà le
Sauveur & le Dieu qu'il me falloit. Ah ! Chreſtiens , je le confeſſe , dans ce nouveau ſyſteme
de religion vous auriez droit de vous rejouir ;
mais vous eſtes trop éclairez, pour ne pas conclure de là, que ce qui feroit alors voſtre conſolation, doit aujourd'huy vous ſaiſir de frayeur.
Car puiſque ſuppoſé cet Evangile prétendu, je
pourrois vous dire que je vous apporte une
heureuſe nouvelle ; en vous preſchant un Evangile directement contraire à celuy-là, je ſuis obligé de vous tenir tout un autre langage. Je dois
au hazard de troubler la joye de l'Egliſe, qui
eſt une joye ſainte, troubler la voſtre, qui dans
l'aveuglement où vous vivez, n'eſt qu'une joye
fauſſe & préſomptueuſe. Je dois vous dire :
tremblez ; pourquoy ! c'eſt qu'il vous eſt né un
Sauveur, mais un Sauveur qui ſemble n'eſtre
venu au monde que pour voſtre confuſion &
pour voſtre condamnation ; un Sauveur oppoſé à toutes vos inclinations, un Sauveur ennemi du monde & de tous ſes biens ; un Sauveur
pauvre, humilié, ſouffrant. Veritez affligeantes ; & pour qui ! Pour vous, mondains : c'eſt à
dire, pour vous, riches du monde, poſſedez de

vos richeffes, & enyvrez de voftre fortune; pour vous, ambitieux du monde, éblotiis d'un vain éclat, & adorateurs des pompes humaines; pour vous, fenfuels & voluptueux du monde, idolâtres de vous-mefmes, & tout occupez de vos plaifirs. Cependant, aprés avoir confideré ce myftere de crainte, ce myftere de douleur que je découvre d'abord dans la naiffance d'un Dieu-Homme; voyons, Chreftiens, le myftere de confolation qu'elle renferme, & quelle part vous y pouvez avoir. C'eft la feconde partie.

QUelque vaine que foit devant Dieu la difference des conditions, & quelque honneur que Dieu fe faffe dans l'Ecriture, d'eftre un Dieu égal à tous; qui n'a égard, ni aux qualitez, ni aux rangs, & qui ne fait acception de perfonne; *Non eft perfonarum acceptor Deus :* il eft néanmoins vray, Chreftiens, que dans l'ordre de la grace, la prédilection de Dieu, fi j'ofe me fervir de ce terme, a toûjours parû eftre pour les pauvres & pour les petits préferablement aux grands & aux riches. N'en cherchons point la raifon, & contentons-nous d'adorer en cecy les confeils de Dieu, qui felon l'Apoftre, fait mifericorde à qui il luy plaift, & juftice à qui il luy plaift. Prédilection de Dieu, que tout l'Evangile nous prefche; mais qui nous eft marquée vifiblement & authentiquement dans l'au-

II. PARTIE.

Act. 10.

guste mystere que nous célebrons. Car qui sont ceux que Dieu choisit les premiers pour leur réveler la naissance de son Fils! des bergers, c'est à dire, des pauvres attachez à leur travail, des hommes inconnus au monde, & contents de leur obscurité & de la simplicité de leur estat. Ce sont là ceux, dit excellemment saint Ambroise, dont Jesus-Christ fait les premiers essûs, ceux qu'il appelle les premiers à sa connoissance, ceux dont il veut recevoir les premiers hommages; ceux qui paroissent comme les premiers domestiques de ce Dieu naissant, & qui environnent son berceau, pendant que les Grands de la Judée, que les riches de Jerusalem, que les sçavans & les esprits forts de la Synagogue, abandonnez, pour ainsi parler, & livrez à euxmesmes, demeurent dans les ténebres de leur infidelité, & semblent n'avoir nulle part à la naissance du Sauveur.

Oüy, mes Freres, disoit saint Paul aux Corinthiens, voilà les prémices de vostre vocation : des foibles choisis pour confondre les puissans, des simples pour confondre les sages, des sujets vils & méprisables selon le monde pour confondre dans le monde ce qu'il y a de plus éclatant & de plus élevé. C'est par où le Christianisme a commencé; telle fut l'origine de l'Eglise, qui selon la remarque de saint Chrysostome, estoit alors toute renfermée dans l'estable de Bethléem, puisque hors de là Jesus-

Chrift n'eftoit point connu. Et c'eft, Grands du monde qui m'ecoutez, ce qui devroit aujourd'-huy vous affliger, ou mefmes vous defoler, fi Dieu par fon aimable providence n'avoit pris foin d'y pourvoir. Mais raffeûrez-vous ; & convaincus comme vous l'allez eftre de l'immenfité de fes mifericordes, malgré les malheureux engagemens de vos conditions, confiez-vous en luy. Car voicy trois grands fujets de confolation, que je tire du myftere mefme dont nous faifons la folemnité. Rendez-vous y attentifs ; & aprés l'avoir medité, cet ineffable myftere, avec tremblement & avec crainte, gouftez en maintenant toute la douceur : *Ecce enim evangelizo vobis gaudium magnum.*

En effet, quelque expofez que vous foyez à la corruption du fiecle, & quelque éloignez que vous paroiffiez du Royaume de Dieu, Jefus-Chrift ne vous rebutte point ; & bien loin de vous rejetter, il ne vient au monde que pour vous attirer à luy : grace ineftimable, à laquelle vous devez répondre. Quelque apparente contrarieté, qu'il y ait entre voftre eftat & l'eftat de Jefus-Chrift naiffant, fans ceffer d'eftre ce que vous eftes, il ne tient qu'à vous d'avoir avec luy une fainte reffemblance : fecret important de voftre predeftination, que vous ne devez pas ignorer. Quelque danger qu'il y ait dans la grandeur humaine, & de quelque malediction qu'ayent efté frappées les richeffes du monde, vous pouvez vous en servir, comme d'autant de moyens propres, pour honorer Jesus-Christ & pour luy rendre le culte particulier qu'il attend de vous : avantage infini, dont vous devez profiter, & qui doit estre comme le fonds de vos esperances. Encore un moment de reflexion pour des veritez si touchantes.

Non, mes chers Auditeurs, quoyque Jesus-Christ par un choix special & divin, ait voulu naistre dans la bassesse & dans l'humiliation, il n'a point rejetté pour cela la grandeur du monde ; & je ne craints point de vous scandaliser, en disant, que dés sa naissance, bien loin de la dédaigner, il a eû des égards pour elle, jusqu'à la rechercher mesmes & à se l'attirer. L'Evangile qu'on vous a lû, en est une preuve bien évidente. Car en mesme temps que ce Dieu Sauveur appelle des bergers & des pauvres à son berceau, il y appelle aussi des Mages, des hommes puissans & opulens, des Roys, si nous en croyons la tradition. En mesme temps qu'il depute un Ange à ceux-là, il fait luire une étoile pour ceux-cy. En mesme temps que ceux-là, pour venir le reconnoistre & l'adorer, quittent leurs troupeaux, ceux-cy abandonnent leur pays, leurs biens, leurs Estats. De sçavoir qui des uns & des autres l'honorent le plus, ou luy sont plus chers, c'est ce que je n'entreprends pas encore de décider. Mais sans en faire la comparaison, au moins est-il vray que les uns & les autres sont

receus

receûs dans l'eſtable de ce Dieu-homme ; au moins eſt-il vray que ce Dieu caché ſous le voile de l'enfance, ſe manifeſte aux uns & aux autres, & que la préference qu'il donne aux petits n'eſt point une excluſion pour les grands.

Or cette penſée ſeule, hommes du monde, ne doit elle pas ranimer toute voſtre confiance, & n'eſt-elle pas plus que ſuffiſante pour vous fortifier & pour vous encourager ! Mais de-là meſmes il s'enſuit encore quelque choſe de plus conſolant pour vous. Et quoy ! C'eſt qu'il eſt donc conſtant que Jeſus-Chriſt dans le miſtere de ſa naiſſance, indépendamment de la prédilection qu'il peut avoir pour les uns préferablement aux autres, a bien plus fait au fond pour les grands que pour les petits ; & que dans un ſens, les grands qu'il a appellez, luy ſont beaucoup plus redevables : comment cela ? C'eſt, dit ſaint Chryſoſtome, qu'il a fallu une vocation plus forte, pour attirer à Jeſus-Chriſt des grands, des puiſſans du ſiecle, tels qu'eſtoient les Mages, que pour y attirer des Paſteurs, dont l'ignorance & la foibleſſe ſembloient eſtre déja comme des diſpoſitions naturelles à l'humilité de la foy. Dans ceux-cy rien ne reſiſtoit à Dieu ; mais dans ceux-là la grace de Jeſus-Chriſt eût tout à combattre & à vaincre ; c'eſt à dire, le monde, avec toutes ſes concupiſcences. Cependant, c'eſt le miracle qu'elle a operé ; & voilà l'inſigne victoire que la foy de Jeſus-Chriſt

. LI

1. Joan. 5.

naissant a remportée sur le monde. *Hæc est vi-ctoria quæ vincit mundum, fides nostra.* Foy triomphante & victorieuse, qui malgré l'or-gueil du monde a eû assez de pouvoir sur leurs esprits, pour leur faire adorer dans un enfant le Verbe de Dieu & sa sagesse; qui malgré le liber-tinage du monde, a fait assez d'impression sur leurs cœurs, pour en arracher les passions les plus enracinées ; a esté assez efficace, pour les captiver sous le joug de la religion chrestienne.

Aprés cela, qui que vous soyez, & quelque rang que vous teniez dans le monde, plaignez-vous que vostre Dieu réprouve vostre condi-tion, ou que vostre condition vous éloigne de Dieu. Non, Chrestiens, elle ne vous en éloi-gne point, ni vostre Dieu ne la réprouve point. Elle ne vous en éloigne point, puisque vous voyez que luy-mesme il la previent des graces les plus abondantes : & il ne la réprouve point, puis qu'un de ses premiers soins en venant au monde, est de la sanctifier dans les Mages & de la réformer en vous. Il réprouve les abus & les desordres de vostre condition ; il en réprouve le faste, il en réprouve le luxe, il en réprouve la mollesse, il en réprouve la dureté & l'impie-té; mais sans la réprouver elle-mesme, puisque c'est pour elle & pour vous-mesmes, qu'il ouvre aujourd'huy le tresor de ses misericordes les plus efficaces & les plus particulieres. Comme il est le Dieu de toutes les conditions, & qu'il

vient pour ſauver tous les hommes, ſans nul
diſcernement de conditions ; il veut que dés
ſon berceau où il commence déja à faire l'office
de Sauveur, on voye à ſa ſuite & des grands &
des petits, & des riches & des pauvres, & des
maiſtres & des ſujets. Approchons, & approchons tous ; allons à ſa créche, & allons y tous.
C'eſt de ſa créche qu'il nous appelle, de ſa créche qu'il nous tend les bras, de ſa créche qu'il
veut répandre ſur nous & ſur nous tous les meſmes benedictions.

Mais aprés tout, quel rapport peut-il y avoir
entre ſa pauvreté & l'opulence, entre ſes abbaiſſemens & la grandeur, entre ſa miſere & les aiſes de la vie ? A cela je réponds par une ſeconde propoſition que j'ay avancée, & que je re-
prends. Je dis qu'il ne tient qu'à vous, ſans ceſſer d'eſtre ce que vous eſtes, de vous rendre
ſemblables à Jeſus-Chriſt naiſſant ; & malgré
toute la contrarieté, qui paroiſt entre voſtre eſtat & le ſien, d'avoir avec luy cette conformité parfaite, ſur la quelle eſt fondée, ſelon ſaint
Paul, la predeſtination de l'homme. Il faut pour
eſtre reconnu de Dieu, & pour avoir part à ſa
gloire, porter le caractere de cet enfant qui vient
de naiſtre, & luy reſſembler ; & c'eſt de luy, &
de luy ſeul à la lettre, qu'on peut bien nous
dire : *Niſi efficiamini ſicut parvulus iſte, non in-*   Matth. 18.
trabitis in regnum cœlorum. Il y a d'abord de
quoy vous troubler, de quoy meſmes vous eſ-

LI ij

frayer: mais écoutez ce que j'ajouſte. Car je pretends qu'il ne vous eſt, ni impoſſible, ni meſmes difficile, en demeurant dans voſtre condition, de parvenir à cette divine reſſemblance; pourquoy ! parce que comme chreſtiens, vous pouvez eſtre grands & humbles de cœur, riches & pauvres de cœur, puiſſans & modeſtes ou circoncis de cœur. Or du moment que vous joignez l'humilité à la grandeur, la modeſtie à la puiſſance, le détachement des richeſſes aux richeſſes meſmes, dés-là il n'y a plus d'oppoſition entre l'eſtat de Jeſus-Chriſt & le voſtre. Au contraire, c'eſt juſtement par là que vous avez l'avantage d'eſtre plus conformes à ce modelle des predeſtinez : c'eſt par là que vous en eſtes dans le monde des copies plus achevées. Car le caractere de ce Sauveur n'eſt pas préciſement d'eſtre pauvre & humble , mais d'eſtre grand & humble tout à la fois, ou pluſtoſt, humble & la grandeur meſme, puiſque ſon humilité ne l'empeſche point d'eſtre Fils du trés-Haut. Or voilà, mes chers Auditeurs, ce qu'il n'appartient qu'à vous , dans le rang où Dieu vous a placez, de pouvoir parfaitement imiter. Ceux que l'obſcurité de leur naiſſance ou la mediocrité de leur fortune confond parmi la multitude, ne peuvent, ce ſemble, arriver-là. A quelque degré de ſainteté qu'ils s'élevent, leur humilité ne repreſente point, ni n'exprime point celle d'un Dieu anéanti : il faut pour cela de la dignité,

& de la diſtinction ſelon le monde. Un grand
qui ſans rien perdre de tous les avantages de ſa
condition, ſçait pratiquer toute l'humilité de
ſa religion ; un grand petit à ſes yeux, & qui
ſans oublier jamais qu'il eſt pecheur & mortel,
ſe tient devant Dieu dans le reſpect & dans la
crainte ; un grand qui peut dire à Dieu comme
David : Seigneur, mon cœur ne s'eſt point en-
flé, & mes yeux ne ſe ſont point élevez ; *Domi-* Pſalm. 130.
ne, non eſt exaltatum cor meum, neque elati ſunt
oculi mei : Je ne me ſuis point ébloüi de l'éclat
du monde qui m'environne, & jamais l'orgueil ne m'a porté à des entrepriſes, ou audeſſus
de moy, ou contraires à la charité & à la juſtice ; *Neque ambulavi in magnis nec in mirabili-* Ibidem.
bus ſuper me : Un grand rempli de ces ſentimens, eſt le parfait imitateur du Dieu dont
nous célebrons aujourd'huy les anéantiſſemens
adorables. Un grand dans ces diſpoſitions, eſt
ce vray chreſtien qui s'humilie comme le divin
enfant que nous preſente l'eſtable de Béthleem ;
Qui ſe humiliaverit ſicut parvulus iſte : & c'eſt Matth. 18.
à luy, c'eſt à ce grand, que j'oſe encore appliquer les paroles ſuivantes ; *Hic major eſt in re-*
gno cælorum. Un grand ſur la terre ſanctifié de
la ſorte, eſt non ſeulement grand, mais le plus
grand dans le Royaume du ciel.

C'eſt donc ainſi que le Sauveur du monde attire à ſon berceau, des grands & des riches auſſi bien que des pauvres, & des petits : & quels

sont-ils encore une fois ces grands, ces riches, ou quels doivent-ils estre ! Jugeons-en toûjours par l'exemple des Mages, si propre au lieu où je parle, & dont le rapport est si étroit avec le mystere que je presche. Ah ! Chrestiens, ce sont des grands qui semblent n'estre grands, que pour faire paroistre dans leur conduite une humilité plus profonde, une obeissance plus prompte, une soumission aux ordres du Ciel plus entiere, en suivant l'étoile du Dieu humilié qui les appelle à luy : & voilà les grands à qui le Dieu des humbles se fait connoistre aussi bien qu'aux petits, parce qu'ils luy ressemblent aussi bien, & mesmes encore plus que les petits. Ce sont des riches, qui bien loin de mettre leur cœur dans leurs richesses, mettent leurs richesses aux pieds de l'Agneau, & se font un merite d'y renoncer; & voilà les riches que le Dieu des pauvres ne dédaigne pas, parce que souvent jusques au milieu de leurs richesses, il les trouve plus pauvres de cœur, que les pauvres mesmes. Or n'est-ce pas de quoy vous devez bénir millefois le ciel : je dis vous, qui dans vostre élevation, dans vostre fortune, pouvez avoir part aux mesmes avantages; & si vous prenez bien l'esprit de vostre religion, n'avez-vous pas de quoy rendre à Dieu d'éternelles actions de graces, lorsqu'il vous donne tant de facilité à vous sanctifier jusques dans les conditions qui par elles-mesmes semblent les plus opposées à la sainteté ?

Je vais encore plus loin ; car quelque dange-reuſe que ſoit la grandeur du monde , quelque reprouvées que ſoient les richeſſes du monde, j'avance une troiſieme propoſition non moins inconteſtable : ſçavoir, qu'il nè tient qu'à vous de vous en ſervir, pour rendre à Jeſus-Chriſt naiſſant l'hommage & le culte particulier qu'il attend de vous, & voicy de quelle maniere j'en-tends la choſe. C'eſt qu'en qualité de Dieu hum-ble, il veut eſtre honoré & glorifié ; & qu'en qualité de Dieu pauvre , il veut eſtre aſſiſté & ſoulagé. Voilà le double tribut qu'il exige de vous, & ce qui fait la benediction de voſtre eſ-tat : pouvoir conſacrer à Jeſus-Chriſt ce qui ſe-roit autrement la cauſe fatale de voſtre damna-tion & de voſtre perte. Quels treſors de grace pour vous, ſi vous les ſçavez recueillir ! Je m'ex-plique.

Comme Dieu humble , il veut eſtre honoré & glorifié : c'eſt pour cela qu'au milieu de la Gentilité, il va chercher des adorateurs; & quels adorateurs ! des hommes diſtinguez par leur di-gnité, qui proſternez devant ſa créche & anéan-tis en ſa preſence, luy font plus d'honneur & luy procurent plus de gloire, que les bergers de la Judée, avec toute leur ferveur & tout leur zé-le. En effet, rien ne l'honore plus, ni ne luy doit eſtre plus glorieux que les hommages des grands. Or de quel autre que de vous-meſmes dépend-il de luy donner cette gloire dont il eſt

L l iiij

jaloux ! Pourquoy dans le monde avez-vous de
l'authorité ! Pourquoy Dieu vous a-t-il fait ce
que vous estes ! Que ne pouvez-vous pas pour
luy ; & en comparaison de ce que vous pouvez,
que fait le reste du monde ! C'est par vous que
la religion de ce Dieu-homme devient vénerable : c'est par vous que son culte s'establit plus
promptement, plus solidement, plus universellement, & c'est vostre exemple qui l'authorise.
Quel usage pouvez-vous faire de vostre puis-
fance plus digne ou aussi digne de vous que celuy-là ! & que vous en couste-t-il pour le faire,
sinon de le vouloir ! C'est par là que vous devez
estimer vos conditions; c'est dans cette veuë seule qu'il vous est permis de les aimer, & de vous
y plaire. Hors de là, elles vous doivent faire gémir ; mais vostre consolation doit estre de penser, que par elles il vous est aisé de relever la
grandeur & de porter plus hautement que les
autres les interests d'un Dieu qui s'est tant abbaissé.

Achevons. Comme Dieu pauvre, il veut estre soulagé & assisté, non plus dans luy-mesme,
mais dans ses membres qui sont les pauvres :
car je ne m'acquitterois pas pleinement de mon
ministere, si j'oubliois aujourd'huy les membres de Jesus-Christ. Pour peu que vous soyez
chrestiens, vous portez une sainte envie à ces
bienheureux Mages, qui venus des extremitez
de l'orient, ne parurent point les mains vuides

devant ce Sauveur, mais luy offrirent des presens qu'il accepta & qu'il agréa. Et moy je vous dis, qu'il veut recevoir de voftre main les mefmes offrandes. Je vous dis, que fans le chercher fi loin, vous le trouvez au milieu de vous, parce qu'il y eft en effet, & qu'il y eft dans des lieux, dans des eftats, où il n'a pas moins à fouffrir & où il n'eft pas moins abandonné que dans l'eftable de Béthleem. Je vous dis, que ces pauvres qui vous environnent & que vous voyez, mais encore bien plus ceux que vous ne voyez pas & qui ne peuvent vous approcher, font à voftre égard ce Jefus-Chrift mefme à qui les Mages, à qui les bergers prefenterent, les uns de l'or & de l'encens, & les autres des fruits de leurs campagnes : qu'il eft de la foy, que ce que vous donnez aux pauvres, vous le donnez à Jefus-Chrift; & j'ofe dire avec plus de merite, lorfqu'il paffe par les mains des pauvres, que fi vous le portiez immediatement vous-mefmes dans les mains de Jefus-Chrift. Dés-là, & quel fonds de confiance! dés-là, dis-je, vos richeffes, obftacles fi dangereux pour le falut, dans l'ordre mefme du falut n'ont plus rien que d'innocent, que de falutaire pour vous. Dés-là elles n'ont plus ce caractere de réprobation, que l'Ecriture leur attribüe. Dés-là elles ne choquent plus la pauvreté de Jefus-Chrift, puifqu'elles font au contraire le fupplément & le foutien de la pauvreté que Jefus-Chrift a choifie; puifque Jefus-Chrift entre dans une sainte communauté avec vous & qu'il s'enrichit de vos biens, comme il vous fait participer à ses merites. Dés-là sanctifiées par ce partage, elles changent, pour ainsi dire, de nature; & de tresors d'iniquité qu'elles estoient, elles deviennent la precieuse matiere de la plus excellente des vertus, qui est la charité. Dés-là ces terribles anathesmes que le Fils de Dieu dans l'Evangile fulminoit contre les riches, ne tombent plus sur vous : pourquoy ! parce que Jesus-Christ, dit saint Chrysostome, est trop juste & trop fidelle, pour donner sa malediction à des richesses qui luy sont consacrées, & qu'il vous demande luy-mesme. Heureux, s'écrioit le Prophete royal, celuy qui comprend le mystere de l'indigent & du pauvre, & je le dis avec plus de sujet que luy : car c'est sur tout pour un chrestien, que le pauvre est un mystere de foy. Mais remontant au principe, j'ajouste : heureux celuy qui comprend le mystere d'un Dieu pauvre & d'un Dieu humilié ! *Beatus qui intelligit.*

Psalm. 40.

Parce qu'il s'est humilié, dit saint Paul, Dieu a voulu, pour l'élever, qu'à son seul nom toute la terre fléchist le genouil; & c'est dans les Cours des Princes que la prediction de saint Paul se verifie plus authentiquement, puisque les Puissances du monde que nous y réverons, ont une grace particuliere, pour honorer cet homme-Dieu qui s'est anéanti pour nous. C'est par là

que ce Dieu Sauveur, comme dit saint Chry-
soſtome, eſt dedommagé des humiliations de
ſa naiſſance. Je ſçais, & il eſt vray, que dés ſa
naiſſance meſme il nous eſt repreſenté dans l'E-
vangile, perſecuté par Herodes, & obéiſſant à
Auguſte : voilà par où noſtre religion a commencé. Mais graces à la providence, le monde
a bien changé de face : car pour ma conſolation, je vois aujourd'huy le plus grand des Roys
obéiſſant à Jeſus-Chriſt, & employant tout ſon
pouvoir à faire regner Jeſus-Chriſt; & voilà ce
que j'appelle, non pas le progrés, mais le couronnement & la gloire de noſtre religion.

Pour cela, Sire, il falloit un Monarque auſſi puiſſant & auſſi abſolu que vous. Comme jamais Prince n'a eû l'avantage d'eſtre ſi bien o-
béi, ni ſi bien ſervi que Voſtre Majeſté; auſſi
jamais Prince n'a-t-il receû du Ciel tant de talens & tant de graces pour faire ſervir & obéir
Dieu dans ſon Eſtat. Voſtre bonheur, Sire, eſt
de ne l'avoir jamais entrepris qu'avec des ſuccés viſibles ; & le mien, dans la place que j'oc-
cupe depuis ſi long-temps, eſt d'avoir toûjours
eû de nouveaux ſujets pour vous en feliciter.
C'eſt ce qui a attiré ſur voſtre perſonne ſacrée
ces benedictions abondantes, que nous regardons comme les prodiges de noſtre ſiecle. On
nous vante le regne d'Auguſte, ſous lequel Jeſus-Chriſt eſt né, comme un regne floriſſant;
& moy dans le parallele qu'il me ſeroit aiſé d'en

faire icy, je n'y trouve rien que je puisse comparer au regne de Vostre Majesté. On attribuë les prosperitez dont Dieu vous a comblé, aux vertus royales & aux qualitez heroïques qui vous ont si hautement distingué entre tous les Monarques de l'Europe ; & moy portant plus loin mes veûës, je regarde ces prosperitez comme les recompenses éclatantes du zéle de Vostre Majesté pour la vraye religion ; de son application constante à maintenir l'integrité & la pureté de la foy ; de sa fermeté & de sa force à réprimer l'heresie, à exterminer l'erreur, à abolir le schisme, à restablir l'unité du culte de Dieu. Pouviez-vous, Sire, nous en convaincre, & en convaincre toute l'Europe par une plus illustre preuve, que par le plus solemnel de tous les traitez, glorieux monûment de vostre pieté ! Pour donner la paix au monde chrestien, Vostre Majesté a sacrifié sans peine ses interests, mais a-t-elle sacrifié les interests de Dieu ! Touchée en faveur de son peuple, elle a bien voulu, pour terminer une guerre qui n'estoit pour elle qu'une suite de conquestes, se relascher de ses droits ; mais a-t-on pû obtenir d'elle qu'elle se relaschast en rien de ce que son zéle pour Dieu luy avoit fait aussi saintement entreprendre que genereusement exécuter ! Malgré les negotiations infinies de tant de Nations assemblées, malgré tous les efforts de la politique mondaine, vostre zéle, Sire, pour la foy catho-

lique a triomphé; voſtre grand ouvrage de l'extinction & de l'abolition du ſchiſme a ſubſiſté;
ou pluſtoſt, il s'eſt affermi. A cette condition,
Voſtre Majeſté ſur toute autre choſe s'eſt renduë facile & traitable: mais ſur le poinct de la
religion elle s'eſt monſtrée inflexible; & par là
l'hereſie a deſeſperé de trouver jamais grace devant ſes yeux. Or c'eſt pour cela, Seigneur,
puis-je dire à Dieu, que vous ajouſterez jours
ſur jours à la vie de ce grand Roy, *Dies ſuper* Pſal. 60.
dies Regis adjicies; & que vous prolongerez ſes
années de generation en generation, *& annos* ibidem.
ejus uſque in diem generationis & generatio-
nis.

Mais je n'en ſuis pas réduit, Sire, à former
là-deſſus de ſimples vœux. Dés maintenant mes
vœux ſont accomplis; & la priére que j'en ay
faite cent fois à Dieu, ſans préjudice de l'avenir,
me paroiſt déja exaucée. Car depuis l'eſtabliſſement de la Monarchie, aucun de nos Roys a-
t-il regné, & ſi long-temps, & ſi heureuſement,
& ſi glorieuſement que Voſtre Majeſté! Et pour
le bonheur de la France, non ſeulement Voſtre Majeſté regne encore; mais nous avons des
gages ſolides, & preſque des aſſeûrances, qu'elle
regnera juſqu'à l'accompliſſement le plus parfait qu'ait eû jamais pour un Roy cette ſainte
priére, *Dies ſuper dies Regis adjicies.* Depuis
l'eſtabliſſement de la Monarchie aucun de nos
Roys a-t-il veû dans ſon auguſte famille autant

de degrez de generations & d'alliances, que Voſtre Majeſté en voit aujourd'huy dans la ſienne!
Et ſans eſtre, ni Oracle, ni Prophete, j'oſe pre-
dire avec confiance à Voſtre Majeſté; du moins
j'oſe eſperer pour elle, qu'elle n'en demeurera
pas là : mais qu'un jour elle verra les fruits de
cet heureux mariage qu'elle vient de faire, &
qui étendra ſes années à une nouvelle generation ; *Et annos ejus uſque in diem generationis
& generationis.* Aprés tant de glorieux travaux, voilà, Sire, les benedictions de douceur,
dont vous allez deſormais joüir, & que Dieu
vous préparoit : une profonde paix dans voſtre
Eſtat ; un peuple fidelle, & devoué à toutes vos
volontez ; une Cour tranquille & ſoumiſe, at-
tentive à vous rendre ſes hommages & à meriter vos graces ; la Famille Royale dans une
union qui n'a peut-eſtre point d'exemple, &
que rien n'eſt capable d'altérer ; un Fils digne
heritier de voſtre Throſne, & qui n'eût jamais
d'autre paſſion que de vous plaire ; un Petit-
fils formé par vous, & déja eſtabli par vous ;
une Princeſſe, ſon épouſe, voſtre conſolation &
voſtre joye ; de jeunes Princes dont vous devez tout vous promettre, & qui déja repondent
parfaitement aux eſperances que vous en avez
conceûës. Voilà, dis-je, les dons de Dieu
qui vous eſtoient réſervez. *Ecce ſic benedice-
tur homo qui timet Dominum :* C'eſt ainſi, concluoit David, que ſera béni l'homme qui craint

Pſalm. 127.

le Seigneur ; & c'eſt ainſi qu'eſt bénie Voſtre Majeſté.

Mais encore une fois, ô mon Dieu, c'eſt pour cela meſme que vous multiplierez les jours de cet auguſte Monarque, & que vous le conſerverez, non ſeulement pour nous, mais pour vous-meſme. Car avec une ame auſſi grande, avec une religion auſſi pure, avec une ſageſſe auſſi éclairée, avec une authorité auſſi abſoluë que la ſienne, que ne fera-t-il pas pour vous, aprés ce que vous avez fait pour luy ; & par quels retours ne reconnoiſtra-t-il pas les graces immenſes que vous avez verſées & que vous verſez encore tous les jours ſur luy ! Qu'il me ſoit donc permis, Seigneur, de finir icy en le felicitant de voſtre protection divine, & en luy diſant à luy-meſme ce qu'un de vos Prophetes dit à un Prince bien moins digne d'un tel ſouhait : *Rex in æternum vive :* Vivez, Sire, *Dan. 3.* vivez ſous cette main de Dieu bien-faiſante & toute-puiſſante, qui ne vous a jamais manqué & qui ne vous manquera jamais. Vivez pour la conſolation de vos ſujets, & pour mettre le comble à voſtre gloire : ou pluſtoſt, puiſque vous eſtes l'homme de la droite de Dieu, vivez, Sire, pour la gloire & pour les intereſts de Dieu. Vivez pour faire connoiſtre, adorer & ſervir Dieu. Vivez pour conſommer ce grand deſſein de la réunion de l'Egliſe de Dieu. Vivez pour la deſtruction de l'iniquité, de l'erreur, du libertinage qui sont les ennemis de Dieu. Vivez en Roy chrestien, & vous meriterez par là le salut éternel qu'un Dieu Sauveur vient an-noncer au monde, & qui est la recompense des essûs que je vous souhaite, &c.

TABLE

AVERTISSEMENT.

Comme bien des personnes, sur-
tout les Prédicateurs, n'ont pas
toûjours le loisir de lire tout un Sermon,
& qu'ils sont quelquefois bien aises d'en
voir d'abord toute la suite, on a cru leur
faire plaisir de réduire les Sermons contenus dans chaque volume, & d'en mettre l'abregé à la fin du volume, en forme de Table. On pourra tirer encore de
ces abregez deux autres avantages. Car
plusieurs apprendront de là, comment,
en composant un discours, on doit avant
toutes choses en arranger la matiere &
luy donner de l'ordre. Et comparant ensuite les Abregez avec les Sermons, on
verra de quelle maniere on peût éten-

Mm

dre, orner, & relever par l'expreſſion
les penſées meſmes les plus ſimples & les
plus communes.

TABLE
DES SERMONS,
AVEC

l'Abregé de chaque Sermon.

Sermon pour la Feste de tous les Saints,
fur la Récompenfe des Saints, *page 1.*

SUJET. *Réjoüiffez-vous, & faites éclater vof-*
tre joye : car une grande récompenfe vous eft re-
fervée dans le ciel. Jefus-Chrift dans ces paroles nous
propofe la gloire celefte comme une récompenfe : &
en cela mefme il nous fait connoiftre que nous pouvons aimer & fervir Dieu par intereft, pourveû que
ce ne foit point un intereft fervil, mais un intereft
chreftien. Or on ne peut mieux juger de l'excellence & des avantages de cette récompenfe qui nous eft
promife dans le ciel, que par comparaifon avec les
récompenfes du monde ; & c'eft le fujet de ce difcours. p. 1. 2. 3.

DIVISION. La récompenfe des Saints eft une
récompenfe feûre ; au lieu que les récompenfes du
monde font douteufes & incertaines, 1. Partie. La
récompenfe des Saints eft une récompenfe abondan-

M m ij

te ; au lieu que les récompenses du monde sont vuides & defectueuses, 2. Partie. La récompense des
Saints est une récompense éternelle ; au lieu que les
récompenses du monde sont caduques & perissables,
3. Partie. p. 3. 4. 5.

I. P A R T I E. Récompenses du monde récompenses douteuses & incertaines ; au lieu que la
récompense des Saints est une récompense seûre.
Preuves tirées de deux passages de saint Paul. *Je
sçais*, disoit-il, *à qui j'ay confié mon depost , c'est à
dire, le fonds des merites que je tasche d'acquerir ;
& je suis certain qu'il sçaura me le garder pour ce
grand jour, où chacun recevra selon ses œuvres. J'ay
achevé ma course*, adjoustoit l'Apostre : *il ne me reste
que d'attendre la couronne de justice, que le Seigneur
me donnera comme juste juge, & qu'il reserve à tous
ceux qui le servent.* p. 5. 6. 7.

C'est ainsi que nous pouvons & que nous devons
nous dire à nous-mesmes : *Scio cui credidi*. Je ne
sçais si je meriteray la récompense que Dieu prepare à ses eslûs; mais je sçais que si je la merite, je l'auray. Je ne suis pas seûr de moy ; mais je suis seûr
du Dieu que je sers, parce que je suis seûr de sa
bonté , de sa fidelité , de sa puissance. Les Saints en
estoient seûrs , & cette asseûrance soutenoit leur zéle & leur ferveur. p. 7. 8.

Un mondain ne peut tenir ce langage à l'égard
du monde & des récompenses du monde ; mais souvent il doit dire tout au contraire : je sçais que par
rapport au monde , j'ay fait mon devoir ; mais je ne
sçais si le monde m'en tiendra compte : je suis seûr
de moy ; mais je ne suis pas seûr de ceux qui sont les
maistres & les distributeurs des graces. Il peut di-

re dans un fens tout oppofé à celuy de faint Paul : *Scio cui credidi* ; je fçais quel eft ce monde à qui je me fuis attaché, & combien il y a peu de fonds à faire fur luy. Or n'avoir rien fur quoy l'on puiffe compter, c'eft ce qui afflige & ce qui defole. p. 8. 9.

Trois caufes de l'incertitude des récompenfes du monde. 1. C'eft qu'il y a des merites que les hommes ne connoiffent pas. 2. C'eft qu'il y a des merites, quoyque connus des hommes, qui ne leur plaifent pas. 3. C'eft qu'il y a des merites que les hommes eftiment & dont ils font mefmes touchez ; mais qu'ils ne récompenfent pas, parce qu'ils ne le peuvent pas. p. 10.

1. Des merites que les hommes ne connoiffent pas. Par ce feul principe, combien dans le monde de merites perdus ? Mais Dieu connoift tous nos merites. Il connoift les merites obfcurs auffi bien que les éclatants : fujet de confolation pour les humbles. Il connoift jufques à nos intentions & à nos defirs : fujet de confolation pour les foibles. Il connoift jufques à nos moindres actions : fujet de confolation pour les pauvres. Il connoift dans chaque action tout fon prix, & il y proportionne la récompenfe : fujet de confolation pour les ames fidelles & ferventes. Par rapport au monde, point de merites que le temps n'efface : mais Dieu n'oublie rien. p. 10. 11. 12. 13.

2. Des merites, quoyque connus des hommes, qui ne leur plaifent pas : foit par l'alienation des cœurs, foit par la contrarieté des interefts, foit par jaloufie. Mais comme Dieu hait neceffairement le peché, auffi ne peut-il pas ne point aimer le me-

M m iij

rite des œuvres chrestiennes , & en l'aimant ne le point couronner. p. 14. 15.

3. Des merites que les hommes ne récompensent pas , parce qu'ils ne le peuvent pas. Ils ne sont, ni assez riches , ni assez puissants. Au lieu que rien ne peut excéder le pouvoir de Dieu , qui est infini. p. 15. 16.

Nous sommes donc seûrs de Dieu. D'où David tiroit cette sainte conclusion : qu'*il vaut bien mieux se confier dans le Seigneur , que dans les hommes , & dans les Princes mesmes de la terre.* p. 16. 17.

Ce n'est pas qu'on ne puisse & qu'on ne doive servir les Princes & les maistres du siecle : mais à combien plus forte raison devons-nous servir Dieu ; & si nous avons tant d'ardeur pour des récompenses qui par tant de raisons nous peuvent manquer, combien sommes nous inexcusables de ne rien faire pour cette recompense souveraine qu'un Dieu nous asseûre ? p. 17. 18.

II. Partie. Récompenses du monde , récompenses vuides & defectueuses ; au lieu que la récompense des Saints est une récompense abondante. Car c'est une récompense, 1. qui surpasse, ou du moins qui égale nos services ; 2. qui par elle mesme est capable de nous rendre parfaitement heureux. Deux propriétez dont nulle ne convient aux récompenses du monde. p. 19. 20.

1. Récompense qui surpasse tous nos services. Que ne fait-on pas tous les jours pour la fortune du monde ; & dés qu'on y est parvenu, par combien d'épreuves n'en reconnoist-on pas la vanité & le néant ? beaucoup de travail & peu de fruict. p. 20. 21. 22.

Mais le moindre degré de la gloire des Saints est infiniment au dessus de tout ce qu'ils ont entrepris ou souffert pour Dieu. Ce qui faisoit dire à saint Paul, que *toutes les souffrances de la vie, ne sont pas dignes de la gloire que Dieu nous reserve.* Venez, est-il dit au bon serviteur dans l'Evangile : *vous avez esté fidelle en peu de choses : entrez dans la joye de vostre Dieu,* parce que la joye de vostre Dieu est trop grande pour entrer dans vous. p. 22. 23. 24.

2. Récompense capable par elle-mesme de nous rendre parfaitement heureux. Voit-on des grands & des riches dans le monde qui soient contents ? Ne forment-ils pas sans cesse de nouveaux desirs, parce qu'ils ne trouvent rien, ni dans les biens, ni dans les honneurs du monde qui remplisse leur cœur ? p. 24. 25. 26.

Mais, *Seigneur,* s'écrioit David, *je seray rassasié, quand vous me decouvrirez vostre gloire.* La foy mesme nous l'enseigne ; & nous n'en devons point estre surpris, puisque Dieu ou la possession de Dieu sera la récompense des Saints. p. 26. 27. 28.

Un prejugé sensible de cette verité, c'est qu'en effet dés cette vie nous voyons des hommes, qui se tiennent & qui sont réellement heureux de ne posseder que Dieu & de ne s'attacher qu'à Dieu. Nous ne voyons point de riches contents de leurs richesses, d'ambitieux contents de leur fortune, de sensuels contents de leurs plaisirs : & nous voyons des pauvres Evangeliques contents de leur pauvreté, des humbles contents de leurs abbaissemens, des chrestiens crucifiez & morts au monde contents de leurs austeritez & de leurs croix. p. 29. 30.

M m iiij

Quelle onction interieure n'ay-je pas gousté moy-
mesme, Seigneur, à certains momens, où vous ban-
nissiez de mon cœur les vains plaisirs, pour y entrer
à leur place ? *Et intrabas pro eis.* Or si Dieu remplit ainsi nostre cœur sur la terre, que sera-ce dans
le ciel ? p. 31. 32.

   I I I. PARTIE. Récompenses du monde, récompenses caduques & perissables; au lieu que la récompense des Saints est une récompense éternelle. Les Athletes courent dans la carriere & combattent, pourquoy ? pour une couronne corruptible : mais nous, reprenoit l'Apostre, si nous travaillons, c'est pour une couronne immortelle. p.
32. 33.

   En effet, toutes les récompenses du monde sont
passageres. Combien de fortunes avons-nous veû
tomber ? combien tombent encore tous les jours ; &
de celles qui paroissent maintenant les mieux esta-
blies, combien tomberont ? toutes au moins finis-
sent à la mort. Or cela seul ne doit-il pas suffire
pour nous en detacher ? Si ceux que nous avons connus les plus avides des récompenses du siecle, a-
voient pû prévoir ce qui devoit leur arriver, bien
loin de les rechercher avec tant d'ardeur, ils n'auroient pû gagner sur eux de faire seulement une partie de ce qu'ils ont fait, & de se donner tant de peines pour des biens si peu durables. p. 33. 34. 35.
36.

   Il n'y a que la récompense des justes qui ne passe
point, parce qu'*elle est en Dieu* qui ne peut changer.
Eternité de puissance, éternité de bonheur, éternité
de gloire, telle est l'heureuse destinée des eslûs de
Dieu. p. 36. 37.

Nous voyons dés maintenant comme un rayon de cette gloire dans ce culte perpetuel que l'Eglise rend aux Saints, & qu'elle leur rendra jufques à la fin des fiecles. C'eft pour cela que leurs feftes font inftituées, & que chaque année on renouvelle le fouvenir de leurs vertus. p. 38. 39.

Pouvons-nous donc affez eftimer cette récompenfe éternelle ? Malheur à nous fi toute noftre récompenfe eft pour ce monde, & fi nos noms ne font *écrits que fur la terre*. Au contraire, fuffions-nous felon le monde les plus malheureux des hommes, fi cependant nos noms font *écrits dans le ciel*, confolons-nous & difons avec l'Apoftre : *un moment de tribulation & d'une tribulation legere, me procurera un poids éternel de gloire*. p. 39. 40. 41.

Efperance par où les Saints ont triomphé du monde. Pourquoy ne les imitons-nous pas ? c'eft que nous ne confiderons pas comme eux cette bienheureufe immortalité où ils afpiroient. Mais envain celebrons-nous leurs feftes, envain les invoquons-nous & implorons-nous leur fecours, fi nous ne fuivons pas leurs exemples. p. 41. 42.

Priére aux Saints, pour demander leur protection. Mais du refte affeûrez de leur protection, vivons comme eux, fi nous voulons eftre glorifiez comme eux. p. 42. 43. 44.

Compliment au Roy. p. 44. 45. 46.

Sermon pour le I. Dimanche de l'Avent, sur le Jugement dernier. *page 47.*

S U J E T. *Alors ils verront le Fils de l'homme venir sur une nuée, avec une grande puissance & une grande majesté.* Le terme de majesté n'est attribué à Jesus-Christ dans l'Evangile, que lorsqu'il s'agit du jugement universel : & il est remarquable que cet homme-Dieu n'a pris la qualité de Roy qu'en deux occasions. 1. Dans sa Passion, quand il comparut devant Pilate. 2. Dans la description qu'il nous a faite du jugement mesme. Aussi est-ce proprement aux Monarques & aux souverains qu'il appartient de juger. Mais du reste, si c'est le propre des Roys de juger les peuples, c'est le propre de Dieu de juger les Roys : & ce jugement où seront appellez sans distinction les Roys & les peuples, est l'importante matiere de ce discours. p. 47. 48. 49. 50.

DIVISION. Dieu, dit Tertullien, est misericordieux de son fonds, & juste du nostre. Si donc il est severe dans ses jugemens, c'est de nous-mesmes que procede cette severité; & quand il nous jugera, il ne nous jugera que par nous-mesmes. Or il y a sur tout deux choses dans nous qu'il produira contre nous ; nostre foy, & nostre raison. Il se servira de nostre foy pour nous juger comme chrestiens. 1. Partie. Il se servira de nostre raison pour nous juger comme hommes. 2. Partie. p. 50. 51. 52.

I. PARTIE. Dieu se servira de nostre foy pour nous juger. La foy mesme des payens entrera dans le jugement que Dieu fera des chrestiens : c'est à dire, felon la penfée de Tertullien, que Dieu confondra la froideur & l'indifference des chrestiens dans fon fervice, par le zéle des payens pour leurs fauffes divinitez. Or fi la foy des payens doit fervir de la forte à nous juger, que fera-ce de noftre propre foy ? Dieu nous jugera par elle, 1. foit que nous l'ayions confervée, 2. foit que dans le cœur nous l'ayions renoncée & abandonnée. p. 52. 53. 54.

Suppofant donc d'abord que nous ayions toûjours confervé la foy, Dieu nous jugera par noftre foy : comment ? 1. C'eft que noftre foy nous accufera devant Dieu. 2. C'eft que noftre foy fervira de témoin contre nous au tribunal de Dieu. 3. C'eft que noftre foy dictera elle-mefme l'arreft de noftre condamnation, fi nous fommes reprouvez de Dieu. p. 54.

1. Noftre foy nous accufera devant Dieu. Jefus-Chrift luy-mefme nous l'apprend. *Ne penfez pas que ce foit moy qui doive vous accufer devant mon Pere : vous avez un accufateur, qui eft Moyfe.* Or en difant aux juifs que Moyfe, c'eft à dire, la loy de Moyfe devoit les accufer au jugement de Dieu, n'eftoit-ce pas nous dire, à nous qui fommes chrestiens, qu'à ce jugement l'Evangile nous accuferoit nous-mefmes ? Saint Paul nous enfeigne la mefme verité, lorfque parlant aux Romains il leur dit, que dans le jugement dernier *les penfées des hommes s'accuferont mutuellement, & fe defendront.* p. 55. 56.

2. Noftre foy fervira de témoin contre nous au tribunal de Dieu. Comme les juftes l'auront honorée par leurs œuvres, elle leur rendra temoignage

pour temoignage : & parce que les pecheurs au contraire l'auront démentie dans la pratique & dans leurs actions, elle leur rendra temoignage contre temoignage. Tu croyois un Dieu, dira-t-elle au pecheur ; mais tu ne t'es pas mis en peine de le servir. p. 57. 58.

3. Noſtre foy dictera elle-meſme l'arreſt de noſtre condamnation, ſi nous ſommes reprouvez de Dieu. Toutes ces maledictions de l'Evangile, *malheur à vous, riches; malheur à vous, hypocrites; malheur au monde*, & les autres, qui ne ſont maintenant que des menaces, ſe changeront en autant d'arreſts & d'arreſts definitifs. Et voilà le ſens de cette parole de ſaint Jean, *celuy qui croit, ne ſera point jugé :* pourquoy ? parce qu'il eſt déja tout jugé. p. 58. 59. 60.

Ma religion me jugera : penſée touchante, mais ſur tout penſée terrible. Cette religion ſi ſainte condamnera ma vie criminelle. Juge qu'il ne ſera point en mon pouvoir de recuſer. La croix de Jeſus-Chriſt, cette croix l'abregé des veritez de la foy, me ſera preſentée, & Dieu employera à ma perte juſqu'à l'inſtrument de mon ſalut. C'eſt à quoy nous ne penſons pas preſentement ; mais c'eſt ce qui nous remplira alors d'effroy. Maintenant noſtre foy eſt languiſſante & preſque morte : mais Dieu la ranimera & la reſſuſcitera avec nous. Or cette foy ranimée & reſſuſcitée demandera juſtice, contre qui ? contre nous-meſmes. p. 60. 61. 62. 63. 64.

Mais ſi nous avons perdu la foy, & que nous ſoyions tombez dans l'irreligion, ſera-ce encore par la foy que Dieu nous jugera ? oüy ; & nous ſerons alors jugez comme deſerteurs de la foy. Car aprés l'avoir embraſſée, il ne nous eſtoit plus permis de l'abandonner. Un payen ne ſera pas ainſi jugé, parce qu'il n'a jamais eû la foy : au lieu qu'un homme ſoûmis par le bapteſme à la loy chreſtienne, & devenu apoſtat, trouvera dans ſon apoſtaſie ſon jugement. p. 65. 66. 67.

Et il ne faut point dire que Dieu dans la profeſſion de noſtre foy nous a faits libres : car cette liberté ne va pas juſques à pouvoir renoncer la foy quand il nous plaira. Dieu donc nous en demandera compte, & qu'aurons-nous à luy répondre ? ſur tout quand il nous fera voir, comment la foy a convaincu le monde entier, comment nous avons quitté ſon parti, & quelles ont eſté les deux vrayes cauſes de noſtre infidelité, ſçavoir le libertinage de l'eſprit & le libertinage du cœur. p. 67. 68. 69. 70.

En appellerons-nous à noſtre raiſon ? mais noſtre raiſon elle-meſme nous condamnera juſques dans la perte de noſtre foy. D'ailleurs, qui ſommes-nous pour vouloir entrer en raiſonnement avec Dieu, & quel ſuccés en pouvons-nous attendre ? Telle eſt néanmoins la reſſource de l'homme criminel & libertin. Il veut traiter avec Dieu par voye de raiſon. Par conſequent il veut eſtre jugé par ſa raiſon, & c'eſt auſſi l'autre tribunal où il ſera preſenté. p. 70. 71. 72.

II. Partie. Dieu ſe ſervira de noſtre raiſon pour nous juger. Indépendamment de la foy nous avons une raiſon qui nous gouverne. Raiſon obſcurcie par le peché ; mais toûjours néanmoins aſſez éclairée pour nous conduire, avec le ſecours de la grace. Or ſoit que nous la conſiderions dans ſa pureté, & dans ſon integrité, c'eſt à dire, dans l'eſtat où nous l'avons receüe de Dieu en naiſſant ; ſoit que nous la conſiderions dans ſa corruption, c'eſt à dire, dans l'eſtat où ſouvent nous la réduiſons par nos deſordres, il eſt certain que Dieu pour nous juger, ſe ſervira également, & de ſes connoiſſances naturelles, & de ſes erreurs. p. 72. 73.

Dieu nous jugera par la droite raiſon. 1. Nous choquons ouvertement cette raiſon, & Dieu la ſuſcitera contre nous. 2. Nous ne voulons pas écouter cette raiſon, & Dieu nous la fera entendre malgré nous. 3. Nous nous formons des pretextes pour engager cette raiſon dans le parti de noſtre paſſion ; & Dieu les diſſipera, & nous decouvrira ce qu'il y avoit de plus caché dans nous. p. 73. 74.

1. Nous pechons ouvertement contre les veûës de noſtre raiſon, & c'eſt par où Dieu d'abord nous jugera. Car enfin, dira-t-il à un libertin, vous vous piquiez de raiſon ; mais voſtre vie a-t-elle eſté une vie raiſonnable ? ces impudicitez, ces debauches, ces violences, ces injuſtices, tout cela eſtoit-il ſelon la raiſon ? Et voilà la penſée qui troubloit ſaint Auguſtin dans ſon peché & au milieu de ſes plaiſirs criminels. p. 74. 75. 76. 77.

2. Nous ne voulons pas en mille rencontres écouter noſtre raiſon, & Dieu nous forcera à l'entendre. Ce qui nous empeſche maintenant de nous rendre attentifs à ſa voix, c'eſt le tumulte de nos paſſions, ce ſont les objets qui frappent nos ſens. Mais au jugement de Dieu toutes nos paſſions ſeront éteintes, & nous n'aurons plus les meſmes objets pour nous diſſiper. p. 77. 78. 79.

3. Nous nous formons mille pretextes pour engager noſtre raiſon dans les intereſts de noſtre

paſſion : mais que fera Dieu ? il confondra tous ces pretextes, en ſe ſervant & de ſes propres lumieres, & des lumieres meſmes de noſtre raiſon, pour nous faire voir les vrays motifs qui nous ont fait agir: envie, vengeance, intereſt, orgueil, hypocriſie. p.79.80.

Si noſtre raiſon a eſté dans l'erreur, Dieu nous jugera encore par elle, & comment ? non point préciſement par noſtre raiſon trompée : mais 1. par noſtre raiſon trompée ſur certains articles, tandis qu'elle aura eſté ſi éclairée ſur d'autres. 2. par noſtre raiſon trompée à certains temps de la vie, aprés avoir eſté ſi éclaircée en d'autres temps. De cette droiture de raiſon que aurons eûe, 1. ſur toutes les autres affaires, qui ne nous touchoient point ; 2. à certains temps où nous n'eſtions point dominez par la paſſion, Dieu tirera des preuves invincibles pour nous condamner. p. 81. 82. 83.

Concluſion : c'eſt donc de nous ſervir de noſtre foy & de noſtre raiſon, pour nous juger nous-meſmes dés cette vie, afin que Dieu ne nous juge point ; de rentrer dans nous-meſmes, & de nous appliquer à nous connoiſtre nous-meſmes dés maintenant, afin que cette veûë de nous-meſmes ne nous trouble point à la mort, ni aprés la mort. Car ſi la veûë de nous-meſmes nous fait dés à preſent tant de peine, combien nous tourmentera-t-elle au jugement de Dieu ? Voilà ce qui a ſaiſi les Saints de frayeur. Priére, pour demander à Dieu, qu'à ce grand jour où nous paroiſtrons devant luy, il nous défende de nous-meſmes, c'eſt à dire, de noſtre foy & de noſtre raiſon, parce que c'eſt ce que nous aurons ſur tout à craindre. p. 84. 85. 86. 87. 88.

Sermon pour le II. Dimanche de l'Avent,
sur le Scandale. *page 89.*

SUJET. *Jesus-Christ leur répondit : Allez dire à Jean, ce que vous avez veû & entendu. Les aveugles voyent, les boiteux marchent, les sourds entendent, les morts ressuscitent, & heureux celuy qui ne sera point scandalisé de moy.* Aprés tant de miracles, n'est-il pas surprenant que Jesus-Christ ait esté un sujet de scandale pour le monde? Ce monde prophane & impie, s'est scandalisé de sa personne, de sa doctrine, de sa loy, de sa croix, de sa mort. Cependant rendons gloire à Dieu ; ce scandale enfin a cessé. Jesus-Christ a triomphé du monde, sa doctrine a esté reçeûë, & son Evangile a prévalu. Mais si nous ne nous scandalisons plus de Jesus-Christ, nous scandalisons Jesus-Christ en scandalisant nos freres qui sont ses membres, & c'est de ce scandale qu'il est parlé dans ce discours. p. 89. 90. 91.

DIVISION. Jesus-Christ disoit : *Heureux celuy qui ne sera point scandalisé de moy* ; & par une consequence toute opposée, nous devons conclure que malheureux est celuy qui scandalise Jesus-Christ, en scandalisant le prochain. Malheureux celuy qui cause le scandale. 1. Partie. Mais doublement malheureux, celuy qui cause le scandale, quand il est specialement obligé à donner l'exemple. 2. Partie. p. 92. 93. 94.

I. PARTIE. Malheureux celuy qui cause le scandale. Pourquoy ? 1. parce qu'il est homicide devant
Dieu

Dieu de toutes les ames qu'il scandalise. 2. parce qu'il se charge devant Dieu de tous les crimes de ceux qu'il scandalise. p. 94. 95.

1. Quiconque est autheur du scandale, selon tous les principes de la religion, est homicide des ames qu'il scandalise. Peché monstrueux, peché diabolique, peché contre le Saint Esprit, peché essentiellement opposé à la redemption de Jesus-Christ, peché dont nous aurons singulierement à rendre compte à Dieu ; mais sur tout peché d'autant plus dangereux, que souvent on le commet sans avoir mesmes intention de le commettre, & qu'il est attaché à des choses, dont on ne se fait nul scrupule. p. 95. 96.

Peché monstrueux : car quelle horreur de causer la mort à une ame ? Fust-ce le dernier des hommes que vous scandalisez, c'est toûjours une ame pretieuse à Dieu, & une ame à qui vous ostez une vie surnaturelle & divine. p. 96. 97. 98.

Peché diabolique : car selon l'Evangile, le caractere particulier du démon, est d'avoir esté dés le commencement du monde homicide des ames. p. 98. 99.

Peché contre le Saint Esprit, parce qu'il attaque directement la charité, & que le Saint Esprit est personnellement la charité mesme. S'il est contre la charité d'enlever à un homme son bien, sa reputation, son credit ; qu'est-ce que de luy faire perdre son salut éternel ? Ostez luy tout le reste ; mais du moins conservez son ame : *Verumtamen animam illius serva.* p. 99. 100. 101.

Peché essentiellement opposé à la redemption de Jesus-Christ, puisqu'il fait périr ce que Jesus-

Chrift eft venu fauver. C'eft ce que l'Apoftre reprefentoit fi fortement aux Corinthiens ; & ce qu'il leur difoit, on peut bien vous le dire à vous-mefmes : *Quoy ? vous ferez périr voftre frere, pour qui Jefus-Chrift eft mort ?* p. 101. 102. 103. 104.

Peché dont Dieu nous fera rendre un compte plus rigoureux à fon jugement : *Ipfe impius in iniquitáte fua morietur. Sanguinem autem ejus de manu tua requiram.* C'eft la menace que Dieu nous fait par fon Prophete. Cet homme devenu impie & libertin, par le fcandale que vous luy avez donné, mourra dans fon iniquité, & en fera coupable. Mais vous qui l'aurez perdu, vous ferez encore plus coupable devant moy, & vous me répondrez de fon ame. p. 104. 105. 106.

Peché que tous les jours on commet fans avoir mefmes intention de le commettre. Il n'eft pas neceffaire, pour me rendre criminèl en ce poinct, que je me propofe d'un deffein formé, de fcandalifer mon frere ; il fuffit que je faffe ce qui le fcandalife, & que je m'en appercoive. Une femme a beau dire : je ne cherche dans ces converfations libres, dans ces parures immodeftes qu'à me diftraire, ou à fatisfaire ma vanité, & non point à entretenir la paffion de cet homme. Car fans chercher à l'entretenir, elle l'entretient toutefois ; & dés-là le fcandale qu'elle donne, eft un peché pour elle, & un peché grief. p. 106. 107. 108.

C'eft de là mefmes, que cet homicide des ames eft fouvent attaché à des chofes en apparence trés legeres. Tout cela eft innocent, dites-vous : mais appellez-vous innocent, ce qui damne le prochain ? Eft-ce ainfi qu'a raifonné faint Paul ? non, non, diſoit-il, *Si cette viande*, qu'il m'eſt néanmoins permis de manger, *eſt une occaſion de chute pour mon frere, je n'en mangeray jamais.* p. 108. 109. 110.

2. Quiconque eſt autheur du ſcandale, ſe charge devant Dieu de tous les crimes de ceux qu'il ſcandaliſe. Quel abyſme ! De combien de pechez, par exemple, un mauvais conſeil n'eſt-il pas la ſource ? Or en le donnant, vous devenez reſponſable de toutes ces ſuites. p. 111. 112.

Mais les pechez ſont perſonnels. Cela eſt vray des autres pechez, & non du ſcandale, parce que l'homme ſcandaleux peche tout à la fois, & pour luy-meſme, & pour autruy. Mais ces pechez ne m'ont pas meſmes eſté connus ? C'eſt aſſez que vous en ayiez connu le principe, & que vous ayiez eû ſujet d'en craindre les funeſtes effets. Et voilà pourquoy David demandoit à Dieu, qu'il luy fiſt grace ſur deux ſortes de pechez : ſur les pechez cachez, *Ab occultis meis munda me;* & ſur les pechez d'autruy, *Et ab alienis parce ſervo tuo.* p. 112. 13. 114. 115.

Sainte priére que devroient faire ſur tout certaines femmes mondaines : priére qui ſeroit déja le commencement de leur converſion. La converſion d'une ame ſcandaleuſe eſt un grand miracle : mais eſperons tout de la grace. Peut-eſtre Dieu en voit-il quelqu'une qui profitera de ce diſcours ; & quand ce diſcours n'en gagneroit qu'une ſeule à Dieu, le ſuccés en ſeroit toûjours aſſez heureux. p. 115. 116. 117. 118.

II. Partie. Doublement malheureux celuy qui cauſe le ſcandale, lorſqu'il eſt obligé à donner l'exemple. Il n'y a point d'homme, qui ne doive au prochain le bon exemple : mais fur cela mefme il y a encore des engagemens & des devoirs particuliers , felon les divers rapports que nous avons les uns avec les autres , dans la focieté humaine. Tels font ceux , 1. d'un pere à l'égard de fes enfants. 2. d'un maiftre à l'égard de fes domeftiques. 3. des Preftres & des miniftres des Autels, à l'égard du troupeau de Jefus-Chrift. 4. des ferviteurs de Dieu par profeffion, à l'égard du public. 5. des forts dans la foy, j'entends les Catholiques, à l'égard des foibles, c'eft à dire , à l'égard de nos freres, ou feparez encore par le fchifme, ou nouvellement réünis. Malheur donc fpecialement à l'homme par qui le fcandale vient , lorfqu'il a une obligation fpeciale de donner l'exemple, parce que c'eft alors que le fcandale eft plus contagieux, & que l'impieté en tire un plus grand avantage. p. 118. 119. 120.

1. Quel eft le crime d'un pere, qui fcandalife luy-mefme & qui corrompt fes enfants ? C'eftoit à luy à les former au bien, & c'eft luy qui les tourne au mal. Or à combien de peres ce caractere ne convient-il pas? Tel eft, par la mefme raifon, le defordre d'une mere mondaine à l'égard d'une fille, à qui elle infpire tout l'efprit du monde par fa conduite, tandis qu'elle luy fait d'ailleurs dans fes difcours de fi belles, mais de fi vaines leçons de regularité & de vertu. p. 121. 122. 123.

2. Quel eft le crime d'un maiftre, qui engage fes domeftiques dans fes propres debauches, & qui les rend complices de fes iniquitez ? Saint Paul traitoit un maiftre peu vigilant d'infidelle & d'apoftat : qu'auroit-il dit d'un maiftre fcandaleux ? Voftre maifon, Femme chreftienne, fi toutefois vous eftes

en effet chreſtienne, devoit eſtre pour cette jeune
perſonne qui vous ſert, une école de ſageſſe, & c'eſt
là qu'elle apprend à dépoſer toute pudeur. Sans porter la choſe ſi loin, que ne font point ſur des domeſtiques vos ſeuls exemples, lors meſmes que vous
y penſez le moins, & que vous le voulez moins ?
De croire que vous puiſſiez leur cacher vos deregle-
mens, abus. Autant de domeſtiques, autant de témoins & de cenſeurs, qui vous éclairent & qui vous
rendent toute la juſtice que vous meritez. p. 123.
124. 125. 126.

3. Quel eſt le crime de ces miniſtres du Seigneur,
qui prophanent les plus ſaintes fonctions, & font
rejaillir le ſcandale de leur vie juſques ſur leur miniſtere ? C'eſt ce qui excitoit contre eux l'indignation de Dieu : *Je vous avais eſtablis pour édifier,*
& pour conduire mon peuple ; mais vous vous eſtes
égarez, & vous en avez egaré pluſieurs avec vous.
C'eſt pourquoy, concluoit le Dieu d'Iſraël, *je*
vous ay rendus vils & mépriſables. Qu'y a-t-il auſſi de plus mepriſé qu'un Preſtre ſcandaleux, &
n'eſt-ce pas de quoy le monde ſçait tant ſe prévaloir ? Cependant malheur au monde, qui ſe fait un
ſcandale, non plus abſolument de Jeſus-Chriſt,
mais de Jeſus-Chriſt dans la perſonne de ſes miniſtres. Car 1. le Sauveur des hommes nous a prédit
ce ſcandale, afin que nous n'en fuſſions point ſurpris. 2. Il nous a dit de les écouter, & non de les
imiter. p. 126. 127. 128. 129. 130. 131.

4. Que faut-il dire de ceux que nous appellons les
forts dans la foy, parce qu'ils ſont nez, & qu'ils ont
eſté élevez dans le ſein de l'Egliſe Catholique ? Sont-
ils excuſables, lorſqu'aulieu de contribuer, ou à ra-

mener nos freres égarez, ou à confirmer nos freres réünis , ils ne servent par leurs exemples qu'à éloigner les uns davantage , & qu'à replonger les autres dans leur premier aveuglement ? Car voilà ce que font nos scandales , & ce que naturellement ils doivent faire. Mais vivons bien : nostre bonne vie sera plus efficace contre l'erreur, que toutes nos paroles. p. 131 132. 133.

5. Que faut-il dire de ceux qui font profession de pieté, lorsque dans leur picté ils laissent glisser & appercevoir des défauts , qui decreditent la pieté mesme ? Le monde est le premier à s'en scandaliser. C'est souvent une injustice, j'en conviens ; & le monde à l'égard des gens de bien , est un censeur trop severe : mais plus il est severe , plus nous devons estre exacts & reguliers. p. 133. 134.

Le fruict de ce discours est, 1. de nous preserver des scandales qu'on nous peut donner. 2. De n'en point donner nous-mesmes. Cet avis vous regarde, vous sur tout que Dieu a élevez dans le monde, & dont les exemples font plus d'impression. Ah ! Seigneur, que ne puis-je faire icy ce que feront vos Anges à la fin des siecles ! Que ne puis-je comme eux ramasser, & jetter hors de vostre Royaume tous les scandales ! p. 135. 136. 137.

Sermon pour le III. Dimanche de l'Avent, sur la fausse conscience. *pag. 138.*

SUJET. *Les juifs depurez de la Synagogue dirent donc à Jean-Baptiste : Qui estes-vous ? afin que nous puissions rendre réponse à ceux qui nous*

ont envoyez. Que dites-vous de vous-mefme ? Je fuis,
répondit-il, la voix de celuy qui crie dans le de-
fert : Préparez la voye du Seigneur & la rendez
droite. Ce n'eftoit pas une petite gloire à faint Jean,
d'avoir efté choifi de Dieu, pour préparer dans les
efprits & dans les cœurs des hommes, la voye du
Seigneur, dont il annonçoit la venuë. Or il s'agit
de fçavoir quelle eft cette voye fainte, par où le Seigneur veut venir à nous, & par où nous devons aller à luy. Il s'agit au mefme temps de connoiftre la
voye qui luy eft oppofée, afin de nous en detourner:
& c'eft ce que nous examinerons dans ce difcours.
p. 138. 139. 140.

DIVISION. Les voyes du Seigneur ce font nos
confciences, puifque c'eft par elles que nous cherchons le Seigneur & que nous le trouvons. Pour
les préparer donc ces voyes, il faut nous preferver
du defordre d'une fauffe confcience. Fauffe confcience aifée à former. 1. Partie. Fauffe confcience
dangereufe à fuivre. 2. Partie. Fauffe confcience excufe frivole pour fe juftifier devant Dieu. 3. Partie,
p. 140. 141. 142.

I. PARTIE. Fauffe confcience aifée à former.
Outre la loy de Dieu, nous avons encore pour regle de nos actions la confcience ; & la confcience,
dit faint Thomas, eft l'application que chacun fe
fait à foy-mefme de cette divine loy. Or nous nous
l'appliquons chacun felon les difpofitions de noftre cœur. D'où il arrive que toute fimple, toute
invariable & toute irreprehenfible qu'elle eft par
elle-mefme, elle prend autant de formes differentes qu'il y a de differens efprits : & voilà la fource
de nos erreurs. p. 142. 143. 144. 145.

N n iiij

Parlons encore plus clairement. Pour agir il faut se faire une conscience, & tout ce qui n'est pas selon la conscience, dit l'Apostre, est peché. Mais il ne s'ensuit pas de là, que tout ce qui est selon la conscience, soit exempt de peché : pourquoy ? parce qu'il y a une conscience qui n'est pas droite, une fausse conscience. Or il est trés aisé de se former une telle conscience, 1. dans tous les estats du monde en general. 2. particulierement dans les conditions du monde plus élevées. 3. sur tout encore à la Cour. p. 145. 146. 147.

1. On se fait aisément dans tous les estats une fausse conscience, parce qu'on se fait une conscience, ou selon ses desirs, ou selon ses interests. Fausse conscience aisée à former par la raison seule qu'on se la forme selon ses desirs. Car, dit saint Augustin, tout ce que nous voulons, quelque criminel qu'il soit, nous paroist permis, & mesmes nous paroist bon. Et tel est l'ascendant que nostre cœur prend sur nostre esprit. C'est pourquoy le Prophete en parlant des erreurs de l'impie, adjouste communément que l'impie les a conceûës dans son cœur : *Dixit impius in corde suo.* Or qu'y a-t-il de plus naturel, & par consequent de plus facile, que de se faire ainsi une conscience selon son cœur ? Exemple d'un homme dominé par une passion, qu'il veut accorder avec la conscience. p. 147. 148. 149. 150. 151.

Fausse conscience non moins aisée à former dans toutes les conditions, parce qu'on se la forme selon ses interests. Dés qu'il ne s'agit point de nostre interest, nous avons une conscience droite, & nous nous déclarons hautement pour la plus severe morale. Mais l'interest commence-t-il à y estre engagé, nous commençons à voir tout autrement les chofes. Ce qui nous paroiſſoit trop relaſché, ne nous femble plus ſi large, & nous y trouvons du bon fens. De là nous avons une conſcience exacte : pour qui ? pour les autres, & non pour nous. Que je parle icy des obligations d'un Beneficier : tous ceux qui n'y ont point d'intereſt parce qu'ils ſont en d'autres eſtats, conviendront de tout ce que je diray : mais que je paſſe enſuite à eux-meſmes & à leurs conditions, c'eſt alors qu'ils ſe mettront en garde, & qu'ils s'éleveront contre moy. p. 151. 152. 153. 154. 155.

2. Fauſſe conſcience encore plus aiſée à former dans les conditions plus élevées, & parmi les Grands : ſoit parce qu'ils ont des intereſts plus difficiles à accorder avec la loy de Dieu, & que la politique leur inſpire là deſſus des maximes plus dangereuſes : ſoit parce que tout ce qui les environne contribuë à les tromper : flatteurs intereſſez, faux conſeillers. p. 156. 157. 158.

3. Fauſſe conſcience ſur tout aiſée à former dans les Cours des Princes : comment cela ? c'eſt qu'à la Cour les paſſions ſont beaucoup plus ardentes, les deſirs beaucoup plus vifs, & les intereſts beaucoup plus grands. De là l'on ſe fait une morale particuliere à la Cour ; de là tant de gens ſe pervertiſſent à la Cour ; de là l'on ſe fie ſi peu à la conſcience d'un homme de Cour. p. 158. 159. 160.

Priere à Dieu, pour luy demander qu'il ne nous livre pas à la violence de nos deſirs, & qu'il ne permette pas que nos intereſts nous dominent. p. 161.

II. Partie. Fauſſe conſcience dangereuſe à ſuivre. Toute erreur eſt dangereuſe, ſur tout en ma-

tiere de mœurs : mais il n'y en a point de plus préjudiciable, que celle qui s'attache à la regle mesme
des mœurs, qui est la conscience. Car avec une
fausse conscience, 1. il n'y a point de mal qu'on ne
commette. 2. on commet le mal hardiment & tranquillement. 3. on le commet sans ressource & sans
esperance de remede. p. 162. 163.

1. Avec une fausse conscience point de mal
qu'on ne commette. A quoy ne se porte pas un ambitieux, qui s'est fait une conscience de ses fausses
maximes? A quoy ne se portent pas un voluptueux,
un vindicatif ? Que ne firent pas les juifs ? Ils crucifierent Jesus-Christ. Et que ne faisons-nous pas
tous les jours ? On opprime le juste & l'innocent;
on est exact jusqu'au scrupule sur de legeres observances, tandis qu'on viole ce qu'il y a de plus indispensable dans la Religion, sçavoir la justice, la
misericorde, la foy. p. 164. 165. 166.

Qu'est-ce qu'une fausse conscience ? un abysme
inépuisable de pechez, repond saint Bernard ; une
mer profonde & affreuse, où se trouvent selon le
terme de l'Ecriture, des reptiles sans nombre. Ces
reptiles nous marquent la subtilité avec laquelle le
peché se glisse dans une fausse conscience ; & ces
reptiles sans nombre, la malheureuse fecondité a-
vec laquelle ils s'y produisent. Car c'est là que s'en-
gendrent toutes sortes de monstres ; envies, aversions, medisances, calomnies, perfidies, desirs charnels, impudicitez. p. 166. 167. 168.

2. Avec une fausse conscience on commet le
mal hardiment & tranquillement : hardiment, parce qu'on n'y trouve dans soy-mesme nulle opposition ; tranquillement, parce qu'on n'en ressent a-

lors aucun trouble, & que la confcience eft d'intelligence avec le pecheur. Or la paix dans le peché
eft le plus grand de tous les maux. Quatre fortes
de confciences, que diftingue faint Bernard : mais
des quatre, la derniere qui eft une mauvaife confcience dans la paix, eft la plus à craindre. Car dans
une mauvaife confcience troublée il y a encore des
lumieres, & par confequent des principes de penitence & de converfion : mais dans une mauvaife confcience tranquille, il n'y a que tenebres. p.
168. 169. 170.

3. De là avec une fauffe confcience on commet
le mal fans reffource. Car la grande reffource du
pecheur, c'eft une confcience droite & faine qui le
condamne interieurement : & voilà ce qui rame-
na faint Auguftin ; fa confcience revoltée contre
luy-mefme. p. 170. 171. 172. 173.

Auffi le Prophete voulant, ce femble, engager
Dieu à punir les impietez de fon peuple, ne luy difoit pas, humiliez-les, confondez-les, ruinez-les
de fond en comble ; mais, aveuglez-les : comme
pour marquer que cet aveuglement eftoit la plus
grande peine du peché. Et c'eft pour cela mefme que
je dis tout au contraire : Dechargez, Seigneur, voftre colere fur tout le refte, mais épargnez leurs
confciences & ne les aveuglez pas : car ce feroit dés
cette vie les reprouver. p. 173. 174.

III. Partie. Fauffe confcience, vaine excufe
pour fe juftifier devant Dieu. Si nos erreurs eftoient
des erreurs involontaires & de bonne foy, le pecheur pourroit fe prévaloir de fa fauffe confcience
comme d'une excufe legitime. Mais ce caractere de
bonne foy fe trouve-t-il toûjours dans la fauffe con-

science? si cela estoit, David n'auroit pas dit à Dieu: *Seigneur, oubliez mes ignorances passées.* p. 175. 176.

Je pretends donc que l'ignorance & par conse-quent la fausse conscience, est sur tout dans le siecle où nous vivons, un des pretextes les plus frivo-les. 1. parce qu'il y a maintenant trop de lumiere pour pouvoir supposer ensemble une conscience dans l'erreur & une conscience de bonne foy. 2. par-ce qu'il n'y a point de fausse conscience, que Dieu dés maintenant ne puisse confondre par une autre conscience droite qui reste en nous, ou qui, quoy-que hors de nous, s'éleve contre nous malgré nous-mesmes. p. 177.

1. Trop de lumiere dans nostre siecle, & trop de moyens de s'instruire, pour pouvoir supposer une conscience dans l'erreur & une conscience de bon-ne foy. Si vous aviez voulu vous servir de ces moyens, cette fausse conscience ne se seroit pas for-mée. Mais vous les avez negligez, & cette negligen-ce vous rend coupables. p. 177. 178. 179. 180.

2. Point de fausse conscience que Dieu ne puis-se confondre par une autre conscience droite. 1. par celle des payens : car n'est-il pas étrange que vous vous permettiez aujourd'huy ou que vous vous croyiez permises cent choses, dont vous sçavez que les payens se sont fait des crimes ? 2. par la vos-tre : soit telle qu'elle est presentement, mais pour qui ? pour les autres ; car quelle contradiction que vous soyiez si éclairez sur ce qui touche les autres, & si aveugles sur ce qui vous regarde ? soit telle qu'elle a esté dans ces premieres années où la passion ne vous avoit pas encore corrompus ; car d'où est

venu ce changement, & vous eſt-il pardonnable de
n'avoir pas conſervé tant de bons principes qui
devoient vous ſervir de regles dans tout le cours de
voſtre vie? p. 180. 181. 182. 183. 184.

Pour vous preſerver ou pour revenir de ce deſordre de la fauſſe conſcience, ſouvenez-vous de
deux grandes maximes : l'une, que le chemin du ciel
eſt étroit; l'autre, qu'un chemin étroit ne peut jamais avoir de proportion avec une conſcience large.
p. 184. 185. 186.

Sermon pour le IV. Dimanche de l'Avent, ſur la ſeverité de la Penitence. *pag. 187.*

SUJET. *Le Seigneur fit entendre ſa parole à
Jean fils de Zacharie dans le deſert ; & il alla
dans tout les pays qui eſt le long du Jourdain, preſchant le baptefme de penitence pour la remiſſion des
pechez.* La penitence eſt un baptefme, parce que
c'eſt elle qui nous lave de nos pechez & qui nous
purifie. Or le caractere de ce baptefme ou de cette
penitence, eſt l'eſprit de ſeverité, comme nous l'allons voir dans ce diſcours. p. 187. 188.

DIVISION. Sans examiner quelle doit eſtre la
ſeverité de la penitence conſideré de la part des
Preſtres qui en ſont les miniſtres, & ſans entrer
dans ces fameuſes conteſtations qui ſe ſont élevées
ſur cette matiere, ne regardons icy la penitence que
par rapport au pecheur qui la doit pratiquer & qui
ſe la doit impoſer à luy-meſme. Or le grand principe qui doit animer & regler cette penitence, c'eſt
la ſeverité. Severité neceſſaire, ſeverité douce. La

penitence prife par rapport à nous doit eftre fevere.
1. Partie. Mais afin de ne pas rebuter nos cœurs, ad-
jouftons que plus elle eft fevere, plus dans fa feverité mefme elle devient douce. 2. Partie. p. 189.
190. 191. 192.

I. PARTIE. Severité de la penitence, feverité
neceffaire. Qu'eft-ce que la penitence ? c'eft, dit
faint Auguftin, un jugement que l'homme exerce
contre luy-mefme : mais qu'il exerce en qualité feulement de delegué, & comme tenant la place de
Dieu ; qu'il exerce en vertu de la commiffion que
Dieu luy a donnée de fe juger luy-mefme ; qu'il e-
xerce avec toute la dependance d'un juge inferieur
à l'égard d'un juge fouverain. D'où nous devons
former trois raifonnemens, qui nous convaincront
que noftre penitence doit eftre fevere. 1. l'homme
dans la penitence fait l'office de Dieu, en fe jugeant luy-mefme ; il doit donc fe juger dans la rigueur. 2. l'homme dans la penitence devient juge,
non pas d'un autre, mais de luy-mefme ; il doit
donc dans fes jugemens prendre le parti de la feverité. 3. du jugement que l'homme fait de luy-mefme,
il y a appel à un autre jugement fuperieur qui eft
celuy de Dieu ; il doit donc y proceder avec une é-
quité inflexible. p. 192. 193. 194.

1. L'homme dans la penitence fait l'office de
Dieu : c'eft à dire, felon Tertullien, que la penitence fait en nous la fonction de la juftice & de la
colere de Dieu. Or comment Dieu nous jugeroit-il
dans fa colere ; & peut-on dire qu'il y ait quelque
proportion entre la penitence d'un homme du monde & la juftice de Dieu vindicative ? Noftre penitence ne peut donc eftre une penitence recevable au

tribunal de Dieu, dés qu'elle n'eft pas fevere. p. 194. 195.

Pour mieux comprendre cette penfée, imaginons-nous que Dieu a fait un pacte avec nous, & qu'il nous a dit ce que nous marque expreffément l'Apoftre : jugez-vous vous-mefmes, & je ne vous jugeray point. En quoy nous pouvons remarquer l'excellence & le merite de la penitence, qui nous affranchit en quelque forte de la jurifdiction de Dieu. p. 196. 197.

Cela fuppofé, je dois faire dans ma penitence, ce que Dieu fera un jour dans fon jugement. Que fera-t-il ? une recherche exacte de toute ma vie : & telle eft la recherche que j'en dois faire moy-mefme en me prefentant au tribunal de la penitence, & en m'accufant. Car fi je me flatte moy-mefme, & fi j'ufe de la moindre diffimulation, ma penitence ne peut plus eftre qu'une penitence chimerique, parce qu'elle n'eft pas conforme au jugement de Dieu. En effet, Dieu nous jugera bien avec une autre feverité ; & fi cela n'eftoit pas, comment fon jugement feroit-il fi terrible ? p. 197. 198. 199. 200. 201.

C'eft pour cela que David demandoit à Dieu comme une grace particuliere, de ne pas permettre que fon cœur confentift jamais à ces *paroles de malice*, & à ces pretextes que le démon nous fuggere, pour nous fervir d'excufes. Et parce qu'il fçavoit que le monde eft plein de ces faux *eflûs*, qui en traitant avec Dieu, pretendent toûjours avoir raifon, ce faint Roy ne vouloit point de communication avec eux. Qui font ces Eflûs du monde ? ce font, repond faint Auguftin, ces pecheurs qui jugent toûjours favorablement d'eux-mefmes, & qui ne s'imputent jamais à eux-mefmes leurs propres pechez; & voilà ce que nous faifons. p. 201. 202. 203. 204.

Difons pluftoft à Dieu comme le mefme Prophete, en nous confeffant criminels : *Guériffez mon ame, Seigneur, parce que j'ay peché contre vous.* Ce n'eft ni à mon naturel, ni à mon temperament, ni au monde que je dois m'en prendre, mais à moy-mefme. p. 204. 205.

2. L'homme dans la penitence devient juge, non pas d'un autre, mais de luy-mefme. Si nous avions à juger les autres, il ne faudroit pas nous exhorter à la feverité : car nous ne fommes que trop enclins à les condamner. Mais comme nous nous aimons nous-mefmes, la penitence doit furmonter en nous ce fonds d'amour propre, & elle ne le peut faire que par une fainte rigueur. Sans cela, à quelles illufions ferons-nous fujets ? p. 205. 206. 207.

3. Il y a appel du jugement que nous portons contre nous-mefmes : appel, dis-je, au tribunal de Dieu. Car Dieu dans fon jugement, ne jugera pas feulement nos crimes, mais nos *juftices*, & en particulier nos penitences. Or que nous fervira-t-il alors de nous eftre tant épargnez ? Que nous fervira-t-il d'avoir cherché & trouvé des miniftres indulgens? Nous nous jugeons féverement, difoit Tertullien, parce que nous fçavons qu'il y a une juftice fuperieure qui nous jugera fi nous ne jugeons pas bien nous-mefmes. Auffi, adjoufte faint Chryfoftome, le juge inferieur doit toûjours juger felon la rigueur de la loy. p. 207. 208. 209. 210.

Severité raifonnable. Car en quoy confifte l'effentielle

sentielle severité de la penitence ? c'est à nous réduire aux bornes de la raison que Dieu nous a donnée ; c'est à nous faire combattre, retrancher &
détruire dans nous, ce que nostre raison condamne
malgré nous. Voilà, pour user de cette expression,
le raisonnable de la penitence : si raisonnable, que
vous estes les premiers à en convenir ; si raisonnable, que vous feriez mesmes scandalisez qu'on man-
quast à l'exiger de vous ; si raisonnable, que nulle
authorité n'en peut dispenser. p. 210. 211. 212. 213.

Heureux, si nous goustons cette verité. Heureux,
si pour venger Dieu de nous-mesmes & pour le bien
venger, nous faisons passer dans nous-mesmes toute sa colere ; en sorte que nous puissions luy dire
comme David : *In me transierunt iræ tuæ.* p. 213.
214. 215.

II. PARTIE. Severité de la penitence, severité
douce. Quand la penitence nous seroit inutile, disoit Tertullien ; quand elle seroit seulement severe
sans nulle douceur, Dieu l'ordonnant, il faudroit
toûjours nous y soumettre. Mais le mesme Tertullien a bien eû raison d'adjouster que la penitence estoit dans cette vie, la felicité de l'homme pecheur.
Car j'appelle la felicité de l'homme pecheur dans
cette vie, 1. ce qui produit en luy la paix de la conscience. 2. ce qui le remplit de la joye du Saint Esprit. Or voilà les effets de la penitence severe, & il
n'y a que la penitence severe qui ait la vertu de les
operer. p. 215. 216. 217.

1. C'est la penitence exacte & severe qui produit
la paix. Ainsi l'éprouva Magdelaine, lorsque Jesus-
Christ touché de la ferveur de sa penitence luy dit :
Vos pechez vous sont remis ; allez en paix. Mais

comment une penitence severe qui fait en nous la fonction de la justice & de la colere de Dieu, peut-elle nous donner la paix ? C'est que par sa severité elle appaise Dieu ; qu'en appaisant Dieu, elle nous remet en grace avec Dieu ; & que nous remettant en grace avec Dieu, elle nous rasseûre contre les jugemens de Dieu. Ainsi elle fait, parce qu'elle est severe, la fonction de la colere de Dieu ; mais bien plus efficacement que la colere de Dieu mesme. Car la colere de Dieu toute seule punit le peché, mais ne l'efface pas ; ce qui se voit dans l'enfer : au lieu que la penitence fait l'un & l'autre. p. 218. 219. 220. 221.

2. De cette paix interieure naist un sainte joye : autre fruict de la severité dè la penitence. Qui peut l'exprimer ? il faut la sentir pour la connoistre. Exemple de saint Augustin. p. 222. 223. 224.

Répondez-moy, dit le mondain, de cette douceur de la penitence, & je me convertiray. Vous raisonnez mal, reprend saint Bernard. Tout ce que je vous en dirois, ne feroit nulle impression sur un cœur aussi sensuel que le vostre. Mais commencez par vous vaincre en faisant penitence, & vous en sentirez la douceur. D'ailleurs, fiez-vous aux promesses de vostre Dieu : si vous estes genereux, il sera fidelle. p. 224. 225.

Mais n'en voyons-nous pas qui dans leur penitence ne trouvent que des secheresses ? Je le veux : mais qui sont-ils ? ceux qui ne veulent faire qu'une fausse penitence, c'est à dire, une penitence aisée & commode. Et leur temoignage nous apprend bien, qu'il n'y a que la penitence severe qui puisse avoir cette onction divine dont nous parlons. p. 225. 226.

C'est donc un abus quand nous nous faisons de la severité de là penitence, un obstacle à la penitence : & l'artifice le plus dangereux, dont se sert l'ennemi de nostre salut pour nous detourner des voyes de Dieu , est de nous representer la penitence sous des idées affreuses qui nous en donnent de l'horreur. Et parce qu'il se trouve mesmes des ministres de Jesus-Christ, qui mettent tout leur zéle à nous en faire des peintures effrayantes , qu'arrive-t-il ? Le libertin en profite, & le foible s'en scandalise. Le libertin en profite, ravi qu'on luy exaggere les choses, pour estre en quelque sorte authorisé à n'en rien croire & sur tout à n'en rien faire ; & le foible s'en scandalise en se décourageant, & en se laisant aller à un secret desespoir. p. 226. 227. 228.

Mais moy , mon Dieu, tandis que vous me confierez le ministere Evangelique, j'annonceray tout à la fois à vostre peuple, sans jamais les separer, & vostre justice & vostre bonté : *Misericordiam & judicium cantabo tibi.* Gardant ces regles , je ne craindray rien ; & jusqu'en la presence des Roys , je parleray, comme David, sans confusion. p. 229. 230. 231. 232.

Je conclus avec le divin précurseur : *Faites penitence, parce que le Royaume de Dieu approche*, c'est à dire, parce que la mort vient & qu'elle vient bientost. Combien touchent de prés à ce dernier terme ? Si je le leur faisois connoistre, differeroient-ils à se convertir ? Or ce qu'ils feroient, pourquoy ne le faisons nous pas ? Avons-nous une caution contre la mort ? Sommes-nous certains de nostre penitence à la mort ? Qui nous répond de Dieu ? qui nous répond de nous-mesmes ? Et tant d'exemples que nous

O o ij

avons eû , & que nous avons encore devant les yeux, ne doivent-ils pas nous faire trembler ? p. 232. 233. 234.

Sermon sur la Nativité de Jesus-Chrift. *page 235.*

SUJET. *Au mesme inftant que l'Ange annonça aux Pafteurs la naiffance de Jefus-Chrift , une troupe de la milice celefte fe joignit à luy, & fe mit à loüer Dieu en difant : Gloire à Dieu au plus haut des cieux, & paix aux hommes fur la terre.* En deux paroles , voilà les deux fruicts de la naiffance du Sauveur : la gloire à Dieu & la paix aux hommes. Mais le mondain fuperbe & ambitieux, dit faint Bernard, n'eft pas content de ce partage. Outre la paix, il voudroit encore la gloire. Ayons en horreur ce fentiment ; & laiffant à Dieu la gloire, contentons-nous de confiderer ce myftere, par rapport à nous, comme un myftere de paix. p. 235. 236. 237.

DIVISION. Jefus-Chrift dans fa naiffance eft appellé par Ifaïe le Prince de la paix ; & l'Apoftre nous apprend que la paix a efté le bienheureux terme de fa miffion. Voilà pourquoy ce divin enfant voulut naiftre fous le regne d'Augufte, qui fut de tous les regnes le plus tranquille. Mais cette paix exterieure & temporelle, dont le monde joüiffoit alors, n'eftoit encore que pour nous difpofer à une autre paix plus avantageufe & plus fainte que le Fils unique de Dieu nous apportoit du ciel. La paix avec Dieu. 1. Partie. La paix avec nous-mefmes. 2. Partie. La paix avec le prochain. 3. Partie. p. 237. 238. 239. 240. 241.

I. **Partie.** La paix avec Dieu. Comme pecheurs nous eſtions ennemis de Dieu, & incapables par nous-meſmes de nous reconcilier avec Dieu. Il nous falloit donc un mediateur, qui puſt tout à la fois ſatisfaire à la juſtice de Dieu, & nous attirer la miſericorde de Dieu. Or c'eſt ce que fait Jeſus-Chriſt, en réüniſſant dans ſa perſonne Dieu & l'homme. p. 241. 242.

1. Nous voyons d'abord dans cet enfant la miſericorde de Dieu incarnée & humaniſée. *La grace de Dieu*, dit ſaint Paul, *a paru* dans ce myſtere, & s'eſt renduë ſenſible. Juſques-là Dieu n'avoit encore eû que *des penſées de paix*, comme parle le Prophete : mais aujourd'huy il en vient à l'effet, & il les exécute en nous donnant un redempteur. p. 242. 243. 244.

2. Cependant Dieu n'oublie point ſes intereſts : car ſi nous voyons dans le redempteur qu'il nous donne, la miſericorde de Dieu incarnée & humaniſée, nous y voyons au meſme temps la juſtice de Dieu ſatisfaite & pleinement vengée, par la penitence que ce Sauveur commence à faire pour nous. Tellement que la parole de David ſe verifie dans l'eſtable, ſçavoir, que la juſtice & la miſericorde ſe ſont rencontrées, & qu'elles ont fait enſemble une alliance étroite. p. 244. 245. 246.

Voicy donc l'idée naturelle que nous devons avoir de ce myſtere, exprimée dans ces belles paroles de l'Apoſtre : *Dieu eſtoit dans Jeſus-Chriſt, reconciliant le monde avec ſoy.* C'eſt à dire, Jeſus-Chriſt eſtoit dans la créche, & il y eſtoit humilié, pauvre, ſouffrant ; & Dieu eſtoit dans Jeſus-Chriſt acceptant ſes humiliations, ſa pauvreté, ſes souffrances, comme des satisfactions de tout ce que l'orgueil, la cupidité, l'amour du plaisir & de nous-mesmes nous ont fait commettre de crimes. Car, demande saint Bernard, comment Dieu n'auroit-il pas esté fléchi par la penitence de ce Fils bien-aimé & Dieu comme luy ? & comment satisfait par la penitence d'un Dieu, pourroit-il rejetter la nostre ? p. 246. 247. 248. 249.

Je dis la nostre : car avec la penitence de Jesus-Christ nostre Sauveur, il faut encore la nostre, pour consommer l'affaire de nostre salut. Il faut de nostre part une penitence semblable à celle de Jesus-Christ, qui puisse estre unie à celle de Jesus-Christ, & par consequent une penitence solide, efficace, severe comme celle de Jesus-Christ. p. 249. 250.

Si telle est vostre penitence, consolez-vous ; vous estes en paix avec Dieu : ou si c'a esté jusques à present une penitence defectueuse, corrigez en les abus, & convertissez-vous de bonne foy. p. 250. 251. 252.

II. PARTIE. La paix avec nous-mesmes. Jesus-Christ dans le mystere de sa naissance nous apprend le secret d'entretenir cette paix avec nous-mesmes. Nous l'ignorions ce secret, & nous cherchions la paix où elle n'estoit pas, sçavoir, dans la grandeur & dans l'opulence : mais Jesus-Christ qui est *le chemin, la verité, & la vie*, nous decouvre en ce saint jour les deux sources de la vraye paix, je veux dire, 1. l'humilité de cœur. 2. la pauvreté de cœur. p. 252. 353. 254.

1. C'est dans ce mystere qu'un Dieu-homme nous presche hautement l'humilité ; & c'est de l'humilité que depend non seulement nostre sain-

teté, mais noftre felicité dans la vie. Car ce qui fait perdre fi fouvent la paix à noftre cœur, n'eft-ce pas noftre orgueil & noftre ambition ? De là les inquiétudes, les trifteffes, les melancolies, les cha-grins, les defefpoirs. Reconnoiffons-le de bonne foy : voilà, hommes du fiecle, ce qui vous trou-ble. p. 254. 255. 256. 257.

Quand vous aurez renoncé à cette paffion, dés là vous aurez la paix ; parce que dés là foumis à Dieu, vous ferez contents de voftre fortune, & vous ne formerez plus tant d'intrigues qui vous a-gitent, & qui ne vous laiffent pas un jour tranquil-le. p. 257. 258. 259.

Apprenez donc *de moy*, vous dit Jefus-Chrift, *que je fuis humble de cœur*, & apprenez à l'eftre comme moy. Alors *vous trouverez le repos de vos ames*. Et ne penfez pas que cette humilité de cœur foit une foibleffe : c'a efté la vertu des forts, la vertu des fages, la vertu d'un Dieu, qui s'eft reveftu de noftre chair pour nous en donner un modelle fenfible. p. 259. 260.

2. Une autre fource de nos combats interieurs, c'eft l'attachement aux biens de la terre. Quels foins pour les acquerir ! quelles peines pour les conferver ! quelles frayeurs au moindre danger de les perdre ! quels regrets aprés les avoir perdus ? Le remede, c'eft le détachement Evangelique. Un chre-ftien pauvre de cœur jouit toûjours d'un repos inal-terable, foit qu'il foit dans l'indigence ou dans l'a-bondance, parce qu'il n'a point mis fon appuy dans les richeffes periffables, & qu'il fe conforme en tout à la volonté de Dieu. p. 260. 261. 262.

Or c'eft ce que voftre Sauveur vient encore vous

O o iiij

enseigner : c'est ce que vous presche l'estable, la créche, les langes de cet enfant-Dieu. Il ne commence pas seulement à l'enseigner, mais à le persuader au monde. De pauvres pasteurs se retirent d'auprés de luy comblez de joye : des riches, ce sont les Mages, viennent à ses pieds déposer leurs tresors, & se faire un merite & un plaisir d'y renoncer. p. 262. 263. 264.

Créche adorable de mon Sauveur, c'est toy qui me fais gouster la pauvreté que j'ay choisie : & vous, mon Dieu, confondez-moy, si jamais ce sentiment sortoit de mon cœur. p. 264.

III. PARTIE. La paix avec le prochain. L'Apostre exhortant les Romains à la charité, leur disoit : *Si cela se peut, & autant qu'il est en vous, conservez la paix avec tous les hommes.* Toutes ces paroles sont remarquables. *Si cela se peut :* l'impossibilité est la seule excuse legitime, qui puisse là dessus devant Dieu nous disculper. *Autant qu'il est en vous :* en sorte que nous puissions nous rendre témoignage, qu'il n'a jamais tenu à nous, ni à nos soins. *Avec tous les hommes :* sans en excepter un seul ; pas mesmes ceux qui nous sont les plus opposez, parce que souvent c'est avec les plus difficiles & les plus fascheux que nous avons à vivre dans une plus étroite societé. p. 264. 265. 266. 267.

Or quel est le principe de cette paix ? une sainte conformité avec Jesus-Christ naissant. 1. c'est un Dieu qui se dépouille pour nous de tous ses interests. 2. c'est un Dieu qui nous prévient, selon le langage du Prophete, de toutes les benedictions de sa douceur. Deux moyens pour entre-

tenir une paix éternelle avec nos freres , desintereſſement & douceur. p. 267. 268.

1. C'eſt un Dieu qui par amour pour nous ſe
dépouille de tous ſes intereſts ; qui de maiſtre ſe
fait obéiſſant , de grand petit , de riche pauvre :
& ce desintereſſement eſt le plus neceſſaire & le
plus ſeûr moyen pour concilier les cœurs. Moyen neceſſaire : car de pretendre vivre en paix a-
vec le prochain, tandis qu'on eſt dominé par l'intereſt, c'eſt ſe flatter d'une eſperance chimerique :
mais auſſi, moyen ſeûr ; oſtez l'intereſt, plus de di-
viſions, de querelles, de procés ; la paix regnera
par tout. S'il en doit couſter pour cela , faiſons ce
ſacrifice à Jeſus-Chriſt: il le merite bien. Faiſons-le
à la charité: par là nous acheterons la paix, & la paix
que nous aurons avec ce parent, avec ce frere, avec
ce voiſin, avec ce concurrent, vaudra mieux pour
vous que l'intereſt qu'on vous diſputoit, & à quoy
vous renoncerez. p. 268. 269. 270. 271.

2. Ce n'eſt pas ſeulement l'intereſt qui trouble la
paix entre vous & le prochain : ce ſont encore vos
aigreurs, vos emportements, vos fiertez. Mais un
ſecond moyen pour la maintenir cette paix ſi deſi-
rable, c'eſt la douceur. Or rentrez dans l'eſtable de
Bethléem ; vous y verrez un Dieu qui vous previent, un Dieu qui vous recherche, un Dieu qui
s'attendrit ſur vous, & qui veut ainſi ſe faire aimer
de vous. Aprés cela faites-vous un poinct d'honneur
de n'aller jamais au devant de voſtre frere; prenez à
ſon égard des airs dédaigneux, & traitez-le avec dureté. C'eſt renverſer le plus ſolide fondement de la
paix. p. 271. 272. 273.

Quel eſt noſtre aveuglement ? Dans ce temps où

Dieu nous afflige par le fleau de la guerre, nous luy demandons une paix qui ne depend pas de nous, & dans le cours de la vie nous ne travaillons à rien moins qu'à nous procurer la veritable paix qui est entre nos mains. Les puissances de la terre sont souvent pluftoft d'accord, que nous ne le sommes les uns avec les autres. Donnez-nous, Seigneur, cette paix aprés laquelle les peuples soupirent, & qui doit pacifier le monde chreftien : mais preferablement à cette paix, toute necessaire qu'elle est, donnez nous celle qui doit nous reconcilier avec vous, nous reconcilier avec nous-mesmes, nous reconcilier a-vec nos freres. p. 274. 275. 276.

AUTRE AVENT.

Sermon pour la Fefte de tous les Saints, sur la Sainteté. *page 283.*

SUJET. *Dieu est admirable dans ses Saints.* Comme nous ne connoissons Dieu sur la terre que dans ses ouvrages, ce n'est aussi sur la terre, à proprement parler, que dans ses ouvrages qu'il est admirable pour nous. Or l'ouvrage de Dieu par excellence, ce sont les Saints. Mais en quoy Dieu, reprend saint Leon, est particulierement admirable dans ses Saints, c'est de nous les avoir donnez tout à la fois, & pour nos protecteurs, & pour nos modelles. Ne les considerons dans ce discours que sous cette qualité de modelles, & faisons servir leurs exemples à noftre fanctification. p. 283. 284. 285.

DIVISION. La fainteté trouve dans les efprits & dans les cœurs des hommes trois grands obftacles à furmonter, le libertinage, l'ignorance, & la lafcheté. Les libertins la cenfurent ; les ignorants la prennent mal, & n'en ont que de fauffes idées ; enfin les lafches la regardent comme impoffible, & defefperent d'y parvenir. Or monftrons aux premiers, que fuppofé l'exemple des Saints leur libertinage eft infoutenable. 1. Partie. Aux feconds, que fuppofé l'exemple des Saints leur ignorance eft fans excufe. 2. Partie. Et aux derniers, que fuppofé l'exemple des Saints leur lafcheté n'a plus de pretexte. 3. Partie. p. 285. 286. 287. 288.

I. PARTIE. Libertinage infoutenable fuppofé l'exemple des Saints. C'eft de tout temps que les libertins ont combattu la fainteté. Saint Jerofme nous marque furtout deux artifices, dont ils fe font fervis contre elle. 1. ils l'ont conteftée comme fauffe. 2. ils l'ont decriée comme defectueufe. Comme fauffe, pretendant qu'il n'y avoit point de vraye fainteté : comme defectueufe, fe perfuadant & voulant perfuader aux autres qu'elle eftoit au moins fujette à mille defauts. L'exemple des Saints détruit ces deux préjugez. p. 288. 289. 290.

1. Le libertin ne veut point reconnoiftre de vraye fainteté, & traite tout ce que nous appellons fainteté, d'hypocrifie. Malignité également injurieufe à Dieu & pernicieufe aux hommes. Injurieufe à Dieu, en luy oftant la gloire de tant d'œuvres faintes, comme fi la grace n'en eftoit pas le principe: pernicieufe aux hommes, en les privant d'une des graces les plus puiffantes, qui eft le bon exemple. p. 290. 291. 292.

Mais quelque presomptueux que soit le libertinage, jamais il ne se soutiendra contre certains exemples irreprochables que Dieu luy oppose pour le confondre : ce sont ceux des Saints. Il y a dans le monde des hypocrites, c'est à dire, de fausses saintetez, il faut l'avoüer : mais de là mesme S. Augustin conclut qu'il y a donc aussi une vraye sainteté, puisque la fausse sainteté n'est qu'une imitation de la vraye; & que ce sont les vrayes vertus, qui par l'abus qu'on en a fait, en voulant se déguiser, ont produit les fausses vertus. Cette vraye sainteté est rare, je le sçais: mais n'y eust-il dans le monde qu'un vray Saint, son exemple suffit pour la condamnation du libertin. Or par la providence de Dieu, il y en a toûjours quelqu'un de ce caractere, dont le mondain luy-mesme n'oseroit contester & desavoüer la sainteté. p. 293. 294. 295. 296.

Cependant nous n'en sommes pas là; & pour un juste dont l'exemple suffiroit, Dieu nous en decouvre aujourd'huy une multitude innombrable. Ce sont ces Saints glorifiez dans le ciel : ces hommes en qui la grace a operé tant de merveilles, à qui elle a inspiré de si grands sentimens, à qui elle a fait faire de si grandes actions. Exemples memorables, exemples convaincants. p. 296. 297. 298. 299.

2. Le libertin au moins tasche de décrier la sainteté, en luy imputant des defauts prétendus. Mais si les Saints ont des defauts, ce n'est pas à la sainteté qu'il s'en faut prendre, puisqu'ils ne sont pas Saints par là. D'ailleurs, est-il juste d'exiger de la vraye pieté qu'elle rende tout à coup les hommes parfaits? Je pourrois m'en tenir là pour la confusion de l'impie : mais l'Eglise va plus loin. Elle luy fait voir

dans cette troupe glorieuse de Saints que nous honorons, des hommes vrayement irreprehensibles au
sens mesme que le monde les veut. Leurs siecles les
ont reconnus tels qu'on nous les dépeint. Les siecles suivants les ont canonisez ; & c'est sur le temoignage du monde entier que nous leur rendons
un culte si solemnel. p. 299. 300. 301. 302.

II. PARTIE. Ignorance sans excuse supposé
l'exemple des Saints. On se laisse prevenir des erreurs les plus grossieres touchant la sainteté. Mais
l'exemple des Saints confond toutes ces erreurs, &
rend nostre ignorance inexcusable : pourquoy ? parce que l'exemple des Saints nous fait connoistre en
quoy consiste la vraye sainteté, & nous apprend
qu'elle est toute renfermée dans les devoirs de nostre
condition. Sainteté raisonnable, qui se fait estimer
par elle-mesme, & que je ne puis envisager sans me
dire à moy-mesme, voilà ce que je dois estre, &
sans me sentir porté à le devenir. p. 302. 303. 304.
305. 306.

Non, les Saints ne se font point précisement sanctifiez par des œuvres éclatantes & particulieres ;
ce n'estoit point là le fonds de leur sainteté: car 1. ils
pouvoient estre Saints sans cela. 2. avec cela ils pouvoient n'estre pas Saints. Ils pouvoient estre Saints
sans cela : combien de predestinez n'ont jamais rien
fait sur la terre qui leur ait attiré l'admiration ? Et
ils pouvoient avec cela n'estre pas Saints : combien
de reprouvez ont fait sur la terre des actions à quoy
les hommes ont applaudi, tandis que Dieu les condamnoit ? Il n'est pas parlé dans l'Evangile d'un seul
miracle de la mere de Dieu, ni de Jean-Baptiste ; &
l'Evangile au contraire parle des miracles que fai-

foïent les faux Prophetes. p. 306. 307. 308.

Par où donc les Saints ont ils esté Saints ? 1. ils n'ont esté Saints, que parce qu'ils ont rempli les devoirs de leur estat. 2. & ils n'ont rempli les devoirs de leur estat, que parce qu'ils estoient Saints. Saints, parce qu'ils ont sçû accorder leur condition avec leur religion: Saints, parce que dans leur condition, ils ont rendu à chacun ce qui luy appartenoit : Saints, parce qu'ils ont honoré par leur conduite leurs ministeres : Saints, parce qu'ils ont preferé en toutes choses la conscience aux interests humains : Saints, parce que soumis à Dieu, ils se sont tenus dans l'ordre où Dieu les vouloit. Adjoustons que parce qu'ils estoient Saints, ils ont rempli tous leurs devoirs, puisqu'il n'y avoit que la sainteté qui pust estre une disposition generale & efficace à ce parfait accomplissement de leurs obligations. Sans la sainteté ils auroient succombé en mille rencontres : mais leur sainteté les a soutenus. p. 308. 309. 310. 311.

Pourquoy saint Loüis est-il au nombre de ceux que nous invoquons ? parce qu'il s'est acquité de tous les devoirs d'un Roy. Et pourquoy s'est-il acquité de tous les devoirs d'un Roy ? parce que c'estoit un saint Roy. Aussi est-ce cette fidelité constante à nos devoirs qui nous couste. Car pour ne manquer à aucun de ses devoirs, il faut en bien des occasions se faire violence & se renoncer. p. 311. 312. 313.

III. PARTIE. Lascheté sans pretexte supposé l'exemple des Saints. Car l'exemple des Saints est une preuve convaincante, 1. que la sainteté n'a rien d'impraticable pour nous. 2. qu'elle n'a rien mesmes

de fi difficile dont elle ne porte avec foy l'adouciffement. p. 313. 314.

1. Rien d'impraticable pour nous dans la fainteté. Dieu nous le fait connoiftre fenfiblement en nous
mettant devant les yeux des millions de Saints, qui
ont efté dans le monde, ce que nous ne voulons pas
qu'on y puiffe eftre. C'eft ce qui convertit faint Auguftin, lorfque dans cette merveilleufe vifion qu'il
nous a luy-mefme décrite, il crut entendre la fainteté, qui luy monftrant un nombre prefque infini de
vierges, luy difoit : *Hé quoy ? ne pourrez-vous pas
ce que ceux-cy & celles-la ont pû ?* voilà comment
Dieu nous parle à nous-mefmes dans cette Fefte, &
ce qui fera noftre condamnation dans fon jugement.
p. 314. 315. 316. 317.

2. Rien mefmes de fi difficile dans la fainteté, qui
ne porte avec foy fon adouciffement. Tertullien difoit, que Jefus-Chrift eftoit *la folution de toutes
les difficultez d'un chreftien.* Mais ce qu'il a dit de
l'exemple de cet homme-Dieu, il femble qu'on peut
le dire encore avec plus de fujet de l'exemple des
Saints. Car fur l'exemple de Jefus-Chrift il reftoit
une difficulté prife de Jefus-Chrift mefme ; fçavoir
qu'il eftoit Dieu, & qu'eftant, comme Dieu, la tou-
te-puiffance mefme, il eftoit plus en eftat que nous,
de faire ce qu'il a fait, & de fouffrir ce qu'il a fouffert. Mais que puis-je répondre, quand on me fait
voir dans les Saints des hommes comme moy, qui
ont tout entrepris & tout fouffert avec joye ? Saint
Paul convainquoit les premiers fidelles, en leur re-
traçant le fouvenir de tous les juftes de l'ancienne
loy ; & que pouvons-nous dire quand on adjoufte
à ces exemples tous ceux de la loy nouvelle? fur tout

quand on y adjoufte l'exemple de tant de Martyrs, à qui les plus rigoureux tourments font devenus, non feulement fupportables, mais agreables ? p. 317. 318. 319. 320.

Non, nous n'avons plus de pretexte que l'exemple des Saints ne détruife. Ils avoient les mefmes foins que nous, les mefmes paffions, les mefmes occafions, les mefmes obftacles. Ils ne fervoient pas un autre maiftre, & ils n'attendoient pas une autre gloire. p. 321. 322.

Mais aprés tout comment eftre Saint, & vivre en certains eftats du monde? Comment? Si ces eftats eftoient incompatibles avec la fainteté, Dieu ne vous y auroit pas appellez, & il ne vous permettroit pas d'y demeurer. Point d'eftat où il n'y ait eû des Saints. Regardez dans voftre eftat ceux qui s'y font fanctifiez, & formez-vous fur ces modelles. C'eft dans cette varieté myfterieufe de faintetez, que la providence de noftre Dieu nous doit paroiftre également aimable & adorable. Il a fait des Saints de tous les caracteres, & de toutes les profeffions; non feulement afin qu'il n'y euft perfonne dans le monde qui euft droit d'imputer à fa profeffion les relafchemens de fa vie; mais afin qu'il n'y euft perfonne à qui fa profeffion mefme ne prefentaft un portrait vivant de la fainteté, qui luy eft propre. p. 322. 323. 324. 325. 326.

Compliment au Roy. p. 326. 327. 328.

Sermon

Sermon pour le I. Dimanche de l'Avent, sur le Jugement dernier. *page 329.*

SUJET. *Il y aura des signes dans le soleil, dans la lune & dans les étoiles ; & sur la terre, les peuples seront dans la consternation : de sorte que les hommes sécheront de peur, dans l'attente des maux dont tout l'univers sera menacé.* Signes venerables, puisque c'est Jesus-Christ mesme qui nous les a marquez comme les presages de son dernier avénement. Signes salutaires, puisqu'il a pretendu par là reveiller nostre foy & ranimer nostre ferveur. Signes terribles, puisque les hommes en sécheront de peur. Mais ce ne seront aprés tout que les preparatifs d'une action infiniment encore plus à craindre, qui est le jugement de Dieu, dont il s'agit dans ce discours de justifier l'équité & la sainteté. p. 329. 330. 331.

DIVISION. Dieu a tout fait, & pour luy-mesme, & pour ses eslûs. D'où saint Chrysostome conclut, que quand Dieu s'est determiné à juger le monde, il a eû deux veûës principales : l'une, de se faire justice à luy-mesme ; & l'autre, de la faire à ses predestinez. Jugement qui vengera Dieu des outrages qu'il a reçeûs du monde. 1. Partie. Jugement qui vengera les eslûs de Dieu des injustices que leur a fait le monde. 2. Partie. p. 331. 332. 333.

I. PARTIE. Jugement qui vengera Dieu. *Levez-vous, Seigneur, luy disoit le Prophete Royal, & prenez en main vostre cause. Mais souvenezvous sur tout des outrages que vous avez reçeûs, &*

Pp

que vous recevez sans cesse de l'impie. Ainsi Dieu se souviendra, 1. en general des outrages que luy font maintenant les hommes. 2. en particulier de ceux que luy font certains hommes insolents dans leur impieté. p. 334. 335.

1. Dieu s'elevera pour juger luy-mesme sa cause. Maintenant il la laisse entre les mains des hommes, & il les charge de défendre ses droits. C'est pour cela qu'il a estabi sur la terre des Souverains, des Magistrats, des Superieurs, des Prelats, des Prestres. C'est par la mesme raison qu'il veut bien nous prendre pour juges entre luy & nous-mesmes : car la penitence, dit saint Augustin, n'est rien autre chose de la part du pecheur qu'une justice qu'il rend à Dieu aux dépends de soy-mesme. Mais qu'arrive-t-il ? cette cause de Dieu mise entre les mains des hommes est tous les jours abandonnée & laschement trahie. Combien de crimes, de scandales sont tolerez par la negligence, par la foiblesse, par l'iniquité de ceux qui les devoient punir ? Dans le tribunal mesme de la penitence, quelle facilité des ministres du Dieu vivant ? quelle delicatesse des pecheurs prétendus penitents ? A peine nous reste-t-il des traces de ces anciens Canons, qui pour des pechez aujourd'huy communs exigeoient des satisfactions si rigoureuses. Ce n'est pas que Dieu se soit relasché de ses droits ; mais c'est nous-mesmes qui nous sommes relaschez de ce saint zéle qui animoit les premiers chrestiens, & qui devroit comme eux nous animer. p. 335. 336. 337. 338. 339. 340.

Or c'est en cette veüe que David disoit à Dieu : levez-vous, Seigneur, & monstrez aux hommes que malgré vos lenteurs passées, vous sçavez enfin vous rendre à vous-mesme une pleine justice. Oüy, il le sçait, & il le fera dans son dernier jugement. De là vient que ce jour fatal est appellé le jour du Seigneur. p. 340. 341. 342. 343.

Aussi il n'appartient qu'à Dieu d'estre en dernier ressort & sans appel juge & partie dans sa propre cause. Pourquoy ? parce qu'il n'y a point, répond saint Chrysostome, de juge si éclairé que luy, si intégre que luy, si puissant que luy. Il se vengera, adjouste le mesme Pere, parce qu'il ne convient qu'à luy d'estre saint & irreprehensible dans ses vengeances. Quand l'homme se venge, la passion l'aveugle & l'emporte à des extremitez criminelles. L'ordre veut donc que ce soit par un autre qu'il soit vengé. Mais c'est à Dieu de se venger luy-mesme, parce qu'il est l'équité & la sainteté mesme. p. 343. 344. 345.

2. Quels sont en particulier ces outrages que Dieu aura receûs de l'impie, & dont il viendra se faire justice à luy-mesme ? David les réduit à trois. 1. l'impie a dit dans son cœur, il n'y a point de Dieu : *Dixit in corde suo, non est Deus :* outrage à la divinité. 2. il a dit : s'il y a un Dieu, ou il n'a pas veû, ou il a oublié le mal que j'ay commis : *Dixit in corde suo, oblitus est Deus ; avertit faciem suam, ne videat :* outrage à la providence. 3. il a dit : quand ce Dieu dont on me menace auroit veû mon peché & qu'il s'en souviendroit, il ne me damnera pas pour si peu de chose : *Dixit in corde suo, non requiret :* outrage à la justice de Dieu vindicative. Trois articles capitaux sur lesquels Dieu confondra le pecheur libertin. p. 345. 346. 347.

Parce que l'impie aura refusé de reconnoistre la

divinité, Dieu se fera voir à luy dans tout l'éclat de sa gloire, & luy dira ce qu'il disoit aux Israëlites par la bouche de Moyse : *Videte quòd ego sim solus, & non sit alius præter me* : reconnoissez que je suis Dieu, que je suis vostre Dieu, que je suis seul Dieu. p. 347. 348. 349.

Parce que l'impie aura outragé la providence, en disant, ou Dieu n'a pas sçeû, ou il a oublié le mal que j'ay fait; Dieu pour luy monstrer qu'il a tout sçeû, & qu'il se souvient de tout, révelera devant ses yeux & aux yeux de l'univers, tout ce qu'il y a eû de plus honteux & de plus caché dans sa vie. p. 349. 350. 351.

Parce que l'impie aura dit, quelque connoissance que Dieu puisse avoir de mes crimes, il ne me punira pas pour si peu de chose; Dieu se fera un devoir particulier de venger sa justice de ce blasphesme : comment ? en l'exerçant cette justice redoutable sur le pecheur, & en le condamnant sans misericorde. p. 351. 352.

La seule ressource qui vous reste maintenant, pecheurs, c'est la penitence. Il vous en doit couster pour la faire : mais par là vous vous preserverez du jugement de Dieu. Ce Dieu que vous avez outragé, ce Dieu de patience, vous attend encore. Rapprochez-vous de luy par une humble confession de vos iniquitez, & vous trouverez grace devant luy. p. 352. 353. 354. 355.

II. Partie Jugement qui vengera les eslûs de Dieu. Ces eslûs de Dieu, ce sont, 1. les justes. 2. les humbles. 3. les pauvres. 4. les foibles. S'il n'y avoit point d'autre vie, dit S. Chrysostome, & que Dieu ne dust jamais juger le monde, leur condition seroit bien à plaindre. Car souvent dans cette vie les justes sont décriez & confondus avec les hypocrites ; les humbles sont méprisez & insultez ; les pauvres sont rebuttez, abandonnez; enfin, les foibles sont accablez & opprimez. Or de là mesme, conclut saint Chrysostome, suit la necessité du jugement de Dieu ; & c'est aussi sur ces quatre chefs qu'il viendra, en qualité de souverain juge, faire justice à ses eslûs. p. 355. 356. 357.

1. Il viendra pour venger les justes, j'entends les vrays justes, en les separant des hypocrites. Durant cette vie tout est meslé & confondu. Combien de scelerats travestis en gens de probité & d'honneur : & combien au contraire de justes accusez & calomniez? Or c'est ce que le jugement de Dieu dévoilera par la manifestation des consciences. p. 357. 358. 359.

Ainsi, selon l'oracle de Job, *la joye de l'hypocrite finira, & son esperance périra.* La joye de l'hypocrite estoit d'imposer, & cependant d'estre respecté & honoré : mais au jugement de Dieu, cette joye de l'hypocrite finira, parce que son hypocrisie sera demasquée, & qu'elle deviendra le sujet éternel de sa confusion. L'esperance de l'hypocrite estoit qu'il ne seroit jamais connu à fond, & son desespoir sera de ne pouvoir plus se déguiser. Mais au contraire la gloire des justes sera de paroistre devant toutes les créatures intelligentes, & que l'on discerne enfin la droiture de leurs actions & la pureté de leurs intentions. p. 359. 360. 361. 362.

2. Il viendra pour venger les humbles en les glorifiant. Leur humilité passoit pour petitesse d'esprit & pour bassesse de cœur ; mais Dieu la releve-

ra & la couronnera. C'eſt alors qu'ils s'éleveront
eux-meſmes contre ceux qui les mépriſoient, &
que s'accomplira cette parole de Jeſus-Chriſt, que
quiconque s'abaiſſe, ſera exalté. Dans la vie l'humilité n'eſt pas toûjours glorifiée : ſouvent meſmes
elle eſt accompagnée juſques au bout de l humiliation. Mais c'eſt à la fin des ſiecles qu'elle reçevra
tout l'honneur qui luy eſt dû. p. 363. 364. 365.

   3. Il viendra pour venger les pauvres en les beati-
fiant. Combien de pauvres ſouffrent ſur la terre par
la dureté des riches ? combien de veritables pauvres
ſont rebutez, comme s'ils ne l'eſtoient pas ? combien
de ſaints pauvres ſont d'autant plus oubliez qu'ils ſe
plaignent moins, & qu'ils prennent leur pauvreté
avec plus de patience ? *Or la patience des pauvres,*
dit le Prophete, *ne ſera pas toûjours ſans fruiɛ̃.*
Car je ſçais que le Seigneur jugera le pauvre, &
qu'il tirera une vengeance éclatante de ceux qui l'au-
ront oublié. Tandis que les riches, ces riches impi-
toyables, ſeront frappez d'un éternel anatheſme, les
pauvres mis en poſſeſſion d'une ſouveraine béatitude ſeront bien dedommagez de cette inegalité de
conditions qui les avoit réduits dans le beſoin &
dans la miſere. p. 365. 366. 367. 368. 369.

   4. Il viendra pour venger les foibles. Maintenant
ils ſont dans l'oppreſſion, & c'eſt le credit qui l'emporte & le plus fort qui a toûjours raiſon. De là
tant de perſecutions & de vexations. Mais la ſcé-
ne changera. *Judicare pupillo & humili, ut non ap-*
ponat ultrà magnificare ſe homo ſuper terram. Au
lieu que le foible eſtoit ſous les pieds, il ſe verra ſur
la teſte de ces grands du monde, qui faiſoient, pour
l'accabler, un ſi criminel abus de leur grandeur. p.
369. 370.

Conclusion : Dieu dans son jugement separera
les justes d'avec les hypocrites & les impies ; sepa-
rez-vous-en dés à present par une solide pieté. Il
glorifiera les humbles ; humiliez-vous. Il béatifie-
ra les pauvres ; assistez-les. Il relevera les foibles ;
protegez-les. Et vous justes, humbles, pauvres,
foibles, soutenez-vous dans vostre justice, dans vostre obscurité, dans vostre pauvreté, dans vostre foiblesse par l'attente de ce grand jour, qui sera le jour
du Seigneur & le vostre. Craignez le jugement de
Dieu ; car il est toûjours à craindre : mais en le
craignant, desirez-le, esperez-le, aimez-le, puisqu'il
vous doit estre si favorable. Craignons le tous, mais
d'une crainte efficace qui nous convertisse & qui
nous sauve. p. 371. 372. 373.

Sermon pour le II. Dimanche de l'Avent, sur le Respect humain. *page 374.*

SUJET. *Bienheureux celuy qui ne sera point
scandalisé de moy.* C'est à ce caractere que le
Sauveur du monde reconnoist ses vrays disciples. Il
veut des hommes fervents, genereux, sinceres, qui
se fassent un honneur de l'avoir pour maistre, &
un devoir de luy obéir. Or par là il exclut de son
Royaume ces lasches chrestiens qui se laissent dominer par le respect humain, & c'est ce mesme respect humain que j'entreprends de combattre dans ce
discours. p. 374. 375.

DIVISION. Indignité du respect humain par
rapport à nous-mesmes. 1. Partie. Desordre du respect humain par rapport à Dieu. 2. Partie. Scan-

dale du respect humain par rapport au prochain.
3. Partie. Les deux premiers poincts regardent ceux
qui sont les esclaves du respect humain, & le troisiéme ceux qui en sont les autheurs. p. 375. 376.

I. PARTIE. Indignité du respect humain, par-
çe que c'est, 1. une servitude honteuse. 2. un lascheté
méprisable. p. 376.

1. Servitude honteuse : car qu'y a-t-il de plus
servile que d'estre réduit, ou plustost de se réduire
soy-mesme à la necessité de regler sa religion &
toute sa conduite sur le caprice des autres & sur les
vains jugemens du monde ? Saint Augustin déploroit la condition de ces anciens Philosophes, qui
par la raison ne reconnoissant qu'un Dieu, ne laissoient pas, pour s'accommoder au temps, d'en adorer plusieurs. Ainsi, dit ce Pere, ils adoroient ce
qu'ils méprisoient ; & nous par un autre respect
humain nous méprisons, nous outrageons ce que
nous adorons. p. 377. 378. 379.

Il y a des choses, adjouste saint Augustin, où la
servitude est tolerable, d'autres où elle est raisonnable, quelques-unes où elle peut estre honorable : mais s'y soumettre dans ce qu'il y a de plus
essentiellement libre, qui est la profession de sa foy
& l'exercice de sa religion, c'est ce que la dignité de nostre estre, non plus que la conscience, ne
peut comporter. p. 379.

Laissez-nous aller au desert, disoient les He-
breux aux Egyptiens : car tandis que nous sommes
parmi vous, nous ne pouvons pas librement sacrifier au Dieu d'Israël. En tout le reste nous vous
obéirons ; mais dans le culte de nostre Dieu la liberté nous est necessaire. Telle est la disposition où

doit eftre un vray fidelle : & s'il luy eftoit impoffible de garder cette fainte liberté dans le monde,
dés-là il devroit fortir du monde, & à l'exemple
des Ifraëlites fe retirer dans le defert. p. 379. 380.
381.

Servitude du refpect humain d'autant plus honteufe, que c'eft l'effet d'une petiteffe d'efprit &
d'une foibleffe de cœur que nous tafchons, mais
envain, de nous cacher à nous-mefmes. Car fi nous
avions cette grandeur d'ame qu'infpire le chriftianifme, nous dirions comme faint Paul, *je ne rougis
point de l'Evangile.* Nous imiterions le jeune Tobie : ni le nombre, ni la qualité des perfonnes ne
pourroient nous ébranler. Mais nous n'avons pas
affez de force pour nous mettre audeffus du monde
& de fa cenfure. Nous nous laiffons troubler ; de
quoy ? d'une parole : & par qui ? par des hommes
vains, dont fouvent toute la legereté nous eft connuë auffi bien que l'impieté. Chaftiment de Dieu
vifible, qui permet qu'en voulant fecoüer fon joug,
nous en prenions un autre mille fois plus humiliant
& plus pefant. p. 381. 382. 383. 384. 385.

2. De là, caractere de fervitude qui porte encore
avec foy un caractere de lafcheté. Lafcheté odieufe :
j'appartiens à Dieu, je luy dois tout, & je le trahis !
Lafcheté impardonnable : nous ne la pouvons pas
mefmes fupporter dans ces ames mercenaires, que
leur condition & le befoin attachent au fervice des
Grands. Lafcheté reprouvée dans l'Evangile : *Quiconque me défavoüera devant les hommes,* difoit le
Fils de Dieu, *je le défavoüeray devant mon Pere.*
Lafcheté que les payens mefmes ont condamnée
dans les chreftiens. Exemple de ce fage Empereur,

Pere du grand Conſtantin, qui tout payen qu'il eſtoit, retint auprés de ſa perſonne, ceux d'entre ſes
Officiers & ſes ſoldats, qu'il trouva fermes dans la
foy chreſtienne, & renvoya les autres qui par une
crainte humaine l'avoient renoncée ou diſſimulée.
p. 385. 386. 387.

Ah ! ſouvenons-nous de tant de Martyrs nos freres en Jeſus-Chriſt. Craignoient-ils la preſence des
hommes ? ou le Dieu pour qui ils mouroient, eſtoit-il plus leur Dieu que le noſtre ? N'allons pas ſi
loin : cette Cour eſt compoſée d'hommes fameux
par leur bravoure, & par leurs exploits militaires.
Avoir une fois heſité dans le peril, c'eſt ce qu'ils regarderoient comme une tache ineffaçable. Pourquoy donc dans les choſes de Dieu devenons-nous,
ſelon la figure de l'Evangile, comme le roſeau ?
Que n'imitons nous Jean-Baptiſte ? Juſques au milieu des fers il confeſſa Jeſus-Chriſt : juſques dans
la Cour, il luy rendit temoignage. Voilà voſtre modelle. S'il faut eſtre eſclave, ce n'eſt point l'eſclave
du monde, mais le voſtre, ô mon Dieu. Si nous
ſçavons-nous affranchir du monde, le monde tout
perverti qu'il eſt, nous reſpectera ; & ſi nous y demeurons au contraire ſervilement aſſujettis, le monde meſme nous mépriſera. Mais enfin, quoyque le
monde en puiſſe penſer, le Dieu que nous ſervons,
eſt un aſſez grand maiſtre, pour meriter qu'on luy
faſſe un ſacrifice du monde. p. 387. 388. 389. 390.

II. PARTIE. Deſordre du reſpect humain. 1.
parce que le reſpect humain détruit dans le cœur de
l'homme le fondement de la religion, qui eſt l'a-
mour de Dieu. 2. parce qu'il fait tomber l'homme
dans les plus criminelles apoſtaſies. 3. parce qu'il

arreste dans l'homme l'effet des graces les plus puissantes. 4. parce que c'est ainsi l'obstacle le plus fatal à la conversion de l'homme mondain. p. 390.
391.

1. Il détruit dans le cœur de l'homme l'amour de
Dieu, j'entends cet amour de preference que nous
devons à Dieu. Car qu'est-ce que le respect humain ; ou pluftoft, pourquoy l'appelions nous refpect humain, finon, dit faint Thomas, parce qu'en
mille rencontres, il nous fait refpecter la créature
plus que Dieu ? Et voilà ce que Tertullien reprochoit aux payens, quand il leur difoit : *Vous craignez plus César que Jupiter mefme.* Graces à la
providence, nous avons un Roy fidelle ; mais fi le
ciel nous avoit fait naistre fous la domination d'un
Prince moins religieux, combien de courtifans rechercheroient aux dépends de Dieu la faveur de
César ? Sans faire nulle fuppofition, combien en
voyons nous actuellement difpofez de la forte : c'est
à dire, non pas impies ni fcelerats, mais prefts à l'eftre, s'il falloit l'estre pour leur fortune ? Ne remontons pas mefmes fi haut : à combien de puiffances
fubalternes n'est-on pas devoüé plus qu'à Dieu, &
en faut-il davantage pour renverfer toute la religion ? p. 391. 392. 393. 394.

2. Le respect humain fait tomber l'homme dans
les plus criminelles apoftafies. Souvenez-vous des
irreverences qu'il vous a fait commettre en prefence de cet Autel. Je pourrois bien mieux l'appeller l'Autel du Dieu inconnu, que celuy dont parle
faint Paul : *Ignoto Deo.* Cet autel que trouva faint
Paul, il ne le trouva que parmi des idolaftres ; &
celuy que je trouve icy, j'ay la douleur de le trou-

ver parmi des chreſtiens. Ne pas connoiſtre le vray Dieu que l'on adore, c'eſt ignorance ; mais inſulter, juſques à ſes autels, le vray Dieu que l'on connoiſt, aſſiſter à ſon ſacrifice en courtiſan & en mondain, c'eſt-ce que j'appelle, aprés ſaint Cyprien, apoſtaſie. *In his omnibus quædam apoſtataſia fidei eſt.* Nous condamnons ces laſches chreſtiens, qui dans les perſecutions renonçoient Jeſus - Chriſt : c'eſtoient des apoſtats ; mais aprés tout ils ne cedoient qu'à la violence des tourmens, & par là ils eſtoient dignes en quelque ſorte de compaſſion : au lieu qu'il ne s'agit plus pour nous de vaincre ni les tourmens, ni la mort, mais un vain reſpect que nous pouvons ſi aiſément ſurmonter. p. 395. 396. 397. 398.

3. De là meſme qu'arrive-t-il ? c'eſt que le reſpect humain arreſte l'effet des graces de Dieu les plus puiſſantes, & devient encore par là l'obſtacle le plus fatal à la converſion de l'homme mondain. On ſe ſent de bonnes diſpoſitions, mais une fauſſe crainte du monde, & de ſes raiſonnemens fait tout évanoüir. On voudroit que le monde fuſt plus équitable ; mais tout injuſte qu'il eſt, on ſe ſoumet à ſa loy, ou pour mieux dire, à ſa tyrannie. Juſques à la mort meſme, ne voyons-nous pas des hommes ſuccomber à cette tentation du reſpect humain, & s'en faire un dernier pretexte contre tout ce que leur preſcrit alors la religion ? p. 399. 400. 401. 402.

C'eſt donc maintenant que je conçois la verité de cette parole de Tertullien : *Je ſuis aſſeûré de mon ſalut, ſi je ne rougis point de mon Dieu.* Car ſi je ne rougis pas de mon Dieu, je ne rougis pas de mes devoirs; & en obſervant mes devoirs malgré les difcours du monde, je fuis fauvé. Le coup de falut pour Magdelaine, fut de ne point écouter le monde. Si elle euft confulté la prudence du fiecle, elle eftoit perduë. p. 402. 403.

III. Partie.. Scandale du refpect humain, c'eft à dire, fcandale que caufent dans le monde ceux qui par leurs difcours ou par leur conduite fervent à y entretenir le refpect humain. 1. fcandale qui va fpecialement à la deftruction du culte de Dieu : en voilà la nature. 2. fcandale d'autant plus pernicieux qu'il fe repand avec plus de faci-lité : en voilà le danger. 3. fcandale qu'il vous eft d'autant plus étroitement ordonné d'éviter, Grands du monde, que de voftre part il devient beaucoup plus contagieux : voilà par rapport à vous les obli-gations qui en naiffent. 4. fcandale que vous pou-vez aifément corriger en oppofant au refpect hu-main voftre bon exemple : en voilà le remede. p. 404. 405.

1. Scandale qui va fpecialement à la deftruction du culte de Dieu. Car comme les enfants d'Héli de-tournoient le peuple du facrifice, & en cela mefme commettoient un crime énorme, *Grande nimis* ; ainfi tant de libertins, en raillant de la pieté & de la religion, la décreditent, & contribuent autant qu'il eft en eux, à l'abolir. Or avec la mefme feve-rité que Dieu punit Ophni & Phinées, il punira les impies du fiecle. Qu'un particulier dans un eftat corrompift la fidelité des fujets, il n'y a point de fupplice dont il ne fuft digne. Que fera-ce d'un hom-me qui ofe attenter aux droits de Dieu ? p. 405. 406. 407.

2. Scandale le plus contagieux & le plus promt

à se communiquer. C'est-ce qui porta l'invincible Matathias à sacrifier luy-mesme & à frapper du coup mortel un Israëlite qu'il vit sur le poinct d'adorer publiquement l'idole. Il comprit que l'exemple d'un seul toleré suffiroit pour ébranler toute la nation; & je puis dire qu'un mot, qu'un regard, qu'un exemple corrompt de nos jours plus de chrestiens que tout ce qu'ont autrefois inventé les tyrans pour exterminer le christianisme. Car que ne peut point cet attrait naturel que nous sentons à faire comme les autres ? Si donc ils nous tracent le chemin du vice & de l'impieté, combien cette tentation fera-t-elle d'apostats ? p. 407. 408. 409. 410.

3. De là naist pour toutes les personnes qui ont quelque authorité dans le monde, une obligation plus étroite d'estre exemplaires dans l'exercice de leur religion: & cet exemple qu'ils donnent est, 4. le remede le plus efficace contre le scandale du respect humain. Car qui ne sçait pas quelle impression fait sur les esprits l'exemple des grands? C'est pourquoy ce vieillard venerable, Eleazar, ne put jamais se resoudre, non seulement à manger de la chair défenduë, mais à feindre d'en manger; de peur que son exemple ne fust un scandale pour les autres. p. 410. 411.

Belle leçon pour vous à qui Dieu n'a fait part de son pouvoir, que pour le faire servir à son culte. Que doit dire un pere à ses enfants ? Que doit dire un maistre à ses domestiques ? Que devons-nous faire chacun dans nostre condition ? tout ce qui dépend de nous pour affermir la religion dans l'esprit de ceux que Dieu nous a soumis. p. 412. 413.

Je parle dans la Cour d'un Prince qui donne du

credit à la religion ; & ce que j'aurois à craindre, c'eſt qu'au lieu que le reſpect humain faiſoit autrefois à la cour des libertins, il n'y fiſt maintenant des hypocrites. Mais outre que la religion prendroit au moins par là le deſſus, ne laiſſons pas, vous dirois-je, de nous prevaloir de l'heureuſe diſpoſition des choſes. Quand le reſpect humain nous attache à nos devoirs, quoyqu'il ne ſoit ni ſaint, ni loüable, il n'eſt pas toûjours inutile. C'eſt un ſoutien à noſtre foibleſſe, & il peut ſervir à nous élever de la créature au créateur. p. 413. 414.

Or ſuivant ce principe béniſſons le ciel, de nous avoir donné un maiſtre qui ne porte pas envain le titre de protecteur de ſa religion. Nous avons dans ſon zéle le plus puiſſant ſecours pour nous animer & pour nous ſoutenir. Heureux donc celuy qui ne ſera point ſcandaliſé de Jeſus-Chriſt. Le Sauveur du monde n'exceptoit point de cette béatitude ceux qui habitent dans les Palais des Roys. C'eſt le meſme Evangile qu'on nous annonce à tous ; & nous devons tous également le recevoir & le pratiquer ſans en rougir. p. 415. 416.

Sermon pour le III. Dimanche de l'Avent, ſur la ſeverité Evangelique. *page 417.*

S U J E T. *Je ſuis la voix de celuy qui crie dans le deſert : Rendez droite la voye du Seigneur.* Cette voye du Seigneur eſt la voye étroite du ſalut. Mais combien ignorent cette voye étroite, & ne ſçavent pas en quoy conſiſte la ſeverité Evangelique? Il eſt donc neceſſaire de leur en donner une juſte idée dans ce difcours. p. 417. 418.

DIVISION. Nul homme ne fit profeffion d'u-
ne vie plus auftere que Jean-Baptifte; nul homme
ne fut plus fevere dans fes mœurs. Mais dans fa feverité mefme, ce fut un homme defintereffé, un
homme humble, & un homme charitable. Trois
caracteres oppofez à la fauffe feverité des Pharifiens. Car quel eftoit le fonds de cette feverité pha-
rifaïque ? un efprit d'intereft, un orgueil fecret, &
une dureté impitoyable pour le prochain. Mais la
vraye feverité de l'Evangile confifte dans un plein
definterreffement. 1. Partie. Dans une fincere humilité. 2. Partie. Dans une charité patiente & com-
patiffante. 3. Partie. p. 419. 420. 421.

I. PARTIE. Defintereffement, premier caractere de la feverité évangelique, felon cette parole
de Jefus-Chrift, *Quiconque ne renonce pas d'efprit
& de cœur à tout ce qu'il a, ne peut eftre mon difciple.* Car pour developper ce poinct important,
s'il faut mefurer la feverité chreftienne par quelque
regle, ce ne doit eftre, 1. ni par la difficulté des chofes qu'on entreprend. 2. ni par l'éclat d'une vie exterieurement mortifiée. 3. ni par un certain zéle de
reforme. 4. ni par un abandon mefme effectif de certains interefts particuliers : mais par un defintereffement general, abfolu, fincere. p. 422. 423.

1. Ce n'eft point par la difficulté des chofes
qu'on entreprend : pourquoy ? par la raifon qu'en
donne faint Chryfoftome, fçavoir que les chofes
mefmes les plus difficiles nous deviennent faciles &
agreables dans la veûë d'un intereft humain; & qu'il
y auroit alors plus de peine à s'en abftenir, qu'à les
faire. Par exemple, on ne dira pas que la vie laborieufe

rieuſe d'un avare, & la ſervitude d'un courtiſan
doivent eſtre comptées pour des exercices de l'abnegation chreſtienne. Leur abnegation ſeroit au contraire, à l'un de ne point tant ſe fatiguer pour contenter ſon avarice, & à l'autre de ne point tant ſe
captiver pour ſatisfaire ſon ambition. Car voilà ce
qui leur couſteroit. p. 423. 324.

2. Ce n'eſt point par une vie exterieurement mortifiée : en voicy la preuve : c'eſt que dans cet exterieur de mortification il peut encore y avoir un
intereſt caché où la nature ſe trouve. Ainſi les Phariſiens paroiſſoient mortifiez : pourquoy ? pour ſe
rendre maiſtres des eſprits, & pour parvenir à leurs
fins. Si donc il arrivoit que nous priſſions les meſmes voyes, & que tout cet éclat de mortification
n'aboutiſt qu'à conduire une intrigue, & à ſoutenir un parti, pourroit-on penſer alors qu'il y euſt
là le moindre veſtige de cette ſeverité que nous a
enſeignée Jeſus - Chriſt ? p. 425. 426. 427. 428.
429.

3. Ce n'eſt point par un certain zéle de reforme & de maintenir la diſcipline ; car ce zéle ne
couſte rien dans les diſcours. Mais voulons-nous
connoiſtre ſi c'eſt l'effet de la vraye ſeverité de
l'Evangile, voyons ſi ce zéle nous rend moins intereſſez, & s'il nous dégage de ces veuës humaines qui infectent ce qu'il y a de plus ſacré dans le
culte de Dieu. Nous exaggerons en paroles la ſeverité du chriſtianiſme ; mais dans la pratique nous
agiſſons comme le reſte des hommes, ſouvent pis
que le reſte des hommes, parce qu'il y va de noſtre
intereſt. Et en cela on ne manque pas d'adreſſe,
pour avoir toûjours la reputation d'homme ſeve-

Q q

re , & pour agir néanmoins comme les plus relafchez. p. 429. 430. 431. 432. 433.

4. Ce n'eſt point meſmes par l'abandon effectif de quelques intereſts particuliers : car il eſt
aiſé, dit ſaint Auguſtin, de renoncer à un intereſt
pour un autre intereſt. Il faut donc, ſi nous voulons eſtre vrayement ſeveres ſelon l'eſprit de l'E-
vangile, que noſtre deſintereſſement ſoit general,
en ſorte que nous ne cherchions que Dieu ; qu'il
ſoit abſolu, ſans condition & ſans reſerve ; qu'il
ſoit ſincere, ſans tout ce rafinement de la fauſſe ſeverité. Tandis que ce deſintereſſement chreſtien a
regné dans le chriſtianiſme, le chriſtianiſme s'eſt
maintenu dans toute ſa pureté : mais dés que l'eſprit d'intereſt y eſt entré, nous avons commencé à
dégenerer, & de là ſont venus tant de deſordres.
Contentons - nous de Dieu ; Dieu nous ſuffira : il
ſuffit bien pour tout ce qu'il y a de Bienheureux
dans le ciel ; il ſuffit bien pour luy-meſme. p. 433.
434. 435. 436. 437.

II. Partie. Humilité, ſecond caractere de la
ſeverité Evangelique. Rien de plus parfait que cette ſeverité ; mais rien auſſi de plus expoſé à la tentation de l'orgueil. Cependant, dit ſaint Bernard,
eſtre humble, & eſtre ſevere à ſoy-meſme, ce ne
ſont point deux choſes diſtinguées dans les maximes de Jeſus-Chriſt. C'eſt ce qui l'engagea à ſe
declarer ſi hautement contre les Phariſiens. Peinture des Phariſiens & de leur orgueil. p. 437. 438.
439. 440.

Or ſi le Fils de Dieu n'a pu ſupporter ce faſte
dans les Phariſiens qui ne luy appartenoient en rien,
comment, dit ſaint Gregoire, le ſupportera-t-il

dans nous qui fommes fes difciples ? Cependant eſt-
il un defordre plus commun ? où l'orgueil ne fe
gliſſe-t-il pas, puiſqu'il s'infinuë fouvent juſques
dans la haine de nous-meſmes, & dans les faintes
rigueurs que nous exerçons fur nous-meſmes ? p.
441. 442.

Ce n'eſt pas qu'en bien des rencontres nous ne
faſſions les humbles, mais d'une humilité, dit faint
Jeroſme, qui ne riſque rien. Vous diriez qu'il fuffit d'eſtre fevere, pour eſtre plein de foy-meſme.
On ne parle plus que de foy. Quoyqu'il y ait des
conduites de grace differentes, on n'eſtime plus que
la fienne : on y voudroit réduire tous les autres ;
& s'ils s'en écartent, on les croit perdus. p. 442.
443. 444.

On veut pratiquer le chriſtianiſme dans toute fa
feverité ; mais on veut en avoir l'honneur. On fe
retire du monde, mais on eſt bien aife que le monde le fçache. On fe mortifie en fecret, mais on fait
fi bien que ce fecret ceſſe bientoſt d'eſtre fecret, &
l'on a cent biais pour le rendre public, en fauvant
meſmes les dehors de la modeſtie. p. 444.

De là vient qu'on aime en tout la fingularité.
S'il y a quelque chofe de nouveau, c'eſt à quoy l'on
donne : bien differents en cela de faint Auguſtin,
qui penfant à fe convertir, n'évita rien plus foigneufement que de le faire avec bruit. C'eſt affez qu'on
ait un certain zéle de difcipline & de reforme,
pour vouloir juger de tout, dominer par tout, parvenir à tout. p. 444. 445. 446.

Or ce levain de l'orgueil, 1. corrompt tout le merite de noſtre feverité, puiſque ce n'eſt plus Dieu
qui en eſt le motif. 2. en détruit meſmes le fonds &

Q q ij

la substance. Car la severité chrestienne consiste à se faire violence : nulle violence quand on suit la nature ; & n'est-ce pas la nature que l'on suit en suivant son orgueil ? Voilà pourquoy, dit S. Chrysostome, nous avons beaucoup moins de peine à faire plus que nous ne devons, qu'à faire ce que nous devons, parce qu'à faire plus qu'on ne doit, il y a une certaine gloire qui flatte. p. 446. 447. 448.

La vraye austerité du christianisme est donc d'estre humble, & de chercher l'obscurité. La vraye austerité, sur tout pour les ames vaines, est souvent de se tenir dans la voye commune, & d'y faire, sans estre remarqué, tout le bien qu'on feroit dans une autre route avec plus d'éclat. Mais ce n'est point, mon Dieu, aux sages du monde, ce n'est pas mesmes aux sages devots, à ces devots superbes, que vous avez revelé ces veritez ; c'est aux petits & aux humbles : soyez-en béni. p. 448. 449. 450.

III. PARTIE. Charité, troisiéme caractere de la severité Evangelique. Comment accorder l'une & l'autre ; puisque la charité, selon saint Paul, couvre tout & supporte tout, & qu'au contraire la severité fait profession de n'excuser rien & de ne pardonner rien ? Pour comprendre ce mystere, il n'y a qu'à distinguer les objets. Car l'Evangile veut que nous soyions severes, mais pour qui ? pour nous-mesmes, & non pour les autres. Or la severité pour nous-mesmes & la charité pour les autres, ce sont deux devoirs qui bien loin de se combattre, s'entretiennent mutuellement. p. 450. 451. 452.

En effet, c'est en pratiquant la charité à l'égard des autres, qu'on pratique à l'égard de soy-mesme ce qu'il y a dans la severité chrestienne, de plus dif-

ficile & de plus parfait. Car estre charitable, c'est
estre patient, moderé, doux, discret, detaché de
soy-mesme. Or pour cela quelles violences ne faut-
il pas se faire en mille rencontres ? p. 453. 454.
455.

Mais quel est le desordre ? c'est qu'au lieu d'e-
xercer cette severité envers nous - mesmes , nous
l'employons toute contre nos freres. Je veux que
nostre severité produise en nous quelque reforme :
mais si au mesme temps elle nous rend fascheux aux
autres, aigres, impatients, critiques, medisants, vin-
dicatifs, ce n'est plus qu'une fausse severité; & l'on
peut dire de nous ce que Jesus-Christ disoit des
Pharisiens , que nous sommes de grands observateurs des petites choses, tandis que nous negligeons
les plus importantes. p. 455. 456. 457.

Car un des plus grands préceptes de la loy, c'est
la charité; & voilà à quoy manquoient les Pharisiens, & sur quoy le Fils de Dieu leur faisoit tant
de reproches. Scrupuleux sur des poincts peu necessaires , ils transgressoient librement les devoirs
les plus indispensables. Peinture naturelle de la
pieté de nostre siecle. Une femme communiera, se
mortifiera, fera de longues prieres ; & du reste
troublera toute une maison par ses caprices, & de-
chirera le prochain par ses medisances. Pieté d'enfant, dit saint Chrysostome aprés l'Apostre. Mais
quoy ? faut-il quitter toutes ces pratiques que la
ferveur inspire ? Non : mais retenons-les selon la regle que Jesus-Christ nous à prescrite : *Faites d'a-
bord celles-cy,* c'est à dire, les choses necessaires ,
& *n'omettez pas ensuite les autres.* p. 457. 458.
459. 460.

Q q iij

Sermon pour le IV. Dimanche de l'Avent, sur la penitence. *page 461.*

SUJET. *Jean-Baptiste vint dans tout le pays, qui est le long du Jourdain, preschant le baptesme de penitence pour la remission des pechez.* Comme il y a une vraye & une fausse penitence, la grande misere du pecheur, dit saint Chrysostome, c'est qu'estant asseûré, comme il l'est, de la realité de son péché, il ne peut jamais l'estre absolument de la validité de sa penitence. Cependant pour calmer, autant qu'il est possible, nos esprits, il y a certains caracteres propres de la veritable penitence, & c'est à ces caracteres que nous devons la reconnoistre. p. 461. 462. 463.

DIVISION. Pour pouvoir compter sur nostre penitence, il en faut juger par les fruicts. Or ces *dignes fruicts* dont parloit Jean-Baptiste en preschant aux juifs, & qui rendent la penitence efficace, se réduisent à trois : à retrancher la cause du peché. 1. Partie. A reparer les effets du peché. 2. Partie. A assujettir le pecheur aux remedes du peché. 3. Partie. p. 463. 464.

I. PARTIE. Retrancher la cause & la matiére du peché, premier caractere à quoy nous devons reconnoistre la vraye penitence. Cette maxime est fondée sur deux principes. p. 464.

Premier principe : on n'aime point le peché comme peché ; mais on aime la matiere & la cause du peché. Par exemple, on aime le plaisir qui est criminel ; mais on l'aime parce qu'il est plaisir, & non point parce qu'il est criminel. On voudroit mesmes pouvoir feparer l'un de l'autre, & que ce qu'on aime ne fuft point criminel. On n'eft donc point précife-ment criminel pour aimer le peché, puifqu'en effet on ne l'aime pas; mais on l'eft pour aimer ce qu'on fçait d'ailleurs eftre peché. D'où vient que haïffant mefmes le peché, l'on peche toutefois parce qu'on aime ce qui eft peché. p. 464. 465. 466.

De ce principe il s'enfuit, que ce n'eft point ab-folument par la haine du peché, confideré comme peché, qu'il faut diftinguer la vraye penitence : car la penitence la plus vaine peut avoir cela de com-mun avec la penitence la plus folide. Mais nous la diftinguerons, cette penitence folide, par le renonce-ment à tout ce qui fait le peché. p. 466. 467. 468.

C'eft par là que l'homme penitent, felon le pré-cepte de l'Apoftre, doit s'éprouver luy-mefme. Vous ne fçavez fi c'eft un repentir fincere & effi-cace qui vous touche ? voicy la regle que vous don-ne le Prophete pour fortir de cette incertitude: *Sup-primez toutes les paroles, & convertiffez-vous.* Vous eftes du monde, & ce qui vous porte à mille pe-chez, c'eft une dépenfe qui excéde vos forces : re-tranchez cette dépenfe. Vous aimez-le jeu, & c'eft ce qui vous perd : retranchez ce jeu. Enfin quoy-que ce foit, facrifiez-le. Voilà ce que faint Paul ap-pelle *combattre, non pas en frappant l'air, ni en don-nant des coups perdus;* mais en faifant tomber l'en-nemi que l'on pourfuit. p. 468. 469. 470. 471. 472.

Second principe : on n'eft pas toûjours maiftre de fes penfées, mais on eft toûjours refponfable de fes actions : & quand nous venons à fuccomber dans une occafion dangereufe d'où nous avons pû fortir, on n'a jamais droit de dire alors , je ne pouvois pas

Q q iiij

me défendre de ce peché ; mais on doit dire, je ne
le voulois pas. Saint Paul gemissoit de sa foiblesse ;
& parce qu'il ne se contentoit pas de gemir, mais
qu'il veilloit attentivement sur luy-mesme, cette attention sur luy-mesme estoit un temoignage de la sincerité de sa douleur. Au contraire, l'hypocrisie de la
penitence, c'est de déplorer comme saint Paul nostre
fragilité, & cependant de nous exposer à des occasions où toute la force des Saints suffiroit à peine
pour resister. p. 473. 474.

Vous estes foible, il est vray ; mais vous vous
joüez donc de Dieu, si dans le moment que vous
pleurez vostre peché, vous n'en voulez pas retrancher l'occasion. Ne dites point comme l'Apostre ;
*Je ne fais pas le bien que je veux, & je fais le mal
que je ne veux pas.* Mais dites que vous voulez
tout le mal que vous faites, & que vous ne voulez
nullement le bien que vous ne faites pas : & de là
mesme concluez que vostre penitence n'est que dissimulation & que mensonge. p. 475. 476.

Cependant on traite un confesseur d'homme difficile & scrupuleux, lorsqu'il suspend pour ceux qui
ne veulent pas éviter certaines occasions, la grace
de l'absolution. Mais quand la suspendra-t-il donc ?
& s'il y a des severitez indiscretes, ne seroit-ce pas
aussi une facilité criminelle, que de reconcilier &
d'admettre à la participation des Sacremens un pecheur qui s'obstine à demeurer dans un danger si
évident & si prochain ? p. 476. 477. 478.

Mais ce sont des occasions que je ne puis quitter :
vous les quitteriez s'il s'agissoit de vostre fortune.
Mais ce sont des liens que je ne puis rompre sans
éclat & sans scandale : le grand scandale est plus

toft de ce que vous ne les rompez pas. Mais Dieu me protegera : confiance préfomptueufe qui ne va qu'à tenter Dieu & qu'à fomenter voftre impenitence. p. 478.

II. PARTIE. Réparer les effets du peché, fecond caractere à quoy nous devons reconnoiftre la vraye penitence. Car la penitence eft une partie de la juftice, & la juftice demande neceffairement une reparation. Mais fuppofant la neceffité de cette reparation, quelle en doit eftre l'étenduë ? Sur cela deux maximes importantes de l'Ecriture. p. 479.

Premiere maxime : pour fe convertir efficacement, il faut faire, felon la parole de Jean-Baptifte, de dignes fruicts de penitence ; c'eft à dire, fuivant l'explication de S. Gregoire, ne pas feulement pleurer le paffé, mais produire dans l'avenir des fruicts de grace & de falut. Or quels font ces fruicts ? réparer les effets du peché par des œuvres directement contraires au peché mefme, felon fes differentes efpeces. Par exemple, réparer les effets de la calomnie par le reftabliffement de l'honneur. p. 480. 481.

Dignes fruicts de penitence, parce qu'il faut pour les produire que le pecheur faffe des efforts dont il n'y a que la vraye penitence, qu'une penitence furnaturelle qui foit capable. Car fans cette penitence furnaturelle, comment un riche pourra-t-il jamais fe refoudre à fe depoüiller pour rendre un bien qu'il a injuftement acquis ? p. 481. 482. 483.

Fruicts proportionnez, à quoy ? à l'offenfe. On ne répare pas l'injuftice par l'aumofne, ni la medifance par la priére. p. 483. 484.

Fruicts neceffaires : envain imaginerons-nous des temperamens ; il en faut toûjours revenir à la deci-

fion de faint Auguftin : *Le peché n'eft point remis,
fi le dommage n'eft reftabli.* p. 484. 485.

Fruicts certains & non fufpects : on ne foupçon-
nera jamais un pecheur qui veut bien fe foumettre
à une telle fatisfaction, de n'eftre pas bien converti.
Mais quelle eft l'illufion ! c'eft qu'au lieu de juger
de la penitence par ces fruicts, on en veut juger par
des pratiques trés équivoques & qui fouvent ont
plus d'éclat que de folidité. Beaux dehors, mais dehors trompeurs, fi d'abord on ne fatisfait pas aux
devoirs naturels de la charité & de la juftice. p. 486.
487.

Seconde maxime: il ne fuffit pas de faire penitence
devant Dieu; il faut encore la faire devant les hommes, en réparant le fcandale. Car le fcandale eft une
partie du peché ; & puifqu'en vous égarant, vous
en avez égaré tant d'autres, n'eft-il pas de l'ordre
que vous tafchiez par voftre exemple à les ramener?
Mais ce n'eft point là comment on raifonne dans
le monde ; & fi quelquefois on confent à faire penitence & à fe convertir, du refte on veut toûjours
garder les mefmes apparences du peché, vivre toûjours dans le mefme fafte, eftre toûjours des mefmes
focietez. p. 487. 488. 489. 490.

Eft-ce ainfi que tant de fameux penitents dans
l'ancienne loy & dans la loy nouvelle fe font convertis ? Apprenons comme eux à faire ceffer, non
feulement le mal, mais l'apparence du mal. Ayons
là-deffus égard au jugement du monde, qui ne condamne pas feulement le peché, mais les apparences
du peché & qui s'en fcandalife. S'il nous paroift un
cenfeur trop fevere, béniffons Dieu de ce que le vice
n'a pas encore prévalu jufqu'à pouvoir obtenir du

monde, que le monde l'approuvaft, & reconnoiffons noftre aveuglement, de ne vouloir pas en croire le monde dans une chofe où le jugement mefme
du monde s'accorde fi bien avec le jugement & la
loy de Dieu. p. 490. 491. 492. 493.

III. Partie. S'affujettir aux remedes du peché, troifiéme caractere de la vraye penitence. Le
peché, fur tout quand l'habitude en eft formée, eft
comme une dangereufe maladie, contre laquelle il
eft neceffaire que la penitence employe les plus fou-
verains remedes. Deux fortes de remedes. 1. les
uns pour nous garentir du peché. 2. les autres pour
punir le peché. p. 493. 494.

1. Remedes prefervatifs & propres à nous garentir du peché. Il n'y a perfonne qui par les differentes épreuves qu'il en a faites, n'ait connu ou du
moins ne puiffe connoiftre ce qui feroit capable de
le preferver du peché, & de le maintenir dans l'ordre. Or la preuve convaincante d'une fincere converfion eft de prendre ces moyens. Vous avez fouvent éprouvé que le plus puiffant prefervatif contre
la cupidité & l'amour du plaifir qui vous domine,
eft l'occupation & le travail; occupez-vous, & fuyez
l'ofiveté. Vous fçavez que la frequente confeffion
feroit un fecours toûjours prompt & prefque toûjours immanquable contre les tentations qui vous
attaquent, & vous n'ignorez pas quel befoin vous
auriez d'un directeur fage & ferme : mais parce que
la confeffion vous gefne, vous n'approchez du faint
tribunal que trés rarement. Peut-on prefumer alors
que voftre penitence ait efté de bonne foy ? Que ne
fait-on pas tous les jours pour la guérifon du corps ?
pourquoy ne le faites-vous pas pour la guérifon de

Sermon sur la Nativité de Jesus-Christ.
page 505.

SUJET. *L'Ange leur dit : ne craignez point ;
car je viens vous annoncer une nouvelle qui sera
pour tout le peuple le sujet d'une grande joye : c'est
qu'aujourd'huy dans la Ville de David, il vous est
né un Sauveur qui est Jesus-Christ.* L'Ange parloit
à des Pasteurs, c'est à dire, à des hommes simples
& pauvres. Qu'auroient-ils pû craindre dans un
mystere où le Sauveur du monde venoit honorer
leur condition, par le choix qu'il faisoit de leur
pauvreté ? Mais moy je parle au milieu de la Cour,
& à des Auditeurs, pour qui je ne sçais si cette naissance doit estre un sujet de consolation. Leur diray-je, ne craignez point ? leur diray-je, craignez ? Je
leur diray l'un & l'autre dans ce discours, parce que
la nouvelle que je leur annonce, est tout à la fois
pour eux un sujet de crainte & un sujet de joye. p.
505. 506. 507. 508.

    DIVISION. Jesus-Christ a paru dans le monde,
pour estre & la ruine des uns & la resurrection des
autres. Sa naissance doit donc estre aussi tout à la fois,
& un sujet de crainte, & un sujet de joye. Crainte
& joye, deux sentiments exprimez dans ces paroles
du Prophete, *Servez le Seigneur, & réjoüissez-vous
en luy avec tremblement.* Estes-vous de ces mondains
qui aveuglez par le Dieu du siecle quittent la voye
du salut, pour suivre la voye du monde ? craignez,
parce que ce mystere va vous découvrir des veritez
bien affligeantes. 1. Partie. Estes-vous de ces chres-

tiens fidelles qui cherchent Dieu en esprit & en verité ? consolez-vous, parce que ce mystere vous decouvrira des tresors infinis de grace & de misericorde. 2. Partie. p. 508. 509. 510.

I. P a r t i e. Mystere de crainte : pourquoy ?
parce que ce Sauveur qui vous est né, n'est peut-estre
pour vous rien moins qu'un Sauveur ; & cela par
les fausses idées que vous vous en formez, & par
l'abus que vous faites de sa misericorde. 1. Vous
voulez qu'il vous sauve, mais vous vous mettez peu
en peine qu'il vous delivre de vos pechez. 2. vous
voulez qu'il vous sauve, mais vous pretendez qu'il
ne vous en couste rien. 3. vous voulez qu'il vous sauve , mais vous ne voulez pas que ce soit par les
moyens qu'il a choisis. Trois contradictions qui
portent avec elles leur condamnation, & qui doivent bien vous faire trembler. p. 510. 511. 512.

1. Vous voulez que ce Dieu-homme vous sauve,
mais vous ne voulez pas qu'il vous delivre de vos
pechez: premiere contradiction. Car il n'est Sauveur
que pour vous affranchir de la servitude du peché,
selon la parole de l'Ange à Joseph : *Vous l'appelle-*
rez Jesus, parce qu'il delivrera son peuple de ses pe-
chez: L'Ange ne dit pas : il delivrera son peuple
des calamitez temporelles qui l'affligent ; mais de
ses pechez, c'est à dire, des vices, des passions, des
habitudes dont il est esclave. p. 512. 513. 514.

Or est-ce ainsi que vous l'entendez ? de quelle
passion, de quelle inclination vitieuse ce Sauveur
vous a-t-il delivrez, & avez-vous voulu qu'il vous
delivrast ? Il n'est donc pas plus vostre Sauveur,
que s'il n'estoit pas né pour vous. p. 514. 515.

Nous plaignons les juifs, de ce que le Sauveur

eſtant né au milieu d'eux, ils ont néanmoins perdu tout le fruict de ce bienfait ineſtimable. Et pourquoy l'ont-ils perdu ? parce qu'ils ſe ſont figuré un autre Sauveur, que celuy qui leur eſtoit promis. Sans penſer qu'il devoit eſtre le liberateur de leurs ames, ils ne l'ont regardé que comme le reſtaurateur du Royaume d'Iſraël ; & par là, dit ſaint Auguſtin, ils ont eſté fruſtrez, & des biens éternels qu'ils ne cherchoient pas, & des biens temporels qu'ils attendoient. Tel eſt noſtre malheur. p. 515. 516. 517.

Nous invoquons Jeſus-Chriſt comme Sauveur ; mais nous l'invoquons dans le meſme eſprit que le juif reprouvé l'invoqueroit. Nous l'invoquons pour les biens de cette vie, mais avec une indifférence entiere pour les biens de l'autre. Sommes-nous dans l'adverſité ? c'eſt alors que nous avons recours à luy. Mais ſommes-nous dans l'eſtat du peché ? nous ne nous ſouvenons plus qu'il y ait un Sauveur tout-puiſſant pour nous en faire ſortir. p. 517. 518.

2. Noſtre aveuglement va encore plus loin. Nous voulons que ce Dieu-homme nous ſauve, mais ſans qu'il nous en couſte rien : ſeconde contradiction. Car il n'eſt noſtre Sauveur, qu'à condition que nous nous ſauverons nous-meſmes avec luy & par luy. Comme Sauveur il a ſouffert, il a prié, il s'eſt livré pour nous : mais ſans préjudice de ce que nous devons faire nous-meſmes & pour nous-meſmes ; en ſorte que tout Sauveur qu'il eſt, il conſent que nous périſſions, pluſtoſt que de nous ſauver de cette redemption gratuite telle que nous l'imaginons. p. 518. 519. 520.

Il faut donc que nous accompliſſions comme l'Apoſtre, dans noſtre chair, ce qui a manqué aux

souffrances de la chair innocente & virginale de Jesus-Christ. Mais c'est ce que vous ne voulez pas.
Vous voulez le salut, mais sans l'acheter ; & tant
que vous vous en tenez-là, Dieu m'ordonne de vous
declarer que ce salut n'est point pour vous. p. 520.
521.

3. Enfin, vous voulez que ce Dieu-homme vous
sauve, mais par d'autres moyens que ceux qu'il a
choisis : troisiéme contradiction. Haine du monde, détachement du monde, renoncement au monde, voilà les moyens qu'il nous a marquez : mais
vous en voudriez de plus conformes à vos idées &
à vostre goust. Or ces moyens conformes à vostre
goust & à vos idées, ne vous sauveront jamais : &
c'est ce qui vous doit saisir de frayeur. p. 521.
522.

Pour mieux sentir ce terrible mystere, faisons
une supposition. Si Dieu vous avoit envoyé un Sauveur né dans l'opulence & dans la grandeur, & qui
vous eust apporté un Evangile favorable à la cupidité & aux sens, qu'auriez-vous à changer dans vos
sentimens & dans vostre conduite pour vous y accommoder ? Ne pourrois-je pas vous dire alors : *Ne
craignez point : car je vous annonce une heureuse
nouvelle :* & quoy ? c'est qu'il vous est né un Sauveur selon vos desirs. Mais puisque ce Sauveur envoyé de Dieu vous est venu prescher un Evangile
directement opposé, n'ay-je donc pas droit aussi
de vous dire par une regle toute contraire : tremblez.
p. 522. 523. 524. 525.

II. PARTIE. Mystere de consolation. Quoyque Dieu ne fasse acception de personne, il est néanmoins vray que la predilection de Dieu dans l'ordre

dre de la grace a toûjours paru estre pour les pauvres & pour les petits. Ce fut d'abord à des bergers
qu'il se fit connoistre ; & c'est ce qui devroit affliger & desoler les riches & les grands du monde, si
ce mesme mystere ne nous decouvroit pas d'ailleurs
pour les grands & pour les riches trois sujets de
consolation. 1. Quelque éloignez que vous parois-
siez estre du Royaume de Dieu, riches & grands, Jesus-Christ ne vous rebutte point. 2. Sans cesser d'estre ce que vous estes, il ne tient qu'à vous d'avoir
avec luy une sainte ressemblance. 3. vous pouvez
vous servir de vostre opulence mesme & de vos richesses comme d'autant de moyens pour l'honorer.
p. 525. 526. 527. 528.

   1. Ce Dieu naissant dans la bassesse & l'humiliation, ne rejette point toutefois la grandeur : premier
sujet de consolation. Exemple des Mages qu'il appelle à son berceau. En quoy il a plus fait encore, ce
semble, pour les grands que pour les petits : car selon la remarque de saint Chrysostome, pour attirer
à luy des grands & des sages du siecle, il falloit une
grace & une vocation beaucoup plus forte. p. 528.
529. 530.

   Aprés cela ne vous plaignez plus, grands du
monde, que vostre Dieu reprouve vostre condition.
Il en reprouve les abus, mais sans la reprouver elle-
mesme. p. 530. 531.

   2. Sans cesser d'estre ce que vous estes, il ne tient
qu'à vous de vous rendre semblables à Jesus-Christ
naissant : second sujet de consolation. Car vous pouvez estre grands & humbles de cœur, riches & pauvres de cœur. Par là mesme vous avez encore l'a-
vantage de pouvoir estre plus conformes que les au-

R r

tres, à ce modelle des prédeſtinez. Et en effet, le caractere de ce ſauveur n'eſt pas préciſement d'eſtre pauvre & humble, mais d'eſtre grand & humble, riche & pauvre tout à la fois ; & voilà ce qu'il n'appartient qu'aux grands & aux riches de pouvoir parfaitement imiter. p. 531. 532. 533.

Auſſi quels ſont ces Mages qu'il attire à ſa créche ? des grands qui ſemblent n'eſtre grands, que pour faire paroiſtre dans leur conduite une humilité plus profonde & une obéiſſance plus exacte ; des riches qui ſe font un merite de renoncer à leurs tréſors, & de les apporter à ſes pieds. p. 534.

3. Enfin, vous pouvez vous ſervir de voſtre grandeur meſme & de vos richeſſes, comme d'autant de moyens pour rendre à ce Dieu naiſſant le double tribut qu'il attend de vous : troiſiéme ſujet de conſolation. 1. En qualité de Dieu humble il veut eſtre glorifié. 2. En qualité de Dieu pauvre il veut eſtre aſſiſté. Or rien ne l'honore plus que les hommages des grands ; & plus vous eſtes riches, plus vous eſtes en eſtat de l'aſſiſter, non plus dans luy-meſme, mais dans ſes membres qui ſont les pauvres. Dés-là voſtre grandeur & voſtre abondance ſanctifiées, bien loin d'eſtre des obſtacles à voſtre ſalut, en deviendront le gage & le prix. p. 535. 536. 537. 538.

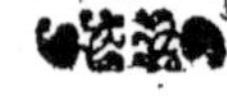